Zwei Herzen im Schnee

Susan Wiggs
Ein Prinz zum Fest
Seite 7

Sherryl Woods
Zauber deiner Zärtlichkeit
Seite 75

Liz Fielding
Rendezvous mit dem Boss
Seite 193

Jennifer Greene
So stark und so zärtlich
Seite 313

MIRA® TASCHENBUCH
Band 20053
1. Auflage: Dezember 2014

MIRA® TASCHENBÜCHER
erscheinen in der Harlequin Enterprises GmbH,
Valentinskamp 24, 20354 Hamburg
Geschäftsführer: Thomas Beckmann

Konzeption / Reihengestaltung: fredebold&partner GmbH, Köln
Umschlaggestaltung: pecher und soiron, Köln
Redaktion: Maya Gause
Titelabbildung: Corbis, Düsseldorf
Satz: GGP Media GmbH, Pößneck
Druck und Bindearbeiten: CPI – Ebner & Spiegel, Ulm
Printed in Germany
Dieses Buch wurde auf FSC®-zertifiziertem Papier gedruckt.
ISBN 978-3-95649-091-0

www.mira-taschenbuch.de

Werden Sie Fan von MIRA Taschenbuch auf Facebook!

Susan Wiggs

Ein Prinz zum Fest

Roman

Aus dem Amerikanischen von
Astrid Hartwig

1. KAPITEL

*H*ey, Riley! Gehst du zu dem Ball?"

„Brad, du kennst doch Riley", mischte Derek sich ein. „Er kann mit Bällen nur etwas anfangen, wenn sie den Aufdruck ‚Wilson' tragen."

Jack Riley hatte die Füße auf einem Stapel Akten auf seinem Schreibtisch ausgestreckt. Er war in einen meditationsähnlichen Prozess versunken. Betrachtungen über seine abgewetzten Schnürstiefel. Nun blickte er auf. Der kleinste Weihnachtsbaum der Welt, dekoriert mit Gegenständen, die die Kinder im Heim gebastelt hatten, thronte auf seinem Monitor.

Wenn es nach ihm gegangen wäre, hätten sich der vollgestopfte Nachrichtenraum, die klingelnden Telefone, die grellen Leuchtstoffröhren mitsamt den beiden Quasselstrippen von Kollegen in Luft auflösen können.

„Sieh dir den Jungen doch an, Brad. Der alte Riley hat nichts anzuziehen." Derek Crenshaw war ekelerregend stolz auf seinen Kaschmirpullover von Brooks Brothers, den seine allzu nachsichtigen Eltern ihm geschenkt hatten.

„Nicht so voreilig", sagte Riley, während er sein graues CUNY-Sweatshirt kratzte. „In meiner Sporttasche habe ich noch einen Trainingsanzug."

Seine Kollegen brachen in schallendes Gelächter aus. Schüler, die sich hier als Starreporter aufspielen, dachte Jack. Sie sind wirklich leicht zu amüsieren. Er faltete seine langen Beine unter dem Schreibtisch und griff nach dem Bleistift, der hinter seinem Ohr klemmte. Dann schob er seine Hornbrille mit den dicken Gläsern auf der Nase zurecht. Für einen Moment blieb sein Blick auf der edlen Einladungskarte haften, die auf dem Müllberg seines Schreibtisches obenauf lag. Irgendwo darunter vergraben lag ein nagelneuer Tintenlöscher, ein Geschenk von einem dankbaren Jungen, dem er einmal geholfen hatte und der dafür sein letztes Kleingeld mühsam zusammengekratzt hatte.

Jack schielte auf die cremefarbene Karte. Miss Madeleine Langston bittet um das Vergnügen Ihrer Gesellschaft … neun Uhr … im Dakota … Abendkleidung erbeten, schwarze Krawatte …

„Schwarze Krawatte", murmelte er, während er seine Schirmmütze tiefer in die Stirn zog. Zweifellos betete Miss Madeleine Langston jeden Tag, dass Mr Jack Riley vom Erdboden verschwand. Warum hatte sie ihn überhaupt eingeladen? Aus Mitleid? Hatte sie einen Schuld-komplex? Oder war sie einfach neugierig auf einen Niemand aus Brooklyn?

„Hey, Riley!", sagte Derek, während er mit einem Marker in der Hand auf ihn zutrat. „Ich hätte da so eine Idee. Soll ich dir die schwarze Krawatte auf dein Hemd aufmalen?"

„Hey, Derek", gab Jack zurück. Mühelos kopierte er den südkali-fornischen Akzent seines Kollegen. „Ich hätte da so eine Idee. Soll ich dir die Kniescheibe brechen und dich in ein dunkles Loch werfen?"

Brad und ein paar der übrigen Kollegen brachen erneut in schal-lendes Gelächter aus.

„Bei der Arbeit, Gentlemen?" Diese Frage zerschnitt die ausgelas-sene Stimmung wie eine frisch geschärfte Messerklinge.

Die Eisvenus. Die Kristallgöttin. Der Fluch seines Lebens.

Seine Verlegerin.

„Jack gibt dem Artikel noch den letzten Schliff", sagte Derek hastig, während er die Kappe auf den Marker steckte. Er ließ eine Mappe auf Jacks Schreibtisch fallen.

Madeleine Langston schwebte durch das Labyrinth der Schreibtische. Sie bewegte sich, als wäre die Anordnung der Tische und Stühle in dem gläsernen Nachrichtenraum in ihr Gehirn eingeprägt wie auf ei-nem Computerchip.

Nach dem Tod ihres Vaters vor sechs Monaten hatte sie den *Cou-rier* geerbt. Allgemein hatte man erwartet, dass sie sich würdevoll zu-rückzog und die Einnahmen hereinrollen ließ. Eine Zeit lang hatte sie das auch getan. Dann, etwa vor drei Wochen, hatte sie den unfähigen Chefredakteur entlassen und sich selbst zur Herausgeberin erklärt. Anscheinend hatte sie so schnell niemanden finden können, der ihre hohen Anforderungen erfüllte. Und deswegen traf sie, zum Leidwesen der gesamten Belegschaft, vorerst alle Entscheidungen selbst.

Bis letzte Woche hatte sie sich in den Redaktionsräumen nicht sehen lassen, sondern ihr steriles Büro eine Etage höher bevorzugt. Es war das zweite Mal, dass Jack sie aus der Nähe sah. Sie war beängstigend attraktiv und regte Jacks Fantasien in jeder Hinsicht an.

Weil er wusste, dass er sie damit reizen würde, legte er die Füße wie-der auf den Schreibtisch und verschränkte die Hände hinterm Kopf, während er sie mit gesenktem Kopf unter dem Schirm seiner Mütze hindurch beobachtete.

Wie ein Marschflugkörper nahte Madeleine Langston. Sie war, wie Jack geschworen hätte, die einzige Frau in Manhattan, die den ganzen Tag lang einen elfenbeinfarbenen Wollanzug tragen konnte, ohne auch nur eine einzige Falte darin zu bekommen. Vielleicht weil ihr die Körperwärme fehlte. Sie war kalt wie Eis.

Was sie besaß, waren gutes Aussehen, Verstand und Geld. All das im Überfluss. In ihrer Gegenwart verspürte er den Impuls, die Finger zu kreuzen, um das Böse abzuwenden. Schlimmer noch. Er verspürte den Impuls, mit ihr schlafen zu müssen, bis sie um Gnade flehte ... oder nach mehr verlangte.

Sie blieb vor seinem Schreibtisch stehen. Gelassen betrachtete er ihr fein geschnittenes Gesicht. Zarte Wangenknochen und eine Nase, die womöglich als Modell in der Schönheitschirurgie diente. Augen blau wie ein Pool. Hellblondes Haar, das peinlich exakt zu einer Art Makramee-Arrangement frisiert war.

Madeleine Langston legte den lackierten Zeigefinger an die Unterlippe und ließ ihn dort einen Moment lang ruhen, nur für den unwahrscheinlichen Fall, dass Jack ihr nicht seine Aufmerksamkeit schenkte. Dabei betrachtete sie den schiefen Miniatur-Christbaum auf seinem Monitor. Zweifellos war er ihr etwa so fremd wie Mondgestein.

Wenn sie darauf wartete, dass er aufstand oder seine Mütze abnahm, würde sie ihre Party am Abend verpassen.

„Der Finanzskandal bei der Abwasserwirtschaft?", fragte sie. In ihrem geschliffenen Ostküstenakzent klang das Ergebnis einer seit Generationen hervorragenden Bildung mit. Jahre und Jahrzehnte in Marymount und Vassar.

Jack schenkte ihr sein arrogantestes Lächeln, während er sein vor einer Woche zum letzten Mal rasiertes Kinn rieb. „Warum engagieren Sie nicht endlich einen Chefredakteur, der über uns eigenwilligen Burschen die Peitsche schwingt?"

„Dies ist meine Zeitung, Mr Riley, und ich schwinge die Peitsche, wie es mir gefällt."

„Klingt kindisch, Miss Langston", murmelte er. Er beugte sich vor und zog aus dem Stapel unter seinen Füßen eine Mappe hervor, die er ihr entgegenhielt.

Platin- und Edelsteinringe blitzten an ihren Händen auf, als sie die Mappe aufschlug. Eine leere Kartoffelchip-Tüte segelte zu Boden. Sie machte einen bewundernswerten Versuch, dies zu ignorieren, während sie den Text überflog.

11

Mit einem kaum merklichen Nicken klappte sie die Mappe wieder zu. „Und die Schuldebatte? Ich meine die Gesundheitsdebatte?"

Jack grinste. „Sie meinen die Diskussion darüber, ob an den Highschools Kondome verteilt werden sollen?" Mit Genuss bemerkte er die zarte Röte, die in ihre Wangen stieg. „Ja, damit bin ich fertig." Ohne den Blick von seiner Chefin abzuwenden, drückte er eine Taste auf der Tastatur. Der Drucker neben seinem Schreibtisch warf eine Kopie des Artikels aus.

Ihre zarten Nasenflügel begannen zu flattern. „Mr Riley, wie hat ein Mann mit Ihrem Charme es fertiggebracht, sich bisher noch keine nennenswerten Körperverletzungen zuzuziehen?"

Er grinste, während er mit dem kurzen Ringelzopf in seinem Nacken spielte. „Ich bin wahrscheinlich schnell genug auf den Beinen."

Auf den geringschätzigen Blick, den sie ihm zuwarf, wäre Katharine Hepburn stolz gewesen. „Verstehe." Sie nahm das Blatt aus dem Drucker und fügte es ihrem Stapel hinzu.

Zu Jacks Erleichterung richtete sie ihren durchbohrenden Blick nun auf Brad und Derek. „Und was ist mit Ihnen, meine Herren? Sind Sie zu Redaktionsschluss ausnahmsweise einmal fertig?"

Die beiden stierten sie schmachtend an, wie man mit Schokolade liebäugelt, wenn man auf Diät gesetzt ist. Idioten, dachte Jack. Er wusste, dass sie eine Wette laufen hatten, wer von ihnen die Chefin als Erster ins Bett bekam. Als ob einer von ihnen eine Chance hätte. Und wer würde überhaupt ein Interesse an ihr haben, außer vielleicht ein Polarforscher, aber nur mit Kälteschutzanzug.

Jack Riley, der hat ein Interesse, dachte er nicht ohne Ekel vor sich selbst. Sie verkörperte alles, was er an einer Frau verachten sollte. Perverserweise fand er sie trotzdem umwerfend sexy. Er begehrte sie, wie er schon lange keine Frau mehr begehrt hatte. Er wollte das Eis, das sie umgab, mit seiner Hitze schmelzen.

„Natürlich, Miss Langston", sagte Brad mit einer Miene, als hätte er die Tüchtigkeit erfunden.

„Selbstverständlich", bestätigte Derek.

„Ausgezeichnet." Madeleine drehte sich um und steuerte auf die Tür zu. Doch bevor Jack endgültig aufatmen konnte, blieb sie stehen. Das Klicken ihrer Dreihundert-Dollar-Schuhe verstummte, als sie sich ihnen zuwandte. „Und, Gentlemen? Sehe ich Sie heute Abend im Dakota?"

„Sicher", erwiderten Derek und Brad wie aus einem Munde. In ihren Kaschmirpullovern personifizierten sie den neuen Look geklonter Nachrichtenreporter. Im Smoking würden sie anschwellen. Geradezu aufblähen. Und sicher würden sie den ganzen Abend ihre Chefin schmachtend anstarren.

Madeleine Langstons Blick ruhte auf Jack. Verdammt, sie war eine unglaubliche Schönheit. Welch eine Verschwendung an …

„Nun?", unterbrach sie seine Gedanken. „Werden Sie kommen?"

Jack beschloss, ihre Wortwahl nicht mit einer sarkastischen Bemerkung zu kommentieren. „Nein", sagte er. Seine Augen funkelten amüsiert, als er ihre Erleichterung sah. „Ich werde es leider nicht einrichten können. Heute Abend habe ich eine Verabredung mit den Urban Animals."

Plötzlich zog sie fragend eine gezupfte Augenbraue hoch. „Urban Animals?"

„Eine Gruppe von halbstarken Schlittschuhläufern im Central Park."

„Oh. Man wird Sie vermissen."

Jack konnte sein Lachen nicht länger unterdrücken. Meine Güte, ihre überhebliche Höflichkeit tat fast weh. Dies war erst ihre zweite Begegnung, und die Fronten waren bereits geklärt. Er liebte es, sie zu provozieren. „Wissen Sie", sagte er in einem Tonfall, als würde er noch mal darüber nachdenken, „ich könnte es vielleicht doch einrichten …"

Ihre schönen großen Augen verrieten, dass sie keinen Wert auf seine Gesellschaft legte. Für eine Göttin aus Eis war sie eine ziemlich armselige Lügnerin. Und ihre Angewohnheit, in Situationen der Bedrängnis zu erröten, ließ sie beinah menschlich wirken.

„Keine Sorge, Prinzessin", sagte er beruhigend, während er die Einladung in den überfüllten Papierkorb neben seinem Schreibtisch segeln ließ. „Der charmante Prinz hat andere Pläne."

2. KAPITEL

*J*m perfekten Abendkleid stand Madeleine Langston in der perfekten Suite im Dakota. In der Mitte des Raumes stand ein perfekter Designerchristbaum. Sie hörte die perfekten Klänge der Swing-Band und beobachtete die perfekte Haltung der Gäste, während sie an einem perfekten Horsd'œuvre knabberte.

„Madeleine, Darling!" William Wornich, zuständiger Redakteur für die Klatschspalte im *Courier*, beugte sich zu ihr hinüber, um einen Kuss auf ihrer Wange anzudeuten. „Eine wundervolle Party. Alles ist perfekt. Ein traumhaft perfekter Ball."

„Danke, William."

Der beißende Rauch seiner Zigarre trieb ihr die Tränen in die Augen. Verdammt. Sie musste ihre Kontaktlinsen herausnehmen, und ohne Linsen war sie praktisch blind.

Wornich fuhr unbeirrt mit der Plauderei fort. „Und dieses Kleid!", sagte er, während er einen Schritt zurücktrat. „Einfach zu raffiniert. Wo hast du es erstanden?"

Sie schenkte ihm ihr einstudiertes Lächeln. „Darling, du würdest es nicht glauben, wenn ich es dir sagen würde." Es hatte ihrer Großmutter gehört. Ganz im Stil der Vierzigerjahre, aus schwarzem Seidentaft mit Trompetenrüschen an Schultern und Saum. Das perfekte Tanzkleid. Leider war aber niemand da, mit dem sie hätte tanzen wollen.

Oh, Daddy, dachte sie unwillkürlich. Wehmütige Erinnerungen stiegen in ihr auf. Das luxuriöse Apartment im Dakota hatte ihm gehört. Nächste Woche sollte es verkauft werden. Es war ein seltsames Gefühl, hier in diesen Räumen zu stehen, umgeben von all den Menschen, die er gekannt hatte. Er selbst hatte diese Party geplant, schon vor Monaten, ohne zu wissen, dass er nicht mehr da sein würde, um die Rolle des Gastgebers zu übernehmen.

Einen Vorteil hatte es, dass die Party in den Räumen stattfand, die für Madeleine voller schmerzlicher Erinnerungen steckten. Es bedeutete, dass sie gehen konnte, wann sie wollte. Ihr blieb die Möglichkeit zur Flucht.

„Madeleine, Liebling", sagte Wornich, während er den dicken Rauch in die Luft blies. „Ich muss dich etwas fragen. Ich weiß, dass du dieses Fest in Gedenken an deinen Vater veranstaltest. Aber was ist der wahre Grund für die Party? Die Suche nach einem Ehemann?"

An diese Frage war sie so gewöhnt, dass sie sich nicht einmal mehr beleidigt fühlte. Nach dem Tod ihres Vaters hatten alle erwartet, dass sie sich einen Mann suchen würde, der das Ruder beim *Courier* übernehmen konnte. Oder einen Magnaten, der ihr den Verlag abkaufte.

Madeleine hatte sich für eine völlig andere Richtung entschieden. Sie hatte beantragt, dass das Kuratorium sie als Herausgeberin einsetzte. In letzter Zeit arbeitete sie bis zur Erschöpfung, weil sie die Aufgaben des Chefredakteurs übernommen hatte. Niemand verstand, warum sie das tat.

Sie wusste, warum. Madeleine suchte nach einem Weg, sich selbst zu definieren. Sie wollte in den Spiegel schauen und einen Menschen sehen, der etwas bewegte. Wichtige Entscheidungen traf. Nützliche Dinge tat. Dinge, die sie menschlich machten.

„Sei nicht albern, William", sagte sie, während sie mit der Hand wedelte, um den Rauch zu vertreiben. „Die Männer, die ich kennenlerne, haben es entweder auf mein Geld abgesehen oder auf meine gesellschaftliche Position. Oder sie haben solche Angst vor mir, dass sie am liebsten im Erdboden versinken würden."

„Trifft das auf alle Männer zu?"

„Ausnahmslos."

Als William sich unter eine Gruppe von Buchkritikern mischte, nutzte Madeleine die Gelegenheit, in der Damentoilette ihre Kontaktlinsen herauszunehmen. Vom Zigarrenrauch brannten ihre Augen. Nun würde sie zwar nicht mehr viel sehen, aber das störte sie nicht. Ihre Kurzsichtigkeit würde die langweilige Gesellschaft nur erträglicher machen.

Während sie in den Spiegel starrte, dachte sie über ihr Gespräch mit William Wornich nach.

„Trifft das auf alle Männer zu?"

„Ausnahmslos."

Vor sich selbst musste sie allerdings zugeben, dass es eine Ausnahme gab … Jack Riley.

Der Gedanke an ihn ließ ihr vor Abscheu eine Gänsehaut über den Rücken laufen. Obwohl sie ihn kaum kannte, war sie bereits davon überzeugt, dass Jack Riley alles in sich vereinte, was sie an Männern hasste. Er war ungehobelt, ungepflegt, respektlos und arrogant.

Und er war der talentierteste und zuverlässigste Journalist in ihrer Redaktion.

Sie wusste, dass sie sich von ihm nicht provozieren lassen sollte, aber er hatte eine lästige Art, ihr auf die Nerven zu fallen. Dieser entsetzliche Fünftagebart und dieser Zopf im Nacken. Dieser beißende Spott, der sie jedes Mal wie eine Betrügerin dastehen ließ, diese überhebliche Scher-dich-zum-Teufel-Haltung. Er hatte das Gebaren eines Mannes, der das Leben in großen Stücken abbiss und keine Nachsicht mit denen übte, die vorsichtig und schüchtern waren.

So wie sie.

Ihr Auftritt in den Redaktionsräumen war eine Katastrophe gewesen. Sie hatte sich unter die Schreiber gemischt und sogar gehofft, sie könnte dazugehören. Was für ein Irrtum. Ein Witz. Wie ein Fisch auf dem Trockenen hatte sie sich gefühlt. Keiner der Redakteure schien zu bemerken, dass sie nur unsicher war. Und schon gar nicht dieser unerträgliche Mr Riley, der selbst alles andere als schüchtern war. Er kannte sie nicht einmal. War erst ein einziges Mal mit ihr zusammengetroffen. Warum also schien er es auf sie abgesehen zu haben?

Während sie diese Gedanken zu verdrängen suchte, nahm sie ihre Kontaktlinsen heraus und verwahrte sie in ihrer perlenbesetzten Abendtasche. Dann beugte sie sich vor, um einen kritischen Blick auf ihr leicht verschwommenes Spiegelbild zu werfen. Sie hätte den Lippenstift nachziehen sollen, bevor sie die Kontaktlinsen entfernt hatte.

Mit einem Seufzer beschloss sie, dass die Welt einer Madeleine Langston ohne frischen Lippenstift begegnen musste. Sie trat aus der Damentoilette direkt in den grellen Schein eines Blitzlichts. Das Lächeln erschien automatisch auf ihrem Gesicht, wenn jemand sie für den Gesellschaftsteil eines Blattes fotografierte. Die Konversation über das Verlagswesen, das Erbe ihres Vaters, beherrschte sie fließend. Niemand in dieser eleganten Gesellschaft wäre auf den Gedanken gekommen, dass sie sich in ihrer Haut nicht wohlfühlte.

Oder dass sie unbeschreiblich einsam war. Es war kurz vor Weihnachten, und sie würde die Feiertage mit ihrer Katze verbringen. Einfach zu erbärmlich.

Und wieder wanderten ihre Gedanken zu Jack Riley. Er langweilte sich bestimmt nicht. In diesem Moment zog er wahrscheinlich mit etwas skandalös Engem aus schwarzem Leder bekleidet auf Schlittschuhen seine Kreise auf dem Teich im Central Park.

Jack war gelangweilt.

Er blickte auf die Ordner, die auf seinem Schreibtisch lagen. Diesmal schuldeten Derek und Brad ihm wirklich etwas. Er hatte ihre Artikel für sie überarbeitet. Ihre langweiligen, fantasielosen Artikel. Auch er hatte seit Wochen keine pikante Story zu Papier gebracht. Was war mit den Leuten in Manhattan los? Wo blieben die Morde und Überfälle, wenn man sie brauchte?

Jack schloss seinen Schreibtisch ab, schaltete den Computer aus und verließ das Büro. Automatisch duckte er sich, um nicht gegen den getrockneten Mistelzweig zu stoßen, der über der Tür von der Decke herabhing. Auf dem langen Korridor begegnete er einer der Putzfrauen.

„Machen Sie wieder Überstunden, Jack?", rief sie ihm zu.

Er grinste. „So bald werde ich nicht in die Chefetage aufsteigen, Cora."

„Na gut, aber haben Sie wenigstens schon mal an ein neues Auto gedacht?"

„Ein Auto? Bei meinem Gehalt?", fragte er zurück. Seinen Mercury Marquis hatte er längst verkauft. Der Wagen hatte seine besten Zeiten schon hinter sich gehabt, als Jack vor sechs Jahren damit von Muleshoe, Texas, nach Manhattan gefahren war, mit nichts im Gepäck als einem Journalistendiplom und einer Handvoll Träume. „Ich nehme die U-Bahn."

„Seien Sie vorsichtig, Jack."

Schon fünf Minuten später, als er Richtung Lexington ging, hatte er allen Grund, sich an diese Warnung zu erinnern. Er sah zwei junge, ungepflegte Kerle, die über einen kleinen Mann herfielen.

Ich lebe jetzt in New York, ermahnte er sich im Stillen, während er im Laufschritt auf die dunklen Gestalten zusteuerte. Als New Yorker müsste ich eigentlich die Straßenseite wechseln und wegsehen. Aber in seiner Brust schlug das Herz eines waschechten Texaners, eines Mannes, der Gewalt und Ungerechtigkeit zutiefst verabscheute.

Mit langen Schritten lief er über das vereiste Pflaster. Einer der beiden zwielichtigen Typen hatte den kleinen dicken Mann gegen die Hauswand gedrückt und hielt ihn fest, während der andere seine Taschen durchsuchte.

Jack startete einen Überraschungsangriff. Er versetzte dem Mann, der ihm den Rücken zugekehrt hatte, einen Fausthieb gegen die Schulter und schickte ihn damit in einen Schneehaufen. Der Mann taumelte und brach schließlich, möglicherweise durch Drogenkonsum geschwächt, ohne jede Gegenwehr in einem Haufen aus Abfall und Pappkartons zusammen.

Eine Faust traf Jack in die Magengrube. Augenblicklich spannten sich seine durchtrainierten Muskeln an, sodass er den Schmerz kaum spürte. Er setzte einen gezielten Kinnhaken an. Sein Angreifer hielt sich das Gesicht und flüchtete wimmernd. Inzwischen hatte sich der schmierige Komplize aufgerappelt.

Breitbeinig baute Jack sich auf, für einen eventuellen Angriff gewappnet. Der Straßenräuber taxierte ihn ein, zwei Sekunden. Dann folgte er stolpernd seinem Kollegen.

Im ersten Impuls wollte Jack die beiden verfolgen, doch ein Blick in das blasse, schweißüberströmte Gesicht des Opfers hielt ihn zurück.

Der übergewichtige Mann war auffällig gut gekleidet. Sein Schnurrbart und der Spitzbart am Kinn waren perfekt gepflegt. In seinen zitternden Händen hielt er einen Spazierstock mit Messinggriff.

„Sind Sie verletzt?", fragte Jack. Er bückte sich und hob einen eleganten Hut auf, den er dem Mann reichte.

„Nein. Nur erschrocken." Der Mann zog ein seidenes Taschentuch aus seiner Manteltasche und wischte sich die Stirn ab. Dann setzte er seinen Hut auf. „Vielen Dank."

Im nebligen Licht der Straßenlaterne musterte Jack das aschfahle, pausbäckige Gesicht. „Sind Sie sicher? Soll ich nicht lieber einen Arzt rufen?"

„Nein. Ich gehe in den Laden zurück und rufe mir ein Taxi. Ich habe einen Truck, aber im Moment möchte ich mich nicht hinters Steuer setzen." Während er Jack betrachtete, schien er sich an seine Umgangsformen zu erinnern. „Verzeihen Sie. Sie haben mir das Leben gerettet, und ich habe mich nicht einmal vorgestellt." Er streckte ihm die Hand entgegen, ohne den Handschuh auszuziehen. „Harry Fodgother."

„John Patrick Riley. Nennen Sie mich Jack." Er konnte den kleinen Mann sofort einordnen. Noch aus seiner Anfangszeit als Redakteur war ihm der Name vertraut, der damals häufig in der Gesellschaftsspalte aufgetaucht war. Jeder, der etwas auf sich hielt, trug einen Harry-Fodgother-Smoking. „Sie sind der Schneider, habe ich recht?"

Mit gespielter Verachtung verzog Harry das Gesicht. „Herrenausstatter, bitte schön!" Dann lachte er. „Wenn ich mich so nenne, kann ich den doppelten Preis verlangen."

Er zog einen dicken Schlüsselbund aus seiner Tasche und öffnete eine schwere Stahltür mit der Aufschrift „Liefereingang". Jack folgte ihm durch einen großen Raum, vollgestopft mit Stoffballen, Nähmaschinen, Schaufensterpuppen und Zuschneidetischen. An den Wänden hingen Plakate mit Who's-who-Typen, die Fodgothers Kreationen präsentierten.

Durch eine Doppeltür gelangten sie in den Laden. Bei jedem Schritt sank Jack nun zwei Zentimeter tief in einen Teppich ein. Der Verkaufsraum war in Leder, Messing und Jägergrün gehalten. Er erinnerte an einen englischen Club. Selbst die Jagdszenen an den Wänden fehlten nicht. Und es gab keinen Hinweis darauf, dass man hier etwas kaufen konnte. Kein einziges Kleidungsstück war zu sehen. Jack vermutete, dass sie in den antiken Schränken und Kommoden verstaut waren.

„Ein netter Laden", bemerkte er.

„Nicht wahr?" Harry schaltete die grüne Schreibtischlampe an und nahm den Telefonhörer ab. „Unter dem Tresen dort drüben ist ein Kühlschrank. Nehmen Sie sich ein Bier."

Jack öffnete zwei Flaschen Bier. Inzwischen rief Harry ein Taxi. Als er aufgelegt hatte, fragte Jack: „Wollen Sie den Überfall der Polizei melden?"

Fodgother schüttelte den Kopf. „Das waren nur zwei arme Schlucker. Junkies wahrscheinlich. Ich habe sie nicht einmal richtig gesehen. Und bevor sie mir irgendetwas stehlen konnten, sind Sie dazwischengegangen. Die Polizei hält mich den ganzen Abend auf, und …" Er hielt inne, als er sah, dass Jack etwas aus seiner Tasche zog.

„Verdammt", sagte Jack stirnrunzelnd. „Ich dachte, das hätte ich weggeworfen." In der Tat hatte er die Einladung weggeworfen, aber aus einem unerklärlichen Grund hatte er sie wieder an sich genommen. Vielleicht um sie seiner Mutter zu zeigen, die immer etwas über seine hochtrabenden Freunde in New York erfahren wollte. Es schien einfach nicht in ihren Kopf zu gehen, dass er nicht regelmäßig mit John F. Kennedy junior verkehrte.

Er kam hinter dem Tresen hervor und gab Harry ein Bier. „Sie arbeiten aber lange", bemerkte er. „Prost."

Harry hob seine Bierflasche. „Sie sind nicht von hier?"

„Aus Texas. Aber mein Akzent verschwindet allmählich."

Harrys Blick fiel auf die Einladungskarte. Er las. Dann schlug er sich mit der flachen Hand gegen die Stirn. „Eine Einladung von Madeleine Langston! Wie um alles auf der Welt sind Sie an diese Einladung gekommen?"

Jack nahm einen Schluck von seinem Bier. „Sie ist mein Boss. Sonst auch bekannt als göttliche Hexe."

„Ein prachtvolles Weib. Sie ist eine Weile mit einem von meinen Sechsundvierzigern ausgegangen."

Jack grinste, als er sich Madeleine Langston in Begleitung eines leeren Anzugs vorstellte. Doch sein Vergnügen war kurz, denn der leere Anzug verwandelte sich plötzlich in das Abbild seiner selbst. Er verlor den Verstand. Er war krank. Er wollte sie.

„Behaupten Sie nicht, es hätte Sie nicht erwischt." Harry zeigte mit seinem Stock auf Jack. „Ich war auch einmal jung."

„Sie ist eine Schneekönigin", protestierte Jack. „Bei einer Skulptur aus Eis hätte ich mehr Glück."

„Mir scheint, der Gentleman protestiert zu viel."

„Ich kenne sie außerdem kaum. Habe sie nur einmal oder vielleicht zweimal gesehen. Und glauben Sie mir, die Welt geriet nicht aus den Fugen."

„Dakota", murmelte Harry. „Das ist die alljährliche Party ihres verstorbenen Vaters." Er schüttelte traurig den Kopf. „Es ist für sie das erste Jahr ohne ihren Vater. Und für die Party das letzte Jahr. Überlegen Sie mal, wie sie sich fühlen muss."

Jack würgte sein Bier herunter. So wie Harry von ihr sprach, erschien Madeleine ihm wie ein Mensch, jemand mit Gefühlen, der auch verletzlich war. Das sollte ihn eigentlich nicht berühren. Tat es aber.

„Wahrscheinlich tanzt sie Löcher in den Teppich", sagte er.

„Wahrscheinlich trinkt sie zu viel und lächelt zu viel und wünscht sich sehnsüchtig, jemand würde kommen, der sie rettet."

„Woher wollen Sie das wissen?", fragte Jack.

Wieder zeigte Harry mit dem Stock auf Jacks Brust. „Ich weiß es eben. Glauben Sie mir."

Hartnäckiger kleiner Zwerg, dachte Jack. Harry musterte ihn. Sein prüfender Blick war so durchdringend, dass Jack rote Ohren bekam. „Ich glaube, ich entspreche nicht ganz Ihrer gewohnten Klientel, habe ich recht?"

„Ich liebe die Herausforderung. Vielleicht ist unter den Lumpen ein Prinz verborgen." Harry ging mehrmals um Jack herum und ließ dabei seinen Stock durch die Luft kreisen. „Jack Riley", sagte er schließlich. „Ich werde Sie ausstaffieren, dass Sie sich selbst nicht wiedererkennen. Wie durch Zauberei. So etwas haben Sie sich nicht einmal im Traum vorgestellt."

„Also, eigentlich lege ich auf Kleidung keinen Wert, Harry."

„Bitte, bitte. Haben Sie noch nie den Wunsch verspürt, einen Saal voller Menschen zu betreten und sie buchstäblich umzuhauen?"

„Nur, wenn es Republikaner sind."

„Bah. Sie machen Scherze, wo Sie doch auf diesen Ball gehen und die Frau Ihrer Träume treffen könnten."

Jack lachte laut und herzlich.

Wieder hob Harry seinen Stock und zeigte auf ihn. „Erlauben Sie mir, dies für Sie zu tun. Sie haben mir das Leben gerettet."

„Ich bin wirklich mehr der häusliche Typ, der mit einem Bier vor dem Fernseher sitzt, Harry."

„Wunder geschehen jeden Tag, mein Junge."

Jack vergrub die Hände in den Taschen seiner Yankee-Jacke. „Sie ist nicht mein Typ."

„Ich glaube, Sie sind der Typ, der gern ein wenig Spaß hat. Eine einsame Lady auf einer Party, wo jeder irgendetwas von ihr will. Diesen Gedanken kann doch niemand ertragen." Harry warf einen bedeutungsvollen Blick auf die Einladungskarte. Dann trat er zu Jack heran und nahm ihm als Erstes die Brille ab. Es war ihm anzusehen, dass die bevorstehende Verwandlung des abgerissenen Reporters ihm Vergnügen bereitete. „Trinken Sie Ihr Bier aus, Cowboy. Es gibt eine Menge Arbeit, wenn wir das erreichen wollen, was mir vorschwebt. Und viel Zeit haben wir nicht."

Jack fügte sich ergeben in sein Schicksal. Im Kampf mit der Dankbarkeit entwickelte wohl selbst die Hölle nicht den Zorn dieses Schneiders … Verzeihung, Herrenausstatters.

3. KAPITEL

*M*adeleine ertappte sich dabei, wie sie wieder auf die Uhr schaute. Halb elf. Ganze zwei Minuten waren vergangen, seit sie das letzte Mal nachgesehen hatte. Ihr Plastiklächeln hatte sie hundertmal gelächelt, hundert hohle Begrüßungen gemurmelt und hundertmal an ihrem Dom Pérignon genippt. Der Schampus begann seine Wirkung zu zeigen.

Wie immer, wenn sie einen Schwips hatte, war sie taktvoll und vorsichtig. Alles, was sie sah, präsentierte sich in einer angenehmen Unschärfe. Ihr Blick fiel auf ein Model in einem Kleid, das aussah, als wäre es komplett aus Öffnungslaschen von Sodadosen konstruiert. Madeleine unterdrückte ein Kichern.

Das fiel ihr nicht schwer, als sie Britt Beckworth III auf sich zukommen sah. Mit seinem kantigen Kinn, dem gestriegelten Haar und seinem hohlen Kopf war er eine lebende Ken-Puppe.

Madeleine flüchtete sich hinter eine Steinskulptur im Foyer. Was habe ich nur an mir, dass ich auf langweilige, eitle Männer wie ein Magnet wirke, fragte sie sich. Und auch auf boshafte, eifersüchtige Frauen. Warum konnte sie nicht einfach einen Freund haben?

Auf der ganzen Party konnte sie keinen Kandidaten entdecken. Derek und Brad aus dem Nachrichtenraum warfen ihr unentwegt lüsterne Blicke zu, nicht ganz das Gefühl, das sie in Männern erwecken wollte.

Sehnsüchtig schaute sie zum Eingang und steuerte schließlich unwillkürlich darauf zu. Ihre Gedanken waren bei einem kleinen roten Auto eines italienischen Herstellers mit einem unaussprechlichen Namen. Es stand in der Garage, vollgetankt und auf Hochglanz poliert. Hätte sie doch nur nicht so viel Champagner getrunken und ihre Kontaktlinsen nicht entfernt. Dann könnte sie jetzt in ihr Auto steigen und einfach losfahren. Schnell und weit weg. Bis sie einen Ort erreichte, wo der Name Madeleine Langston keine Bedeutung hatte.

Sie wollte etwas Wildes und völlig Verrücktes tun. Einmal in ihrem Leben die Kontrolle verlieren. Oder, was ihr noch reizvoller erschien, die Kontrolle jemand anderem übergeben, jemandem, dem sie vertrauen konnte. Jemand, der ihr Herz im Sturm eroberte.

Ich wünsche mir, dachte sie. Ich wünsche mir … Sie schloss die Augen und versuchte, ihre Sehnsüchte zu vertreiben. Aber es gelang ihr nicht. Sie wusste, dass so etwas im wirklichen Leben nicht passierte, und trotzdem …

Sie legte die Hand auf den Türknauf. In diesem Moment wurde der Knauf von außen gedreht. Madeleine trat erstaunt einen Schritt zurück, während sie sich ihre Entschuldigung zurechtlegte. Ich freue mich, dich zu sehen, Darling, aber ich muss leider weg, übte sie im Stillen. Wir treffen uns zum Lunch …

Die Tür ging auf.

Die Entschuldigungen erstarben Madeleine auf der Zunge. Wie in Trance trat sie einen weiteren Schritt zurück und war plötzlich davon überzeugt, dass sie gestorben war und sich im Himmel wiederfand.

Er war etwa eins neunzig groß, selbst nachdem er seinen schwarzen Stetson abgesetzt hatte. Sein dichtes schwarzes Haar glänzte vor Vitalität. „Hallo, Darling", begrüßte er sie gut gelaunt, während er ihr die Einladungskarte reichte. „Hiermit bin ich am Portier vorbeigekommen. Komme ich auch an Ihnen vorbei?"

„Nur, wenn ich es nicht verhindern kann", murmelte Madeleine, ohne nachzudenken. Ihr bewundernder Blick wanderte zu seinem gepflegten Haar. Das Kerzenlicht verlieh den Wellen, die über den Kragen seines schneeweißen Hemds reichten, einen rötlichen Schimmer. Der elegante schwarze Smoking hob seine breiten Schultern hervor. Er trug ihn offen, sodass man das edle Hemd mit den spanischen Falten und den Florentinerknöpfen sah. Die schwarze Anzughose umspannte seine schmale Taille. Dazu trug er schwarze Cowboystiefel mit extrem schmaler Spitze.

Als sie sein markantes, frisch rasiertes Gesicht betrachtete, hatte sie das Gefühl, diesen Mann zu kennen. In gewisser Weise erschien er ihr sogar äußerst vertraut. Als er ihr aber sein charmantes Lächeln schenkte, war sie davon überzeugt, dass sie dieses Gesicht noch nie gesehen hatte. Allenfalls in ihren schönsten Träumen.

„Darling", sagte er ungeduldig, „wenn wir hier noch länger herumstehen, wird uns jemand mit dem Kleiderständer verwechseln."

„Natürlich", erwiderte sie, bevor sie seine Einladung auf dem Tisch neben dem Eingang ablegte. „Kommen Sie herein, Mr …"

„Patrick. John … Patrick. Nennen Sie mich John, Miss …"

„Madeleine", sagte sie hastig. Aber es gefiel ihr besser, wenn er sie Darling nannte.

„Tanzen Sie mit mir, Darling." Er legte seinen Hut auf den Tisch.

Die Swing-Band spielte einen melancholischen Song aus den Vierzigerjahren. Die Bluesklänge erschienen ihr plötzlich unwiderstehlich. Mit einem wundervollen Gefühl der Unbeschwertheit, als ob der

Champagner ihr Flügel verliehen hätte, legte Madeleine ihre Hand in seine und ließ sich von ihm in den Himmel entführen.

Zu seinem größten Erstaunen fand sich Jack Riley auf dem Tanzparkett wieder und wiegte sich zu einer langsamen, schwermütigen Melodie mit Madeleine Langston in seinen Armen.

Eine unfassbare Situation. Entweder spielte sie das Spiel mit, oder sie erkannte ihn wirklich nicht. Konnten Harry Fodgothers Zauberkünste eine so perfekte Verwandlung bewirken?

Als er sich zufällig in einem antiken Spiegel erblickte, begann er daran zu glauben, dass ihn tatsächlich niemand erkannte. Seine Hornbrille war verschwunden. Der elegante Smoking, die Stiefel und die Frisur verwandelten eine graue Maus aus Brooklyn in einen Stadtcowboy. Dazu sein übertrieben gedehnter texanischer Akzent, und die Maskierung war perfekt.

Vielleicht.

Beinahe unbewusst legte er den Arm fester um ihre Taille und wurde von einem unerwartet erotischen Gefühl überrascht. In seinen Armen war die Eisprinzessin nicht aus Eis. Sie war warm. Weich. Berührbar.

„Gefällt Ihnen die Party?", fragte er, während er zuschaute, wie sein Atem durch ihr Haar wehte. Kleine Lockenbüschel zierten ihre Schläfen und den Nacken. Den Rest hatte sie in einem Perlenband zusammengefasst.

„Mm. Mittlerweile, ja. Ich habe mich seit Wochen vor dieser Party gefürchtet." Sie schenkte ihm ein traurig-süßes Lächeln, das ihn im Innersten berührte. „Dies ist die Wohnung meines Vaters. Er ist verstorben. Aber ich hatte das Gefühl, ich bin es ihm schuldig, diese traditionelle Party ein letztes Mal zu veranstalten."

„Mein Beileid zum Tod Ihres Vaters."

„Ich werde damit fertig." Ihre Oberschenkel berührten sich, als sie die Richtung auf der Tanzfläche änderten. Ihr Lächeln nahm einen koketten Ausdruck an. „Es ist eine großartige Gelegenheit, Männer aufzulesen."

Er schluckte. Seine Kehle war plötzlich wie ausgetrocknet. „Gehört das zu Ihren Gewohnheiten?"

Sie lachte. „Sie sind der Erste. Und ich glaube, Sie sind es wert."

Ihr freimütiges Eingeständnis schockierte ihn. Sie wusste Bescheid. Natürlich, sie spielte mit ihm. Dennoch stiegen Zweifel in ihm auf. Madeleine Langston war unfähig, zu lügen. Noch vor wenigen Stunden hatte sie versucht, ihm vorzumachen, sie würde sich freuen, wenn er zu ihrer Party kam. Es war ein kläglicher Versuch gewesen, der auf ganzer Linie missglückte. Jack hatte gesehen, wie sie sich verkrampft hatte, wie ihr die Röte ins Gesicht gestiegen war, bis an die Wurzeln ihrer blonden Haare. Sie war eine schlechte Lügnerin.

Er manövrierte sie über die Tanzfläche zu einer Marmorsäule, wo er stehen blieb und sie zwischen sich und der Säule einsperrte, indem er sich mit einem Arm an der Wand abstützte. Himmel, sie war wunderschön. Wie von Botticelli erschaffen, eine kühle Elfenbeinnixe, die aus ihrem Wasserreich aufstieg. Ihre Augen leuchteten vor Bewunderung.

„Madeleine.“

Sie berührte seine schmale Frackschleife. „Es gefällt mir, wie Sie meinen Namen sagen.“

Plötzlich fühlte sich sein Kragen unbequem eng an. Dies war Irrsinn. „Haben wir … haben wir uns schon einmal gesehen?“ Aufmerksam beobachtete er ihre Reaktion.

Ihr Gesicht war ganz nah. Sie hob die Hand und strich zaghaft über sein Kinn. Wie ein neugieriges Kind. Sein glatt rasiertes Kinn, das Harry Fodgother mit etwas horrend Teurem bespritzt hatte. „Ausgeschlossen“, flüsterte sie, während sie ihre Hand auf seine Brust legte. „Ich hätte es nicht vergessen, wenn wir uns schon einmal begegnet wären.“

Zu spät. Wenn sie es jetzt herausfand, würde sie ihn umbringen.

Von Panik erfüllt, ergriff er ihr Handgelenk und schob ihre Hand weg. „Madeleine, tun Sie das nicht“, sagte er. „Täuschen Sie nicht vor, Sie wüssten nicht …“

„Oh Gott.“ Sie stellte sich auf die Zehenspitzen, um über seine Schulter zu spähen. Ihre Augen nahmen einen wilden, gehetzten Ausdruck an. „Sie kommen.“

Jack blickte sich um und sah William Wornich inmitten einer Schar von Reportern auf sie zukommen. Im Bruchteil einer Sekunde begriff er. Madeleine lebte wie unter dem Mikroskop und wurde regelmäßig von den gebündelten Strahlen der öffentlichen Aufmerksamkeit verbrannt. Er sah die morgigen Schlagzeilen schon vor sich: Verlegererbin tanzt den Twostepp mit mysteriösem Cowboy.

„Kommen Sie.“ Er setzte seinen nagelneuen Stetson auf, legte den Arm um ihre Schulter und flüsterte ihr ins Ohr: „Wir verschwinden von hier.“

Ein Blitzlicht blendete ihn. Er hörte das Surren einer Kamera. Dann sah er Brad und Derek im hinteren Teil des Raums. Mehr Argumente brauchte er nicht, um mit Madeleine die Party zu verlassen. Sie ignorierten die Fragen, die ihnen hinterhergerufen wurden, und flüchteten in den Fahrstuhl. Eine kleine Ewigkeit lang blieben die Türen offen, sodass sie den neugierigen Blicken der herannahenden Sensationsjäger ausgesetzt waren, unter ihnen auch Brad und Derek.

Jack zog seinen Hut tiefer in die Stirn und drückte auf den Abwärtsknopf. Die Türen des Fahrstuhls schlossen sich.

Als der Lift sich in Bewegung setzte, lehnte Madeleine sich erleichtert gegen die Wand. Ein Lächeln umspielte ihre Lippen. „Danke."

„Gern geschehen, Ma'am."

„Ich habe meinen Mantel vergessen."

„Soll ich zurückgehen und ihn holen?"

„Nein. Auf keinen Fall."

Galant, wie man es erwarten würde, zog er sofort seinen Smoking aus und legte ihn Madeleine um die Schultern. Sie versank in den schwarzen Stoffmengen. Als sie aufblickte und ihn anlächelte, verspürte er ein prickelndes Gefühl, einen magischen Zauber.

„Wohin fahren wir?", fragte sie.

Er sah auf das Tableau mit den Etagenknöpfen. „In die Parkgarage?"

Sie lachte ein glockenhelles Lachen. „Danach, meine ich."

„Nun, wohin möchten Sie?"

Der Fahrstuhl hielt. „Fahren Sie?", fragte sie, als die Türen sich öffneten und sie hinaustrat.

„Ja." Ein dankbarer Harry Fodgother hatte ihm seinen Truck für diese Nacht geliehen. Gegen seinen Protest hatte er ihm die Wagenschlüssel und die Magnetkarte für eine Garage gegeben, in der ein einziger Parkplatz teurer war als Jacks Wohnung in Brooklyn. Der Truck war der Kindheitstraum eines Schneiders mittleren Alters. Groß, schwarz, glänzend und mit allen nur erdenklichen technischen Spielereien ausgestattet, einschließlich einer Hupe, die wie eine Kuh muhte und wie ein Truthahn kollerte. „Wollen Sie fahren?", fragte Jack.

Zögernd biss sie sich auf die Unterlippe. „Heute nicht mehr. Ich habe etwas zu viel Champagner getrunken. Wo wohnen Sie?"

„Wohnen?" Jack brach in Schweiß aus, als er ihr die Beifahrertür aufhielt. Dass es so weit kommen würde, hatte er nicht erwartet. „Oh, ich wohne bei Freunden in White Plains."

Als sie sich in den erhöhten Schalensitz setzte und die Beine über-
einanderschlug, betörte das Geräusch von aneinanderreibender Seide
seine Sinne. Ihre Nahtstrümpfe umspannten die außergewöhnlichsten
Waden, die er je gesehen hatte.

Es war eins von Jack Rileys bekannten Lastern, dass er Frauenkör-
per bewunderte. Er liebte sie ganz einfach. Die weichen Rundungen
und den zarten Duft.

Enttäuschung spiegelte sich in ihrem Gesicht. Sie wirkte so einsam
und verzweifelt, dass er sich sagen hörte: „Wir könnten in einen Club
gehen, wenn Sie wollen."

Sie blickte ihn lange an. „Nach Hause", flüsterte sie schließlich,
während sie ihre Hand sanft auf seinen Arm legte. „Ich möchte, dass
Sie mich nach Hause bringen."

4. KAPITEL

*M*adeleines Hand zitterte ein wenig, als sie im Fahrstuhl die Sensortaste auf der Schalttafel berührte. Schweigend fuhren sie zu ihrer Wohnung in der Park Avenue hinauf, umgeben von mattgelben Lampen und bronzegetönten Spiegeln. Sie hatte sich auf der Party vorgenommen, etwas Ungewöhnliches und Verwegenes zu tun. Diesen Anspruch erfüllte die Situation, in der sie sich jetzt befand, zu hundert Prozent.

Sie dachte an das letzte Mal, als sie einen Mann mit nach Hause genommen hatte. Ein kompletter Reinfall. Die erste Stunde war damit vergangen, dass er einen Vortrag über ihre Gemälde von Monet und die Baccarat-Objekte hielt. Danach versuchte er eine Stunde lang, sie ins Schlafzimmer zu manövrieren, und in der dritten Stunde versuchte er herauszufinden, warum sie ihn wegen plötzlicher Kopfschmerzen wegschicken wollte.

Madeleine musterte ihren Begleiter mit einem verstohlenen Blick. Seine Körperhaltung war entspannt. Er hatte einen freundlichen, warmherzigen Ausdruck in den Augen, dem sie nur zu gern vertrauen wollte.

Hoffentlich ist er anders, betete sie im Stillen. Er muss anders sein.

Geräuschlos öffneten sich die Türen des Lifts. Ihre Hände waren ruhiger, als sie die Magnetkarte einschob und ihre Wohnungstür öffnete.

Eine diskrete indirekte Beleuchtung erhellte den Eingangsbereich und das Wohnzimmer. Jack nahm seinen Hut ab und legte ihn auf den Schirmständer. Sie schlüpfte aus seinem Smoking. Achtlos warf sie ihn auf einen Stuhl. Einen Augenblick lang erregte die mit einem Spot angestrahlte Gartenszene von Monet, die über dem Tisch gegenüber der Wohnungstür hing, seine Aufmerksamkeit.

Madeleine hielt den Atem an. Würde nun der unvermeidliche Diskurs über die Bedeutung der impressionistischen Kunst beginnen?

„Hübsch", bemerkte er nur, während er sich ihr zuwandte.

Sie seufzte erleichtert. „Kann ich Ihnen etwas zu trinken anbieten?"

Er zögerte. „Ein Bier vielleicht."

Sie lachte. „Bier ist ungefähr das Einzige, was ich nicht im Hause habe." Sie ging zur Bar hinüber und deutete auf das stattliche Sortiment an Kristallflaschen mit Remy Martin, Glenmorangie und Frangelico.

„Macht nichts", sagte er. „Wie wäre es mit Champagner? Wirklich schlechter Champagner schmeckt ähnlich wie Bier."

„Schlechten Champagner habe ich nie im Haus."

Er stützte sich mit dem Ellbogen auf den Bartresen und zeigte auf die Kaffeemaschine. „Dann machen wir einen Kaffee."

Das hatte ihr gerade noch gefehlt. „Ich mache den schlechtesten Kaffee der Welt."

„Ich mache den besten Irish Coffee der Welt. Ein wahrhaft himmlischer Genuss." Er löste seine Frackschleife und den Kragenknopf. Das Hemd fiel v-förmig auseinander und entblößte seine rötliche Brustbehaarung. Diesen Anblick fand Madeleine so erregend, dass sie verunsichert den Blick abwandte.

„Ma'am", sagte er. „Sie dürfen einem Meister bei der Arbeit zuschauen." Mit sicheren Handgriffen legte er Filterpapier ein und zählte einige Löffel von der Gourmet-Mischung ab. „Der Trick ist, man nimmt die doppelte Menge Kaffee und die dreifache Menge Whiskey."

„Aha. Auf diese Weise ist man dann so aufgedreht, dass der Geschmack nicht mehr interessiert." Sie öffnete eine Flasche Evian und füllte sie in das Reservoir der Krupps. Während der Kaffee durchlief, holte Madeleine eine kleine Tüte Kaffeesahne aus der Küche. Sie kam an die Bar zurück und beobachtete Jack, wie er eine Flasche irischen Whiskey aufschraubte. Plötzlich breitete sich in ihrem Apartment, das ihr so schrecklich steril und einsam erschienen war, eine gemütliche Atmosphäre aus.

Er lächelte, als er sie erblickte, und nahm ihr die Kaffeesahne ab. „Wohnen Sie hier allein?"

„Ich teile die Wohnung mit Blake."

Sie meinte einen Anflug von Eifersucht in seinen Zügen zu entdecken, war sich aber nicht sicher. Dazu sah sie zu schlecht ohne die Kontaktlinsen. „William Blake ist mein Kater", klärte sie ihn lachend auf. „Manchmal kommt meine Mutter zu Besuch, aber nach dem Tod meines Vaters hält sie sich lieber in wärmeren Gegenden oder auf Kreuzfahrtschiffen auf."

Er sah sie einen Moment nachdenklich an. Dann hob er die Hand, als würde er ihren Arm berühren wollen. Sie wünschte es sich. Aber er ließ die Hand wieder sinken und konzentrierte sich auf die Zubereitung des Irish Coffee.

Schließlich gingen sie ins Wohnzimmer hinüber. Als Madeleine eine Lampe einschalten wollte, ergriff er sanft ihr Handgelenk und hielt sie zurück. „Ich mag es lieber dämmrig", sagte er leise. „Dann können wir die Aussicht auf die Stadt besser genießen."

Sie blickte zum Fenster. In dieser kristallklaren Nacht glich New York einem funkelnden Lichtermeer von besonderer Magie. „Natürlich", sagte sie lächelnd. „Ich vergesse immer wieder, dass Sie ein Tourist sind."

Sie setzten sich auf ein weißes Ledersofa, das zur Fensterfront ausgerichtet war. Madeleine beugte sich vor, um ihre Schuhe abzustreifen. „Sie haben doch nichts dagegen?"

„Nein. Um Gottes willen, Madeleine. Machen Sie es sich bequem."

Seine Verlegenheit war hinreißend. Madeleine lachte ihn an. Dann entledigte sie sich mit einem erleichterten Seufzer ihrer Schuhe.

„Sie haben sich wohl die Füße wund getanzt", bemerkte er.

Noch bevor sie etwas erwidern konnte, zog er ihre Füße auf seinen Schoß und begann eine behutsame Massage. Sie zuckte erschrocken zusammen.

Jack sah sie fragend an. „Bin ich anmaßend?"

„Ja."

„Soll ich aufhören?"

„Nein."

Ein versonnenes Lächeln umspielte seine Lippen, als er mit sanftem Druck ihre Knöchel massierte und dabei jede Bewegung mit den Augen verfolgte. Madeleine durchströmte ein Wohlgefühl, das sie schockierte. Dieser Mann gab ihr Rätsel auf. Er war nett und von einer Freundlichkeit, die sie bei Männern selten erlebt hatte.

Wie weit würden sie heute Nacht gehen? Wie lange würde es dauern, bis er sich als echter Freund oder als Glücksjäger entpuppte? Als Liebhaber oder als Lügner?

„Oh, nein. Das sollten Sie nicht tun", flüsterte er, während er sich zu ihr beugte, bis sie seinen Atem auf ihrer Wange spürte.

Sie begann zu zittern. „Was sollte ich nicht tun?", fragte sie leise.

„Grübeln. Denken Sie nicht nach, Madeleine. Sonst zerstören Sie es."

„Was zerstöre ich?"

„Dies." Er umfasste vorsichtig ihr feines Gesicht mit seinen großen warmen Händen und küsste sie zärtlich auf den Mund.

Sie hielt den Atem an, als sie seine weichen Lippen spürte. Noch nie zuvor hatte ein Mann sie so … Nein, nicht nachdenken. Er hatte recht. Sie verstand es nur allzu gut, sich die schönsten Dinge auszureden.

Madeleine rückte näher an ihn heran und erwiderte seinen Kuss. Es war ein betörendes Gefühl. Bereitwillig ließ sie sich von dem Zauber gefangen nehmen, der ihren Körper in Flammen zu setzen schien. Aber sie wartete vergeblich darauf, dass er den Kuss vertiefte. Unsichtbare Flammen drohten sie zu verschlingen, und er blieb reserviert. Verhalten. Aber warum? Sie hatte sich ihm doch praktisch in die Arme geworfen.

Plötzlich kam ihr ein Gedanke, der sie erstarren ließ. Sie löste sich von ihm und wich ans äußerste Ende des Sofas zurück. „Schwindler!"

Jack spürte, wie ihm schlagartig alles Blut aus dem Gesicht wich. Das Spiel war aus. Womöglich hatte Madeleine es vom ersten Augenblick an gewusst, aber er hatte ihr einen geeigneten Vorwand geliefert, die langweilige Party zu verlassen. Und jetzt, da die Dinge außer Kontrolle gerieten, meldete die Eisgöttin in ihr Protest an.

„Madeleine, ich kann es erklären. Ich …"

„Oh, das würde mich interessieren." Sie nahm ihre Kaffeetasse und trank einen Schluck, dann zuckte sie zusammen, als hätte sie sich die Kehle verbrannt.

„Madeleine, ich hatte nicht vor, es so weit kommen zu lassen, aber …"

„Du bist verheiratet."

„Nein!", widersprach er erleichtert und ein wenig amüsiert. „Hast du das geglaubt? Maddy, ich schwöre, ich bin nicht verheiratet."

„Dann hast du eine … Krankheit oder irgendetwas."

„Bestimmt nicht. Ehrlich."

„Ein Flüchtling?", vermutete sie weiter.

„Okay", sagte er immer noch verblüfft darüber, dass sie ihn nicht erkannte. „Ich bin aus Texas geflohen, um mich zu finden."

„Und ist es dir gelungen?" Sie musterte ihn skeptisch.

„Vielleicht. Ich habe dich gefunden. Das ist schon etwas." Er sah sich in dem sterilen Wohnzimmer um. Ob ihr wohl bewusst war, dass sie in einem perfekten, aber vollkommen unpersönlichen Arrangement von „Modernes Wohnen" lebte? Irgendwie war es trostlos. Öde. Wie der große Tannenbaum, der in einer Ecke des Zimmers stand. Ohne jeden Schmuck. Nur um den Topf am Fuß des Baumes war eine rote Schleife gebunden.

„Ich habe so meine Schwierigkeiten mit Weihnachten", gab sie verlegen zu, als sie sah, in welche Richtung seine Gedanken zielten.

„Ich nicht", erwiderte Jack. „Wo sind die Kerzen und die Dekoration?"

Kaum hatte er diese Worte ausgesprochen, hätte er sie am liebsten wieder zurückgenommen. Idiot, beschimpfte er sich im Stillen. Da hatte er die Gelegenheit, Madeleine Langston zu verführen, und war seinem Ziel schon ganz nah gewesen. Aber anstatt sie in die Arme zu nehmen, bot er ihr an, ihren Christbaum zu dekorieren. Er war auf dem besten Wege, seine Chance zu vertun.

Während sie an ihrem Irish Coffee nippte, sah sie ihn über den Rand der Tasse hinweg aus ihren unergründlichen blauen Augen an. „Vielleicht fange ich an zu weinen", sagte sie leise.

Ein unerwartetes Gefühl der Zärtlichkeit überkam ihn. „Warum?"

„Daddy hat immer viel Aufhebens um Weihnachten gemacht."

Er umfasste ihre Hand. „Verstehe. Wenn du es lieber nicht …"

„Das habe ich nicht gesagt", unterbrach sie ihn. „Ich habe nur gesagt, dass ich vielleicht weine, wenn wir den Baum schmücken. Und ich wollte sehen, ob es dich stört."

„Stören!" Diese Frau überraschte ihn stets aufs Neue. „Darling, glaub mir, es gibt schlimmere Dinge im Leben als eine faszinierende Frau mit einem reizenden Schwips, die sich an meiner Schulter ausweint."

Sie legte den Kopf auf die Seite. „Du hast schöne breite Schultern. Am Ende weine ich vielleicht gar nicht."

Am Ende weinte Madeleine natürlich doch, woran sie beide nicht gezweifelt hatten. Mitten aus dem Lachen heraus schwenkte ihre Stimmung um. Sie waren gerade damit fertig, die Lichterkette auf den dürren Zweigen des Baums zu arrangieren.

Jack steckte den Stecker in die Dose. Die Lichter und der Stern auf der Baumspitze begannen in allen Farben zu funkeln und tauchten den Raum in eine festliche Atmosphäre. Madeleine stand vor dem glitzernden Baum. Ein seltsam entrückter Ausdruck trat in ihr Gesicht. Ihre großen, tränenerfüllten Augen glänzten im Schein der Kerzen. Aus ihrer Frisur hatten sich vorwitzige Locken gelöst, die ihr Gesicht umrahmten.

„Maddy?", fragte Jack sanft, als fürchtete er, ein lautes Geräusch könnte sie wie das Kristallglas eines Zauberers zerspringen lassen.

Lautlos rollten die Tränen über ihre Wangen. Schließlich flüsterte sie: „Deine Schultern sind zu weit weg."

Ein Gefühl von Zärtlichkeit durchströmte ihn. Er nahm sie in die Arme und drückte ihren Kopf behutsam gegen seine Brust. Ihre Tränen sickerten in sein original Fodgother-Hemd. „Schsch", machte Jack. „Ist ja gut." Er verzog das Gesicht. Für jemanden, der den ganzen Tag mit Sprache umging, war er nicht sehr redegewandt.

Nach einer Weile hob sie den Kopf. „Es ist wirklich gut. Ich meine, ich vermisse Daddy. Manchmal habe ich das Gefühl, dass ich nicht einmal den nächsten Atemzug tun kann. Aber dann atme ich. Einen Zug und noch einen Zug, und ich stelle fest, dass die Welt nicht aufhört, sich zu drehen. Dann weiß ich, dass ich es schaffe."

Jack konnte den Impuls nicht unterdrücken. Er küsste sie auf die Stirn. Als er ihre weiche Haut auf den Lippen spürte und ihren Duft einatmete, empfand er etwas, das an Ehrfurcht grenzte. Das Letzte, was er von diesem Abend erwartet hatte, war, Madeleine Langston als zarte, empfindsame und kluge Frau zu erleben.

Ein Mädchen in dem Jugendheim, wo er in seiner Freizeit half, hatte vor Kurzem die Mutter verloren. Diesem Mädchen würde er erzählen, was Madeleine über das Atmen gesagt hatte. Vielleicht half es.

Er gab ihr ein Tuch aus der Kleenex-Schachtel, die auf dem Tisch stand. Madeleine trocknete ihr Gesicht. Dann lachte sie unsicher. „Ich glaube, den Irish Coffee rühre ich besser nicht mehr an."

Jack nahm zwei kleine Flaschen Mineralwasser aus der Bar. Nun tauchte auch der Kater Blake auf. Mit geschmeidigem Gang strich er um den Baum herum und tippte mit den Pfoten gegen die Christbaumkugeln. Madeleine und Jack beobachteten ihn lachend. Dann stießen sie mit ihren Wasserflaschen an.

Sie lehnte sich mit dem Rücken an ihn, als sie mit einem absurden Stolz noch einmal ihr Werk betrachteten. Er streichelte ihren Arm. Schließlich drehte sie sich um, nahm ihm die Flasche ab und stellte sie auf den Tisch. Dann schlang sie die Arme um seinen Nacken und zog seinen Kopf zu sich herab. „Danke", flüsterte sie. „Danke, dass du den Abend mit mir verbringst."

Was war mit ihr los? War sie von Sinnen, dass sie ihm für seine Gesellschaft dankte?

„Ja", sagte er mit einem leisen Lachen. „Es ist wirklich eine Qual für mich, eine schöne Frau in den Armen zu halten."

Madeleine lachte und stellte sich auf die Zehenspitzen. Dann küssten sie sich. Zärtlich schmiegte sie sich an ihn und ließ ihre Hände verführerisch über seine Brust gleiten, während sie sein Hemd aufknöpfte. Jack ließ es geschehen. Seine Erregung wuchs, als sie seinen Gürtel öffnete. Kummerbund hatte Harry diesen schärpenähnlichen

Leibgurt genannt, und Jack hatte einen sarkastischen Kommentar unterdrückt.

Irgendwo schlug eine Uhr Mitternacht und erinnerte ihn daran, dass er ein Schwindler war. Fast fürchtete er, dass seine elegante Hose sich in eine Trainingshose verwandelte. Aber er kam nicht dazu, seine Ängste näher zu untersuchen. Madeleine hinderte ihn daran.

Er spürte ihre Hände auf seiner nackten Brust. Sag es ihr, drängte ihn eine innere Stimme. Sag es ihr, bevor es zu spät ist.

„Maddy", murmelte er.

„Mmm?" Zärtlich knabberte sie an seiner Unterlippe. Im selben Moment vergaß er, was er sagen wollte. Er küsste sie leidenschaftlich.

„Ich glaube, es ist Schicksal, dass wir uns heute begegnet sind", flüsterte sie.

Lady, du kennst nicht mal die halbe Wahrheit.

„Wie meinst du das?", fragte er. Dann strich er mit der Zungenspitze über ihre vollen Lippen.

„Kurz bevor wir uns begegnet sind, hatte ich mir vorgenommen, etwas Wildes zu tun. Etwas Ausgefallenes, was ich sonst nicht tue. Und dann bist du aufgetaucht. Wie aus dem Nichts." Sie nahm seine Hand und führte ihn langsam, aber zielstrebig einen schwach erleuchteten Flur entlang.

Von diesem Schlafzimmer würde jeder Innenarchitekt träumen, dachte Jack, als er den Raum betrat. Den Mittelpunkt bildete ein antikes Himmelbett, dem nur noch die Aufschrift fehlte: Hier schlief Napoleon.

Madeleine zog ihm das Hemd aus der Hose und ließ ihre Hände genießerisch über seine nackte Haut gleiten.

Sag es ihr. Jetzt gleich.

Er löste einen perlenbesetzten Kamm aus ihrer Frisur. Was sollte er ihr sagen? Dass sie Jack Riley verführte? Dass sie gerade ihre geheimsten Gefühle einem Mann offenbart hatte, den sie zutiefst verachtete? Dass das Ekelpaket, das ihr im Verlag das Leben zur Hölle machte, dabei war, sie in den siebten Himmel zu führen?

Es ist noch nicht zu spät. Sag es ihr!

„Maddy", zwang er sich schließlich.

„Mmm?", fragte sie, während sie ihre Lippen über seinen Hals gleiten ließ.

„Warum tust du das, Madeleine?"

Ihr goldblondes Haar fiel in weichen Wellen über ihre Schultern. Noch nie hatte er sie mit offenem Haar gesehen.

„Weil ich es brauche", sagte sie. „Hast du noch nie das Gefühl gehabt, einen Menschen zu brauchen, Zärtlichkeit zu wollen? Das Gefühl, du müsstest sterben, wenn du allein bleibst?"

Großer Gott, sie würde sterben, wenn sie erfuhr, dass sie das eben zu Jack Riley gesagt hatte.

„Doch, das Gefühl kenne ich", gab er zu. Sollte er in dieser Situation wirklich noch Selbstdisziplin üben? Er streichelte ihre Schultern, bevor er den Reißverschluss ihres Kleides öffnete.

Die Entdeckung, die er nun machte, raubte ihm den allerletzten Funken Anstand. Schon vorher hatte er ihre Nahtstrümpfe bewundert. Dass sie aber schwarze Seidenstrapse trug, übertraf seine kühnsten Träume.

Strumpfbänder.

Dieser Anblick machte ihn wahnsinnig. Wenn er Strapse sah, konnte er zum Tier werden.

Als er einen letzten Versuch unternehmen wollte, ihr die Wahrheit zu erzählen, versagte ihm die Stimme.

„Es ist verrückt", flüsterte Madeleine. „Ich weiß nicht, wer du bist und wo du herkommst. Aber ich glaube, ich habe mich in dich verliebt."

John Patrick Riley aus Muleshoe, Texas, hörte diese Worte und wusste zwei Dinge mit absoluter Sicherheit. Erstens, dies würde die unglaublichste Nacht seines Lebens werden.

Und zweitens, was auch immer geschah, es würde sich nie wiederholen.

*V*erdammt, Madeleine", sagte er, während er sein Hemd auf den Boden fallen ließ. „Du hast einfach zu viel getrunken."

Mit einer koketten Geste schlüpfte sie aus ihrem Kleid. „Wenn ich trinke, werde ich nur ehrlich. Was ich dir gerade gesagt habe, habe ich noch nie einem Mann gesagt. Ich vertraue dir. Nenn es Instinkt, wenn du willst. Ich habe das Gefühl, dass ich dir alles sagen kann."

Als er sich bückte, um seine polierten schwarzen Cowboystiefel auszuziehen, wirkte er hinreißend schüchtern. Schmunzelnd stellte sie fest, dass er zu seinem Abendanzug weiße Sportsocken trug.

Dann zog er seine Hose aus. Madeleine schluckte. Mit unverhohlener Bewunderung starrte sie ihn an. Dieser Mann hatte einen perfekten Körper.

„Sie starren, Ma'am", bemerkte er.

Madeleine schluckte noch einmal. „Das letzte Mal, dass ich so einen Körper gesehen habe, war in einem Museum in Italien."

Er lachte und nahm sie in die Arme, sodass sie seine festen Muskeln spürte, den Duft seines teuren Eau de Toilette einatmete und seine persönliche einzigartige Note, die verführerischer war als jedes Parfum der Welt.

„Du kannst dich aber auch sehen lassen", sagte er, während er den Verschluss ihres trägerlosen BHs öffnete. Sein Stöhnen war ein überzeugenderes Kompliment als wortgewandte Schmeicheleien. Als er sie zärtlich zu streicheln begann, fühlte sie sich geliebt und geborgen wie noch nie in ihrem Leben.

Besonderes Gefallen schien er an ihrem Strumpfhalter zu finden. Sie hatte ihn aus einer Laune heraus gekauft, weil sie fand, dass er gut zum Vierzigerjahre-Stil ihres Kleids passte. Aber natürlich hatte sie sich nicht träumen lassen, dass irgendjemand sie darin sah.

Er betrachtete sie nicht einfach nur. Nein, er schien jede Einzelheit mit den Augen aufzusaugen. Es machte sie schwindlig, das Objekt solch unverhohlener Begierde zu sein. Seine Aufmerksamkeit und Konzentration waren ganz und gar auf sie gerichtet. Auf ihre Bedürfnisse, ihre Gefühle und ihre Wünsche.

Und das war der Grund dafür, dass sie sich in diesen Mann verliebt hatte. Für ihr Umfeld und ihren Reichtum schien er sich überhaupt nicht zu interessieren. Sie allein stand im Mittelpunkt seines

Interesses. Er schien genau zu wissen, wonach sie sich sehnte. Er schien zu ahnen, wie sie berührt werden wollte, noch bevor sie selbst es wusste.

Mit ihren Strümpfen ließ er sich Zeit. Wie ein Prinz kniete er sich vor sie hin und rollte die Seidenstrümpfe am Bein hinab. Erst den einen, dann den anderen. Dann stand er auf und küsste sie auf den Mund, zärtlich und genießerisch. Madeleine hatte das Gefühl, zu träumen, als sie schließlich gemeinsam aufs Bett sanken. Im Traum hatte sie einen Augenblick wie diesen schon einmal erlebt, aber sie hätte nicht für möglich gehalten, dass so etwas Wirklichkeit werden konnte.

Sie stöhnte und schmiegte sich an ihn, während sie die Arme um seinen Hals schlang und ihn voller Hingabe küsste. Mit der Zunge erforschte er ihren Mund. Madeleine versank im Reich der Sinne. Sie streichelte ihn, lernte seinen Körper kennen, seine Muskeln. Alles an ihm wirkte geschmeidig und natürlich. Er hatte sich seine Figur bestimmt nicht in einem Bodystudio antrainiert.

Natürlich konnte sie das nicht mit Sicherheit sagen. Dazu wusste sie zu wenig von ihm. Und gerade dieses Geheimnisvolle, das Unbekannte machte den besonderen Reiz aus. Sie verschmolzen miteinander, und er führte sie zu immer neuen Gipfeln der Lust. Glücksgefühle von unbeschreiblicher Intensität durchströmten sie. Sie hörte, wie er ihren Namen flüsterte und schließlich leise aufschrie.

Stille senkte sich wie Schneeflocken auf sie. Sie lagen nebeneinander und hielten sich in den Armen, während sie dem Atmen des anderen lauschten, erstaunt über die Plötzlichkeit und Intensität dessen, was sie gerade erlebt hatten.

Nach einer Weile drehte Madeleine sich auf die Seite und stützte sich auf dem Ellbogen ab, um sein Gesicht zu betrachten. „Ich möchte dir etwas sagen."

Er strich ihr eine ihrer schönen Locken aus der Stirn. „Was denn, Darling?"

„Ich mache so etwas nicht sehr oft." Sie spürte, dass sie bei diesem Bekenntnis dunkelrot wurde.

„Was machst du nicht sehr oft?", fragte er amüsiert.

„Dies … alles." Es war ihr peinlich, und sie fand keine Worte. Aber zum ersten Mal in ihrem Leben war sie in der Lage, über sich selbst zu lachen. „Ich habe so etwas noch nie bei der ersten Verabredung gemacht."

„Darling, es tut mir leid, dass ich dich korrigieren muss, aber wir hatten nie eine Verabredung. Du hast mich auf einer Party aufgelesen. Hast du das vergessen?"

„Oh. Wie schamlos von mir." Sie berührte mit der Zungenspitze seine Brust, nur um seine Reaktion zu sehen. Sein zufriedenes Stöhnen ließ sie lächeln. „Was ich sagen wollte, ist, dass ich nicht der Typ für einen One-Night-Stand bin. Ich möchte, dass du das weißt."

„Sicher." Er lächelte immer noch. „Dann erklär mir, was heute so anders ist?"

„Du", sagte sie ohne Zögern. „Du bist anders. Du erweckst in mir Wünsche …" Sie hielt inne und ließ ihre Hand über seinen Bauch gleiten.

„Was für Wünsche?" Jetzt war sein Lächeln verschwunden. Seine Stimme klang nervös.

„Ich möchte mehr als eine Nacht", flüsterte sie. „Viel mehr."

Er murmelte etwas, das wie ein Fluch klang, und richtete sich auf. Mit einer schnellen Bewegung drehte er sie auf den Rücken und drang in sie ein. Sein Temperament raubte ihr den Atem.

Jack liebte sie bis zur Erschöpfung. Als sie schließlich ihren Kopf an seine Schulter legte und glückselig in den Schlaf hinüberschwebte, machte sie eine erstaunliche Entdeckung.

Manchmal wurden Träume wahr.

Das elektronische Surren eines Hightech-Telefons bahnte sich einen Weg in Jacks Bewusstsein und riss ihn aus dem besten Schlaf, den er seit Monaten gehabt hatte.

Zwischen dem ersten und zweiten Läuten fiel ihm wieder ein, wo er war. Im Schlafzimmer von Madeleine Langston. Mit Miss Maddy persönlich, die nackt in seinen Armen lag.

Heiliger Strohsack.

Zwischen dem zweiten und dem dritten Läuten gelang es ihm, sich aus dem Bett herauszuziehen. Sie stöhnte und seufzte. Dann drehte sie sich auf die andere Seite und zog sich das Kissen über den Kopf.

Sehr gut, dachte er, während er hastig in seine Kleidung schlüpfte. Schlaf weiter, Baby, betete er im Stillen. *Gib deinem Traumliebhaber eine Chance, sich in Luft aufzulösen.*

Beim vierten Läuten war er angezogen und tastete auf allen vieren nach seinem zweiten Cowboystiefel. Wo zum Teufel konnte er …

„Hallo, hier ist Madeleine …"

Jack blieb das Herz stehen, als er ihre Stimme hörte. Dann begriff er, dass es ein Anrufbeantworter war.

„Oh, Maddy", sagte William Wornich mit seiner klatschsüchtigen Stimme. „Mir ist schon ganz schwindlig vor Neugier. Wer war er, Maddy? John Wayne, um Himmels willen?"

Sie murmelte etwas unter dem Kissen.

Oh, verdammt. Jeden Moment würde sie aufwachen.

Jack sah sich vor die Wahl gestellt. Entweder konnte er hier verschwinden und sie mit den glücklichen Erinnerungen an ihren Mystery Man allein lassen, oder er konnte sich als Ehrenmann erweisen. Gestehen, was er getan hatte, und die Konsequenzen tragen.

Er brauchte genau eine halbe Sekunde, um zwischen Held und Feigling die Wahl zu treffen.

John Patrick Riley ließ seinen Cowboystiefel Größe zwölf irgendwo im Schlafzimmer zurück. So schnell er konnte verschwand er aus Madeleines Designer-Apartment und aus ihrem märchenhaften Leben.

6. KAPITEL

ennst du das einen Weihnachtsmann?", fragte Jack, während er an Derek auf und ab blickte. Sie waren im Santiago-Jugendzentrum in Brooklyn. In Jacks engem und vollgepacktem Büro. Draußen auf dem schneebedeckten Basketballhof lungerten ein paar Jugendliche herum. Von nebenan drangen Mädchenstimmen zu ihnen. Dort fand ein Spanischkurs statt.

Derek zupfte an seinem mottenzerfressenen roten Mantel. „Mir war nicht klar, dass du ein Wunder erwartest", brummte er. „Ich weiß sowieso nicht, wie du es geschafft hast, mich zu diesem Unsinn zu überreden, Riley."

Jack rückte seine Brille zurecht. „Vielleicht ist es dein angeborener Sinn für Menschlichkeit und Nächstenliebe, Derek. Deine feste Überzeugung, dass es eine gute Sache ist, benachteiligten Kindern zu helfen." Jack steckte sich ein Juicy Fruit in den Mund. „Ganz zu schweigen von den Knicks-Tickets, die du von mir erpresst hast."

„Vielleicht sind es auch deine ständigen Drohungen, mir die Kniescheibe zu brechen. Warum verschwendest du eigentlich deine Zeit in diesem Loch?"

Wegen Annie, dachte Jack. Eine sechs Jahre alte Wunde riss in diesem Moment wieder auf. Er hatte sie geliebt, wie man einen Menschen nur lieben konnte, aber Liebe allein hatte sie nicht retten können. In gewisser Weise war dieses Jugendzentrum ein Denkmal für seine erste Liebe. Jedes Kind, das nicht in Schwierigkeiten geriet, personifizierte die Hoffnungen, die sich für Annies Leben nicht erfüllt hatten.

Jack rieb sich das Kinn. „Ich hatte einmal eine gute Freundin. Drogen und Bandenkriege haben sie umgebracht."

„Mann, das tut mir leid …"

„Es ist lange her."

Als Derek die Kapuze aufsetzte, fiel der Pompon ab. „In diesem Aufzug kann ich nicht einmal einen Dreijährigen überzeugen."

„Aber natürlich kannst du das", widersprach Jack, obwohl auch ihm Zweifel kamen. Er nahm seine Baseballmütze ab und fuhr sich mit der Hand durchs Haar. „Die Leute glauben, was sie glauben wollen."

Derek stützte sich mit dem Ellbogen auf einen Aktenschrank und fingerte an einer Blumenampel herum. Eine Makramee-Arbeit von Maria, einer der Problemfälle des Jugendzentrums. Jack fragte sich, was aus Maria in letzter Zeit geworden war.

„Was ist eigentlich mit dir los, Riley?", riss Derek ihn aus seinen Gedanken. „Irgendwie bist du anders."

Jack spürte, dass seine Ohren rot wurden. Er setzte seine Mütze wieder auf und zog sie in die Stirn. „Ich weiß nicht, was du meinst."

„Ich weiß auch nicht genau, irgendwie …" Derek sah ihn genauer an. „Hey, du hast dich rasiert. Es geschehen noch Zeichen und Wunder."

Jack versuchte, ein unbeteiligtes Gesicht zu machen, obwohl ihm der Atem stockte. „Ein verschütteter Sinn für Anstand und Ordnung."

„Soso. Wie war es eigentlich gestern Abend? Wie bist du zurechtgekommen?"

Jack wurde blass. Kein Zweifel, Derek wusste Bescheid.

„Nun?", drängte Derek weiter, während er seinen Mantel aufknöpfte. „Erzähl schon!"

„Was zum Teufel soll ich erzählen?" Jack verschluckte sich fast an seinem Kaugummi.

„Wie war sie? Wild und süß?"

„Herrgott, Derek, hör schon auf."

„Ich wollte es auch schon immer mal mit einer wilden Stadtmaus treiben", sagte Derek mit einem wehmütigen Lächeln.

Jack konnte seine Erleichterung kaum verbergen. „Nun, die Sache ist ganz einfach, es wird nie passieren, wenn du es nicht von Zeit zu Zeit versuchst."

„Wahrscheinlich hast du recht." Derek zog den roten Mantel aus. Er hielt ihn hoch und inspizierte ein Loch, das aussah, als stammte es von einer Pistolenkugel. „Die Sache hat keinen Sinn. Sieht aus, als hätte Santa Claus im Tompkins Square Park gewohnt und nicht am Nordpol."

„Du bist zu pessimistisch", sagte Jack. „Vielleicht hast du einen Kater."

Derek zog verächtlich die Mundwinkel nach unten. „Nach einer Party bei Madeleine Langston hat niemand einen Kater. Jeder achtet darauf, dass er nicht zu viel trinkt. Zu gefährlich bei all den Reportern, die nur auf Klatsch und Tratsch aus sind." Er hielt inne und runzelte die Stirn. „Stimmt nicht ganz, was ich sage."

Jack sah ihn scharf an. „Was soll das heißen?"

„Wirklich komisch." Derek stopfte das Santa-Claus-Kostüm in eine abgenutzte Macy-Tüte. „Es gab doch jemanden, der es gestern Abend übertrieben hat. Soll ich dir sagen, wer? Das errätst du nie."

„Nun sag schon", drängte Jack mit gespielter Neugier.

„Madeleine Langston. Bestimmt haben die wenigsten es bemerkt. Aber Brad und mir ist es aufgefallen. Hast du die Zeitung heute Morgen nicht gelesen? Wornichs Kolumne?"

„Wornich lese ich aus Prinzip nicht. Was hat er geschrieben?" Eine Gänsehaut lief ihm über den Rücken, als er an die ironische, durchtriebene Stimme auf Madeleines Anrufbeantworter dachte.

Derek nahm die zusammengefaltete Zeitung vom Tisch und blätterte den Gesellschaftsteil auf. „Lies es selbst", sagte er, während er Jack die Zeitung unter die Nase hielt.

Jack starrte auf das Blatt. Er spürte, wie er ganz langsam rot anlief. Da waren sie abgebildet, Madeleine Langston und ihr charmanter Prinz, wie aus dem Ei gepellt und in einer Pose wie für das Cover eines Liebesromans. Der Mann, dessen Gesicht im Schatten war, beugte sich zu der Frau hinab und flüsterte ihr etwas ins Ohr. Sein Smoking und die elegante Haltung schrien vor Reichtum und Bildung.

Obwohl das Foto gestellt wirkte, strahlte es dennoch Wärme aus. Die Art, wie Madeleines schmale Hand auf seinem Arm ruhte, wie seine ganze Aufmerksamkeit auf sie gerichtet war … Das Foto vermittelte den Eindruck, dass diese beiden Menschen voneinander fasziniert waren. Irgendwie war alles eingefangen. Die Sehnsucht, das Zögern. Scheue Zurückhaltung und zugleich unverhohlene Begierde. Das vorbestimmte Schicksal, dass diese beiden Menschen sich ineinander verlieben würden.

„Dieses Bild ist mit tausend Worten nicht zu beschreiben, was?", fragte Derek.

„Stimmt." Jack legte die Zeitung achtlos beiseite und hob die Macy-Tüte auf. „Ich kenne jemanden, der das Kostüm in Ordnung bringt." Mit Derek im Schlepptau verließ er das Zimmer. „Der beste Schneider in Manhattan. Um es genau zu sagen, ein Herrenausstatter. Wenn er dich anzieht, siehst du wie ein Millionär aus."

„Sicher, Riley."

„Ich meine es ernst." Unwillkürlich dachte Jack an das Foto im *Courier*. „Der Typ kann zaubern."

Bevor sie in die Stadt gingen, führte er Derek durch das Jugendheim. Ein umgebautes Mietshaus, in dem das Santiago-Center seit fünf Jahren untergebracht war.

Fünf Jahre, in denen Erfolg und Versagen einander abwechselten. Und daran würde sich wohl auch in Zukunft nichts ändern. Für jedes

Kind, das sie aus Schwierigkeiten heraushalten konnten, rutschte ein anderes durch die Maschen.

„Ich habe einfach nicht genug Zeit für sie", setzte Jack seinen Gedanken fort, während er Derek die Metalltür zum Innenhof aufhielt.

„Ich werde aus dir nicht schlau, Riley", erklärte Derek kopfschüttelnd. Er trat auf den Basketballhof hinaus.

Jack folgte ihm. Geschmeidig nahm er einem schlaksigen Jungen namens André den Ball ab und spielte ihn Derek zu, der mit einem passablen Wurf auf den Korb punktete. „Jetzt spielt ihr mit Profis", erklärte Derek, bevor einer der Jungen ihm auf den Rücken klopfte und einen Rebound ergatterte. Jack lachte. Er ließ Derek mit den Jungen allein und betrat das Gebäude auf der anderen Seite des Hofs.

Sein Lachen verschwand, als er ein Mädchen dort sitzen sah. Mit einem zusammengeknüllten Taschentuch in der Hand saß es auf einem Metallstuhl und starrte mit leerem Blick auf den Stadtplan, der gegenüber an der Wand hing. Unter dem rechten Auge hatte sie einen Bluterguss, ihre Unterlippe war geschwollen.

Sie war schwanger und sah aus, als könnten die Wehen jeden Moment einsetzen.

Jack räusperte sich. „Kümmert sich schon jemand um dich?"

Das Mädchen hob langsam den Kopf und blickte zu ihm auf. „Hallo, Mr Riley."

Nun erst erkannte er sie. Diese riesengroßen braunen Augen konnte man nicht vergessen. Und er hatte sie seit Monaten nicht gesehen. „Maria", sagte er. Er hockte sich neben sie und ergriff ihre Hände. „Wo bist du die ganze Zeit gewesen?"

„Ich hätte weiter hierherkommen sollen." Ihre geschwollene Lippe zitterte. „Ich habe Probleme, Mr Riley."

„Maria." Er drückte ihre Hand. „Es wird alles wieder gut. Das verspreche ich. Erzähl mir, was passiert ist."

„Es wird nie wieder gut", sagte sie theatralisch wie eine Schauspielerin, ein Talent, das Jack schon bei früheren Gelegenheiten an ihr festgestellt hatte. „Dabei sah alles gut aus. José sagte, er hätte einen festen Job und eine Wohnung. Aber er hat mich sitzen lassen."

Jack kannte den Jungen. Er mochte ihn sogar. José war ein guter Schüler gewesen, fleißig und zielstrebiger als die meisten anderen. Letzten Sommer war er mit der Schule fertig geworden. Jack berührte vorsichtig Marias Wange. „Und was ist mit deiner Familie?"

Sofort begannen Marias Augen vor Wut zu funkeln. „Ich gehe nicht mehr nach Hause", sagte sie. „Das ist nicht mehr mein Zuhause."

Jack fragte nicht nach. Er wusste, dass Marias Mutter wieder geheiratet hatte. „Wann hast du José denn zum letzten Mal gesehen?"

Allein bei dem Gedanken an ihn traten ihr die Tränen in die Augen. „Vor ein paar Wochen."

„Ich mache dir einen Vorschlag. Du gehst in die Küche und kochst dir einen Tee, und ich werde sehen, ob ich José irgendwie ausfindig machen kann."

„Okay." Sie schniefte. Dann erhob sie sich mühsam und ging mit schwerfälligen Schritten Richtung Küche. „Danke, Mr Riley."

„Wir finden schon einen Weg, Maria." Als er ihr nachsah, stieg ein seltsames Gefühl in ihm auf. Maria war selbst noch fast ein Kind, und sie bekam ein Baby. Ein Baby. Jack Riley hatte eine geheime Schwäche. Seine unverfälschte, reine Liebe zu Babys. „Es wird alles gut", sagte er, obwohl Maria bereits verschwunden war.

„Hoffen können wir immer", hörte er eine weibliche Stimme hinter sich sagen.

Er drehte sich um. Schwester Doyle, die Leiterin des Zentrums, stand in der Tür zu ihrem Büro. Sie wirkte ernster als sonst. Ihre Lesebrille war bis zur Nasenspitze heruntergerutscht. Sie trug Jeans und ein Baumwollhemd. Der einzige Hinweis auf ihre Berufung war das Kruzifix, das an einer langen Silberkette um ihren Hals hing.

Sie hielt einen Brief in der Hand. „Unsere Mittel sind gestrichen, Jack. Wir stecken in der Klemme. Der Langston-Trust hat alle Geldmittel gestrichen, mit sofortiger Wirkung. Wir sind Geschichte, Jack. Dieses Heim wird noch dieses Jahr geschlossen, einen Tag nach Weihnachten."

Am Montagmorgen, als Madeleine an ihrem Schreibtisch saß, legte sie verstohlen die Hand auf ihre Brust, um ihr Herz zu fühlen. Komisch, dachte sie. Es fühlte sich nicht anders an. Aber es hatte sich verändert. Es war gebrochen und vielleicht nie wieder zu reparieren.

Als ihr Vater starb, hatte sie auch gelitten. Aber wenigstens hatte sie gewusst, dass sie über ihren Kummer hinwegkommen würde. Sie hatte ihn geliebt, und er hatte sie geliebt. Im Laufe ihres Lebens hatte sie viele Erinnerungen gesammelt, die sie in Ehren hielt und die ihr nun Trost spendeten.

Johns plötzliches Verschwinden dagegen hatte sie in den Grundfesten ihres Glaubens erschüttert. Im Nachhinein erkannte sie, dass es dumm gewesen war, all ihre Hoffnungen und Träume auf eine Nacht mit einem Mann zu setzen, den sie gerade erst kennengelernt hatte. Es war dumm gewesen, dass sie einem Mann diese Macht über sich gegeben hatte.

Zum zehntausendsten Mal blickte sie auf das Farbfoto von sich selbst und John, das im Gesellschaftsteil ihrer Zeitung abgedruckt war. Was für ein Mann! Niemand konnte es ihr verübeln, dass sie sich Hals über Kopf in ihn verliebt hatte.

„Mysteriöser Cowboy erobert Verlagserbin", lautete die Überschrift.

Ja, er hatte sie eingefangen. Er hatte ihr Herz erobert. Und ihren Körper. Selbst in diesem Moment spürte sie trotz ihrer Enttäuschung eine quälende Sehnsucht. Sie hatte ihn berührt, wie sie noch nie einen Mann berührt hatte. Mit ihm hatte sie zum ersten Mal in ihrem Leben die wahre Leidenschaft kennengelernt. Es war wie eine Wiedergeburt. Als würde sie aus einer Schwarz-Weiß-Existenz in die Technicolor-Welt hinaustreten.

Es war das erste und sicherlich auch letzte Mal, dass sie einen Mann schon am ersten Abend mit nach Hause genommen hatte. Die Erfahrung hatte sie in ihren Grundfesten erschüttert. Sie war einfach nicht dafür geschaffen.

Unwillkürlich schloss sie die Augen und erinnerte sich. Die galante Art, wie er ihr seinen Smoking um die Schultern gehängt hatte. Der köstliche Irish Coffee. Die Fußmassage. Wie sie den Christbaum geschmückt hatten und wie er sie getröstet hatte, als sie weinte. Wie sie sich geliebt hatten, bis ihr aus ganz anderen Gründen die Tränen in die Augen traten.

In dieser Nacht hatte sie intensiver gelebt und tiefere Gefühle gehegt als je zuvor.

Übrig blieb nichts anderes als ein gebrochenes Herz und ein Cowboystiefel von Lucchese, Größe zwölf, der, wie das Etikett verriet, aus europäischem Ziegenleder gefertigt war. Ziege. Ein Schauer lief ihr über den Rücken.

Sie schüttelte den Kopf. Das war wirklich zu ironisch. Der Stiefel war der einzige Hinweis, den er hinterlassen hatte. Nicht ganz so ausgefallen wie ein Schuh aus Glas, aber ebenso lächerlich.

Die Haushälterin hatte ihn am Samstagmorgen unter dem Bett gefunden, und sie hatte noch heute Morgen darüber gekichert, als Madeleine ihre Wohnung verlassen hatte, um ins Büro zu fahren.

Noch einmal blickte sie auf das Foto. Sie konnte ein Lächeln nicht unterdrücken. Die Vorstellung, dass er mitten im Winter mit nur einem Schuh bekleidet in die Parkgarage geschlichen war, war einfach zu komisch.

Hoffentlich war er erfroren.

Hoffentlich kam er zu ihr zurück.

„In die Arbeit versunken, Miss Langston?", fragte eine sarkastische Stimme.

Seine Stimme. Natürlich, das war seine ... Dann blickte sie auf, und die Seifenblase zerplatzte. Wütend betrachtete sie Jack Riley in seiner ganzen fragwürdigen Pracht. Eine zerknitterte Yankee-Mütze. Um zehn Uhr morgens schon tiefe Ringe unter den Augen, was auch die dicke Brille nicht verbergen konnte. Ein Sweatshirt mit einem provokanten Slogan auf der Brust.

Aus unerklärlichen Gründen wurde sie plötzlich dunkelrot im Gesicht. „Ich habe Sie nicht anklopfen hören, Mr Riley."

„Ich habe nicht geklopft." Er verzog den Mund zu einem ironischen Lächeln, als sein Blick auf ihren Schreibtisch fiel. „Ich wusste nicht, dass ich Sie bei irgendetwas störe."

Entsetzt streckte sie den Arm aus, um die Zeitung von ihrem Schreibtisch zu entfernen. Er war mit schnellen Schritten bei ihr und legte seine Hand auf die Zeitung.

Als er so dicht vor ihr stand, wanderte ihr Blick unwillkürlich zu seiner engen, zerschlissenen Jeans. Schließlich zwang sie sich, ihm in die Augen zu sehen. Auch wenn sie sich dagegen sträubte, sie konnte eine gewisse Erregung nicht leugnen. Jack Riley besaß Charme, gestand sie sich ein. Den Charme des Naturburschen.

„Madeleine", begann er in einem Tonfall, als würde er ihr einen Antrag machen.

„Ja?" Sie war nervös. Am Freitag hatte er sie provoziert und bloßgestellt. Aber dies klang anders. Noch nie hatte er sie Madeleine genannt.

Er beugte sich vor. Eine aggressive und zugleich zweideutige Geste. Sie war auf alles gefasst. „Was gibt es, Mr Riley?"

„Ich möchte ..." Er benetzte seine Lippen. „Ich möchte, dass Sie mich von der Bestechungsstory freistellen. Setzen Sie Brad oder Derek darauf an."

„Nein." Schlagartig war sie auf dem Boden der Tatsachen zurück.

Und sie hasste ihn für sein Benehmen. „Sie sind der beste Mann für diese Story."

„Es tut mir leid", sagte er, während er sich mit beiden Armen auf den Schreibtisch stützte und sich noch weiter zu ihr beugte. „Ich glaube, ich habe mich nicht deutlich genug ausgedrückt. Ich werde diese Story nicht schreiben."

„Vielleicht habe ich mich auch nicht klar genug ausgedrückt", gab sie zurück. „Sie werden diese Story schreiben. Sie haben keine Wahl."

„Wollen wir wetten?"

„Sie würden verlieren."

„Ach. Was wollen Sie tun? Mich entlassen?"

Sie zögerte. Ihr war klar, dass man sich bei der *Times* oder beim *Trib* um ihn reißen würde. Im Grunde wunderte sie sich darüber, dass er nicht schon längst zu einem größeren Blatt gewechselt war.

Madeleine hasste sich selbst dafür, dass sie auf sein Spiel einging. „Wie wäre es, wenn Sie mir erklären würden, warum Sie diese Story nicht schreiben wollen."

„Ich habe keine Zeit dazu. Ich muss eine andere Story schreiben." Er richtete sich auf und verschränkte die Arme vor der Brust. Selbst durch die dicken Gläser konnte sie sehen, dass sein Blick härter und kälter wurde. „Eine Story über das Santiago-Jugendzentrum in Brooklyn. Das Zentrum soll geschlossen werden, weil die Mittel dafür gestrichen sind."

Er beobachtete sie so eindringlich, dass sie sich fragte, ob seine Erklärung ihr irgendetwas sagen musste. „Wir sind ein Manhattan-Blatt", erwiderte sie achselzuckend.

„Sie sind wirklich eine üble Zeitgenossin, Miss Langston", sagte er voller Überzeugung. Dann blickte er auf die Zeitung, die immer noch auf ihrem Schreibtisch lag. „Aber was kann man schon von einer Frau erwarten, die vor einem Kerl im Smoking und mit Cowboystiefeln dahinschmilzt?"

Sie sprang energisch auf. „Sie könnten vielleicht etwas über Takt und Umgangsformen lernen, Mr Riley."

Er warf den Kopf in den Nacken und lachte so laut, dass die Leute in den Büros draußen die Hälse reckten und zu ihnen herüberstarrten. Dann verließ er ihr Büro.

7. KAPITEL

*E*s war kurz vor Feierabend, als Madeleine schließlich den Mut fand, sich in die Redaktionsräume zu wagen. Unterwegs ging sie rasch in die Damentoilette, um einen Blick in den Spiegel zu werfen.

Sie sah aus wie immer. Perfekte Frisur. Zartes Make-up, ein leichter Glanz auf den Lippen. Schlanke Figur. Ein Anzug von Armani, weicher Angorapullover, dezente Perlenkette.

Und wie immer fehlte etwas an ihr.

Deswegen gefiel ihr das Foto, das sie mit John zeigte, so gut. Bei ihm war sie einfach mehr gewesen, und das hatte sich auch in ihrem Gesicht gespiegelt. Dieses Foto zeigte eine Frau mit Seele oder mit Feuer oder wie immer man es nennen wollte.

Das Einzige, was ihr Feuer verlieh, als sie den Redaktionsraum durchquerte, war ihre Wut. Die meisten Mitarbeiter waren bereits nach Hause gegangen. Derek, Brad und Jack saßen zusammen, tranken Soda und unterhielten sich.

Als sie sich ihnen näherte, wanderte ihr Blick zu ihren Füßen. Sie schaute sich ihre Füße an, um Himmels willen. Sie war besessen. Kein Zweifel, sie musste besessen sein, wenn sie nachschaute, ob einer von ihnen vielleicht Schuhgröße zwölf hatte.

Und einer von ihnen hatte Schuhgröße zwölf.

„Gibt es etwas Neues?", fragte Jack Riley, während er ihrem Blick folgte. „Vielleicht ein Schuhfetischist?"

Sie starrte ihn an. Ja, Riley hatte große Füße. Aber er trug nie etwas anderes als seine berüchtigten Schnürstiefel, die wahrscheinlich aus alten Armeebeständen stammten.

Sie ignorierte seine Bemerkung. „Alles fertig?", fragte sie.

Irgendwo klingelte ein Telefon. Derek stürzte darauf zu und klammerte sich an den Hörer wie an einen Rettungsring. Brad nutzte die Gelegenheit, um sich davonzuschleichen.

Jack nahm zwei Mappen, nach denen er nicht zu suchen brauchte, von seinem Schreibtisch. Die eine schob er zu ihr hinüber. „Hier. Ihr verdammter Abwasserskandal. Der Artikel ist fertig, komplett."

Derek legte den Hörer auf und flüchtete.

„Und dies hier …", er warf die zweite Mappe auf die erste, „… ist die Santiago-Story. Artikel und Kommentar."

„Aber ich habe Sie nicht beauftragt …"

„Glauben Sie mir, das weiß ich, Sweetheart." Seine Stimme sprühte vor Gift. „Jetzt hören Sie mir genau zu. Die Story wird gedruckt, und zwar jedes Wort. Auf Seite eins der Stadtteilnachrichten. Mit Bildern und allem."

„Und wenn ich die Story kippe?", fragte sie.

Er beugte sich vor und zog eine Sporttasche unter dem Schreibtisch hervor. „Dann kündige ich, Prinzessin."

Pfeifend entfernte er sich Richtung Fahrstuhl.

Madeleine wusste nicht, wie lange sie dort stand. Seine Attacke hatte ihr die Sprache verschlagen. Es schien ihm Spaß zu machen, sie zu provozieren. Und seine Verachtung hatte heute eine besondere Schärfe gehabt. Beißend wie der Wind aus der Arktis.

Sie überflog die Abwasserstory. Der Mann war gut, das musste sie ihm lassen. Er brachte die Leute dazu, Dinge zu sagen, die sie besser nicht sagen sollten. Dinge zu enthüllen, die sie besser geheim gehalten hätten. Und er besaß die Begabung, einem Wort wie Abwasser Faszination einzuhauchen.

Zögernd nahm sie sich die Story über das Jugendzentrum vor. Schon bei der ersten Zeile wurde ihr klar, dass sie diese Story drucken würde. Es ging um ein privat finanziertes Zentrum, das fünf Jahre lang für Jugendliche, die Probleme hatten oder von zu Hause weggelaufen waren, als Zuflucht gedient hatte.

Jetzt wurden plötzlich die Mittel gestrichen. Warum hatte Riley ihr das nicht erklärt? Es war doch gar keine Frage, dass sie so eine Story bringen würde. Für wen hielt er sie denn? Madeleine las weiter.

„Miss?", unterbrach eine Stimme sie, bevor sie die nächste Zeile gelesen hatte.

Was denn nun schon wieder? Sie blickte auf und sah einen kleinen, elegant gekleideten Mann auf sich zukommen.

„Ja bitte?", fragte sie mit einem knappen Lächeln.

Als er den Hut lüftete und die Andeutung einer Verbeugung machte, fühlte Madeleine sich an eine vergangene vornehme Höflichkeit erinnert. Es entstand ein dumpfes Geräusch, als er mit seinem Stock auf den Boden tippte. „Sie sind Madeleine Langston, ist das richtig?"

„Ja."

„Harry Fodgother." Er legte seinen Hut und ein großes Paket ab, bevor er ihr die Hand entgegenstreckte. „Herrenausstatter."

Madeleine schüttelte ihm die Hand. „Freut mich. Kennen wir uns?"

„Nicht persönlich." Er schenkte ihr ein charmantes Lächeln, das ihn wie einen Engel mit Rundglatze aussehen ließ. „Ich habe Ihr Foto in der Zeitung gesehen. In der Samstagsausgabe. Ein schönes Foto."

Himmel, hatte denn die ganze Welt dieses Foto gesehen?

„Wie fanden Sie den Smoking?", fragte er ohne falsche Bescheidenheit. „Er ist meine Kreation."

„Er war sehr nett …" Sie krallte ihre Finger in die Mappen, die sie in der Hand hielt. „Sie haben also den Smoking genäht."

„Ja. In der Tat. Es war eine Menge Arbeit, wenn ich das sagen darf."

„Wer ist er?", fragte sie geradeheraus.

Er legte den Kopf auf die Seite. „Wer ist wer?"

„John, der Smoking." Sie wurde rot. „Ich … ich würde gern mehr über ihn erfahren."

„Dann sollten Sie ihn selbst fragen."

„Er … Nun, er ist verschwunden, bevor ich Gelegenheit dazu hatte." Sie kannte weder seine Adresse noch seinen Beruf. Nicht einmal die Telefonnummer. Unglaublich, dass ihr so etwas passiert war.

„Er war wohl auf der Durchreise", sagte Harry nicht ohne Mitgefühl. „Der Smoking war fertig. Ich habe nur ein paar Änderungen vorgenommen."

Es war eindeutig, dass sie aus ihm nicht mehr herausbekommen würde. Kundenprivileg, vermutete sie. Harry zeigte für ihren Liebeskummer kein weiteres Interesse.

„Sagen Sie", begann er mit einem neuen Thema. „Ich habe hier eine Lieferung für Jack Riley." Er deutete auf das Paket. „Ist er da?"

Ihre Augen weiteten sich. Was konnte Jack Riley sich von einem Herrenausstatter liefern lassen? Sie lächelte entschuldigend. „Tut mir leid. Er ist gerade gegangen."

Harry runzelte die Stirn. „Zu dumm! Er braucht diese Sachen dringend."

Sie betrachtete das Paket. „Handelt es sich um eine Art Notfall?"

„Wie man es nimmt." Fodgother lüftete den Deckel des länglichen Kartons. „Er braucht es für eine Weihnachtsfeier."

Madeleine reckte den Kopf, um einen näheren Blick in den Karton zu werfen. Ein so schönes und kostbares Weihnachtsmannkostüm hatte sie noch nie gesehen. „Vielleicht kann ich helfen", sagte sie, ohne nachzudenken.

Harry zog eine Augenbraue hoch. „Sie sind eine reizende Lady, Miss, aber ich glaube nicht, dass Sie als Weihnachtsmann durchgehen würden."

„Ich meinte, ich könnte Mr Riley das Kostüm vielleicht bringen."

„Dafür wären Sie genau die Richtige", erklärte Harry. Er verschloss den Karton wieder und kritzelte eine Adresse in Brooklyn auf den Deckel. „Das ist furchtbar nett von Ihnen, Miss Langston. Sie werden es nicht bereuen. Glauben Sie mir."

Jack und Schwester Doyle saßen an einem Tisch im Gemeinschaftsraum des Jugendzentrums. Einige Jugendliche spielten Schach oder Poolbillard, andere machten Hausaufgaben, während Jack mit der Leiterin die Finanzen des Zentrums durchging. Verzweifelt suchten sie nach einem Hoffnungsschimmer am Horizont.

Sie fanden keinen. Das Santiago-Jugendzentrum war verschuldet und hatte keinerlei Bargeldreserven.

„Dann bleiben uns vielleicht noch drei oder vier Tage, bevor wir schließen müssen", sagte Jack. „Außer Miss Nicht-einmal-Butterschmilzt-in-meinem-Mund bringt meine Story. Dann könnten wir mit Spenden rechnen."

„Warum glaubst du eigentlich, dass sie die Story nicht druckt?", fragte Schwester Doyle.

„*Wir sind ein Manhattan-Blatt*", ahmte er Madeleines hochnäsigen Ostküstenakzent nach.

„Hast du ihr erklärt, wie wichtig es für uns ist?"

„Oh, sicher. Ihr erklären, dass sie eine Story über die Habgier ihrer eigenen Vermögensverwalter drucken muss? Sehr clever." Jack trank einen Schluck heißen Tee, den Schwester Doyle stets bereithielt.

Es schmerzte ihn, Madeleines wahres Gesicht kennenzulernen. Wie sehr er darunter litt, konnte er selbst kaum glauben. Sie machte ihn wahnsinnig. Er wollte in ihr eine empfindsame Frau mit traurigen Augen und einem bewundernswerten Mut sehen. Aber der gesunde Menschenverstand sagte ihm, dass sie zu reich und zu verwöhnt war, um sich ernsthaft für einen Mann zu interessieren. „Wie geht es eigentlich Maria?"

„Unter den gegebenen Umständen recht gut." Schwester Doyle blickte zu dem Mädchen hinüber, das in einem illustrierten Handbuch über Babypflege las. „Ich kann José einfach nicht verstehen. Ich habe ihn immer für einen verantwortungsvollen jungen Mann gehalten. Und nun ist er ohne ein Wort auf und davon."

„Wo sollen Maria und das Kind bleiben?", fragte er frustriert.

„Wenn das Zentrum schließt und José nicht wieder auftaucht, weiß niemand, was aus den beiden wird."

Jack klappte das Hauptbuch zu, nahm seine Brille ab und rieb sich die Augen. „Wir werden einen Weg finden. Und wenn ich vor Madeleine Langston auf den Knien kriechen muss, ich werde alles versuchen."

Er schlenderte zu einem Tisch hinüber, wo zwei Jungen sich mit dem Bleistift duellierten, anstatt ihre Geometrie-Aufgaben zu machen. Mit Einfühlungsvermögen und Gutmütigkeit brachte er sie wieder an ihre Arbeit zurück. Jack hatte den Moment immer genossen, wenn ein Kind für etwas Interesse zeigte. Dieser Aha-Ausdruck in den Augen war unbezahlbar.

Und nun sollte seine Arbeit hier zu Ende sein.

Plötzlich stieß Marco am Billardtisch einen bewundernden Pfiff aus.

„Wahnsinn!", sagte Raul. Beide Jungen starrten zur Tür.

Wie eine Schneeflocke aus dem Nussknacker schwebte Madeleine Langston herein. Sie trug einen weißen Kunstpelz, weiße Stiefel und weiße Handschuhe. Der kalte Wind hatte ihre Wangen und Lippen rot getönt, was das strahlende Blau ihrer Augen verstärkte. Noch nie hatte Jack eine so wunderschöne Frau gesehen. Warum musste sie so ein kaltes Herz haben? Die Schönheit war an ihr vergeudet.

Sie schien sich ein wenig unbehaglich zu fühlen und im Gemeinschaftsraum eines Jugendzentrums absolut deplatziert. Jack stand vom Tisch auf und ging zu ihr hinüber.

„Hallo", sagte er.

Schweigen. Sie starrte ihn an. Seine Nerven begannen zu flattern. Hatte sie ihn schließlich doch noch durchschaut? Wusste sie die Wahrheit über Freitagnacht?

„Hallo." Ihr Auftreten wirkte bei Weitem nicht so selbstsicher wie im Verlag. „Ich bringe Ihnen etwas." Sie gab ihm den großen Karton. „Ein guter Freund von Ihnen hat es im Büro abgegeben. Harry Fodgother."

Jack stockte der Atem. Hatte Harry geplaudert? Nein. Unmöglich. Dann würde sie nicht mehr mit ihm reden.

„Das Santa-Claus-Kostüm." Jack nahm ihr die Schachtel ab. „Vielen Dank."

„Harry sagte, Sie würden es heute Abend brauchen."

„Sagte er das?" Jack unterdrückte ein Lächeln. Dieser gerissene kleine Kerl. Er schien nach einem Weg zu suchen, ihn und Madeleine zusammenzubringen. Das verdammte Foto. Es hatte eine magische Ausstrahlung. Selbst den größten Skeptiker überzeugte es davon, dass dies zwei Menschen waren, die sich liebten.

„Ich glaube, er hat da etwas durcheinandergebracht. Ich brauche den Mantel erst Heiligabend. Aber vielen Dank, dass Sie ihn gebracht haben."

„Gern geschehen. Dann spielen Sie also den Weihnachtsmann?"

„Ich habe Derek dazu überredet. Er wird das großartig machen."

„Bestimmt." Sie blickte sich in dem Raum um. „Das ist also das Santiago-Jugendzentrum."

„Ja. Wollen wir einen Rundgang machen?"

Sie zögerte. Und dieser kurze Moment des Zögerns entfachte seinen Zorn. „Mir ist bewusst, dass es viel netter und sauberer ist, im Büro zu sitzen und ab und zu einen Scheck zu unterschreiben, als tatsächlich mit diesen Kindern zu arbeiten", sagte er so leise, dass es sonst niemand hören konnte. „Aber tun Sie trotzdem so, als würden Sie sich um sie sorgen, um der Kinder willen."

„Sie sind ein Bastard, Jack Riley", zischte sie durch die Zähne.

Und dann, wundersamerweise, begrüßte sie Schwester Doyle und die Kinder mit einem freundlichen Lächeln. Anfangs wirkte sie etwas steif, aber sie bestand darauf, dass Marco ihr zeigte, wie man Poolbillard spielte. Schließlich lachte sie herzlich, wenn es ihr auch nicht gelang, auch nur eine einzige Kugel im Loch zu versenken. Ihre Fähigkeiten im Schach allerdings waren unumstritten. André, ihren besten Spieler, setzte sie in Rekordzeit schachmatt.

Bewundernswert. Diese Frau war bewundernswert. Die Kids waren von ihr begeistert. Jack beobachtete sie, wie sie über das Schachbrett hinweg engagiert mit André sprach. In dem weißen Pullover, zu dem sie eine schlichte Perlenkette trug, sah sie wie ein Engel aus. Er wurde aus ihr nicht schlau. Ihre persönliche Ausstrahlung reichte von Marilyn Monroe über Joan Crawford bis zu Doris Day. Es würde ihn nicht wundern, wenn sie jeden Moment „Que sera sera" anstimmen würde.

Nach einer Weile entschuldigte sie sich und ging zu Maria hinüber. Jack tat unbeteiligt, spitzte aber angestrengt die Ohren, um zu hören, worüber sie sich unterhielten. Worüber konnte Madeleine mit einem Mädchen wie Maria sprechen?

„Du bereitest dich wohl auf das große Ereignis vor", sagte Madeleine.

Maria deutete auf das Buch in ihrem Schoß. „So gut es geht. Man muss so viel machen. Ich kann mir gar nicht vorstellen, dass ich das alles schaffe. Haben Sie Kinder?"

„Nein. Aber ich wünsche mir ein Kind." Madeleine lachte wie zu sich selbst. „Vorher muss ich aber einen Mann finden. Ich bin auf dem Gebiet etwas langsam."

Maria strich sich über den Bauch. „Ich bin viel zu schnell. War ich zumindest. Madre de Dios." Ihre Stimme zitterte.

Madeleine nahm ihre Hand. „Glaub mir, es gibt keine Mutter auf der Welt, die solche Gedanken nicht hat. Das Kind wird die größte Herausforderung in deinem Leben sein. Aber wenn du dich in die Sache hineinkniest und dein Kind von ganzem Herzen liebst, wirst du es schaffen."

„Das sagt Schwester Doyle mir auch andauernd."

„Schwester Doyle hat recht. Bist du …" Madeleine hielt inne und suchte nach geeigneten Worten. „Bist du allein?"

„Ja." Maria schluchzte. „Ich liebe José, und ich dachte, er würde mich auch lieben, mich und das Baby. Und dann ist er verschwunden. Jack hat versprochen, ihn zu suchen, aber wer weiß …" Sie blätterte in ihrem Buch. „Also bin ich wohl mit meinem gigantischen Bauch allein. Bisher konnte ich hier im Heim bleiben, aber nach Weihnachten wird es geschlossen."

Madeleine nickte. „Ich habe davon gehört."

Also hatte sie seinen Artikel wenigstens gelesen, stellte Jack mit bitterer Genugtuung fest.

„Wie es dann weitergehen soll, weiß ich nicht", sagte Maria bedrückt. „Ich brauche ein Wunder."

„Wunder geschehen manchmal", erwiderte Madeleine lächelnd. „Hier."

Sie gab dem Mädchen eine Visitenkarte. „Das ist meine Handynummer. Du kannst mich jederzeit anrufen. Tag und Nacht. Okay?"

„Danke." Maria legte die Karte in ihr Buch.

Madeleine wirkte ungewöhnlich ernst und nachdenklich, als Jack ihr wenig später in den Mantel half. Jack begleitete sie durch den Flur zum Ausgang. „Wollen Sie wirklich zulassen, dass dieses Zentrum geschlossen wird?", fragte sie.

Sein bitteres Lachen hallte an den gefliesten Wänden wider. „Lady, darüber habe ich nicht zu bestimmen. Sie sind diejenige, die die Mittel gestrichen hat." Er ging auf der engen Treppe voraus und öffnete die Tür zur Straße. Ein eiskalter Wind und Schneegestöber schlug ihm entgegen.

Madeleine blieb regungslos stehen. Die Kälte schien sie gar nicht wahrzunehmen. „Was sagen Sie da?", fragte sie fassungslos.

„Die Geldmittel", wiederholte er langsam und deutlich. „Hey, Sie finden mich vielleicht kleinkariert, aber ich habe ein Problem mit der Entscheidung Ihrer Vermögensverwaltung."

Madeleine tat etwas absolut Unerwartetes. Sie setzte sich auf die vorletzte Treppenstufe. „Warten Sie mal, Riley", sagte sie. „Ich kann Ihnen nicht folgen. Was hat meine Vermögensverwaltung mit Ihrem Jugendzentrum zu tun?"

Er ließ sich viel Zeit, bevor er antwortete. War es möglich, dass sie die Zusammenhänge tatsächlich nicht kannte? „Sie haben die Gelder gestrichen. Ich bin davon ausgegangen, dass Sie über diese Entscheidung Bescheid wissen. Haben Sie den Artikel denn nicht gelesen?"

„Harry hat mich unterbrochen, bevor ich fertig war. Aber ich war ohnehin schon entschlossen, die Sache zu drucken." Sie sah verwirrter und schöner aus als je zuvor. „Kommen Sie, Riley", sagte sie, während sie aufstand und auf die Straße trat.

Er begleitete sie zu dem ausgefallensten Wagen, den er je gesehen hatte. Der niedrige, leuchtend rote italienische Sportwagen hatte bereits eine ganze Gruppe von neugierigen Jugendlichen angezogen.

„Wohin fahren wir?", erkundigte er sich.

Per Fernsteuerung entriegelte sie die Türen und warf ihm dann die Schlüssel zu. „Zu Ihnen", sagte sie. „Sie müssen mir verschiedene Dinge erklären."

„Wieder einmal Pech gehabt", murmelte er, als er das Surren des Motors hörte. Der Klang bereitete ihm eine fast sexuelle Freude. „Da habe ich schon mal die Chance, hinter dem Steuer eines Maserati zu sitzen, und wir brauchen nur ein paar Blocks weiterzufahren."

„Nun, dafür schaffen Sie die Strecke in Rekordzeit", erwiderte sie schlicht.

So war es auch. Er verliebte sich sofort in den Wagen und machte keinen Hehl daraus, dass er ihn nur widerwillig vor seinem Haus abstellte.

„Hier ist er sicher aufgehoben", bemerkte er, als sie ausgestiegen waren. In den wenigen Minuten, die sie für die Fahrt gebraucht hatten, hatte sich das Schneetreiben verdichtet. „Mr Costello entgeht nichts."

Er winkte einem älteren Mann zu, der an einem Fenster in der Erdgeschosswohnung saß. Mr Costello deutete mit seiner TV-Fernbedienung auf den Wagen und nickte anerkennend.

„Und jetzt, Miss Langston", sagte Jack, während er ihr die Tür aufhielt. „Jetzt kommen wir zur Sache."

8. KAPITEL

Madeleine hatte den ganzen Abend versucht, an ihrer Wut auf Jack Riley festzuhalten, aber je mehr Zeit sie mit ihm verbrachte, desto schwerer fiel ihr dies.

Oh, er war immer noch der enervierende Besserwisser, für den sie ihn immer gehalten hatte. Aber heute hatte sie eine neue Eigenschaft an ihm entdeckt.

Jack Riley hatte ein Herz so groß wie Manhattan.

Einen Augenblick lang hatte sie ihn unbemerkt beobachten können, als sie das Jugendzentrum betreten hatte. Diesen Augenblick würde sie nie vergessen. Jack hatte zwei Jungen bei den Mathematikaufgaben geholfen. Er hatte sie geduldig ermutigt und sich von ihren Ablenkungsmanövern nicht irritieren lassen. So viel Geduld brachten Erwachsene nur selten auf.

„Da wären wir", sagte er, als er die Tür zu seiner Wohnung öffnete. „Schauen Sie sich an, wie die andere Hälfte der Menschheit lebt."

„Was soll das nun wieder heißen?", fragte sie verärgert.

Er schaltete das Licht an. „Oh, das weiß ich nicht so genau. Aber irgendetwas sagt mir, dass Ihre Wohnung netter ist als meine."

Sie legte ihren Mantel ab und sah sich um. Die kleine, vollgestopfte Altbauwohnung wirkte überraschend gemütlich. Eine komplette Wand war von einem deckenhohen Regal voller Bücher ausgefüllt. Es gab einen Arbeitsplatz, der noch schändlicher aussah als sein Schreibtisch im Verlag. Berge von Papieren stapelten sich um den Computer herum. Als Bildschirmschoner rollte ein sexistischer Spruch über den Monitor.

„Bezaubernd", bemerkte sie.

„Ich habe nie behauptet, dass ich kein Macho bin." Er ging in die kleine Küche hinüber, die durch eine Theke mit zwei Barhockern vom Wohnbereich abgetrennt war. „Was kann ich Ihnen anbieten? Tee? Kaffee? Ich mache einen köstlichen …" Er hielt inne. „Wie wär's mit einer Tasse Tee?"

„Gern", sagte sie.

Er begann in der Küche zu wirbeln. „Machen Sie es sich bequem", rief er über das Geräusch von fließendem Wasser hinweg zu ihr herüber.

„Danke." Sie ging im Raum umher und schaute sich weiter um. Besonders die persönlichen Dinge erweckten ihr Interesse. Ein Foto von Jack als kleiner Junge auf der Ladefläche von einem Pick-up. Er umarmte einen großen Hund, der aussah, als würde er lachen.

Ein hübscher Junge, dachte sie. Jack Riley war in der Tat ein hübsches Kind gewesen.

Es gab ein Foto von seinen Eltern, Arm in Arm vor einem Bergpanorama. Und ein Foto von einem schwarzhaarigen Mädchen, ein ausgesprochen hübsches Gesicht, auch wenn das Papier des billigen Studioporträts bereits vergilbt war.

Madeleine verspürte eine unerklärliche Nervosität, als sie das Foto betrachtete. Ihr Blick wanderte zum nächsten Bilderrahmen. Er enthielt ein Diplom der University of Texas. Jack hatte mit magna cum laude abgeschlossen.

„Sie haben mir gar nicht erzählt, dass Sie aus Texas stammen", rief sie in die Küche.

„Ich habe auch nie das Gegenteil behauptet", rief er zurück.

„Und wer ist dieses Mädchen?"

Sekundenlang herrschte tödliche Stille. Dann sagte er: „Sie hieß Annie."

Madeleine erschrak. „Hieß?"

„Ja. Sie ist jung gestorben. Vor sechs Jahren."

Mit geschlossenen Augen atmete Madeleine tief durch. „Sagen Sie mir, dass es nicht mehr so wehtut."

Er steckte den Kopf in den Durchgang zur Küche. „Es tut nicht mehr so weh."

Sie lächelte. „Danke." Neben dem Diplom hingen einige Danksagungsurkunden jüngeren Datums. Anscheinend war Jack Riley ein professioneller Wohltäter. Er hatte seine Arbeit mit unterprivilegierten Jugendlichen zu einem zweiten Beruf gemacht.

Jack stellte einen Becher auf die Theke und füllte ihn mit Tee. Ohne zu fragen, fügte er einen Teelöffel Zucker hinzu und reichte ihr den Becher.

„Woher wissen Sie, dass ich den Tee mit Zucker trinke?", fragte sie.

„Wie sollte es anders sein, wo Sie doch so süß sind."

„Stimmt. Nein, im Ernst …"

„Ein Stück Zucker, keine Milch, Benny", zitierte er schamlos ihre Bestellung, die auf der Snack-Liste durch die Verlagsbüros gewandert war.

Sie lachte und setzte sich auf das weiche Sofa. „Also gut, Riley. Sie scheinen zu glauben, dass Sie alles über mich wissen. Wie wäre es, wenn Sie einfach mit dem Anfang beginnen?"

Er setzte sich zu ihr aufs Sofa. In dem gedämpften Licht der Tischlampe sah er nicht ganz so verrufen aus wie sonst. Und wenn man sein ungehobeltes und arrogantes Auftreten übersah, war er fast attraktiv.

„Entweder sind Sie eine talentierte Schauspielerin, Lady, oder Sie wissen über die Zusammenhänge wirklich nicht Bescheid."

„Haben Sie je erlebt, dass ich lüge?"

„Nur, um meine Gefühle zu schonen", gab er ohne Zögern zurück. „Und deswegen werde ich mich mit Ihnen arrangieren. Die ganze Sache nahm ihren Anfang, als Ihr Vater noch den Verlag leitete. Ich habe ihm eines Tages einen Artikel zugeschickt, den ich verfasst hatte. Er hat ihm gefallen, und er wollte mich kennenlernen. Wir haben uns gut verstanden. Also fing ich an, für den Verlag zu arbeiten."

Ihr Vater hatte immer einen Riecher für Talente gehabt. „Ich wusste gar nicht, dass mein Vater Sie kannte." Madeleine runzelte die Stirn. Heute bedauerte sie es aufrichtig, dass sie sich für den Verlag nie interessiert hatte, als ihr Vater noch lebte.

„Wir trafen eine ungewöhnliche Abmachung, Ihr alter Herr und ich."

„Was für eine Abmachung?"

„Meine Gehaltsforderungen bewegten sich immer in einem bescheidenen Rahmen."

„Das habe ich bemerkt. Gibt es einen Grund dafür?"

„Ich nahm das kleine Gehalt, und das Santiago-Jugendzentrum bekam eine großzügige Unterstützung."

Sie blickte zu dem verblassten Foto von Annie hinüber. „Hat das etwas mit ihr zu tun, Jack?"

„In gewisser Weise, ja." Er rückte seine Brille zurecht. „Sie sind eine verdammt kluge Frau, Madeleine."

„Was geschah mit ihr?"

Mit einem nachdenklichen und traurigen Blick sah er zu dem Foto hinüber. „Sie konnte ihre Finger nicht von den Drogen lassen, obwohl sie es sich immer wieder fest vornahm. Nach einer Weile versuchte sie es nicht einmal mehr."

„Aber Sie haben weiter versucht, sie davon wegzubringen?", fragte Madeleine vorsichtig.

„Wahrscheinlich. Wie dem auch sei, Ihr Vater hat das Zentrum großzügig unterstützt. Er hat es nie an die große Glocke gehängt. Einfach nur die Hälfte des Budgets jedes Jahr überwiesen."

„Ach, Daddy", sagte Madeleine seufzend. Dann sah sie Jack an. „Ich fange gleich an zu weinen."

„Wie bitte?"

Sie konnte selbst kaum glauben, dass sie so etwas zu Jack Riley sagte, aber sie wiederholte es sogar. „Ich fange gleich an zu weinen. Diese Geschichte ist so typisch für Daddy. Ich könnte ..."

Dann kamen die Tränen. Wie eine lautlose Flut liefen sie über ihre Wangen. Als Jack sie in die Arme nahm, vergaß sie, dass er ein ungehobelter Klotz war, der hässliche Dinge zu ihr sagte und ihren Lebensstil verachtete. Sie spürte nur noch seine warme Schulter, an der sie sich ausweinen konnte. Das war im Augenblick alles, was sie brauchte.

Ein Duft von frischer Wäsche strömte von ihm aus und mischte sich mit etwas, das sie nur als männlich beschreiben konnte. Seine Arme waren stark und fest, seine Hände tröstend ... und irgendwie schmerzlich vertraut.

Es war verrückt. Fühlte sie sich wirklich zu ihm hingezogen, oder brauchte sie einfach nur Trost? Aber je länger sie in sich hineinhorchte, desto sicherer war sie, dass Jack sich trotz ihres Kummers wegen John Patrick einen Weg in ihr Leben bahnte.

Nach einer Weile tastete er auf dem kleinen Tisch neben dem Sofa nach einer Kleenex-Schachtel. Er schien völlig durcheinander zu sein. „Alles okay, Madeleine?", fragte er.

Sie nickte und nahm sich ein Kleenex-Tuch.

„Immer, wenn ich glaube, Sie durchschaut zu haben, überraschen Sie mich mit irgendetwas."

Sie lächelte matt. „Dasselbe könnte ich von Ihnen sagen. Zurück zur Stiftung."

„Ihr Vater war ein großartiger Mensch", sagte Jack. „Aber wie es aussieht, konnte der Treuhänderausschuss des Verlags der Wohltätigkeit Ihres Vaters den Hahn nicht schnell genug zudrehen."

Sie tupfte ihre Augen trocken. „Ich war bei der letzten Sitzung dabei. Es wurde nichts darüber gesagt." Madeleine schnippte mit den Fingern. „Warten Sie mal. Ich hatte erst kürzlich ein Memo auf dem Schreibtisch. Irgendeine Entscheidung des Ausschusses. Ich hatte keine Zeit, es durchzulesen."

„Dann wurde die Sache ohne Ihre Unterschrift durchgesetzt", erwiderte Jack. „Das Zentrum soll jedenfalls einen Tag nach Weihnachten geschlossen werden."

„Tut mir leid, wenn ich Ihre berechtigte Wut ersticken muss, Jack", gab sie zurück. „Sie irren sich. Ich werde dafür sorgen, dass das Zentrum alle Geldmittel bekommt, die zu seinem Erhalt notwendig sind. Es gilt die Vereinbarung, die Sie mit meinem Vater getroffen haben. Auf ewig."

Er starrte sie an. Dann breitete sich ganz langsam ein schelmisches Grinsen auf seinem Gesicht aus. „Verdammt, Miss Langston", sagte er mit einem vielsagenden Unterton in der Stimme. „Finanzielle Stärke ist so … sexy. Und für jemanden wie mich besonders verlockend."

Sie brach in herzliches Gelächter aus und warf mit einem Kissen nach ihm. „Sie sind unverschämt, Jack Riley. Absolut unverschämt!"

„Aber ich bekomme, was ich will." Er warf das Kissen zurück.

„Und was genau wollen Sie, Riley?", fragte sie immer noch lachend.

„Außer Ihrem Geld? Nun …" Er beugte sich vor und flüsterte ihr etwas ins Ohr. Etwas, das sich anfühlte, als hätte er ihre Nervenenden mit einem Streichholz entzündet.

„Ich glaube, Sie haben gerade mein Ohr versengt."

„Ich mache es wieder gut." Er küsste ihr Ohrläppchen, und bevor sie wusste, wie ihr geschah, spürte sie seine Lippen auf ihrem Mund. Es war ein langer, leidenschaftlicher Kuss, fordernd und unnachgiebig wie Jack Riley selbst.

Zu ihrem eigenen Erstaunen erwiderte sie den Kuss von Anfang an hemmungslos. Ohne auch nur eine Sekunde darüber nachzudenken, was sie tat, presste sie sich begierig an ihn, als er sie ins Sofa zurückdrängte und seine Hände über ihren weichen Angorapullover gleiten ließ.

Es erforderte ihre ganze Willenskraft, sich dennoch von ihm zu lösen. Sie drehte den Kopf zur Seite und legte ihre zitternden Hände auf seine Brust. „Jack, bitte nicht." Ihre Wangen glühten.

Zärtlich strich er mit den Fingerspitzen über ihren Hals. „Was ist, Madeleine? Wir wollen es doch beide. Es macht Spaß."

„Ich … ich kann nicht."

„Du kannst dich nicht amüsieren?"

„Ich kann so etwas nicht tun." Ihr war fast schwindlig vor Verwirrung. John Patrick hatte ihr das Herz gebrochen. So war es doch. Also wie konnte sie dann Jack begehren? Verlor sie auf ihre alten Tage denn jeden Begriff von Moral? Erst ein One-Night-Stand und nun Jack Riley? Im Geiste sah sie schon die Schlagzeilen in den Zeitungen vor sich: Redaktionsplayboy angelt Verlagserbin.

„Wie meinst du das, du kannst es nicht?" Er hörte nicht auf, sie zu streicheln. Mit den Fingerspitzen zeichnete er die Konturen ihres Gesichts nach.

„Ich bin für flüchtige Affären nicht geschaffen." Mit beiden Händen stützte sie sich auf dem Sofa ab und richtete sich auf. „Ich … es passt einfach nicht zu mir."

„Wer hat etwas von flüchtig gesagt?", fragte er. „Oder von Affäre?"

„Was sollte es denn sonst sein?"

Er kicherte und beugte sich vor. „Wie wäre es mit …" Den Rest seines Vorschlags flüsterte er ihr ins Ohr.

Sie sprang auf, taumelte und sank wieder aufs Sofa zurück. „Das ist zu viel, Jack Riley. Ich brauche … Wo ist das Badezimmer?"

„Mache ich dich krank?"

„Nur nervös."

Mit einem gelassenen Lächeln, das ihr eine Gänsehaut über den Rücken laufen ließ, deutete er zum Flur. Sie flüchtete ins Bad, schloss die Tür hinter sich und lehnte sich dagegen.

Lieber Himmel, was geschah mit ihr? Sie befand sich in der Wohnung von Jack Riley und wälzte sich mit ihm auf dem Sofa. Ausgerechnet mit Jack Riley. Hatte sie den Verstand verloren?

Das Schlimmste war, sie begehrte ihn, in all seiner Schlampigkeit, seiner Unverschämtheit und Arroganz. Er hatte etwas an sich, das sie brauchte. Verwirrt schüttelte sie den Kopf. Es war absolut lächerlich und natürlich auch unmoralisch, sich nach Intimität mit einem Mann zu sehnen, den sie kaum kannte. Ein Mann, der ihr noch nicht einmal gefallen dürfte.

Ein Mann, der das komplette Gegenteil zu ihrem mysteriösen Liebhaber namens John Patrick darstellte.

Ihre Zurechnungsfähigkeit hing am seidenen Faden. Sie war darauf gefasst gewesen, dass das erste Weihnachten ohne ihren Vater schwierig werden würde. Aber dies übertraf ihre Befürchtungen bei Weitem. Ausgerechnet Jack Riley.

Sie drehte den Wasserhahn auf und hielt ihre Hände eine Weile unter den kalten Strahl. Dann wusch sie ihr Gesicht. Jack Rileys Badezimmer war genauso entzückend und hoffnungslos vollgestopft wie der Rest seiner Wohnung. Als sie hinter sich griff, um ein sauberes Handtuch aus dem Regal zu nehmen, riss sie einen Plastikbecher von der Ablage. Sie bückte sich nach dem Becher, der polternd auf dem Fußboden gelandet war, direkt neben einem Cowboystiefel.

Ganz langsam trocknete sie sich Hände und Gesicht ab, während sie wie gebannt auf den Stiefel starrte. Es hätte sie nicht überraschen müssen, in Jacks Wohnung einen Cowboystiefel vorzufinden. Schließlich stammte der Mann aus Texas. Dennoch staunte sie.

Sie bückte sich und hob den Stiefel auf. Schwarzes Leder. Europäisches Ziegenleder. Hergestellt von Lucchese, San Antonio. Größe zwölf.

Madeleine versuchte, die Bedeutung dieser Einzelheiten zu erfassen, aber ihr Verstand war blockiert. Wie bei einem Unfallopfer, das im Schock Zuflucht sucht, um der grausamen Wahrheit nicht begegnen zu müssen.

„Hey, Madeleine", rief Jack. „Ist alles in Ordnung?"

„Oh, ja."

Ihre Stimme klang dünn. Vorsichtig stellte sie den Stiefel wieder auf den Boden.

Alles in Ordnung?

Sicher, Jack, dachte sie. Dann zwang sie sich, die Dinge nüchtern zu durchdenken. Und sie wünschte verzweifelt, dass sie sich irrte.

„Was kann ich von einer Frau erwarten, die vor einem Kerl im Smoking und mit Cowboystiefeln dahinschmilzt?"

Seine ironische Bemerkung hallte in ihrem Kopf wider. Die Sache war nur die, dass auf dem Foto ein glückliches Paar zu sehen war, und zwar von der Taille ab aufwärts. Jack hätte von den Stiefeln nichts wissen können.

Außer, er war derjenige, der sie getragen hatte.

Ein Kloß bildete sich in Madeleines Kehle, aber sie schluckte ihn hinunter. Weinen würde sie um diesen Mann nicht. Wenigstens nicht, solange er zuschaute. Weinen bedeutete, dass sie etwas für ihn empfand. Und sie weigerte sich, das zuzugeben.

Sie trat aus dem Badezimmer heraus und schloss leise die Tür hinter sich. Jack stand im Wohnzimmer. Sein Blick ruhte auf ihr, als sie auf ihn zukam.

Jetzt sah sie alles. Die Ähnlichkeit, die ihr von Anfang an hätte auffallen müssen. Das markante Kinn, die schönen Hände. Die schokoladenbraunen Augen. Die große, schlanke Statur.

Ihre Augen waren so blind gewesen wie ihr Herz.

„Ich muss gehen", sagte sie langsam und deutlich. „Ich kann hier nicht bleiben."

„Madeleine, bist du krank? Sag mir doch, was mit dir los ist."

Abgesehen von dem abscheulichen Streich, den du mir gespielt hast, ist alles wunderbar.

„Es ist spät geworden", erklärte sie nüchtern. „Ich muss gehen."

„Aber ..."

Sie nahm ihren Mantel. „Es war ein Fehler, hierherzukommen. Es hätte nicht passieren dürfen. Auf Wiedersehen, Jack."

Fluchtartig verließ sie seine Wohnung und schlüpfte in ihren Mantel, während sie die Treppen hinunterlief. Er kam hinter ihr her und rief ihren Namen. Madeleine ignorierte ihn. Sie stürmte auf die Straße, sprang in ihren Wagen und ließ den Motor aufheulen. Auf der schneebedeckten Fahrbahn schleuderte das Heck, als sie davonfuhr.

Bevor sie auf die Hauptstraße abbog, erlaubte sie sich doch noch einen verstohlenen Blick in den Rückspiegel. Im selben Augenblick wusste sie, dass sie das lieber nicht hätte tun sollen: Jack stand auf dem Bürgersteig vor seinem Hauseingang, eine große, schlaksige Silhouette vor dem Schneetreiben im Lichtkegel der Straßenlaterne und einer bunten Lichterkette in Mr Costellos Fenster. Aus unerklärlichen Gründen rührte dieses Bild sie erneut zu Tränen. Aber sie versprach sich im Stillen, dass dies das letzte Mal sein würde, dass sie um Jack Riley weinte.

9. KAPITEL

Am nächsten Tag nahm Jack die U-Bahn zum Verlag. Das gleichförmige Schaukeln des Zugs und das gedankenlose Geplapper der Fahrgäste passten zu seiner Laune. Genau wie die ausdruckslosen Gesichter und der träge Strom der Fußgänger in den U-Bahn-Passagen.

Schaufensterdekorationen und das geschäftige Treiben erinnerten ihn unangenehm daran, dass Heiligabend war. Es gelang ihm, diese Tatsache zu verdrängen.

Auf dem Weg in die Stadt versuchte er sich auf seine Begegnung mit Madeleine vorzubereiten. Sein Leben lang hatte er mit Sprache gearbeitet, hatte mit geschickter Wortwahl aussagekräftige Sätze verfasst. Aber heute ließen ihn seine Fähigkeiten im Stich.

Es gab einfach keine Worte, mit denen er Madeleine sein Verhalten hätte erklären können. Nicht einmal er selbst wusste, was gestern Abend in jenem Moment geschehen war, als sie ihn angeschaut und gesagt hatte: „Ich fange gleich an zu weinen."

Das war der Augenblick gewesen, in dem ihm endgültig und unwiderruflich bewusst geworden war, dass er sie liebte.

„Großartiges Timing, Riley", fluchte er leise, während er über einen kleinen Berg frisch zusammengekehrten Schnees stapfte. „Einfach perfekt."

Er betrat das Gebäude und drückte auf den Fahrstuhlknopf. Den Redaktionsraum durchquerte er, ohne auch nur eine Sekunde an seinem Schreibtisch anzuhalten. Er ging direkt zu Madeleine.

Sie blickte auf, als er ihr Büro betrat. Klarheit und eine stoische Ruhe lagen auf ihrem Gesicht. Verdammt, sie war wunderschön. Ohne jede Spur einer durchlittenen Nacht.

Jack schöpfte Hoffnung. Vielleicht war sie gar nicht gekränkt. Vielleicht betrachtete sie es als ein Spiel, einen Scherz. Eine Abwechslung. Ein interessanter Ausflug in die Welt eines kleinen Redakteurs aus Brooklyn. Vielleicht sah sie eine gewisse Komik in der Situation.

Vielleicht fiel der Mond vom Himmel.

„Also, Madeleine …" Ihm versagte die Stimme. Sein Vokabular war auf ein Minimum alberner Floskeln zusammengeschrumpft. Bisher war ihm nie aufgefallen, dass wahre Liebe Schädigungen am Gehirn hervorrief.

Sie deutete auf einen aufgeklappten Ordner auf ihrem Schreibtisch. „Deine Personalakte", erklärte sie. „Eins muss man dir lassen, du bist so dicht an der Wahrheit geblieben, wie du konntest. Dein wirklicher Name ist John. John Patrick Riley. Du hast auch nicht gelogen, als du gesagt hast, du stammst aus Texas." Aus ihren großen blauen Augen sah sie zu ihm auf. Ohne jeden Vorwurf. „Hast du die ganze Sache eigentlich von langer Hand geplant, oder war es ein spontaner Einfall? Ein Scherz, aus der Situation geboren?"

„Komm, Madeleine. Du benimmst dich, als hätte ich es darauf angelegt, dich zu kränken."

„Vielleicht gibt es auch ein ganz anderes Motiv", fuhr sie unbeirrt fort, als hätte sie ihn nicht gehört. „Du weißt ja, dass die Jungs in der Redaktion eine ständige Wette laufen haben. Knicks-Freikarten für denjenigen, der als Erster die Chefin ins Bett …"

„Herrgott, Madeleine", unterbrach er sie barsch, während er die Tür hinter sich zuwarf.

Bei dem Geräusch beschleunigte sich ihr Lidschlag, sie zuckte aber nicht zusammen. Ihre Art war beängstigend. Kalt, emotionslos und beklemmend ruhig. Eine Fremde.

Doch dann bemerkte er zwei Dinge, die ihre makellose Fassade Lügen straften. Alle fünf Fingernägel ihrer linken Hand waren abgeknabbert. Und wenn ihn nicht alles täuschte, war ihre Bluse falsch geknöpft.

Madeleine, es tut mir so leid.

„Versteh doch", sagte er. „Ich hatte nicht vor, so weit zu gehen." *Ich hatte nicht vor, mich in dich zu verlieben.*

Sie schenkte ihm ein knappes, kontrolliertes Lächeln. „Wer sagt, dass ich es bedauere? Vielleicht war es genau das, was ich wollte."

Das schockierte ihn. Hatte sie die ganze Zeit Bescheid gewusst? Hatte sie das Spiel nur mitgespielt, weil sie eine Entschuldigung dafür brauchte, dass sie einen Mann wollte, aber keine Verpflichtungen eingehen wollte?

„Falls du dir über die Spende Gedanken machst", informierte sie ihn. „Das ist unnötig. Ich habe mich bereits darum gekümmert. Das Santiago-Center wird fortbestehen. Die Kids sollen nicht darunter leiden, dass du so ein Trottel bist."

Der bissige Unterton in ihrer Stimme riss ihn schließlich aus seinem Schock. Wut stieg in ihm auf. „Du bist wirklich clever", sagte er. „Weißt du das eigentlich? Okay, ich habe verstanden. Du schreibst die

Schecks aus, aber die Hände machst du dir nicht schmutzig. Einfach klasse, findest du nicht?"

„Einfach klasse", wiederholte sie kühl.

Er konnte sie nur fassungslos anstarren. „Wow, Lady. Du bist wirklich cool."

„Ich nehme an, du bist es gewohnt, dass die Frauen vor dir auf Knien kriechen und weinend ‚Du hast mein Herz gebrochen!' ausrufen. Ist es nicht so?"

„Nein." Jack seufzte verzweifelt. „Nein, Maddy. So ist es nicht."

„Fein. Ich habe auch nicht vor, wie eine schlechte Country-and-Western Ballade zu klingen. Wenn du mich jetzt bitte entschuldigst, ich habe zu arbeiten." Sie griff nach einem breiten Stempel und ließ ihn geräuschvoll auf seine Personalakte niederschnellen.

„Ach, und Jack", sagte sie, als er sich zur Tür gewandt hatte.

„Was gibt es noch?"

„Du bist entlassen. Fristlos."

Faxgeräte und E-Mail-Nachrichten liefen auf Hochtouren, und bis zehn Uhr vormittags schien die ganze Welt erfahren zu haben, dass Jack Riley gefeuert war. Irgendwie brachte Madeleine einen Artikel für die nächste Ausgabe zustande. Ein herzzerreißender Kommentar über moderne Liebesbeziehungen mit der bitteren Kernaussage, dass der Mythos „glücklich und zufrieden bis in alle Ewigkeit" der Vergangenheit angehörte.

Realität war ein Mädchen wie Maria. Von ihrem Liebhaber verlassen, ohne ein Zuhause, auf die Hilfe von Fremden angewiesen.

Realität war die erdrückende Leere eines One-Night-Stands.

Um ihrem Weihnachtsartikel ein wenig von seinem Tenor des rührseligen Unsinns zu nehmen, schloss sie ihn mit einem Spendenaufruf für Einrichtungen wie das Santiago-Jugendzentrum.

Der Text war klar und überzeugend. Sie wusste instinktiv, dass er gelungen war.

Gegen Mittag begann ihr Telefon zu klingeln. Etliche Inserenten äußerten ihre Verärgerung über die Entlassung des populärsten Redakteurs des Blattes. Aus Protest zogen sie ihre Anzeigen zurück.

Was als ein ziemlich schlechter Tag begonnen hatte, entwickelte sich rasch zu einem wahren Katastrophentag.

Madeleine wurstelte sich irgendwie durch den Nachmittag und schickte ihre Mitarbeiter frühzeitig nach Hause. Schließlich war

Heiligabend. Als die Druckerpressen im Kellergeschoss anliefen, schlenderte sie durch den Nachrichtenraum. Jacks verlassener Schreibtisch zog sie wie ein Magnet an.

Meine Güte, ich habe am Heiligen Abend einen Mann entlassen. Was ist nur aus mir geworden?

Ohne das für Jack Riley so typische Durcheinander von Ordnern, Papieren und persönlichen Gegenständen sah der Schreibtisch nur noch wie ein Gerippe aus. Unwillkürlich erinnerte Madeleine sich an Dinge, die für sie bedeutungslos gewesen waren, als sie Jack noch nicht näher kannte. Ein schiefer Kaffeebecher, den, wie sie heute wusste, ein Mädchen im Santiago-Center getöpfert hatte. Ein Tintenlöscher mit seinem Namen und einer Inschrift, die ins Leder gebrannt war: Für Mr Riley, einen Städter mit Gerechtigkeitssinn.

Er war ein wirklich außergewöhnlicher Mensch.

Und sie hatte ihn aus ihrem Leben verbannt, noch dazu am Heiligen Abend. Das war mehr als erbärmlich.

Mit einem zittrigen Seufzer ermahnte sie sich, diesen Mann zu vergessen. Als sie sich umdrehte und den Raum verlassen wollte, entdeckte sie zu ihrem Erstaunen, dass sie nicht allein war.

„Was machen Sie hier?", fragte sie streng.

Harry Fodgother sah sie mit einem sonnigen Lächeln an. „Ich wollte zu Jack. Wie es aussieht, habe ich ihn schon wieder verpasst." Harry stellte eine Einkaufstüte auf den leeren Schreibtisch. Er nahm seinen Hut ab und unterzog Madeleine seinem eindringlich prüfenden Blick. „Sie sehen aus, als wäre Ihr bester Freund gestorben."

Seine Neugier ärgerte sie. „Arbeiten Sie für Heiligabend nicht ein bisschen lange?", fragte sie schnippisch.

„Für mich ist es ein Tag wie jeder andere", erwiderte er. „Ich bin kein Christ."

„Oh."

„Aber ich wollte trotzdem etwas für eine christliche Einrichtung spenden. Dieses Santiago-Center, über das ich in Ihrer Zeitung gelesen habe."

„Das ist wunderbar, Mr Fodgother. Jack wird sich freuen." Es gefiel ihr nicht, dass ihre Stimme bei Jacks Namen stockte.

„Fein. Ich bin ihm etwas schuldig. Um es genau zu sagen, mein Leben."

Sie runzelte die Stirn. „Ich verstehe nicht, was Sie meinen."

Harry zuckte die Achseln. „Er ist kein Typ, der prahlt. Er hat mir das Leben gerettet. Am vergangenen Freitagabend. Zwei Junkies haben mich überfallen. Jack sah es und war nicht zu bremsen. Er teilte tüchtig aus. Die beiden liefen schließlich davon. Ich werde ihm das nie vergessen."

„Freitagabend?", wiederholte sie langsam.

„Exakt. Er wollte für seine Mühe nichts annehmen, aber ich bestand darauf. Als er mir Ihre Einladung zeigte, war ich nicht mehr zu bremsen. Er bekam von mir ein völlig neues Aussehen." Harry zwinkerte. „Er war doch wirklich nicht wiederzuerkennen, oder?"

„Wie verzaubert", stimmte sie fasziniert zu.

Er wirbelte seinen Stock durch die Luft. „Wunder geschehen immer wieder. Ich hoffe, Sie hatten einen netten Abend. Jack wollte nicht recht daran glauben, aber ich hätte geschworen, dass er jede Minute genießen würde."

Wir haben beide jede Minute genossen, dachte sie. *Weil es nicht die Realität war. Es war eine Illusion, ein Märchen.*

„Nun", sagte Harry, während er seinen Hut wieder aufsetzte. „Ich muss jetzt gehen. Wenn Sie Jack sehen, geben Sie ihm bitte die Tüte." Er verabschiedete sich und wandte sich zum Gehen.

Madeleine trat an den Schreibtisch und umfasste die Tüte. „Aber ich sehe ihn nicht mehr", sagte sie aufgebracht.

„Sie werden ihn sehen. Glauben Sie mir."

Als sie sich schließlich umdrehte, um ihm die Tüte zurückzugeben, war der kleine Mann verschwunden. Er muss schneller sein, als er aussieht, dachte sie kopfschüttelnd.

Noch während sie überlegte, was nun mit der Tüte geschehen sollte, klingelte ihr Handy. Sie nahm es aus ihrer Handtasche. „Hallo?"

„Miss Langston?"

„Maria? Was ist passiert?"

„Ich habe gerade ein Taxi gerufen. Das Baby ... Es ist so weit."

„Wie fühlst du dich, Kleines?", fragte Madeleine. Freude und Besorgnis schwangen in ihrer Stimme mit.

„Wie ..." Sie keuchte, als würde sie keine Luft bekommen. „Wie man sich fühlt, wenn man ein Baby bekommt, Miss Langston?"

„Ja?"

„Ob Sie wohl ... Ich meine, können Sie vielleicht ins Hospital kommen? Nur für eine Weile."

„Maria?"

„Ja?"

„Das würde ich um nichts in der Welt versäumen wollen."

10. KAPITEL

Mit offenem Parka hastete Jack den grün gefliesten Krankenhauskorridor entlang. Maria Garza war erheblich selbstständiger, als er vermutet hätte. Um die Weihnachtsfeier im Jugendzentrum nicht zu stören, hatte sie ohne großes Aufsehen ein Taxi gerufen und war allein ins Hospital gefahren.

Als Jack ihr Verschwinden bemerkte, fuhr er ihr sofort nach.

Schwester Doyle kümmerte sich allein um die Feier. Alle Familien aus der Nachbarschaft waren gekommen. Derek spielte einen eleganten Weihnachtsmann, und Brad servierte den Punsch. Die beiden hatten bereitwillig ihre Hilfe angeboten. Sehr zu Jacks Erstaunen. Vielleicht tat er ihnen leid, weil er ausgerechnet am Weihnachtsabend seine Kündigung bekommen hatte.

In seiner Aufregung wäre er am Schwesternzimmer der Entbindungsstation fast vorbeigerannt. „Maria Garza?", fragte er.

Die Schwester schaute ihn über ihre Lesebrille hinweg an. „Liegt in den Wehen. Sie wird wohl bald in den Kreißsaal kommen. Sind Sie der Vater?"

„Nein, aber ...“

„Ich bin der Vater", hörte er eine besorgte Stimme hinter sich sagen.

Jack drehte sich um. Der junge Mann, der vor ihm stand, trug einen Bauarbeiterparka. Das Haar war vom Wind zerzaust und die Ohren spröde von der Kälte. Nervös tänzelte er hin und her. „Du denkst wohl, besser spät als gar nicht, José."

Josés Augen blitzten auf, aber nur für einen kurzen Moment. „Ja", sagte er. „Genau das denke ich, Jack. Ich will bei ihr bleiben. Es wird schon klappen. Ich habe einen festen Job und eine nette Wohnung in Queens. Ich weiß auch nicht, warum ich davongelaufen bin. Es war dumm von mir. Aber ich habe Angst bekommen."

„Und wie hat Maria sich gefühlt? Was glaubst du?"

Er ließ den Kopf hängen. „Es wird nicht wieder vorkommen. Ich habe eine schöne Wohnung, wirklich. Genau richtig für uns drei." Er sah Jack an. Sein Gesicht strahlte eine Reife aus, die vorher nicht zu erkennen gewesen war. „Wenn sie mich haben will."

Jack empfand Stolz und Erleichterung. „Das ist wohl immer die große Frage. Will sie dich haben oder nicht."

Die Schwester räusperte sich. „Sie wird jetzt in den Kreißsaal gebracht. Wenn Sie meinen, dass Sie dabei sein wollen, sollten Sie sich beeilen."

Aufregung und vor allem unverhohlenes Staunen spiegelten sich in Josés Gesicht wider und löschten auch den letzten Zweifel, den Jack vielleicht gehegt hatte, aus. „Beeil dich", sagte er. „Und sag Maria, dass ich hier draußen warte."

Um sich die Zeit zu vertreiben, kaufte er eine Packung Kaugummi und schlenderte zu dem großen Glasfenster hinüber, das einen Blick in den Babysaal gestattete. Drei Neugeborene lagen dort friedlich schlafend in ihren kleinen Wiegen. Sie waren unglaublich winzig.

Wie ein Kind vorm Süßwarenladen lehnte Jack sich gegen die Scheibe und starrte mit großen Augen auf die Säuglinge. Ja, er liebte Babys. Er liebte Kinder. Er hatte sich immer eigene Kinder gewünscht, aber um sich diesen Wunsch zu erfüllen, brauchte er eine gewisse Komponente in seinem Leben. Nämlich eine Frau.

Und in all den Jahren seit Annies Tod war er nur einer einzigen Frau begegnet, die er heiraten würde.

Das Problem war nur, dass sie ihn hasste.

„Es ist schon seltsam, wie manche Dinge sich zum Guten wenden", sagte eine sanfte weibliche Stimme hinter ihm.

Jack erstarrte. Er wagte es kaum, sich umzudrehen. Schließlich zwang er sich dazu.

Da stand sie, Madeleine. Über dem Arm trug sie ihren weißen Mantel. Ein schwaches Lächeln umspielte ihre Lippen.

„Maddy?", fragte er ungläubig. Er widerstand dem Impuls, ihren Arm zu ergreifen. „Was machst du hier?"

„Ich bin schon eine ganze Weile hier. Bei Maria." Sie blickte den Korridor entlang. „Ich sitze nicht nur in meinem netten, sauberen Elfenbeinturm und stelle Schecks aus."

Er wurde rot. „Es tut mir leid, dass ich das gesagt habe."

„Wenn es dich nicht gäbe, Jack Riley, dann säße ich jetzt immer noch dort."

Jack breitete die Arme aus. „Willkommen im wirklichen Leben."

Wieder blickte sie den Flur entlang. „Dieser Junge, José, er ist noch ziemlich jung."

„Sie sind beide jung", sagte Jack. „Noch halbe Kinder. Aber wir müssen daran glauben, dass sie alles daransetzen, es zu schaffen …"

„Hey, Riley!" Weiter hinten im Flur schwang eine Metalltür auf. José steckte den Kopf heraus und schrie: „Es ist ein Junge! Ein Junge! Fröhliche Weihnachten!" Dann verschwand er wieder im Kreißsaal.

Jack merkte, wie sich ganz allmählich ein merkwürdiges Grinsen auf seinem Gesicht ausbreitete. Denselben Ausdruck staunender Freude entdeckte er in Madeleines Gesicht. Jetzt war sie weder Grace Kelly noch Doris Day. Sie war einfach nur sie selbst mit ihrem einzigartigen faszinierenden Zauber. Die Frau, die er liebte.

„Wow", rief er, während er ihr das Päckchen Juicy Fruit entgegenhielt. „Das muss gefeiert werden."

Lachend nahm sie sich ein Kaugummi.

„Es ist kurz vor Mitternacht", sagte er. „Komm mit." Er zog sie mit sich durch eine Tür mit dem Hinweisschild „Patio". Die Raucherecke der Entbindungsstation, aber zu dieser Stunde waren keine Raucher da, die der kalten Nacht trotzten.

„Ich dachte, wir würden vielleicht Santa Claus sehen", sagte er, während er den Himmel absuchte. „Aber wir haben kein Glück."

„Es ist wunderschön." Ihre Augen funkelten glücklich, als sie auf den glitzernden Fluss hinuntersah, auf die Brooklyn Bridge, die Skyline von Manhattan, die sich zu Weihnachten im festlichen Gewand zeigte. Sie drehte sich zu Jack um. „Ist es nicht wunderschön?"

„Ja", erwiderte er, ohne den Blick von ihrem Gesicht abzuwenden. Ihr Lächeln verschwand. „Lass uns nicht darüber reden", sagte sie.

„Wir müssen darüber reden." Er trat einen Schritt auf sie zu. „Ich habe deinen Leitartikel gelesen. Ist es wirklich so trostlos? So hoffnungslos?"

„Schau dir die Tatsachen doch an, Jack", gab sie ohne Zögern zurück. „Du hast dir einen Spaß daraus gemacht, mich zum Narren zu halten."

„Und du schau dir an, wie leicht du dich in einen feinen Anzug und eine nette Art verliebt hast", konterte er.

„Du hast mit mir gespielt, Jack! Als ob ich keine Gefühle hätte! Du und dieser Schneider, ihr hattet plötzlich Lust, euch einen Scherz zu erlauben. Und es hat dich nicht gekümmert, ob ich am Ende leide." Sie blickte auf die glitzernde Skyline. „Ich gebe ja zu, dass ich eine leichte Beute war. Bemitleidenswert. Reif für den Traumprinzen."

Er ergriff ihre Schultern. „Dies hier ist das wirkliche Leben. Nicht irgendein verdammtes Märchen. Es ist schwierig und schmerzvoll. Und real. Wenn du damit nicht umgehen …"

„Jack?", unterbrach sie ihn.

„Ja?"

„Halt den Mund."

Das ließ er sich nicht zweimal sagen, zumal sie sich auf die Zehenspitzen stellte und die Arme um seinen Nacken schlang. Er küsste sie mit all der wilden Leidenschaft, die in seinem Herzen aufschrie. Fast fürchtete er, sie würde vor seinem Temperament zurückschrecken, aber stattdessen erwiderte sie seine Gefühle voller Hingabe, während sie sich begierig an ihn presste.

Als die Kirchenglocken das Weihnachtsfest einläuteten, hob er ganz langsam den Kopf. Er blickte in ihr Gesicht, als würde er aus einem Traum erwachen. „Und jetzt?", flüsterte er.

„Jetzt leben wir glücklich und zufrieden bis in alle Ewigkeit."

„Tut mir leid, Prinzessin." Er lächelte entschuldigend. „Das wird nicht klappen. Ich habe zu viele Charakterschwächen. Dieser Frosch wird sich nicht in einen Prinzen verwandeln."

Sie strich mit den Fingerspitzen über sein Kinn, auf dem die Bartstoppeln sprossen. „Ich liebe deine Schwächen."

„Maddy, ich gebe dir etwas Interessanteres als Glück und Zufriedenheit bis in alle Ewigkeit." Jack atmete tief durch. Es war die kälteste Nacht des Jahres, und er schwitzte. Dies war er also, der Sprung ins kalte Wasser. Und noch nie war er sich einer Sache so sicher gewesen.

„Was willst du mir geben?", fragte sie sanft.

„Die wahre Liebe. Für immer. Jede Sekunde. Jeden Tag und jede Nacht. Für den Rest deines Lebens. Wie klingt das?"

„Als ob ein Traum wahr wird." Ihre Augen glänzten verräterisch. „Halt mich fest. Ich fange gleich an zu weinen."

„Damit werde ich fertig."

„Du machst mich wahnsinnig."

„Für eine verrückte Lady bist du ziemlich sexy."

„Halt den Mund und küss mich. Fröhliche Weihnachten, Jack Riley."

„Fröhliche Weihnachten, Liebes."

– ENDE –

Sherryl Woods

Zauber deiner Zärtlichkeit

Roman

Aus dem Amerikanischen von
Erdmute Gabriel-Seter

1. KAPITEL

*D*ie untergehende Sonne spiegelte sich golden auf der Wasseroberfläche des breiten Flusses, ein atemberaubendes Naturschauspiel, wie für eine Ansichtspostkarte geschaffen. Doch der dumpfe Klang eines Schiffshorns entsprach eher Catherine Devlins trüber Stimmung.

Sie nippte an ihrem Glas Weißwein und versuchte sich zu erinnern, zu welchem Zeitpunkt ihr einst so bilderbuchmäßig verlaufendes Leben aus der Bahn geraten war. Wann hatte Matthew aufgehört, sie zu lieben, und angefangen, sich für andere Frauen zu interessieren? Jeder fand Mrs Matthew Devlin reizend und charmant, doch niemand kannte Catherine wirklich. *Ich bin mir ja selbst fremd geworden,* dachte sie niedergeschlagen.

„Möchten Sie noch Kaffee?"

„Nein danke." Catherine winkte dem Ober ab, ohne aufzusehen. Sie fühlte sich so trostlos und verlassen wie nie zuvor.

„Wirklich nicht?" Das klang enttäuscht. Catherine hob verwundert den Kopf. Sein Blick aus tiefbraunen Augen wirkte irgendwie herausfordernd.

„Der Kaffee ist ganz frisch." Der Mann hielt ihr die Kaffeekanne direkt unter die Nase, das Aroma war verlockend.

Catherine atmete unwillkürlich tief ein und lächelte dann entschuldigend. „Ich trinke keinen Kaffee, nur Wein." Dabei zeigte sie auf die unbenutzte Tasse neben ihrem Teller.

„Oh." Der Mann blieb stehen und überlegte offensichtlich angestrengt, was er jetzt tun sollte.

Catherine fand seine Unentschlossenheit zwar sympathisch, aber gleichzeitig für einen Ober unpassend. „Sind Sie neu hier?", fragte sie höflich. Obwohl sie ihm eigentlich nur die Peinlichkeit der Situation ersparen wollte, merkte sie, dass ihr die Unterbrechung guttat. Sie hatte es satt, mit ihren traurigen Gedanken allein zu sein.

„Sie haben's erraten." Der Mann wirkte sofort wieder zuversichtlich. „Sie sind die erste Person, die ich bediene."

„Tatsächlich?", fragte Catherine skeptisch. Dann musterte sie ihn genauer. Irgendetwas stimmte mit dem Mann nicht. Er war ungefähr fünfunddreißig Jahre alt, als Berufsanfänger also zu alt, wenn ihn nicht widrige Lebensumstände zu einem Berufswechsel gezwungen hatten. Das wiederum erschien ihr unwahrscheinlich. Der Mann wirkte außerordentlich selbstbewusst und erfolgsgewohnt. Sein Verhalten entsprach nicht dem eines gewöhnlichen Obers, obwohl er sich um einen beflissenen Tonfall bemühte. Catherine kam sich vor wie in einem schlechten Theaterstück mit falscher Besetzung.

„Ja, Sie sind mein allererster Gast", bestätigte der Mann. „Wollen Sie wirklich keinen Kaffee?"

Catherine beschloss, das Spiel mitzuspielen, bis das Rätsel gelöst war. „Können Sie denn Kaffee einschenken, ohne etwas zu verschütten?", fragte sie mit ernster Miene.

Der Mann lächelte übermütig, dabei bildete sich ein Grübchen auf seiner rechten Wange. „Eigentlich will ich mich nur länger mit Ihnen unterhalten."

Diese herausfordernde Offenheit verschlug Catherine für einen Moment die Sprache. Die Ober in den Luxusrestaurants von Atlanta wagten niemals Annäherungsversuche bei den Gästen. Aber konnte sie das überhaupt beurteilen? Wann hatte sie jemals allein auswärts gegessen?

„Warum?", fragte sie misstrauisch.

„Sie sind eine wunderschöne Frau. Sie sind allein. Und Sie sehen auffallend traurig aus. Sie brauchen jetzt unbedingt jemanden, der Sie aufheitert."

„Sie sind wohl auf ein höheres Trinkgeld aus?"

Er schüttelte den Kopf und wirkte kein bisschen schuldbewusst. Dann beugte er sich zu ihr hinab. „Wenn Sie schwören, nichts zu verraten, mache ich Ihnen ein Geständnis."

Das Gespräch verwirrte Catherine immer mehr, und zu ihrer Verwunderung hörte sie sich das Versprechen geben. Besser gesagt, glich es mehr einem feierlichen Eid. Seit ihrem zehnten Lebensjahr hatte sie so etwas nicht mehr getan. Aber es war verlockend, sich wieder jung zu fühlen und Geheimnisse zu teilen, vor allem mit einem Mann, der so unverschämt gut aussah wie dieser.

Er lächelte zufrieden. „Ich wusste, dass ich auf Sie zählen kann", meinte er siegessicher. „Ich bin kein Ober. Ich habe mir die Kaffeekanne einfach vom Buffet geholt." Er zeigte auf eine Anrichte in der Mitte des Restaurants, auf der Kaffeekannen, Gewürzständer, Silberbesteck und Servietten bereitgestellt waren.

Catherine ging auf seinen lockeren Tonfall ein. „Lassen Sie mich raten! Sie sind Kellnerlehrling und erhoffen sich eine Beförderung."

„Falsch." Er lachte. „Ich arbeite gar nicht hier."

Catherine musterte die Hand, mit der er die Kaffeekanne hielt, und dann seine Kleidung. Er trug maßgeschneiderte Hosen. Das dezent gestreifte Hemd saß wie angegossen, die Manschetten waren mit einem Monogramm bestickt. Ihr Blick wanderte zu seinen Füßen. Die Schuhe sahen genauso aus wie das letzte Paar, das sie für Matthew gekauft hatte. Es hatte ungefähr zweihundert Dollar gekostet. Solche Schuhe konnte sich kein Ober leisten.

„Also gut." Catherine bemühte sich, ernst zu bleiben. „Die Stunde der Wahrheit ist gekommen. Was wollen Sie wirklich?"

Er tat, als ob er schüchtern wäre, und das passte nun überhaupt nicht zu ihm. Er schien vielmehr der Typ zu sein, der es sonst nicht nötig hatte, Erklärungen abzugeben.

„Ich aß allein dort drüben." Er zeigte auf einen Tisch, der gerade abgedeckt wurde. Über der Stuhllehne hingen das passende Jackett zu seiner Hose und eine Krawatte. „Ich sah Sie hereinkommen und wusste sofort, dass ich Sie kennenlernen muss. Weil Sie aber nicht der Frauentyp sind, der sich von Fremden ansprechen lässt, kam ich auf den Trick mit der Kaffeekanne."

„Das war äußerst mutig", bemerkte Catherine trocken. Sie war überrascht, wie anregend sie den unerwarteten Flirt fand. Seit einer Ewigkeit hatte niemand mehr gewagt, mit ihr zu flirten, höchstens in volltrunkenem Zustand. Matthew war viel zu besitzergreifend gewesen. Dieser Mann hier scherte sich offenbar nicht um Konventionen und fand sie interessant. Wie sollte sie da in ihrer momentanen Stimmung widerstehen?

Catherine sah ihn fest an. „Was für ein Frauentyp bin ich denn?" Sie wartete neugierig auf seine Antwort. Die Scheidungspapiere in ihrer Handtasche besagten, dass sie keine Ehefrau mehr war. Aber wer war sie ohne diese Rolle? Vielleicht half die Objektivität dieses Fremden ihr weiter.

„Eine Frau mit Stil und Ausstrahlung", urteilte er, ohne zu zögern. „Sehr kultiviert und beherrscht. Vielleicht ein bisschen einsam."

„Interessant."

„Warum? Habe ich so falsch getippt?"

„Nein. Zumindest nicht, was den letzten Punkt betrifft." Catherine seufzte.

„Wollen Sie darüber sprechen?", schlug er spontan vor.

„Mit Ihnen?"

„Warum nicht? Ich bin hier, habe den ganzen Abend Zeit und sogar eine Kanne voll Kaffee, die wir uns teilen könnten. Was wollen Sie mehr?"

Catherine musste lachen. Er verstand es, sie aufzuheitern. Allerdings musste sie sich erst daran gewöhnen, dass sie frei und ungebunden war. Sie konnte jetzt tun und lassen, was sie wollte. Also gab sie sich einen Ruck und nickte. „Sie haben recht. Warum eigentlich nicht?"

Der Mann holte Jackett, Krawatte und eine Tasse vom Nachbartisch. Dann schenkte er Kaffee ein und setzte sich Catherine gegenüber.

„So", begann er und blickte ihr geradewegs in die Augen. Das hatte Matthew, seit er sie betrog, nicht mehr gewagt. Die Art, wie dieser Mann seine Gedanken offen und ohne Ausflüchte äußerte, gefiel Catherine. Außerdem schien er ihre Geschichte wirklich hören zu wollen, und das schmeichelte ihrem angeschlagenen Selbstbewusstsein. „Erzählen Sie mir, warum eine so schöne Frau wie Sie einsam ist", forderte er sie auf. „Doch vorher möchte ich Ihren Namen wissen."

„Catherine." Sie fühlte sich so aufgeregt und verlegen wie ein Teenager. Das war ihr seit Jahren nicht mehr passiert. Im Gegenteil, normalerweise beherrschte sie die Kunst des Small Talks mit Fremden perfekt. Sie brauchte nur an die zahllosen Wohltätigkeitsveranstaltungen und Nachmittagstees zu denken, die sie jahrelang erfolgreich organisiert hatte. Aber dieser Mann kam ihr gar nicht wie ein Fremder vor. Sie lagen auf der gleichen Wellenlänge, das spürte Catherine. Er wollte sie näher kennenlernen und sah die attraktive Frau in ihr, nicht die sitzen gelassene, geschiedene Mrs Matthew Devlin.

„Und weiter?", ermutigte er sie. „Wer sind Sie, Catherine, und warum sitzen Sie allein hier?"

„Um es mit einer abgedroschenen Phrase zu sagen: Heute ist der erste Tag vom Rest meines Lebens."

„Sie lassen sich scheiden!"

Catherine sah ihn verblüfft an.

„Keine Angst, ich bin kein Hellseher." Er schmunzelte. „Aber Sie drehen so nervös an Ihrem Ehering, als ob Sie nicht entscheiden könnten, ob Sie ihn abnehmen oder anbehalten sollen. Das ist ein untrügliches Zeichen."

Catherine streckte die Hand aus und versuchte, den prächtigen Diamanten in der schmalen Goldfassung nüchtern zu betrachten. Es gelang ihr nicht. „Ich mag nicht, was er repräsentiert", gestand sie, „aber ich liebe den Ring trotzdem. Ist es nicht lächerlich, so an einem Schmuckstück zu hängen?"

Matthew hätte wahrscheinlich verständnislos gelacht und die Frage als typisch weibliche Eitelkeit abgetan, aber dieser Mann nahm sie ernst. „Es kommt auf den Grund an", meinte er.

„Wir haben den Ring mit einem Stein anfertigen lassen, der meiner Urgroßmutter gehörte", erzählte Catherine. „Nana Devereaux war eine wundervolle alte Lady. Sie starb mit siebenundachtzig Jahren. Das ist zehn Jahre her, und ich vermisse sie immer noch sehr."

„Das kann ich verstehen, doch war es andererseits nicht ein schlechtes Zeichen, dass Ihr Ehemann Ihnen keinen neuen Ring kaufte?"

Die Kritik war nicht unberechtigt, trotzdem verteidigte Catherine ihren Exmann. „Damals nicht. Ich wollte diesen Ring wegen seines Erinnerungswertes haben. Außerdem beendete Matthew gerade sein praktisches Jahr in der chirurgischen Abteilung des Stadtkrankenhauses. Ich war knapp einundzwanzig Jahre alt und erst ein paar Tage mit dem College fertig. Wir waren froh, dass er das Aufgebot bezahlen konnte."

„Aha, das typische Arztsyndrom. Sie hielten zu ihm und unterstützten ihn in den finanziell schwachen Jahren. Doch kaum warf die eigene Praxis Profit ab, und der Herr Doktor bekam einen Namen, als er Sie wegen einer Krankenschwester im Stich ließ."

„Es war keine Krankenschwester", verbesserte Catherine verwirrt. Was wusste dieser Mann eigentlich nicht?

„So?" Er zog die Augenbrauen hoch.

„Es war eine Kinderärztin."

Er nickte, als wenn ihn das auch nicht überraschte. Dabei konnte er ein Lächeln kaum verbergen. „Verzeihung, ich vergaß die Errungenschaften der Emanzipation. Was hat denn diese Frau zu bieten, was Ihnen fehlt? Da kann ich mir beim besten Willen nichts vorstellen."

„Eine Karriere."

„Und das findet er attraktiv?"

„Das findet er vorteilhaft und bequem. Gleiche Interessen, gleiche Arbeitszeit. Und bestimmt gute Gelegenheiten, um es zwischendurch in der Umkleidekabine zu treiben."

„Das klingt bitter."

„Nein, darüber bin ich längst hinweg. Ich fühle mich auch nicht mehr wie betäubt. Ich habe nur noch Angst vor der Zukunft."

Catherine wunderte sich, wie sie ihre Gefühle so preisgeben konnte. Für gewöhnlich wahrte sie die äußere Form und ließ niemanden näher an sich herankommen. Matthew hatte großen Wert auf die Einhaltung strikter Gesellschaftsregeln gelegt, und so waren die meisten ihrer Freundschaften oberflächlich geblieben. Catherine merkte erst jetzt, wie sie die Vertrautheit der Collegetage und den natürlichen Umgang mit Gefühlen vermisst hatte. Der Mann ihr gegenüber ermutigte sie durch seine mitfühlende Art, weiterzusprechen. Sein aufrichtiger Blick sagte ihr, dass sie ihm trauen konnte.

„Ich weiß noch nicht, wie ich mein Leben jetzt einrichten soll", fuhr Catherine fort. „Was tut eine zweiunddreißigjährige Frau, wenn sie zum ersten Mal in ihrem Leben wirklich auf sich selbst angewiesen ist?"

„Was haben Sie denn bisher getan?"

„Ich habe Spenden für den Ausbau der Kinderstation unseres Krankenhauses gesammelt", erklärte Catherine ironisch.

„Soso", sagte er ehrfürchtig, doch dabei zwinkerte er ihr belustigt zu. „Das ist zweifelsohne nicht mehr die passende Aufgabe für Sie."

„Wie scharfsinnig!" Catherine zwang sich zu einem Lächeln.

„Haben Sie jemals gearbeitet?", fragte er unverblümt.

„Ich habe zum Beispiel Bankette für fünfhundert Personen organisiert. Darin bin ich Profi. Außerdem kann ich Sponsoren überreden, ein paar Tausend Dollar zu spenden. Das ist auch kein Kinderspiel."

„Aber Sie übten keinen Beruf aus, und Arbeit zu wohltätigen Zwecken wird nicht als gleichwertig anerkannt", bemerkte er einfühlsam.

„Genau." Catherine musste sich zum ersten Mal nicht rechtfertigen. „Wie ich schon sagte, weiß ich noch nicht, was ich in Zukunft tun soll. Würden Sie mich einstellen, wenn Sie eine Firma hätten?"

Er nahm die Frage offensichtlich ernst und musterte sie prüfend. Catherine errötete unter seinem forschenden Blick. Da war neben dem kühlen Abwägen des Experten noch etwas, das ihr Herz schneller schlagen ließ. „Vielleicht", sagte er schließlich.

Catherine wusste nicht, ob sie sich über seine vage Antwort ärgern oder sich freuen sollte, dass er die Möglichkeit überhaupt in Betracht zog. „Als was würden Sie mich denn einstellen?", fragte sie neugierig.

„Als Mannequin."

Catherine lachte amüsiert. „Das ist doch nicht Ihr Ernst! Nach dem Trick mit der Kaffeekanne hätte ich etwas Originelleres von Ihnen erwartet."

„Lachen Sie nicht." Er sah sie unergründlich an. „Sie haben eine atemberaubende Figur, eine makellose Haut und geheimnisvolle, verführerische Augen – der Traum eines jeden Kameramannes."

„Als Nächstes erzählen Sie mir, dass Sie einen Star aus mir machen könnten", spottete Catherine.

„Das könnte ich wahrscheinlich", behauptete er so selbstverständlich, dass es ihr für einen Moment den Atem verschlug. „Zumindest in der Werbebranche. Ich besitze eine Werbeagentur in New York. Ich vertrete eine Reihe von Produkten, die bestimmt reißenden Absatz erzielen könnten, wenn sie von einer Frau mit Ihrem Stil und Ihrer Eleganz präsentiert würden." Er zeigte auf ihren Ehering. „Schmuck zum Beispiel."

Catherine drehte die Hand, bis der Diamant im Kerzenlicht funkelte. „Warum sind Sie hier?", wechselte sie das Thema. „Suchen Sie Schauplätze für eine Werbekampagne? Savannah ist eine wunderschöne Stadt."

„Das stimmt, aber ich bin aus einem anderen Grund hier", erzählte er bereitwillig. „Ich habe ein neues Produkt unter Vertrag genommen. Die Verhandlungen klappten schneller als erwartet, und eigentlich sollte ich schon auf dem Rückflug nach New York sein. Da ich aber ziemlich überarbeitet bin, beschloss ich, mir ein bisschen Ruhe zu gönnen und hier zu übernachten." Ihre Blicke trafen sich. „Ich bin froh darüber."

Catherines Puls raste. „Ich auch", flüsterte sie und war schockiert über ihre Offenheit. War sie von Sinnen? Wo blieb ihre vornehme Zurückhaltung? Die ungezwungene Atmosphäre des Gesprächs weckte lang verborgene Bedürfnisse. Sie brauchte diesem Mann keine Rolle vorzuspielen, und seine Herzlichkeit war echt.

„Sind Sie mit dem Essen fertig, Catherine?", fragte er.

Sie blickte auf den Krabbencocktail, in dem sie nur herumgestochert hatte, und nickte. „Ich bin nicht hungrig."

„Dann lade ich Sie zu einem Spaziergang am Fluss ein. Hinterher bestelle ich Ihnen ein Taxi zu Ihrem Hotel."

Catherine dachte automatisch an die obligatorischen Warnungen. Eine Frau allein ging niemals mit einem Fremden. Doch alles zog sie unwiderstehlich zu diesem Mann hin. Sie wusste instinktiv, dass er ihr nie etwas antun würde.

„Wenn Sie den echten Kellner herbeirufen würden, könnte ich bezahlen. Ich begleite Sie gern." Catherine kam sich sehr mutig vor.

„Ich werde die Rechnung begleichen."

„Nein, das lasse ich nicht zu", protestierte sie. Schließlich hatte sie ihren Stolz.

„Ich akzeptiere kein Nein. Eines Tages können Sie sich bei jemandem revanchieren, der auch allein ist."

Der Mann zahlte und führte Catherine aus dem Restaurant über die gepflasterte Straße zur Flusspromenade. Eine leichte Brise frischte die milde Abendluft auf. Am samtblauen Himmel glitzerten Sterne. Sie wanderten schweigend am Flussufer entlang und ließen die märchenhafte Abendstimmung auf sich wirken. Die Stille war genauso angenehm wie das Gespräch vorher. Trotzdem wuchs mit jedem Schritt eine erwartungsvolle Spannung. Catherines Herz schlug wie im Tangorhythmus.

Endlich hielt sie es nicht länger aus und zwang sich zu einer unverfänglichen Frage: „Sie stammen nicht von hier, oder täusche ich mich?"

Er verstand ihr Ablenkungsmanöver und ging darauf ein. Jetzt war er an der Reihe, von sich zu erzählen. „Wie kommen Sie darauf?", antwortete er zunächst mit einer Gegenfrage.

„Sie speisten allein."

„Vielleicht gefällt mir das."

„Mag sein. Ich glaube eher, dass ein Mann wie Sie in gewohnter Umgebung keinen Mangel an weiblicher Begleitung hat. Gäbe es da zum Beispiel die Ehefrau?"

„Ist das eine doppeldeutige Frage?" Er sah sie herausfordernd an.

Catherine lächelte unergründlich. „Es wäre nur dann eine doppeldeutige Frage, wenn ich an Ihnen als Mann interessiert wäre", behauptete sie. „Da wir aber Fremde sind, die sich zufällig begegnen, handelt es sich um simple Information." Sie wartete gespannt auf seine Antwort.

„Aha, der feine Unterschied! Als Mann, der genaue Wortwahl schätzt, stimme ich Ihnen selbstverständlich zu."

Catherine ließ sich nicht provozieren. „Sie haben meine Frage noch nicht beantwortet."

„Vielleicht denke ich, wie Sie, nicht gern an mein Privatleben." Er wurde ernst.

„Sind Sie etwa geschieden?"

„Das Verfahren läuft noch. Paula konnte meine zahlreichen Geschäftsreisen und Überstunden in der Firma nicht mehr ertragen. Sie fühlte sich vernachlässigt."

„Also hat Sie Ihnen ein Ultimatum gestellt?"

„Nein, kein Ultimatum. Sie hat mir ohne viel Worte den Laufpass gegeben. Sie ist der Meinung, dass sich sowieso nichts ändern lässt."

„Weil die Arbeit Ihnen wichtiger ist als sie?", fragte Catherine aufmerksam.

„So sieht sie es."

„Und stimmt es?"

Er schwieg eine Weile. Offenbar bemühte er sich um eine ehrliche Antwort. „Ich wünschte, ich könnte Nein sagen", gestand er schließlich. „Aber ich weiß es einfach nicht. Ich habe sie geliebt, und ich vermisse die Kinder. Das ist das Schlimmste: von meinen Kindern getrennt zu leben."

„Warum versuchen Sie nicht, Ihre Frau zurückzugewinnen?"

„Wäre es fair, wenn ich nicht versprechen kann, mich zu ändern?"

„Aber das wissen Sie doch gar nicht! Sie haben es noch nicht versucht."

Er seufzte. „Besagt das nicht alles? Als es darauf ankam, war meine Liebe nicht groß genug. Paula verdient etwas Besseres als mich. Sie ist eine fabelhafte Frau."

Im matten Licht der Promenadenbeleuchtung entdeckte Catherine Traurigkeit und Bedauern in seinem Blick. Sie wollte instinktiv die Hand ausstrecken und seine Wange berühren, aber sie hielt sich zurück. „Wenigstens sind Sie nicht stolz auf Ihren Entschluss", sagte sie leise.

„Das bin ich wirklich nicht", erklärte er. „Wenn ich die Zeit zehn oder fünfzehn Jahre zurückdrehen könnte, würde ich vieles anders machen. Jetzt muss ich mich mit der Gegenwart abfinden."

„Jeder Tag ist ein neuer Anfang. Am besten ist es, die Realität ungeschminkt zu akzeptieren und anschließend zu ändern, was einem nicht gefällt. Ich versuche es. Deshalb bin ich nach Savannah gekommen." Wenn ich doch wirklich so zuversichtlich wäre! dachte Catherine.

„Warum ausgerechnet hier?", wollte er wissen.

„Vor meiner Heirat träumte ich davon, Städtebau mit dem Schwerpunkt Restauration zu studieren. Es gibt nur ein College, das diese spezielle Fächerkombination anbietet, und zwar hier in Savannah."

„Haben Sie sich schon eingeschrieben?"

„Ich war heute da und bin verunsichert. Die Studenten sind alle so jung."

Er wollte etwas entgegnen, doch sie kam ihm zuvor. „Sagen Sie jetzt nicht, dass man so alt ist, wie man sich fühlt."

„Aber es stimmt, Catherine."

„Ich glaube, es gibt für alles einen passenden Zeitpunkt. Für mich ist es zu spät, noch einmal mit einem Studium anzufangen."

„Geben Sie nicht so schnell auf!", beschwor er sie. „Stellen Sie sich vor, wie Ihre Kommilitonen von Ihrer Lebenserfahrung profitieren könnten."

„So habe ich das noch nicht gesehen." Catherine lächelte zaghaft.

Er blieb stehen und drehte sie zu sich herum. „Ich habe eine Idee. Lassen Sie uns einen Pakt schließen!"

„Einverstanden." Sie war ganz in seinem Bann.

„Dann wiederholen Sie: Ich schwöre bei meiner Ehre ..."

„Ich schwöre bei meiner Ehre ..."

„dass ich im kommenden Jahr ..."

„dass ich im kommenden Jahr ..."

„herausfinden will, wer ich bin und was ich wirklich will. Keine halben Sachen, keine Torschlusspanik und keine Kompromisse anderen zuliebe."

Catherine wiederholte den Schwur wie hypnotisiert.

Ihre Blicke trafen sich. Er sah sie voller Sehnsucht an und doch, als wäre sie für ihn unerreichbar. Dann senkte er langsam den Kopf, bis sich ihre Lippen berührten. Er küsste sie sehr zärtlich und zog sie sanft an sich. Dann wurde der Kuss leidenschaftlicher, und Catherine drängte sich instinktiv an ihn, obwohl die widersprüchlichsten Gefühle sie bewegten. Ich werde diesen Augenblick nie vergessen, dachte sie atemlos. Aus der zufälligen Begegnung zweier Fremder ist ein schicksalhaftes Treffen geworden.

Er löste sich schließlich widerstrebend von ihr. „Ach, Catherine, wenn die Dinge nur anders wären", sagte er rau.

„Ist das alles?", flüsterte sie kaum hörbar.

„Vielleicht nicht." Er zögerte nur kurz. „Lass uns einen zweiten Schwur leisten, bevor ich dir ein Taxi bestelle."

„Warum nicht." Catherine bemühte sich um einen unverfänglichen Tonfall und wusste doch, wie schwer ihr der Abschied fallen würde. Schon wieder ein Abschied! Sie zwang sich trotzdem zu einem Lächeln.

„Es gibt ein Theaterstück, das du vielleicht kennst. Es handelt von einem Paar, das sich einmal pro Jahr trifft. Im Laufe der Jahre lernen die beiden sich gegenseitig besser kennen als ihre Partner, mit denen sie täglich zusammenleben."

„Ja, das kenne ich."

„Dann versprich mir, dass wir uns nächstes Jahr um dieselbe Zeit hier treffen, um festzustellen, wie unser Leben sich verändert hat."

„Das verspreche ich." Catherine träumte von einer Zukunft ohne unlösbare Probleme. Ob sie jemals zu erreichen war? In einem Jahr konnte so viel geschehen. Vielleicht würde sie die Enttäuschung über ihre gescheiterte Ehe überwinden und irgendwann in ihrem Herzen Platz für eine neue Liebe finden. Der Gedanke erregte und verwirrte sie gleichzeitig. Auf einmal kam ihr alles nicht mehr hoffnungslos vor.

„Ich werde auf dich warten, mit der Kaffeekanne in der Hand", versprach er. Dann küsste er sie noch einmal, rief ein Taxi herbei, half ihr beim Einsteigen und ging unvermittelt fort.

Er war gerade noch in Hörweite, als Catherine einfiel, dass sie nicht einmal seinen Namen kannte. Sie bat den Taxifahrer, anzuhalten, riss die Autotür auf und rannte hinter ihm her. Er hörte ihre Absätze auf dem Kopfsteinpflaster klappern und drehte sich um. Catherine blieb stehen und kam sich plötzlich wie eine Närrin vor. Glaubte sie wirklich an ein Wiedersehen?

„Ich weiß nicht einmal deinen Namen", sagte sie hilflos.

„Dominic, aber ich werde Nick genannt", sagte er leise.

„Nick", wiederholte sie. Der Name passte zu ihm. Sie lächelte so glücklich wie seit Wochen nicht mehr. Dann stieg sie wieder ins Taxi und winkte. „Bis zum nächsten Jahr."

2. KAPITEL

*C*at, was ist los mit dir? Warum willst du nicht nach Savannah fahren?", fragte Liz Markham erstaunt. „Seit zwölf Monaten höre ich nur: Nick dies und Nick das und jetzt …"

„Du übertreibst", unterbrach Catherine sie. „Ich habe den Mann seit einer Ewigkeit nicht mehr erwähnt." Sie drehte sich um, damit Liz ihre Verlegenheit nicht bemerkte, und beschäftigte sich intensiv mit der letzten Lieferung Kleiderspenden, die an den Secondhandladen der St.-Christopherus-Kirche adressiert war. Sie sortierte die einzelnen Kleidungsstücke, steckte Preisschilder an, stapelte sie und hoffte, dass Liz sie endlich in Ruhe lassen würde. Allein der Gedanke an Nick machte sie nervös. Wie konnte ein Mann, den sie nur einmal getroffen und der sie zweimal geküsst hatte, einen solch nachhaltigen Eindruck hinterlassen?

„Gestern Nacht", bemerkte Liz trocken. Sie ließ sich nicht vom Thema ablenken.

Catherine rutschte vor Schreck der Kugelschreiber aus. „Was meinst du?", fragte sie und warf das unbrauchbare Preisschild in den Papierkorb.

„Du hast Nick gestern Nacht erwähnt", behauptete Liz hartnäckig.

„Das stimmt nicht." Catherine wollte nicht zugeben, dass Liz wahrscheinlich recht hatte. Sobald es um Liebesdinge ging, besaß Liz den siebten Sinn und betätigte sich erfolgreich als Heiratsvermittlerin. Bei Catherine war ihr das bisher nicht gelungen. Ein Treffen mit Nick könnte alles ändern, dachte Liz.

„Wir saßen an deinem Küchentisch", erinnerte sie Catherine, die jetzt verlegen wurde.

„Du hast endlich deinen Ehering abgenommen und sagtest – ich zitiere: Nick meint, ich könnte jederzeit in einem Werbespot für Diamantschmuck auftreten. – Dann hast du abgrundtief geseufzt."

„Hab ich nicht", widersprach Catherine.

„Hast du doch. Du seufzt immer, wenn du Nicks Namen erwähnst."

Catherine legte den Pullover beiseite, den sie gerade in der Hand hielt. Liz war in den vergangenen Monaten ihre beste Freundin geworden. Sie hatte ihr geholfen, die Enttäuschung über die Scheidung zu überwinden und im Alltag wieder Fuß zu fassen. Liz war ein Energiebündel und eine überzeugte Optimistin. Obwohl sie schon jahrelang Nachbarn waren, hatten sie sich erst jetzt richtig kennengelernt. Catherine schätzte ihr treffsicheres Urteil, ihren Humor und ihre Aufrichtigkeit.

„Seufze ich wirklich?", fragte sie unbehaglich.

Liz nickte siegessicher. „Außerdem bekommst du dann diesen verträumten Blick. Es hat dich erwischt, Catherine Devlin, und ich will dich nicht für den Rest deines Lebens von einem gewissen Mann schwärmen hören. Heute ist der Tag, an dem ihr euer Treffen in Savannah verabredet habt. Du hörst sofort hier auf und machst dich auf den Weg. Es ist eine lange Fahrt, und wenn du rechtzeitig zum Abendessen da sein willst ..."

„Ich fahre doch nicht extra nach Savannah, um einen Fremden zu treffen!", protestierte Catherine halbherzig.

„Was heißt hier Fremder? Sogar ich habe inzwischen das Gefühl, ihn zu kennen."

Catherine war sprachlos. „Habe ich so viel erzählt?"

„Das hast du." Liz zwinkerte der Freundin aufmunternd zu. „Aber das ist doch nicht schlimm. Ich finde es wunderbar romantisch."

Catherine schüttelte den Kopf. „Es ist lächerlich. Es war eine einmalige Begegnung. Das lässt sich nicht einfach wiederholen." Aber es wäre den Versuch wert, dachte sie unwillkürlich.

„Du hast einen heiligen Eid geschworen. Willst du etwa dein Wort brechen? Was würde deine Mutter dazu sagen?"

„Lass meine Mutter aus dem Spiel! Wenn sie wüsste, dass ich in Savannah einen Mann treffen will, den ich kaum kenne und der obendrein Nordstaatler ist, würde sie mich für verrückt erklären. Sie lehnte Matthew schon deshalb ab, weil er nicht aus Atlanta stammte."

„Da hatte sie ausnahmsweise recht", meinte Liz unverblümt. „Dein Matthew war selbstgefällig und egoistisch."

„Das war er nicht", verteidigte Catherine ihren Exmann automatisch, obwohl sie Liz eigentlich zustimmen musste. Matthew war altmodisch, in seinen Ansichten festgefahren und ziemlich langweilig. Er hätte ihre Verabredung mit einem fast fremden Mann in einer weit entfernten Stadt nie toleriert.

„Soll ich wirklich?" Catherine zögerte immer noch.

„Ich wusste, dass du dich dafür entscheidest!", rief Liz überschwenglich. „Jetzt beeil dich! Du willst Nick doch nicht verpassen."

„Es ist Mittwoch. Der Mann ist berufstätig. Er kommt bestimmt nicht."

„Wenn er nicht kommt, gehst du zum College und lässt dir ein Vorlesungsverzeichnis geben." Liz war praktisch veranlagt. „Die Fahrt lohnt sich also auf jeden Fall."

„Fang nicht wieder damit an", stöhnte Catherine. „Ich bin dreiunddreißig Jahre alt. Es ist zu spät, eine neue Ausbildung zu beginnen."

„Blödsinn!", schimpfte Liz. „Es ist niemals zu spät. Du verschwendest hier deine Talente. Natürlich freut mich deine Hilfe, aber dein Platz ist woanders."

„Ich bin mit der momentanen Situation zufrieden", verteidigte sich Catherine. „Ich habe genug Geld zum Leben. Die Abfindung von der Scheidung ist gewinnbringend angelegt, außerdem hat mein Vater mir mein Erbteil ausgezahlt. Was ist falsch daran, wenn ich mich für wohltätige Zwecke einsetze?"

„Wenn es dich glücklich machen würde, wäre nichts daran falsch. Aber du füllst deine Zeit nur aus, mit dem Herzen bist du nicht dabei. Catherine, dein Trauerjahr ist vorbei. Jetzt solltest du etwas riskieren, ein neues Leben anfangen!"

„Falls ich tatsächlich zu dem Treffen mit Nick fahre, habe ich für heute schon genug riskiert."

„Dann gehst du eben morgen zum College." Liz gab nicht nach. Sie war nicht umsonst die erfolgreichste Spendeneintreiberin der St.-Christopherus-Gemeinde.

Catherine lachte. „Okay, du hast gewonnen. Ich verspreche dir, darüber nachzudenken."

Sie hätte wissen müssen, dass Liz sich nicht damit zufriedengab. „Ich werde mir das Vorlesungsverzeichnis zeigen lassen", drohte sie.

„Kein Wunder, dass deine Kinder so oft zu mir kommen", stichelte Catherine. „Du bist eine notorische Nörglerin."

„Wenn du überall in deiner Wohnung über Popcorn und schmutzige Socken stolpern würdest, könntest du mich verstehen", konterte Liz.

„Vielleicht", sagte sie traurig. Vor gar nicht langer Zeit hatte Catherine sich unbedingt Kinder gewünscht, aber Matthew war dagegen gewesen. Er wollte reisen. Er wollte, dass sie nur für ihn da war. Natürlich hätte sie gegen seinen Willen eine Schwangerschaft riskieren können, aber das war keine Lösung. Ihr Kind sollte nicht in einer Atmosphäre voller gegenseitiger Vorwürfe aufwachsen. Was war stattdessen passiert? Kurz nach der Scheidung musste Matthew schon wieder heiraten, weil die Kinderärztin, mit der er die Affäre gehabt hatte, schwanger war. Es geschieht ihm recht, dachte Catherine.

Liz spürte den Stimmungswechsel sofort und erriet Catherines Gedanken. „Schau nicht zurück, Cat", mahnte sie sanft. „Du kannst die Vergangenheit nicht mehr ändern, aber die Zukunft gehört dir!"

Catherines Herz schlug schneller, als sie an Nick dachte. Wie oft hatte sie sich im vergangenen Jahr an seine Herzlichkeit, sein Interesse und seine unverhohlene Bewunderung erinnert. Sie hatten sich auf Anhieb verstanden.

„Okay, ich fahre", beschloss sie mutig. „Man lebt schließlich nur einmal."

Unterwegs nach Savannah überfielen Catherine wieder Zweifel. *Nick kommt bestimmt nicht. Warum auch? Er ist ein attraktiver Mann und hat beruflich mit viel schöneren und erfolgreicheren Frauen als mir zu tun. Nur weil ich ihn ein ganzes Jahr lang nicht vergessen konnte, heißt das noch lange nicht, dass es ihm genauso geht.*

Bleib realistisch, redete Catherine sich ein, und erwarte nichts! Trotzdem war sie aufgeregt. Im vergangenen Jahr war sie zwar oft mit männlichen Bekannten ausgegangen, aber bei keinem hatte sie Herzklopfen bekommen. Es waren nette, austauschbare Abende gewesen, mehr nicht. Selbst in der Beziehung mit Matthew konnte sie sich kaum an dieses kribbelige Gefühl in der Magengegend, das Wechselbad der Gefühle und die verwirrende Sehnsucht erinnern. Nur ganz am Anfang war es so gewesen, als sie noch ins College ging und Matthew gerade sein Medizinstudium begonnen hatte. Du weißt, wie schnell Liebe vergeht, mahnte sie sich jetzt. Sei also vorsichtig!

Sechs Stunden später stand Catherine vor dem Spiegel ihres Hotelzimmers und überprüfte ihr Make-up. Sie trug ein raffiniert einfach geschnittenes rotes Kleid, das ihren makellosen Teint vorteilhaft zur Geltung brachte. Dazu legte sie goldene Ohrringe und die passende Halskette an und benutzte ihr französisches Lieblingsparfum. Matthew hatte es gehasst, wahrscheinlich, weil es sündhaft teuer gewesen war.

Sie schlüpfte in hochhackige schwarze Pumps, zog den schwarzen Samtblazer an und machte sich auf den Weg zum Restaurant, das nur ein paar Häuserblocks entfernt am Flussufer lag.

Es war ein milder Frühlingsabend, kein Lüftchen regte sich über dem Fluss. Catherine dachte an das Begehren, das sie vor einem Jahr in Nicks Blick gesehen hatte, kurz bevor er sie küsste. Wie zärtlich und doch verlangend sein Kuss gewesen war! Und wie sehr wünschte sie sich, dass er heute Abend auf sie wartete.

An der Tür des Restaurants verließ sie beinahe der Mut. War es nicht leichtsinnig, sich auf so ein Abenteuer mit ungewissem Ausgang einzulassen? Die Zeitungen waren voll mit abschreckenden Beispielen. Die Erinnerung an Nicks korrektes Benehmen ließ ihre Ängste schwinden. „Reiß dich zusammen, Cat, und sei jetzt nicht feige", murmelte sie entschlossen. Dann ging sie hinein und sah sich in dem schwach erleuchteten Raum um.

Es war noch früh, und es waren kaum Gäste anwesend. Sie konnte Nick nirgends entdecken, aber der Tisch, an dem sie vor einem Jahr gesessen hatte, war frei.

Catherine setzte sich. Dabei merkte sie, dass ihre Hände bebten. Sie war aufgeregt wie ein Teenager vor dem ersten Rendezvous. Was soll ich machen, wenn Nick mich versetzt? Catherine bestellte ein Glas Weißwein und einen Krabbencocktail, genau wie vor einem Jahr. Das bringt Glück, redete sie sich ein.

„Möchten Sie noch Kaffee?" Bei der klangvollen Männerstimme lief ihr ein wohliger Schauer über den Rücken.

„Ich trinke keinen Kaffee", antwortete sie ein wenig atemlos, hob den Kopf und blickte direkt in Nicks Augen. Er musterte sie so intensiv, dass sie errötete.

„Du bist wirklich gekommen", sagte sie leise und konnte ihre Erleichterung kaum verbergen.

„Und du auch." Nick lächelte zufrieden.

„Ich dachte, du hättest es vergessen …", begannen beide gleichzeitig und lachten dann. Die Situation entspannte sich.

„Du siehst großartig aus." Nicks ehrliches Kompliment machte Catherine verlegen. Sein Blick wanderte anerkennend über ihre Figur. „Es tut mir leid, dass ich mich verspätet habe." Er setzte sich ihr gegenüber.

„Du hast dich nicht verspätet", wehrte Catherine ab. „Wir hatten keine bestimmte Uhrzeit festgelegt. Ich bezweifelte sowieso, dass du extra für ein privates Treffen nach Savannah fliegen würdest. Hast du hier noch geschäftlich zu tun, oder ist der Vertrag mit der Firma abgelaufen?" Catherine biss sich auf die Zunge. Sie plapperte aus lauter Nervosität.

„Ich bin hier tatsächlich noch geschäftlich engagiert", bestätigte er amüsiert, „aber heute habe ich meinen freien Tag. Ich hoffte sehr auf ein Wiedersehen. In den vergangenen Monaten habe ich oft bedauert, dass ich deinen Nachnamen nicht kenne und dich deshalb nicht anrufen konnte!"

„Mir ging es genauso", gestand Catherine. „Warum hattest du mich eigentlich nicht nach meiner Telefonnummer gefragt?"

Nick wurde ernst. „Ich glaube, wir waren damals beide an einem Tiefpunkt in unserem Leben angelangt", sagte er nachdenklich. „Und wir teilten beide die gleiche Sehnsucht. Deshalb war unser Treffen auch so harmonisch. Aber der Zeitpunkt war zu gefährlich, um eine neue Beziehung einzugehen. Ich wollte nichts Überstürztes tun und dich in nichts Unüberlegtes hineinziehen. Wir brauchten beide Zeit, um unser Leben neu zu ordnen. So vertraute ich dem Schicksal."

Und das Schicksal hat es ausnahmsweise gut mit uns gemeint, dachte Catherine. „Hast du dein Leben denn neu geordnet?", fragte sie.

„So gut es ging. Die Scheidung ist vorbei. Ich bemühe mich um ein besseres Verhältnis zu meinen Kindern. Es ist kaum zu glauben, aber ich verbringe jetzt mehr Zeit mit ihnen als vor der Trennung von meiner Frau. Es ist wohl so, dass ich mir die Zeit bewusst nehme und die Bedürfnisse meiner Kinder zum ersten Mal wirklich berücksichtige."

„Einer der größten Fehler in unserem Leben ist es, wenn wir Liebe für selbstverständlich halten und nichts mehr dafür tun", stimmte Catherine nachdenklich zu.

„Wie geht es dir?", fragte Nick. „Was hast du inzwischen erlebt?"

„Ich habe hauptsächlich überlebt. Die Zeiten von Dr. Matthew Devlins Ehefrau sind endgültig vorbei. Es gelingt mir immer besser, meine eigenen Vorstellungen zu verwirklichen."

„Hilft dir ein Mann dabei?" Klang da etwa eine Spur Eifersucht mit?

„Nein", antwortete Catherine fest. „Diesmal halte ich es für besser, meinen Weg allein zu finden. Später suche ich mir eventuell einen Mann, der dazu passt, nicht andersherum."

„Es scheint also möglich zu sein, aus seinen Fehlern zu lernen", sagte Nick amüsiert.

Catherine lächelte. Sein Charme zog sie wieder in den Bann. Seine Anziehungskraft war einfach unwiderstehlich, und sie wollte sich verzaubern lassen. Sie wollte Geheimnisse mit ihm teilen, die sie sonst niemandem verriet – nicht einmal Liz. „Wir haben beide einen hohen Preis dafür gezahlt", meinte sie.

„Das stimmt. Aber jetzt sind wir viel bessere Menschen", scherzte er. „Wir werden sehr nett zueinander sein!"

Nicks Stimme klang verführerisch, und Catherines Herz schlug schneller. Sie wollte seinem Blick ausweichen, aber das ließ er nicht zu. Sie sollte das Begehren spüren, das zwischen ihnen wuchs, und sie sollte ihre Gefühle akzeptieren. Catherine wurde bei dem sinnlichen Versprechen in seinem Blick ganz schwach, sie hielt unwillkürlich die Luft an.

„Du kannst dir nicht vorstellen, wie ich dich vermisst habe", fuhr er eindringlich fort. „Wie ist es möglich, dass eine einzige kurze Begegnung zwei Menschen so aneinanderbindet?"

„Verwechselst du nicht Wunschdenken mit Realität?" Catherines Stimme zitterte ein wenig. Sie war sehr verletzlich.

„Wenn ich das wüsste!", gab er ehrlich zu. „Aber eins steht fest: Wärst du heute Abend nicht gekommen, hätte ich Himmel und Hölle in Bewegung gesetzt, um dich zu finden. Das wollte ich eigentlich längst, aber ich hatte dir mein Wort gegeben, ein Jahr zu warten. Trotzdem hoffte ich während jeder Geschäftsreise nach Savannah, dich zu treffen. Ich schaute jeder schönen Frau auf der Straße nach, ob du es vielleicht sein könntest. Ich wollte so viel mit dir besprechen. Bei meinen Werbeentwürfen fragte ich mich, wie du darüber urteilen würdest, bei jedem Buch, wie es dir gefallen hätte. Ich wäre so gern mit dir ins Theater oder ins Kino gegangen …"

„Aber warum?" Sie war verwirrt von seinem Gefühlsausbruch. „Du kennst mich doch kaum."

Nick zuckte mit den Schultern. „Ich weiß darauf selbst keine Antwort. Ich bin zwar Experte in der psychologischen Werbestrategie und der erfolgreichen Manipulation des Käufers, aber was zwischen uns beiden vorgeht, kann ich nicht erklären. Es muss Schicksal sein. Bei unserem ersten Treffen spürte ich sofort, dass etwas Besonderes zwischen uns entstand, das ich nicht wieder verlieren möchte. Du musst es auch gefühlt haben, sonst wärst du nicht hier!"

Catherine staunte, wie sehr seine Gefühle ihren ähnelten. „Es stimmt", gab sie schließlich zu. „Meine Freundin Liz sagt, dass ich dich bei jeder Gelegenheit zitiere." Sie errötete. „Vielleicht sollte ich das nicht erzählen."

„Warum nicht? Ich bin doch auch ehrlich."

„Das ist etwas anderes", belehrte sie ihn. „Frauen müssen zurückhaltend sein. Weißt du nicht, dass wir in den Südstaaten von der Wiege an lernen, uns keinem Mann zu offenbaren? Meine Mutter wäre entsetzt, wenn sie mich hören würde. Ich bin selbst ein wenig überrascht."

„Warum?"

„Weil ich mich normalerweise kaum aus der Reserve locken lasse. Aus irgendeinem Grund mache ich bei dir eine Ausnahme."

„Du weißt eben, dass ich dich niemals verletzen könnte", beteuerte Nick.

Catherine sah ihn prüfend an. War das die Wahrheit oder nur eine charmante Floskel? Die Aufrichtigkeit in seinem Blick überzeugte sie. Er würde alles tun, um sie zu beschützen, und sie konnte sich nichts Schöneres vorstellen. Wirklich? Catherine war ganz durcheinander. „Woher weiß ich das?", fragte sie.

„Du hast unfehlbare Instinkte", vermutete Nick.

„Matthew war ein Fehlgriff", erinnerte sie ihn.

„Vielleicht liegt es an meinem ehrlichen Gesicht." Er schnitt eine Grimasse.

„Du hast das Gesicht eines Herzensbrechers."

„Dann muss es Zauberei sein."

„Oder Illusion."

„Du bist eine Zynikerin."

„Nein, eine Realistin", konterte sie schlagfertig und lächelte über seinen verdutzten Gesichtsausdruck.

Nick legte seine Hand auf ihre. „Das werden wir noch herausfinden, nicht wahr, Catherine?"

„Ja", versprach sie leise.

Zum ersten Mal seit Jahren dachte Nick beim Aufwachen an etwas anderes als an Arbeit. Catherine! *Wie hat sie sich gefreut, mich wiederzusehen, und wie harmonisch ist unser zweiter gemeinsamer Abend verlaufen!* Gegen ein Uhr nachts hatte er sich schließlich mit einem vielversprechenden Kuss an der Hoteltür von ihr verabschiedet. Die Sehnsucht in ihrem Blick verfolgte ihn. Er wollte alles von ihr, aber er hatte sich geschworen, behutsam vorzugehen. Leider war Geduld nicht seine Stärke.

Seit ihrer ersten Begegnung vor einem Jahr war kein Tag vergangen, an dem er nicht an Catherine gedacht hatte. Er war von ihrer eleganten Erscheinung fasziniert, und ihre Verletzlichkeit ließ verborgene Seiten in ihm anklingen. Er bewunderte ihre Intelligenz ebenso wie ihren vollkommenen Körper. Daran merkte er auch, wie tief seine Gefühle für sie bereits waren. Er wollte Catherine nicht benutzen und dann verlassen, er wollte sie auf Händen tragen und ihre Persönlichkeit respektieren.

Im Moment verwünschte Nick allerdings seine Zurückhaltung. Er lag im Bett, und sein Körper brannte vor Verlangen nach ihr. Da half nur eine eiskalte Dusche.

Gleich sehe ich sie wieder, doch leider viel zu kurz, dachte er. Er musste den Mittagsflug nach New York nehmen, weil er eine wichtige Sitzung um fünfzehn Uhr nicht verschieben konnte. Er hatte bereits mehrere Termine abgesagt, um überhaupt zu diesem Treffen kommen zu können.

Nick griff nach dem Telefon, das auf dem Nachttisch stand, und wählte die Nummer von Catherines Apparat. „Aufwachen, Schlafmütze!", begrüßte er sie gut gelaunt.

„Es ist viel zu früh", murmelte sie schlaftrunken.

„Wir haben nur wenig Zeit, und die wollen wir nicht vergeuden! Also: Frühstück in zwanzig Minuten. Ich hole dich ab."

„In einer Stunde", versuchte sie zu handeln.

„Dreißig Minuten und keine Sekunde länger." Nick ignorierte ihren Protest und legte den Hörer auf.

Nick klopfte pünktlich an Catherines Zimmertür. Sie öffnete barfuß und im Morgenmantel. Ihr langes dunkles Haar kringelte sich feucht um das vom Baden rosig angehauchte Gesicht. Nick fand sie ohne Make-up noch schöner. Sie duftete nach Seife und Lavendel, eine Mischung mit umwerfender Wirkung, provokativ und doch natürlich. Wenn ich den Namen des Produkts wüsste, würde ich eine ganze Werbekampagne umsonst entwerfen, dachte er.

„Du kommst zu früh", sagte Catherine vorwurfsvoll.

„Ich bin pünktlich."

„Ich bin noch nicht fertig."

„Du siehst wunderschön aus!"

„Ich sehe nass aus."

Er strich ihr eine feuchte Locke aus der Stirn und bemerkte, wie ihr Blick sich verdunkelte. „Wunderschön", wiederholte er mit rauer Stimme und küsste zärtlich ihre vollen Lippen. Sie schmeckten hinreißend frisch. Wie werden sie erst schmecken, wenn ich Catherines Leidenschaft wirklich errege! Es kostete ihn Überwindung, nicht mehr zu fordern. Er beendete den Kuss mit einem Seufzer.

„Du bist eine gefährliche Frau."

„Ich?" Ungläubiges Staunen lag in ihrem Blick.

„Ja, du. Weißt du nicht, wie sexy du bist?"

„Nein."

Ihre Offenheit steigerte noch Nicks Verlangen. Er wollte ihr zeigen, wie begehrenswert sie war. Er wollte Gefühle in ihr wecken, die ihr Exmann offenbar ignoriert hatte. Aber nicht jetzt. Obwohl er spürte, dass sie ihn auch begehrte, wollte er sie nicht drängen und dadurch erschrecken. Sie würde vielleicht nachgeben, ihm das aber nie verzeihen.

„Beeil dich", sagte er und schickte sie zum Haareföhnen. „Ich bin hungrig wie ein Wolf."

Kurze Zeit später saßen sie am Frühstückstisch. Catherine bestellte eine Scheibe ungebutterten Toast und eine halbe Grapefruit. Fassungslos beobachtete sie, wie Nick eine Schüssel Müsli, Eier, Schinken, Käse und drei Brötchen vertilgte. Danach ließ er sich Blaubeertörtchen zum Nachtisch servieren. „Möchtest du auch eins?", fragte er.

„Ganz bestimmt nicht", wehrte sie entsetzt ab.

„Nur eines. Wir teilen es uns."

Er zerteilte ein Törtchen, und während er über seine bevorstehende Sitzung in New York berichtete und Catherines Aufmerksamkeit ablenkte, steckte er ihr ein Stückchen nach dem anderen in den Mund. Ehe sie sichs versah, hatte sie zwei Törtchen ganz allein aufgegessen.

„Du hast mich ausgetrickst", warf sie ihm vor.

„Wie meinst du das?", fragte er mit Unschuldsmiene.

„Du wolltest überhaupt kein Blaubeertörtchen essen!"

„Aber du." Er lachte vergnügt.

Sie sah ihn kopfschüttelnd an. Er verblüffte sie immer wieder, aber sie konnte ihm nicht böse sein. „Woher willst du das so genau wissen?"

Er nahm ihre Hand und leckte langsam einige Krümel von ihren Fingerspitzen. Dabei sah er sie aus halb geschlossenen Augen aufreizend an. „Ich weiß alles von dir."

„So?"

„Jedenfalls dauert es nicht mehr lange, bis ich alles weiß", behauptete er unverfroren.

„Wie kommst du darauf?" Sie zog eine Augenbraue hoch.

„Ich habe einen Plan."

„Da bin ich aber gespannt!"

„Bald ist Ostern. Wir treffen uns wieder hier und haben das ganze Wochenende Zeit, um uns besser kennenzulernen und die Umgebung zu erforschen."

Catherine zögerte einen Moment. „Vielleicht wollen wir etwas erzwingen, das gar nicht vorhanden ist", gab sie zu bedenken.

„Vielleicht aber auch nicht", entgegnete er optimistisch. „Das wissen wir erst, wenn wir es ausprobiert haben. Willst du den Versuch nicht wagen?"

„Doch." Sie hob entschlossen das Kinn.

„Dann treffen wir uns heute in vier Wochen." Nicks gute Laune war wiederhergestellt. „Gleiche Zeit. Gleicher Ort."

Sie nickte langsam. „Gleiche Zeit. Gleicher Ort."

3. KAPITEL

*N*icks Abflug verzögerte sich. Die Warterei machte ihn wütend. Während er ungeduldig auf und ab ging, verwünschte er die Fluggesellschaft, den Nebel über New York, den Verkauf seines kleinen Privatflugzeugs und schließlich Catherine, weil er jede freie Minute nur noch an sie dachte.

Ohne ihre Bekanntschaft hätte er die Geschäftsverbindungen mit Savannah wahrscheinlich nie vertieft. Alle hatten ihm davon abgeraten. White Stone Electronics war eine kleine, wenn auch entwicklungsfähige Firma. Aber es konnte Jahre dauern, bis die Investitionen sich bezahlt machten.

Trotzdem hatte er sich auf das Risiko eingelassen, und überraschenderweise erwies sich das Geschäft schon nach kurzer Zeit als Glücksgriff. Die neue Herausforderung brachte ihm mehr berufliche Befriedigung als sämtliche Aufträge der letzten Jahre. Er hatte fast nur noch für namhafte Firmen gearbeitet. Sie besaßen alle schon ein fertiges Image, und Nicks Aufgabe war es gewesen, dieses Ansehen durch überzeugende Werbekampagnen zu erhalten.

White Stone Electronics dagegen hatte noch keinen internationalen Ruf und war trotz qualitätsmäßig hervorragender Produkte weitgehend unbekannt. Bisher hatte ein Experte für die gewinnbringende Vermarktung der Produkte gefehlt. Das hatte sich mit Nick schlagartig geändert, und inzwischen konnte er bereits erste Erfolge für sich verbuchen.

Trotz der positiven Bilanz schüttelten die Mitarbeiter seiner Agentur in New York den Kopf über sein ungewöhnliches Engagement, zum Beispiel die regelmäßigen Flüge nach Savannah. Seit Jahren hatte er sich hauptsächlich um Vertragsabschlüsse mit neuen Firmen gekümmert und die Richtlinien der jeweiligen Werbekampagnen bestimmt. Die weitere Arbeit blieb Angestellten überlassen. Nicks Aufgabenbereich war die Theorie gewesen, mit der Praxis hatte er sich kaum noch befasst.

Das war jetzt anders. Von der Konzeption des jeweiligen Werbespots über die Ausführung bis zur Sendung im Fernsehen oder zum Druck in Zeitschriften ließ er sich genau informieren. Wie zu Beginn seiner Karriere hörte er den Menschen in der U-Bahn oder im Supermarkt wieder zu, wenn sie über seine Werbespots redeten. Diese lang entbehrte Nähe zum Konsumenten gab seiner Kreativität ganz neue Anstöße. Auch deshalb zog es ihn immer öfter nach Savannah.

Aber heute war nur Catherine der Grund. Er dachte an den verletzlichen Ausdruck ihrer großen Augen, ihre zarte Haut, ihre sinnliche Ausstrahlung und doch so vornehme Zurückhaltung. Sie war eine Herausforderung für einen Mann wie ihn! Er stammte aus ärmlichen Verhältnissen und hatte sich jeden Schritt auf der Erfolgsleiter hart erkämpft. Eine Frau wie Catherine war ihm wie ein unerreichbarer Traum erschienen. Jetzt konnte aus dem Traum Wirklichkeit werden. Wenn das Flugzeug nur endlich abfliegen würde!

Es landete mit zwei Stunden Verspätung in Savannah. Nick sah Catherine schon von Weitem unter den Wartenden stehen. Er stieg als einer der letzten Passagiere aus und bemerkte, wie ihr Blick über die Ankommenden irrte. Schnell eilte er ihr entgegen. Als sie ihn entdeckte, verschwand der ängstliche Gesichtsausdruck, und sie hieß ihn mit einem strahlenden Lächeln willkommen. Nick war sofort wieder von ihrem Liebreiz verzaubert. Welcher Mann wollte diese Frau nicht beschützen und verwöhnen? Was für ein Dummkopf musste Matthew Devlin sein, dass er Catherine verlassen hatte!

Nick hätte Catherine am liebsten leidenschaftlich geküsst, doch er begnügte sich mit einem herzlichen Händedruck.

„Es tut mir leid, dass ich zu spät komme", entschuldigte er sich höflich.

„Warum?" Catherine zwinkerte ihm fröhlich zu. „Bist du der Pilot?"

Nick schüttelte den Kopf.

„Dann musst du dich auch nicht entschuldigen. Weißt du übrigens, wie faszinierend ein Flughafen sein kann?"

„Ganz ehrlich gesagt, nein."

„Soll ich es dir beweisen? Da gibt es zum Beispiel einen herrlichen Zeitungsstand und ein Café mit einer Kellnerin aus New York. Du bekommst garantiert Heimweh, wenn du dich von ihr bedienen lässt, sie ist nämlich so unfreundlich wie alle Kellnerinnen in New York. Ich erinnere mich an ein grauenvolles Schnellrestaurant in Manhattan. Die unfreundlichsten Kellnerinnen bekamen die größten Trinkgelder. Warum ist das so? Ihr findet euch nicht nur damit ab, ihr ermutigt sie noch dazu."

„Vielleicht wissen die Stammkunden, dass sie sich Tag und Nacht auf ihre unfreundlichen Kellnerinnen verlassen können", scherzte Nick. „Die Kellnerinnen ändern sich nie, und Beständigkeit wird in einer schnelllebigen Stadt wie New York hoch geschätzt."

Catherine musterte ihn zweifelnd.

„Okay, das überzeugt dich nicht. Dann brauchen wir vielleicht morgens vor der Arbeit jemanden, an dem wir unsere schlechte Laune auslassen können. Wer ist dazu besser geeignet als eine unfreundliche Kellnerin, die uns mit kaltem Kaffee bestraft? Das ist harmlos. Wenn wir uns mit unseren Ehefrauen streiten, lassen sie sich scheiden."

„Dieses Argument leuchtet mir ein. Bist du so ein Morgenmuffel?"

„Absolut nicht. Paula und ich haben uns nie beim Frühstück gestritten. Das heißt, für gewöhnlich stand sie erst auf, nachdem ich schon lange aus dem Haus war. Und ich bin immer besonders freundlich zu Kellnerinnen. Willst du dich wirklich mit mir über meine Morgenlaune unterhalten?"

„Ja."

„Warum?"

Sie hob ihr Kinn, als ob sie sich verteidigen wollte. Nick bemerkte wieder ihre Verwundbarkeit. „Ein Teil von mir fürchtet sich vor dem, was als Nächstes kommt", sagte sie ehrlich.

„Es wird nichts geschehen, was du nicht willst." Ihre Unschuld rührte ihn. Welche Überwindung musste es sie kosten, ihre Gefühle preiszugeben. „Notfalls verbringe ich das Wochenende unter der kalten Dusche", fügte er trocken hinzu.

„Vielleicht könnte meine Mutter übersehen, dass du in den Nordstaaten geboren bist", stichelte Catherine. „Du beherrschst die Manieren eines Südstaatengentlemans fast perfekt."

„Hoffentlich siegt mein williger Geist über mein schwaches Fleisch."

„Ich schenke dir mein volles Vertrauen." Sie lächelte vertrauensvoll und hakte sich bei ihm unter. Nick sah seine guten Absichten gefährdet. Schließlich war er nicht aus Stein.

„Gerade das macht ja alles so verflixt schwierig", meinte er zerknirscht. „Ein unbedachter leidenschaftlicher Augenblick, und ich müsste ein Leben lang mit Schuldgefühlen büßen. Lass uns von etwas anderem sprechen. Wo wollen wir essen gehen?"

„Im selben Restaurant wie die letzten beiden Male", schlug sie vor. „Ich glaube, dass es uns Glück bringt."

„Bist du abergläubisch?"

„Ein bisschen. Hast du was dagegen?"

„Nein, solange du nicht erwartest, dass ich dir den Kaffee serviere. Letztes Mal haben sich die Gäste vom Nebentisch bei der Direktion beschwert, weil ich sie nicht bediente."

Catherine lachte übermütig. Sie fühlte sich plötzlich jung und unbeschwert. Ihr Leben war mit Dr. Matthew Devlin nicht zu Ende. Es fing gerade erst mit Nick an, und sie brauchte nur mit beiden Händen zuzugreifen.

Das Restaurant war überfüllt mit Wochenendurlaubern. Trotzdem wirkte Nicks Charme bei der Empfangsdame prompt. Es dauerte keine fünf Minuten, bis sie einen Tisch für sich hatten. Das Essen war delikat. Catherine verspeiste den Krabbencocktail mit Genuss.

„Es schmeckt ausgezeichnet", stellte sie überrascht fest.

„Du isst den Krabbencocktail immerhin zum dritten Mal", bemerkte Nick amüsiert.

„Aber ich merke zum ersten Mal, was ich esse", gestand sie. „Kannst du dich wirklich noch erinnern, was ich vor über einem Jahr gegessen habe?"

„Ich kann mich an jede Einzelheit unseres ersten Treffens erinnern." Er sah ihr tief in die Augen, und ihr Herz schlug schneller. Er legte eine Hand einladend auf den Tisch, und sie zögerte nur kurz, bevor sie ihre Finger vertrauensvoll mit seinen verschränkte. Dabei lief ihr ein erregender Schauer über den Rücken. Eigentlich hatte sie sich fest vorgenommen, ihm zu widerstehen, bis sie ihn richtig kannte. Sein begehrlicher Blick brachte ihren Entschluss ins Wanken.

„Nick, du hast mir versprochen …", flüsterte sie atemlos.

„Ich tue nichts", behauptete er.

„Doch!", widersprach sie und zog ihre Hand abrupt zurück. Es war sinnlos. Auch ohne die Berührung brannte ihre Haut. Sie konnte nicht länger verleugnen, wie sehr sie ihn begehrte, einen beinahe Fremden. Catherine verkrampfte die Hände im Schoß und straffte den Rücken. „Was hast du letzte Woche gemacht?", lenkte sie ungeschickt ab.

Er lächelte wissend. „Ich habe ein paar Dollar verdient. Und du?"

Sie ignorierte den provozierenden Tonfall und bemühte sich, ihre Gefühle wieder unter Kontrolle zu bringen. „Ich habe wie gewöhnlich im Secondhandladen gearbeitet und an drei langweiligen Essen zu wohltätigen Zwecken teilgenommen", berichtete sie scheinbar gelassen. „Ich hätte lieber das Geld geschickt."

„Warum hast du es nicht getan?"

„Weil mein Name auf der Gästeliste des Komitees angeblich mehr Spender motiviert. In Wirklichkeit habe ich ein schlechtes Gewissen, wenn ich keine Wohltätigkeitsveranstaltung organisiere. Ich lade alle meine Bekannten dazu ein und muss dann natürlich auch an ihren Veranstaltungen teilnehmen."

„Wenn ich mich recht erinnere, wolltest du das College für Städtebau anrufen und ein Vorstellungsgespräch verabreden. Wann ist der Termin? Ich würde gern mitgehen und die Schule besichtigen. Ich habe viel Positives gehört, seit ich regelmäßig nach Savannah komme."

Obwohl es ihn wirklich zu interessieren schien, fühlte Catherine sich sofort unter Druck gesetzt. „Du redest wie Liz. Fang nicht auch noch an, mich zu drängen. An einem der nächsten Tage werde ich mich darum kümmern."

„Das Sommersemester fängt bald an. Du kannst dich nicht früh genug informieren." Er blieb unnachgiebig. Ein Mann, der keine Zeit verliert, dachte Catherine. „Außerdem könnten wir uns öfter sehen, wenn du hier studieren würdest", fügte er hinzu.

Wollte er sie in Versuchung führen? Es wäre eine Versuchung mit neuen Verpflichtungen, und sie war noch nicht bereit, ihr Leben so einschneidend zu verändern – jedenfalls für keinen Mann, erst wenn sie es für sich selbst wollte.

„Können wir das Thema wechseln?", fragte sie ausweichend.

Ihre Zurückhaltung schien ihn zu überraschen. Wie sie ihn um sein Selbstbewusstsein und seine schnelle Entscheidungsfähigkeit beneidete. Offensichtlich riskierte er viel – und gewann meistens. Und wenn er doch mal verlor, steckte er das ohne Weiteres weg. Sie war nicht annähernd so mutig. Noch nicht, berichtigte sie sich. Aber sie wurde mit jedem Tag stärker.

„Warum willst du nicht darüber sprechen?", fragte er.

Sie holte tief Luft. „Weil ich mir bei dem Thema jedes Mal wie ein Versager vorkomme." Jetzt war es heraus!

„Ein Versager? Aber was hat es damit zu tun? Ich dachte, du interessierst dich für Restauration. Ich versuche nur, dich zu ermutigen."

„Mir kommt es eher wie Zwang vor", wehrte Catherine ärgerlich ab.

„Weil du Angst hast, nicht wahr?"

„Ja, es stimmt. Ich habe Angst", erwiderte sie trotzig. „Mein Leben ist vielleicht langweilig, aber es ist einfach und sicher. Warum soll ich das alles nur wegen einer verrückten Idee aufs Spiel setzen?"

„Das klingt einleuchtend." Er sah sie forschend an. „Ist es wirklich nur eine verrückte Idee?"

Catherine seufzte. „Ich weiß es nicht mehr. Jedes Mal, wenn ich die vielen restaurierten Gebäude hier in Savannah sehe, bekomme ich

Lust zu studieren. Dann fahre ich nach Haus in den bequemen Alltagstrott, und der Mut verlässt mich. Es gibt immer mehr Leute, die sich für die Erhaltung unseres Kulturguts interessieren. Der Ruf des College wächst. Das Spezialgebiet Restauration ist noch Neuland und eine aufregende Herausforderung. Man hat endlich auch auf den zuständigen Ämtern begriffen, dass man die Geschichte bewahren sollte, anstatt sie sorglos zu zerstören. Die Wohnqualität ist in einem alten, liebevoll restaurierten Haus viel höher als in einem modernen, anonymen Betonklotz. Savannah gilt als Vorreiter und Vorbild für viele andere Städte."

„Hier hat sich tatsächlich viel geändert, aber in den meisten anderen Städten fehlen noch tatkräftige Sachverständige. Denk mal an Atlanta. Wie viele historische Gebäude mussten kürzlich weichen, um das neue Stadion bauen zu können, das in erster Linie ein Prestigeobjekt ist. Es wird nur zweimal im Jahr richtig ausgenutzt. So etwas findet direkt in deiner Nachbarschaft statt."

Seine Kritik war berechtigt. Vielleicht gehöre ich zu den Leuten, die sich für eine Sache nur so lange einsetzen, bis ernsthafte Probleme auftauchen, dachte sie. *Geld und Zeit stelle ich gern zur Verfügung, aber wenn Hartnäckigkeit und Durchsetzungsvermögen verlangt werden, dann kneife ich.*

„Du hast recht", sagte sie beschämt. „Ich versuche, allen Schwierigkeiten aus dem Weg zu gehen. Das ist ein negatives Überbleibsel aus meiner Ehe. Anstatt meine eigene Meinung zu vertreten, habe ich mich jahrelang kritiklos Matthews Interessen untergeordnet. Eine von Matthews Grundregeln hieß, um jeden Preis Auseinandersetzungen zu vermeiden."

„Das muss aber nicht so bleiben." Nick ließ sich nicht beirren. „Du bist viel zu intelligent und verantwortungsbewusst, um immer den leichten Weg zu wählen."

„Was macht dich so sicher?"

„Du bist begeisterungsfähig und wissensdurstig. Ich spüre deine Energie und dein Temperament, auch wenn du sie am liebsten unterdrückst. Das ist alte Gewohnheit. Mit ein bisschen Übung lernst du, deinen Standpunkt zu verteidigen und dich auch mal zu streiten."

Plötzlich wurde ihr bewusst, wie oft sie schwieg, um eine Szene zu vermeiden. Ich bin Expertin in diplomatischen Ausreden, dachte sie ironisch. Matthew hatte ihren Takt und ihre Ausgeglichenheit noch höher geschätzt als ihre Kochkünste und ihre Fähigkeiten als perfekte

Gastgeberin. „Sei vorsichtig", warnte sie Nick. „Wenn du mich zu sehr ermutigst, verwandele ich mich vielleicht in ein Monster. Dann falle ich über jedes Wort von dir her."

Er lächelte. „Das Risiko gehe ich ein. Ich bin nämlich der geborene Straßenkämpfer. Aber jetzt trink deinen Wein aus und lass uns gehen!"

„Wohin?"

„Das wirst du schon sehen", sagte er geheimnisvoll. Sosehr sie ihn auch bedrängte, er verriet nicht seine Pläne.

Als Nick und Catherine aus dem Restaurant kamen, herrschte am Flussufer reger Betrieb. Viele Wochenendbesucher spazierten auf der Uferpromenade, wo ein Konzert stattfand. Manche blieben stehen, um zuzuhören, andere schlenderten weiter und passten ihre Schritte unwillkürlich den heißen Jazzrhythmen an.

„Möchtest du zuhören oder weitergehen?", fragte Nick.

„Zuhören", antwortete sie spontan, als gerade die Klänge der Querflöte und Trompete in unglaublicher Klarheit und Schönheit ertönten.

Nick fand einen Platz, wo sie zuhören und gleichzeitig die schattenhaften Gestalten am Fluss beobachten konnten. Er zog Catherine zu sich heran, bis sie mit dem Rücken an seiner Brust lehnte, und legte ihr die Arme um die Taille. Sie schmiegte sich an ihn und spürte die Wärme seines Körpers und den Druck seiner muskulösen Oberschenkel. Seine männliche Ausstrahlung erregte sie. Jede Faser ihres Körpers reagierte auf den Duft seiner Haut vermischt mit dem herben Rasierwasser. Sie legte ihre Hände zaghaft auf seine. Am liebsten hätte sie seine Hände ein Stückchen höher geschoben und ihn so aufgefordert, ihre Brüste zu streicheln. Du bist verrückt, schalt sie sich, und hielt sich gerade noch zurück. Sein warmer Atem strich an ihrem Ohr vorbei. Catherine erschauderte und hatte das Gefühl, als ob die Zeit stehen blieb.

„Schau, dort oben!", flüsterte er. „Schnell!"

Sie folgte seinem Blick.

„Eine Sternschnuppe." Seine Stimme klang feierlich. „Du darfst dir etwas wünschen."

Catherine fühlte sich so glücklich und geborgen in seinen Armen, dass sie sich nichts Schöneres vorstellen konnte. „Mein Wunsch ist schon in Erfüllung gegangen", sagte sie leise. Und das war die Wahrheit.

Catherine wachte auf, als jemand ungeduldig an ihre Zimmertür klopfte. Das musste Nick sein!

„Aufstehen, meine langstielige Schönheit! Entfalte deine Reize und betöre mich!"

Catherine zog den Morgenmantel an und öffnete lachend die Tür. „Langstielige Schönheit?"

„Gibt es nicht ein Gedicht über eine Liebe, die wie eine rote Rose ist? Genauso sehe ich dich. Du bist so apart und bezaubernd und glutvoll wie eine Baccara. Zuerst habe ich dich mit einer Orchidee verglichen, bis ich gestern Nacht deine Dornen entdeckte."

„Vielen Dank für das Kompliment." Sie warf einen Blick auf den Wecker. „Bist du morgens um neun Uhr immer so poetisch?"

„Meistens fehlt mir die Inspiration. Möchtest du dort drüben am Tisch oder im Bett frühstücken?"

„Allein oder zu zweit?", fragte sie gedehnt.

„Natürlich frühstücke ich mit dir."

„Dann deck lieber den Tisch dort!"

„Diese Antwort habe ich befürchtet." Er seufzte theatralisch.

„Was gibt's denn zum Frühstück?" Tatsächlich hatte sie schon wieder Hunger. In seiner Gegenwart verspürte sie immer Appetit. Wenn sie nicht aufpasste, ging sie auf wie ein Hefekloß.

Er schien ihre Gedanken zu erraten. „An diesem Wochenende ist keine Diät erlaubt", sagte er bestimmt. „Du musst deinen Teller leer essen."

„Du redest wie unsere Haushälterin", stöhnte Catherine. „Sie kann es nicht ertragen, wenn meine Mutter morgens nur eine Grapefruit isst und ich eine halbe Grapefruit mit Toast. Als mein Vater aus Gesundheitsgründen auf Eier mit Schinken verzichten musste, wollte Maisie in Rente gehen. Sie schimpfte, dass niemand mehr etwas Vernünftiges essen würde, und drohte damit, uns nur noch Vogelfutter hinzustellen."

„Hat sie es getan?"

„Natürlich nicht. Maisie würde sterben, wenn sie uns nicht verwöhnen könnte. Zu ihrem großen Kummer besuche ich meine Eltern nur sonntags. Sie ist überzeugt, dass ich allein verhungere. Also, was gibt's zum Frühstück, oder muss ich dir die Tüten entreißen?"

„Versuch es doch!" Er stellte zwei große weiße Tüten außerhalb ihrer Reichweite. Catherine streckte sich bis auf die Zehenspitzen. Ihre Blicke trafen sich. Plötzlich veränderte sich sein Gesichtsausdruck, sein Blick wanderte langsam bis zu ihrem kaum verhüllten Busen. Der Morgenmantel war verrutscht, ohne dass Catherine etwas davon bemerkt hatte. Sie atmete heftig und wirkte dadurch noch verführerischer.

„Catherine …" Nicks Stimme klang rau.

„Ja", flüsterte sie benommen.

„Ich …" Er räusperte sich, schüttelte den Kopf und rang offensichtlich nach Fassung. „Ich glaube, wir sollten lieber frühstücken."

Sie nickte verwirrt und zog den Morgenmantel zurecht. Er packte die Tüten schweigend aus, und sie setzte sich an den Tisch. Es gab ofenfrische Croissants, hausgemachte Marmelade, Honig, gekühlte Melonenstücke und Kaffee. Nick hatte Geschirr und Silberbesteck in der Hotelküche ausgeliehen. Zum Schluss holte er noch eine umfangreiche Broschüre aus einer der Tüten und legte sie erwartungsvoll vor Catherine hin. Es handelte sich um das Vorlesungsverzeichnis des College. Ihr verging schlagartig der Appetit."

„Nick, du sollst mich nicht unter Druck setzen!"

„Du könntest wenigstens einmal hineinschauen", meinte er unbeirrt. „Wir fahren nachher vorbei und erkundigen uns nach den Bedingungen für die Einschreibung."

Er bestimmt einfach über mich! dachte Catherine ärgerlich. „Warum ist es so wichtig für dich?", fragte sie gereizt.

„Es ist nicht wichtig für mich. Es ist wichtig für dich!"

„Woher willst du das wissen? Du kennst mich doch kaum. Ich erwähne nebenbei, was ich früher studieren wollte, und du schließt daraus, dass es mein einziger Wunsch ist, der sofort in die Tat umgesetzt werden muss."

„Genau." Nick strich gelassen Marmelade auf sein Croissant. „Du erzählst mir dauernd, wie sehr dich die Wohltätigkeitsveranstaltungen langweilen und wie unausgefüllt du dich fühlst. Außerdem schwärmst du von historischer Architektur. Es hält dich doch nur dein Alterskomplex vom Studium ab, und ich will dir beweisen, dass das Blödsinn ist. Glaubst du jetzt immer noch, dass ich dich nicht kenne?"

„Vielleicht oberflächlich. Das gibt dir allerdings noch lange nicht das Recht, dich in mein Leben einzumischen und mich zu bevormunden."

„Ist es falsch, wenn ich das Beste für dich will?"

„Nicht, solange ich die Wahl treffen darf!"

„Dann wähle!", forderte er sie eindringlich auf. „Egal was, aber wähle! Ich werde dich dabei unterstützen."

Nicks vorwurfsvoller Tonfall brachte Catherine in Rage. Was bildete er sich eigentlich ein? Er hielt sich wohl für unfehlbar. Eine Frechheit, zu behaupten, dass ihr Leben nicht ausgefüllt war. Sie warf die Serviette auf den Tisch und stand abrupt auf. „Es war vielleicht ein Fehler, dass wir uns wieder getroffen haben", sagte sie.

„Ist das dein Ernst?"

Sie ging im Zimmer hin und her und warf ihm vorwurfsvolle Blicke zu. Warum musste er alles kaputt machen, was ihr vor vierundzwanzig Stunden so harmonisch erschienen war? „Manche Träume zerrinnen bei genauerer Prüfung", sagte sie bitter, „weil sie Illusionen sind. Du bist auf deine Art genauso beherrschend wie Matthew. Ich lasse mein Leben nicht mehr von Männern bestimmen. Ich will mich nicht deinem Frauenideal anpassen!"

„Beruhige dich doch! Ich will dich nicht bevormunden. Ich will nur, dass du dein Leben selbst bestimmst. Das ist ein großer Unterschied."

„Ich komme sehr gut allein zurecht."

„Wirklich? Das sehe ich anders."

„Weil für dich nur Karriere zählt. Wer nicht ehrgeizig ist, ist langweilig!"

„Es ist mir egal, ob du Karriere machst oder nicht." Nick wurde allmählich ungeduldig. „Willst du etwa behaupten, dass du als Hausfrau glücklich und zufrieden warst?"

„Nein, verdammt noch mal!" Ihre Stimme überschlug sich fast. Die über Jahre angestaute Enttäuschung und Wut brach hervor. „Ich habe dieses eintönige Leben gehasst. Aber es wurde von mir erwartet, und ich war absolut perfekt."

Seltsamerweise seufzte Nick erleichtert. „Davon bin ich überzeugt", sagte er sanft, und sie merkte, wie sie langsam wieder zu sich kam. „Du würdest alles perfekt machen, was du dir vornimmst."

Sie sah ihn mit tränenerfüllten Augen an.

„Aber nimm dir diesmal etwas vor, das für dich wichtig ist", fügte er hinzu. „Verwirkliche deine Träume!"

Plötzlich begriff sie seine Taktik. „Du hast den Streit absichtlich provoziert, oder?", fragte sie argwöhnisch.

„Vielleicht", antwortete er unbestimmt.

„Versuch nie wieder, mich zu manipulieren, Nick!", sagte sie nachdrücklich. Sie spürte auf einmal neue Kraft in sich. Doch anstatt ihm zu danken, warnte sie ihn: „Für heute bist du zwar der Sieger, aber ich gebe mich nicht geschlagen."

„Einverstanden." Er wirkte kein bisschen eingeschüchtert.

Irritiert von seiner unerwarteten Nachgiebigkeit, musterte sie ihn eindringlich. Er hielt ihrem Blick ohne mit der Wimper zu zucken stand. Nach einer Weile setzte sie sich wieder an den Frühstückstisch und trank einen Schluck Kaffee. „Hat dein Beruf deine Träume erfüllt?", fragte sie nachdenklich.

„Zum Teil", antwortete er selbstkritisch.

„Jedes Mal, wenn du White Stone Electronics erwähnst, fangen deine Augen an zu glänzen, als wenn du es kaum erwarten könntest, wieder dort zu sein. Darum beneide ich dich. Ich möchte mich auch so engagieren."

„White Stone Electronics hat mir gezeigt, wie viel ich durch meinen Erfolg verloren habe."

„Ist das kein Widerspruch?" Catherine runzelte die Stirn.

„Nein. Ich liebe die praktische Seite meiner Arbeit eigentlich mehr als die Theorie. Je erfolgreicher ich wurde, desto weniger hatte ich mit der Praxis zu tun. Stell dir einen Lehrer vor, der das Unterrichten und den Umgang mit Schülern liebt und plötzlich zum Rektor befördert wird. Das ist Erfolg! Er ist zwar immer noch Lehrer, hat aber kaum noch Zeit für den Unterricht."

„Was für Konsequenzen ziehst du daraus?"

„Ich weiß es noch nicht. Vielleicht finde ich wie du die Antwort hier in Savannah. Bist du bereit?"

Sie nickte. „Wo fangen wir an?"

„Lass uns zuerst zum College fahren", schlug er vor. „Alles Weitere wird sich dann ergeben. Für uns beide natürlich", betonte er bei ihrem skeptischen Blick.

„Natürlich!" Sie gab sich einen Ruck. „Was habe ich schon zu verlieren? Den ungelernten und unbezahlten Job in einem Secondhandladen. Jeder kann mich dort ersetzen. Es kann also nur aufwärtsgehen."

„Das ist die richtige Einstellung", sagte er beifällig.

„Bin ich nicht ungeheuer couragiert?"

„Zweifellos." Nick küsste ihr die Hand. „Und außerdem ungeheuer sexy."

Die Berührung seiner Lippen traf sie wie ein Blitzschlag. Courage allein reichte nicht, um diesem Mann zu widerstehen. Ihr Puls beschleunigte sich unter seinem eindeutigen Blick. Was mochte die Zukunft bringen? Sie konnte es kaum erwarten und fürchtete sich doch gleichzeitig davor.

*W*as ist denn das?" Liz hob ein spitzenbesetztes Negligé mit zwei Fingern in die Höhe.

„Wie sieht es denn aus?" Catherine nahm es ihr hastig weg.

„Wie eindeutige Verführung." Liz setzte sich auf Catherines Bett und musterte die Freundin neugierig. „Erzähl mir mehr über euer geplantes Wochenende. Was hat Nick vor?"

„Er hat ein Ferienhaus in Hilton Head gemietet."

„Soso." Für Liz war die Situation klar. „Ihr kommt euch also endlich näher."

„Er ist ein netter Mann", sagte Catherine verteidigend.

„Habe ich etwas anderes behauptet? Außerdem brauchst du dich nicht vor mir zu rechtfertigen."

„Das stimmt." Catherine seufzte verwirrt und setzte sich neben Liz aufs Bett. Dabei zerknüllte sie das Negligé, ohne es zu bemerken. „Wo bleibt mein Selbstvertrauen? Warum fühle ich mich wie ein Teenager, der seine Eltern hintergeht?"

„Weil du deiner Mutter noch nichts von Nick erzählt hast", antwortete Liz prompt. „Das bedrückt dich, obwohl du längst alt genug bist, um deine Entscheidungen allein zu treffen."

„Das weiß ich, aber meine Mutter wird enttäuscht sein, wenn ich Pfingsten nicht mit der ganzen Familie in North Carolina verbringen will. Sie glaubt, dass ich allein bleibe und Trübsal blase. Du weißt, wie sie Selbstmitleid verachtet. Eine Devereaux darf sich nie gehen lassen."

„Dann sag ihr die Wahrheit", meinte Liz unverblümt. „Sag ihr, dass du zurzeit alles andere als ein Häufchen Elend bist."

„Liz!"

„Gib es doch zu! Ich habe dich noch nie vorher so glücklich gesehen. Deine Mutter wäre bestimmt auch beruhigt, wenn sie wüsste, dass es einen neuen Mann in deinem Leben gibt."

„Soll das ein Witz sein?" Catherine verdrehte die Augen. „Meine Mutter macht sich aus Prinzip immer Sorgen, und sie mischt sich immer ein. Wenn ich ihr von Nick erzähle, beauftragt sie zuerst meinen Vater, seine Kreditwürdigkeit zu überprüfen. Dann ruft sie ihn persönlich an und lädt ihn zu einer Generalinspektion nach Atlanta ein. Das will ich mir und Nick ersparen."

„Wenn nur die Hälfte von dem stimmt, was ich bisher über Nick gehört habe, wird er den Ansprüchen deiner Mutter genügen."

„Mutters Maßstäbe sind zwar außergewöhnlich hoch, aber das ist nicht das Problem."

„Dann willst du wohl nicht, dass Nick mit deiner ganzen Familie auf einmal konfrontiert wird? Der Devereaux-Clan könnte abschreckend wirken."

„Nick lässt sich nicht einschüchtern. Ich glaube nur, dass ein solches Treffen einfach verfrüht ist. Nick und ich kennen uns erst kurze Zeit. Vielleicht wird nichts Ernstes aus unserer Bekanntschaft. Ich will erst mal abwarten."

„Natürlich wird etwas Ernstes daraus." Liz lächelte nachsichtig.

Catherine traute ihren Ohren nicht. „Wie kannst du so sicher sein, wenn ich selbst unsicher bin?"

Liz griff nach dem Negligé und hielt es Catherine vor die Nase. „Das hier ist der eindeutige Beweis. Du bist viel zu sittsam, um etwas so Provozierendes grundlos mitzunehmen. Das heißt, du bist hoffnungslos verliebt."

Catherines Herz klopfte schneller. War Liz eine Hellseherin? „Sympathie und Sex-Appeal bedeuten noch längst nicht Liebe", wehrte sie ab.

„Sympathie kann auf Seide und Spitzen verzichten, leidenschaftliche Liebe nicht!", behauptete Liz unverfroren.

Catherine dachte an Nicks sinnliche Lippen, seine aufregenden Küsse und seine Zärtlichkeiten. Ihr wurde ganz heiß. „Du hast es erraten", gab sie kleinlaut zu. „Liz, was soll ich nur tun? Ich bin nicht der Typ für eine Wochenendaffäre. Das widerspricht meinen Grundsätzen und überhaupt …"

„Wer redet denn von Sex allein? Ihr zwei empfindet immer mehr füreinander. Am Anfang beschränkt sich eine Beziehung meistens auf die Wochenenden. Das ist völlig normal und sogar vernünftig, bis man sich gut genug kennt, um zusammenzuleben."

Catherine sah ihre Freundin zweifelnd an. „Aus welchem Psychologiebuch hast du das?"

„Aus keinem. Das sagen mir mein gesunder Menschenverstand und mein reicher Erfahrungsschatz." Liz zwinkerte ihr zu. „Ich habe noch ein paar Tipps parat. Erstens solltest du dich nicht verspäten, zweitens endlich fertig packen und verschwinden, drittens das Wochenende aus vollen Zügen genießen! Wenn Nick deine Augen so zum Glänzen bringen kann, dann muss er besondere Fähigkeiten haben."

Catherine konnte sich vorstellen, was Liz mit *besondere Fähigkeiten* meinte. Obwohl Nicks erotische Ausstrahlung sie unwiderstehlich anzog, fand sie seine Vertrauenswürdigkeit und Charakterstärke genauso wichtig. Sie merkte selbst, wie sie in seiner Gegenwart aufblühte. Sie hatte sich noch nie so reizvoll und begehrenswert gefühlt.

Wenn unsere Lebensweise bloß nicht so unterschiedlich wäre, dachte Catherine, oder wenn wir wenigstens in der gleichen Stadt wohnen würden! Dieses Hin- und Herreisen von Treffpunkt zu Treffpunkt machte ihre Beziehung etwas abenteuerlich und unrealistisch. Würden die Gefühle dem Alltag auch standhalten? Catherine wusste keine Antwort darauf und beschloss, nicht länger darüber nachzudenken.

„Danke, Liz." Sie umarmte die Freundin herzlich.

„Wofür denn? Geh und sei glücklich! Der Gedanke an euer tolles Wochenende wird mir die Langeweile beim Wäschesortieren garantiert endgültig vertreiben."

Catherine verließ gerade die Wohnung, als das Telefon klingelte. Nicht beachten, war ihr erster Gedanke. Aber das brachte sie doch nicht fertig. Vielleicht brauchte eine Freundin Hilfe, oder ihr Vater hatte einen Herzanfall oder ihre Mutter wollte sie zum wiederholten Male überreden, mit nach North Carolina zu kommen. Bloß das nicht! Catherine seufzte und kramte nach dem Haustürschlüssel.

„Bestimmt ruft nur irgendein Staubsaugervertreter an", dachte sie, als sie den Hörer abnahm. „Hallo, wer ist da?"

„Catherine?"

„Nick? Ist etwas passiert?"

„Das sollte ich dich wohl besser fragen", meinte er besorgt. „Du klingst so atemlos."

„Ich war schon beinahe beim Auto, als ich das Telefon hörte. Du hast es meinem Gewissen zu verdanken, dass ich überhaupt umgekehrt bin."

„Da bin ich aber froh."

Catherines gute Laune verschwand schlagartig. „Was ist los?", fragte sie, nichts Gutes ahnend.

„Es tut mir leid, aber ich kann nicht nach Savannah kommen."

„Aus geschäftlichen Gründen?" Catherine versuchte, sich die Enttäuschung nicht anmerken zu lassen.

„Ja", sagte er bedauernd. „Ein Klient in Los Angeles will die Firma wechseln. Unsere Agenturleitung hat alles versucht, um ihn umzustimmen. Umsonst. Jetzt bleibt mir nur noch ein persönliches Gespräch, um zu retten, was noch zu retten ist. Das heißt, dass ich nach Los Angeles fliegen muss."

„Natürlich musst du das", sagte Catherine automatisch. „Ich werde dich vermissen. Ich hatte mich schon auf die Spaziergänge am Strand gefreut, die du mir versprochen hast."

„Ich auch", sagte er so gefühlvoll, dass sie unwillkürlich die Luft anhielt. „Wir müssen das Wochenende nicht getrennt verbringen. Komm mit mir nach Los Angeles. Ein Bekannter leiht uns sein Ferienhaus in Malibu. Dort können wir auch am Strand spazieren gehen."

Das klang verlockend. Trotzdem wunderte sich Catherine, dass sie die Möglichkeit überhaupt in Betracht zog. Spontan Pläne zu ändern gehörte nicht zu ihren Stärken. Das hatte sie von ihrer Mutter geerbt, und Matthew hatte sie in dieser Einstellung noch bestärkt. Er wollte, dass in ihrer Ehe alles seine feste Ordnung hatte, und hielt seinen vollen Terminkalender immer strikt ein. Persönliche Interessen und Hobbys, vor allem von Catherine, hatten darin kaum Platz gefunden.

„Hast du Bedenken?", fragte Nick.

„Ja."

„Warum? Die Hauptsache ist doch, dass wir zusammen sein können. Es ändert sich nur der Ort."

„Wie soll ich erklären, dass ich Hals über Kopf nach Los Angeles fliege?" Sie verschwieg, dass sie sich nicht mal getraut hatte, ihrer Familie von Hilton Head zu erzählen.

„Du bist dreiunddreißig Jahre alt. Wem bist du eine Erklärung schuldig?", fragte Nick ungeduldig, riss sich dann aber zusammen. „Oder existiert ein eifersüchtiger Liebhaber, von dem ich nichts weiß?"

Da klang auch Besorgnis mit. Catherine war verblüfft. „Es gibt keine Liebhaber, aber meine Familie ist überstürzte Entscheidungen von mir nicht gewöhnt."

„Das ist keine akzeptable Entschuldigung." Sie merkte, wie schwer es ihm fiel, verständnisvoll zu bleiben. „Vielleicht ist Los Angeles gar nicht der Grund für dein Zögern."

„Was meinst du damit?"

„Bist du dir nicht mehr sicher, ob du mich wiedersehen willst? Als wir gestern telefonierten, war doch noch alles in Ordnung."

Widerwillig musste sie sich eingestehen, dass er sie durchschaute. Sie fürchtete sich tatsächlich vor der Aussicht auf ein langes, romantisches Wochenende zu zweit. Einerseits sehnte sie sich nach Liebe, Sex und Geborgenheit, andererseits mahnte eine innere Stimme sie zur Vorsicht. „Ich habe dir gerade erzählt, dass ich schon unterwegs zum Auto war, als das Telefon klingelte", verteidigte sie sich etwas zu heftig.

„Wolltest du Einkäufe machen?"

„Ich wollte gerade nach Hilton Head fahren. Vielleicht sollte ich das noch tun", sagte Catherine streitsüchtig.

Er seufzte. „Es tut mir leid, aber ich verstehe nicht, warum du dich so gegen meinen Vorschlag sträubst."

Sie lachte gezwungen. „Ehrlich gesagt, verstehe ich mich selbst nicht", gab sie dann leise zu. „Wahrscheinlich ist es nur Gewohnheit."

„Wird es nicht Zeit, mit dieser Gewohnheit zu brechen?", fragte er sanft. „Catherine, ich möchte dieses Wochenende wirklich gern mit dir verbringen, und ich glaube, dass du es eigentlich auch möchtest. Lass dich nicht von alten Ängsten zurückhalten, wage den Schritt in die Zukunft!"

Er verstand es, ihre Zweifel zu zerstreuen. „Vielleicht hast du recht", flüsterte sie schließlich.

Nick bemerkte Catherines Stimmungswechsel sofort. Er kombinierte seinen siebten Sinn für vorteilhafte Situationen mit seiner unwiderstehlichen Überzeugungsgabe. Kein Wunder, dass er einer der erfolgreichsten Werbefachleute war. „Entscheide dich", drängte er. „Ich rufe mein Reisebüro an und bestelle ein Flugticket für dich. Du kannst mir helfen, den Kunden in Los Angeles zu bewegen, bei unserer Werbeagentur zu bleiben."

„Aber ich habe überhaupt keine Ahnung von Werbung!"

„Dafür kennst du dich in der Kunst der Verführung aus", neckte er sie. „Du machst mich verrückt, seit ich dich zum ersten Mal gesehen habe. Glaub mir, diese Technik gleicht der besten Werbestrategie."

Catherine fühlte sich geschmeichelt. „Das klingt interessant. Aber was soll ich tun, wenn meine Bemühungen so erfolgreich sind, dass der Klient mir romantische Wochenenden an kalifornischen Stränden vorschlägt?"

„Dann lehnst du natürlich ab!"

Catherine freute sich, dass die Provokation geglückt war. „Es soll Männer geben, die ein Nein nicht akzeptieren", reizte sie ihn weiter.

Sie hörte, wie er tief durchatmete. „Bleib am Telefon", befahl er schroff. „Mein Reisebüro wird dir in ein paar Minuten die Buchung des Tickets bestätigen. Das andere Thema diskutieren wir in Los Angeles weiter."

„Ja, Nick", sagte Catherine lammfromm, doch der Tonfall täuschte. Sie fühlte sich so stark wie seit Jahren nicht mehr. Ich beherrsche die Waffen einer Frau, dachte sie zufrieden, ich kann mit einem Mann spielen. *Das wird dir gefallen, Mutter. Vielleicht wird noch eine echte Südstaatlerin aus mir.*

Der Sonnenuntergang am Meer war ein atemberaubender Anblick. Rote, orange und goldene Strahlen ließen den tiefblauen Himmel brennen und brachen sich glitzernd in der Brandung. Nichts erinnerte an den berüchtigten Smog, der Los Angeles so häufig einhüllte.

„Wunderschön, nicht wahr?" Nick legte die Arme von hinten um Catherine. Sie beobachtete die Wellen, die in steter Wiederkehr über den weißen Sand rollten.

„Fantastisch!"

„Bist du froh, dass du gekommen bist?"

Sie nickte.

„Ich auch. Wenn wir nur nicht zu diesem Abendessen müssten! Ich würde viel lieber hierbleiben, mich von dir und dem Meeresrauschen verzaubern lassen und Champagner trinken."

„Ein netter Gedanke, aber Champagner bringt mich immer zum Niesen", verriet Catherine. „Meine Eltern waren entsetzt, als sie das feststellen mussten. Einer Devereaux-Tochter fehlt der Sinn für die feineren Dinge des Lebens! Meine Hochzeit wurde ein Debakel, weil sie auf Champagner bestanden. Ich weiß es noch wie heute. Ich versuchte, mich zu drücken, aber dauernd brachte jemand einen Toast aus, und dauernd reichte Matthew mir ein neues Glas. Ich hatte schon nach dem Empfang der Gäste eine knallrote Nase und verquollene Augen." Sie lachte bei der Erinnerung. „Auf allen Hochzeitsfotos sehe ich aus, als ob ich furchtbar erkältet gewesen wäre. Aber Matthew hatte es nicht besser verdient."

„Ich wette, dass du damals nicht darüber lachen konntest", meinte Nick trocken.

Sie sah ihn über die Schulter an. „Wie kommst du darauf?"

„Du hast sicherlich alles getan, um ihnen zu gefallen: Du wolltest perfekt sein. Dieses kleine Missgeschick hat dir wahrscheinlich den ganzen Tag verdorben."

Sie drehte sich in seinen Armen um, legte ihm die Hände auf die Schultern und sah ihm tief in die Augen. „Du bist erstaunlich."

„Ich weiß", antwortete er frech. Dabei zuckten seine Mundwinkel verräterisch.

„Das meine ich im Ernst. Bisher hat niemand meine Gefühle verstanden."

„Vielleicht waren alle viel zu sehr mit sich selbst und ihrer Wirkung auf andere beschäftigt."

„Ich setze meine Familie in ein schlechtes Licht." Catherine seufzte. „In Wirklichkeit sind sie gar nicht so. Sie wollen nur das Beste für mich. Die Devereaux' pflegten schon immer einen gehobenen Lebensstil, und die Familie meiner Mutter legt besonderen Wert auf Tradition. Du kannst dir vorstellen, was aus einer solchen Verbindung hervorgehen muss!"

Nick schüttelte den Kopf und küsste sie auf die Stirn. „Nein, mein Schatz, das sehe ich anders. Du bist doch ein Produkt dieser Verbindung. Dafür bin ich deinen Eltern unendlich dankbar."

Catherine wurde bei diesen Worten ganz warm ums Herz. Sein Verständnis und seine ehrliche Bewunderung machten sie fassungslos. „Niemand hat je etwas so Liebes zu mir gesagt", stammelte sie. Eine Träne lief ihr über die Wange, und Nick tupfte sie mit der Fingerspitze weg.

„Ich will nie müde werden, deine Vorzüge zu preisen", versprach er. „Du lernst erst jetzt, deine Fähigkeiten zu schätzen. Hoffentlich willst du mich auch später noch."

„In meinem Leben wird immer Platz für dich sein", flüsterte sie atemlos. Nie hatte sie geglaubt, dass Liebe so überwältigend sein konnte, so zärtlich und auch verständnisvoll. Wie würde die Leidenschaft erst sein, wenn sie voll erwachte?

Er küsste sie sanft und hingebungsvoll. Catherine erwiderte den Kuss bereitwillig und schmiegte sich an ihn. So besiegelten sie ihr Versprechen.

Ihre weichen Lippen steigerten seine Erregung. Er küsste sie fordernder, und sie öffnete die Lippen und folgte dem aufreizenden Spiel seiner Zunge. Die Knie wurden ihr weich, die Beine gaben nach, und sie hielt sich an ihm fest.

Schließlich löste sich Nick abrupt. „Wenn wir so weitermachen, kommen wir nie zu dem verabredeten Abendessen, und ich verliere den Auftrag", sagte er schwer atmend und konnte den Blick doch nicht von ihr lösen. „Ich würde es fast riskieren."

„Das muss ein sehr wichtiger Auftrag sein", versuchte Catherine zu scherzen. Sie war noch ganz benommen von der Intensität ihrer Gefühle.

„Es ist unser wichtigster", erklärte er. „Immerhin geht es um ein Filmstudio."

Sie wich einen Schritt zurück. „Essen wir etwa mit einem Filmproduzenten?", fragte sie ungläubig.

„Mit dem berühmtesten von ganz Los Angeles. Er ist ein ungehobelter Klotz, aber er hat kürzlich drei Hits nacheinander produziert und steht jetzt voll im Interesse der Öffentlichkeit. Wir wollen ihm ein neues, positives Image verpassen."

Ihre Neugier war geweckt. „Dann lass uns gehen", entschied sie spontan.

„Moment mal." Nick hielt sie zurück. „Du stößt mich zurück, wegen dieses Hollywoodburschen?"

„Keine Angst", versicherte sie ihm amüsiert. „Ich helfe dir lediglich bei der Arbeit."

„Aha. Und sobald der erste Filmstar auftaucht, fällst du in Ohnmacht."

„Das ist Tradition bei echten Ladys aus den Südstaaten, wenn ein Mann ihre Sinne erregt."

„Lady, ich will der einzige Mann sein, der heute Nacht deine Sinne erregt."

Catherine lächelte ihn herausfordernd an. „Leere Versprechungen", sagte sie. Ein Blick in seine Augen war berauschender als Champagner, und sie musste ganz bestimmt nicht niesen.

Nick beobachtete amüsiert Catherines Reaktion auf Ruben Prunelli. Der Filmproduzent war klein und hatte mindestens dreißig Pfund Übergewicht. Büschel von ungebändigtem grauem Haar standen ihm störrisch vom Kopf ab. Daran konnten weder Hollywoods Topfriseur noch ein Eimer voll Haargel etwas ändern. Ruben Prunelli sprach in kurzen, abgehackten Sätzen und mit lauter, polternder Stimme. Er gestikulierte und fuchtelte seinem Gesprächspartner dabei mit seiner qualmenden Zigarre vor dem Gesicht herum. Nick schätzte seine direkte Art, seine Intelligenz und seine Kompromisslosigkeit. Catherine schien völlig verblüfft über den offensichtlichen Mangel an Umgangsformen, und genau das war Prunellis Problem. Nicks Firma sollte sein Image aufpolieren.

Catherine ekelte sich vor der Zigarre. Jedes Mal, wenn Prunelli die Hand über seinen Teller hob, zuckte sie zusammen. Schließlich wurde es ihr zu viel.

„Verzeihen Sie, Mr Prunelli", unterbrach sie ihn freundlich, aber bestimmt und nahm ihm kurzerhand die Zigarre weg. Er war so überrascht, dass es ihm die Sprache verschlug. „Sie wollen sich Ihr Essen doch nicht verderben, nicht wahr?", fügte sie mit zuckersüßer Stimme hinzu.

Auf ihre Handbewegung eilte ein Kellner herbei, der ihr die Zigarre abnahm. Nick konnte sich das Lachen über Prunellis entgeisterten Gesichtsausdruck kaum verkneifen.

„Ich bin sicher, dass Ihr Kalbskotelett jetzt viel besser schmeckt." Catherine lächelte ihn überzeugend an.

„Mein Kotelett schmeckte vorher auch gut", brummte Ruben starrsinnig.

„Meins nicht", erwiderte Catherine freundlich.

„Darüber habe ich nie nachgedacht." Ruben wandte sich an Nick. „Warum sagen Sie mir nicht rechtzeitig Bescheid? Sie wissen doch, dass ich auf Höflichkeitsformen nicht achte. Hab keine Zeit, mich darum zu kümmern. Es ist Ihre Aufgabe, mein Image zu verbessern. Ich kann kein Geld mit diesen verdammten Familienfilmen verdienen, wenn die Zuschauer mich für asozial halten."

„Da haben Sie absolut recht, Mr Prunelli", stimmte Catherine zu, bevor Nick ein Wort sagen konnte. Es fiel ihm nach wie vor schwer, ernst zu bleiben.

„Offensichtlich sind Sie auch ein kluger Mann", fuhr sie unbeirrt fort. „Wenn Sie sich Nick anvertrauen und sich wirklich an seine Ratschläge halten, anstatt nur so zu tun, als ob, dann bin ich überzeugt, dass er Ihr Image im Handumdrehen verbessern wird. Sie sollten damit anfangen, Ihre Produkte nicht ‚verdammte Familienfilme' zu nennen. Die Filme sind ziemlich gut. Ich habe mir alle zusammen mit meinen Nichten und Neffen angesehen."

Nick fand endlich seine Sprache wieder.

„Das stimmt, Ruben", sagte er. „Wenn Sie Ihr eigenes Produkt nicht achten, warum sollen es andere dann tun?"

Prunelli war immer noch sprachlos über so viel Kritik. Trotzdem hatte Catherine richtig vermutet, er war ein schlauer Fuchs. Er nahm die Argumente ernst. „Schicken Sie mir neue Vorschläge", befahl er Nick. „Bis nächsten Freitag. Wenn sie mir gefallen, behalten Sie den Auftrag."

Dann holte er eine neue Zigarre aus seiner Brusttasche. Catherine zog die Augenbrauen angewidert hoch, und Prunelli lachte dröhnend. „Keine Angst. Ich zünde sie erst draußen an."

Catherine sah ihn bestürzt an. „Mr Prunelli, Sie haben kaum etwas gegessen. Ich hoffe, ich habe Sie nicht verstimmt."

„Ich kann nicht alles essen", erklärte er gutmütig. „Habe heute Abend noch drei andere Geschäftstreffen, und vier Mahlzeiten sind sogar mir zu viel. Sie zwei bleiben auf meine Rechnung und genießen das Essen."

Er schüttelte Nick energisch die Hand. „Behalten Sie sie, Ryan, sie ist wunderbar natürlich. Es gibt zu viele verdammte Heuchler hier in der Gegend."

Nick blickte Prunelli nach und wandte sich dann lächelnd Catherine zu. Sie wirkte schuldbewusst. Er war nie stolzer auf sie gewesen.

„Ich kann gar nicht verstehen, dass ich so unhöflich war", sagte sie zerknirscht. „Ich habe dem Mann die Zigarre einfach aus der Hand gerissen!"

„Das fand er herrlich! Er ist sonst nur von Speichelleckern umgeben. Deine Ehrlichkeit ist dagegen erfrischend. Du hast den Auftrag für unsere Agentur gerettet. Prunelli weiß eigentlich, dass unsere Propaganda in den Ansätzen bereits Erfolg versprach, aber die Presse hat ihn in den letzten Tagen besonders hart attackiert. Du hast ja angedeutet, warum."

„Ich hätte alles verderben können! Anstatt nachzudenken, habe ich einfach gehandelt."

„Aber wie eine Lady", beruhigte er sie. „Sein entgeisterter Gesichtsausdruck war zu komisch! Lass uns jetzt aufhören, über Ruben Prunelli und seine stinkenden Zigarren zu reden. Ich habe Pläne für uns beide, für heute Nacht – und morgen – und Sonntag."

Ihr Blick verdunkelte sich, und Nick merkte, wie sein Begehren erneut entflammte. Bisher hatte er es nur geahnt, seit eben wusste er: Catherine war in jeder Hinsicht die Frau, die zu ihm passte. Gemeinsam würden sie unschlagbar sein.

Er reichte ihr die Hand. „Bist du so weit?"

„Willst du keinen Nachtisch?", fragte sie mit bebender Stimme.

„Nicht hier", antwortete er vielsagend, „erst zu Hause."

Die Fahrt zu dem kleinen Ferienhaus am Strand kam Catherine endlos vor – und doch viel zu kurz.

Die Spannung zwischen Catherine und Nick wurde immer unerträglicher. Wenn er mich nicht sofort küsst, dann sterbe ich, dachte sie, als sie vor der Haustür standen. Stattdessen nahm Nick sie einfach bei der Hand.

„Lass uns am Strand spazieren gehen. Das haben wir schon so lange vor", bat er.

Die samtblaue Nacht hüllte sie ein. Hand in Hand wanderten sie über den weißen Sand und hörten, wie die Brandung gegen die Klippen schlug. Wie ein Echo zu meinem Herzen, dachte Catherine und erschauderte unwillkürlich.

„Ist dir kalt?" Nick blieb stehen und nahm sie in die Arme.

Sie schmiegte sich an ihn und seufzte. „Nicht, wenn du mich so fest hältst."

„Dann lass ich dich nie mehr los", raunte er ihr ins Ohr. Catherine hob den Kopf und sah ihn an. Ihr wurde ganz schwindelig, als sie die Liebe und das sehnsüchtige Verlangen in seinem Blick las.

„Catherine …", begann er heiser, brach dann aber ab und küsste sie leidenschaftlich. Er strich mit der Zunge provozierend langsam über ihre Lippen und eroberte schließlich ihren Mund.

Sie vergaß alles um sich herum. Nick entzündete ein Feuer in ihr, das sie nie für möglich gehalten hatte. Sie klammerte sich an ihn und bot ihm bereitwillig die Lippen. Sie konnte nicht genug bekommen und ließ ihn das auch spüren. Sie wollte seine nackte Haut auf ihrer fühlen, eins mit ihm werden. So ein wildes, ungezügeltes Verlangen hatte sie noch nie erlebt.

Aufreizend streichelte er ihren Rücken und ihre Hüften, bis sie leise stöhnte und ihre Oberschenkel gegen seine presste.

„Lass uns hineingehen", sagte Nick.

„Nein", flüsterte sie und küsste seinen Nacken. Sie spürte, dass er genauso erregt war wie sie. „Liebe mich hier! Jetzt!"

Er öffnete den Mund, um etwas einzuwenden, aber sie schloss ihm die Lippen mit einem stürmischen, alles fordernden Kuss. Dabei knöpfte sie sein Hemd auf und zog es ihm aus der Hose. Sie liebkoste seine muskulöse Brust, bis er sich kaum noch beherrschen konnte. Einen Moment lang war Catherine schockiert über ihre Hemmungslosigkeit, dann überwältigten sie die Gefühle wie das Rauschen des Meeres.

„Du verdienst Bettwäsche aus Seide und Kerzenschimmer", sagte er entschuldigend, als er ihren zarten BH öffnete.

„Sternenlicht ist besser." Im Sternenlicht würde er ihre Furcht nicht entdecken. Unter dem tiefblauen Nachthimmel würde er die Macht seiner Umarmung nicht erahnen. Der Wellenschlag im Hintergrund würde den Aufschrei der unbändigen Lust vielleicht übertönen. Matthew hatte niemals solche Bedürfnisse in Catherine geweckt, bei ihm hatte sie niemals vergessen, dass sie eine Lady war. In Nicks Armen entdeckte sie eine ganz neue Sinnlichkeit, die nach Erfüllung brannte. Diese Erkenntnis ängstigte sie und zog sie unwiderstehlich an.

Er streifte ihr den Slip herunter, dann stand sie nackt vor ihm. Einen atemlosen Moment lang betrachtete er sie voller Bewunderung. Unter seinem Blick fühlte sie sich ganz als Frau und streckte die Arme nach ihm aus; der letzte Rest Zurückhaltung fiel von Nick ab.

Seine Küsse wurden leidenschaftlicher, seine Umarmung besitzergreifender. Seine Muskeln zuckten unter ihrer intimen Berührung. Er zog Catherine mit sich in den Sand und streifte die Kleidungsstücke ab, die sie noch voneinander trennten.

Catherine sah die verzehrende Leidenschaft in seinem Blick, als er in sie eindrang. Einmal, dann noch einmal. Er nahm sich Zeit, reizte und liebkoste sie und steigerte so ihre Erregung dem Höhepunkt entgegen. Da war nichts mehr außer dem Meeresrauschen, Nick und diesem unglaublichen Glücksgefühl.

Sie durchlebte eine Ekstase, die alles übertraf, was sie sich jemals erträumt hatte. Einer erfüllte die geheimen Wünsche des anderen, Nick und sie ergänzten sich auch im Sex vollkommen.

Von jetzt an war sie verloren. Egal, wie lange ihre Beziehung hielt, sie wollte jeden Augenblick auskosten. Und sie würde die Zeit zwischen den Wochenenden kaum ertragen.

5. KAPITEL

Catherine war in einer schwierigen Situation. Nick und ihre Mutter – beide nicht kompromissbereit – bedrängten sie von entgegengesetzten Seiten. Ihre Mutter setzte alles daran, um Catherine zu dem Pfingstwochenende in North Carolina zu überreden. Nick hielt genauso stur an dem Termin für das verschobene Wochenende in Hilton Head fest. Er klang gereizter und ungeduldiger am Telefon, als Catherine ihn je gehört hatte.

„Was hältst du davon, wenn wir unsere Pläne für dieses Wochenende ändern würden", fragte sie vorsichtig.

„Das kann nicht dein Ernst sein! Ich hab dich schon viel zu lange nicht gesehen. Es war schwierig genug, meine Termine zu verlegen. Außerdem habe ich in Hilton Head reserviert und mein Flugticket gekauft. In ein paar Stunden verlasse ich New York. Es ist zu spät, um etwas zu ändern."

Sie sah angespannt in Richtung Wohnzimmer. Schließlich gab sie nach. „Du hast recht. Ich freue mich eigentlich genauso wie du auf unser Wiedersehen. Lassen wir also alles beim Alten."

Er schwieg einen Moment. „Bist du sicher?", fragte er dann einfühlsam. „Oder hast du persönliche Bedenken?"

Meine Bedürfnisse sind ihm wichtiger als seine, dachte Catherine. Das liebe ich so an ihm. „Nein", versicherte sie schnell. „Damit hat es nichts zu tun. Ich kann es kaum erwarten, dich zu treffen."

„Dann ist ja alles in Ordnung", meinte er erleichtert. „Du hast meine Flugnummer. Bis später, Liebling. Ich bin verrückt nach dir."

„Bis bald, Nick."

Sie legte den Hörer auf und wappnete sich für das bevorstehende Gespräch mit ihrer Mutter. Sie holte tief Luft und ging ins Wohnzimmer zurück, wo Lucinda Devereaux gerade ihr Frühstück beendete.

„Es tut mir leid, Mutter", sagte sie, „aber meine Pläne lassen sich doch nicht ändern."

„Sei nicht albern, Schätzchen." Lucinda war entrüstet. „Was sollte so wichtig sein? Ich weiß zwar nicht, was du vorhast, aber ich bin sicher, dass du es verschieben kannst."

„Ich will aber nichts verschieben, Mutter. Ich freue mich auf Hilton Head." Das war eine glatte Untertreibung. Catherine verzehrte sich vor Sehnsucht nach Nick. Die letzten Wochen ohne ihn waren endlos leer gewesen. Es ist unglaublich, wie einsam ich mich plötzlich in meiner eigenen Heimatstadt fühle, dachte Catherine. Telefongespräche sind kein Ersatz für leidenschaftliche Blicke, heiße Küsse und zärtliche Umarmungen.

„Was in aller Welt führt dich nach Hilton Head?" Der tadelnde Ton ihrer Mutter ließ keinen Zweifel daran, dass sie Hilton Head für das Urlaubsziel Neureicher ohne Sinn für Kultur und Tradition hielt. Das war niemals der angemessene Ort für eine Devereaux! Außerdem war Lucinda Devereaux es nicht gewohnt, dass man ihr widersprach. Vor allem Catherine, ihre älteste Tochter, hatte sich immer gefügt und Streit vermieden.

„Ein Mann", platzte Catherine heraus, ohne an die Konsequenzen zu denken. „Ich fahre dorthin, um einen Mann zu treffen."

Ihre Mutter war schockiert. „Was für einen Mann? Catherine, was um Himmels willen ist über dich gekommen?"

„Nichts ist über mich gekommen, Mutter. Ich habe jemanden kennengelernt. Wir treffen uns schon seit einer Weile. Dieses Wochenende wollen wir zusammen in Hilton Head verbringen. Das ist alles."

Catherine war stolz darauf, wie entschlossen sie ihr Vorhaben verteidigte, obwohl klar war, dass ihre Mutter sich nicht so schnell geschlagen geben würde.

„Kennen wir diesen Mann?", fragte Lucinda Devereaux streng.

„Nein. Er stammt nicht aus Atlanta."

Wie erwartet rümpfte Catherines Mutter die Nase. „Wo hast du ihn denn kennengelernt?"

„Letztes Jahr in Savannah."

„Er lebt also in Savannah." Das klang erleichtert. „Ich kenne dort ein paar sehr nette Familien. Vielleicht kenne ich ihn sogar?"

„Nein, Mutter. Er hatte dort nur geschäftlich zu tun. Er lebt in New York."

„Auch das noch!" Lucinda Devereaux sank entsetzt gegen die Rückenlehne des Sofas und wedelte mit einem seidenen Taschentuch vor ihrem Gesicht. Catherine glaubte ihr den Schwächeanfall keinen Moment. Als die erwartete Reaktion ausblieb, richtete Lucinda sich würdevoll auf und verkündete ihren Entschluss: „Du musst diesen Mann mit nach North Carolina bringen. Mehr gibt es nicht zu sagen. Ich lasse nicht zu, dass du einem Fremden nachläufst, um dich heimlich in zweitklassigen Motels mit ihm zu treffen."

Catherine straffte stolz die Schultern. In diesem Augenblick glich sie ihrer Mutter. „Er ist kein Fremder für mich, und wir treffen uns nicht in billigen Absteigen", entgegnete sie fest. „Es ist mir egal, was du denkst, aber ich werde das bisschen Zeit, das uns zur Verfügung steht, nicht hergeben, um ihn zur Schau zu stellen."

Lucinda Devereaux musterte ihre Tochter durchdringend. Es war noch gar nicht lange her, da hätte Catherine diesem Blick nicht standgehalten. Jetzt war das anders. Seit sie Nick kannte, war ihr Selbstbewusstsein gewachsen, und sie drückte sich nicht mehr vor Entscheidungen. „Schämst du dich seiner?", fragte ihre Mutter. „Kann er sich mit einer Devereaux nicht messen?"

„Er ist ein großartiger Mann."

„Dann schämst du dich also unseretwegen", stellte Lucinda beleidigt fest.

Catherine seufzte. „Sei doch nicht albern, Mutter. Ich schäme mich überhaupt nicht. Sollte unsere Beziehung fester werden, dann stelle ich dir Nick natürlich vor, damit du ihn ins Kreuzverhör nehmen kannst. Bis dahin lasse ich nicht zu, dass du oder sonst irgendjemand sich einmischt. Ich wünsche dir ein schönes Wochenende. Grüß alle von mir!"

Sie küsste ihre Mutter auf die Wange, drehte sich dann auf dem Absatz um und verließ hocherhobenen Hauptes den Raum. Lucinda Devereaux blickte ihr sprachlos nach.

Draußen atmete Catherine erleichtert auf. Endlich habe ich es geschafft, mich durchzusetzen, dachte sie. Die erste Runde war überstanden. Ohne den Gedanken an Nick und das bevorstehende Treffen hätte sie den Mut wahrscheinlich nicht aufgebracht. Was würde ihre Mutter erst sagen, wenn sie erfuhr, dass sie wieder aufs College gehen wollte?

Nach ihrem Wochenende in Los Angeles hatte Catherine das Vorlesungsverzeichnis doch durchgelesen. Das Zusammensein mit Nick hatte sie in Hochstimmung versetzt, in der sie sich unschlagbar fühlte. Ein Studienabschluss – diesmal im Fach ihrer Wahl – erschien ihr nun als passende Herausforderung.

Am folgenden Donnerstag war Catherine nach Savannah gefahren, um Nick für eine Nacht zu treffen. Bei ihrer Ankunft erfuhr sie, dass er stattdessen nach Chicago fliegen musste. Obwohl sie bitter enttäuscht war, hatte sie die Zeit genutzt, um sich für das Sommersemester am College für Städtebau einzuschreiben.

Dann war sie gleich auf Wohnungssuche gegangen und hatte ein kleines Apartment in einem ehemaligen Kutschenhaus gefunden. Sie war begeistert von dem Licht, das durch die hohen Fenster flutete. Vielversprechend waren auch die vernachlässigten Nebenräume und die alten Möbel, die achtlos beiseitegeräumt waren. Mit ein bisschen Geschick und wenig Aufwand ließ sich daraus eine stilvolle Einrichtung machen.

Eigentlich wollte sie Nick gleich davon erzählen, doch dann behielt sie das Geheimnis für sich. Sie wollte ihn überraschen und ihm alles erzählen, sobald sie in Hilton Head angelangt waren. Vielleicht hatte er Lust, sich das Apartment am Sonntag anzuschauen. Für den Fall deponierte sie vorsorglich ein paar Lebensmittel und eine Flasche seines Lieblingsweins im Kühlschrank. Danach fuhr sie zum Flugplatz, um ihn abzuholen.

In der Wartehalle wanderte Catherine ungeduldig auf und ab. Laut Ankunftstafel war der Flug pünktlich, trotzdem kamen ihr die verbleibenden Minuten wie Stunden vor.

Als Nick endlich die Gangway entlangkam, erschrak sie über sein Aussehen. Er schien völlig erschöpft. Seine markanten Züge wirkten hager und seine Augen stumpf. Dann entdeckte er sie, und sofort erhellte ein Lächeln sein Gesicht.

„Wie gut es tut, dich zu sehen!" Er stellte den Koffer ab und breitete die Arme aus. Catherine schmiegte sich an seine Brust und umarmte ihn fest.

„Du siehst furchtbar aus!" Sie sah ihn besorgt an. „Hattest du eine schlimme Woche?"

„Nicht nur eine."

„Warum hast du nichts davon am Telefon erwähnt?" Sie war ein bisschen verletzt, dass er ihr seine Probleme verheimlichte.

„Ich wollte dich nicht mit geschäftlichen Dingen belästigen", murmelte er. „Wie schön ist es, dich wieder im Arm zu halten!"

Plötzlich kam ihr eine Idee. Es ist spät, und Nick ist müde, überlegte sie. *Wir könnten hier in meinem Apartment übernachten, anstatt noch bis nach Hilton Head zu fahren.* „Lass uns gehen", schlug sie vor. „Dies ist nicht der passende Ort für eine anständige Umarmung."

„Eigentlich habe ich etwas Unanständiges im Sinn." Er küsste ihr Ohrläppchen.

Catherine lächelte. „Ich auch", sagte sie hintergründig.

Im Auto fielen Nick immer wieder die Augen zu. Er bemühte sich krampfhaft, wach zu bleiben und starrte angestrengt aus dem Fenster. Dann runzelte er die Stirn.

„Das ist der falsche Weg", sagte er, als Catherine auf die Straße in Richtung Innenstadt einbog.

„Ich weiß", sagte sie ungerührt.

Er schwieg, bis Catherine ihn ansah. Er war plötzlich hellwach und beobachtete sie misstrauisch. „Was hast du vor, Catherine Devlin?"

„Das wirst du schon sehen", sagte sie geheimnisvoll.

Als sie vor einem stattlichen alten Haus hielten, das an einem der vielen Plätze von Savannah lag, wurde aus Nicks Neugier Ablehnung. „Bitte, Catherine, ich bin zu müde, um jetzt noch jemanden zu besuchen."

„Wir besuchen niemanden."

„Was ist das hier? Eine dieser Herbergen für Übernachtungen mit Frühstück? Ich hasse das. Sie sind so unpersönlich."

„Vertrau mir, nimm deinen Koffer und komm!"

Er zögerte einen Moment irritiert, dann zuckte er ergeben mit den Schultern und gehorchte wortlos. Catherine ging voraus durch einen duftenden Rosengarten. Ein schmaler Pfad, der von altmodischen Gaslampen spärlich beleuchtet wurde, führte um das Haus herum, wo eine breite, gepflasterte und von Gras überwucherte Auffahrt zum Kutschenhaus führte.

„Wer wohnt denn hier?", fragte Nick und betrachtete das Gebäude kritisch.

„Gefällt es dir?"

„Es ist zweifellos romantisch. Wem gehört es?"

„Mir", sagte sie und wartete gespannt auf seine Reaktion. Er sah sie fassungslos an.

„Uns", verbesserte sie ein wenig unsicher. „Das heißt, wenn du einverstanden bist. Hier können wir uns treffen. Was hältst du davon? Nick, sag doch etwas!"

Er lächelte immer noch ungläubig. „Hast du das Apartment gekauft?"

Sie schüttelte den Kopf. „Ich habe es gemietet. Es ist sehr billig, weil die Einrichtung erst zum Teil fertig ist. Ich habe mich mit dem Vermieter darauf geeinigt, dass ich mich um die Instandsetzung kümmere. Dafür erhöht er die Miete nicht. Das College hat mir die Adresse vermittelt."

Er riss sie stürmisch in die Arme und wirbelte sie herum. „Hast du dich etwa eingeschrieben?" Er war ganz aufgeregt.

Sie nickte lächelnd. Zum ersten Mal kam ihr die Entscheidung richtig vor. Sie begann zu erzählen, und bald sprudelten ihr die Worte nur so heraus. „Mein erstes Semester fängt bald an. Wahrscheinlich bin ich zuerst nur montags bis freitags hier. An den Wochenenden muss ich mich in Atlanta um das Haus und Familienangelegenheiten kümmern. Ich konnte mich nicht aus allen Wohltätigkeitskomitees zurückziehen. Diesen Verpflichtungen kann ich aber an den Wochenenden nachkommen. Was sagst du dazu?"

„Ich finde dich wunderbar!" Er war ehrlich begeistert. „Und ich bin außerordentlich stolz auf dich!"

Der Ausdruck in seinen Augen nahm ihr die letzten Zweifel. Sie strich ihm zärtlich über die Stirn. Die Müdigkeitsfalten in seinem Gesicht hatten sich durch die Freude über ihre mutige Entscheidung ein wenig geglättet. „Was hältst du davon, das Wochenende hier zu verbringen?", schlug sie vor. „Die Lebensmittelvorräte reichen, und wir könnten uns die lange Fahrt nach Hilton Head sparen. Es wäre, als ob wir richtig zusammenlebten, wenigstens für ein paar Tage. Dies soll unser erstes gemeinsames Zuhause sein."

„Hast du hier noch nicht gewohnt?"

„Nein, ich habe auf dich gewartet. Ich will meine erste Nacht hier mit dir verbringen."

In seinem Blick lag leidenschaftliches Verlangen, Freude und Belustigung. „Du hast also von Anfang an nicht vorgehabt, nach Hilton Head zu fahren?"

„Doch, natürlich!", widersprach Catherine heftig, musste aber im Stillen zugeben, dass er recht hatte. „Ich bin erst auf die Idee gekommen, als ich sah, wie erschöpft du bist. Was hältst du davon?"

„Wir vergessen das Wochenende in Hilton Head." Nick nahm sie bei der Hand. „Lass uns hineingehen, damit ich dich endlich anständig begrüßen kann!"

Sie schüttelte den Kopf. „Du hast mir aber versprochen, unanständig zu sein", sagte sie herausfordernd. „Und ich nehme dich beim Wort."

Catherine war in ihrem Element. Das stellte Nick fest, als er ihr beim Kochen zusah. Sie summte eine fröhliche Melodie vor sich hin, und ihre Wangen waren rosig angehaucht. Köstliche Düfte ließen ihm das Wasser im Mund zusammenlaufen. Das Wohnzimmer wirkte noch etwas provisorisch, aber jedes Möbelstück glänzte frisch poliert. Catherine hatte eine Jugendstilvase mit roten Rosen gefüllt und mitten auf den winzigen Mahagoni-Esstisch gestellt. Ein paar Kerzen in nostalgischen Messingständern waren geschickt im Raum verteilt. Nick war verblüfft, wie schnell sie es verstand, eine anheimelnde Atmosphäre zu schaffen. War es ein Fehler gewesen, sie zum Studium zu drängen? Er schob den Gedanken beiseite. Sie schien glücklich über ihre Entscheidung zu sein.

Nick stellte sich leise hinter Catherine und umfasste behutsam ihre Taille.

„Eigentlich habe ich nur Appetit auf dich", raunte er ihr ins Ohr und liebkoste ihr Ohrläppchen. Sie duftete nach Lavendel, ein Parfum, das sie sonst nicht benutzte, das aber noch verführerischer wirkte.

Halbherzig versuchte sie, ihm auszuweichen, und provozierte ihn dadurch erst recht.

„Wann hast du das letzte Mal ordentlich gegessen?", fragte sie energisch.

„An dem Tag, an dem wir uns liebten." Er ließ sich nicht vom Thema abbringen.

„Zuerst wird gegessen", befahl sie standhaft, obwohl es ihr heiß über den Rücken lief. Sie sehnte sich genauso nach ihm und dem Glück, das sie in Los Angeles gefunden hatten.

Beim Essen wachte Catherine über jeden Bissen, den er aß. Das machte ihn nervös.

„Möchtest du noch Bohnen?", fragte sie liebevoll.

„Nein."

„Aber vielleicht diesen knusprigen Hähnchenschenkel?"

Er schüttelte den Kopf. „Wenn ich noch mehr Hähnchen esse, fange ich garantiert an zu krähen." Er nahm ihre Hand. „Darling, hör auf, mich zu bemuttern. Ich bin schon erwachsen."

Obwohl es scherzhaft klang, zuckte Catherine zusammen. Nick hatte sofort ein schlechtes Gewissen. „Catherine, ich wollte dich nicht kritisieren. Das Essen war hervorragend."

„Was ist schlimm daran, wenn ich dich ein bisschen verwöhnen möchte?", fragte sie steif.

„Nichts. Es ist nur ungewohnt für mich, dass sich jemand um mich sorgt", erklärte er. „Außerdem bin ich total überarbeitet und schlecht gelaunt. Meine Angestellten haben schon mit Kündigung gedroht, falls ich nicht erholt aus dem Wochenende komme. Zeig mir nicht auch noch die kalte Schulter."

Der verletzte Ausdruck in ihrem Blick verschwand. „Das hab ich nicht vor", sagte sie, „und ich will dich auch nicht bemuttern."

„Komm zu mir", bat er. „Ich habe das Gemüse gegessen und möchte jetzt gern den Nachtisch."

„Der Apfelkuchen ist fertig."

„Später. Ich habe da etwas ganz Spezielles im Sinn."

Sie ging um den Tisch herum und setzte sich auf seinen Schoß. Obwohl sie ihm die Arme um den Hals legte, spürte Nick an ihrer verkrampften Haltung, dass sie immer noch verletzt war. Er hatte so lange auf diesen Moment gewartet. Zum ersten Mal in seiner Karriere hatte harte Arbeit nicht geholfen, die Sehnsucht nach einer Frau zu unterdrucken. Immer hatte er nur an Catherine denken müssen. Und jetzt verdarb er ihr Wiedersehen durch seine idiotische Laune.

„Verzeih mir", flüsterte er ihr ins Ohr und drückte sie so fest an sich, als ob er sie nie wieder loslassen wollte. Sie nickte schließlich und schmiegte sich an ihn.

„Dann zeig es mir", flehte Nick. „Ich habe dich wahnsinnig vermisst. Ich konnte mich überhaupt nicht mehr konzentrieren. Nachts, nach unseren Telefongesprächen, lag ich stundenlang wach und wünschte mir, dass du neben mir liegen würdest. Ich wollte dich fühlen, dich berühren. Hier." Er strich mit dem Zeigefinger über ihre vollen Lippen. „Und dort." Er streichelte ihre Brustspitzen und atmete schwer, als sie hart wurden. „Hast du mich auch vermisst?"

„Ich dachte, ich sterbe vor Einsamkeit", gestand sie und knöpfte sein Hemd auf. Dann hauchte sie erregende kleine Küsse auf seinen Hals und verweilte mit den Lippen auf einer heftig pulsierenden Ader. Sie reizte ihn mit der Zunge, bis er seine Erregung kaum noch zügeln konnte. Dabei streichelte sie seine breiten Schultern, seinen Rücken und schließlich seine entblößte Brust.

„Catherine, Liebling …" Er stöhnte leise. „Catherine!"

„Hm?"

„Glaubst du, dass wir es ausnahmsweise mal bis ins Schlafzimmer schaffen?"

„Wie langweilig!", neckte sie ihn und ging weiter auf sinnenfreudige Entdeckungsreise. „Aber wenn du darauf bestehst …"

Nick hob sie hoch. „Diesmal muss ich leider darauf bestehen. Wenn wir uns auf dem Wohnzimmerteppich lieben, werde ich nämlich den Rest der Nacht dort verbringen und morgen früh sämtliche Muskeln spüren, die ich vergessen hatte."

„Dann massiere ich dich", versprach Catherine großzügig.

„Du führst mich in Versuchung." Er bemerkte ihren übermütigen Blick und setzte seine Geschäftsmiene auf. „Nach reiflicher Erwägung des Für und Wider ...", er machte eine bedeutungsvolle Pause, „stimme ich dennoch für das Bett. Ich werde dafür sorgen, dass es nicht langweilig für dich wird!"

„Wo hast du das gelernt?", fragte Catherine später atemlos.

Nick lächelte. „Wenn du noch keine vierzig Jahre mit einem Mann verheiratet bist, solltest du ihn lieber nicht fragen, woher er seine Liebeskünste hat. Oder willst du wirklich etwas über meine erotischen Abenteuer hören? Soll ich dir davon erzählen?" Er streichelte sie, bis sie sich lustvoll unter ihm wand.

„Nein", flüsterte sie heiser. „Aber hör nicht auf!"

„Oder hiervon?" Er steigerte ihr Verlangen ins Unermessliche. „Oder davon?"

Catherine atmete heftig, als er seine Hand behutsam zwischen ihre Schenkel schob und mit einem aufreizenden Spiel begann. Sie keuchte seinen Namen und gab sich seinem Liebesspiel rückhaltlos hin. Nur noch Nick und ihre Liebe zu ihm existierte. Er hielt ihren Blick fest, während sie den Höhepunkt erreichte. Eine Träne rollte ihr über die Wange. „Warum?", fragte sie und liebkoste sein Gesicht.

„Ein Geschenk", sagte er rau. „Ich wollte dir beweisen, wie sehr ich dich liebe."

Eine zweite Träne schimmerte an ihren langen Wimpern. „Ich liebe dich auch, Nick", gestand sie und zerzauste seine Brusthaare. „Du hast mir schon so viel gegeben. Durch dich habe ich mein Selbstbewusstsein wiedererlangt. Das werde ich nie vergessen."

Sie schlang ihre Beine um seine Oberschenkel, bis sie Hüfte an Hüfte lagen, und drängte sich ihm entgegen. Es war eine instinktive Bewegung, ohne Raffinesse, ein überwältigendes Begehren, um seine Leidenschaft zu entzünden. Sie ließ sich von ihm führen, erriet seine geheimen Wünsche und antwortete darauf mit einer Ekstase, wie er sie noch nicht erlebt hatte. Sie erreichten den Höhepunkt diesmal gleichzeitig und verbrachten eine unvergessliche Nacht der Seligkeit.

Als Catherine am nächsten Morgen aufwachte, war der Platz im Bett neben ihr leer. Sie schaute verschlafen auf den Wecker, es war erst kurz nach sieben Uhr. Wo war Nick? Sie erschrak. Er hatte sie doch nicht verlassen?

Dann nahm sie das Aroma von frisch gebrühtem Kaffee wahr und hörte erleichtert das vertraute Geräusch des Toasters. Nachdem sie ein paar Minuten lang vergeblich auf Nick gewartet hatte, stand sie auf, zog den Morgenmantel an und ging barfuß in die Küche.

Er saß am Küchentisch, der über und über mit Geschäftspapieren bedeckt war. Ein Becher Kaffee und ein Teller mit Toastresten standen dazwischen. Er trug nur Jeans, sonst gar nichts, und sah ungeheuer sexy, aber genauso müde wie gestern Abend aus. Catherine wollte ihn ausschimpfen. Kein Wunder, dass er so gestresst ist, wenn er sich überhaupt nicht schont, dachte sie. Doch sie hatte die gestrige Lektion nicht vergessen und hielt sich zurück. Nick missfiel ihre Besorgnis. Also küsste sie ihn nur leicht auf die Stirn und holte sich dann eine Kaffeetasse aus dem Schrank.

„Guten Morgen", begrüßte er sie abwesend. „Du bist aber früh auf."

„Ich habe dich vermisst. Wann bist du aufgestanden?"

„Gegen sechs Uhr. Meine Gedanken kreisten ständig um die Arbeit, die ich noch erledigen muss, und da konnte ich ebenso gut gleich anfangen."

„Ich dachte, du machst ein paar Tage Ferien."

„Stimmt. Wie du siehst, bin ich nicht im Büro."

„Was für eine merkwürdige Definition von Ferien." Catherine zwang sich zu einem gelassenen Tonfall. „Wie wär's mit Frühstück?"

„Kaffee und Toast reichen mir."

„Keine Eier? Keinen Schinken? Vielleicht einen überbackenen Toast?"

„Nein, wirklich nicht. Ich kann mich nicht entspannen, bis das hier fertig ist." Nick lächelte entschuldigend, aber unpersönlich. Offenbar war er mit seinen Gedanken weit weg.

Sie nickte ergeben. „Dann lass ich dich besser allein."

„Danke", murmelte er zerstreut.

Catherine duschte und zog Shorts und ein buntes T-Shirt an. „Ich gehe spazieren", informierte sie Nick. „Soll ich dir irgendetwas einkaufen?"

Er schaute auf, sein Blick fiel auf ihre nackten, wohlgeformten Beine. „Ich wünschte, ich könnte mit dir gehen", meinte er bedauernd.

„Dann komm! Nach ein bisschen Erholung wird dir die Arbeit bestimmt leichter fallen."

Einen Moment zögerte er, dann winkte er entschlossen ab. „Entschuldige Liebling, aber ich habe jetzt keine Zeit."

„Okay." Catherine bemühte sich um Gelassenheit. Wie lange würde Nick ein solches Arbeitspensum und Arbeitstempo durchhalten? Nach ihren letzten Treffen hatte sie sich eingeredet, dass Nick zwar von seiner Arbeit besessen war, aber zwischendurch regelmäßig Entspannungspausen einlegte. Jetzt zweifelte sie daran. Waren ihre bisherigen Begegnungen wirklich so unbeschwert gewesen? Meistens waren sie in Eile. Los Angeles war eine Ausnahme, allerdings erst nach dem Geschäftsessen mit Ruben Prunelli. Vielleicht hatte Nick bereits das Interesse an ihr verloren, oder konnte keine Frau mit seiner Arbeit konkurrieren? Seine Ehe war daran zerbrochen, das hatte er selbst zugegeben.

Catherine fühlte sich unterwegs so einsam wie in den Wochen der Trennung. Sie blieb bis zum frühen Nachmittag weg und kehrte erst zurück, als sie hungrig wurde.

Nicks Geschäftspapiere türmten sich unverändert auf dem Küchentisch. Er lag auf der Couch im Wohnzimmer, in der einen Hand ein Diktiergerät, auf dem Bauch einen umfangreichen Aktenordner. Er schlief fest und schnarchte leicht.

Catherine beugte sich über ihn und glättete die Falten auf seiner Stirn. „Oh, Nick, wie soll das mit uns gut gehen?", flüsterte sie. „Wir sind nicht einmal zusammen, wenn wir uns im selben Raum befinden."

Er seufzte wohlig beim Klang ihrer Stimme und rückte in eine bequemere Lage. Catherine ließ ihn schlafen und aß allein zu Mittag. Dann begann sie mit der Vorbereitung des Abendessens. Sie wählte eines ihrer erfolgreichsten und kompliziertesten Rezepte, damit sie möglichst lange mit der Zusammenstellung unzähliger Zutaten beschäftigt war. Leider ließen sich ihre Gedanken dabei nicht abschalten.

Kurz bevor Nick aufwachte, beschloss Catherine, mit ihm über seine unvernünftige Arbeitsweise und die Tatsache, dass er sie gänzlich davon ausschloss, zu reden. Dann stand er verschlafen, reumütig und atemberaubend sexy vor ihr, und sie vergaß alle Zweifel und Kritikpunkte.

Nach diesem Schema verlief weiterhin das Wochenende. Sie verbrachten gemütliche Abende und stürmische Liebesnächte. Dann hatte Catherine endlos lange, eintönige Stunden zur Verfügung, in denen Nick nur mit seiner Arbeit beschäftigt war.

Am letzten gemeinsamen Morgen fand sie endlich den Mut, das Thema anzusprechen.

„Nick, wie hat dir das Wochenende gefallen?"

Er sah sie erstaunt an. „Es war wundervoll, mit dir zusammen zu sein."

„Das ist es ja gerade: Du warst gar nicht mit mir zusammen. Du warst die meiste Zeit gedanklich in deinem Büro in New York."

Er starrte sie an. „Aber in Wirklichkeit war ich hier", beteuerte er, „obwohl ich wahrscheinlich besser dortgeblieben wäre, wenn ich dich so höre. Ich bin gekommen, weil ich dich vermisst habe und weil ich bei dir sein wollte. Du hast dich das ganze Wochenende lang nicht beschwert. Also dachte ich, dass du mich verstehst. Stattdessen erzählst du mir jetzt, kurz bevor ich zum Flughafen muss, dass du unzufrieden bist."

„Du hast recht, ich hätte eher etwas sagen sollen", entschuldigte sie sich. „Ich habe versucht, dich zu verstehen, aber ich kann es einfach nicht. Vielleicht ähnelst du Matthew mehr, als ich dachte. Vielleicht findest du es angenehm und praktisch, eine Frau um dich zu haben, solange du nichts für die Beziehung tun musst."

Der Vergleich mit Matthew ärgerte ihn. „Ich bin nicht dein Exmann, und ich nutze dich nicht aus; ich liebe dich nämlich." Er griff unvermittelt nach dem Telefonhörer. „Was hast du vor?"

„Ich bestelle mir ein Taxi."

„Ich werde dich zum Flugplatz fahren."

„Das wirst du nicht. Du bleibst hier und denkst darüber nach, wie eine gute Beziehung aussehen sollte."

„Und du?", fragte sie wütend. „Worüber wirst du nachdenken? Über deine Arbeit?"

„Ja, verdammt noch mal! Durch meine Arbeit verdiene ich genug Geld, um machen zu können, was ich will, und zwar mit der Frau meiner Wahl. Ich dachte, du liebst mich auch." Mit großen Schritten rannte er aus dem Zimmer und warf die Tür hinter sich zu. Starr blickte sie ihm nach, sie zitterte vor Wut und Enttäuschung.

Nachdem Catherine sich einigermaßen beruhigt hatte, betrachtete sie Nicks Standpunkt. Sie hatte sich das ganze Wochenende lang nicht einmal nach seiner Arbeit erkundigt. Vielleicht beschäftigte er sich zwangsläufig mit einem ernsten Problem, das all seine Energie forderte. Sie hatte nur an sich gedacht und an ihre Angst, wieder mit einem Mann zusammen zu sein, für den sie nur an zweiter Stelle stand.

Ich muss drei oder vier Stunden warten, bis ich Nick in New York anrufen kann, dachte Catherine. Das ist eine Ewigkeit für ein paar klärende Worte. Um sich abzulenken, las sie die Nachrichten in der Tageszeitung.

Plötzlich klingelte das Telefon. Niemand außer Nick kannte diese Nummer.

Zaghaft nahm sie den Hörer ab. „Hallo?"

„Ich bin es, Nick."

„Wo bist du?"

„Irgendwo über Virginia. Es gibt ein Telefon im Flugzeug. Ich möchte mich bei dir entschuldigen."

„Nein, ich muss mich entschuldigen! Ich habe deine Situation nicht bedacht und egoistisch reagiert."

„Und ich hätte dich nicht ausschließen sollen. Lass uns bald einen neuen Versuch wagen. Dann klappt bestimmt alles besser."

„Einverstanden." Sie war erleichtert und wusste jetzt schon, dass sie es kaum erwarten konnte.

„Ich bin froh. Sobald ich zu Hause bin, rufe ich wieder an."

„Ich werde warten."

Immer, fügte sie in Gedanken hinzu, als sie den Hörer auflegte. *Auch wenn das die Voraussetzung für unser Leben zu zweit ist, werde ich immer warten.*

6. KAPITEL

*E*s war fast Mitternacht, als Nick endlich anrief. „Es tut mir leid, dass es so spät geworden ist", sagte er. „Hast du schon geschlafen?"

„Beinahe." Catherine setzte sich im Bett auf und drückte den Hörer fest ans Ohr, als ob sie ihm dadurch näher wäre. „Was ist passiert? Gab es Flugverzögerungen?"

„Nein", beruhigte er sie. „Ich habe nur am Büro angehalten. Mein engster Mitarbeiter war dort mit einem unerwarteten Problem beschäftigt. Ich habe ihm geholfen, und bevor ich es bemerkte, war der Tag vorbei."

Sie fröstelte bei seinen Worten. So weit war es also mit seinen guten Vorsätzen her. Sie straffte die Schultern. „Bist du jetzt zu Hause?"

„Ja, seit fünf Minuten. Am liebsten wäre ich noch bei dir. Hätte ich mich doch mit einem Kuss von dir verabschiedet, anstatt mit einem Streit!"

„Das wünschte ich auch." Sie seufzte bedauernd. „Wann sehen wir uns wieder?"

„Ich habe eine tolle Idee. Während des Rückflugs las ich zufällig einen Artikel über das traditionelle Sommernachtsfest in Savannah, das im Freien stattfindet. Wir könnten Bier trinken, Würstchen essen und vielleicht Polka tanzen. Hast du Lust?"

Das ist ein Wiedergutmachungsversuch, dachte sie. *Er will mir beweisen, dass nächstes Mal alles anders wird, dass er dann Zeit für uns hat.* Trotz berechtigter Zweifel musste sie ihm eine Chance geben. „Es klingt verlockend", meinte sie nachgiebig. „Ich bin bereit, wenn du möchtest."

„Wenn es nach mir ginge, würde ich dich viel eher sehen, aber mein Terminkalender ist voll." Nick senkte verführerisch die Stimme. „Hältst du mir einen Platz in deinem Bett warm?"

„Ganz bestimmt." Sie strich zärtlich über das Kissen, das noch nach seinem Rasierwasser roch.

„Gute Nacht, Liebling. Ich träume von dir."

„Und ich träume von dir", sagte sie zärtlich. Ich werde die Tage bis zum Sommernachtsfest zählen, dachte sie sehnsüchtig und legte den Hörer auf. Dann löschte sie das Licht.

Die Zeit verging schneller als erwartet. Das Sommersemester begann und erforderte Catherines ganze Aufmerksamkeit. Das Studium war anstrengend, aber hochinteressant. Catherine diskutierte manchen Abend mit Kommilitonen und Professoren. Nick hatte recht gehabt. Viele Mitstudenten suchten ihren Rat und bewunderten ihre Erfahrung. Die Anerkennung stärkte ihr Selbstbewusstsein und setzte ihre kreativen Kräfte frei. Sie genoss die neu gewonnene Freiheit und musste sich dazu zwingen, an Wochenenden nach Atlanta zu fahren. Ihre Mutter missbilligte ihr Studium, doch ihr Vater zeigte Toleranz. Nach anfänglichem Zögern unterstützte er sie sogar.

„Während du studierst, werde ich mich nach einem lohnenden Projekt in Atlanta umsehen", versprach er und ignorierte den Protest seiner Frau. „Es kann nicht schaden, wenn ich zur Abwechslung mal eines der alten städtischen Gebäude restaurieren lasse."

Catherine umarmte ihren Vater gerührt. „Dad, ich danke dir für dein Verständnis."

„Es gefällt mir, wie du dein eigenes Lebensziel verfolgst", sagte er und verblüffte sie mit seinem Einfühlungsvermögen. „Was ist mit dem jungen Mann, den du vor uns versteckst? Was hält er von deinem Studium?"

„Er hat mir von Anfang an zugeraten und freut sich über meinen Erfolg. Wir telefonieren täglich miteinander, und nächstes Wochenende kommt er aus New York."

Lucinda Devereaux blickte abrupt auf und runzelte die Stirn. „Wir werden ihn also doch noch kennenlernen?", fragte sie kühl.

„Nicht direkt", wich Catherine aus. „Er besucht mich in Savannah. Wir wollen zusammen zum Sommernachtsfest gehen."

„Catherine!"

„Was ist?", fragte sie unschuldig, obwohl sie Lucindas Reaktion vorausgesehen hatte.

„Das ist so gewöhnlich! Jeder geht dorthin."

„Aber Mutter." Catherine konnte ein Lächeln nicht verbergen. „Wir werden uns großartig amüsieren. Warum kommt ihr nicht mit?"

Ihre Mutter war entsetzt, aber ihr Vater schien sich zu amüsieren. „Was hältst du davon, Lucinda? Wenn ich mich recht erinnere, gab es eine Zeit, da wir keine Polka ausließen."

Lucinda errötete verwirrt und sah dabei sehr hübsch aus. „Wenn du glaubst, dass ich in meinem Alter auf der Straße tanze oder Bier an einer Imbissbude trinke, dann hast du dich geirrt, Rawley Devereaux", schimpfte sie. „Außerdem haben wir Theaterkarten für Sonntag. Wir können also unmöglich nach Savannah fahren."

Catherine seufzte. „Dann vielleicht nächstes Mal. Ich möchte euch unbedingt das College und mein Apartment zeigen."

„Was heißt hier dein Apartment?", kritisierte Lucinda. „Es gehört irgendeinem hergelaufenen Vermieter. Ich verstehe wirklich nicht, warum du wie auf Durchreise lebst."

„Soll ich mir lieber ein Haus in Savannah kaufen?"

„Natürlich nicht!" Ihre Mutter war entrüstet. „Du hast ein sehr schönes Haus hier in Atlanta."

„Ich kann nicht täglich zwischen Atlanta und Savannah hin und her pendeln."

„Warum studierst du auch?", äußerte Lucinda spitz.

Catherine drehte sich zu ihrem Vater um und zuckte hilflos mit den Schultern.

„Sei ihr nicht böse", meinte er. „Sie hasst es, wenn ihre Küken das Nest verlassen."

Catherine blickte kopfschüttelnd von einem zum anderen. „Aber ich bin doch schon zu Hause ausgezogen, als ich Matthew heiratete."

Ihr Vater schmunzelte und drückte tröstend die Hand seiner Frau. „Das stimmt zwar", erklärte er Catherine, „aber deine Mutter hoffte, dass du nach der Scheidung zurückkehrst."

„Das ist nicht wahr", leugnete Lucinda erregt und fühlte sich ertappt. „Ich weiß genau, dass Catherine eine erwachsene Frau ist, die selbst entscheiden kann. Wenn sie in einer billigen Mietwohnung leben will, dann ist das ihre Sache."

„Ich werde dich daran erinnern, Mutter."

„Davon bin ich überzeugt." Lucinda Devereaux seufzte dramatisch und schneuzte in ihr Spitzentaschentuch. Insgeheim schien sie sogar ein bisschen stolz über die Hartnäckigkeit ihrer Tochter zu sein.

Als Catherine Nick vom Flugplatz abholte, wusste sie sofort, dass etwas nicht stimmte. Er sah sehr schuldbewusst aus. Sie musterte sein Gepäck misstrauisch und klopfte dann auf seine Aktentasche. „Wie viel Arbeit ist darin versteckt?"

„Fast nichts", beteuerte er, wich aber ihrem Blick aus.

Sie zeigte auf seinen Koffer. „Und darin?"

„Überhaupt nichts."

„Warum sagt mir mein siebter Sinn, dass dieses Wochenende kaum anders wird als unser letztes?"

„Weil du eine sehr intuitive Frau bist."

„Oh, Nick!" Catherine ahnte Schlimmes.

„Diesmal muss ich nichts schreiben oder diktieren", versicherte er eilig.

„Was ist es dann?"

„Ruben."

Das darf doch nicht wahr sein, dachte sie. „Pruneface?"

„Prunelli! Er muss auf eine wichtige Pressekonferenz und braucht mich bei der Vorbereitung. Er bekommt einen Preis dafür, dass er den Trend zurück zum Familienfilm maßgeblich beeinflusst hat."

„Wer um alles in der Welt verleiht ihm den?"

„Aber Catherine, Prunelli hat tatsächlich einen wichtigen Beitrag geleistet. Er hat drei Projekte finanziell unterstützt, denen niemand eine Chance gab. Aus zweitklassigen Drehbüchern hat er erstklassige Filme und obendrein auch noch Kassenschlager gemacht."

„Okay." Catherine winkte ab. „Das mag ja alles stimmen, ist aber keine Entschuldigung für ,Ninja Chaos' oder wie dieser furchtbare Streifen von ihm hieß, der letzte Woche Premiere hatte. Das ist wirklich kein Film, der das Prädikat *besonders wertvoll* verdient. Allein im Vorspann wurden mindestens vierzehn Personen ermordet oder verstümmelt."

„Woher weißt du das?", fragte Nick völlig verdutzt. „Du hast den Film doch nicht gesehen, oder?"

„Ich muss dir deine Illusionen nehmen. Ein paar blutjunge Kommilitonen haben mich vorgestern ins Kino eingeladen."

Nick lachte, bis ihm die Tränen kamen. „Schade, dass ich nicht dabei war", neckte er sie. „Hand aufs Herz: Wie viel von dem Film hast du gesehen?"

„Nicht viel", gab sie pikiert zu. „Nach den ersten zehn Minuten konzentrierte ich mich krampfhaft auf mein Popcorn und schaute meistens weg. Ich will den Produzenten dieses schrecklichen Films nicht in meinem Haus haben."

„Keine Sorge. Er lädt uns zum Abendessen ein."

„Pruneface? Hier in Savannah? Warum ist er nicht in Los Angeles, wo er offensichtlich als Genie vergöttert wird und wo er vier Geschäftsessen an einem Abend haben kann?"

„Weil er meinen Rat sofort braucht", erklärte Nick geduldig, „und weil ich ihn vor die Alternative gestellt habe, dass das Treffen in Savannah oder gar nicht stattfindet. Vergiss nicht, dass du diejenige warst, die den Auftrag für mich gerettet hat."

„Das war ein Fehler!", stöhnte Catherine. „Hast du ihm tatsächlich gesagt, dass er herfliegen muss, wenn er dich treffen will, und ist er damit einverstanden?", fragte sie dann ungläubig. Das gefiel ihr.

Er nickte. „Ich glaube, er kann es kaum erwarten, dich wiederzusehen."

„Das fehlt mir gerade noch. Ich werde mich bemühen, höflich zu sein, aber wenn das Thema zufällig auf diesen ‚Ninja'-Film kommt, vergesse ich alles."

„Gib dich, wie du bist! Er scheint dich zu mögen, obwohl du so rechthaberisch bist. Ich persönlich habe da leidenschaftlichere Absichten. Wollen wir nicht endlich nach Hause fahren?"

„Nach Hause?", wiederholte sie erfreut. Dann nahm sie sogar seine Aktentasche, um ihren guten Willen zu beweisen, und hakte sich bei ihm ein. „Das hört sich vielversprechend an."

„Ich werde mein Bestes tun", raunte Nick ihr zu.

Catherines guter Wille reichte beinahe den ganzen Abend. Nick wunderte sich über ihre Toleranz und merkte genau, wann sie die Geduld mit Prunelli endgültig verlor. Sie hatte sich nicht über seine Zigarre beschwert, weil er sie erst nach dem Essen ansteckte. Sie hatte nur leicht die Nase gerümpft, als er eine ganze Flasche Wein allein austrank, und sie hatte seinen übermäßigen Bierkonsum während des Bummels über den Festplatz ignoriert. Ruben Prunelli widmete sich dem Fest mit Hingabe. Catherine billigte sein Verhalten nicht, schwieg aber zunächst.

Dann entdeckte der Mann, der für die Qualität seiner Familienfilme ausgezeichnet werden sollte, drei junge Frauen, die halb so alt waren wie er selbst. Er hatte sich offensichtlich in den Kopf gesetzt, sie zu erobern. Als er der einen ins Hinterteil kniff und einer anderen einen feuchten Kuss auf die Wange drückte, war für Catherine das Maß voll.

„Mr Prunelli", sagte sie empört. „Sie sollen einen Preis für den konservativen, familienfördernden Gehalt Ihrer Filme erhalten und benehmen sich wie ein Rüpel. Wenn die Presse erfährt, dass Sie hinter Frauen hersteigen, die Ihre Töchter sein könnten, dann ist Ihr Image ein für alle Mal dahin. Damit machen Sie Ihre Produktionsfirma lächerlich und unglaubwürdig, falls das nicht bereits durch diesen scheußlichen ‚Ninja'-Film passiert ist."

Ruben Prunelli blinzelte ein paarmal, bis er Catherines strafendem Blick standhalten konnte. Sie hatte die Hände auf die Hüften gestützt, ihre Augen blitzten vor Zorn. „Aber Katilein", sagte er zerknirscht. „Sei doch nicht böse. Ich mache nur ein bisschen Spaß. Hier ist doch sonst nichts los in dieser Stadt." Er wandte sich leicht schwankend an Nick. „Wie hältst du es hier aus, Ryan? Keine Frage, du hast ja Kati. Eine tolle Frau, die Kati, was für eine tolle Frau! Hat keine Angst vor mir. Schade, dass sie dir gehört."

Nick lehnte sich zu Catherine hinüber. „Ich hab dir doch gesagt, dass er dich mag", flüsterte er amüsiert.

Sie versuchte, ernst zu bleiben, aber es gelang ihr nicht. Ruben Prunelli besaß ohne Zweifel auch ein paar gewinnende Eigenschaften. „Mr Prunelli", sagte sie kopfschüttelnd, „vielleicht sollten wir Sie in Ihr Hotel bringen. Etwas Schlaf könnte Ihnen nicht schaden."

„Schlaf?", wiederholte er, als ob das ein Fremdwort für ihn wäre. „Schlafe nie länger als ein paar Stunden. Komm, Kati, lass uns fröhlich sein. Tanz mit mir!"

Er nahm sie bei der Hand und zog sie auf die Tanzfläche. Nick wollte einschreiten, aber Catherine winkte ab. „Vielleicht gibt ihm eine flotte Polka den Rest", meinte sie verschwörerisch.

Da hatte sie sich gewaltig geirrt. Der Tanz schien Prunelli erst richtig zu beleben. Es war zwei Uhr nachts, als sie ihn endlich vor seinem Hotel absetzen und selbst nach Hause gehen konnten.

Als sie endlich in ihrem Apartment waren, streifte Catherine ihre Pumps ab und sank erschöpft aufs Sofa. „Sind alle deine Geschäftstreffen so anstrengend?", fragte sie.

„Anstrengend? Ich bin taufrisch und fit für neue Taten."

Sie warf ihm einen vernichtenden Blick zu. „Du hast ja auch nicht mit einer Dampfwalze getanzt."

Nick massierte behutsam ihre verspannten Schultern, sie legte den Kopf zurück und stöhnte zufrieden. Ihre seidenweiche, makellose Haut erregte Nick. Er beugte sich herab und küsste ihren Nacken. Ihr Parfum erinnerte ihn an eine Wiese voller wilder Blumen. Er wollte den Kopf auf ihre Brust legen, ihre Wärme spüren und sich von ihrer Leidenschaft anstecken lassen.

An diesem Abend hatte Nick ganz neue Charakterzüge an Catherine entdeckt. Aus der einsamen und verunsicherten Frau, die er vor über einem Jahr getroffen hatte, war definitiv eine selbstbewusste, beeindruckende Persönlichkeit geworden. Um mit dieser neuen Catherine Schritt halten zu können, bedurfte es eines Mannes, der sich nicht einschüchtern ließ und eine gleichberechtigte Frau neben sich nicht fürchtete. Das hatte er für sie erhofft, und sein Instinkt hatte ihn nicht getäuscht. Es war richtig gewesen, sie zum Studium zu ermutigen. Jetzt entfaltete sie ihre Stärken und ihre Begabung, und in ihrem Beruf würde sie unschlagbar sein. Wenn ich sie nicht zu meiner Frau machen wollte, dann würde ich ihr eine Partnerschaft in meiner Firma anbieten, dachte er. Wer Ruben Prunelli mit einem Blick zähmen konnte, der brauchte Manhattan nicht zu fürchten.

„Nick", murmelte Catherine schläfrig. Das dunkle Haar fiel ihr locker über die Schultern, die halb geöffneten Lippen glühten von seinem Kuss. Sie sah atemberaubend sexy aus, und Nick war längst verzaubert. Er konnte sich ein Leben ohne Catherine nicht mehr vorstellen.

„Ja, Liebes", flüsterte er.

Sie streckte die Arme nach ihm aus, was gleichzeitig unschuldig und äußerst provokativ wirkte. „Bring mich ins Bett!"

„Nichts lieber als das." Er hob sie hoch und entführte sie in eine Welt voller Seligkeit.

Catherine schlüpfte aus dem Bett, während Nick noch schlief. Sie war froh, dass er endlich ein wenig zur Ruhe kam. Nachdem sie geduscht und eine halbe Grapefruit gegessen hatte, setzte sie sich aufs Sofa, um sich für die Montagsklausur vorzubereiten. Sie las noch und machte Notizen, als Nick zwei Stunden später hereinkam. „Was ist denn das?" Er zeigte auf ihre Hefte.

„Hausaufgaben."

Er schmunzelte. „Meine Studentin. Die Brille gefällt mir. Ich wusste gar nicht, dass du eine hast."

Catherine lugte über den Rand. „Ich trage sie nur zum Lesen. Möchtest du frühstücken?"

„Es ist eher Zeit zum Mittagessen. Wie wäre es, wenn wir in ein Restaurant gingen? Hat Ruben schon angerufen?"

„Nein. Entweder hat er verschlafen oder seine einzig wahre Liebe gefunden und jagt sie durch Savannah."

„Wenn er seine einzig wahre Liebe gefunden hat, wird Mrs Prunelli ihn bestimmt vor die Tür setzen", bemerkte Nick trocken.

Ihr fiel vor Überraschung beinahe die Brille von der Nase. „Willst du etwa behaupten, dass es eine Frau gibt, die diesen Mann geheiratet hat?"

„Sie sind sehr glücklich, soweit ich weiß."

„Seit wann? Seit letzter Woche? Niemand könnte ihn länger ertragen."

„Seit fünfundzwanzig oder dreißig Jahren. Tatsächlich führen sie eine der wenigen harmonischen Ehen in Hollywood. Liest du niemals die Klatschspalten in Zeitschriften?"

Sie musterte Nick argwöhnisch. „Du machst dich lustig über mich. War sie ein Showgirl in Las Vegas oder so?"

„Sie kennen sich seit der Highschool."

„Nick Ryan, ich glaube nicht, dass Ruben Prunelli jemals die Highschool besucht hat."

„Du hast ja Vorurteile!"

„Kein Wunder bei so einem Märchen!"

„Du kannst es schwarz auf weiß in der Zeitung nachlesen. Ich selbst habe es drucken lassen."

„Das heißt noch längst nicht, dass es auch stimmt", erwiderte sie unbeeindruckt. „In Hollywood wird eine Geschichte nach der anderen erfunden."

Nick setzte eine grimmige Miene auf. „Willst du damit sagen, dass ich lüge?" Er beugte sich über sie.

Es sollte bedrohlich wirken, aber Catherine fand die Situation aufregend erotisch. Noch ein paar Zentimeter und seine Lippen würden ihre berühren. Sie konnte es kaum erwarten. „Du hast es erfasst", reizte sie ihn mit kokett gesenkten Augenlidern.

Er drängte sich zwischen ihre Beine. „Dafür musst du bestraft werden."

„Das klingt vielversprechend."

„Mrs Devlin, Sie entwickeln sich zu einem Wüstling!"

„Na und!" Catherine schob ihre Bücher übermütig beiseite. „Ist das nicht herrlich?"

Sie schlang die Arme um ihn, zog ihn zu sich herab und küsste ihn wild und verlangend. „Ich brauche dich so sehr, Nick", flüsterte sie rau.

„Ich weiß, Liebling." Mit atemberaubender Schnelligkeit zog Nick sie aus und streifte sich selbst die Kleidung ab. Dann trennte sie nichts mehr voneinander. „Ich gehöre dir", versprach er. „Für immer."

Immer dauerte genau eine Stunde. Catherine und Nick duschten gemeinsam und liebten sich wieder, bis Catherine bedauernd seufzte: „Ich muss noch für die Klausur lernen."

Er nahm sie in die Arme, und sie legte den Kopf auf seine Brust. Sein Körper war noch heiß von den stürmischen Liebesspielen. Sie kitzelte ihn mit der Zunge, er schmeckte salzig und nach mehr. Sie spürte, wie er unter der Berührung erschauderte und löste sich schnell von ihm, bevor ihre Lust erneut entflammte.

„Nick, ich muss wirklich noch arbeiten", sagte sie nachdrücklich.

„Kannst du das nicht auf morgen Abend verschieben, wenn ich weg bin?", murrte er.

„Dann schaffe ich es nicht. Vielleicht muss ich sowieso die halbe Nacht aufbleiben. Ich will heute wenigstens den einen Text durchlesen."

„Dauert das etwa den ganzen Tag?"

„Nur ein oder zwei Stunden. Das verspreche ich dir."

„Ich muss wohl akzeptieren, sonst erinnerst du mich an das letzte Wochenende. Ist das die Quittung für meine Arbeitswut?"

„Darauf wäre ich nie gekommen", behauptete sie unschuldig. „Aber wenn du meinst ..."

„Einverstanden. Geh und arbeite! Dann muss ich diesmal kein schlechtes Gewissen haben, wenn ich auch noch etwas vorbereite."

„Ausnahmsweise", sagte sie gnädig und vertiefte sich wieder in ihr Buch. Nick breitete seine Akten auf dem Wohnzimmertisch aus. Sie füllten die Kaffeetassen abwechselnd auf. Als Catherine ihm den letzten Rest aus der Kanne einschenkte, hielt er sie am Arm fest.

„Sieh, wie gemütlich das sein kann."

Catherine verglich die langen Abende, an denen sie allein lernte, mit den vergangenen zwei Stunden. Er hatte recht.

„Wir sind zusammen!"

„Genau."

„Vielleicht war das eigentliche Problem letztes Mal, dass ich nichts zu tun hatte", meinte sie selbstkritisch.

„Vielleicht."

„Was passiert, wenn ich demnächst mehr zu tun habe als du?", fragte sie schelmisch.

„Dann werde ich derjenige sein, der sich über Vernachlässigung beklagt. Bis dahin sollten wir mit dem zufrieden sein, was wir haben."

Sie war tatsächlich zufrieden. Sie blieb hinter Nick stehen, umarmte ihn und legte den Kopf auf seinen. „Wir sind sehr glücklich, weißt du das?", sagte sie leise.

„Und ob ich das weiß!"

„Glaubst du, dass es noch besser wird?"

Nick versteifte sich. „Wie meinst du das?"

„Schließlich können wir nicht für den Rest unseres Lebens zwischen zwei Städten hin- und herreisen", meinte sie vage.

„Im Moment haben wir keine andere Wahl."

Sein Tonfall machte deutlich, dass das Thema für ihn abgeschlossen war. Eigentlich hatte Catherine den Gedanken spontan ausgesprochen, ohne eine bestimmte Absicht damit zu verfolgen. Jetzt setzte er sich in ihrem Kopf fest und vertrieb die gute Laune. Schon war es mit der Zufriedenheit vorbei.

Wie lange konnte ihre Beziehung so weitergehen? Liebe auf Wochenendbasis – war da ein Ende nicht abzusehen? Die Zukunft kam Catherine auf einmal grau und ungewiss vor.

7. KAPITEL

Treffen wir uns zum Maskenball in Savannah?", fragte Nick mit sinnlicher Stimme. Seit er diesmal nach New York zurückgekehrt war, telefonierte er noch öfter als sonst. Er weckte Catherine pünktlich jeden Morgen, und abends sagte er ihr Gute Nacht. Da er häufig nicht vor Mitternacht zu Hause war, wurde ihr das langsam zu ermüdend. Nick kam offenbar mit vier bis fünf Stunden Schlaf aus, sie nicht. Ich werde noch zum Zombie, dachte Catherine.

„Ich kann es kaum erwarten, dich in einem Kostüm zu sehen", sagte er. „Als was würdest du wohl gehen?"

„Als Hexe", murmelte sie schlaftrunken. „Nick, es ist fast ein Uhr. Lass uns das morgen früh besprechen."

„Ich rede gern mit dir, wenn du so müde bist", sagte er beharrlich. „Dann kriege ich nämlich die besten Antworten."

„Du meinst, dass ich dann eher nachgebe als sonst", berichtigte sie ihn. „Und deshalb lege ich jetzt sofort auf. Sonst überredest du mich noch, ein Haremskostüm anzuziehen."

„Eine faszinierende Idee. Du würdest atemberaubend aussehen in durchsichtiger Seide oder nur in einen Spitzenschleier gehüllt. Also, was hältst du von meinem Vorschlag?"

Sie gähnte und versuchte, zusammenhängend zu denken. Der Maskenball fand nicht an einem Feiertag statt. Nick wollte sich offensichtlich an einem Arbeitstag freinehmen, um sie zu sehen. Zu jeder anderen Tageszeit hätte sie sich über diese Tatsache gefreut. „Stell dir bloß kein wildes und romantisches Wochenende vor", sagte sie. „Ich habe zuerst Vorlesungen und muss dann lernen."

„Kannst du nicht einen Tag schwänzen? Ich verdiene gerade eine sechsstellige Summe an Süßigkeiten, da ist es mir egal, ob Feiertag ist oder nicht."

Hatte sie sich verhört? „Eine sechsstellige Summe an Bonbons?"

„Nicht direkt Bonbons", gab Nick zu. „Es handelt sich um etwas Erleseneres."

„Nicht mal meine Eltern leisten sich Konfekt in größeren Mengen."

„Jetzt noch nicht. Nach meiner Werbekampagne wird das schlagartig anders."

„Hast du einen Auftrag von einer ausländischen Schokoladenfabrik bekommen?"

„Nein. Ich habe einen Vertrag mit der Süßwarenfabrik in Savannah abgeschlossen. Nun habe ich einen dritten Grund, um regelmäßig zu kommen."

„Einen dritten Grund?"

„White Stone, dich und die Süßwarenfabrik."

„Was für eine Ehre, Vorrang vor Nüssen und Schokolade zu haben!", meinte Catherine ironisch. „Gehört das Geschäft, in dem wir letztes Mal ein Vermögen ausgegeben haben, der Fabrik?"

„In dem du ein Vermögen ausgegeben hast", korrigierte er sie frech. „Ja, das gehört dazu."

„Nick, du hast doch gesagt, dass der Auftrag sich rentiert. Die Fabrik ist aber winzig."

„Das sieht nur so aus. Der Hauptgewinn wird im Versandgeschäft gemacht. Und da gibt es einen großen Markt abzudecken, was erst im Ansatz geschieht. Das Projekt ist ungeheuer zukunftsträchtig."

Zuerst fand Catherine seine Entscheidung riskant. Jetzt verstand sie, worauf er hinauswollte. Das Konfekt war wirklich ausgezeichnet. „Du hast also mit dem Besitzer verhandelt, während ich hemmungslos in Pralinen schwelgte", stellte sie fest.

„Genau. Kein Schokoladengegner wird meiner Werbung widerstehen können", prophezeite Nick selbstbewusst.

„Und das gibt dir Befriedigung?"

„Das gibt mir Zeit und Geld genug, um mit dir zum Beispiel auf den Maskenball gehen zu können. Außerdem ist es für mich eine große Genugtuung, wenn eine kleine ortsansässige Fabrik durch meine Arbeit international ins Geschäft kommt."

„Denk daran, wenn du dich nächstes Mal um die Gunst eines Ruben Pruneface bemühst! Er braucht dich nicht."

„Du warst ganz anderer Meinung, als du sein Verhalten kritisiert hast", konterte Nick. „Er ist zwar schon einflussreich und berühmt, braucht aber trotzdem ein neues Image. Meine Agentur wird das erreichen."

„Äußerlich vielleicht. Im Innern wird er ein arroganter, egoistischer Bauernlümmel bleiben."

„Und ein reicher Bauernlümmel." Nick wechselte die Taktik. „Ich dachte, du magst ihn inzwischen", neckte er sie. „Nachdem du ihm die stinkende Zigarre in Los Angeles entwendet und sein Polkatalent in Savannah entdeckt hattest, habt ihr zwei euch doch prima verstanden."

„So weit würde ich nicht gehen, aber du weichst mir aus."

„Wie meinst du das?", fragte er unschuldig.

„Wenn du an deine Klienten genauso hohe Ansprüche stellen würdest wie an deine anderen Werbevertragspartner, dann gäbe es für dich keine Ruben Prunellis."

Nick schwieg. War sie zu weit gegangen? Durfte sie sich in seine Geschäfte einmischen, nur weil der Filmproduzent ihr unsympathisch war? Die Popularität des Mannes trug sicherlich zu Nicks Prestige bei.

„Vielleicht hast du recht", sagte er nachdenklich. „Ich habe das nie so gesehen. Du wirst nach der Gesellschaft beurteilt, in die du dich begibst. Das ist einer der Grundsätze, die ich meinen Klienten predige. Natürlich sollte ich mich auch selbst daran halten. Prunelli hat mich mit der Verbesserung seines Image beauftragt, obwohl sich ein Teil seiner Filme bereits gut verkaufte. Beweist das nicht, dass er das Herz am richtigen Fleck hat?"

„Oder die Brieftasche." Sie stockte. „Lass uns damit aufhören. Es war falsch von mir …"

„Nichts war falsch! Du hast ein Recht auf deine eigene Meinung. Ich liebe deine Ehrlichkeit und dein treffsicheres Urteil. Du musst dir nur öfter zutrauen, etwas zu sagen. Der arme Prunelli wusste gar nicht, wie ihm geschah, als du ihm erklärtest, dass sein neuester Kinohit Schund ist."

Catherine stöhnte. „Ich hätte in deinem Interesse diplomatischer reagieren müssen."

„Absolut nicht." Er lachte übermütig. „Es war ein einmaliges Erlebnis, zu sehen, wie er fassungslos den Mund öffnete und schloss wie ein Fisch. Ich bezweifle, dass Ruben Prunelli vorher jemals sprachlos war. Aber das hat er inzwischen bestimmt vergessen."

„Das hatte er bereits nach der zweiten Flasche Wein vergessen."

„Sei ehrlich, es hat dir Spaß gemacht, ihm deine Meinung zu sagen."

Sie überlegte einen Moment. „Es stimmt", gab sie dann beschämt zu. „Ist das schlimm?"

„Es macht dich nur menschlich, Liebling", beruhigte er sie. „Du hast dich jahrelang den Erwartungen anderer angepasst. Die Welt geht nicht unter, wenn du sagst, was du denkst."

„Die Welt geht vielleicht nicht unter, aber du könntest Millionen verlieren."

„In meinem Geschäft ist es eine Kunst, zu wissen, wann Ehrlichkeit angebracht ist. Du bist ein Naturtalent. Prunelli fragt bei jedem Telefongespräch nach dir. Du hast ihn sehr beeindruckt."

„Er will bestimmt nur sichergehen, dass ich nicht in der Nähe bin."
Catherine konnte ein Gähnen nicht unterdrücken. „Nick, ich brauche
wirklich ein bisschen Schlaf. Die Leute glauben langsam, dass ich ein
ausschweifendes Leben führe."

„Wenn das nur wahr wäre!" Nick seufzte. „Schlaf gut und träum
von mir. Morgen sehen wir weiter."

Kurz vor sieben Uhr rief er schon wieder an. Er war munter und gut
gelaunt. „Ich habe eine Entscheidung gefällt", verkündete er.

„Schön für dich." Sie überlegte, ob sie die Vorlesung um neun Uhr
ausfallen lassen sollte, um endlich einmal wieder auszuschlafen.

„Willst du sie hören?"

„Schieß los!" Vielleicht gibt er dann Ruhe und lässt mich von dem
rücksichtsvollen, zärtlichen Nick träumen, dachte sie.

„Vergiss den Maskenball! Ich komme am Freitag, und Samstag fahren wir weiter nach Hilton Head, wie wir das schon ewig geplant haben. Das Wetter ist herrlich und die Hauptsaison inzwischen vorbei.
Der Strand gehört uns. Sonntagmorgen schlafen wir aus, frühstücken
im Bett …"

Ausschlafen? Frühstück im Bett? Endlich sprach der Mann ihre
Sprache. „Bestell die Zimmer", sagte Catherine, legte den Hörer auf
und zog sich die Bettdecke über den Kopf.

Das Wochenende am Strand war genau das, was sie brauchte. Sie kamen Samstagmittag an, suchten ihr Hotel auf und aßen dann in einem
exklusiven kleinen Restaurant mit Blick aufs Meer. Sie ließen sich viel
Zeit und plauderten bei einem Glas Wein und später einem Mocca
über die alltäglichen Kleinigkeiten, die bei ihren Telefonaten immer
zu kurz kamen.

Danach wanderten sie in T-Shirts und mit hochgekrempelten Ho-
senbeinen Hand in Hand am Strand entlang und genossen die frische
Seeluft, das Spiel der Sonnenstrahlen auf den Wellen und das intensive
Blau des Meeres im Kontrast zum weißen Sandstrand. Erst bei Sonnenuntergang und in der kühlen Abendbrise kehrten sie um.

Kurz vor dem Hotel blieb Nick stehen und zog Catherine an
sich. „Ich habe dich noch nie zuvor so entspannt gesehen", sagte sie
leise.

„Und du bist schöner denn je."

Seine Worte machten sie traurig. Obwohl sie den Gedanken daran verdrängte, wusste sie im tiefsten Innern, dass ihre Beziehung an

einem Wendepunkt angelangt war. Die Entscheidung für oder gegen eine gemeinsame Zukunft stand unmittelbar bevor.

In den vergangenen Wochen hatte sie Nicks Leben immer wieder mit ihrem verglichen. So romantisch ihre Liebe auch war, so konnten sie die Realität doch nicht ausschließen. Ihr Alltag war grundverschieden, und jeder hatte andere private Verpflichtungen. Sie war überzeugt davon, dass er ihre Liebe erwiderte, aber es war eine Traumwelt, die sie sich an den Wochenenden aufbauten.

Als sie in dieser Nacht in seinen Armen lag, hatte sie das Gefühl, als ob ihnen die gemeinsame Zeit entglitt, ohne dass sie etwas daran ändern konnte. Tränen stiegen ihr in die Augen und tropften auf seine Brust. Er bewegte sich leicht und schlief weiter, während sie sein Gesicht streichelte. Sie folgte mit der Fingerspitze der Linie seiner Augenbrauen und seiner Nase, berührte die markante Narbe an seinem Mundwinkel. Plötzlich wurde ihr bewusst, was sie da tat. Sie prägte sich jede Einzelheit von ihm ein für die einsamen Nächte, die sie fürchtete.

Am nächsten Morgen versuchte Catherine, die trüben Gedanken zu vertreiben. Sei zufrieden, ermahnte sie sich, und genieße den Augenblick. *Du solltest nicht mehr verlangen.* Aber genau das war ihr Problem: Sie wollte so viel mehr.

Beim Frühstück stocherte sie lustlos in ihrer Grapefruit. Nick beobachtete sie prüfend, schwieg jedoch. Offensichtlich wusste er nicht, wie er auf ihre seltsame Stimmung reagieren sollte.

„Es ist warm draußen", meinte er schließlich. „Lass uns eine Decke einpacken und ein paar Stunden am Strand verbringen. Vielleicht geht's dir an der frischen Luft besser."

„Es geht mir gut."

„Warum bist du dann so niedergeschlagen?"

Sie sah ihn hilflos an. „Ich weiß nicht, ob ich es erklären kann."

Nick legte die Hände beruhigend auf ihre. „Lass uns gehen. Wir sprechen darüber, sobald du es willst. Ich kann warten." Seine ungewohnte Geduld ließ sie beinahe in Tränen ausbrechen.

Ein paar Minuten später hatten sie sich umgezogen. Sein Blick glitt bewundernd über ihren Körper. „Mir gefällt der Badeanzug. Oder sollte ich besser sagen: das, was er zur Schau stellt?"

Catherine hatte sich beim Kauf extra gegen einen Bikini entschieden, um weniger sexy zu wirken. Das schien ihr gründlich misslungen zu sein, denn Nicks Anspielung war eindeutig. Entblößte der Ausschnitt doch mehr von ihrer Brust, als sie bemerkt hatte, oder war der Slip zu raffiniert geschnitten? Sie griff schnell nach einem langen T-Shirt, aber er hinderte sie daran.

„Du siehst umwerfend aus", versicherte er. „Jede Frau wird dich um deine Figur beneiden. Und jeder Mann am Strand wird mich beneiden."

Sie blinzelte eine Träne fort. „Du sagst immer genau das Richtige."

Die Intensität ihrer Stimme machte ihn stutzig. Er zog sie sanft an sich. „Liebling, was ist los?", fragte er eindringlich.

Sie schüttelte den Kopf. „Lass uns gehen!"

Sie fanden eine kleine geschützte Bucht, in der sie allein waren. Nick breitete die Decke aus und legte sich neben Catherine. Sie konnte sich an seinen muskulösen Beinen, den schmalen Hüften und breiten Schultern nicht sattsehen. Wortlos reichte er ihr die Sonnenmilch. Sie cremte ihn mit bebenden Fingern ein. Dabei streichelte und liebkoste sie seinen Körper, als ob es das letzte Mal wäre, bis er seine Erregung kaum noch unterdrücken konnte.

„Jetzt bist du dran", sagte er mit rauer Stimme.

Mit zarten Bewegungen massierte er die Lotion ein. Sie genoss seine Berührungen und gab sich dem prickelnden Vergnügen ganz hin. Er strich ihr mit kreisförmigen Bewegungen aufreizend über den Rücken und folgte der Linie des Badeanzugs an ihren Hüften. Dann ließ er sich viel Zeit beim Eincremen ihrer Beine, berührte jede Beugung, jedes Grübchen und verweilte bei der erogenen Zone hinter ihrem Knie. Schließlich rieb er sogar ihre Füße ein und streichelte jeden Zeh einzeln. Als er fertig war, brannte ihr Körper vor Verlangen.

Sie beherrschte sich dennoch und setzte sich zitternd auf. Er sah sie verzweifelt an. In seinem Blick mischte sich Verlangen mit Schmerz. „Catherine", bat er sie inständig. „Was ist passiert? Hast du einen anderen Mann getroffen?"

Sie nahm seine Hand und legte sie an ihre Wange. „Nein. Das ist es nicht. Das schwöre ich."

„Dann sag es mir! Alles andere kann ich ertragen."

Sie räusperte sich und suchte nach den richtigen Worten. „Ich glaube, wir sind an einem Wendepunkt angelangt, und ich habe Angst davor", sagte sie dann einfach.

„Was für ein Wendepunkt?", fragte Nick verwirrt.

„Unser Verhältnis kann so nicht weitergehen. Ich will nicht mehr von Monat zu Monat leben und sehnsüchtig auf die Wochenenden warten, an denen du dir freinehmen kannst, immer in der Hoffnung, dass keine Geschäftskrise unsere Pläne durchkreuzt." Sie wagte es nicht, ihn anzuschauen. „Wir flüchten uns in eine Traumwelt."

Sie grub die Zehen in den weißen Sand und wartete angespannt auf seine Antwort. Nick strich mit dem Finger über ihren Oberschenkel. Eine Welle der Erregung überlief sie.

„Das soll nicht real sein?", fragte er herausfordernd. Sein Blick sprach Bände.

„Oh, Nick, das ist natürlich sehr real. Ich verleugne die körperliche Anziehung überhaupt nicht. Du hast mich wieder zum Leben erweckt. Ich wusste gar nicht, dass Sex so schön sein kann. Mit dir habe ich ungeahnte Wonnen erlebt. Das war nie ein Problem zwischen uns."

„Dann ist doch alles in Ordnung."

„Nein. Wir können dem Alltag nicht auf Dauer für ein paar idyllische Stunden entfliehen. Wir verklären unsere Beziehung und leben in ständiger Erwartungshaltung. Wir wollen die kurze Zeit, die uns zur Verfügung steht, durch nichts belasten und unterdrücken alles, was uns normalerweise stören würde. Wir schaffen uns künstlich eine heile Welt, die irgendwann unweigerlich zusammenbrechen muss."

„Dann heirate mich", entgegnete Nick trotzig. „Vielleicht ist das real genug für dich. Vielleicht sagst du mir dann, was dich an mir stört."

Catherine schloss die Augen und holte tief Luft. „Ich will mich nicht mit dir streiten", beteuerte sie. „Und ich erwarte keine erzwungenen Lösungen. Ich will nur, dass wir uns nichts vormachen."

„Was soll das? Was willst du wirklich, Catherine?", fragte er verstimmt. „Willst du nach New York ziehen und probeweise mit mir zusammenleben? Oder willst du einen Zeitplan aufstellen, nach dem wir uns abwechselnd regelmäßig treffen? Ein Wochenende bei mir, ein Wochenende bei dir?"

„Das wäre sinnvoller als das, was wir jetzt tun. Stört dich nicht, dass du meine Familie oder Freunde gar nicht kennst? Ich habe dein Apartment nie gesehen, deine Kinder nie getroffen."

„Du kennst die Farbe meiner Tapete und die Größe meines Bettes nicht, aber du weißt alles Wichtige von mir."

„Stimmt das?" Sie sah ihn eindringlich an. „Die alltäglichen Kleinigkeiten, das Verhältnis zu deinen Kindern und deinen Arbeitskollegen sind ein wesentlicher Teil von dir. Ohne diesen Teil deiner Persönlichkeit kenne ich dich nur oberflächlich."

„Dann komm nach New York", schlug er verbissen vor. „Nimm dir eine Woche oder länger vor den Herbstklausuren frei. Du kannst mich morgens mit einem Kuss zur Arbeit schicken und abends fürsorglich kochen. Du kannst darauf achten, ob meine Hosen gebügelt sind und mein Schlips richtig gebunden ist. Du kannst dir mein Büro ansehen und meinen Kindern zuhören, wenn sie übers Essen meckern. Dann weißt du, woran du bist."

„Das ist eine gute Idee." Sie ignorierte den sarkastischen Unterton in seiner Stimme.

„Also abgemacht." Nick täuschte Gelassenheit vor.

„Lass es nicht wie den Anfang vom Ende klingen", bat sie. „Wenn ein gemeinsames Leben nicht unser Ziel ist, sollten wir uns vielleicht trennen."

„Kannst du dir keine andere Beziehung zu einem Mann vorstellen als die Ehe? Kannst du dich nicht einfach verlieben und von heute auf morgen leben?"

Was sollte sie darauf antworten? Noch vor ein paar Monaten hätte sie geschworen, dass sie nie wieder heiraten würde. Nach ihrer Scheidung kam nicht einmal mehr eine engere Beziehung für sie infrage. Seit sie Nick kannte, hatte sich alles geändert. Die Sehnsucht war wieder erwacht. Nicht nur nach dem Ehemann, sondern nach einer intakten Familie, nach Kindern …

„Eine Heiratsurkunde ist noch keine Garantie für das Glück." Er schien ihre Gedanken zu lesen. „Diese Erfahrung haben wir beide gemacht."

„Ich weiß. Aber wenn wir alles so lassen, wie es jetzt ist, werden wir nie mehr gewinnen."

„Müssen wir das?" Seine Stimme klang barsch.

Ihr war, als ob die Sonne plötzlich unterginge. Die Stimmung zwischen ihnen war am Nullpunkt angelangt. „Ist das alles, was du dazu zu sagen hast?", fragte sie langsam.

Er fluchte leise und fuhr sich mit den Fingern durchs Haar. „Ich weiß nicht, was ich denken soll. Vor ein paar Minuten hätte ich schwören können, dass ich den Rest meines Lebens mit dir verbringen will, egal, ob verheiratet oder nicht. Doch seit du von der Zukunft sprichst, fühle ich mich wie ein Kampfpilot, der jahrelang für das entscheidende Gefecht trainiert hat und dann auf einmal Flugangst kriegt."

Obwohl der Vergleich einen bitteren Beigeschmack hatte, musste sie lächeln. „Ich verstehe, was du meinst, aber ich will nicht zulassen, dass die Furcht unsere Zukunft zerstört."

„Mutige Worte."

Sie streichelte ihm sanft die Wange. „Ich bin überhaupt nicht mutig", behauptete sie.

Nick ergriff ihre Hand und küsste langsam jeden Finger einzeln. „Ich auch nicht besonders, doch wenn du den ersten Schritt wagst, werde ich dir folgen. Du besuchst mich also in New York, einverstanden?"

Sie nickte. Die Gefühle überwältigten sie, Tränen stiegen ihr in die Augen. Nick war da und tupfte sie weg, zärtlich, geduldig und hingebungsvoll.

Ich liebe ihn so sehr, dachte Catherine. *Hoffentlich war meine Entscheidung kein Fehler.* Warum war sie immer noch zwischen Hoffnung und Zweifel zerrissen?

8. KAPITEL

*S*oll das etwa heißen, dass du zu unserem Wohltätigkeitsbasar nicht kommst?" Catherines Mutter stellte die silberne Teekanne mit einem solchen Ruck auf den Tisch, dass das kostbare englische Porzellan klirrte. „Alle unsere Freunde kommen. Was soll ich ihnen sagen?"

„Sag ihnen die Wahrheit, Mutter. Sag ihnen, dass ich mit Nick in New York bin."

„Wieder dieser Mann!", schimpfte Mrs Devereaux. „Warum kannst du dir nicht einen netten Mann hier in Atlanta suchen? Da ist zum Beispiel George Banes. Er hat eine Schwäche für dich."

„George Banes ist fünfundsechzig Jahre alt."

„Er ist reich und sehr angesehen."

„Er ist Südstaatler. Darauf kommt es dir doch an, oder?"

„Ich bin nicht so engstirnig, wie du denkst", behauptete Mrs Devereaux würdevoll. „Ich will nur nicht, dass du uns unüberlegt verlässt. Du bist die einzige Tochter, die in Atlanta geblieben ist, seit deine Schwestern geheiratet haben und fortgezogen sind."

So direkt hatte Lucinda noch nie ausgesprochen, dass sie ihre Tochter liebte. Catherine war gerührt, aber sie wollte sich nicht überreden lassen. Sie beugte sich herab und küsste ihre Mutter auf die Wange. „Ich verlasse euch doch nicht. Ich bin nur für ein paar Tage weg", versprach sie lächelnd.

„Was ist mit dem Familienfest in vier Wochen? Lässt du uns dann wieder im Stich?"

„Wir haben noch nicht darüber gesprochen. Wir machen keine langfristigen Pläne, sondern warten Schritt für Schritt ab, wie sich unsere Beziehung weiterentwickelt", erklärte Catherine. „Mein Besuch in New York wird eine wichtige Erfahrung für uns beide sein. Wir wollen die Fehler der Vergangenheit nicht wiederholen."

„Wohnt ihr bei seinen Eltern?"

„Nein. Sie leben in Queens. Wir bleiben in Manhattan."

„Catherine!" Mrs Devereaux schlug die Hände zusammen.

„Mutter, sieh mich nicht so schockiert an. Du weißt genau, was für ein Verhältnis Nick und ich haben."

„Deshalb muss aber nicht alle Welt Bescheid wissen", tadelte Lucinda Devereaux unbeirrt. „Ich habe dir beigebracht, Äußerlichkeiten nicht außer Acht zu lassen. Könnt ihr nicht im Hotel Plaza oder im Waldorf übernachten? Das wäre schicklich."

„Für wen wohl?", fragte Catherine kopfschüttelnd. „Du und Vater, ihr wisst, wo ich bin. Wen kümmert es denn sonst noch? Du versuchst nur, mir ein schlechtes Gewissen einzureden, damit ich bei euch bleibe."

Mrs Devereaux seufzte und setzte ihre Leidensmiene auf. Im Laufe der Jahre hatte sie die Rolle der Märtyrerin perfektioniert, aber sie wusste auch, wann sie ihr Spiel verloren hatte. Allerdings gab sie sich nicht ohne einen letzten Angriff geschlagen. „Es ist wohl besser, wenn ich schweige", meinte sie gekränkt. „Auf mich hört sowieso niemand."

Catherine schmunzelte über die schauspielerischen Fähigkeiten ihrer Mutter. „Warum kommt ihr nicht auch nach New York, du und Vater?", schlug sie vor. „Wir könnten einen ausgiebigen Einkaufsbummel machen und uns die Parade anschauen."

„Was soll ich an einem Ort, wo ich bestimmt überfallen werde?", wehrte Mrs Devereaux verächtlich ab.

„Das kann dir auch hier in Atlanta passieren", sagte Catherine erbarmungslos. „Ich wette, du kennst die Verbrecherstatistik auswendig. Was das Gesellschaftsleben betrifft, bist du doch stets bestens informiert."

„Du hast recht, ich bin einfach nicht mehr spontan genug für weite Reisen. Ich werde alt. Ich lade die ganze Familie lieber zu mir ein."

„Wenn du jetzt anfängst, über dein Alter zu jammern, geh ich sofort", warnte Catherine. „Du hast mehr Energie als ich und weißt genau, wie du dich durchsetzen kannst. Ich verspreche dir, dass ich zum Familienfest hier bin."

Ihre Mutter schien halbwegs versöhnt. „Bringst du diesen Mann mit?"

„Ich bin sicher, dass Nick sein Bestes tun wird, um freizubekommen."

Mrs Devereaux nickte erstaunlich friedfertig. „Nun, das ist immerhin etwas." Sie griff nach der Teekanne. „Möchtest du noch eine Tasse Tee, Liebes?"

Catherine musterte ihre Mutter misstrauisch. „Nein, danke", sagte sie. Wenn ich länger bleibe, lasse ich mich womöglich überreden, wieder in mein altes Zimmer mit den rosa Tapeten und Tüllgardinen, der Puppensammlung und den ledergebundenen Kinderklassikern zu ziehen, dachte sie. „Ich muss gehen. Ich rufe euch aus New York an."

Mrs Devereaux drückte ihrer Tochter die Hand. „Genieß die Tage", sagte sie zärtlich. „Du hast ein bisschen Glück verdient."

Catherine sah ihre Mutter erstaunt an. Blinzelte sie ihr etwa zu? „Wie meinst du das?", fragte sie ungläubig.

„Merk dir eines." Mrs Devereaux setzte sich kerzengerade auf. „Ich bin nicht halb so altmodisch, wie ihr, du und deine Schwestern, glaubt."

Catherine wunderte sich immer noch über das ungewöhnliche Verhalten ihrer Mutter, als sie am nächsten Nachmittag nach New York flog. So zugänglich und verletzlich hatte Catherine sie noch nie erlebt, und das eröffnete ganz neue Perspektiven. Ich sollte etwas mehr Zeit mit ihr verbringen, dachte sie, um herauszufinden, was für eine Frau sie wirklich ist. *Ich habe viel zu lange nur die strenge, unnachgiebige Mutter in ihr gesehen.*

Nach der Landung auf dem Flughafen La Guardia rief Catherine in Nicks Büro an. Seine Sekretärin Helene Mason meldete sich und begann sofort, ihn zu entschuldigen.

„Ich weiß, dass er sie vom Flughafen abholen wollte, Mrs Devlin, aber dann musste er kurzfristig zu einer wichtigen Sitzung in der Innenstadt. Vor fünf Minuten hat er mich vom Autotelefon aus angerufen. Er steckt im Stau und schafft es bei dem Regen nicht mehr rechtzeitig zum Flughafen. Sie sollen sich ein Taxi zu seinem Apartment nehmen."

Catherines gute Laune sank. Es war zwar nur eine Kleinigkeit, aber sie hatte sich so gewünscht, dass Nick sie abholen würde. Sie seufzte. „Falls Sie ihn noch mal sprechen, sagen Sie ihm, dass ich unterwegs bin."

„Die Fahrt dauert ungefähr zwanzig Minuten", erklärte Helene. „Mr Ryan wartet mit dem Regenschirm am Hauseingang auf sie. Es gießt in Strömen, und laut Wettervorhersage ändert sich das morgen auch nicht."

Hervorragend, dachte Catherine und bedankte sich bei Helene. „Hoffentlich lerne ich Sie kennen, bevor ich abreise."

Dann versuchte sie, ihren Galgenhumor im Chaos des überfüllten Flughafens zu bewahren. In der Ankunftshalle drängten sich müde, genervte Reisende um die völlig überladenen Gepäckrollbänder. Ein Koffer glich dem anderen, und es dauerte eine ganze Weile, bis sie ihr Gepäck gefunden und sich anschließend einen Weg durch das Gedränge zum Taxistand gebahnt hatte.

Die Fahrt bis nach Manhattan dauerte nicht länger, als Helene vorausgesagt hatte. Doch kaum waren sie in der Innenstadt angelangt, standen sie auch schon im Stau. „Typisch Großstadt", murmelte Catherine und hielt sich die Ohren zu, als ein Hupkonzert um sie herum begann. Kein Wunder, dass Nick nicht durchgekommen war.

Er wartete am Bürgersteig auf sie. Er trug einen leichten Sommermantel, seine Haare waren vom Wind zerzaust und nass, seine Wangen gerötet. Catherine hatte gleich das Gefühl, einem anderen Mann gegenüberzutreten. Er wirkte viel angespannter und dynamischer als sonst. Das war faszinierend, machte ihr aber auch ein bisschen Angst.

Er half ihr aus dem Taxi und schloss sie in die Arme. „Du bist endlich angekommen!" Er strahlte und küsste sie stürmisch. „Entschuldige, dass ich dich am Flughafen versetzt habe, aber der Verkehr ist unerträglich. Komm rein, bevor wir ganz durchnässt sind!" Er führte sie durch das moderne Foyer zu einem gläsernen Fahrstuhl. Im Nu waren sie lautlos in die zweiundzwanzigste Etage geschwebt.

Dann betraten sie Nicks Apartment. Er hängte ihre nassen Mäntel zum Trocknen ins Gästebad.

„Du hattest die heutige Sitzung gar nicht erwähnt." Catherine stand vor dem Spiegel und richtete ihre Frisur.

„Als ich dich heute Morgen anrief, wusste ich noch nichts davon", erklärte Nick. „Ich wurde kurzfristig benachrichtigt. Bei so einem bedeutenden Finanzgeschäft muss ich mich nach dem Terminkalender der Auftraggeber richten, auch wenn sich plötzlich etwas ändert." Er zuckte bedauernd mit den Schultern. „Komm, lass uns deinen Koffer auspacken. Ich will dich zum Essen ausführen, und die Farrells erwarten uns um achtzehn Uhr zu einem Drink. Ich hab dir von ihnen erzählt. Er ist einer meiner wichtigsten Mitarbeiter, kreativ und sehr verlässlich. Vielleicht mache ich ihn zu meinem Teilhaber. Du sollst mir bei der Entscheidung helfen."

Catherine war so sprachlos über den ausgebuchten Zeitplan für ihren ersten Abend, dass sie Nicks Bitte um Unterstützung kaum wahrnahm. Sie schaute auf ihre Armbanduhr. „Es ist bereits siebzehn Uhr dreißig. Ich muss mich umziehen."

„Das brauchst du nicht. Du siehst wunderbar aus. Die Farrells werden dich mögen. Und die O'Haras erst recht. Wir besuchen sie kurz auf ein Glas Wein vor dem Schlafengehen. Die Petersons treffen wir morgen zum Mittagessen im Plaza. Dort findet ein kleiner Empfang statt."

„Ein kleiner?", fragte Catherine misstrauisch. „Wie klein?"

„Ungefähr fünfzig Leute, fast alles Klienten."

„Aber ich dachte, wir treffen uns mit deiner Familie!"

„Ich habe ihnen versprochen, dass wir irgendwann im Laufe der Woche vorbeikommen. Die Petersons sind sehr wichtige Geschäftspartner."

„Was ist mit deinen Kindern?" Catherine hatte das Gefühl, in einem schlechten Theaterstück zu sein. „Warum laden wir sie nicht ein und kochen etwas Leckeres?"

„Morgen sind sie bei Paulas Eltern, aber übermorgen kommen sie zu uns. Sie freuen sich schon darauf, mit uns im Rockefeller-Zentrum eislaufen zu gehen."

„Sagtest du eislaufen?" Ihre Stimme klang entsetzt, und sie betonte jede Silbe einzeln.

„Natürlich!", sagte Nick, ohne mit der Wimper zu zucken. „Du kannst doch eislaufen, oder?"

„Nein."

„Das macht nichts." Er ließ sich durch nichts erschüttern. „Das kriegen wir hin. Du wirst im Handumdrehen wie ein olympischer Champion übers Eis gleiten."

„Auf meinen Füßen oder auf meinem Hintern?"

„Auf deinen Füßen, das schwöre ich."

Catherine wurde immer beklommener zumute. Sie hatte gewusst, was für ein Leben Nick in New York führte. Sie hatte auch gewusst, dass seine Ehe daran zerbrochen war, obwohl sie erst jetzt allmählich begriff, warum. Diese kompromisslose, nicht zu stoppende Dynamik, die er an den Tag legte, passte zur Großstadthektik New Yorks. In Savannah hatte er sich offensichtlich zurückgehalten. Catherine liebte seinen Charme und seine Tatkraft, aber auf diese extreme Steigerung war sie nicht vorbereitet.

Sie ging ins Badezimmer, um wenigstens ihr Make-up aufzufrischen. Er folgte ihr und setzte sich auf den Rand der Badewanne, die groß genug für zwei war. Catherine konnte ein paar verlockende Gedanken kaum unterdrücken, aber Nick schien absolut unempfänglich für erotische Träume zu sein. Er zählte ihr weiter seine Pläne für die nächsten Tage auf.

„Nick", unterbrach sie ihn endlich. „Wenn wir das alles schaffen wollen, wann finden wir dann Zeit für uns?" Und wann lieben wir uns? Sie ließ die Frage unausgesprochen. Ob er sie nicht mehr so begehrte? Vielleicht fand er sie in seiner Umgebung bereits fehl am Platz.

Er tat die Frage mit einer wegwerfenden Handbewegung ab. „Ich will nur sicher sein, dass du dich amüsierst. Ich habe überall so viel von dir erzählt, dass jeder dich kennenlernen möchte. Und das ist doch der Zweck deines Besuches: Du willst sehen, wie ich lebe."

Jetzt müsste ich wohl stolz sein, dass er mich überall einführen will, dachte Catherine. Stattdessen fühlte sie sich total überrumpelt. Sie wollte ihn aber nicht enttäuschen, riss sich zusammen und straffte entschlossen die Schultern. „Auf in den Kampf", murmelte sie kaum hörbar und schraubte den Lippenstift zu.

„Was?"

Sie setzte das zuvorkommende Lächeln auf, das sie während unzähliger Wohltätigkeitsveranstaltungen und Essen mit Matthews Medizinerkollegen erprobt hatte. „Nichts." Sie hakte sich bei Nick ein. „Lass uns gehen. Ich brenne darauf, deine Freunde zu treffen."

Nach fünfzehn Minuten mit Evan und Shirley Farrell wäre Catherine am liebsten aufgestanden und gegangen. Dabei war eigentlich nichts Besonderes an ihnen auszusetzen. Sie waren höflich und erfreut, Catherine kennenzulernen. Sie bewunderten Nick. Aber Evan lachte zu laut, trank zu viel und war so sensibel wie ein Bulldozer in voller Aktion. Shirley wirkte im Vergleich dazu wie eine kleine graue Maus, die vollkommen im Schatten ihres überschwänglichen Ehemanns stand.

„Haben Sie Kinder?" Catherine versuchte, ein Thema zu finden, das Shirley aus der Reserve locken würde.

„Zwei, einen Jungen und ein Mädchen."

„Wie alt sind sie denn?", fragte Catherine ehrlich interessiert.

„Sieben und elf Jahre. Evan fand vier Jahre Unterschied am besten. Sie sind Freunde und kaum Rivalen."

„Ich verstehe." Catherine verkrampfte sich innerlich. „Sind die beiden viel in Schulaktivitäten verwickelt? Die meisten meiner Freunde stöhnen, dass sie ihre Kinder den halben Tag lang herumfahren müssen. Meine Nachbarin Liz behauptet sogar, dass sie keine freie Minute mehr hatte, seit ihre Kinder laufen und sprechen können."

„Darüber muss ich mir keine Gedanken machen", sagte Shirley. „Die beiden sind im Internat. Dieses Wochenende besuchen sie uns, aber morgen fahren sie zurück."

Warum sind Sie dann hier? wollte Catherine spontan fragen, hielt sich aber im letzten Moment zurück. „Sie vermissen Ihre Kinder bestimmt sehr", sagte sie stattdessen. „Oder sind Sie berufstätig?"

„Nein", antwortete Shirley wie erwartet. „Wir haben ein großes Haus, und Evan liebt Gesellschaften. Das beansprucht meine ganze

Zeit. Wir haben schon mehrere Haushälterinnen ausprobiert, aber Evan war mit keiner zufrieden."

Wie oft hatte Catherine solche Erklärungen Matthews Freunden gegenüber geäußert und sich geschämt, nicht mehr aus ihrem Leben machen zu können. Shirley tat ihr leid. Ob sie selbst auch jahrelang bemitleidet worden war?

Bevor Catherine Shirleys Selbstvertrauen ein bisschen stärken konnte, stand Nick auf und verabschiedete sich. Fünf Minuten später waren sie schon unterwegs zu dem Restaurant, wo er einen Tisch reserviert hatte.

„Danke, dass du dich mit Shirley unterhalten hast", sagte er. „Du bist großartig. Ich wusste, dass du mit ihr zurechtkommst."

„Sie tut mir leid."

Er starrte sie verblüfft an. „Wie meinst du das?"

„Sie hat kein eigenes Leben, keine Persönlichkeit. Genauso war ich bis zu meiner Scheidung. Ich bedaure sie."

„Das brauchst du nicht", widersprach Nick ärgerlich. „Sie ist glücklich und zufrieden."

„Glaubst du das ehrlich, oder hast du dich nie richtig mit ihr unterhalten?"

Bei der nächsten roten Ampel drehte sich Nick zu Catherine um und musterte sie eingehend. „Du regst dich wirklich auf, nicht wahr?", meinte er dann unbehaglich.

Sie merkte, dass er wirklich besorgt war. „Ich bin traurig", sagte sie. „Shirley hat mich an mein früheres Leben erinnert. Ich war selbst viel zu lange die Marionette meines Mannes. Ich will nie wieder so eine Rolle spielen."

„Hat dir die Begegnung deshalb nicht gefallen?"

„Alles war typisch wie in alten Zeiten. Die Männer reden über die Arbeit, und die Frauen schwatzen über belanglose Nebensächlichkeiten."

„So laufen Treffen von Geschäftskollegen eben ab."

„Das mag sein." Sie hielt seinem Blick stand. „Im Moment kommt es mir eher wie eine gefährliche Falle vor."

Catherine hatte keine Zeit mehr zum Nachdenken. Eine Verabredung folgte der anderen. Sonntagmorgen war sie erschöpft und deprimiert, ganz im Gegensatz zu Nick. Während sie zwangsläufig immer mehr in ein Schema zurückfiel, das sie unbedingt vermeiden wollte, war er in seinem Element. Jedes Treffen hatte einen bestimmten Zweck. Es ging kein einziges Mal darum, einfach nur mit Freunden zusammen zu sein. Sie hatten keine Zeit für sich allein, die paar Stunden im Bett ausgenommen. Sie liebten sich sogar hastiger und weniger befriedigend.

Catherine stand widerstrebend auf, zog den Morgenmantel an und ging ins Wohnzimmer. Sie wusste, dass Nick schon Zeitung las, obwohl es noch nicht einmal sieben Uhr war. Er sah auf und lächelte sie an.

„Willst du nicht ausschlafen? Ich habe dir in den letzten beiden Tagen ein bisschen viel zugemutet."

„Wir müssen miteinander reden", sagte sie entschlossen. Sie nahm ihm gegenüber Platz und schenkte sich eine Tasse Kaffee ein.

„Du siehst ernst aus."

„So ist mir auch zumute. Ruhst du dich eigentlich niemals aus?"

„Natürlich! Ich habe mir das ganze Wochenende freigenommen, um mit dir zusammen zu sein."

„Tatsächlich? Wie viele Geschäfte hast du seit Freitagabend abgeschlossen?"

„Zwei oder drei. Wieso?"

„Ist das keine Arbeit?"

„Doch", sagte er zögernd. „Worauf willst du hinaus?"

„Dass du nicht eine einzige Sache nur zum Vergnügen gemacht hast, seit ich hier bin."

„Hast du dich gelangweilt? Geht es dir darum?"

„Nein, ich habe mich nicht gelangweilt, das nicht gerade, aber ich habe mir unser Zusammensein anders vorgestellt."

„Wie denn?"

„Zum Beispiel hoffte ich, deine Familie kennenzulernen."

„Die Kinder werden ungefähr um neun da sein."

„Und deine Eltern?"

„Ich fürchte, das klappt diesmal nicht. Aber du kommst ja wieder. Du hast sicherlich noch oft Gelegenheit, sie zu treffen."

Resigniert gab sie auf. Er begreift einfach nicht, was ich meine, dachte sie. *Vielleicht wird er es nie begreifen, obwohl er Paula ganz und die Kinder zum Teil verloren hat. Es macht ihn glücklich, ununterbrochen zu arbeiten. Er zeigt mir zwar alles, aber er wäre wahrscheinlich genauso zufrieden ohne mich. Gibt es in seinem Leben einen Platz für die Art von Beziehung, von der ich träume?*

Sie war niedergeschlagener als in den ersten Wochen nach der Scheidung, bis die Haustür aufflog und zwei kleine Ebenbilder von Nick hereinstürmten. Die beiden Jungen blieben wie angewurzelt stehen, als sie Catherine entdeckten.

„Hallo, ihr zwei!" Sie streckte dem größeren der beiden die Hand entgegen. „Ich bin Catherine. Du musst Jonathan sein, stimmt's?"

Er schüttelte energisch die Hand. „Jawohl, Ma'am. Und das da ist Kevin. Er ist erst vier Jahre alt. Seine Hände sind bestimmt schmutzig, fassen Sie ihn lieber nicht an!"

„Ein bisschen Schmutz bringt mich nicht um." Sie lächelte und ergriff die klebrige Hand des Kleinen. „Ich bin sehr erfreut, dich auch kennenzulernen."

Jonathan kicherte über die förmliche Anrede, warf seinen Mantel auf den Fußboden und rannte schnurstracks zu Nick, der mit Evan Farrell telefonierte. Es ging um ein beinahe geplatztes Geschäft. „He, Dad", mischte er sich dazwischen. „Hast du uns die versprochenen Krapfen gekauft? Ich will einen mit Marmelade." Lachend folgte Catherine den Jungen ins Arbeitszimmer. Sie wollte Nicks Reaktion auf die kindliche Ausgelassenheit nicht verpassen. Kevin kletterte schon eifrig auf Vaters Knie, während Jonathan ungeduldig von einem Bein aufs andere hüpfte.

„Evan, ich muss aufhören", sagte Nick und zog Kevin an sich. „Eine Meute hungriger kleiner Wölfe hat mich überfallen. Ja, ich weiß, dass Krapfen nicht gut für sie sind. Heute ist eine Ausnahme." Dabei sah er Catherine schuldbewusst an, als ob er etwas Unerlaubtes tat.

„Keine Angst", neckte sie ihn, nachdem er den Hörer aufgelegt hatte. „Ich werde dein furchtbares Geheimnis nicht verraten. Allerdings nur, wenn ich auch einen Krapfen abbekomme."

„Los, komm, Dad! Wir verhungern."

„Da bin ich sicher", sagte Nick trocken. „Habt ihr nicht eben erst gefrühstückt?"

„Ach, das ist doch schon ewig her", behauptete Jonathan. „Außerdem gab's nur doofe Haferflocken."

„Doofe", bekräftigte Kevin.

„Ich bin ganz eurer Meinung, Jungs", stimmte Nick zu. „Aber Haferflocken machen groß und stark. Versprecht mir, dass ihr weiter Haferflocken esst, sonst gibt's keine Krapfen!"

Die Brüder tauschten beratende Blicke, dann nickten sie ernsthaft. „Großes Ehrenwort!"

„Gut. Wer will die mit Marmelade, und wer will die mit Creme?"

Offensichtlich handelte es sich keineswegs um eine Ausnahme, sondern um ein vertrautes Ritual. Nick hatte genau die erforderliche Anzahl von jeder Sorte und achtete sogar darauf, dass die Kinder Milch dazu tranken.

„He, Catherine!" Jonathan akzeptierte ihre Anwesenheit scheinbar ohne Fragen. „Kommst du mit uns eislaufen?"

„Ich versuch's", sagte Catherine. Ihre Freude an Nicks Söhnen verdrängte für den Augenblick die Angst vor der Zukunft. Sie war erstaunt über den sehnsüchtigen, schmerzlichen Ausdruck in seinen Augen, wenn er die Kinder anschaute. Ob er schließlich doch merkte, was er seinem Arbeitswahn geopfert hatte?

„Catherine war noch nie eislaufen", verriet Nick. „Wir müssen es ihr beibringen."

„Sie wird's schon schaffen", urteilte Jonathan mit Kennermiene. „Mädchen lernen schnell. Wie Mom, stimmt's, Dad?" Er schwieg eine Weile. „Sie fährt nicht mehr gern in die Stadt", fügte er dann betrübt hinzu.

„Aber du kommst gern?", lenkte Catherine ab.

„Darauf kannst du wetten." Er war sofort wieder guter Laune. „Wir machen immer tolle Sachen mit Dad. Er geht mit uns ins Museum oder ins Kino, und einmal waren wir sogar im Theater. Mir hat's gefallen, aber Kevin ist eingeschlafen."

„Bin ich nicht!"

„Bist du doch, du kleiner Stinker."

Nick runzelte die Stirn. „Hab ich dir nicht verboten, deinen Bruder zu hänseln?"

„Entschuldige, Dad. Können wir jetzt gehen? Neben der Eisbahn ist ein Imbiss, wo Dad uns jedes Mal heiße Schokolade kauft."

„Eines steht fest." Catherine blickte Nick amüsiert an. „Diese Kinder sorgen für ihre Verpflegung."

„Sie sind unersättlich", bestätigte er. „Deshalb muss ich so schwer arbeiten. Ich muss jede Menge Krapfen und heiße Schokolade heranschaffen."

„Und Pizza", ergänzte Jonathan.

„Nicht Pizza, Hot Dogs", verbesserte Kevin. „Pizza hatten wir letztes Mal."

„Jungs, ihr habt gerade gefrühstückt. Zieht euch warm an, damit wir losgehen können."

Sie stellten ihre Teller in die Spüle und rannten dann aufgeregt zur Garderobe.

Nick sah ihnen nach. „Du hast liebe Kinder", sagte Catherine. „Ich mag sie sehr."

„Sie halten mich jung." Nick lächelte. „Direkt nach der Scheidung war ich sehr besorgt. Kevin weinte viel, und Jonathan war böse auf mich. Inzwischen haben sich beide an die veränderte Situation gewöhnt. Ich glaube, sie werden keinen Schaden davontragen."

„Weil sie wissen, dass du sie weiterhin liebst."

„Danke, dass du das gesagt hast." Er nahm sie in die Arme und küsste sie. „Manchmal habe ich Angst, zu versagen."

„Das brauchst du nicht, soweit ich es beurteilen kann." Sie blickte ihn aufmunternd an.

„He, Dad, könnt ihr euch nicht ein bisschen beeilen?", rief Jonathan.

„Sie küssen sich", informierte Kevin seinen Bruder. Catherine errötete verlegen.

„Ihr merkt aber auch alles", sagte Nick gelassen und hakte sich bei Catherine ein. „Dann mal los! Ich kann es kaum erwarten, diese Dame auf dem Eis zu sehen."

Nach der ersten halben Stunde fand Catherine, dass Eislaufen nur etwas für Masochisten war. Sie knickte dauernd um und stolperte hilflos herum. Ihr Hinterteil schmerzte und war kalt. Nick stellte sie immer wieder geduldig auf die Beine, und die Jungs gaben fachmännische Ratschläge.

„Wir zeigen es ihr noch mal!", sagte Jonathan schließlich und nahm ihre Hand. „Kevin, du gehst auf die andere Seite!"

Er zog sie sanft vorwärts, und Kevin hängte sich an ihre andere Hand. Catherine machte kleinere Schritte, und allmählich konnte sie das Gleichgewicht halten. Dann versuchte sie sogar zu gleiten und hatte die halbe Eisfläche überquert, bevor sie merkte, dass die Jungen sie losgelassen hatten. Nick überholte sie lachend. „Ich kann es", schrie sie ihm begeistert zu, und er klatschte beifällig. Jonathan und Kevin feuerten sie lautstark an. Catherine hatte es beinahe bis zu ihnen zurück geschafft, als sie erneut ausrutschte. Diesmal fing Nick sie rechtzeitig auf.

„Jetzt reicht's", sagte sie atemlos. „Ich verlange sofort heiße Schokolade an einem warmen Plätzchen. Ihr könnt hierbleiben und weiter frieren, wenn ihr wollt, aber ich brauche eine Erholungspause."

„Ich auch!", rief Jonathan.

„Lasst euch den Spaß nicht verderben. Ich schau euch von drinnen zu."

„Wir können alle eine heiße Schokolade vertragen", entschied Nick. „Danach drehen wir drei noch ein paar Runden, bevor wir mittagessen gehen."

Nach der heißen Schokolade, einer weiteren Stunde eislaufen und einer Riesenportion Hot Dogs waren die Jungen endlich müde.

„Eure Mutter wird euch gleich abholen", sagte Nick auf dem Rückweg.

„Können wir nicht bei dir übernachten?", fragte Jonathan hoffnungsvoll.

„Leider nicht. Du hast morgen Schule, Kevin muss in den Kindergarten, und ich muss arbeiten."

„Mama sagt, du denkst nie an was anderes."

Nick warf Catherine einen bedeutsamen Blick zu. „Vielleicht hat sie recht."

Beim Abschied musste Catherine den Jungs versprechen, wiederzukommen. Dann führte Nick sie ins Wohnzimmer, schaltete die Stereoanlage an und schenkte ein Glas Wein ein. Catherine machte es sich auf dem Sofa gemütlich. Nick setzte sich zu ihr, und sie schmiegte sich an ihn.

„Müde?", fragte er.

Sie nickte. „Aber angenehm müde. Du bist ein anderer Mensch, wenn du mit deinen Kindern zusammen bist. So wie du heute warst, so lernte ich dich damals in Savannah kennen. In den Nick habe ich mich verliebt."

Sie sah zu ihm auf. Mit geschlossenen Augen streichelte er gedankenverloren ihr Haar. Nach einer Weile öffnete er die Augen und erwiderte ihren Blick. „Ich möchte immer so sein", meinte er aufrichtig. „Ich weiß nur nicht, ob es möglich ist."

Sie umschloss sein Gesicht mit beiden Händen. „Alles ist möglich, Nick", sagte sie eindringlich, „wenn du es wirklich willst."

Mit einem Kuss bekräftigte sie ihre Worte, und er machte daraus ein zärtliches Versprechen. Er küsste sie so sehnsüchtig und verlangend, dass ihre Ängste verschwanden und neuer Hoffnung Platz machten. Sie fühlte sich so geborgen in seinen Armen.

9. KAPITEL

Thanksgiving, das große traditionelle Familienfest, hatte noch nicht richtig begonnen. Nick war erst seit einer Stunde da, und Catherines Schwestern mit ihren Familien waren noch nicht angekommen. Trotzdem war Catherine mit ihren Nerven bereits am Ende. Wenn das so weitergeht, dachte sie, bin ich am Sonntag reif für eine Kur.

Sie zuckte zusammen, als ihre Mutter die nächste Anekdote über Matthew erzählte. „Mutter, es interessiert Nick bestimmt nicht, wie fachmännisch mein Exmann den Truthahn zerlegen konnte", unterbrach sie Lucinda. „Matthew ist Chirurg. Was hast du erwartet?"

„Catherine, sprich nicht in diesem Ton zu deiner Mutter!" Mr Devereaux zog bedächtig an seiner Pfeife, aber Catherine ließ sich nicht täuschen. Sie kannte ihren Vater und wusste, dass er es ernst meinte. Also seufzte sie resigniert und lehnte sich schweigend zurück.

„Mir ist gerade etwas aufgefallen ...", fuhr Lucinda Devereaux unbeeindruckt fort. „Mögen Sie noch ein Canapé, Mr Ryan?"

„Nein danke. Was ist Ihnen aufgefallen, Mrs Devereaux?", fragte Nick scheinbar interessiert. Catherine konnte es nicht fassen. Musste er ihre Mutter auch noch ermutigen? Dieses Treffen verlief völlig anders, als sie gehofft hatte. Nick sollte eigentlich die Vorteile eines richtigen Familienfestes kennenlernen. Stattdessen ließ er sich auf ein Kreuzverhör mit ihrer Mutter ein.

„Dass wir Matthew auf unserem Familienfest vermissen werden", schloss Lucinda Devereaux siegesbewusst und blickte Nick herausfordernd an.

„Ich nicht", murmelte Catherine. „Lass uns spazieren gehen", forderte sie Nick auf. „Ich möchte dir den Garten zeigen."

„Es ist zu kalt draußen", protestierte Mrs Devereaux.

„Lucinda, merkst du nicht, dass die beiden allein sein wollen?", meinte Mr Devereaux augenzwinkernd.

„Aber die anderen Mädchen sind jede Sekunde hier."

„Wir gehen nicht zum Nordpol, Mutter. Wenn die anderen ankommen, soll Maisie uns rufen." Catherine nahm Nick an die Hand und zog ihn aus dem Zimmer.

„Kannst du es wirklich kaum erwarten, mit mir allein zu sein, oder willst du nur deiner Mutter entfliehen?"

„Was für eine Frage!" Catherine umarmte ihn und schmiegte den Kopf an seine Brust. Sofort fühlte sie sich besser. „Warum lasse ich mich von meinen Eltern immer noch wie ein Kind behandeln? Kaum bin ich hier, werde ich schon bevormundet. Danke, dass du alles so geduldig erträgst. Ich konnte bei dem Familienfest einfach nicht absagen, ohne einen Weltkrieg auszulösen."

„Du hast New York mit mir überlebt, also werde ich auch Atlanta überleben. Außerdem verstehe ich, seit ich deine Mutter kenne, woher du deine Energie und deinen Sex-Appeal hast." Er gab ihr einen zärtlichen Kuss.

„Du wirst von meinen Qualitäten hier nichts bemerken, wenn ich mich weiterhin nur entschuldige."

„Dann hör auf, dich zu entschuldigen." Nick strich ihr sanft über die Wange. „Du bist für das Verhalten deiner Mutter nicht verantwortlich. Ich lasse mich nicht dadurch abschrecken, dass sie Matthew ununterbrochen als leuchtendes Beispiel vollkommener Männlichkeit darstellt."

„Welcher Mann will schon hören, dass sein Vorgänger der Rolls-Royce unter den Ehemännern war?"

Nick hob ihr Kinn hoch; in seinem Blick blitzte es übermütig. „Hältst du Matthew Devlin für Superman?"

„Wohl kaum."

„Dann ist mir egal, was deine Mutter denkt. Sie soll ihre Illusionen behalten."

„Glaub mir, sie hat überhaupt keine Illusionen über Matthew. Sie war genauso unfreundlich zu ihm wie zu dir. Aber du scheinst damit besser fertig zu werden als Matthew. Er wollte Mutter unbedingt beeindrucken, um von ihr protegiert zu werden und seine gesellschaftliche Stellung in Atlanta zu verbessern. Sie hat ihn durchschaut und eiskalt ignoriert. Du hast sie mit deiner Unbestechlichkeit wahrscheinlich mehr beeindruckt."

Er zog sie fest an sich. „Können wir nicht aufhören, über Matthew und deine Mutter zu reden?"

„Was hast du als Alternative anzubieten?"

„Wir sollten ein bisschen Hitze gegen diese Kälte erzeugen."

„Ein guter Gedanke."

„Nicht denken, Catherine, sondern fühlen!" Er küsste sie leidenschaftlich, presste die Hüften gegen ihre und streichelte aufreizend ihren Rücken. In Sekunden stieg die Temperatur von null auf den

Siedepunkt. Die Auseinandersetzung mit ihrer Mutter wurde bedeutungslos. Bei Nick bin ich geborgen, dachte Catherine. Die Probleme, die sie in New York hatten, waren vergessen. Vielleicht wurde doch noch alles gut.

Der polierte Kirschholztisch war bestimmt drei Meter lang, und das Esszimmer war größer als viele Apartments, die Nick aus New York kannte. Kunstvoll arrangierte Blumengestecke kontrastierten geschmackvoll zur weiß gedeckten Tafel und gaben dem Raum eine festliche Note. Edle Kristallgläser funkelten im Kerzenlicht des antiken Kronleuchters. Das goldgeränderte Porzellan und auch das Silberbesteck waren unverkennbar Familienerbstücke, wahrscheinlich von den kühnen Vorfahren, die auf der Mayflower den Atlantik überquert hatten.

Mrs Devereaux gab Nick vom ersten Augenblick an zu verstehen, dass sie stolz darauf war, eine der Töchter der amerikanischen Revolution zu sein. Von Catherine wusste er, dass ihre Mutter überzeugte Südstaatlerin war und wenig Sympathie für „Yankees" aufbrachte. Abgesehen davon, dass sie bei jeder Gelegenheit Matthew Devlin ins Spiel brachte, war sie erstaunlich höflich zu Nick als Nordstaatler. Aber er machte sich keine Illusionen. Es war nicht sein Charme, der Mrs Devereaux beeindruckte. Catherine zuliebe und den Anstandsregeln entsprechend verhielt sie sich korrekt, zumindest vor dem Rest der Familie.

Außer Catherine und ihm waren vierzehn Erwachsene um den Tisch versammelt. Für die Kinder war im Nebenzimmer gedeckt, wo sie ausreichend Platz zum Spielen und Toben fanden. Soweit Nick es beurteilen konnte, hatten die Erwachsenen wenige Gemeinsamkeiten außer den familiären Bindungen. Sie schienen sich nicht einmal besonders gern zu mögen und eigentlich nur aus Pflichtgefühl anwesend zu sein.

Noch nie hatte er so ein seltsames Familientreffen erlebt. Es kam ihm wie ein verstaubtes, altmodisches Ritual vor und entsprach exakt dem Klischee, das er mit dem Devereaux-Clan verband. Seine eigene schlichte Kindheit ließ absolut keinen Vergleich zu. Seine Eltern hatten oft nicht einmal das Geld für Fleisch am Sonntag gehabt, aber sie hatten es immer verstanden, eine herzliche, fröhliche Atmosphäre innerhalb der Familie zu schaffen.

Hier sorgte nur der großzügig ausgeschenkte Champagner für Stimmung. Nick erwartete spitzzüngige Wortgefechte, sobald die sorgsam aufrechterhaltene Fassade im Laufe des Abends bröckelte. Die spannungsgeladene Konversation begann ihn gerade zu interessieren, als die ältere Dame mit silbergrauem Haar, die neben ihm saß, sich an ihn wandte. Sie legte ihre faltige, doch perfekt manikürte Hand auf seine und sprach in einem lieblichen Ton, der ihr Alter Lügen strafte. „Wo hat Catherine Sie bisher bloß versteckt, Mr Ryan?"

„In ihrem Schrank", flüsterte er vertraulich und amüsierte sich über die Verwirrung, die nur kurz in ihrem Blick aufblitzte.

„Im Schrank?", fragte die alte Dame skeptisch. Ein vergnügtes Lächeln umspielte ihre Lippen.

„Natürlich! Wo hebt man sonst die bestgehüteten Geheimnisse auf?"

Die alte Dame zögerte nur kurz. „Mr Ryan, machen Sie sich etwa über mich lustig?", fragte sie freundlich.

Er lächelte. Diese etwas eitle, aber offensichtlich humorvolle alte Dame gefiel ihm. „Ich fürchte, das muss ich zugeben, Ma'am." Er setzte eine zerknirschte Miene auf.

Ihr Lachen klang hell wie eine Glocke. „Sie junger Teufel! Ich bin so froh, dass Catherine Sie gefunden hat. Sie sind überhaupt nicht so langweilig wie ihr Exehemann."

„Matthew ist langweilig?" Nach Mrs Devereaux' Aussagen war Matthew eher ein Heiliger. Deshalb war Nick gespannt, zur Abwechslung mal eine unparteiische Meinung zu hören.

„Entsetzlich langweilig", versicherte die alte Dame heiter. „Aber das dürfen Sie nicht weitersagen. Catherine ist bestimmt nicht damit einverstanden, dass ich über ihre Ehe klatsche. Trotzdem finde ich, dass eine Frau wie sie eine eigene Familie haben sollte."

„Eine eigene Familie?"

„Kinder, Mr Ryan, ein ganzes Haus voller Kinder. Sie sehen so aus, als ob Sie das fertigbringen", meinte die alte Dame freimütig. „Sie wollen doch Kinder, oder?"

Diese Frage hatte er sich noch nie ernsthaft gestellt. Er hatte ja schon Jonathan und Kevin. Als er jetzt Catherine über den Tisch hinweg ansah und sich ein kleines Ebenbild von ihr vorstellte, verschlug es ihm den Atem. „Ja", sagte er weich. „Ich glaube, Sie haben recht, Mrs Brandon."

Sie nickte zufrieden. „Nennen Sie mich Tante Mildred, junger Mann. Vermutlich dauert es nicht mehr lange, bis Sie zur Familie gehören, oder?"

„Nicht, wenn es nach mir geht", stimmte er spontan zu. Dann beanspruchte der alte Herr links von ihm seine Aufmerksamkeit und forderte ihn mit einem vernichtenden Urteil über den angeblichen Verfall des Bankwesens heraus.

„Bei den momentanen Zinssätzen sollten Sie Ihr Geld besser zu Hause unter der Matratze aufbewahren, anstatt ein Sparkonto auf der Bank oder Wertpapiere zu haben", erklärte George Franklin mit erhobenem Zeigefinger. Genau wie Tante Mildred war er schon weit über siebzig und geistig noch fit. Er beugte sich zu Nick und sah ihm starr in die Augen. „Was sagen Sie dazu?"

„Jeder sollte die passende Geldanlage für sich herausfinden", antwortete Nick diplomatisch.

„Bah! Das ist eine ausweichende Antwort, junger Mann. Was denken Sie wirklich?"

„Ich glaube, Sie wollen mich aufs Glatteis führen, Sir. Ich weiß ganz genau, dass Sie der Präsident einer der größten Banken in Georgia sind."

Der alte Herr lehnte sich zurück und lachte dröhnend. „Sie haben Ihre Hausaufgaben gemacht, junger Mann. Das schätze ich." Er klopfte mit der Gabel gegen sein Weinglas, um die Aufmerksamkeit der Anwesenden auf sich zu lenken. „Ich möchte einen Toast auf Catherine und Nick ausbringen. Möge eure Liebe mit eurem Bankkonto wachsen!"

Am anderen Ende der Tafel verzog Mrs Devereaux das Gesicht, als hätte sie Essig geschluckt. Catherine errötete, als Nick ihr tief in die Augen sah. Ihre kühle, überlegene Haltung verschwand. Sie war wieder die verletzliche, einfühlsame Frau, in die er sich in jener Sternennacht vor mehr als einem Jahr unsterblich verliebt hatte. Nick lächelte zufrieden.

„Später", hauchte sie nur für ihn wahrnehmbar und bemühte sich um Fassung.

„Gewiss", antwortete er hintergründig und trank ihr mit einem Augenzwinkern zu.

Er hatte nicht mit Mrs Devereaux gerechnet, der anscheinend nichts entging. Entweder konnte sie Gedanken lesen, oder sie hatte sich von Anfang an fest vorgenommen, Catherine und Nick für den heutigen Abend zu trennen. Sie schickte die Männer in den Salon, wo ihnen Zigarren und Brandy angeboten wurden, und hielt die jungen Frauen zurück.

„Bleibt sitzen, Catherine, Melanie, Dorothy! Wir trinken unseren Tee hier!", sagte sie bestimmt.

„Aber Mutter", protestierte Catherine und wurde sofort mit einem strengen Blick zum Schweigen gebracht.

Nick amüsierte sich über Mrs Devereaux' durchschaubare Absicht und Catherines offensichtliche Verärgerung. Als er an ihr vorbeiging, beugte er sich zu ihr und flüsterte: „Trage es mit Fassung, Darling. Wir Männer werden euch bald befreien."

„Scher dich zum Teufel", flüsterte sie zuckersüß zurück.

„Das ist die richtige Einstellung." Er zwinkerte ihr aufmunternd zu. Sie ließ sich offensichtlich nicht mehr von ihrer Mutter einschüchtern. Als er ihr einen flüchtigen Blick zurückwarf, bemerkte er, wie Lucindas Augen streitlustig aufblitzten.

„Ich weiß wirklich nicht, was in Mutter gefahren ist", sagte Catherine später. Nick und sie hatten es schließlich doch geschafft, den anderen zu entwischen. Sie standen auf der Sonnenterrasse, die sich über die Südseite des alten, vornehmen Hauses erstreckte.

Was für eine zauberhafte Nacht, dachte sie. Wenn Mutter bloß nicht so voller Vorurteile wäre! Sie hatte erfreut beobachtet, wie angeregt Nick sich mit Tante Mildred und Onkel George unterhalten hatte. Sie hätte auch gern Verwandte von Nick in New York kennengelernt, anstatt nur Geschäftspartner zu treffen. Catherine liebte ihre Familie trotz aller Eigenarten.

„Warum hat Mutter urplötzlich auf diesen altmodischen Brauch beharrt?", überlegte sie laut. „Das hat sie vorher noch nie getan."

„Sie beschützt ihr Baby vor dem gefährlichen Eindringling aus den Nordstaaten."

„Du hast wohl recht." Catherine seufzte.

„Du lässt dich aber nicht einschüchtern, oder?"

Sie musterte ihn hocherhobenen Hauptes. In diesem Moment glich sie der stolzesten Südstaatenschönheit. Ahnte Nick überhaupt, wie perfekt ihre Mutter ihre Mitmenschen zu manipulieren verstand? „Ich bin nicht diejenige, die sie einschüchtern will."

„Da irrst du dich. Deine Mutter weiß, was ich will, seit sie mir zum ersten Mal in die Augen geschaut hat. Seitdem rüstet sie sich zum Gegenangriff."

„Mach dir keine Sorgen. Ich bestimme schon seit längerer Zeit mein Leben selbst."

„Trotzdem versucht sie immer wieder, sich einzumischen."

„Das liegt ihr im Blut", erklärte Catherine nachsichtig. In den vergangenen Monaten hatte sie gelernt, sich mit ihrer Mutter zu arrangieren. „Mutter hätte sich hervorragend als Königin geeignet. Sie verteilt für ihr Leben gern Befehle und liebt gehorsame Untertanen. Wenn es nach ihr gegangen wäre, hätte mein Vater passende Ehemänner für uns auswählen müssen, während wir schmachtend und Aussteuer stickend zu Hause gewartet hätten."

„Wärst du damit einverstanden gewesen?"

Wenn sie ganz ehrlich war, hatte sie sich bei der Wahl von Matthew sehr von ihren Eltern beeinflussen lassen. Ihre Mutter hatte Matthew zwar nicht besonders sympathisch, aber seiner beruflichen Stellung und vor allem seiner Zukunftsaussichten wegen als aussichtsreich und deshalb angemessen gefunden. „Ich glaube, damals habe ich mich gefügt", gab Catherine ehrlich zu.

„Und jetzt?"

„Jetzt entscheide ich selbst."

„Wirst du dich für mich entscheiden? Auch wenn ich den Vorstellungen deiner Mutter von einem respektablen Ehemann nicht entspreche?"

„Wer legt Wert auf einen anständigen Ehemann?", fragte sie herausfordernd. Seinen indirekten Heiratsantrag überhörte sie. Obwohl sie den Gedanken an eine Ehe schon längst nicht mehr verdrängen konnte, bezweifelte sie doch, dass er zu realisieren war. In ihrem Alter begriff sie gerade, dass zu einer harmonischen Ehe mehr als Verliebtheit und heilige Schwüre gehörten. Nicks Besessenheit in allem, was seine Arbeit betraf, bedeutete ein ernst zu nehmendes Handicap. Heute Nacht wollte sie nicht darüber diskutieren.

„Ich bin verrückt nach deinem Körper." Sie versuchte, ihn abzulenken.

Er legte einen Finger unter ihr Kinn und zwang sie, ihn anzusehen. „Warum sagst du das?", fragte er vorwurfsvoll. „Es klingt wie eine Zeile aus einem Kitschroman."

Sie küsste ihn auf die Wange. „Ich wollte dich necken. Du sagst doch immer, dass ich unbeschwerter sein soll."

„Nicht, wenn es um ein ernstes Thema wie die Ehe geht."

„Wir haben doch nicht über Heirat gesprochen."

„Haben wir das nicht?"

„Nick, wie können wir an Heirat denken, wenn wir noch nicht einmal wissen, wie unsere Beziehung weiter funktionieren soll? Dein

Leben findet in New York statt. Ich kann mir nicht vorstellen, öfter als drei- oder viermal im Jahr dorthin zu fahren, geschweige denn, dort zu leben."

„Das fällt dir zu dem Thema ein?" Nick klang verletzt.

„Vorerst ja. Wenn ich mich nicht irre, geht es dir genauso mit Atlanta."

„Ich habe überhaupt nichts gegen Atlanta. Aber meine Werbeagentur befindet sich nun mal in New York."

„Und ich lebe hier und studiere in Savannah. Du selbst hast mich zum Studium ermutigt, und ich bin so engagiert wie nie zuvor. Soll ich etwa mein Studium abbrechen, um mit dir nach New York zu gehen?"

Nick seufzte. „Natürlich nicht", bestätigte er zögernd. „Doch nach dem Examen könntest du in New York arbeiten."

„Bis dahin kann noch viel passieren."

„Du willst also, dass eine Entscheidung über unser Leben bis dahin aufgeschoben wird?"

„Wie wäre es mit einem Kompromiss?"

„Schlage einen vor!"

Aber sosehr Catherine sich auch bemühte, ihr fiel kein vernünftiger Vorschlag ein. Schließlich erkannte sie, dass sie beide dem eigentlichen Problem auswichen.

„Nick, es geht doch nicht nur darum, eine Stadt auszuwählen", sagte sie resigniert. „Es gefällt mir nicht, wie du in New York bist und wie wir uns dort verhalten. Schon am ersten Abend haben wir uns übereinander geärgert. Wir hatten keine Zeit für uns allein. Du nimmst dir kaum Zeit für deine Kinder. Dein ganzes Leben richtet sich nur nach geschäftlichen Interessen. Du hetzt von einem Termin zum nächsten, wo du nur mit Leuten verhandelst, die du kaum kennst und nicht einmal besonders magst."

„Ich kann meinen Beruf nicht ändern. Oder verlangst du von mir, dass ich ihn aufgebe?"

„Selbstverständlich nicht." Catherine suchte nach den richtigen Worten. „Aber du könntest ein bisschen weniger arbeiten und deine Arbeit anders einteilen. Vor allem könntest du Arbeit und Privatleben konsequent trennen."

Er wich ihrem Blick aus und ging nervös auf und ab. „Ich weiß nicht, ob ich das schaffe. Ich weiß, dass ich dich liebe und dass ich alles versuchen will, damit wir zusammen glücklich werden. Komm wieder mit mir nach New York, Catherine. Lass uns einen neuen Versuch wagen und meinen Geburtstag zusammen feiern. Solange wir unsere Probleme besprechen können, gibt es auch eine Lösung. Bitte, Liebling. Die Kinder brennen darauf, dich wiederzusehen. Ich nehme mir auch ein paar Tage frei."

„Das würdest du tatsächlich tun?"

„Ich weiß ein erstklassiges Restaurant mit einer herrlichen Aussicht und sehr privater Atmosphäre. Wir tanzen bis zum Morgengrauen und vergessen Arbeit und Alltagssorgen." Er küsste sie hingebungsvoll. „Bitte", drängte er und zeichnete die Linie ihrer Lippen mit der Zungenspitze nach. Ein erregender Schauer lief Catherine über den Rücken. Sie wollte mit ihm zusammen sein, auch wenn sie dafür wieder die Hektik und Anonymität New Yorks in Kauf nehmen musste.

Diesmal.

„Wann brechen wir auf?", fragte sie.

Nick zog sie stürmisch an sich. „Am liebsten noch heute Nacht. Da ich aber versuche, ein paar Pluspunkte bei deiner Mutter zu sammeln, ist das vermutlich keine geniale Idee."

„Ich stimme dir ausnahmsweise zu."

„Dann fliegen wir morgen nach dem Frühstück, wenn wir der Königin ehrerbietig gehuldigt haben."

„Lass sie das auf keinen Fall hören! Sie weiß nämlich nicht, dass meine Schwestern und ich ihr diesen Spitznamen schon als Kinder gegeben haben."

„Wenn ich sie so nenne, hält sie es bestimmt für angemessen", meinte er trocken.

Sie lachte schallend.

„Ach, Nick, ich liebe dich doch so sehr!"

„Ich liebe dich auch. Und diesmal wird in New York alles klappen. Das verspreche ich dir."

10. KAPITEL

unächst verlief alles nach Plan. Als Nick und Catherine zurück in New York waren, spielten sie Tourist. Sie besuchten ein Broadwaystück, das Catherine hervorragend und Nick furchtbar fand. In einem kleinen italienischen Café diskutierten sie bei Cappuccino und Torte stundenlang darüber. Dann besichtigten sie eine Ausstellung im Museum für Moderne Kunst, die sie katastrophal und er faszinierend fand. Sie zog ihn danach in ein Taxi, ließ es zum Metropolitan Museum fahren, führte ihn in eine der berühmten Galerien und zeigte auf die Gemälde der alten Meister.

„Das ist Kunst", erklärte sie.

„Wenn die Künstler aber nur Porträts und Landschaften in diesem Stil malen würden, gäbe es keine Fortentwicklung. Die Malerei ist ein kreatives Ausdrucksmittel und sucht nach immer neuen Formen und Farben, um die Wirklichkeit und unsere Träume abzubilden. So hast du bei dem unsinnigen Theaterstück argumentiert."

Sie musterte ihn mit geröteten Wangen und blitzenden Augen. „Nun ..." Ihr fehlten die Worte.

„Gib zu, dass ich recht habe! Experimentieren ist wichtig."

„Ich habe nie das Gegenteil behauptet", sagte Catherine beleidigt.

„Hast du nicht?"

„Nein. Ich habe nur gesagt, dass ich diese Art von Experimentieren nicht mag. Und jetzt lass uns essen gehen! Die Diskussion macht mich hungrig."

„Was möchtest du essen? Vielleicht chinesisch? Oder indisch? Oder ..."

Sie schüttelte den Kopf. „Mir gefällt das gemütliche kleine Restaurant in deiner Nachbarschaft. Ich habe einen Heißhunger auf Gurken."

Er blieb abrupt stehen. „Auf Gurken?"

„Was ist daran so ungewöhnlich?"

„Heißhunger auf Gurken?" Er betonte jedes Wort.

Sie sah ihn erstaunt an, dann begriff sie, was er meinte.

„Oh, Nick, wie kommst du denn auf die Idee? Ich bin nicht schwanger!"

„Bist du sicher?" Ihm wurde plötzlich die Kehle eng. Er dachte an Tante Mildred, die Catherines Kinderwunsch angedeutet hatte. „Ich hätte nichts dagegen. Ich fände es wundervoll."

„Nick, es wäre nicht wundervoll. Nenn mich altmodisch, aber ich finde, dass Paare auch heutzutage verheiratet sein sollten, bevor sie Eltern werden."

„Kein Problem. Wir könnten heute noch heiraten. Das wäre mein schönstes Geburtstagsgeschenk."

Sie sah ihn mit einem seltsamen Gesichtsausdruck an – mit einer Spur von Sehnsucht; aber Catherine hatte sich schnell wieder gefangen.

„Sei still, Romeo", beschwor sie Nick. „Der einzige Weg, den wir in unmittelbarer Zukunft zusammen gehen werden, ist zu Bloomingdale. Ich will das schicke Kleid aus dem Schaufenster."

„Wir überlegen uns das noch."

„Das mit dem Kleid?"

„Das mit der Hochzeit."

„Nick, mach daraus keine Machtprobe! Du kannst meine Meinung nur ändern, wenn du mir beweist, dass wir wirklich zusammenleben können."

„Und was soll ich deiner Meinung nach tun?"

„Wir brauchen Zeit."

„Wir kennen uns bald zwei Jahre."

„Wenn du die Tage addierst, die wir tatsächlich zusammen verbracht haben, ist das höchstens ein Monat."

„Vergiss die unzähligen Stunden am Telefon nicht!", bemerkte Nick ironisch. „Was hat denn Zeit mit unserer Liebe zu tun? Manche Leute lernen sich kennen und heiraten praktisch über Nacht."

„Wie romantisch! Dann entdecken sie alle Probleme im Nachhinein."

„Und überwinden sie gemeinsam."

„Oder lassen sich scheiden. Ich möchte die wichtigen Probleme lieber lösen, bevor ich einen voreiligen Schwur leiste. Eine Scheidung reicht mir."

Nick gab für diesmal nach. Er kannte Catherine inzwischen gut genug, um zu wissen, dass die Offensivtaktik ihn jetzt nicht mehr weiterbrachte. Er musste sanftere Überzeugungsmethoden anwenden, um seinem Ziel näher zu kommen. Vielleicht sollte ich die Angelegenheit wie eine Werbekampagne betrachten, dachte Nick. *Ich bin das Produkt, Catherine ist die Zielperson. Ich muss sie nur davon überzeugen, dass ihr Leben ohne einen Nick Ryan im Haus nie vollkommen sein kann. Bei meiner Qualifikation sollte das ein Kinderspiel sein.*

Wie sich herausstellte, hatte Nick sich gewaltig verrechnet. Die Kampagne wurde sabotiert, bevor sie richtig gestartet war. Nick beging den Fehler, vom Restaurant aus sein Büro anzurufen. Er tat es aus Gewohnheit, ohne an die Konsequenzen zu denken. Natürlich gab es, wie immer, unvorhergesehene Schwierigkeiten.

„Ich bin in zwanzig Minuten da", versprach Nick seiner Sekretärin. „Vereinbaren Sie eine Sitzung für heute Nachmittag."

Als er zum Tisch zurückkehrte, war er in Gedanken schon bei der Arbeit. Er zog ein in Leder gebundenes Notizbuch hervor und listete Stichpunkte auf.

„Du hast im Büro angerufen", sagte Catherine vorwurfsvoll.

„Ja", gab er schuldbewusst zu.

„Du hast Urlaub."

„Das entbindet mich aber nicht von gewissen Pflichten."

„Ich dachte, dass Evan dich vertritt."

„Das stimmt, aber …"

„Wie soll Evan ein gleichwertiger Partner werden, wenn du ihm nicht einmal alltägliche Arbeit anvertraust?", kritisierte Catherine.

„Ich lasse ihm genug Handlungsfreiheit", behauptete Nick starrsinnig. „Ich gebe ihm nur ein bisschen Starthilfe."

Sie lehnte sich enttäuscht zurück. „Wann ist die Sitzung?"

„Wer hat etwas von einer Sitzung gesagt?"

„Mach mir doch nichts vor. Starthilfe bedeutet Sitzung. Wie viel Uhr?"

Nick wollte nicht zugeben, dass sie recht hatte. Leider blieb ihm nichts anderes übrig. „Ich weiß es nicht genau", sagte er ausweichend. „Helene setzt den Termin fest."

„Und was wird aus unseren Plänen mit den Kindern? Sie kommen in zwei Stunden und wollen mit uns feiern. Du hast ihnen Videospiele, einen Film und Pizza versprochen."

„Verflixt, das habe ich vergessen", murmelte Nick. „Es ist aber halb so schlimm. Du bist da, und ich werde höchstens eine Stunde im Büro gebraucht. Wahrscheinlich bin ich sogar zurück, bevor die Jungs ankommen." Er griff nach Catherines Hand. „Es tut mir leid, Darling. Ich beeile mich, damit du nicht so lange mit den beiden allein fertig werden musst."

„Jonathan und Kevin sind nicht das Problem. Wir werden bestimmt viel Spaß miteinander haben. Ich freue mich, sie wiederzusehen. Aber sie rechnen damit, dich zu sehen."

Schuldgefühle verstärkten Nicks Abwehrhaltung. Seit der Scheidung hatte er sich ehrlich bemüht, seine Söhne nicht mehr zu enttäuschen. „Ich sage doch nichts ab", verteidigte er sich. „Warum also die Aufregung?"

Sie seufzte resigniert. „Du begreifst einfach nicht, was ich meine."

„Und du willst mich anscheinend nicht akzeptieren, wie ich bin. Ich werde meine Verpflichtungen immer ernst nehmen."

„Deine geschäftlichen Verpflichtungen", verbesserte Catherine. „Familiäre Verpflichtungen stehen für dich an zweiter Stelle."

Verärgert über ihr Unverständnis, stand Nick auf und warf ein paar Geldscheine auf den Tisch. „Ich fahre ins Büro und bin so früh wie möglich zu Hause."

An der Restauranttür drehte er sich noch einmal um. Catherine saß kerzengerade da und zerriss Papierservietten in kleine Fetzen. Plötzlich hob sie den Kopf und sah ihn an. Der Ausdruck in ihren Augen brach ihm fast das Herz. Sie wirkte, als ob sie gerade das Wichtigste in ihrem Leben verloren hatte.

Nick konnte nachempfinden, wie sie sich fühlte.

Catherine hatte einen Schlüssel zu Nicks Apartment. Die Stunde vor der Ankunft der Jungen nutzte sie für ein langes, heißes Bad. Dabei wiederholte sie in Gedanken jedes Wort ihrer Auseinandersetzung. Verlangte sie zu viel, wenn Nick seine Arbeit und sein Privatleben gleich bewerten sollte? War sie unvernünftig, weil sie mehr Zeit für sich und seine Söhne beanspruchte? Durfte sie sich bei dem übermäßigen Arbeitsstress nicht um seine Gesundheit sorgen?

Vielleicht ist mein wahres Problem, dass Nick Matthew zu sehr und meinem Vater zu wenig gleicht, überlegte Catherine. Rawley Devereaux war der einzige Sohn reicher Eltern gewesen. Obwohl er Zeit seines Lebens gearbeitet hatte, um den Wohlstand der Familie zu erhalten, hatte er sich seine Position nie erkämpfen müssen. Vielleicht war es ihm dadurch leichter gefallen, Familie und Beruf strikt zu trennen. Er hatte seinen Beruf nie verbissen betrachtet und sich immer Zeit für seine Kinder und Hobbys genommen.

Matthew hatte nicht lange gebraucht, um zur Elite der Mediziner zu gehören. Er war hochbegabt und hatte die besten Schulen und Universitäten besucht. Ihm fehlte nur die passende gesellschaftliche Stellung, und diesen Schönheitsfehler korrigierte er durch die Heirat mit Catherine. Sobald er genügend Geld verdient hatte und in Atlanta gesellschaftlich anerkannt war, widmete er sich voll und ganz seiner einzigen Leidenschaft: der Chirurgie. Jede freie Minute verbrachte er im Operationssaal. Seine Frau wurde nebensächlich.

Während Catherine immer noch über die Situation nachgrübelte, zog sie sich einen langen roten Kaschmirpullover und schwarze Leggins an. Dann bürstete sie ihr seidenweiches Haar und band es zu einem Pferdeschwanz zusammen. Nick mochte diese Frisur nicht. Er fand sie zu bieder und behauptete, dass sie ihn nervös machte. Gut, dachte Catherine trotzig und befestigte eine schwarze Samtspange. *Er soll nervös sein. Er soll zittern vor Nervosität und vor Schuldbewusstsein. Er soll ...*

Die Türglocke läutete. Catherine öffnete Jonathan und Kevin. Die beiden Jungs polterten lautstark durch die Diele.

„He, Dad, wir sind da. Bist du im Arbeitszimmer?", rief Jonathan.

„Hallo, ihr zwei", begrüßte Catherine sie. „Ich freue mich, euch wiederzusehen."

„Toll!", rief Kevin und umarmte sie. „Heute dürfen wir bis Mitternacht aufbleiben. Du auch?"

„Das weiß ich noch nicht." Catherine kniete sich hin und half ihm beim Schuheausziehen. „Willst du auch so lange aufbleiben, Jonathan?"

„Natürlich." Er streckte sich ein bisschen. „Ich bin jetzt neun Jahre alt. Ich bleibe immer lange auf."

„Du bist schon neun? Letzten Monat warst du noch acht. Das heißt, du hast Geburtstag gehabt?"

„Stimmt genau! Ich habe ein paar schöne Spielsachen bekommen. Willst du sie sehen? Ich hab sie mitgebracht." Er sah sich unruhig um. „Wo ist Dad?"

„Er musste noch für eine Weile ins Büro. Er kommt gleich zurück."

Kevin riss die Augen weit auf. „Oh je, Mom wird böse. Wir sollen nicht hierbleiben, wenn Dad weg ist."

„Sie hat bestimmt nichts dagegen, weil ich hier bin", beruhigte Catherine ihn und fragte sich gleichzeitig, ob sie recht hatte. Die Jungen waren zwar in der Obhut eines Erwachsenen, aber Paula kannte sie nicht. *Ich würde einer Fremden auch misstrauen*, dachte Catherine. „Vielleicht sollte ich sie anrufen. Was denkt ihr?"

„Ich rufe lieber Dad an", erwiderte Jonathan. „Er soll Mom Bescheid sagen."

Catherine nickte. Schließlich war Nick verantwortlich. „Du rufst deinen Vater an, und du, Kevin, zeigst mir inzwischen, wie man Popcorn macht."

„Weißt du das etwa nicht?", fragte der Kleine begeistert.

„Ich hab's schon mal gewusst, aber du kannst es bestimmt viel besser als ich."

„Okay", sagte er ernst. „Ich helfe dir."

„Dann fang schon mal an! Ich bringe gleich die Pfanne."

Kevin rannte in die Küche. Catherine wartete, bis Jonathan die Nummer zum Büro gewählt hatte.

„Hallo, Tante Helene. Hier ist Jonathan. Ist mein Dad da?"

Sein Gesichtsausdruck wurde immer bedrückter. „Ja, ich hab verstanden", sagte er schließlich. „Tschüss." Er legte den Hörer auf.

„Ist alles in Ordnung?", fragte Catherine.

„Sie sagt, Dad ist in einer Sitzung."

Catherine wurde wütend. „Dann hast du überhaupt nicht mit deinem Vater gesprochen?"

„Tante Helene hat mich gefragt, ob ich hier bin, und mir versprochen, dass Dad gleich nach der Sitzung anruft." Jonathan ließ den Kopf hängen.

„Verdammt!", murmelte Catherine, ohne nachzudenken. Eine kleine Hand streichelte aufmunternd ihren Arm.

„Es ist schon okay, Catherine", tröstete er sie tapfer. „Mom ist sicher einverstanden, dass du auf uns aufpasst."

„Und wenn jetzt etwas passiert wäre?" Catherine fühlte sich hilflos. Sie war gerührt, wie erwachsen Jonathan plötzlich wirkte.

„Das hätte ich Tante Helene erzählt. Dad hat gesagt, wenn es wirklich ganz wichtig ist, dann kommt er immer ans Telefon. Aber es ist ja nicht so wichtig. Uns geht es doch gut bei dir."

Sie nahm ihn in die Arme. „Ja, Jonathan. Ihr seid gut bei mir aufgehoben. Und jetzt lass uns nachsehen, wo die Popcornpfanne ist."

Als Nick um neunzehn Uhr noch nicht da war, bestellte Catherine Pizza. Sie aßen mit großem Appetit und spielten drei verschiedene Videospiele, bis Nick endlich zurückkam. Er sah sehr erschöpft aus. Obwohl Catherine wütend auf ihn war, tat er ihr gleichzeitig leid. Sie wappnete sich gegen den Andrang ihrer Gefühle.

Jonathan und Kevin begrüßten ihren Vater überschwänglich. Offensichtlich verziehen sie ihm sofort, dass er nicht eher gekommen war. Nick ließ Kevin auf seinen Knien reiten und zerzauste Jonathans dunkle Locken.

„Wir haben mordsmäßig viel Spaß gehabt", erzählte Jonathan. „Catherine ist spitze in Videospielen."

Nick suchte Catherines Blick. „Das glaube ich. Habt ihr hungrigen kleinen Wölfe mir Pizza übrig gelassen?"

„Sie ist im Backofen", sagte Catherine. „Ich hol sie dir."

„Danke, Schatz."

Als Catherine zurückkam, saß Nick mit seinen Söhnen auf dem Fußboden und half Kevin bei einem neuen Videospiel gegen Jonathan. Obwohl er müde war, hatte er einen Arm um Kevin gelegt und war völlig in das Spiel vertieft. Sogar ein Kinderspiel bedeutet Wettbewerb und Konkurrenzkampf für ihn, dachte Catherine. Sie reichte Nick die Pizza. Er sah zu ihr auf und lächelte sie entwaffnend an.

„Wie wär's mit einem Glas Wein?", fragte sie.

„Gib mir lieber etwas Koffeinhaltiges, damit ich bis Mitternacht durchhalte."

„Kaffee oder Cola?"

„Cola."

Sie schenkte ihm ein Glas ein und setzte sich dann ein wenig abseits, um die vertraute Stimmung zwischen Vater und Söhnen nicht zu stören. Es dauerte aber nicht lange, bis Jonathan sie in das Spiel einbezog, weil Kevin seiner Meinung nach im Vorteil war. „Du musst mir helfen, Catherine. Dad ist ein gerissener Fuchs."

„Mal sehen, was wir dagegen tun können." Catherines Ehrgeiz war geweckt.

Eine halbe Stunde später hatten Jonathan und sie gewonnen. Nick lachte. „Ausnahmsweise wart ihr stärker."

„Ausnahmsweise?", fragte Catherine gedehnt.

„Jungs, holt die Geschenke! Baut sie schon mal auf, damit ich richtig neugierig werde!" Sie stürmten aus dem Zimmer. Nick nutzte die Gelegenheit und küsste Catherine. „Entschuldige, dass ich mich verspätet habe."

Catherine seufzte und berührte die Falten in seinem Gesicht mit ihren Fingerspitzen. „Du siehst erschöpft aus."

„Das bin ich auch."

„Nick, warum …"

„Ich erklär es dir später", versprach er. „Das bin ich dir schuldig."

„Merkst du endlich, was du dir selber antust?"

Er nickte niedergeschlagen, zwang sich aber sofort zu einem Lächeln, als die Jungen zurückkamen. Jetzt wollten sie Verstecken spielen, und zu dritt tobten sie durch die Wohnung, bis sie völlig außer Atem übereinanderpurzelten. Nick tat so, als ob er sich nicht mehr bewegen könnte, und das war das nächste Spiel. Jonathan und Kevin zogen und zerrten erfolglos an ihm, bis er sie plötzlich festhielt und gehörig durchkitzelte. Die beiden quietschten vor Vergnügen.

Das ist die Familie, die ich mir immer gewünscht habe, dachte Catherine wehmütig. Jonathan und Kevin hatten sie schneller als erwartet akzeptiert. Warum nahm sie Nicks Heiratsantrag nicht an? Er war der Mann ihrer Träume, und sie wünschte sich Kinder, selbstverständlich auch eigene. Nick erwiderte ihre Liebe. Warum konnte sie über den einen Minuspunkt in ihrer Beziehung nicht hinwegsehen?

Weil es keine Kleinigkeit war. Nick ließ seine Socken nicht herumliegen oder seine Barthaare am Waschbecken kleben. Socken konnte man aufheben und Barthaare wegspülen. Aber ein Ehemann, der nie zu Hause war und für den seine Arbeit an erster Stelle und seine Frau erst an zweiter Stelle stand, war etwas ganz anderes.

„Catherine, gleich ist Mitternacht", rief Kevin aufgeregt und zeigte auf die Standuhr. Dann war es so weit, die Uhr schlug zwölf Mal. Kevin und Jonathan gratulierten dem Vater und drängten ihn, ihre Geschenke auszupacken.

Catherine öffnete die bereitgestellte Sektflasche, und sie prosteten sich zu. Auch die Jungs durften einmal nippen.

„Viel Glück im neuen Lebensjahr!", flüsterte Catherine und schmiegte sich an Nick. Tränen liefen ihr über die Wangen. Glück würden sie tatsächlich beide brauchen.

Als die Jungs endlich im Bett waren, setzte sich Nick zu Catherine auf die Couch.

„Lass uns morgen reden", bat sie. „Es ist schon spät."

„Du solltest meine sentimentale Stimmung lieber jetzt ausnutzen. Ich spreche normalerweise nicht über dieses Thema."

Ihr wurde das Herz schwer. Er sah so traurig aus. „Worüber?", fragte sie beklommen. „Du weißt doch, dass du mir alles sagen kannst."

„Das weiß ich", sagte er eindringlich und nahm ihre Hand. „Du möchtest wissen, warum ich so viel und so intensiv arbeite. Die Ursache liegt dreißig Jahre zurück."

„Da warst du noch ein Kind."

„Stimmt. Ich war ungefähr so alt wie Jonathan jetzt und genauso sensibel und eindrucksfähig. Mein Vater wurde über Nacht arbeitslos. Das passiert vielen Leuten, nicht wahr? Die Firma, in der er angestellt war, meldete Konkurs an, und mein Vater wurde entlassen. Zuerst versuchten meine Eltern, so zu tun, als ob nichts geschehen wäre. Mein Vater verließ jeden Morgen das Haus auf der Suche nach einer neuen Arbeitsstelle. Er war aber nicht mehr der Jüngste, seine Kenntnisse nicht mehr auf dem neuesten Stand. Damals gab es erst vereinzelt Umschulungskurse. Vater übte die unterschiedlichsten schlecht bezahlten Jobs aus. Mutter wusch Wäsche für andere Leute und arbeitete als Putzfrau. Wir mussten nicht hungern, aber Vater war von dem Tag an verändert. Wir haben nie aufgehört, ihn zu lieben, aber er war ein gebrochener Mann."

Nicks schmerzlicher Gesichtsausdruck bewegte Catherine mehr als seine Worte. Die Erinnerung quälte ihn nach wie vor. „Es muss schrecklich für euch gewesen sein."

„Ich zog eine Lehre daraus. Ich schwor mir, dass ich finanziell niemals von einer anderen Person abhängig sein wollte. Jedes Geschäft, mit dem ich mich befassen musste, sollte mir gehören."

„Das hast du geschafft, Darling. Du bist erfolgreich. Deine Agentur hat eine Spitzenposition in der Branche."

„Ich muss dafür sorgen, dass es so bleibt. Ich bin nicht nur für mich und meine Kinder, sondern auch für meine Angestellten und ihre Familien verantwortlich."

Es ist zu viel für einen Mann, dachte Catherine. Aber sie konnte jetzt verstehen, warum Nick immer an der Spitze sein wollte, um für die zu sorgen, die von ihm abhängig waren.

„Warum teilst du die Verantwortung nicht? Evan wartet darauf."

„Das ist nicht so einfach."

„Und wenn du deine Gesundheit ruinierst? Wenn du vor lauter Stress einen Herzinfarkt kriegst und stirbst?", fragte Catherine besorgt. „Was wird dann aus deinen Angestellten? Bist du nicht selbstsüchtig, Nick? Vielleicht findest du es toll, den Märtyrer zu spielen. Du bist der Held für alle. Du opferst dich auf, damit all diese Leute genug zu essen haben. Mit einem Partner wärst du nur noch halb so heldenhaft. Aber was passiert, wenn du dich selbst umbringst? Wer ist dann der Held? Und wie sollen deine Söhne und ich ohne dich leben?"

at Nick heute angerufen?", fragte Liz Markham.

Catherine eilte ruhelos durch den engen Secondhandladen und räumte Kleidungsstücke hin und her, ohne zu merken, was sie tat.

„Cat, wenn du so weitermachst, hinterlässt du hier ein Chaos." Liz musterte die Freundin aufmerksam. „Setz dich hin und erzähl mir, was los ist!"

„Ich kann mich nicht hinsetzen." Catherine verschränkte die Arme und lief weiter auf und ab. Liz wartete geduldig. „Ich glaube, ich habe einen Fehler gemacht", meinte Catherine schließlich.

„Was für einen Fehler?"

„Ich habe Nick gesagt, dass er sich selbst umbringt und dass ich ihn erst heirate, wenn er damit aufhört."

„Okay." Liz versuchte, die Tragweite der Äußerung zu begreifen. „Was ist daran so schlimm?"

„Was soll ich tun, wenn er sich nicht ändern kann? Nick hat sein Leben lang unter dem Zwang gelebt, erfolgreich sein zu müssen. Vielleicht kann er das gar nicht nüchtern betrachten."

„Hast du mit ihm darüber gesprochen?"

„Wir haben seit seinem Geburtstag überhaupt nicht miteinander gesprochen. Er hat nicht einmal angerufen."

„Ich verstehe." Liz überlegte einen Moment. „Sag mir ehrlich, Cat, wenn du noch einmal von vorn anfangen könntest, würdest du dich wieder in Nick verlieben?"

Catherine lächelte gezwungen. „Die Liebe fragt uns doch nicht, wohin sie fällt!"

„Jetzt redest du wie ich. Du weißt, was ich meine. Als du Nick zum ersten Mal getroffen hast, wusstest du nicht einmal seinen Nachnamen. Und er wusste nicht, wie er dich finden sollte. Du hättest es bei der netten Erinnerung an einen romantischen Flirt belassen können. Würdest du das mit deinem heutigen Wissen tun?"

Catherine dachte darüber nach. Nick verdankte sie ihr neues Selbstbewusstsein und ihre Unabhängigkeit. Ohne ihn hätte sie die wahre Liebe nie kennengelernt. „Nein", sagte sie ehrlich.

„Warum? Was hat dich in jener Nacht zu Nick hingezogen?"

„Er war verständnisvoll, zuvorkommend und warmherzig. Er gab mir wie kein Mann zuvor das Gefühl, einzigartig zu sein."

„Erlebt ihr immer noch solche Augenblicke zusammen?"

„Manchmal." Catherine begriff allmählich, worauf Liz hinauswollte. „Fast immer in Savannah."

„Dann scheint mir die Antwort nahe liegend."

„Nick lässt sich nie überreden, nach Savannah zu ziehen. Als ich ihn einmal fragte, ob er sich vorstellen könne, New York zu verlassen, reagierte er abweisend."

„Warum eröffnet er nicht eine Filiale in Savannah? Er hat doch schon mehrere Aufträge hier. Der Schritt wäre eine logische Schlussfolgerung. Ich weiß zwar nicht viel über Werbung, aber so wäre er auch im Südwesten der USA vertreten."

„Deine Idee ist gut", meinte Catherine. „Aber Nick verhält sich im Punkte New York unnachgiebig. Er würde mir wahrscheinlich gar nicht zuhören."

„Vielleicht doch, wenn du es richtig anfängst, zum Beispiel bei einem Glas Wein und Kerzenlicht. Geh das Risiko ein, Cat! Mehr verlieren kannst du nicht."

„Was würde ich ohne dich tun?" Der Vorschlag gefiel Catherine immer besser. Sie umarmte Liz. „Ich danke dir. Du bist wundervoll."

„Schließlich bin ich die erfolgreichste Heiratsvermittlerin weit und breit."

„Du hast mir Nick nicht vorgestellt. Du kennst ihn nicht einmal."

„Wer hat dich nach Savannah geschickt, um ihn nach einem Jahr wiederzutreffen? Wer hat dich später überredet, dort ein Apartment zu mieten?"

„Ich geb's auf." Catherine lachte. „Wenn alles klappt, soll der Ruhm dir gehören."

„Ich will keinen Ruhm. Ich will eine Einladung zu deiner Hochzeit!"

„Versprochen! Und jetzt drück mir die Daumen."

„Das tu ich doch immer. Mein Orakel sagt mir, dass es diesmal nicht nötig ist."

Catherine packte eilig ihren Koffer, warf ihn ins Auto und rief Nicks Büro an.

„Mrs Devlin", sagte Helene überrascht. „Wie geht es Ihnen?"

„Mir geht es gut, Helene. Kann ich Mr Ryan sprechen?"

„Nein. Sie haben ihn leider gerade verpasst. Er ist geschäftlich unterwegs."

Catherine unterdrückte ihre Enttäuschung. Vielleicht ist es besser so, überlegte sie. *Falls Nick noch wütend auf mich ist, ist eine übermittelte Nachricht wirkungsvoller.*

„Können Sie Mr Ryan erreichen?"

„Natürlich."

„Dann richten Sie ihm bitte aus, dass ich ihn sofort treffen muss. Es ist dringend. Ich verlasse Atlanta gleich und bin am Spätnachmittag in Savannah. Können Sie ihm das mitteilen?"

„Ja, aber …"

Catherine legte den Hörer auf, bevor die Sekretärin noch etwas sagen konnte. Sie wollte sich nicht von ihrem Plan abbringen lassen. Und sie wollte auf keinen Fall hören, dass Nicks Geschäftsreise genauso wichtig war oder dass er womöglich unterwegs nach Los Angeles war, um Ruben Prunellis Seele zu retten. Oder eher ein anderes seiner Körperteile.

Während der langen Fahrt nach Savannah wiederholte Catherine in Gedanken, was sie Nick sagen wollte. Sie überprüfte ihre Argumente und sprach sich Mut zu, um im entscheidenden Moment ihren Standpunkt zu vertreten. Sie wollte ihn davon überzeugen, dass ein Zusammenleben möglich war, ohne dass einer von beiden seine Bedürfnisse aufgeben musste.

Als Catherine das Auto vor ihrem Apartment parkte, war sie noch optimistisch. Aber zwei Stunden später hatte Nick immer noch nicht angerufen, und sie wurde immer unsicherer. Deshalb fing sie an, zu kochen. Sie hackte, mischte und rührte, um sich abzulenken. Nachdem sie Coq au Vin, eine Riesenportion Salat, frische Brötchen und drei Pasteten fertig hatte, wollte sie gerade noch einen Kuchen backen, als sie hörte, wie die Haustür aufgeschlossen wurde. Catherine blieb wie angewurzelt stehen. Ihre guten Vorsätze waren dahin. Sie war nervös wie ein Teenager.

„Catherine?"

„Hier in der Küche", antwortete sie atemlos.

Dann drehte sie sich langsam um. Nick stand vor ihr. Sein dunkles Haar war vom Wind zerzaust, sein Schlips verrutscht. Offensichtlich hatte er sich beeilt. Er sieht wunderbar aus, dachte Catherine.

„Du siehst wunderbar aus", sagte Nick.

„Danke."

„Ich habe dich vermisst."

„Ich habe dich auch vermisst", flüsterte sie.

„Ich habe nachgedacht …", begannen beide gleichzeitig und lachten dann verlegen.

„Fang du an!", bestimmte Catherine.

„Vielleicht sollten wir ein Glas Wein trinken. Hast du eine Flasche?"

„Im Wohnzimmer." Als er gegangen war, holte Catherine tief Luft. Sie wollte ihm ruhig und gelassen gegenübertreten.

„Catherine", sagte er sanft.

Sie wirbelte herum und fand sich beinahe in seinen Armen wieder. Ihre Blicke trafen sich. Catherine schluckte und wich unwillkürlich ein Stückchen zurück.

„Hier ist dein Wein." Nick hielt ihr das Glas hin. Catherine nahm es und achtete peinlich genau darauf, dass ihre Finger sich nicht berührten. Sie war schon erregt genug. Beim kleinsten Anstoß würde ihre Leidenschaft neu entflammen und die notwendige Aussprache nicht stattfinden.

„Ich trinke auf uns", sagte Nick bedeutungsvoll.

Catherine wich seinem Blick aus und nippte nervös an ihrem Wein. Es nützte alles nichts, ihre kühle Selbstbeherrschung war dahin. Sie war nur noch Catherine, egal, mit was für Folgen.

„Ich habe nachgedacht", wiederholte er, „und ein paar Entscheidungen getroffen."

„Oh."

„Die vergangenen drei Wochen waren die schlimmsten meines Lebens. Deshalb habe ich meine Ziele ernsthaft überprüft."

„Und was ist das Ergebnis?"

Er lehnte sich lässig gegen den Einbauschrank. Die Pose passte nicht zu seinen Worten. „Ich komme immer wieder zu demselben Schluss: Ich will dich nicht verlieren."

Sie biss sich auf die Lippen, um nicht in Tränen auszubrechen.

„Ich habe schließlich ein langes Gespräch mit Evan über die Agentur geführt. Er hat eingewilligt, mein Teilhaber zu werden. Er soll das Büro in New York leiten. Er kann es noch nicht perfekt, aber er wird bald so weit sein."

„Evan muss sehr glücklich sein", sagte sie vorsichtig.

„Außerdem will ich ein Büro hier in Savannah eröffnen", fuhr Nick fort. „Ich habe jetzt schon zwei Klienten hier, und weitere Aufträge warten. Ich werde ab und zu nach New York oder Los Angeles fahren müssen, doch sobald Evan ein gleichwertiger Partner ist, kann ich mir viel öfter freinehmen und habe weniger Stress."

Eine Welle der Erleichterung überlief Catherine. Gleichzeitig war sie misstrauisch. Wie kam es, dass Nick diesen Vorschlag gerade jetzt machte? Hatte Liz ihn etwa angerufen und dazu überredet?

„Wann hast du das alles beschlossen?", fragte sie direkt.

„Eine Woche nachdem du weg warst, zog ich Evan ins Vertrauen. Erst heute waren alle Formalitäten endgültig geregelt. Ich nahm das erstbeste Flugzeug, um gleich bei dir zu sein."

Sie musste sich zusammennehmen, um nicht hysterisch zu lachen. Heute! Er hat seine Pläne heute abgeschlossen! Aber es ist seine eigene Entscheidung, dachte sie überwältigt. *Er ist letztendlich zu der gleichen Überzeugung gekommen wie ich.*

„Nun …" Nick musterte sie unsicher. „Du sagst gar nichts. Was hältst du davon?"

Catherine lächelte zuerst zaghaft, dann immer gelöster. „Das ist die Neuigkeit, die ich mir erträumt habe", gestand sie strahlend.

„Bist du sicher?", fragte er zögernd.

„Noch nie in meinem Leben war ich mir so sicher. Wir werden hier glücklich sein und können deine Söhne jederzeit in New York besuchen. Wir kaufen uns ein Haus in Savannah. Jonathan und Kevin erhalten ihre eigenen Zimmer und besuchen uns in den Schulferien. Ich verkaufe mein Haus in Atlanta. Es wird alles klappen."

Nick war genauso bewegt wie Catherine. „Ich hatte solche Angst, dich zu verlieren." Er nahm sie fest in die Arme. „Was hätte ich ohne dich tun sollen?"

„Aber du hast mich nicht verloren. Ich habe immer daran geglaubt, dass wir einen Weg finden."

Er lehnte sich zurück und betrachtete sie skeptisch. Catherine lachte. „Vielleicht gab es ein oder zwei Momente, in denen ich zweifelte, doch das war schnell vorbei."

„Warum habe ich so lange gebraucht, um die Wahrheit zu erkennen?", fragte Nick. „Ich fühle mich in Savannah nach jedem Besuch wohler. Meine Arbeit für White Stone ist überaus erfolgreich und befriedigend. Außerdem bist du hier glücklich. Evan schlug vor, eine Zweigstelle in Atlanta zu eröffnen, aber mir gefällt die Idee, in der Stadt, in der wir uns kennengelernt haben, neu zu beginnen."

„Ich bin einverstanden!" Catherine kuschelte sich an ihn.

„Macht es dir wirklich nichts aus, Atlanta zu verlassen?"

„Nein. Mich hält nichts mehr in Atlanta. Meine Eltern werden zwar enttäuscht sein, aber schließlich ziehen wir nicht ans Ende der Welt. Sie werden sich daran gewöhnen."

„Dein Vater ja, bei deiner Mutter bin ich mir nicht so sicher."

„Zuerst wird sie schimpfen, aber wenn wir ihr zwei neue Enkelkinder zum Verwöhnen anbieten, wird sie uns verzeihen", meinte Catherine zuversichtlich.

„Zwei? Das sind ja ehrgeizige Pläne", neckte Nick sie.

„Ich meinte Jonathan und Kevin."

„Und was ist mit ihrem Schwesterlein?"

„Ich wusste gar nicht, dass du schwanger bist", scherzte Catherine.

„Spaß beiseite!" Nick wollte noch etwas klarstellen. „Du bist also mit Savannah einverstanden. Hast du auch Lust, nach dem Studium hier zu arbeiten?"

„Auf jeden Fall. Hier gibt es keine Schatten aus der Vergangenheit. Wir haben herrlich faule Tage vor uns, um unser neues Leben aufzubauen."

„Faule?", fragte Nick gedehnt und zog die Augenbrauen hoch.

„Entschuldige die Wortwahl. Ich will nichts Unmögliches verlangen."

Nick küsste sie zärtlich. „Doch, Darling, verlange, was du willst. Zusammen machen wir sogar das Unmögliche möglich."

„Ich verstehe einfach nicht, warum ihr unbedingt am Valentinstag heiraten müsst." Lucinda Devereaux zupfte Catherines Schleier zurecht. „Mitten in der Woche. Niemand kann sich freinehmen und zur Hochzeit kommen."

„Nick und ich haben uns vor zwei Jahren am Valentinstag kennengelernt", erklärte Catherine geduldig und zog den Schleier wieder in die alte Form. „Außerdem kannst du dich bei zweihundert nicht über die Gästeliste beschweren. Der Restaurantbesitzer schwebt im siebten Himmel."

„Das kann ich mir vorstellen", bemerkte Lucinda Devereaux abfällig. „So viel Betrieb hat er wahrscheinlich sonst nie."

„Du irrst dich. Es ist ein sehr beliebtes Restaurant."

„Es ist ein Fischrestaurant, Catherine. Niemand feiert seine Hochzeit in einem Fischrestaurant!"

„Vielleicht kein Devereaux", neckte Catherine ihre Mutter. „Aber die Ryans aus New York, Atlanta und Savannah tun es. Für uns hat es eine besondere Bedeutung."

„Ich vermute, hier habt ihr euch zuerst getroffen."

„Richtig."

Lucinda Devereaux rümpfte die Nase. „Hoffentlich haben sie ordentlich gelüftet. Ich möchte nicht, dass unsere Gäste nach Fisch stinken."

„Mutter, hör auf zu nörgeln. Warum gehst du nicht zu Dad? Ich suche Nick."

„Nick? Aber Catherine, du darfst ihn vor der Trauung nicht sehen", entrüstete sich Mrs Devereaux.

„Doch, ich darf es", behauptete Catherine ungerührt und machte sich auf den Weg.

„Catherine!"

Sie drehte sich um. „Sieh es so, Mutter: Ich bestimme einen neuen Trend."

„Nein, du zerstörst die Tradition."

Nick versuchte gerade, Kevins Schlips zu binden. Das Resultat war scheußlich. „Lass mich mal", sagte Catherine und schob ihn beiseite. „Du siehst sehr schick aus, Kevin. Du auch, Jonathan."

„Und ich?", fragte Nick eifersüchtig.

„Dich darf ich leider nicht ansehen", scherzte Catherine.

„Aha, du hast mit deiner Mutter gesprochen. Sie ist empört, dass wir kein Orchester für den Hochzeitsmarsch bestellt haben."

„Sie muss sich mit der Querflöte und der Trompete abfinden."

„Wie hast du nur die beiden Musiker von unserem ersten richtigen Rendezvous gefunden?" Nick staunte.

„Eine verzweifelte Frau vollbringt Wunder."

„Die Zeitungsanzeige hat nachgeholfen", klärte Liz ihn auf. „Wann beginnt die Zeremonie endlich?"

„Du Heiratsvermittlerin bist wohl erst nach dem Jawort zufrieden?"

„Heiratsvermittlerin?" Nick runzelte verwirrt die Stirn. „Kenne ich diese Frau?"

„Noch nicht, aber das wird sich ändern", versprach Liz fröhlich. „Ich werde Sie bis in alle Ewigkeit daran erinnern, was Sie mir verdanken. Ohne mich hätte Catherine sich nie getraut, Sie zu bitten, nach Savannah zu ziehen."

„Liz!", rief Catherine beschwörend.

Die Warnung kam zu spät. Nick hatte schon begriffen. Liz blickte erschrocken von einem zum anderen. „Oh je, oh je", war ihr Kommentar.

„Das kannst du wohl sagen", meinte Catherine trocken.

„Vielleicht sollte ich nachsehen, ob die Blumen schon angekommen sind", schlug Liz vor.

„Eine hervorragende Idee."

„Was hat sie gemeint?", wollte Nick wissen.

„Kannst du dich an unser erstes Treffen nach deinem Geburtstag erinnern?"

„An dem Tag bin ich nach Savannah gekommen, um dir meinen Entschluss mitzuteilen."

„Nun – am gleichen Morgen hatte ich in deinem Büro angerufen. Vermutlich hat Helene dich nicht erreicht, weil du nie etwas davon erwähntest."

„So weit kann ich dir folgen."

„Ich sagte dir, dass ich nachgedacht hätte, aber dann wollte ich zuerst deinen Vorschlag hören."

„Das stimmt."

„Ich hatte mir nämlich fest vorgenommen, dir vorzuschlagen, ein Zweitbüro in Savannah zu eröffnen und herzuziehen. Liz hat mich dazu überredet. Ich erklärte Helene, dass ich dich unbedingt treffen müsste. Ich war überzeugt, dass du deswegen kamst."

„Dann hat meine Ankündigung dich total aus dem Konzept gebracht." Nick lachte.

„Allerdings." Catherine stimmte in sein Lachen ein.

„Das beweist eins."

„Was denn?"

„Zwei Seelen, ein Gedanke. Zusammen sind wir ein unschlagbares Team."

„Darauf kannst du wetten", versprach Catherine feierlich. Nick küsste sie leidenschaftlich und verheißungsvoll.

– ENDE –

Liz Fielding

Rendezvous mit dem Boss

Roman

Aus dem Amerikanischen von
Melissa Granau

1. KAPITEL

*M*axim Fleming war wütend. Und seine Schwester am anderen Ende der Leitung wusste auch genau, warum. „Ich bitte dich doch nur darum, mir eine Aushilfssekretärin zu besorgen, Amanda. Ich bin nicht schwierig." Er ignorierte das spöttische Lachen seiner Schwester. „Ich will nur jemanden, der seinen Job beherrscht."

„Max …"

Aber er schnitt ihr ungeduldig das Wort ab. „Ist das so ein großes Problem?"

„Max, Darling …"

Er ignorierte weiterhin den warnenden Unterton in ihrer beschwichtigenden Stimme. „Jemand, der korrekt tippen kann, ein bisschen Stenografie …"

„Deine Vorstellung von ‚ein bisschen‘ Stenografie entspricht leider weder meiner noch der von all den absolut kompetenten Sekretärinnen, die ich dir schon geschickt habe", unterbrach sie ihn schroff. Dann seufzte sie leicht. „Heutzutage legt man auf Kurzschrift nicht mehr so viel Wert, Max …" Jedenfalls galt das für die Mädchen, die sie ihrem Bruder bereits geschickt hatte. Sie und Max hatten eben völlig unterschiedliche Vorstellungen von den Fähigkeiten, die eine erstklassige Sekretärin besitzen sollte. „Wäre es nicht einfacher, wenn du – wie alle anderen im zwanzigsten Jahrhundert – endlich ein Diktiergerät benutzen würdest?"

„Willst du damit andeuten, dass die berühmte Garland-Agentur nicht in der Lage ist, eine fähige Sekretärin zu stellen, die stenografieren kann?"

„Das habe ich nicht gesagt, Max. Aber du musst mir schon ein bisschen Zeit geben. Deine Anforderungen sind einfach zu hoch."

„Ich habe aber keine Zeit, und die Garland-Mädchen sind doch angeblich die besten", erinnerte er sie. „Ich bin gern bereit, ein Topgehalt zu zahlen für eine Sekretärin, die richtig tippen kann und beim Steno eine Spur schneller ist, als wenn sie Langschrift schreiben würde. Das ist doch sicherlich nicht zu viel verlangt von Londons angesehenster Sekretärinnenagentur, oder?"

„Und außerdem bist du immer so ungeduldig", fügte sie hinzu, ohne auf seine Frage einzugehen. „Allein in den letzten vierzehn Tagen hast du diverse von Londons besten Sekretärinnen zurückgeschickt."

„Aha, von den besten!" Wenn das die Besten waren, verzichtete er gern darauf, die anderen kennenzulernen.

„Bisher habe ich noch keine einzige Klage über meine Mädchen gehört. Ganz im Gegenteil, sie werden immer in den höchsten Tönen gelobt." Das war zwar richtig. Aber in den anderen Fällen hatte sie auch nie versucht, sowohl eine perfekte Sekretärin als auch passende Lebensgefährtin für den Kunden zu finden.

Max Fleming ließ einen für ihn charakteristischen verächtlichen Laut hören. „Deine Werbeabteilung hat gute Arbeit geleistet, da gebe ich dir recht. Jeder führende Manager ist heiß auf eins der fabelhaften Garland-Mädchen. Aber ich brauche solche Vorzeigedamen nicht, hin und wieder hätte ich gern etwas Solides. Jemanden mit Charakter."

Du meine Güte! Sie mochte ja die Mädchen mehr nach ihrem Aussehen und Charme als nach ihren Fähigkeiten ausgesucht haben, aber so schlecht waren sie nun auch nicht. „Unsinn. Gib es zu, Max. Du bist das Problem! Warum sollen sich meine Mädchen mit deinen Launen und unmöglichen Arbeitszeiten abfinden?"

„Vielleicht wegen des Geldes, Schwesterherz? Oder hast du ihnen als Lohn nur in Aussicht gestellt, mein gebrochenes Herz zu heilen?"

„Du hast kein Herz."

„Du weißt das, und ich weiß es auch. Aber wenn du es fertigbringst, ein Mädchen zu finden, das hinreichend schnell stenografiert, wer weiß, vielleicht bin ich dann zu jedem Opfer bereit." Er machte eine Pause. „Wenigstens bis es der Mutter meiner Sekretärin wieder besser geht. Es ist mir egal, wie die Aushilfe aussieht, und es interessiert mich wirklich nicht, mit wem sie zur Schule gegangen ist."

„Max Fleming, du machst mich wahnsinnig."

„Ich weiß", sagte er barsch und unterbrach ihren Redefluss. „Meine Fehler sind bekannt. Wenn ich Besserung gelobe, schickst du mir dann jemand Geeigneten? Nur für ein paar Tage, bis ich den Bericht für die Weltbank fertig habe?"

„Ich sollte ihn dich selbst mit zwei Fingern tippen lassen, dann wärst du nicht so."

„Kapitulierst du etwa?"

„Das hättest du wohl gern, großer Bruder. Also gut. Ich werde dir morgen jemanden schicken. Aber das ist deine letzte Chance. Wenn du das wieder vermasselst, stehst du allein da." Amanda Garland runzelte die Stirn, als sie den Hörer auflegte, und wandte sich dann ihrer eigenen Sekretärin zu. „Was um alles in der Welt soll ich nur mit ihm machen, Beth?"

„Vielleicht aufhören, die richtige Frau für ihn zu suchen, und dem armen Mann endlich eine kompetente Sekretärin schicken?", schlug Beth grinsend vor. „Doch jemanden zu finden, der mit Lichtgeschwindigkeit stenografieren kann, dürfte schwieriger sein, als Ihren Bruder wieder vor den Altar zu bringen. Wir sind total ausgebucht."

„Haben wir nicht kürzlich eine Bewerbung von einem Mädchen aus Newcastle bekommen, das erstaunlich schnell in Steno ist?"

„Mm, Jilly Prescott. Sie meinten doch, dass sie nicht wie ein Garland-Mädchen wirkt, Amanda", sagte Beth zweifelnd und betrachtete kurz das Foto, bevor sie den Lebenslauf des Mädchens weiterreichte.

„Mein Bruder hat seinen Anteil an attraktiven Garland-Mädchen dieses Jahr gehabt. Er muss jetzt nehmen, was kommt."

Beth sah nicht sehr überzeugt aus. „Sie ist schrecklich jung. Sie wird nicht lange bei ihm überleben."

„Vielleicht", sagte Amanda Garland nachdenklich. „Vielleicht auch nicht. Er glaubt, dass sich unsere Mädchen mehr um ihr Äußeres als um ihre Arbeit kümmern."

„Das kommt, weil Sie ihm immer nur die gut Aussehenden geschickt haben."

„Na ja, das wird er von Jilly Prescott nicht sagen können." Sie betrachtete das Foto einer durchschnittlich aussehenden jungen Frau mit einem Wust von dichtem schwarzem Haar, mit dem man auch eine Matratze hätte füllen können. „Er möchte jemanden mit Charakter." Sie sah nachdenklich zu Beth hinüber. „Frauen aus dem Norden sind angeblich charakterstark, oder?"

„Wenn Sie meinen, dass Ihr Bruder zu Kreuze kriechen wird, Amanda, dann kennen Sie ihn nicht so gut, wie Sie glauben."

„Es ist einen Versuch wert." Amanda lächelte bei der Vorstellung, was so ‚ein bisschen‘ Charakter in der wohlgeordneten Welt ihres Bruders bewirken würde. „Prüfen Sie ihre Referenzen. Wenn sie etwas wert sind, rufen Sie sie an und sagen Sie ihr Bescheid, dass sie morgen früh hier sein soll."

Jilly Prescott wählte die Nummer ihrer Cousine. Es klingelte dreimal, bevor sich ein Anrufbeantworter meldete. „Hallo, hier ist Gemma. Ich kann gerade nicht ans Telefon kommen, aber wenn Sie mir Namen und Rufnummer hinterlassen, rufe ich zurück."

„Mist!" Jilly strich sich eine Strähne ihres dunklen Haars aus der Stirn.

„Probleme, mein Schatz?", fragte ihre Mutter, die ungeduldig an der Tür stand. Sie hasste es, wenn jemand lange Ferngespräche führte, und sie wollte sicher sein, dass Jilly sich kurzfasste.

„Nein, nein. Ich habe nur ihren Anrufbeantworter dran, das ist alles", erwiderte Jilly und wartete auf den Piepton. „Gemma, hier ist Jilly. Wenn du da bist, nimm bitte ab. Es ist wichtig." Sie zögerte einen Moment und hoffte auf die unwahrscheinliche Chance, dass ihre Cousine zu Hause war. Warum war Gemma ausgerechnet heute Abend nicht da? Schließlich hinterließ Jilly ihre Nachricht: „Ich rufe dich nur an, um dir zu sagen, dass ich jetzt einen Job in London habe. Ich nehme den ersten Frühzug nach King's Cross. Ich melde mich wieder, wenn ich in London bin." Sie legte auf und drehte sich zu ihrer Mutter um. „Es ist alles in Ordnung", behauptete sie zuversichtlicher, als sie war. „Gemma hat immer gesagt, dass ich jederzeit bei ihr wohnen kann."

Ihre Mutter blickte skeptisch. „Ich weiß nicht recht, Jilly. Was ist, wenn sie verreist ist?"

„Natürlich ist sie nicht verreist. Es ist Januar, wohin sollte sie schon im Januar gefahren sein? Ich nehme an, sie ist einkaufen. Sie wird später anrufen – und wenn nicht, habe ich immer noch ihre Büronummer. Das geht in Ordnung, wirklich." Die Garland-Agentur war die beste ihrer Art in London, und die Leute dort wollten sie, und zwar schon am nächsten Tag, und wer weiß, wann sie jemals wieder so eine Chance bekommen würde. „Ich werde jetzt lieber weiter packen."

„Gut, dann bügle ich deine beste Bluse noch einmal auf", sagte Jillys Mutter. Jilly wusste, ihre Mutter wollte nicht, dass sie ging, und erst recht nicht, dass sie mit Gemma zusammen war. Jillys Mutter brauchte jetzt Ablenkung, um damit fertigzuwerden.

„Ich möchte nicht wissen, wie du aussiehst, wenn du dich selbst um deine Sachen kümmern musst!"

„Das schaffe ich schon."

„Wirklich?"

„Ich bügle meine Sachen seit meinem zehnten Lebensjahr selbst, Mom."

„Das habe ich nicht gemeint." Jillys Mutter machte eine Pause. „Versprich mir nur, wenn irgendetwas nicht klappt und Gemma dich nicht unterbringen kann, dass du dann sofort wieder nach Hause kommst."

„Aber …"

„Es wird auch noch andere Jobs geben, Jilly", unterbrach ihre Mutter sie und wartete einen Moment. Ein Versprechen ihrer Mutter gegenüber war für Jilly etwas, das sie nicht leichtfertig gab. Wenn sie versprach, nach Hause zu kommen, musste sie es tun, wenn etwas schiefging. Aber was sollte schon passieren?

„Ja, Mom, das verspreche ich."

Beide schwiegen einen Augenblick. Dann fragte Jillys Mutter nachdenklich: „Du wirst sicher auch bei Richie Blake vorbeischauen, oder?"

„Ja, wahrscheinlich", sagte Jilly so beiläufig wie möglich. Als würden beide nicht ganz genau wissen, dass sie, Jilly, nur seinetwegen nach London wollte.

„Na ja, er ist da jetzt ein ganz großes Tier. Vielleicht will er an seine Vergangenheit gar nicht erinnert werden."

„Wir waren Freunde, Mom. Gute Freunde", bemerkte Jilly leicht empört. Sie erinnerte sich immer noch an den Moment, an dem sie ihn zum ersten Mal gesehen hatte. Ein mitleiderregender Junge, klein für sein Alter, mit weißblondem Haar und einer Brille, die mit Klebeband zusammengehalten wurde. Eine Gruppe älterer Jungen hatte ihn ständig geärgert, und obwohl Jilly fast ein Jahr jünger war als er, hatte sie sich schützend vor ihn gestellt, den anderen furchtlos die Meinung gesagt und sich aufgeplustert wie eine Glucke, die ihr Küken verteidigte.

Danach war sie vernarrt in ihn gewesen. Vielleicht sah sie deshalb mehr in ihm als die anderen, eben etwas Besonderes.

Sie war diejenige gewesen, die das Festkomitee der Schulweihnachtsfeier überredet hatte, ihn als Discjockey zu nehmen. Sie hatte seine Fotos an die Lokalzeitungen geschickt, damit er kostenlos Werbung bekam. Sie hatte ihre Brüder dazu gebracht, auf ihren Computern Plakate zu entwerfen und Demobänder mit seinen ersten Moderationsversuchen aufzunehmen. Und dann hatte sie so lange die Radiostationen damit überschüttet, bis er schließlich für nicht mehr als ein Taschengeld in einer Jugendsendung seine erste Chance bekam.

Und sie hatte ihm auch das Geld für die Fahrkarte nach London geliehen, nachdem ihm ein Londoner Privatsender telefonisch einen Vertrag angeboten hatte.

„Du bist ein wundervolles Mädchen, Jilly", hatte er gesagt, als sie wartete, dass der Zug losfuhr, und sich wünschte, mitfahren zu können. „Du bist die Einzige, die immer an mich geglaubt hat. Du bist die Beste. Ich werde dich niemals vergessen, das verspreche ich."

„Sie haben unglaubliches Glück, so eine Chance zu bekommen, Jilly."
Amanda Garland hörte sich skeptisch an.

Sie war offenbar nicht die Einzige, die Zweifel hatte. Doch im Gegensatz zu ihr hatten Jillys Bedenken nichts mit ihrer Fähigkeit zu tun, den Job zu meistern. Das beunruhigte sie ganz und gar nicht. Viel schlimmer war, dass Gemma sich noch nicht gemeldet hatte. Gleich nach ihrer Ankunft in London hatte Jilly ihre Cousine noch vom Bahnhof angerufen, aber wieder lief nur der Anrufbeantworter. Und das zu einer Zeit, zu der jedes berufstätige Mädchen, egal, wann es in der Nacht zuvor nach Hause gekommen war, sich langsam aus dem Bett gequält haben sollte.

Und nun, als wäre das nicht schon genug, saß sie auch noch einer Frau gegenüber, die sie erst in aller Eile aus Newcastle hatte kommen lassen und jetzt mit ihrer Entscheidung, Jilly den begehrten Job zu geben, offensichtlich nicht so recht glücklich zu sein schien. Sicherlich, ihre perfekt gebügelte Bluse – sie hatte am Bahnhof schnell ihre Jeans und den Pullover von der Fahrt gewechselt – machte nicht den von ihrer Mutter erhofften Eindruck. Aber in dieser kalten Glitzerwelt hätte alles, was sie besaß, schäbig ausgesehen.

Sie hatte ihr Bestes getan, um dem Bild einer intelligenten, effizient arbeitenden, gepflegten Sekretärin zu entsprechen – jedenfalls so gepflegt, wie es mit einer Haarmähne möglich war, die seit Jillys zehntem Lebensjahr keinen Haarschnitt von professioneller Hand mehr erfahren hatte. Jetzt trug Jilly ihr Haar als gedrehten, hochgesteckten Zopf. Einzelne lockere Strähnen hatte sie mit Haarkämmen befestigt. Aber wie sie so dasaß, spürte sie, dass sich ihre Kreation aufzulösen drohte.

Für ihre Heimatstadt hatte es genügt. Der Rechtsanwalt, für den sie gearbeitet hatte, bevor er vor wenigen Wochen in den Ruhestand ging, war sogar recht beeindruckt davon gewesen. Aber in der extravaganten Welt von Knightsbridge wurde schnell offensichtlich, was sie war: ein durchschnittliches Mädchen aus einer durchschnittlichen Kleinstadt aus dem Industriegebiet des Nordostens. Es brauchte mehr als eine gut gebügelte Baumwollbluse, eben mehr als Kleidung von der Stange, um diese Tatsache vergessen zu machen.

In Jeans, einem einfachen weißen T-Shirt und mit Pferdeschwanz hätte Jilly vermutlich einen besseren Eindruck gemacht. Für Mädchen wie Jilly war ein schlichter Stil besser als gar keiner. Nicht so für die Frau, der Jilly jetzt gegenübersaß an dem riesigen, makellos aufgeräumten Schreibtisch. Ihr glänzendes rabenschwarzes Haar war nach der neuesten Mode gestylt. Die zarten blassen Hände waren geradezu geschaffen für die erlesenen Diamantringe, die sie an den Fingern trug. Und das Etikett an ihrer Designerjeans zeigte deutlich, dass die Besitzerin nur in den teuersten Boutiquen Londons einzukaufen pflegte. Jillys Hose dagegen war eine, bei der man lieber gleich das Etikett herausschnitt, um bei den Freunden nicht an Ansehen zu verlieren.

Und nun sah Amanda Garland von der Garland-Agentur Jillys lange, gerade Nase an, und es schien, als könnte sie nicht recht glauben, dass sie Jilly Prescott überhaupt einen Job angeboten hatte – egal, wie brillant ihre Zeugnisse auch waren.

Und Jilly konnte es auch nicht glauben, jetzt, mit Blick auf all die teuren Möbelstücke, den dicken Teppich und die Powerfrau vor sich, wie sie sie nur aus amerikanischen Seifenopern kannte.

In der Bücherei ihrer Heimatstadt hatte sie sich aus den Tageszeitungen Londons Agenturen herausgesucht, die Zeitarbeit für Sekretärinnen anboten. Dann hatte sie allen ihren Lebenslauf geschickt und gehofft, dass jemand hinreichend beeindruckt von ihren Qualifikationen wäre, um ihr eine Chance zu geben. Schließlich waren ihre Zeugnisse hervorragend.

Jetzt aber beschlich sie das Gefühl, dass es vielleicht nicht so weit her war mit ihr. Doch ihr Newcastle-Stolz ließ sie gar nicht erst in Erwägung ziehen, dass sie vielleicht in allem nur die zweite Wahl war und deshalb sofort die Flucht ergreifen sollte. Ihr Stolz und Richie.

„Enormes Glück." Amanda Garland begann, Jilly ärgerlich zu machen. Glück, dachte sie, während sie insgeheim die Schultern straffte, Glück hatte damit nun wirklich nichts zu tun. Das war harte Arbeit.

Immerhin hatte sie an der Königlichen Akademie der Künste das Sekretärinnen-Diplom mit Auszeichnung bestanden, eine Leistung, an der auch die Amanda Garlands dieser Welt nicht vorbeikamen. Doch Jilly wusste auch, dass bei ihrer Bewerbung ihr außergewöhnliches Steno-Zeugnis den Ausschlag gegeben hatte. Kaum jemand schaffte es, hundertsechzig Silben pro Minute zu stenografieren und fehlerfrei in Maschinenschrift zu übertragen.

„Gut. Ich werde Sie nicht länger aufhalten. Ich habe Max gesagt, dass Sie heute noch bei ihm anfangen können. Haben Sie schon eine Unterkunft, Jilly?", fragte Amanda, wobei sie einen Blick auf Jillys Koffer warf.

„Ich wohne bei meiner Cousine, bis ich etwas Passendes gefunden habe. Da fällt mir ein, ich müsste sie mal anrufen, um ihr zu sagen, dass ich angekommen bin …" Sie hatte schon viel früher fragen wollen, ob sie einmal telefonieren dürfe, doch die Sekretärin hatte Jilly sofort zu Amanda geführt. Und später hatte Jilly andere Dinge im Kopf gehabt.

Amanda Garland blieb an der Tür stehen. „Vielleicht sollte ich Sie warnen, Jilly. Max ist ein sehr anspruchsvoller Arbeitgeber, und Unfähigkeit kann er nur schlecht ertragen." Und? Die Frage war Jilly deutlich im Gesicht geschrieben, denn Amanda fuhr fort: „Er ist verzweifelt und braucht jemanden, der wirklich gut stenografieren kann, sonst …"

„Sonst?", wiederholte Jilly.

Die andere Frau hob verwundert eine Augenbraue. So viel Offenheit hatte sie nicht erwartet. „Sonst, um ehrlich zu sein, hätte ich Sie nicht für diese Position ausgewählt."

„Sie nehmen wirklich kein Blatt vor den Mund", erwiderte Jilly, die es endgültig leid war, dass man auf sie herabsah. Die Frau konnte ihren Job behalten. Es gab noch Hunderte von anderen Agenturen in London, und wenn sogar die Garland-Agentur bereit war, sie nur wegen ihrer Stenofähigkeiten aus Newcastle zu holen, dann sollte sie wohl auch woanders eine echte Chance haben. „Liegt es an meiner Kleidung?", wollte Jilly mit der Direktheit wissen, für die die Leute aus ihrer Heimat bekannt waren. „Oder ist mein Akzent das Problem?"

Daheim behaupteten alle, sie würde piekfein sprechen, aber Jilly war vom Gegenteil überzeugt. Ihre Mutter hatte sie sogar zum Sprechunterricht zu einer Schauspielerin geschickt, die seit dem Krieg nicht mehr aufgetreten war. Allerdings wagte niemand zu fragen, seit welchem. Doch immer noch verriet Jillys Aussprache ihre Herkunft.

Ms Garlands Augen weiteten sich leicht, und sie verzog belustigt die Lippen. „Sie sind sehr direkt, Jilly."

„Was sehr hilfreich ist, wenn man die anderen wissen lassen will, was man von ihnen denkt. Was denken *Sie*, Ms Garland?"

„Ich meine … ich meine, Sie werden es vielleicht schaffen, Jilly." Und schließlich wurde aus ihrem anfänglichen Schmunzeln ein breites Lächeln. „Und machen Sie sich keine Gedanken wegen Ihres Akzents – mein Bruder stört sich nicht dran. Ihm ist nur wichtig, wie gut Sie Ihren Job machen. Ich fürchte, er ist beinahe ein Ungeheuer, wenn es um die Arbeit geht. Es wäre mir lieber, wenn Sie etwas älter wären. Ich werfe Sie ja regelrecht ins kalte Wasser."

Ihr Bruder? Jillys Wangen begannen zu glühen. Amanda Garland traute ihr zu, für Mr Garland zu arbeiten? „Oh", sagte sie. „Ich dachte …" Und dann lächelte sie plötzlich: „Kein Problem, Ms Garland, ich bin eine ziemlich gute Schwimmerin, Goldmedaille, Rettungsschwimmerurkunde. Und was mein Alter betrifft, ich werde jede Minute älter."

Amanda Garland musste lachen. „Bewahren Sie sich Ihren Sinn für Humor und hören Sie nicht auf Max' Unsinn. Wenn er Sie anbrüllt, dann seien Sie einfach geradeheraus."

„Keine Sorge, das werde ich. Außerdem hilft es ungemein, wenn Männer besonders schwierig sind, dass man sie sich nur nackt vorstellt." Amanda lachte so, dass sie husten musste. „Wie lange wird er mich denn brauchen?", fragte Jilly, als Amanda wieder antworten konnte.

„Seine Privatsekretärin muss sich um ihre kranke Mutter kümmern, und wir haben keine Ahnung, wann sie wiederkommen wird." Ihre Miene wurde ernst. „Aber ein paar Wochen wird es wohl dauern, denke ich. Grübeln Sie darüber nicht nach. Wenn Sie für Max arbeiten können, dann können Sie es für jeden anderen auch. Mit Ihren Qualifikationen dürfte es kein Problem geben, Ihnen eine neue Stelle zu verschaffen."

„Oh, gut. Na dann, danke schön."

„Danken Sie mir jetzt noch nicht. Denken Sie nur daran, was ich Ihnen zum Thema ‚Selbstbewusstsein' gesagt habe. Und nehmen Sie ein Taxi. Ich möchte nicht, dass Sie uns auf dem Weg nach Kensington verloren gehen."

„Ich habe ein Ticket für …", begann Jilly.

„Ich sagte, nehmen Sie ein Taxi, Jilly. Ich habe Max versprochen, dass Sie noch heute bei ihm sind, nicht erst, wenn es die öffentlichen Verkehrsmittel zulassen. Ich rufe ihn gleich an und sage ihm, dass Sie kommen."

„Ja, aber …"

„Gehen Sie jetzt endlich!" Als Jilly immer noch zögerte, sagte Amanda. „Das ist ein Notfall! Lassen Sie sich eine Quittung geben. Sie bekommen Ihr Geld schon von Max zurück."

Jilly konnte es immer noch nicht fassen. Noch nie hatte ein Arbeitgeber sie so dringend gebraucht, dass er ihr das Taxi sogar bezahlen wollte. Wenn so die Arbeitswelt in London aussah, wunderte sie sich nicht mehr, dass es Gemma hier gefiel. Jilly nahm ihren Koffer in die eine Hand, hielt die Karte mit Max Flemings Adresse in der anderen und eilte hinunter auf die Straße, um eins dieser berühmten schwarzen Taxis heranzuwinken.

Das hatte sie schon tausendmal im Kino und Fernsehen gesehen, und sie konnte kaum glauben, dass sie es jetzt selbst tat. Den Koffer fest in der Hand, trat sie an den Gehsteigrand, hob die Hand und rief: „Taxi!"

Zu ihrem Erstaunen machte ein gerade vorbeifahrendes Taxi mitten auf der Straße kehrt. Der Fahrer hielt direkt neben ihr und riss die Tür auf. Es funktionierte! Sie kletterte auf den Rücksitz und lächelte zufrieden. Es war zwar ein schwacher Start gewesen, aber jetzt begann sie tatsächlich, das Ganze zu genießen.

Das Taxi hielt vor einem eleganten Haus in Kensington. Inmitten einer gepflegten Parkanlage wurde das Gebäude durch eine hohe Mauer vor neugierigen Blicken geschützt. „Da sind wir, Miss", sagte der Fahrer und öffnete Jilly die Tür. Sie gab ihm, was er verlangte, und legte noch ein großzügiges Trinkgeld drauf. Er grinste sie an. „Danke. Brauchen Sie eine Quittung?"

„Oh, ja. Gut, dass Sie mich daran erinnern. Ich hab damit nicht so viel Erfahrung." Nachdem sie den Beleg bekommen hatte, ging sie auf das schwarz gestrichene Tor zu, das die Mauer teilte, und drückte auf die Klingel.

„Ja bitte?", fragte eine Frauenstimme am anderen Ende der Sprechanlage.

„Jilly Prescott", sagte Jilly energisch. „Ich komme von der Garland-Agentur."

„Na wunderbar! Kommen Sie herein."

Als der Summer ertönte, öffnete Jilly das Tor. Über einen geschmackvoll gepflasterten Gartenweg, vorbei an wertvollen Keramiktöpfen und einer kleinen Bronzenymphe gelangte Jilly zu einem Haus mit einer prachtvollen Fassade.

Die grauhaarige Dame, die ihr geöffnet hatte, winkte sie eilig herbei. „Kommen Sie, Ms Prescott. Max wartet schon auf Sie." Sie führte Jilly durch eine weitläufige Eingangshalle, vorbei an einer gewundenen Treppe und blieb vor einer getäfelten Tür stehen. „Gehen Sie einfach hinein."

Jilly stand an der Türschwelle zu einem kleinen, ebenfalls getäfelten Büro. Auf der gegenüberliegenden Seite stand eine Verbindungstür offen. Ein Mann sprach mit tiefer, ungehaltener Stimme. Offensichtlich telefonierte er, denn Jilly hörte sonst niemanden.

Sie blickte sich um. Auf dem Schreibtisch waren zwei Telefonapparate zu sehen sowie eine Gegensprechanlage, ein benutzter Stenoblock

und ein Becher mit angespitzten Bleistiften. Auf einem speziell ange-
fertigten Tisch dahinter standen ein hochmoderner Computer und ein
ebenso neuer Drucker. Jilly fragte sich, mit welcher Software sie hier
wohl arbeiten müsse. Also holte sie ihre Brille aus der Handtasche,
setzte sie auf und lehnte sich vor, um den Computer anzuschalten.

„Harriet!" Die körperlose Stimme hatte offensichtlich ihr Telefonat
beendet. Jilly wandte sich sofort vom Computer ab, nahm den Stenoblock vom Schreibtisch und griff nach einigen Bleistiften. Schnell
strich sie noch eine lose Haarsträhne zurück und stand auch schon
an der Tür zum Nebenzimmer. Max Fleming wartete am Fenster und
betrachtete den winterlichen Garten. Er drehte sich nicht um. „Ist
dieses verdammte Mädchen immer noch nicht da?", fragte er ungeduldig.

Was für ein hagerer Mann! dachte Jilly spontan. Viel zu dünn für
seine Größe und erst recht für seine breiten Schultern. Das Jackett hing
schlaff an ihm herunter. Er musste in letzter Zeit enorm abgenommen
haben. Aber sein dunkles volles Haar war perfekt geschnitten, genau
wie das seiner Schwester. Die feinen silbrigen Strähnen an den Schläfen
ließen es sogar noch dunkler erscheinen.

Das war alles, was sie wahrnehmen konnte, bevor er gereizt mit seinem schmalen Ebenholzstock, auf den er sich gestützt hatte, auf den
Fußboden klopfte. Dann drehte er sich halb um und nahm sie aus den
Augenwinkeln wahr. Für einen Moment sagte er nichts, sondern starrte
sie nur an, als könne er seinen Augen nicht trauen.

„Wer zum Teufel sind Sie denn?", fragte er herrisch.

Wahrlich, dieser Mann kann einen einschüchtern, dachte Jilly. Aber
seine Schwester hatte sie ja gewarnt, dass er sich manchmal wie ein
Ungeheuer aufführte. Wenn sie in diese dunklen Augen sah, die sie
aus seinem mageren Gesicht anblitzten, glaubte sie es. Als er sie jetzt
von oben bis unten musterte, wurde ihr klar, was auf dem Spiel stand.
Falls sie auch nur andeutungsweise nervös würde unter seinem harten
und herausfordernden Blick, könnte sie genauso gut gleich wieder das
Zimmer verlassen. Diese Schwäche würde er erbarmungslos ausnutzen. Was hatte seine Schwester noch gleich gesagt? „Wenn er brüllt,
seien Sie geradeheraus."

„Ich glaube, ich bin dieses verdammte Mädchen", erwiderte sie mit
fester Stimme so geradeheraus, wie es ihr möglich war, und hielt seinem
Blick stand. Sie war zwar erst einundzwanzig Jahre alt, aber sie hatte
noch nie Angst vor Spielplatz-Rowdys gehabt, und sie hatte garantiert

nicht die Absicht, jetzt zu kneifen. Für einen Moment herrschte eine bedrohliche Stille. Dann, nachdem sie bewiesen hatte, dass sie nicht so schnell einzuschüchtern war, rückte sie ihre Brille zurecht und bot einen Waffenstillstand an. „Es tut mir leid, wenn Sie warten mussten. Der Verkehr war fürchterlich. Ich wollte eigentlich mit der U-Bahn fahren, aber Ms Garland sagte, ich solle ein Taxi nehmen."

Max zog eine Augenbraue leicht hoch. „Hat sie sonst noch etwas geäußert?"

Eine Menge, aber das wollte Jilly jetzt lieber nicht wiederholen. „Dass Sie das Taxigeld übernehmen", erwiderte Jilly.

„So, das hat sie gesagt?" Jilly hatte gehofft, ihn mit dieser Bemerkung zum Lachen zu bringen. Aber den Gefallen tat er ihr nicht. Sie merkte, wie sie am ganzen Körper, einschließlich ihrer Wangen, unter der Intensität seines Blickes zu glühen begann. Es war, als könnte er bis in ihr Innerstes sehen. Für ein, zwei Sekunden wankte sie in ihrer Entschlossenheit, diesem Mann mutig zu begegnen.

„Nun, irgendjemand wird es bezahlen müssen, ich kann es mir jedenfalls nicht leisten, mich in Taxis herumchauffieren zu lassen", sagte Jilly und zwang sich, wieder in die Offensive zu gehen. Sie überquerte, wie ihr schien, mehrere Meter auf einem dicken Orientteppich und legte die Taxiquittung auf Mr Flemings Schreibtisch. „Ich lasse sie hier, dann können Sie in Ruhe mit Ihrer Schwester darüber reden."

Max Flemings erster Gedanke war, dass sie unmöglich eines dieser heiß begehrten Garland-Mädchen sein konnte. Bei ihr fehlte jede Spur von Stilgefühl und perfekten Umgangsformen, für die die Garland-Sekretärinnen so berühmt waren. Sie war nicht einmal hübsch. Ihre Augen waren hinter einer eulenhaft wirkenden Brille versteckt, und ihre Nase und ihr Mund waren viel zu groß. Ein breiter voller Mund, der bei der kleinsten Ermutigung ein warmes Lächeln zeigte. Und erst ihr Haar … Es war hellbraun wie Milchschokolade. Einige Strähnen hatten sich aus den Kämmen gelöst. Ganz zu schweigen von der Kleidung …

Sie trug eine schlichte weiße Bluse und einen einfachen, unmodischen grauen Rock, der sittsam über dem Knie endete. Das alles wirkte mehr wie eine Schuluniform. Nein, nicht wie eine Schuluniform, dafür war die Kleidung viel zu ordentlich. Es erinnerte ihn mehr an eine von diesen altmodischen Sekretärinnen, ja, dazu passte auch dieses Brillengestell aus Schildpatt.

Und plötzlich wurde ihm alles klar.

Seine Schwester erlaubte sich einen Spaß mit ihm. Es war die Rache für all die Mühe, die er ihr gemacht hatte. Jeden Moment würde sich dieses Mädchen die Brille herunterreißen, die Kämme aus dem Haar ziehen und sich als das präsentieren, was sie zweifellos war: eine höchst attraktive, zum Küssen herausfordernde junge Frau.

Offensichtlich ungeduldig geworden unter seinem langen, forschenden Blick, sagte das Mädchen schließlich: „Können wir anfangen, Mr Fleming?" Er wusste es genau. Was er jetzt auch immer antworten würde, es wäre der Startschuss, um das erbärmliche Theater in Gang zu bringen. Obwohl, es gab Zeiten, da hätte ihm so ein Scherz gefallen ... „Ihre Schwester sagte, Sie wären verzweifelt ..."

Verzweifelt. Einsam. Innerlich leer. Alles traf zu.

„Es kommt mir so vor, als wäre meine Schwester dieses Mal besonders geschwätzig gewesen." Aber selbst wenn sie, wie immer, recht gehabt hätte, er hätte ihr sagen können, dass all ihre Bemühungen nichts nützen würden. Er glaubte langsam, dass überhaupt nichts mehr helfen könnte.

Entschlossen verdrängte er diesen deprimierenden Gedanken und konzentrierte sich wieder auf das Mädchen. War es eine Schauspielerin, die eine Pechsträhne hatte? Nein. Unwahrscheinlich. Eine Schauspielerin hätte sich mehr angestrengt, ohne Akzent zu sprechen. Sie hätte auch ihre Rolle stärker übertrieben. Dieses Mädchen musste irgendeine Studentin sein, die sich ein bisschen Geld nebenbei verdiente, um ihr Studium zu finanzieren.

„Wie heißen Sie?", fragte Max.

„Jilly Prescott."

Jilly. Das war doch kein Name für eine offensichtlich erwachsene Frau. Trotz der billigen Garderobe war ihre fabelhafte Figur zu erkennen, die in ihrer Silhouette an eine Sanduhr erinnerte. Ihre extrem schlanke Taille verleitete einen Mann regelrecht dazu, sie mit beiden Händen zu umfassen.

Max runzelte die Stirn, als er merkte, wie sehr ihm diese Vorstellung gefiel. Dann zuckte er einmal kurz die Schultern. Er war wütend über jegliche zusätzliche Zeitverschwendung, obgleich er zugeben musste, dass er mit seinem Verhalten dieses Theater selbst herausgefordert hatte. Er wusste auch, dass es schwierig war, für ihn zu arbeiten, und dass Amanda zweifellos die Nase voll hatte von seiner Forderung nach Perfektion. Er war sich fast sicher, dass Amanda gerade in dieser Minute draußen in der Eingangshalle stand und mit all den Mädchen, die er in den letzten vierzehn Tagen wieder weggeschickt hatte, darauf wartete, auf seine Kosten einmal herzlich zu lachen.

Nur dieser Gedanke hielt ihn davon ab, das Mädchen gleich wieder nach Hause zu schicken. Kein Auftritt, keine Bezahlung. Wer sich für so etwas hergab, hatte das Geld dringend nötig. Er musste diese Strafe wohl oder übel wie ein Mann ertragen, und vielleicht würde Amanda dann Mitleid haben und ihm die Sekretärin schicken, die sie ihm versprochen hatte.

Und vielleicht würde er in Zukunft daran denken und etwas geduldiger sein.

Vielleicht.

„Also gut, Jilly", sagte er plötzlich. Er würde sich wohl damit abfinden müssen, aber es musste ihm ja nicht gefallen. „Lassen Sie uns anfangen. Ich habe schließlich nicht den ganzen Tag Zeit."

Jilly setzte sich auf den Stuhl vor seinem Schreibtisch, legte die Bleistifte bereit, wählte einen aus, zückte ihren Stenoblock und sah Max herausfordernd an.

„Ich bin so weit, Mr Fleming", sagte sie. Jilly lächelte unsicher und fühlte sich, als sollte sie gleich einem unberechenbaren Tiger zum Fraße vorgeworfen werden. „Können wir, Mr Fleming?"

2. KAPITEL

Für einen Moment blickte Max gebannt auf dieses Lächeln, das Jillys Mund unerwartet sexy wirken ließ.

Ungläubig ging Max zur Tür und sah in die Eingangshalle. Sie war leer. „Harriet!"

Seine Haushälterin kam aus der Küche auf ihn zu. „Ja, Max?"

„Ist Jilly Prescott allein gekommen?"

„Ja. Haben Sie noch jemanden erwartet? Sie haben mir nicht gesagt ..."

„Und sonst ist niemand in den letzten Minuten gekommen, meine Schwester vielleicht?"

„Amanda?", fragte Harriet erstaunt. „Wieso? Erwarten Sie Amanda? Wird sie zum Lunch bleiben?"

„Nein, aber ... " Er schüttelte den Kopf. „Nein, ich erwarte überhaupt niemanden. Bringen Sie uns bitte nur etwas Kaffee." Max wandte sich an Jilly. „Sie möchten doch auch eine Tasse, nicht wahr?"

„Ja, gern."

Max ging zurück an seinen Schreibtisch, lehnte seinen Stock dagegen und setzte sich vorsichtig auf seinen Stuhl. Dann nahm er einen Stapel Notizen in die Hand.

Jetzt, da Jilly ihm gegenübersaß, merkte sie, dass er viel jünger war, als sie anfangs geschätzt hatte. Wie viel jünger, war schlecht zu sagen. Vielleicht war er krank gewesen? Oder er hatte einen Unfall gehabt, der ihn jetzt zwang, einen Stock zu benutzen? Doch Max gab ihr nicht viel Zeit, darüber nachzudenken.

Es drängte ihn, zu wissen, woran er war. Zuerst diktierte er langsam. Bald jedoch merkte er, dass Jilly keinerlei Schwierigkeiten hatte, das Tempo zu halten. Es machte eher den Eindruck, als wartete sie geduldig auf ihn.

„Würden Sie das bitte einmal laut vorlesen, Jilly?", fragte er, insgeheim etwas argwöhnisch.

Ohne das geringste Zögern trug Jilly alles vor, was Max diktiert hatte, und fügte hinzu: „Sie können ruhig schneller sprechen, wenn Sie möchten. Ich kann hundertsechzig Silben pro Minute aufnehmen."

Er blickte sie ungläubig, aber auch neugierig an. „Wirklich?", platzte er heraus. Jilly war überrascht. Seine Schwester hatte sie doch empfohlen. Traute Max nicht einmal Amanda? Wie sollte sie, Jilly, ihm dieses Misstrauen nehmen? „Wirklich."

„Erstaunlich", murmelte Max vor sich hin. Er war sich nicht einmal im Klaren, ob er ihre Stenokünste oder das Mädchen selbst meinte. Es musste einen Haken geben. „Können Sie tippen?", fragte er sie so herausfordernd, als hätte er sie endlich ertappt.

„Eine Sekretärin ohne Schreibmaschinenkenntnisse macht nicht viel Sinn, oder?", erwiderte Jilly ernst, aber auch ein bisschen schnippisch. Warum traute er ihr nichts zu? „Oder?", fragte sie hartnäckig nach, als Max die Antwort schuldig blieb.

„Nein, ich glaube nicht", antwortete er unbehaglich. Sollte er sich bei ihr für sein Verhalten entschuldigen? Schon im nächsten Augenblick verwarf er diese Idee. Nein, er durfte sich nicht wieder täuschen lassen. Noch hatte sie ihr Können nicht hinreichend unter Beweis gestellt. Also diktierte er weiter. Es war ein kompliziert zu schreibender Bericht mit vielen Spezialausdrücken und langen Zahlenkolonnen. Max sprach immer schneller. Er wollte, dass sie ihn bat, das Tempo zu verlangsamen. Aber Jillys Hand flog nur noch schneller über den Block.

Max ärgerte sich darüber. Wieso eigentlich? Solche Fähigkeiten hatte er bei einer Sekretärin doch immer gesucht. Er konnte auch damit leben, dass sie es manchmal am gewohnten Respekt fehlen ließ. Na ja. Wenigstens fingerte sie nicht ständig an ihrem Haar herum. Sie war viel zu sehr in ihre Arbeit vertieft, als dass sie die lose Haarsträhne über ihrem rechten Ohr bemerkt hätte. Trotzdem. Max hatte das Gefühl, verloren zu haben, wobei und gegen wen, wusste er auch nicht genau. „Das wäre für den Moment alles. Wie lange werden Sie zum Tippen brauchen?"

„Das hängt ganz von Ihrer Software ab", erwiderte Jilly. Max nannte ihr das Programm. „Mm, das sollte kein Problem sein." Nach einem kurzen Blick auf ihre Uhr sagte Jilly dann mit unerschütterlicher Miene: „Um drei Uhr haben Sie den Bericht auf dem Schreibtisch liegen."

Lächerlich, dachte Max und sagte: „Korrektheit ist mir lieber als Schnelligkeit."

Jilly hatte keine Lust auf weitere Debatten. „Gut, sagen wir fünf Minuten nach drei." Sie stand auf, ging zur Tür und drehte sich dort kurz um. „In den letzten fünf Minuten mache ich mir eine Tasse Tee. Der Kaffee ist inzwischen kalt. Ich mache Ihnen auch eine Tasse, wenn Sie möchten", bot Jilly entgegenkommend an.

„Nein", wehrte Max hastig ab. „Nein, danke. Das wird nicht nötig sein. Und Sie brauchen auch nur Harriet Bescheid zu sagen. Sie macht alles, was Sie möchten." Die Uhr auf dem Kaminsims schlug zur vollen Stunde. „Es ist bald Mittag. Sie können auch gern ein Sandwich oder so etwas haben. Sie haben relativ spät angefangen. Ich nehme an, es macht Ihnen nichts aus, durchzuarbeiten?"

„Nein, ganz und gar nicht", sagte Jilly. Und wieder konnte Max nicht einordnen, ob es höflich oder ironisch gemeint war. „Ich hab mich sowieso schon gefragt, was ich in meiner Pause machen soll. Damit wäre das Problem ja auch gelöst." Also doch Ironie. Kein Zweifel.

Jilly ging in ihr kleines Büro, und Max folgte ihr. „Woher kommen Sie, Jilly?" Kaum ausgesprochen, bereute er seine neugierige Frage schon.

„Sagen Sie's mir." Jilly hatte die Brille abgenommen, und ihre Augen funkelten Max herausfordernd an. „Ihre Schwester konnte es mir nach dem ersten Wort sagen!"

„Vermutlich irgendwo aus der Nähe von Watford?", erwiderte er schnell und darüber verwirrt, welche Richtung seine Gedanken einschlugen.

Sehr witzig! dachte Jilly. Jeder konnte ihre nordenglische Herkunft daran erkennen, wie sie die Konsonanten betonte. Und Watford lag in unmittelbarer Nähe von London! „Nicht schlecht getippt. Ich komme aus einem kleinen Ort in der Umgebung von Newcastle, dessen Namen sowieso noch keiner gehört hat. Ach, dabei fällt mir ein. Könnte ich vielleicht kurz telefonieren? Ich zahl es auch."

Bezahlen? Er glaubte nicht richtig gehört zu haben. Amandas Garland-Mädchen hatten in den letzten Wochen pausenlos die Leitung mit Privatgesprächen lahmgelegt und so getan, als wäre das selbstverständlich.

„Wissen Sie", versuchte Jilly zu erklären, „ich wollte eigentlich bei meiner Cousine wohnen, bis ich etwas in London gefunden habe. Ich habe sie gleich heute Morgen noch vom Bahnhof aus angerufen. Aber sie war nicht da. Um diese Uhrzeit ist man doch eigentlich zu Hause!"

„Und sie war es nicht?"

„Nein."

„Vielleicht war sie ausgegangen."

„Um die Zeit?"

Ist diese Ms Prescott wirklich so naiv, oder tut sie nur so? fragte sich Max. Wie auch immer, es war nicht seine Aufgabe, sie über das Londoner Nachtleben aufzuklären. „Vielleicht war sie joggen", schlug er mit leicht sarkastischem Unterton vor.

„Ja. Das wäre denkbar", stimmte Jilly wenig überzeugt zu. „Es ist bestimmt besser, ich warte noch etwas und rufe meine Cousine dann in ihrem Büro an. Ich hätte ja auch von einer Telefonzelle angerufen, aber Ihre Schwester sagte, Sie seien …"

„Verzweifelt?" Ein leichter rötlicher Schimmer legte sich auf ihre Wangen, als Max Fleming das Wort sagte, das sie jetzt nicht mehr aussprechen wollte. „Ja. Ich war … Ich bin verzweifelt", hörte er sich plötzlich gestehen und spürte, als sie ihn mit ihren großen braunen Augen ansah, so etwas wie Verletzlichkeit. Aber eben nur einen Augenblick. Im nächsten Moment fuhr er sachlich fort: „Ich schlage vor, Sie rufen Ihre Cousine sofort an. Ich möchte nicht, dass Sie mit Ihren Gedanken ganz woanders sind, während Sie meinen Bericht tippen." Er war schon auf dem Weg zur Tür, als er sich noch einmal umdrehte. „Geben Sie lieber auch Ihrer Familie Bescheid, dass Sie gut angekommen sind." Verdammt noch mal! Er klang schon wie eine alte Glucke. „Vielleicht macht sich ja jemand Sorgen um Sie", fügte er etwas schärfer hinzu.

„Vielleicht?" Jilly kniff die Augen leicht zusammen, bevor sie herzlich lachte. Dabei tauchte für eine Sekunde ein Grübchen in ihrem Kinn auf. Sofort war es wieder verschwunden, und Max musste sich zusammenreißen, die Stelle nicht zu berühren, um sich davon zu überzeugen, dass er nicht geträumt hatte. „Meine Mutter hat sicher schon ein Loch in den Teppich gelaufen vom ewigen Hin- und Hertigern."

„Na, dann rufen Sie sie lieber sofort an, bevor der Schaden nicht mehr zu reparieren ist."

„Jetzt kann ich das nicht tun."

„Warum nicht?" Er wusste, dass er diese Frage bereuen würde. Aber das Gespräch hatte inzwischen ein Eigenleben entwickelt.

„Ich kann sie nicht anrufen, bevor ich nicht meine Cousine Gemma erreicht habe. Ich habe meiner Mutter versprochen, dass ich sofort nach Hause komme, wenn irgendetwas mit dem Job oder der Wohnung schiefgeht." Jilly zuckte kurz die Schultern. „Ich bin zum ersten Mal von zu Hause weg, und sie macht sich eben Sorgen."

Das kannte Max. Seine Mutter machte sich auch stets Sorgen um ihn, noch immer. Aber inzwischen war sie erfahren genug, ihre Bedenken ihm gegenüber nicht zu äußern. „Dann wollen wir mal hoffen, dass Ihre Cousine nur kurz etwas zu erledigen hatte. Wenn sie weggefahren ist, haben Sie ein Problem."

„Weggefahren? Im Januar?", fragte Jilly ungläubig.

Max folgte ihrem Blick in den Garten, der einen ungemütlichen, nasskalten Anblick bot, typisch für London im Winter. „So unglaublich es scheinen mag, aber es soll Orte geben, wo selbst jetzt die Sonne scheint."

„Teure Orte!"

„Heutzutage nicht mehr", erwiderte er, und ihm war bewusst, dass seine und ihre Vorstellung von *teuer* sich erheblich voneinander unterschieden. „Vielleicht ist sie zum Skifahren."

„Gemma ist nicht gerade sehr sportlich."

„Nicht jeder fährt wegen des Sports dorthin", erwiderte er genervt, was ihm im nächsten Augenblick bereits leidtat. Das Mädchen konnte nichts dafür, dass es ihn an Dinge erinnerte, die er für immer hatte vergessen wollen. „Manche sind mehr am Après-Ski interessiert."

Jilly dachte an die Wintersportprospekte, in denen gut aussehende junge Leute in Skianzügen, mit einem Glas Glühwein in der Hand, lachend um einen riesigen Kamin in einer Berghütte standen. Ja. Das konnte sie sich bei Gemma schon eher vorstellen. „Aber wenn Gemma nicht da ist, wo soll ich dann wohnen? Dann muss ich wieder nach Hause!"

„Aber doch hoffentlich nicht, bevor Sie für mich diesen Bericht getippt haben", erwiderte Max Fleming. Manchmal sollte er sich mit seinen Bemerkungen wirklich zurückhalten. Jetzt würde sie ihm gleich ihren Block und eine entsprechende Antwort an den Kopf werfen.

„Ja klar. Das mache ich natürlich noch. Ich fange gleich an."

Jilly saß schon vor dem Computer. Ihre Finger flogen über die Tasten. Sie hatte sich nicht einmal die Zeit genommen, mit Gemma zu telefonieren. Max wollte sie eigentlich dazu ermuntern. Aber als er sie so aufrecht und stolz dasitzen sah, hatte er plötzlich keine Lust mehr. Früher wäre das anders gewesen. Damals …

„Kann ich jetzt den Lunch servieren, Max?" Harriet unterbrach seine Gedanken.

„Das hätten Sie schon vor zehn Minuten tun können", erwiderte Max Fleming unwillig. „Und machen Sie doch auch etwas für Jilly zurecht." Jilly! Wie konnte man auch Distanz wahren zu jemandem, der Jilly hieß? Er sollte wieder zu *Ms Prescott* übergehen. „Und zeigen Sie ihr, wo alles ist."

Jilly hörte, wie die Verbindungstür geschlossen wurde. Endlich konnte sie sich etwas entspannter zurücklehnen und – leise aufschluchzen. Sie nahm ihr Taschentuch, trocknete sich die Tränen und schimpfte sich energisch aus. Was heulte sie jetzt herum? Das war doch sonst nicht ihre Art. Nur, gestern schien alles noch so einfach, und wenn sie jetzt Gemma nicht erreichte ... Ach, dieses blöde Versprechen ihrer Mutter gegenüber!

Als Harriet mit einem Tablett in den Händen erschien, hatte Jilly bereits ihren alten Kampfgeist wiedergefunden. Sie eilte zur Tür, um Harriet zu helfen.

„Danke, Ms Prescott."

„Ach, nennen Sie mich doch Jilly."

Harriet nickte zustimmend und kehrte wenig später aus Max Flemings Raum wieder zu Jilly zurück. „Kommen Sie, ich zeige Ihnen, wo das Badezimmer ist. Sie wollen sich nach der Reise doch sicherlich etwas frisch machen."

„Es tut mir leid, dass ich Ihnen so viele Umstände mache. Ich hatte vorgeschlagen, irgendwo etwas essen zu gehen, aber Mr Fleming war so in Eile ..."

„Das ist er immer", versuchte Harriet Jilly zu beruhigen. „Es macht überhaupt keine Umstände, Jilly. Was möchten Sie?"

„Irgendetwas. Was hat Mr Fleming denn?"

„Geräucherten Lachs. Mögen Sie Lachs?"

Jilly zögerte. „Könnte ich vielleicht ein Käse-Sandwich mit Gurke haben?"

Harriet lächelte warmherzig. „Ich glaube, das lässt sich machen. Dort drüben ist das Badezimmer. Kommen Sie doch gleich in die Küche, wenn Sie fertig sind. Da ist es gemütlicher."

Jilly öffnete die Badezimmertür und schluckte. Apricotfarbene Marmorwände, ein dazu passender dicker, flauschiger Teppich, ein antiker vergoldeter Spiegel und ein Stapel exklusiver Handtücher. Bei ihrer letzten Stelle vor Weihnachten hatte der Toilettenraum etwas anders ausgesehen. Sie erinnerte sich noch gut an den kleinen kaputten Spiegel und die renovierungsbedürftigen Toiletten. Und in ein solches Milieu würde sie sofort wieder zurückkehren müssen, wenn sie nicht endlich Gemma erreichte. So in Gedanken versunken, fand sie sich vor der Küchentür wieder.

„Setzen Sie sich und essen Sie erst einmal in Ruhe", forderte Harriet sie freundlich auf.

„An sich müsste ich mit dem Bericht weitermachen ..."

„Nur weil Max sich nicht von seinem Schreibtisch trennen kann, heißt das noch lange nicht, dass Sie seinem Beispiel folgen müssen.

Außerdem können Sie nicht gleichzeitig tippen und essen, oder?" Sie winkte Jilly an einen Kiefertisch mit Eckbank. Harriet war groß und schlank. Das stahlgraue Haar trug sie in einer modischen Kurzhaarfrisur. Sie wirkte sehr elegant und entsprach so gar nicht Jillys Vorstellung von einer Haushälterin. Aber, um ehrlich zu sein, Jilly hatte vorher auch noch keine getroffen.

„Nein. Das wohl nicht", gab sie lächelnd zu. „Aber ich muss noch ein paar Telefonate führen. Mr Fleming hat es mir erlaubt."

„Wenn es Privatgespräche sind, rufen Sie doch gleich von hier aus an. Da können Sie wenigstens sicher sein, dass er Sie nicht stört." Wie sie daraufhin lachte, verriet, dass sie Max Fleming genau kannte. Sie führte Jilly zu einer Tür in einer Ecke der Küche. Der Raum war nicht viel größer als eine Speisekammer, trotzdem fanden darin ein Stuhl, mehrere Regale und ein Telefon Platz. „Bedienen Sie sich."

„Danke. Es tut mir leid. Ich habe vorhin Ihren Namen nicht ganz verstanden. Mrs …?"

„Jacobs. Aber nennen Sie mich doch Harriet, wie die anderen auch."

„Okay, Harriet." Kurz darauf erreichte Jilly Gemmas Büro und erfuhr, dass ihre Cousine bis zum Endes des Monats verreist sei. Jilly saß nach dem Gespräch wie erstarrt da. Letzte Rettung konnte jetzt nur noch Richie sein. „Hi, ich arbeite jetzt in London und dachte, ich rufe dich mal an", hatte sie ganz locker sagen wollen. Doch jetzt war keine Zeit für falschen Stolz, und außerdem hatte er sie doch *seine beste Freundin* genannt. Also wählte sie seine Nummer.

„Rich Productions."

„Kann ich bitte Richie Blake sprechen?"

„Wen?"

„Richie …" Da fiel ihr plötzlich ein, dass er jetzt *Rich* war, Rich Blake und ein berühmter Fernsehstar. „Rich Blake", versuchte es Jilly erneut. „Ich bin Jilly Prescott, eine Freundin." Na prima. Es klang, als hätte sie den berühmten Star irgendwo mal kurz gesehen und versuchte nun, über ihn schnell ins Showbusiness zu kommen.

Und die Person am anderen Ende der Leitung schien genau das zu denken. „Ich bedaure, Mr Blake ist in einer Besprechung."

„Würden Sie ihm dann bitte ausrichten, Jilly Prescott hat angerufen." Sie wiederholte ihren Namen nochmals langsam. „Ich muss in einer wirklich dringenden Angelegenheit mit ihm sprechen und bin unter folgender Nummer zu erreichen." Ihre Gesprächspartnerin antwortete nicht. „Haben Sie das notiert?", fragte Jilly schärfer als beabsichtigt.

„Ja, sicher." Die Stimme klang genervt, und Jilly war klar, dass ihre Nachricht soeben im Papierkorb dieser Sekretärin landete. Langsam legte Jilly auf.

Ihre Mutter hingegen zeigte mehr Begeisterung, als ihre Tochter anrief. „Jilly. Na endlich! Wie geht es dir? Ich hab mir schon solche Sorgen gemacht. Ich hab gerade herausgefunden, dass Gemma verreist ist!" Na typisch, dachte Jilly. Irgendwie fand ihre Mutter immer alles heraus. „Deine Tante war gerade da und hat mit einer Postkarte von Gemma angegeben. Sie ist mit ihrem Freund in Florida." Aus Mrs Prescotts Stimme klang Missbilligung. „Ich wusste, dass es ein Fehler war, einfach so nach London zu fahren, ohne eine Unterkunft zu haben. Was willst du jetzt tun?"

Jilly horchte überrascht auf. Ließ ihr ihre Mutter tatsächlich eine Wahl? Für Mrs Prescott jedoch war eindeutig die Notsituation eingetreten, die Jilly wieder nach Hause führen würde. Sie wollte eigentlich nur nach dem Zug fragen, den Jilly nehmen wollte.

Aber Jilly sah die Situation etwas anders als ihre Mutter. Sie war jetzt fast einundzwanzig Jahre alt. Sie hatte einen Job, von dem sie bisher nur träumen konnte. Mr Fleming brauchte sie wirklich dringend, und endlich einmal wollte sie, wie Gemma, alle Bedenken über Bord werfen und Dinge einfach tun. „Weißt du, Mom, ich hab hier einen unheimlich langen Bericht zu tippen, und bevor der nicht fertig ist, kann ich mich wirklich um nichts anderes kümmern." Insgeheim dachte Jilly weiter an Gemma, die fern von der Kontrolle ihrer Familie in London lebte und ihr Haar färbte. Das allein brachte Jillys Mutter regelmäßig zu der Schlussfolgerung, dass es mit Gemma mal ein schlimmes Ende nehmen würde. Aber Gemma war mit ihrem Freund in Florida, und Jilly hatte nicht einmal einen Freund. Nicht, dass es da keine Angebote gegeben hätte. Aber die Bewerber kamen eben nie an das Idol Richie heran, an diesen alten Freund, in dessen Leben es für sie jetzt keinen Platz mehr zu geben schien.

Jillys Mutter konnte ihre Neugierde nicht länger zügeln: „Und wie ist dein neuer Job?"

„Der Job. Der ist toll." Eigentlich hatte Jilly jetzt keine Lust auf Small Talk, weder mit ihrer Mutter noch mit sonst jemandem. „Mr Fleming brauchte mich so dringend, dass Ms Garland mir extra ein Taxi gerufen hat. Und mein Gehalt ist viermal so hoch wie das letzte, und die Angestelltentoilette hat Marmorwände."

„Wirklich?", sagte Mrs Prescott kurz, was darauf schließen ließ, dass sie beeindruckt war.

„Und dieser Mr Fleming, wie ist der so?"

„Mr Fleming?", fragte Jilly nach, um Zeit zu gewinnen. Sie musste unwillkürlich an ihre erste Begegnung denken. Doch davon wollte sie ihrer Mutter lieber nichts erzählen. „Ich glaube, er war sehr krank. Er braucht einen Stock."

„Oh, der arme Mann." Jillys Mutter reagierte sofort mit der erwarteten Anteilnahme.

„Ja, und er war schon völlig verzweifelt, weil es hier in der Umgebung keine Sekretärin zu geben scheint, die vernünftig Steno kann."

„Na, da wird er sich bei dir ja nicht beschweren können!" Jilly wunderte sich, wie stolz und zufrieden ihre Mutter klang. „Was macht Mr Fleming eigentlich?"

„Er ist Wirtschaftsexperte und arbeitet im Bereich der Entwicklungshilfe. Zusammen mit der Weltbank versucht er, Gelder für den Bau von Bewässerungssystemen in Afrika zu organisieren. Du weißt doch, für die armen Kinder, die du immer im Fernsehen siehst, Mom. Ich weiß wirklich nicht, wie der arme Mann ohne eine Sekretärin mit seiner Arbeit weiterkommen will. Aber ich kann ihm ja leider auch nicht länger helfen, wenn ich keine Wohnung habe." Jilly drückte voll auf die Tränendrüsen ihrer Mutter. „Aber ich habe jetzt wirklich keine Zeit mehr. Ich muss diesen Bericht bis drei Uhr fertig haben."

Doch ihre Mutter wollte noch nicht aufhören. „Hast du denn schon mit Richie Blake gesprochen?"

„Nein, noch nicht", antwortete Jilly wahrheitsgemäß.

„Gut. Dann lass ich dich jetzt weiterarbeiten. Ruf mich an, wenn du weißt, mit welchem Zug du kommst."

Der unerschütterliche Glaube ihrer Mutter, dass sie, Jilly, die größte Chance ihres Lebens einfach so vorübergehen ließ, nur weil sie noch keine Unterkunft hatte, machte Jilly rebellisch.

Pünktlich um drei Uhr klopfte Jilly an Max Flemings Bürotür, ging hinein und legte ihm den fertig getippten Bericht auf den Schreibtisch.

Max sah auf den Bericht, dann zur Uhr auf dem Kaminsims, lehnte sich in seinem großen Ledersessel zurück und blickte sie wieder durchdringend an. „Sagen Sie mir, Jilly, haben Sie wirklich bis drei Uhr gewartet oder ist es purer Zufall?"

„Purer Zufall", antwortete Jilly, ohne zu zögern.

„Unsinn!"

Jilly zuckte kurz zusammen. Aber er hatte natürlich recht. Sie war schon lange vor drei Uhr fertig gewesen und hatte inzwischen nochmals versucht, Richie zu erreichen. Er war gerade außer Haus. „Wie Sie meinen, Sir."

Er blätterte schnell die Seiten durch. „Max. Nennen Sie mich Max und setzen Sie sich, während ich den Bericht auf Fehler überprüfe."

„Sie werden keine finden."

„Gut. Dann wird es ja auch nicht lange dauern, oder?"

Sie antwortete nicht, sondern sah gespannt zu, wie er ihre getippten Zahlen mit seinen Notizen verglich. Dann lächelte er. „Diese Zahlen sind sehr wichtig. Lassen Sie sie noch einmal ausdrucken und machen Sie mir sechs Kopien davon. Dann rufen Sie einen Fahrradkurier, der alles zur ODA bringen soll." Er sah ihren fragenden Gesichtsausdruck. „Zur Overseas Development Agency", erklärte er. „Auf Ihrem Schreibtisch finden Sie eine Adressenkartei. Und bitte schnell!"

Jilly nahm den Bericht und war schon fast in ihrem Büro, als sie Max rufen hörte:

„Und bringen Sie gleich Ihren Block mit. Ich möchte Ihnen noch etwas diktieren, sobald ich meine Notizen von gestern Nacht durchgesehen habe. Das können Sie dann morgen früh tippen. Ich bin bis Mittag nicht da."

Jilly blieb stehen, drehte sich zu Max um und spürte, wie ihr Herz immer schneller klopfte. Es hatte keinen Sinn, es noch länger aufzuschieben. „Es tut mir leid, Mr Fleming, aber ich fürchte, ich werde morgen früh nicht hier sein."

Max blickte von dem Stapel Post hoch, den er gerade durchgesehen hatte. „Wie, Sie sind nicht hier? Natürlich werden Sie hier sein. Hat Amanda Ihnen nicht gesagt, dass ich Sie mindestens für zwei Wochen brauche?"

„Doch, das hat sie. Aber meine Cousine ist verreist, nach Florida. Und jetzt habe ich keine Wohnung."

„Aber das ist doch kein Grund, einfach wieder zurückzugehen nach …" Max machte eine Pause und versuchte angestrengt, sich an den Namen von Jillys Heimatort zu erinnern.

„Nördlich von Watford", bemerkte Jilly ironisch.

„Eben. An einen Ort zurückzugehen, von dem noch niemand gehört hat", beendete Max den Satz. „Und außerdem wird Ihre Cousine nicht für immer in Florida bleiben, oder?"

„Noch zwei Wochen."

„Na, sehen Sie. Für die zwei Wochen können Sie doch auch im Hotel wohnen."

„Ich bin sicher, Sie meinen es gut, Mr Fleming …"

„Max", erinnerte er sie.

„Max", wiederholte sie. Sie fühlte sich nicht ganz wohl dabei. Bisher hatte sie noch keinen ihrer Arbeitgeber beim Vornamen genannt. „Seit November hatte ich nur Zeitstellen, dann war Weihnachten, und ich musste auch noch meine Fahrkarte nach London bezahlen …"

„Mit anderen Worten: Ich bin ein Idiot, nicht wahr?"

„Das habe ich nicht gesagt", erwiderte Jilly peinlich berührt.

„Gesagt nicht, aber gedacht. Und Sie haben recht. Aber Sie werden nirgendwohin gehen, Jilly. Seit zwei Wochen sind Sie die Erste, die annähernd Lauras Fähigkeiten besitzt." Er sah, wie Jilly die Stirn runzelte. „Meine Sekretärin, die sich um ihre kranke Mutter kümmern muss", fuhr Max fort.

„Ja, davon hat Ms Garland gesprochen." Jilly nickte.

Er blickte sie fragend, fast bittend an: „Es muss doch irgendeine Möglichkeit geben, dass Sie hierbleiben."

„Klar. Jede Parkbank in London. Und wenn ich meinen eigenen Pappkarton mitbringe, könnte ich vielleicht auch unter der Waterloo Bridge schlafen …"

„Ach, seien Sie doch nicht albern", erwiderte er ärgerlich. Er war überrascht, doch nur die bloße Vorstellung, dass sie ungeschützt in irgendeiner *Absteige* wohnen könnte, verursachte ihm körperliches Unbehagen. Es musste eine Lösung geben. Er würde Amanda anrufen. Wenn sie in der Lage war, ihm endlich die richtige Sekretärin zu schicken, dann sollte es ihr doch wohl auch möglich sein, für eine entsprechende Unterkunft zu sorgen. „Setzen Sie sich", wies er Jilly an.

„Und was ist mit dem Bericht und den Kopien?"

Er antwortete nicht, sondern sah sie nur streng an, bis Jilly folgsam an seinem Schreibtisch Platz nahm. Dann griff er zum Telefonhörer. „Amanda, du musst mir noch einen Gefallen tun!"

„Bitte erzähl mir nicht, dass du das arme Ding jetzt schon aus deinem Büro vertrieben hast. Ich hab dich gewarnt …"

„Das ‚arme Ding‘ braucht nicht dein Mitleid, sondern für die nächsten zwei Wochen ein Dach über dem Kopf.“

„Ach …?“

„Schaffst du das?“

„Ich führe eine Sekretärinnenagentur, mein Lieber, keine Wohnungsvermittlung.“ Er wartete. „Ich verstehe nicht, warum du da gerade mich anrufst.“

„Wen sollte ich sonst fragen?“

„Sieh dich doch mal um. Du könntest in deinem riesigen Haus doch zwanzig Sekretärinnen unterbringen. Dann ist sie auch immer zur Stelle, wenn dir nachts mal wieder ein brillanter Gedanke kommt.“

„Das kann ich doch nicht machen.“

„Und warum nicht? Also wirklich, Max! Wenn du Angst hast, sie könnte denken, du seist hinter ihrem jungen Körper her, dann sag ihr, du seist schwul.“

„Mandy!!“

„Was ist? Geht das gegen deinen Macho-Stolz? Nun, in diesem Fall wirst du sie wohl davon überzeugen müssen, dass Harriet eine hervorragende Anstandsdame abgibt.“ Dann legte Amanda auf.

3. KAPITEL

*M*ax betrachtete gedankenvoll das Mädchen, das vor ihm saß. Amanda hatte recht, was die Größe seines Hauses betraf. Aber er wollte weder, dass Jilly ihn für einen Wüstling hielt, noch wollte er – und das wurde ihm erst jetzt klar – mit dieser überaus attraktiven jungen Frau unter einem Dach zusammenleben, wenn ihre Verbindung ausschließlich beruflicher Art war. Max spürte, dass Jilly ihn erwartungsvoll ansah. „Ja. Meine Schwester hat es wie immer auf den Punkt gebracht. Die Lösung ist ganz einfach. Sie werden hier wohnen."

„Hier", rief Jilly überrascht, und das Blut schoss ihr in die Wangen. „In Ihrem Haus? Aber das ..." Jilly gingen sämtliche Warnungen ihrer Mutter über das unmoralische Leben im fernen London durch den Kopf.

„Über der Garage gibt es eine kleine möblierte Wohnung. Sie ist nicht besonders luxuriös, aber bestimmt besser als eine Bleibe in einem Pappkarton unter der Waterloo Bridge", beruhigte Max sie.

Jilly traute ihren Ohren nicht. War das der Mann, den Amanda als Monster beschrieben hatte? Dieser wundervolle Mann, der alles tat, damit ihr größter Wunsch Wirklichkeit würde.

„Und? Worauf warten Sie?", drängte Max, als Jilly sprachlos blieb. „Ich möchte, dass dieser Bericht noch heute auf dem Schreibtisch des Ministers liegt."

„Ich gehe schon und suche die Nummer vom Fahrradkurier." Als Jilly die Tür erreicht hatte, drehte sie sich um und sagte gerührt: „Danke, Max."

Er winkte ungeduldig ab und hatte sich schon wieder in seine Unterlagen vertieft.

Die Wohnung war klein, aber vollständig eingerichtet. Eine Steintreppe führte seitlich an der Garage entlang nach oben. Hinter der Eingangstür befand sich ein kleiner Flur, durch den man ins Wohnzimmer gelangte.

„Das ist aber hübsch", sagte Jilly, als Harriet am frühen Abend endlich Zeit gefunden hatte, sie hinüberzuführen. Es stimmte schon. Das Apartment war nicht besonders luxuriös im Vergleich zu Max' Haus. Aber es wirkte sehr gemütlich und war garantiert zehnmal besser als das, was sich Jilly in London hätte leisten können. „Warum steht die Wohnung leer?", fragte sie.

„Früher war es die Wohnung des Chauffeurs. Amanda und Laura haben Max gebeten, sich nach seinem Unfall einen eigenen Fahrer zu nehmen. Aber er wollte es nicht. Er hat immer gesagt, so selten, wie er auswärtige Termine hätte, lohne sich kein Chauffeur. In letzter Zeit hat er das Haus wirklich nicht oft verlassen." Jilly wollte nach dem Grund fragen. Harriet gab ihr jedoch keine Gelegenheit dazu. „Ich hab Ihnen ein paar Kleinigkeiten herübergebracht, Tee, Milch, was man so braucht. Und das Telefon ist auch angeschlossen. Max lässt Ihnen ausrichten, dass Privatgespräche nach Hause zu den Extras bei diesem Job gehören."

„Oh, das ist sehr nett."

Harriet sah sie von der Seite an. „Ich bin sicher, Sie verdienen es. Max arbeitet Tag und Nacht, und wenn Sie es zulassen, wird er Ihnen auch keine Pause gönnen." Harriet gab Jilly einen Schlüsselbund. „Hier ist der Haustürschlüssel, und mit dem anderen können Sie das kleine Seitentor aufschließen. Richten Sie sich ein bisschen ein und kommen Sie dann wieder ins Haus. Dinner wird um acht serviert." Dinner? Die Panik stand Jilly im Gesicht geschrieben. Harriet lächelte. „Machen Sie sich keine Gedanken, Jilly. Max erwartet von Ihnen nicht, dass Sie im Abendkleid erscheinen."

„Um ehrlich zu sein ..." Harriet wartete. „Glauben Sie, Mr Fleming nimmt es mir übel, wenn ich auf das Dinner verzichte? Ich bin todmüde."

„Er hat Sie ja auch fast bis sieben Uhr arbeiten lassen", stellte Harriet teilnahmsvoll fest. „Sie müssen strenger mit ihm sein, Jilly."

„Er sagte, ich könne dafür morgen später anfangen, weil er bis Mittag nicht da sei."

„Dann tun Sie das auch. Vergessen Sie das Dinner, meist arbeitet Max sowieso durch. Ich bezweifle, dass er es überhaupt bemerkt, wenn Sie nicht kommen. Kann ich Ihnen denn etwas zu essen bringen?"

„Danke, das ist sehr nett. Aber ich glaube, ich mache mir nur eine Tasse Tee und einen Toast und falle anschließend ins Bett."

„Gut. Kommen Sie aber unbedingt morgen früh herüber. Ich mache Ihnen dann ein anständiges Frühstück." Harriet verabschiedete sich und ging.

Jilly schloss die Tür und konnte ihr Glück kaum fassen. Sie gähnte zufrieden. Sollte sie sich wirklich noch Toast und Tee machen oder nur noch ein Bad nehmen und ihre Mutter anrufen? Sie würde viel Fingerspitzengefühl brauchen, um ihr die neue Situation zu erklären.

Auf jeden Fall würde sie Max im Gespräch mit ihrer Mutter weiterhin Mr Fleming nennen und auf seine Behinderung hinweisen, die sie in Wirklichkeit kaum bemerkt hatte. Jilly freute sich über diesen guten Einfall, lachte zufrieden auf und rief ihre Mutter an.

„Jilly! Was ist los? Ich warte schon den ganzen Nachmittag auf deinen Anruf. Ich mache mir doch Sorgen. Wann kommst du?"

„Es ist alles okay, Mom." Jilly ging sofort in die Offensive. „Mr Fleming hat mir die Chauffeurswohnung angeboten, bis Gemma wieder zurück ist. Willst du dir die Telefonnummer notieren?"

„Und wo ist der Chauffeur?", fragte ihre Mutter misstrauisch.

„Es gibt zurzeit keinen. Die Wohnung stand leer. Bist du so weit?"

„Mm, ja. Einen Moment, ich muss mir eben etwas zum Schreiben holen." Aus ihrer Stimme klang Enttäuschung. Nun würde ihre Tochter doch in London bleiben.

Jilly nannte die Rufnummer und sagte schnell: „Ich muss jetzt leider Schluss machen. Das Ferngespräch wird sonst zu teuer. Ich rufe dich morgen Abend wieder an. Mach dir keine Sorgen. Bis dann. Tschüss." Ehe ihre Mutter noch etwas antworten konnte, hatte Jilly aufgelegt. Das war ja einfacher gewesen, als sie befürchtet hatte. Da läutete das Telefon. Zu früh gefreut. Sie wusste genau, wer es war. Unwillig hob sie ab.

„Jilly Prescott."

„Hallo, ich bin's. Ich wollte nur prüfen, ob ich deine Nummer richtig aufgeschrieben habe", hörte sie ihre Mutter sagen. Von wegen, dachte Jilly und zwang sich, nicht allzu misslaunig zu klingen: „Gute Idee, Mom."

„Sag mal, wie ist eigentlich deine Adresse?"

Jilly nannte sie ihr, verabschiedete sich schnell und legte auf.

Sie hätte gern noch einmal bei Richie angerufen, verwarf diesen Plan aber wieder nach einem Blick auf die Uhr. Es war halb acht, zu spät.

Sie packte ihre Sachen aus, hängte sie ordentlich in den Schrank und blickte sehnsüchtig zum Bett. Es war bereits fertig bezogen, wahrscheinlich von Harriet. Jilly musste sich zurückhalten, um nicht sofort unter die einladend zurückgeschlagene Decke zu kriechen, ohne vorher gebadet zu haben.

Das Badezimmer war zwar schlichter eingerichtet als das im Haupthaus, aber das Wasser war heiß. Jilly hatte die Auswahl zwischen mehreren Flaschen mit exklusivem Badesalz, und die flauschigen Handtücher hätten für eine Woche gereicht.

Das Bad tat ihr so gut, dass sie sich danach doch Tee und Toast machen wollte. Also setzte sie den Kessel mit Wasser auf und schob zwei Brotscheiben in den Toaster. Wieder dachte sie an Richie. Blieben Leute aus dem Showbusiness nicht meist die halbe Nacht auf? Sie versuchte ihr Glück erneut. Es läutete gerade am anderen Ende der Leitung, als es an ihrer Wohnungstür klopfte. Harriet konnte es nicht lassen und hatte ihr jetzt doch Abendessen gebracht. „Kommen Sie herein, Harriet, die Tür ist offen", rief Jilly.

Aber es war nicht Harriet, sondern Max Fleming.

Er betrat gerade das Wohnzimmer, als sich Jilly umdrehte. Das braune volle Haar fiel ihr in lockeren Wellen auf die Schultern, und das farbige Licht der Deckenlampe ließ ihren Teint zartrosa erscheinen. Jilly trug ihren Bademantel halb offen, sodass Max' Blick nahezu ungehindert auf ihr übergroßes T-Shirt fiel, unter dem sich ihre verführerischen Kurven abzeichneten.

„Oh, Max. Ich dachte ..." Jilly hätte sich am liebsten in einem Mauseloch versteckt. Ihr wurde klar, dass eine falsche Bewegung diese peinliche Situation noch beträchtlich verstärken würde. Schnell legte sie den Hörer auf und schnürte sich den Bademantel energisch zu. Auf Max wirkte dieser naive Versuch, Anstand und Unschuld zu bewahren, ausgesprochen rührend.

„Sie sollten wirklich Ihre Tür abschließen, Jilly. Hier kann ja jeder hereinkommen."

„Ist bereits geschehen", bemerkte sie vorwurfsvoll. Nach dem ersten Schreck fühlte Jilly sich wieder sicher. „Ich dachte, Sie wären Harriet. Habe ich nicht gesagt: ‚Kommen Sie herein, Harriet'?", fragte sie streng.

„Harriet ist beschäftigt. Und da Sie offensichtlich sogar zu müde waren, zum Dinner zu erscheinen, bin ich eben zu Ihnen gekommen." Er hielt ihr ein Stück Papier entgegen, ohne näher zu treten. Und sie bewegte sich nicht, um es in Empfang zu nehmen.

„Was ist das?"

„Eine Nachricht von Mr Blake."

„Richie!" Begeisterung sprühte aus ihren Augen. Beinahe hätte sie Max die Nachricht aus der Hand gerissen, als sich Jilly ihrer Kleidung bewusst wurde.

„Ist er Ihr Freund?", fragte Max überrascht.

„Haben Sie von ihm gehört?"

„Nein, tut mir leid. Sollte ich?"

„Richie … Rich Blake", versuchte Jilly, Max auf die Sprünge zu helfen. „Er ist oft im Fernsehen. Wir waren zusammen auf der Schule."

„Wirklich?" Und dann, als der Groschen endlich gefallen war: „Ach du meine Güte! Sie meinen doch nicht etwa diesen idiotischen Discjockey …"

„Er ist überhaupt nicht idiotisch!" Wie früher ergriff Jilly spontan Richies Verteidigung. „Ich habe den ganzen Tag versucht, ihn zu erreichen", sagte sie und beugte sich vor, um den Zettel aufzuheben, der zu Boden geflattert war. Aber Max war schneller. „Ich wollte es gerade noch einmal vor dem Schlafengehen versuchen", fügte Jilly hinzu.

„Dann ist es ja gut, dass ich gekommen bin." Er legte den Zettel auf den kleinen Sofatisch. „Offensichtlich hat Mr Blake zumindest eine Ihrer Nachrichten bekommen." Max tippte mit dem Finger auf das Papier. „Seine Sekretärin lässt Ihnen ausrichten, dass er diese Woche keine Zeit hat und sich so bald wie möglich bei Ihnen melden wird."

Jilly, plötzlich ganz blass geworden, war unfähig, irgendetwas zu denken, und auch das Leuchten in ihren Augen war verschwunden. Sie riss sich jedoch zusammen und bedankte sich, wie es sich gehörte. „Ich bedauere, Ihnen so viele Umstände zu machen", fügte sie ruhig hinzu.

Max war klar, dass diese Nachricht, von einer Sekretärin übermittelt, nicht gerade das war, was Jilly sich erhofft hatte.

Zu Hause in …, wie auch immer, mochte Jilly ja Richies Freundin gewesen sein. Aber wenn sie glaubte, dass sich diese Beziehung in London weiterführen ließ, würde die Realität Jilly ziemlich schmerzhaft eines Besseren belehren. Davon war Max überzeugt. Er hatte tatsächlich von diesem Blake gehört. Aber nicht nur er, sondern auch eine Schar von Frauen, die ihre Bestimmung allein darin sahen, Rich Blake zu umschwirren wie Motten das Licht. Aber Jilly war keine Motte. Sie war eher ein Schmetterling, der sich an diesem Licht die zarten Flügel verbrennen würde.

Sollte er sie warnen? Würde sie ihm glauben? „Sie haben mir keine Umstände gemacht." Er blickte sich kurz um. „Haben Sie alles, was Sie brauchen?", wechselte er das Thema.

„Ja, danke. Harriet war sehr hilfsbereit." Jilly rieb sich kurz die Arme, als fröstelte sie. „Sie waren beide sehr hilfsbereit."

Er nickte kurz, durchquerte das Zimmer und stellte den Thermostat höher. „Falls Sie noch etwas brauchen, melden Sie sich einfach." Dann betrachtete er Jilly eingehend. Das volle Haar war ihr ins Gesicht gefallen, aber sie versuchte nicht, es zurückzustreichen. Es war, als wollte sie nicht nur ihr Gesicht, sondern auch ihre Gefühle dahinter verbergen. Jilly tat ihm leid. „Sie sollten die Heizung anlassen. Draußen ist es eisig kalt."

„In Ordnung. Danke."

Jilly ließ den Blick zur Nachricht auf dem Tisch schweifen. Sie wünschte, Max würde endlich gehen, damit sie die Notiz noch einmal in Ruhe lesen konnte. Vielleicht hatte ihr Richie doch etwas Persönliches hinterlassen. Max hingegen ärgerte sich, die Wärme und Abgeschiedenheit seines Arbeitszimmers verlassen zu haben. Jetzt musste er über den eisigen Hof zurück.

„Diese Wohnung muss unbedingt renoviert werden. Ich war schon seit Monaten nicht mehr hier und wusste gar nicht, dass sie so heruntergekommen aussieht." Er zuckte die Schultern. „Die jüngeren Mitglieder meiner Familie nutzen die Wohnung als Unterkunft, wenn sie in London sind."

„Ich finde es schön hier. Bisher hatte ich noch nie so viel Platz für mich allein."

Sie war erfrischend offen. Genau wie seine jüngeren Verwandten fühlte sie sich hier wahrscheinlich wohler, weil sie einfach im Bademantel herumlaufen und machen konnte, was sie wollte. „Es freut mich, dass Sie zufrieden sind, und ich werde jetzt gehen, damit Sie noch etwas Schlaf nachholen können. Bis morgen dann. Ich komme erst gegen Mittag."

„Gute Nacht, Max. Und danke für die Nachricht."

Jilly wartete, bis sie seine ungleichmäßigen Schritte auf dem Kiesweg hörte, lief zur Tür, drehte den Schlüssel um und schob den Riegel vor.

Bei dem Gedanken, dass sie ihren Körper so zur Schau gestellt und die ganze Situation noch verschlimmert hatte, indem sie sich wie eine alte Jungfer benommen hatte, wurde ihr jetzt noch ganz schlecht.

Max Fleming dagegen hatte sich wie ein Gentleman verhalten. Er hatte einmal kurz ihre Beine gemustert und ihr dann nur noch ins Gesicht gesehen, was man allerdings auch anders interpretieren konnte. Waren ihre Beine etwa keinen zweiten Blick wert? Sie sah an sich hinunter. Aus dieser Perspektive war es schwer zu beurteilen. Die Oberschenkel waren ein bisschen zu dick. Nur die Oberschenkel? Wem wollte sie eigentlich etwas vormachen? Sie war im Ganzen zu dick! Vielleicht sollte sie wieder joggen oder in ein Fitnessstudio gehen. Am besten in eins mit Sonnenbank, denn ihre Beine waren nicht nur dick, sondern auch noch blass.

Schließlich griff sie nach dem Zettel, den Max ihr gebracht hatte. Ihre Brille lag im Schlafzimmer, und sie kniff die Augen zusammen, um besser lesen zu können. Richie hatte ihr nur seine Büronummer hinterlassen. Vielleicht wollte Richie gar nicht an alte Zeiten erinnert werden. Mit diesem deprimierenden Gedanken fiel sie erschöpft ins Bett.

Am nächsten Morgen wurde Jilly von Londons täglichem Berufsverkehr geweckt. Im ersten Moment wusste sie nicht, wo sie war. Während sie in ihrem warmen, kuscheligen Bett noch etwas vor sich hindöste, fielen ihr die wichtigsten Einzelheiten des Vortages ein, die sich wie bei einem Puzzle zu einem aufregenden Bild zusammensetzten. Sie war in London, hatte einen Job, und über kurz oder lang würde sie auch Richie treffen.

Sie sah auf ihren Wecker, der auf sieben Uhr gestellt war. Bis dahin war noch eine Stunde Zeit. Jilly beschloss, dass sie lange genug im Bett gefaulenzt hatte. Sie hätte ohnehin nicht mehr schlafen können, und außerdem hatte sie sich vorgenommen, ihren Körper wieder etwas in Form zu bringen.

Also sprang sie aus dem Bett, zog ein dickes Sweatshirt und eine Jogginghose an und verließ ihre Wohnung. Durch das kleine Seitentor gelangte sie auf die Straße. Trotz der Straßenbeleuchtung war es noch sehr dunkel. Jilly lief zu dem Park, der ihr tags zuvor vom Taxi aus aufgefallen war. Auf einem breiten Weg lief Jilly an einem beeindruckend großen Haus vorbei. Sie fand es überwältigend schön.

Auch Max war früh aufgestanden und trainierte eine halbe Stunde in seinem Fitnessraum. In letzter Zeit hatte er das Aufbautraining für seine Beinmuskulatur arg vernachlässigt, und ständig zunehmende Schmerzen waren die Quittung dafür. Er hatte zufällig gesehen, wie Jilly durch den Garten auf die Straße gejoggt war. Nach seinen Übungen wartete er in der Küche auf sie. Als er Jilly das Tor öffnen hörte, ging er zur Hintertür, um sie zu rufen.

„Ich habe Tee gemacht, Jilly. Kommen Sie, trinken Sie eine Tasse mit mir."

Jilly zögerte. Sie war immer noch außer Atem, und ihr Sweatshirt dampfte leicht in der kalten Luft. Langsam ging sie auf Max zu. Ihm wurde plötzlich bewusst, dass seine so nett gemeinte Einladung für Jilly eher etwas unangenehm sein musste. Wahrscheinlich hätte sie es vorgezogen, erst einmal zu duschen und sich umzuziehen, bevor sie auf ihren Arbeitgeber traf. Auch er hätte nach seinem Training eine Dusche gut brauchen können.

„Oder möchten Sie lieber Orangensaft? Bedienen Sie sich", versuchte Max etwas abzulenken, als Jilly die Küchentür hinter sich geschlossen hatte.

„Danke." Jilly war durstig und füllte ein bereitstehendes Glas mit Saft. Verstohlen betrachtete sie Max. Er sah jetzt ganz anders aus in seinen legeren Sportsachen. Vom Training war sein Gesicht gerötet, was ihn lebendiger erscheinen ließ. Er wirkte jetzt viel kräftiger und dynamischer.

„Wo waren Sie?", fragte Max neugierig.

„Ich weiß nicht. In einem Park, der mir gestern aufgefallen ist, mit einem tollen Haus und einem Teich", schwärmte Jilly, während sie Max über den Rand ihres Glases ansah.

„Das war Kensington Palace", sagte er amüsiert.

„Kensington Palace!", rief Jilly entsetzt. „Wohnt da nicht die Königsfamilie? Oh, du meine Güte! Bitte sagen Sie mir nicht, dass ich in Privatbesitz eingedrungen bin."

„Wenn Sie es nicht wünschen, sage ich es Ihnen nicht", scherzte Max, fügte dann aber hinzu: „Keine Angst, Jilly. Sie haben nichts Unrechtes getan. Kensington Gardens ist ein öffentlicher Park."

„Na, Gott sei Dank."

Ihre Erleichterung war schon fast komisch.

„Es hat Spaß gemacht, aber ich habe es wohl etwas übertrieben."

„Ich bin früher selbst viel gelaufen", erzählte er, während er langsam seinen Tee umrührte. „Na ja. Als ich noch richtig laufen konnte." Jilly nippte schweigend an ihrem Saft. „Es war ein Skiunfall", beantwortete er endlich die Frage, die sie schon so lange beschäftigt, aber bisher nicht zu stellen gewagt hatte.

„Das tut mir leid."

„Das braucht es nicht. Man hat mir gesagt, dass ich noch Glück gehabt hätte. Ich bin mit einem zerschmetterten Knie davongekommen. Meine Frau und ein alter Freund von mir ... von uns ... haben es nicht überlebt." Jillys Augen bekamen einen leicht feuchten Schimmer. Max bemerkte es. „So schlimm ist es nun auch wieder nicht, Jilly. Nur wenn es kalt ist, schmerzt das Knie spürbar. Im Winter trainiere ich deshalb in meinem Fitnessraum." Mit einer vagen Handbewegung deutete er auf sein verschwitztes Hemd. Zufrieden stellte er fest, dass sein Sarkasmus die gewünschte Wirkung bei Jilly erzielt hatte. Ihr Mitleid hatte sich in distanzierte Ablehnung verwandelt. Das war gut. Mitleid brauchte er nicht. Er ... verdiente es nicht. „Der Fitnessraum ist im

Keller. Sie können ihn jederzeit benutzen. Bei dieser Kälte ist es dort entschieden angenehmer."

„Danke, aber ich mag die Kälte", lehnte sie seine Einladung kühl ab.

„Aber wenn das Klima hier für Ihr Knie so schlecht ist, warum leben Sie dann nicht da, wo die Sonne immer scheint?"

„Ja. Vielleicht sollte ich das. Aber vielleicht sollten Sie auch schnell duschen, damit Sie nicht zu spät zur Arbeit kommen."

Harriet hatte sie gewarnt. „Keine Angst, Mr Fleming. Sie müssen nur die Stunden bezahlen, die ich tatsächlich arbeite. Ich führe darüber ganz genau Buch."

„Max", erinnerte er sie fast automatisch, als sie bereits die Tür hinter sich schloss. Max spürte, dass nicht viel gefehlt hatte und sie hätte sie zugeknallt. Er blickte immer noch zur Tür, als Harriet hereinkam.

„Und, was gab es zum Frühstück?", fragte sie.

„Tee und ein wenig Verständnis."

Harriet zog forschend eine Augenbraue hoch, während sie Max ansah. „Und wer hat Orangensaft getrunken?"

„Für mich gab es Tee und Verständnis, aber Jilly wollte nach dem Joggen lieber Orangensaft. Was halten Sie übrigens von ihr, Harriet?"

„Jilly? Sie ist ein liebes, anständiges Mädchen ohne Allüren …"

„Anders als die meisten Mädchen, die Amanda für standesgemäß hält?"

„Ganz anders. Ich nehme an, dass Sie diese alten Doris-Day-Filme nicht kennen, oder?

„Ich bedauere. Nie gesehen. Warum?"

„Ach unwichtig. Nur, Doris Day spielte mit besonderem Erfolg ‚das nette, charakterstarke Mädchen von nebenan'. Wenn Jilly einen manchmal so ansieht, erinnert sie mich immer an Doris Day. Nur so eine verrückte Idee." Sie schüttelte fast entschuldigend den Kopf.

„Und was würden Sie sagen, wenn ich Ihnen erzähle, dass sie eigentlich nur nach London gekommen ist, um in der Nähe von diesem Rich Blake zu sein?"

Harriet hörte unvermittelt auf, den Tisch abzuräumen, und schenkte Max ihre ganze Aufmerksamkeit. „Sie meinen doch nicht etwa diesen Blake vom Fernsehen?"

„Genau den."

„Ach du liebe Zeit", platzte Harriet besorgt heraus.

„Ich nehme an, dass Doris Day in den Filmen immer ihren Traummann bekommt?"

„Immer. Aber das waren die Fünfzigerjahre, als es noch eine Garantie fürs Happy End gab. Heute werden andere Drehbücher geschrieben. Und ich kann mir beim besten Willen keins mit Happy End vorstellen, in dem Rich Blake die männliche Hauptrolle spielt. Wie hat sie ihn kennengelernt?"

„Sie sind zusammen zur Schule gegangen. Ich weiß nicht, wie viel davon wahr ist und was allein ihrer Fantasie entspringt. Ich fürchte, sie ist in ihn verliebt, oder vielleicht glaubt sie es auch nur. Das kommt letztendlich aufs Gleiche hinaus, oder?"

„In diesem Fall besorge ich lieber einen größeren Vorrat an Taschentüchern. Sie wird sie brauchen."

Max zuckte die Schultern. „Vielleicht tun wir dem Mann unrecht. Er hat gestern seine Sekretärin ausrichten lassen, dass er sich bei Jilly melden wolle."

„Er hat seine Sekretärin vorgeschickt? Wie hat Jilly das aufgenommen?" Max sah sofort wieder Jillys enttäuschtes Gesicht vor sich und sagte nur trocken: „Okay, Harriet, besorgen Sie die Taschentücher."

„Sie würde sich viel ersparen, wenn sie mit dem nächsten Zug nach Hause führe", murmelte Harriet, während sie den Inhalt des Kühlschranks überprüfte.

„Das mag schon sein. Aber sie ist die beste Stenotypistin, die ich jemals hatte, noch besser als Laura. So jemanden kann ich nicht einfach gehen lassen."

„Was soll das jetzt, Max? Üben Sie für den Wettbewerb ,Zyniker des Jahres'?"

„Ich bin nicht zynisch, sondern Realist."

„Diese Art von Realismus kann sehr verletzend sein."

„Das stimmt. Es hilft aber auch nichts, sie mit dem nächsten Zug nach Newcastle zu schicken. Jetzt, da sie weiß, wie gut sie in ihrem Job ist, wird sie die nächste Gelegenheit nutzen, wieder in London zu arbeiten. Und wenn ihre Cousine erst wieder aus dem Urlaub zurück ist, kann sie auch bei ihr wohnen."

Es war bereits Freitag, als Jilly endlich von Richie hörte. Sie hatte fast die Hoffnung aufgegeben. Zwischendurch hatte sie es noch einmal versucht, erreichte jedoch nur die Sekretärin mit der ihr schon bekannten gelangweilten Stimme und wurde von ihr wie zuvor vertröstet. Das reichte ihr.

Max ging eilig seine Post durch und gab Jilly ebenso schnell Anweisungen für die unterschiedlichen Absender: „Teilen Sie ihm mit, dass ich nicht interessiert bin. Machen Sie einen Termin aus. Schreiben Sie die Verabredung in meinen Terminkalender." Da klingelte das Telefon. Max nahm ab. „Ja", sagte er etwas ungehalten, dann gab er den Hörer an Jilly weiter. „Es ist für Sie."

„Für mich?" Sie stand halb auf und errötete vor Aufregung. „Sie brauchen nicht in Ihr Büro zu laufen. Es ist nur eine Frau." Manchmal hasste er sich selbst für seine Bemerkungen. Aber er konnte nicht aus seiner Haut.

Unwillig setzte sich Jilly wieder und nahm den Hörer. „Jilly Prescott." Sie hörte kurz zu. „Ja, das würde ich gern machen. Wird Richie …?" Sie machte eine Pause. „Ja, aber …?" Dann: „Gut, ich werde da sein. Was soll ich …?" Weiter kam sie nicht. Die Anruferin hatte offensichtlich aufgelegt. Jilly reichte Max den Hörer zurück. „Das war Petra James. Richies Assistentin." Jilly versuchte, so unbeeindruckt wie möglich zu klingen, aber sie konnte ihre Aufregung nicht verbergen. „Er möchte, dass ich in seiner neuen Fernsehshow auftrete, mit der er heute Abend Premiere hat."

„Heute Abend. Das ist ein bisschen kurzfristig, finden Sie nicht? Ist jemand im letzten Moment abgesprungen?"

„Es gibt eine Premierenparty nach der Show, und ich bin eingeladen", antwortete Jilly ihm wütend.

„Oh, wie aufregend!" War das wirklich seine Stimme, die so abfällig und gelangweilt klang, mit der er die Gefühle anderer so verletzend abwertete, weil er selbst jede Hoffnung darauf aufgegeben hatte? „Gut. Können wir dann weitermachen? Es gibt noch eine Menge zu erledigen."

Für einen winzigen Moment sah ihn Jilly mit ihren braunen Augen auf eine Art an, dass er schuldbewusst fürchtete, er wäre zu weit gegangen. Dann wählte sie ruhig einen neuen Bleistift aus und sagte in formellem Ton: „Aber natürlich. Entschuldigen Sie bitte, dass Sie durch meine Privatangelegenheiten gestört wurden."

Ihre so korrekt formulierte Entschuldigung war schlimmer für ihn, als wenn sie die Beherrschung verloren hätte.

„Ach, vergessen Sie's." Angewidert von seinem eigenen Selbstmitleid, stand er unvermittelt auf, warf den Rest seiner Post in einen Ablagekorb und sagte: „Nehmen Sie den Rest des Tages frei. Gehen Sie zum Friseur und gönnen Sie sich ein neues Kleid. Wenn Sie schon für fünfzehn Minuten ein Star sein dürfen, sollten Sie so gut wie möglich aussehen." Er sah zwar nicht wie die typische *gute Fee* aus, bei der man drei Wünsche frei hatte, aber er wusste genau, wenn *Aschenputtel Prescott* seinem Märchenprinzen beim Premierenball den Kopf verdrehen wollte, sollte es jede Hilfe annehmen, die es bekommen konnte.

„Das wird nicht nötig sein, Max …"

„O doch! Das ist unbedingt nötig. Sie haben für diese Woche mehr als genug gearbeitet." Und so, als wollte er jeder Widerrede entgehen, stand er auf. „Rufen Sie bitte nur noch meine Schwester in ihrem Büro an und sagen Sie ihr, dass ich sie heute zum Lunch einlade." Jilly rührte sich nicht, aber um jedem weiteren Protest gleich zu begegnen, sagte er bestimmt: „Das ist mir ernst, Jilly. In zehn Minuten will ich Sie hier nicht mehr sehen."

Und um die Endgültigkeit dieses Entschlusses zu unterstreichen, ging er aus dem Zimmer und ließ Jilly völlig verwirrt zurück.

4. KAPITEL

*A*lso, Max." Amanda Garland hatte ein Glas Mineralwasser in der Hand und betrachtete ihren Bruder gedankenvoll. Er war zu dünn und zu blass. Sie machte sich Sorgen um ihn, große Sorgen. Aber sie war klug genug, sich nichts anmerken zu lassen. „Was genau willst du eigentlich?"

„Wollen?" Sein Lächeln konnte sie nicht täuschen. „Wieso? Ich möchte meiner Schwester nur dafür danken, dass sie mir endlich eine Sekretärin geschickt hat, die mehr im Kopf hat als nur den Sitz ihrer Frisur."

„Falls sie wirklich zu meinen Mädchen gehören will, muss aber noch einiges an ihrem Make-up und ihrer Kleidung getan werden."

„Ich finde sie so ganz okay, und wie sie ihr Haar trägt, amüsiert mich immer wieder."

Amanda wollte sich jetzt nicht mit Max darüber auseinandersetzen, fand aber interessant, wie er das Mädchen verteidigte. „Von mir aus. Aber zurück zum Thema. Du hättest mich doch genauso gut anrufen können, um mir zu danken."

„Das hätte ich natürlich", gab er zu, „aber ich habe dich so lange nicht gesehen."

Dachte er wirklich, sie würde ihm das abkaufen? „Du hast alle lange nicht gesehen, Max. Jedenfalls nicht privat." Amanda nippte an ihrem Wasser und betrachtete die Speisekarte. Dabei sagte sie so beiläufig wie möglich: „Ich bin froh, dass Jilly dir zusagt."

„Sie ist in Ordnung." Max studierte jetzt ebenfalls die Karte, eine gute Gelegenheit, Amandas Blick zu entgehen. „Wie hast du sie eigentlich gefunden?"

Aha. Er wollte sie also über Jilly Prescott aushorchen. „Sie hat mich gefunden. Sie hatte eine Stelle in London gesucht und mir, wahrscheinlich auf gut Glück, ihren Lebenslauf geschickt. Und ich muss zugeben, ihre Qualifikation war beeindruckend."

„Und das, obgleich ihr Haar nicht dem Garland-Standard entspricht?"

Amanda ignorierte Max' Sarkasmus. Sie wollte gerade pochierten Heilbutt mit gemischtem Salat bestellen, als sie es sich plötzlich anders überlegte: „Ich hätte gern den Fasan im Linsenbett. Zweimal, bitte." Sie blickte widerwillig auf ihr Glas Wasser. „Und dazu eine Flasche von dem besten Bordeaux, den Sie im Keller haben. Bei dieser Kälte braucht man etwas Ordentliches, was einen von innen wärmt."

„Du hast ja so recht."

„Nun, du siehst wirklich so aus, als könntest du mal wieder etwas Handfestes zu essen gebrauchen. Gibt dir Harriet nichts?"

„Willst du damit sagen, dass sie dir keinen wöchentlichen Bericht mehr über die Kalorien erstattet, die ich zu mir nehme? Und ob ich auch brav meinen Reispudding aufgegessen habe?"

„Harriet Jacobs würde dir nie so etwas Einfallsloses wie Reispudding anbieten."

„Harriet ist eine Perle. Und sie gibt ihr Bestes. Aber ich habe einfach keinen Appetit, Mandy."

„Eins sage ich dir. Heute wirst du alles aufessen, was auf deinen Teller kommt."

„Okay, *Tante Mandy*. Ich mache dir einen Vorschlag: Immer wenn du einen Bissen isst, werde ich es auch tun. Mal sehen, wie ernst es dir ist, mich wieder zu Kräften zu bringen."

„Du Scheusal! Du weißt ganz genau, welche Anstrengung es mich kostet, meinen Körper so in Form zu halten."

„Den Fasan hast du ausgesucht. Außerdem, Schwesterchen, könntest du auch ganz gut etwas weniger Arbeit und ein bisschen mehr Gewicht vertragen, so dünn wie du bist."

„Gibt es da nicht so ein Sprichwort mit dem Glashaus und den Steinen, Brüderchen? Dieses Menü bedeutet für mich mindestens eine Woche Diät."

„Falls du es ganz aufisst. Aber da du es ja offensichtlich zu meiner Rettung bestellt hast, wirst du wohl, wie gewöhnlich, nur ein paar Bissen von deinem Teller zu dir nehmen. Deine Figur ist also nicht in Gefahr."

„Rubensfiguren sind nicht in Mode, mein lieber Max. Außerdem irrst du. Ich gedenke sehr wohl, alles aufzuessen."

„Und die Hälfte des Weins zu trinken?"

„Alles hat seine Grenzen, Max. Du musst heute Nachmittag im Gegensatz zu mir vielleicht nicht mehr arbeiten." Doch dann gab sie lachend nach: „Ach, warum nicht. Ist ja für einen guten Zweck." Schon ein kleines Lächeln von ihm war jede Anstrengung im Fitnessraum wert. „Ich bin wirklich froh, dass du mit Jilly zufrieden bist", lenkte Amanda geschickt die Unterhaltung auf die Person, die Max nach Wochen endlich wieder aus seinem Haus gelockt hatte.

„Das sagtest du schon." Von seinem Platz am Fenster betrachtete Max gedankenverloren die teuren Segeljachten im Hafen.

„Ich fürchtete erst, sie sei ein bisschen zu jung für dich", provozierte ihn seine Schwester.

Max sah nicht länger zum Hafen. „Zu jung wofür? Sie ist schließlich eine erwachsene Frau."

„Zu jung für deine Launen und Wutanfälle, mein Lieber. Ich habe sie davor gewarnt und ihr gesagt, dass sie sich nichts gefallen lassen soll. Ich hoffe, sie hat auf mich gehört."

„Hat sie. Was natürlich nicht heißen soll, dass ich deiner Beschreibung von mir zustimme. Es macht mich nur krank, wenn jemand schwer von Begriff ist. Und das ist Jilly nicht. Wenigstens nicht bei der Arbeit."

„Na, was sie außerhalb der Bürostunden macht, kann dir doch egal sein, Max."

„Sicher …"

„Aber?"

Das Gesicht ihres Bruders wirkte plötzlich verschlossen. Warum war sie nur so ungeduldig gewesen?

„Aber gar nichts. Du hast völlig recht. Ihr Privatleben geht mich nichts an."

Amanda spürte, dass Max diese Vorstellung nicht akzeptieren wollte. Womit hatte ihn Jilly so verwirrt?

Jilly konnte sich keinen Friseurbesuch leisten, ganz zu schweigen von einem neuen Kleid. Sie hatte Richies Shows einige Male gesehen. Das Publikum trug meist Jeans und legere sportliche Sachen. Mit einem aufregenden Kleid hätte sie Richie ohnehin nicht imponieren können, dafür kannte er sie zu lange. Er hätte sie höchstens ausgelacht.

Wenn sie sich schon nichts kaufen konnte, dann wollte sie sich wenigstens die Schaufenster ansehen. Und ein Spaziergang in der Mittagssonne war ein Luxus, den ihr Max in den letzten Tagen nicht gegönnt hatte.

Ein traumhaft flauschiger Kapuzenpullover hatte es Jilly jedoch so angetan, dass sie ihn einfach kaufen musste, und erst als sie noch eine Gesichtsmaske und einen Lippenstift sowie Nagellack in der Farbe des Pullovers erstanden hatte, zwang sie sich mit aller Kraft, weiterer Verführungen zu widerstehen.

Ihr war klar, dass sie diese Anschaffungen nicht gemacht hatte, um Richie zu beeindrucken, sondern weil sie ihr ein Gefühl des Wohlbefindens vermittelten.

Max und Amanda hatten sich nach dem Essen ein Taxi genommen. Als Amanda vor ihrem Büro ausgestiegen war, verspürte Max plötzlich das Bedürfnis, durch den Kensington-Park nach Hause zu gehen.

Er hoffte, dass die kalte, klare Winterluft auch Klarheit in seine Gedanken bringen würde. Er schien seine innere Ruhe verloren zu haben, seit Jilly Prescott in sein Leben getreten war. Warum nur? Sie war voll naiver Unschuld, unterschied niemals zwischen Schein und Wirklichkeit. Wie sonst hätte sie diese kurzfristige Einladung zu einer Fernsehshow als besonderes Zeichen langjähriger, aufrichtiger Freundschaft werten können?

Was um alles in der Welt interessierte sie nur an Rich Blake? Er war laut, großspurig und durch und durch selbstverliebt. Und so toll sah er auch nicht aus. Aber er hatte eben eine kometenhafte Karriere beim Fernsehen gemacht, und Erfolg macht sexy, jedenfalls nach Meinung seiner vielen Anhängerinnen.

Max versuchte, in seinem Urteil gerecht zu sein. Wahrscheinlich wollte dieser Blake Jilly gar nicht absichtlich verletzen. Wenn er es dennoch tat, geschah es wohl eher aus egoistischer Gedankenlosigkeit. Er, Max, war schließlich früher genauso gewesen.

Anfänglich hatte er gehofft, dass Rich Blake zu den Männern gehörte, die sich gar nicht mehr meldeten. Das wäre dann kurz, allerdings auch nicht ganz schmerzlos gewesen. Jilly war nicht dumm und hätte daraus den richtigen Schluss gezogen. Aber sie war für ihr Alter ungewöhnlich naiv und unerfahren, und das machte sie so verwundbar.

Er hatte Amanda ein wenig über Jilly aushorchen wollen. Vielleicht hätte er sie auch um Rat gefragt. Aber Amanda hatte ihn mit ihrem besonderen Blick angesehen, und er wollte nicht, dass sie auf dumme Ideen kam. Und er selbst sollte besser auch nicht auf dumme Ideen kommen.

Er beschleunigte seine Schritte und versuchte, Jilly Prescott aus seinen Gedanken zu streichen. Seine Sorgen hätte sie ihm ohnehin nicht gedankt, und über Liebeskummer konnte man hinwegkommen. Er war schließlich der lebende Beweis dafür.

Als er abends in die Küche ging, um nach der Abendzeitung zu suchen, wünschte er sich, er hätte sich mit seinem Rat, sie solle sich für die Show etwas Schickes zum Anziehen kaufen, zurückgehalten.

Er hatte natürlich etwas im Sinn gehabt, was sexy wirkte. Stattdessen trug sie einen Pullover aus Distelwolle in einem zarten Pfirsichton. Max fiel auf, dass sie auch einen neuen Lippenstift in der gleichen Farbe gewählt hatte. Er betonte ihre vollen Lippen. Jilly hatte durch die Wahl ihrer Kleidung wieder einmal unter Beweis gestellt, dass sie nicht die leiseste Ahnung hatte, worauf sie sich einlassen würde.

„Ich dachte, Sie wären schon lange weg", sagte er.

Jilly sah kurz von dem Faden hoch, den sie gerade ins Nadelöhr zaubern wollte, und blickte Max über die Brille hinweg mit ihren langen, getuschten Wimpern an. „Sollte ich auch sein. Aber ich habe an meinem Mantel einen Knopf verloren, und Harriet war so nett, mir ihren Nähkorb zu leihen."

Sie strahlte über das ganze Gesicht wie eine Leuchtreklame am Piccadilly Circus. Noch konnte er Jilly zurückhalten, sie warnen. Aber statt sie von ihrem Vorhaben abzubringen, zog er seine Brieftasche heraus und bot Jilly eine Zwanzigpfundnote an: „Nur für den Notfall."

Überrascht sah sie wieder auf zu ihm: „Für welchen Notfall?"

Er nahm ihre Hand und drückte den Geldschein hinein: „Für den Fall, dass Sie ein Taxi nach Hause brauchen."

„Aber …"

Sie hatte also nicht vorgehabt, heute Nacht nach Hause zu kommen! Glaubte sie etwa, er würde das nicht wissen?

„Richie wird mich nach Hause bringen."

Und sie zur Tür begleiten wie ein richtiger Gentleman, hatte sie sich das so ausgemalt? „Ich bin sicher, dass er es tun wird. Aber manchmal entwickeln sich die Dinge anders als erwartet."

Harriet stand plötzlich hinter Max, berührte seinen Arm und nickte zustimmend. „Ihre Zeitung ist in Ihrem Arbeitszimmer, Max. Das Feuer im Kamin brennt auch schon." Vor zehn Minuten hatte er sich das genau so gewünscht. Jetzt fühlte er sich bei Harriets Worten wie ein Greis. In der nächsten Minute würde sie ihm wohl auch noch anbieten, seine Pantoffeln zu holen.

An der Studiotür wurde Jilly bereits erwartet. Ein Mitarbeiter hakte ihren Namen von der Liste und führte sie zu den anderen Kandidaten der Show, die zusammen mit einer jungen Frau, die Petra hieß, offensichtlich schon auf Jilly warteten. Enttäuscht stellte sie fest, dass Richie nirgends zu sehen war.

„Ich werde Sie gleich alle durchs Studio führen und Ihnen zeigen, wo Sie sitzen werden", begann Petra. „Irgendwann während der Show wird Rich auf Sie zukommen und mit Ihnen ein Gespräch beginnen. Unterhalten Sie sich ein bisschen mit ihm, bis er Sie einlädt, als Kandidat mitzuspielen. Dann kommen Sie hinunter auf die Studiobühne, wo ich bereits auf Sie warten werde." Sie lächelte kurz. „Ich wünsche Ihnen allen viel Glück, und nun folgen Sie mir bitte. Jilly Prescott?" Petra warf einen Blick auf Jilly. „Sie sind eine Freundin von Rich, nicht wahr?"

„Ja, genau."

„Ich hoffe, Sie verstehen, dass wir für Sie keine Ausnahme machen können. Für Sie gelten die gleichen Regeln wie für die anderen."

„Etwas anderes habe ich auch nicht erwartet."

„Gut", sagte Petra lächelnd. „Setzen Sie sich hierhin. Wenn Sie die ersten Runden überstehen, sind Sie im Finale. Das ist eine ‚Alles oder nichts'-Runde. Es ist wichtig, dass Sie immer lächeln. Egal, was passiert. Und bleiben Sie, wo Sie sind, wenn Rich die Schlussmoderation macht. Es ist wichtig, dass Sie sich nicht vom Platz rühren, solange wir noch auf Sendung sind. Haben Sie das verstanden?"

Glaubte diese Petra, sie sei geistig zurückgeblieben? „Ich denke, das werde ich gerade noch schaffen", sagte Jilly.

Petra nickte, wandte sich mit ihrem gleichbleibenden Lächeln dem nächsten Kandidaten zu und hatte offensichtlich den Sarkasmus in Jillys Stimme nicht bemerkt.

Jilly hatte nur einige Minuten, um sich die Kameras, die Bühne und die eifrig hin- und herlaufenden Fernsehleute anzusehen, bevor der Rest der Zuschauer eingelassen wurde. Ein junger Mann betrat die Bühne, um das Publikum in ausgelassene Stimmung zu bringen, was Jilly für überflüssig hielt. Dann begann die Show. Jilly saß in der dritten Reihe. Sie hatte ihre Mutter angerufen und ihr gesagt, dass ihre Tochter am Abend im Fernsehen sei. Das konnte sie Gemmas Mutter erzählen. Sie und Mrs Prescott prahlten mit ihren Töchtern stets um die Wette. Jilly hätte nur zu gern gewusst, ob sie schon jemand von ihren Bekannten im Fernsehen entdeckt hatte.

Richie jedenfalls hatte sie noch nicht ausgemacht. Er konzentrierte sich hundertprozentig auf das, was vor den Kameras geschah. Er war brillant. Nicht viele Showmaster waren so souverän bei einem Live-auftritt. Oh, sie war so stolz auf ihn.

Ja, sie war stolz, aber auch ein bisschen skeptisch. Sein weißblondes Haar stand in einem effektvollen Kontrast zu seiner sonnengebräunten Haut, und seine Brille hatte er durch teure Kontaktlinsen ersetzt. Das war nicht mehr *ihr Richie*, den sie vor den Schulhofrowdys hatte schützen und hin und wieder zusammenstauchen müssen, weil er vor lauter Faulheit nicht in Gang kam.

Jetzt nahm er Kontakt mit dem Publikum auf. Er ging durch die Reihen und sprach einzelne Zuschauer scheinbar willkürlich an. Während er sie in ein Gespräch verwickelte, offenbarte er einige ihrer intimsten Geheimnisse. Den Betroffenen war es sichtlich peinlich, obgleich sie doch grundsätzlich hätten wissen müssen, was auf sie zukommen würde. Und dann, als Jilly schon dachte, Richie würde achtlos an ihr vorbeigehen, zögerte er, drehte sich langsam um und rief ungläubig: „Jilly? Was, um alles in der Welt ...! Jilly Prescott!" Er machte kehrt und bat das Mädchen, das neben Jilly saß, aufzustehen. „Bist du das wirklich, mein Schätzchen, erwachsen und bezaubernd schön?" Er wartete keine Antwort ab, sondern sah strahlend in die nächste Kamera. „Sie werden es nicht glauben, meine Damen und Herren, aber diese großartige junge Dame verfolgte mich während meiner Schulzeit auf Schritt und Tritt. Sie war mein erster Fan. Was machst du gerade so, meine Kleine?", fragte Rich jetzt mit typisch nordenglischem Tonfall.

Jilly hatte es beinahe die Sprache verschlagen. „Ich sitze hier und unterhalte mich mit dir, Richie", erwiderte sie schlagfertig.

„Ganz schön frech!", sagte Rich lachend. „Schön, dich zu sehen, Jilly. Nach der Show reden wir weiter." Für einen Moment dachte sie, dass er jetzt wirklich gehen und sie da sitzen lassen wollte. Er war schon halb aufgestanden, als er sich nochmals zu ihr umdrehte und sagte: „Nein, warte. Ich habe eine bessere Idee. Du wirst meine letzte Kandidatin."

„Wird dann nicht jeder denken, es sei ein abgekartetes Spiel?", fragte sie gespielt erstaunt. Er umfasste ihr Handgelenk, um sie zu den anderen Kandidaten zu führen. Jilly bewegte sich jedoch nicht. Er hatte sie mit seinen Bemerkungen herausgefordert und bekam jetzt die Quittung dafür.

Rich überspielte seine Überraschung schnell mit einem breiten Grinsen und fragte das Publikum: „Würden Sie das glauben?" Selbstverständlich standen die Zuschauer ausnahmslos hinter ihm. Als Jilly die Bühne erreichte und in Petras Augen sah, wurde ihr klar, dass sie die zweite Runde nur durch ein Wunder erreichen könnte.

Max blickte starr auf den Fernseher, als Harriet den Kaffee brachte. „Man würde doch nie glauben, dass sie so etwas bei einer Liveshow sagt", bemerkte Harriet und stellte das Tablett auf den Tisch. „Meinen Sie, das war vorher abgesprochen?"

„Nein, ich denke, Jilly war einfach Jilly."

„Ich bin gespannt, ob sie etwas gewinnen wird, vielleicht eine Reise?"

„Hoffentlich nicht. Bevor Laura nicht wieder zurück ist, lasse ich sie bestimmt nicht gehen."

„Wissen Sie schon, wie lange das noch dauern wird?"

„Bis jetzt noch nicht. Ihrer Mutter geht es wohl schon besser. Aber bei Schlaganfallpatienten weiß man nie, wann sie sich wieder sicher bewegen können."

Harriet goss ihm Kaffee ein. „Ich würde mir nicht so viele Gedanken machen." Er blickte zu Harriet. „Wegen Jilly", sagte sie. „Wenn ich es mir recht überlege, kann er sie gar nicht gewinnen lassen – das Publikum würde denken, es wäre Schiebung."

„Das glaube ich auch. Mit Jilly hat er andere Pläne." Max drückte hastig auf die Fernbedienung, und der Bildschirm wurde schwarz.

Die Spiele waren albern und wurden irrsinnig schnell durchgezogen. Das Publikum fiel von einem Lachkrampf in den nächsten. Die Kandidaten rutschten durch Falltüren in riesige Becken, die zunächst nur mit Bällen, dann aber mit Seifenschaum und schließlich mit einer Masse gefüllt waren, die wie ekliger Morast aussah. Abgesehen von der Tatsache, dass Jilly schon nach der ersten Bewegung die Haare ins Gesicht fielen, und sie sich wünschte, sie hätte all dies wegen eines *dringenden Termins* rechtzeitig abgesagt, schlug sie sich zusammen mit drei weiteren Kandidaten recht tapfer, trotz der vielen Demütigungen, die sie erdulden mussten.

Die nächste Runde war dagegen fast erholsam. Die Kandidaten mussten einfachste Fragen unter Zeitdruck beantworten, damit sie durch ein Labyrinth gelangten. Am liebsten hätte Jilly eine falsche Antwort gegeben, damit sie endlich dem Ganzen entfliehen konnte. Nur, ihre Mutter sah die Show und hatte bei all ihren Bekannten damit angegeben, und sie wäre ziemlich wütend auf Jilly geworden, wenn sie jetzt nicht ihr Bestes gäbe. Zudem drohte ihr bei einer falschen Antwort der Sturz in eine klebrige Flüssigkeit, die eine große Ähnlichkeit mit Vanillesoße hatte.

Also beantwortete sie die simplen Fragen richtig und hielt sich an Petras Aufforderung, indem sie unentwegt lächelte. Aber insgeheim schwor sie sich, dass sie es Richie heimzahlen würde, und sie hoffte inständig, Max möge sie jetzt nicht im Fernsehen sehen.

Doch Max konnte sich nicht beherrschen. Kaum hatte Harriet das Zimmer verlassen, schaltete er den Fernseher wieder ein. Er sah, wie Jilly in die Kameras lächelte, und glaubte nicht, dass es echt war. Er konnte sich nicht vorstellen, dass es ihr Freude machte, einen Freitagabend so zu verbringen. Aber sie hatte zugesagt und zog es mit scheinbarem Enthusiasmus durch, bis sie mit einem weiteren Konkurrenten in die letzte Runde gelangt war.

Max merkte, wie er vor Aufregung auf die Sesselkante rutschte, als Jilly und der andere Finalist Lose ziehen mussten für die beiden Plätze auf der Bühne, über denen drohend gewaltige Behälter mit einer zähen Flüssigkeit hingen. Nur einer konnte gewinnen.

Max war hin- und hergerissen. Einerseits wollte er nicht, dass Jilly die Reise gewann und dann ins Blaue fuhr. Aber andererseits fand er die Vorstellung noch schlimmer, dass sie in aller Öffentlichkeit gedemütigt werden könnte, wenn sie mit dieser hell leuchtenden klebrigen Masse überschüttet würde.

Das Publikum zählte von zehn bis eins. Rich Blake zog an einem riesigen Hebel. Einer der Kandidaten gewann die Ferien seines Lebens. Und es war nicht Jilly.

Jilly biss die Zähne zusammen und lächelte tapfer. Sie sah Petras zufriedenen Gesichtsausdruck, aber dieser Person wollte sie nicht die Genugtuung des Triumphes gönnen. Stattdessen ertrug sie schicksalsergeben, wie der dicke grüne Schlamm langsam über ihr Gesicht glitt und dann ihren neuen schönen Pullover und ihren Lieblingsrock ruinierte, während Richie zufrieden seine Schlussmoderation durchzog.

Sobald sie nicht mehr auf Sendung waren, schwor sich Jilly, würde sie Richie umbringen.

Als das Zeichen „Aufnahme" erloschen war, erwartete Jilly, dass Richie zu ihr herübereilen würde, um sich bei ihr zu entschuldigen. Aber Richie hatte andere Dinge im Kopf. Ungehalten lief er hinter dem Aufnahmeleiter her, weil einige Dinge nicht so reibungslos abgelaufen waren, wie er es sich vorgestellt hatte. Ausgerechnet Petra sollte Jilly besänftigen. „Das tut mir leid", sagte Richies Assistentin heuchlerisch.

„Kann ich das irgendwo abwaschen?", fragte Jilly nur kurz, ohne auf Petras gespieltes Mitleid einzugehen.

„Natürlich. Und schicken Sie mir die Rechnung für den entstandenen Schaden." Sie gab Jilly eine Karte von „Rich Productions". Der „kleine" Richie Blake hatte in der großen Stadt offensichtlich schnell hinzugelernt. Nun gut, das würde Jilly auch.

Zwanzig Minuten später hastete Jilly frisch geduscht, mit noch nassem Haar, dem Ausgang zu. Sie trug Jeans, die ihr die Leute vom Studio zur Verfügung gestellt hatten, und einen Pullover, auf dem in großen leuchtenden Buchstaben der Name von Richies neuer Show stand. Ihre eigenen Sachen hatte sie in eine Tasche gesteckt. Da stellte sich ihr Richie in den Weg. „Jilly", begann er, verstummte aber sofort, als er ihre Miene sah. Er zuckte kurz die Schultern. „Es tut mir leid. Aber es ist eben eine Frage des Glücks."

„Ach ja? Tatsächlich?" Jilly erinnerte sich an Petras überlegenes Lächeln und glaubte nicht so recht an einen unparteiischen Schicksalsspruch. „Wenn du mich jetzt bitte entschuldigen würdest, deinem *größten Fan* ist momentan nicht so nach Heldenverehrung."

„Aber jetzt steigt doch erst die Party. Ich dachte, du kommst auch."

„In diesem Aufzug?"

„Hast du denn nichts zum Wechseln dabei? Petra hätte dir erklären sollen, dass so etwas passieren kann." Allmählich füllte sich das Studio mit Frauen in verführerischen Kleidern. Die inzwischen aufgebaute Bar war der Treffpunkt. Rich wandte sich an seine Assistentin. „Hast du Jilly nicht gewarnt?"

„Aber natürlich habe ich das", log Petra, und Jilly war von ihrer Feindseligkeit überrascht. „Vielleicht hat sie es nicht verstanden." Oh, doch. Sie hatte verstanden. Sie kam zwar aus der Provinz, aber das Signal: „Lass deine Finger weg, das ist meiner", begriff auch sie. „Um ehrlich zu sein, ich finde, die Schlusseinstellung war geradezu perfekt. Das Publikum war begeistert", fuhr Petra fort.

„Na ja. Solange das Publikum begeistert war", zischte Jilly mit zusammengebissenen Zähnen. „Es ist eine interessante Show, Richie. Ich bin sicher, du wirst großen Erfolg damit haben."

„Sie hat dir gefallen!" Das hatte sie nicht gesagt. „Das ist meine Jilly. Immer fair, immer voller Sportsgeist." Er legte ihr den Arm um die Schulter und wandte sich seinen wartenden Gästen zu. „Macht Platz, ich möchte euch allen die Heldin des Abends vorstellen: Jilly Prescott. Seid nett zu ihr. Sie hat mir den Weg zum Erfolg gezeigt."

„Wirklich?", durchbrach Petra die Stille, die nach Richies Worten entstanden war, und alle sahen Jilly an, als würde sie von einem anderen Stern kommen. „Da muss ich dich falsch verstanden haben, Rich. Ich dachte, sie hätte dir den Zug nach London gezeigt. Irgendjemand muss es ja getan haben, sonst wärst du nie hier angekommen." Alle lachten, vor allem die hageren, herausgeputzten Frauen in bis zur

Hüfte geschlitzten Kleidern, die mehr kosteten, als Jilly in einem Monat verdiente. Aber das war nicht so schlimm. Schlimm war nur, dass Richie mitlachte.

Jilly löste sich aus seinem Arm. „Richie, es tut mir leid. Aber ich muss jetzt wirklich gehen."

„Gehen?" Richie lachte ungläubig. Es machte ihm offensichtlich nichts aus, dass sich seine Assistentin gerade auf Jillys Kosten amüsiert hatte. „Sei nicht albern. Petra, komm und hol Jilly einen Drink."

„Die Autos kommen schon, Rich. Es wird Zeit, die Kulisse zu wechseln."

„Ja. Okay. Wir fahren ins *Spangles*, Jilly …"

„Das ist ein Nachtclub", unterbrach ihn Petra, als wäre Jilly ein Naivchen vom Dorf. Okay, sie war naiv gewesen, und sie kam vom Dorf, aber nicht vom Mond, und jeder wusste, dass im *Spangles* die Stars ihre Partys feierten.

„Wie schade, dass du nichts zum Umziehen mitgebracht hast!", sagte Richie geistesabwesend, während er flüchtig Jillys schlabbrigen Pullover und die Jeans musterte, um sich dann einer Blondine zu widmen, die ein nahezu durchsichtiges Kleid trug. Nur einige dichtere Stoffbahnen an strategisch wichtigen Positionen ließen sie nicht zum öffentlichen Ärgernis werden.

Nichts aus Jillys Kleiderschrank hätte damit konkurrieren können. Aber wenn sie ehrlich war, hätte sie auch nichts haben wollen, was auch nur annähernd so geschnitten war.

„Um die Wahrheit zu sagen, habe ich heute Abend schon etwas anderes vor." Das war nicht einmal eine Lüge. Sie hatte etwas vor. Sie würde eine Puppe mit Petras Gesichtszügen hemmungslos mit Nadeln traktieren. Jetzt musste sie nur noch mit Würde diesen Ort verlassen. Also umarmte sie Richie kurz. Nicht, dass ihr danach zumute gewesen wäre. Aber sie wollte nicht, dass die anderen dachten, sie sei beleidigt.

Er versuchte nicht, sie aufzuhalten, sie war schon fast an der Tür, als er ihr nachrief: „Ich melde mich bei dir, Jilly."

„Super", antwortete Jilly, ohne sich umzudrehen. „Mach das." Sie würde bestimmt nicht mehr darauf warten.

Der Pförtner lächelte sie an, als sie das Gebäude verließ. „Tolle Show. Schade, dass Sie die Reise nicht gewonnen haben!"

„Ja, es war knapp", erwiderte Jilly und rang sich ein Lächeln ab.

„Tja. Bei dieser Show gibt es leider keinen zweiten Preis. Kann ich Ihnen ein Taxi rufen, Miss?"

Jilly dachte an die Zwanzigpfundnote. Hatte Max diese Entwicklung etwa kommen sehen?

Nein. Wenn sie es sich recht überlegte, hätte niemand den Verlauf dieses Abends vorhersehen können. Die anderen Kandidaten waren ja wenigstens noch freiwillig ...

Der Pförtner wartete noch immer auf ihre Antwort. „Ja, danke. Das wäre sehr nett."

Aber bevor er ein Taxi rufen konnte, glitt eine lange schwarze Limousine direkt vor den Eingang, und der Fahrer öffnete Jilly die Tür. „Ich bin zufällig vorbeigekommen", sagte Max. „Kann ich Sie mitnehmen?"

Zufällig vorbeigekommen? Wohl kaum. „So ein Unsinn", sagte Jilly. „Sie wollen nur Ihre zwanzig Pfund für das Taxi retten." Als sie einstieg, erinnerte sie sich an ihre erste Taxifahrt in London. Jung, unbeschwert und voller Hoffnung. Aber schon nach wenigen Tagen war sie um viele schmerzliche Erfahrungen reicher geworden. Sie hatte schnell dazugelernt und würde jetzt ihre Sachen packen und wieder dorthin fahren, wo sie hingehörte. „Sie haben dieses grässliche Schauspiel mit angesehen?" Jilly lehnte sich gegen das weiche Leder.

„Den größten Teil."

„Und meine Mutter und all ihre Freunde ..."

„Na ja. Sie werden es wahrscheinlich ganz lustig gefunden haben", sagte Max schnell.

„Das Publikum war begeistert", stimmte sie zu.

„Aber ich fürchte, Sie nicht, auch wenn Sie die ganze Zeit in die Kamera gelächelt haben."

„Sagten Sie nicht etwas von *Fünfzehnminutenberühmtheit*?"

„Die stehen jedem zu, meint jedenfalls Andy Warhol."

„Das reicht auch." Jilly fröstelte, und Max nahm ihre Hand.

„Sie frieren. Wie kann man Sie auch bei dieser Eiseskälte mit nassem Haar auf die Straße lassen?", ereiferte sich Max.

„Oh, das war meine Schuld. Eigentlich sollte ich mir erst das Haar föhnen."

„Und warum haben Sie es nicht getan?"

Sie sah ihn an. Max saß zurückgelehnt in seinem Sitz, sein Gesicht lag im Schatten. Es war unmöglich, zu erkennen, was er dachte. „Das wissen Sie genau, Max. Sie haben doch schließlich auf mich gewartet."

5. KAPITEL

„Vielleicht war das nicht der beste Weg, eine alte Beziehung wieder aufzunehmen", begann Max nach einem Moment der Stille. „Hat er sich eigentlich sehr verändert?"

„Richie?" Jilly zögerte. Ja, zweifellos. Er trug jetzt teure Kleidung, die nach Jillys Geschmack selbst für eine Show zu farbenfroh war. Der regelmäßige Besuch der Sonnenbank hatte seine natürliche Blässe verschwinden lassen, und auch die alte Brille mit dem Klebeband gab es nicht mehr. Aber das waren nur äußerliche Dinge. Sie erinnerte sich, wie bereitwillig sich Richie in Petras Hand begeben hatte.

„Nicht so sehr, wie er es wohl selbst meint", antwortete Jilly schließlich. „Ich habe mich immer um ihn gekümmert, habe dafür gesorgt, dass er zur richtigen Zeit am richtigen Ort war, dass er seine Hausaufgaben hatte und seinen Füller. Der einzige Unterschied, den ich sehe, ist, dass ich es damals umsonst getan habe, und heute zahlt er seiner Assistentin viel Geld dafür." Jilly rang sich ein Lächeln ab. „Ich glaube, er müsste sie nur bitten, dann würde sie es auch umsonst tun."

Soso. Die kleine süße Jilly kannte also tatsächlich so etwas wie Eifersucht. „Wie ist sie so, seine Assistentin?"

„Umwerfend. Rotes Haar, eine Figur wie ein Model und strahlend grüne Augen – bestimmt trägt sie Kontaktlinsen."

„Das klingt schon besser."

„Was?"

Er lachte jungenhaft. „Gehässigkeit ist ein gutes Zeichen, und beinah hätten Sie sogar gelacht."

„Nur über mich selbst. Ich habe mich heute Abend doch wirklich zum Narren gemacht, oder?"

„Das wohl kaum, Jilly. Er ist seinen Weg weitergegangen und hat Sie nicht mitgenommen. So etwas kommt vor."

„Das mag sein. Aber er hatte kein Recht dazu. Ohne mich würde er noch heute Dorf-Discjockey im Jugendclub sein."

„Na, nun machen Sie aber halblang ..."

„Sprechen Sie nicht mit mir wie mit einem kleinen Kind!" Ihre Augen blitzten, und er verstummte. „Ich bin kein verknallter Teenager, der einem Jungen aus der Schule nachläuft. Richie Blake wäre nie von sich aus ,weitergegangen', wenn ich ihn nicht geschubst hätte. Wenigstens das hat er heute Abend zugegeben. ,Seid nett zu ihr', hat er gesagt, ,sie ist diejenige, die mir Erfolg gebracht hat.'" Aber dann hatte

Richie dieser Petra erlaubt, sich über seine Worte und damit über alles, was sie verband, lustig zu machen. Jilly brannte das Gesicht, als sie sich daran erinnerte.

„Dann verstehe ich nicht, warum Sie nicht dortgeblieben sind. Hatten Sie nicht gesagt, dass Rich mit Ihnen seine neue Show feiern wollte?"

„Ja, wollte er." Sie deutete vage auf ihre Kleidung. „Aber ich dachte, es wäre eher ein zwangloses Beisammensein im Studio."

„Und?"

„Petra hat mir ‚leider' vergessen zu sagen, dass sie alle in ‚den Nachtclub' Londons gehen. Petra ..."

„Diese umwerfende Assistentin?"

„Genau die. Die ‚liebe Petra' sollte mir auch sagen, dass ich etwas Passendes zum Anziehen mitbringen sollte."

„Den Rest kann ich mir denken."

„Die anderen Frauen waren praktisch nackt. Eine trug ein Kleid mit einem Schlitz bis hierhin ..." Jilly deutete entrüstet auf ihre Taille. „Eine andere war nur in ein paar Stofffetzen an den wichtigsten Stellen gehüllt, und sonst war alles durchsichtig. Und ..."

„Ich glaube, ich bin im Bilde", sagte Max, nahm ruhig ihre wild gestikulierenden Hände und hielt sie fest.

Sie schwieg unvermittelt, sah ihn an und begann zu schluchzen. „Oh, verdammt! Verdammt! Dabei hatte ich mir doch geschworen ..."

Später wusste Max nicht mehr genau, wie es geschehen war. Plötzlich hielt er Jilly im Arm, und ihre Tränen drangen durch seinen Pullover und durch sein Hemd bis auf seine Haut. Ihr Körper erbebte mit jedem Schluchzen. Max versuchte, sie zu trösten, obwohl er wusste, dass er an der Situation nichts ändern konnte.

„O nein!" Plötzlich richtete sie sich auf. „Ich glaube einfach nicht, dass ich heule!" Ärgerlich wischte sich Jilly mit dem Handrücken die Tränen aus dem Gesicht. „Es ist nicht so, als würde es mir etwas ausmachen ..."

Wem wollte sie das einreden? Natürlich machte es ihr etwas aus. Jillys Tränen hatten ihr Make-up ruiniert. „Nun beruhigen Sie sich erst mal", sagte Max und reichte ihr sein Taschentuch. „Sie brauchen jetzt ..."

„Falls Sie mir sagen wollen, dass ich jetzt bloß eine ‚schöne Tasse Tee' brauche, Max, ich schwöre, dann vergesse ich mich", warnte sie ihn.

Eine Tasse Tee wäre genau das Richtige gewesen. Da Max ihr aber keine anbieten konnte, öffnete er die Tür seiner Autobar, nahm eine kleine Flasche heraus und teilte deren Inhalt in zwei Gläsern auf. „Es wird Sie aufwärmen", sagte er und drückte ihr ein Glas in die Hand. „Es wird uns beide wärmen." Dann blickte er auf seine Uhr. Es war halb elf. Die Nacht hatte kaum begonnen. „Wissen Sie, wohin die anderen gehen wollten?"

„Ins *Spangles*", antwortete sie. Der Brandy reizte ihre Kehle, und Jilly musste kurz husten.

„Wohin sonst", murmelte er. „Noch ist es nicht zu spät. Sie könnten nach Hause fahren, sich umziehen und die anderen später treffen."

„Na klar. Ich gehe dann ganz allein in einen Nachtclub. Nein danke, außerdem ..." Sie zuckte die Schultern. „Außerdem habe ich gesagt, dass ich heute Abend schon etwas vorhätte."

Max Fleming blickte geistesabwesend auf seinen Brandy, schließlich führte er das Glas an seine Lippen und trank langsam einen Schluck. „Haben Sie gesagt, was?"

„Nein."

Vermutlich war es den anderen auch egal, dachte Max. „Ich war lange nicht mehr im *Spangles*. Es würde mich interessieren, ob sich viel verändert hat." Jilly schwieg. „Gerade heute Abend habe ich mich gefragt, ob ich nicht mal wieder unter Leute gehen sollte." Er nahm eine neue Flasche und goss nach. „Außerdem meint mein Arzt, dass Tanzen gut für mich sei." Er trank noch einen Schluck. „Wie lange brauchen Sie zum Umziehen, Jilly?"

„Zum Umziehen?"

„Für einen Nachtclub."

„Nein, Max. Ich könnte nicht ..."

Er antwortete nicht. Stattdessen betrachtete er sie nachdenklich und stellte sich vor, wie sie wohl in einem hochgeschlitzten Kleid aussehen würde. Seine Fantasie ging beinah mit ihm durch.

„Ich besitze kein Kleid, das nur annähernd an das heranreicht, was die Frauen im Studio getragen haben", protestierte Jilly.

„Ich habe ein ganzes Zimmer voller Kleider", begann Max. Dann wurde ihm klar, was er gesagt hatte. Charlottes Kleider waren seit ihrem Tod von niemandem mehr berührt worden. Aber Charlotte selbst wäre die Erste gewesen, die sein Angebot unterstützt hätte. Der Wagen erreichte das Haupttor. „Warten Sie hier", bat Max den Fahrer. „Kommen Sie, Jilly. Heute Nacht werden Sie die ‚tolle' Petra wie ein hässliches Entlein aussehen lassen."

„Ich kann nicht. Sie können nicht ..."

„Ich kann, und ich werde. Und Sie können es auch." Er umfasste ihr Handgelenk und führte sie geradewegs die Treppe hinauf.

„Max!" Ihr Protest fruchtete nicht. Die Tür, die er schließlich öffnete, führte sie nicht, wie Jilly zunächst befürchtet hatte, in sein Schlafzimmer, sondern in einen großzügigen Ankleideraum.

Der Frisiertisch war voll mit teurer Kosmetik, Bürsten mit Silberornamenten und eleganten Haarkämmchen aus Schildpatt. Max durchquerte das Zimmer und öffnete schwungvoll eine weitere Tür. Mit einem schnellen Blick musterte er das geräumige Badezimmer. Es war ganz in Weiß und Gold gehalten und ließ das Bad im Erdgeschoss geradezu gewöhnlich erscheinen.

Er drehte sich um und bemerkte, wie Jilly ihn beobachtete. „Ich glaube, Sie haben alles, hier sind Handtücher …" Im nächsten Augenblick öffnete Max den Kleiderschrank.

Beim Anblick der unzähligen Designermodelle aus den teuersten Modehäusern der Welt verschlug es Jilly beinahe die Sprache. „Das war wohl das Zimmer Ihrer Frau", stellte sie fest. „Und das sind ihre Kleider."

Er blickte sie an. „Macht es Ihnen etwas aus?"

„Macht es *Ihnen* denn nichts aus?", fragte Jilly, als er schnell ein Kleidungsstück nach dem anderen zur Seite schob, als prüfte er das Angebot auf einem Straßenbasar in der Oxford Street.

„Doch. Um ehrlich zu sein, macht es mir etwas aus. Es ist eine fürchterliche Verschwendung, dass diese Kleider hier einfach nur herumhängen. Ich glaube, Charlotte hat jedes Abendkleid immer nur ein einziges Mal getragen."

Das erklärt, warum sie so viele hatte, dachte Jilly. „Das meine ich nicht, Max. Sie können mich nicht in ein Kleid Ihrer Frau stecken und zur Schau stellen wie …"

Endlich hatte er gefunden, wonach er die ganze Zeit gesucht hatte. Es war ein hautenges Satinkleid. Der einfach anmutende Schnitt und das geschmeidige, glänzende Gewebe lenkten den Blick ausschließlich auf die Figur der Trägerin. Zu Jillys Überraschung hatte das Kleid den gleichen zarten Apricotton wie der Pullover, den sie sich für die Show gekauft hatte. Max hielt Jilly das Kleid an, und dann erst schien er zu begreifen, dass sie protestiert hatte.

„Wie wen?", fragte er mit erstauntem Gesichtsausdruck. Aber Jilly nahm ihm seine Ahnungslosigkeit nicht ab. Er wusste genau, was sie meinte.

„Das geht nicht. Das kann ich nicht machen."

„Charlotte hätte nichts dagegen, Jilly. Wahrscheinlich würde es ihr richtig Spaß machen …"

„Wirklich?" Jilly berührte den weichen Stoff und wünschte, ihn am ganzen Körper zu spüren.

Als hätte Max ihre Gedanken gelesen, hob er das Kleid ein wenig hoch und streichelte damit sanft ihre Wange. Es war ein unglaubliches Gefühl, erregend und sündhaft verführerisch. „Na, Jilly, wie wird sich wohl die *Dame* in dem durchsichtigen Kleid fühlen, wenn Sie das tragen?"

„Billig", erwiderte Jilly spontan.

„Und?"

„Sie wird neidisch sein."

„Vielleicht." Er blickte sie durchdringend an, als wollte er all ihre verborgenen Wünsche und Geheimnisse lesen. „Würden Sie das nicht gern herausfinden?"

Jilly war auch nur ein Mensch. Natürlich hätte sie das gern erlebt. Aber sie wusste auch, wann Träume nicht in Erfüllung gingen. Das wollte sie ihm sagen, sich für das Angebot bedanken, um dann nach Hause zurückzukehren. Noch während Jilly nach den rechten Worten suchte, spürte sie, dass Max wusste, was sie sagen wollte. Sie fühlte seine Enttäuschung, sah, wie seine Miene eine Empfindlichkeit offenbarte, die er gewöhnlich hinter Zynismus und aufbrausendem Temperament verbarg. Für ihn war das Ganze offenbar viel wichtiger als für sie.

Sie unternahm einen letzten halbherzigen Versuch: „Vielleicht passt es gar nicht."

Er lächelte sie hoffnungsvoll an. „Wollen wir es nicht wenigstens ausprobieren?" Was meinte er damit? Während Jilly darüber nachdachte, hatte Max ihr schon einen Arm um die Taille gelegt. Er nahm ihre rechte Hand wie bei einem altmodischen Tanz und zog sie so nah an sich, dass Jilly seinen Puls wahrnehmen konnte. Sie spürte die Wärme seiner Haut und den Duft des Brandys auf seinen Lippen. Max sah sie aus schieferblauen Augen an. „Vertrauen Sie mir. Es passt."

Jilly kapitulierte: „Wenn Sie meinen."

„Wie lange brauchen Sie?"

„Eine halbe Stunde?", fragte sie heiser. Ihre Gesichter waren einander so nahe, als wären sie ein Liebespaar. So nahe, dass er sie hätte küssen können. So nahe, dass seine Lippen fast ihren Hals berührten.

„Zwanzig Minuten."

Jilly kehrte schlagartig in die Realität zurück. „Unmöglich. So lange brauche ich allein für meine Frisur." Wenn sie nicht weiter Hand anlegte, führte ihr Haar ein Eigenleben.

„Lassen Sie es einfach offen. Sie finden hier alles, was Sie brauchen. Nur keine Hemmungen. Ich warte in meinem Arbeitszimmer."

Jilly blieb regungslos zurück. Was war geschehen? Max Fleming hatte sie nur wenige Sekunden in den Armen gehalten, und trotzdem war etwas passiert. Und dann hatten seine Finger ihren Nacken gestreift und sie so erschauern lassen, dass sie sich plötzlich ganz lebendig fühlte. Zögernd ging sie auf die Frisierkommode zu.

Die Frau, für die all die verzierten Bürsten und Haarspangen in Kristallschalen bereitlagen, würde sie nie wieder benutzen können. Ebenso wenig wie die erlesenen Parfums, deren Namen Jilly nur aus Modezeitschriften kannte. Ein Flakon mit einem eingravierten „C" stand etwas abseits. „C" für Charlotte? Als Jilly neugierig das Fläschchen öffnete, entströmte ihm ein einzigartiger Wohlgeruch, aufregend exotisch. Jilly tupfte sich einen winzigen Tropfen aufs Handgelenk und bereute es in der nächsten Sekunde. Der Duft entfaltete sich schnell auf ihrer warmen Haut, und sie lief ins Bad, um ihn schnell wieder abzuwaschen. Max hatte ihr großzügig angeboten, alles zu benutzen, was sie wollte, aber Charlottes persönliches Parfum gehörte doch wohl nicht dazu.

Jilly erschrak beinahe vor ihrem Spiegelbild. Ihre Wangen hatten rote Flecken, und überall waren Spuren von Wimperntusche. Was bildete sie sich eigentlich ein? Wer hätte sie küssen wollen, wenn sie so aussah? Und was dachte Max sich nur? Um sie salonfähig zu machen, reichten ein frisches Make-up und ein elegantes Kleid bei Weitem nicht. Da war ein Wunder nötig.

Aber wenn es schon einer wundersamen Verwandlung bedurfte, dann war Charlottes Ankleideraum der perfekte Ort dafür. Jilly fand hier alles, was sich eine Frau wünschen konnte, und entschied sich, als Erstes zu duschen. Danach setzte sie sich, in ein flauschiges Badetuch gehüllt, vor den Frisiertisch, und nur zwanzig Minuten später griff sie schon nach dem Kleid, das ihr Max ausgesucht hatte.

Jilly hatte nichts gegen die Vorstellung, in einem hinreißenden Kleid einen Nachtclub zu betreten und die Aura von einer Million Dollar zu verbreiten. Allein die Vorfreude auf Petras Gesichtsausdruck machte alle Demütigungen dieses Tages wett. Bei näherer Betrachtung reichte diese Genugtuung für eine ganze Woche, vielleicht sogar für ein Jahr.

Warum zögerte sie auch nur für eine Sekunde, Max' Angebot anzunehmen?

Vielleicht, weil Mädchen wie sie solche Angebote einfach nicht bekamen. Sie machte sich keine Illusionen. Sie war ein einfaches Mädchen aus einer einfachen Familie und kam aus einer einfachen kleinen Stadt im Nordosten Englands. Aber in diesem Kleid, mit diesem Make-up und mit einem Mann wie Max Fleming an ihrer Seite war all das nur allzu leicht zu vergessen.

Max zog die Manschettenknöpfe an seinem Hemd zurecht und kam sich wie ein Idiot vor. Was machte er hier eigentlich? Wollte er Jilly unbedingt in die Arme eines Mannes treiben, der sie nur verletzen würde? Aber nun gab es kein Zurück mehr.

Er richtete seine Krawatte, schlüpfte in seine Smokingjacke und betrachtete sein Gesicht. Was würden all die neugierigen und erstaunten Gaffer bei seinem erneuten Erscheinen in Londons Partywelt zu sehen bekommen? Nichts. Da war nichts Sehenswertes mehr an ihm. Er war ein gebrochener Mann. Ausgebrannt. Automatisch griff er nach seinem Stock und schleuderte ihn im nächsten Augenblick angewidert zur Seite. Die einzige Stütze, die er jetzt brauchte, war ein Drink. Nur, der würde an seiner Situation auch nichts ändern. Er sollte lieber einen Tisch im *Spangles* reservieren lassen.

Max hatte gerade den Hörer aufgelegt, als sich die Tür hinter ihm öffnete und er Charlottes Parfum wahrnahm. Für einen Moment, einen fürchterlichen Moment, stürzten all die schmerzlichen Erinnerungen auf ihn ein und hielten ihn davon ab, sich umzudrehen.

„Max?"

Ihre weiche Stimme, ihr ausgeprägter Akzent, der sich von Charlottes makelloser Aussprache so sehr unterschied, riss ihn aus seinem Albtraum und gab ihm die Kraft, in die Gegenwart zurückzukehren. Was er sah, war kein Geist. Die Größe und die schlanke Silhouette der beiden Frauen stimmten fast überein, aber ansonsten waren sie genau das Gegenteil voneinander.

Dunkles, welliges Haar umgab Jillys Gesicht, während Charlotte blond gewesen war. Sanfte braune Augen sahen ihn unsicher an. Charlottes Augen dagegen hatten die Farbe von Vergissmeinnicht gehabt. Sie hatte ihn immer an eine klassische englische Rose erinnert. Jilly wirkte wärmer, erdverbundener.

Das Kleid war wie für sie gemacht. Die Farbe passte perfekt zu ihrem dunklen Haar. Der Stoff umschmeichelte ihre blasse Haut, betonte ihre langen, schönen Beine bei jedem Schritt. Wie konnte er diese Schönheit jemals für ein einfaches junges Mädchen gehalten haben? Sie war etwas ganz Besonderes.

Sie würde heute Abend so manchem Mann den Kopf verdrehen. Man hätte schon blind und gefühllos sein müssen, um bei ihrem Anblick nicht ins Träumen zu geraten. Selbst ein Mann, der schon jede Hoffnung …

„Ich habe Ihnen doch gesagt, das Kleid würde passen", sagte Max schroff.

„Wie schade, dass Sie nicht auch an Schuhe gedacht haben!", erwiderte Jilly gereizt. Max spürte ihre Enttäuschung. Sie hatte wenigstens ein kleines höfliches Kompliment erwartet. Dabei hätte er ihr gern viel mehr gesagt. Jilly blickte zu ihm auf, und ihre weichen Lippen zitterten leicht, als sie versuchte, ihn anzulächeln. Max blickte schnell auf ihre Füße.

„Ihre Frau hatte kleinere Füße als ich. Bis auf diese silberfarbenen Sandaletten konnte ich nichts finden. Aber wenn Sie mit mir nicht gerade wandern wollen, wird es schon gehen."

„Nun, das hatte ich eigentlich nicht vor, aber einen Mantel brauchen Sie auf jeden Fall. Charlotte hatte zahlreiche Pelze. Ein Silberfuchs würde geradezu perfekt passen …"

„Ich könnte niemals einen Pelz tragen. Ich habe einen langen Samtmantel genommen."

„Gut, wie Sie wollen. Lassen Sie uns gehen."

„Max, wirklich, Sie brauchen mich nicht zu …"

„Versuchen Sie doch, mich davon abzuhalten", fiel er ihr ins Wort, durchquerte das Zimmer und öffnete ihr die Tür. Vor einigen Minuten noch hätte er sein Angebot am liebsten rückgängig gemacht. Aber nachdem er sie gesehen hatte, war es ihm unmöglich, alles abzublasen: „Kommen Sie, der Wagen steht bereit."

Jilly folgte ihm nach kurzem Zögern, griff nach der mit Perlen bestickten Abendtasche und wartete geduldig, bis Max ihr den silberfarbenen Samtmantel bereithielt.

„Brauchen Sie nicht Ihren Stock?"

Er rang sich ein Lächeln ab: „Ich weiß nicht, ob der Stock sonderlich hilfreich ist, wenn Sie Mr Blakes Interesse wecken wollen. Mit einem Krüppel an Ihrer Seite haben Sie bestimmt keinen großen Erfolg."

„Sie sehen doch nicht aus wie ein *Krüppel*!", rief Jilly entrüstet.

„Nein? Der Schein ist oft trügerisch. Aber falls mein Bein Probleme machen wird, werde ich den Arm um Sie legen, damit Sie mich stützen können. Das wird Ihrem Mr Blake zu denken geben." Er öffnete die Eingangstür und schob Jilly sanft hinaus. „Die Kutsche steht bereit, Mylady." Er deutete eine kurze Verbeugung an. „Aschenputtel wird jetzt zum Ball gehen."

„Aha. Und wen stellen Sie dar? Den Märchenprinzen?"

„Ich dachte, diese Rolle sei schon an Rich Blake vergeben", erwiderte Max, bot Jilly seinen Arm an und führte sie den Weg hinunter zum Wagen.

Jilly verzog das Gesicht: „Richie? Der würde gar nicht wissen, was er tun sollte. Aber wenn Sie nicht der *Märchenprinz* sind, wer sind Sie dann?"

„Also wirklich, Jilly. Erkennen Sie mich nicht ohne meinen Stock, oder sollte ich sagen: Zauberstab?"

Sie erwiderte lachend: „Sie sind meine *gute Fee*? Seien Sie mir nicht böse. Aber Sie sehen eher wie *der Herrscher der Finsternis* aus." Jilly lehnte den Kopf an den weichen Ledersitz und genoss die rasante Fahrt durch Londons dunkle Straßen.

„Das ist das falsche Märchen."

„Kann sein." Sie blickte ihn an. Sein silbriges Haar an den Schläfen, die dunklen Augen in dem finster entschlossenen Gesicht ließen ihn einfach durch und durch gefährlich wirken. Dagegen kam ihr Richie trotz seiner Fernseherfolge immer noch wie ein grüner Junge vor.

Ein Pulk von Fotografen wartete vor dem Club. Ein sicheres Zeichen dafür, dass sich Berühmtheiten im *Spangles* aufhielten. Max stieg aus und reichte ihr die Hand. „Kommen Sie, Jilly. Zeigen Sie ihnen Ihr schönstes Lächeln. Die Reporter beißen nicht."

„Wirklich nicht? Was machen sie dann?"

„Sie werden Sie fotografieren und berühmt machen." Er zog die Brauen hoch. „Ich fürchte, Petra Darling wird es nicht sehr gefallen", sagte Max und lächelte Jilly an.

„Bestimmt nicht", erwiderte Jilly, und ihre anfängliche Nervosität war wie verflogen.

Sie hatten den Bürgersteig schon zur Hälfte überquert, als Max von einem der Zeitungsleute erkannt wurde.

„Mr Fleming?"

Jilly zögerte kurz. Aber Max schob sie sanft weiter.

„Max Fleming?", wiederholte der Mann.

Sie hatten die Eingangstür erreicht. Max drehte sich zu den Fotografen und gab damit den Blick auf Jilly frei, die ein beeindruckendes Blitzlichtgewitter hervorrief. Der Reporter blieb hartnäckig: „Ich habe Sie lange nicht gesehen, Mr Fleming."

„Ich hatte zu tun. Hinter wem sind Sie denn heute Abend her?"

„Hinter niemandem, den Sie kennen. Wer ist denn die junge Dame an Ihrer Seite?" Max antwortete nicht, sondern blickte nur zu Jilly, die immer noch von zahllosen Fotografen umlagert war. „Ist sie eine Schauspielerin, Sir? Oder ein Model? Erzählen Sie uns die ganze Geschichte!"

„Wer sagt Ihnen, dass es da etwas zu erzählen gibt?", sagte Max mit einem Augenzwinkern. „Wir sind nur gute Freunde, die zusammen einen ruhigen Abend verbringen möchten."

„Und wie lange sind Sie schon gute Freunde, Mr Fleming?"

Max fand, dass er genug Stoff für die Gerüchteküche geliefert hatte, schwieg und führte Jilly in den Club. Es war schon ein paar Jahre her, dass er das letzte Mal hier gewesen war. Doch man begrüßte ihn wie einen alten Freund.

„Wird von mir morgen wirklich ein Foto in der Zeitung sein?", flüsterte Jilly, während sie zu ihrem Tisch geführt wurden.

„Sehr wahrscheinlich, wenn heute Abend nicht noch etwas Außergewöhnliches passiert."

„Was zum Beispiel?"

Zum Beispiel, dass Rich Blake ordentlich eins auf die Nase bekommt, dachte Max, während er Richie beobachtete. Der hatte einem der Ober eine Flasche Champagner aus der Hand genommen, schüttelte sie wie verrückt und bespritzte alle Gäste in seiner Nähe. Es schien ihnen nichts auszumachen. Marco, der Maître, folgte Max' Blick und murmelte: „Mr Blake feiert seine neue Fernsehshow und möchte alle an seinem Glück teilhaben lassen."

„Mr Blake wird Schwierigkeiten bekommen, wenn er sich nicht bald benimmt", sagte Jilly steif.

Max sah sie an: „Mach dir nichts draus, Darling." Dann wandte er sich wieder zu Marco: „Wir würden es vorziehen, an seinem Glück nicht teilhaben zu müssen. Bitte geben Sie uns einen möglichst weit entfernten Tisch, Marco."

„Selbstverständlich, Mr Fleming. Als Sie anriefen, habe ich sofort einen Tisch ganz in die Nähe der Tanzfläche stellen lassen."

„Aber ich dachte, wir wären …", begann Jilly verwirrt.

„Haben Sie ein wenig Geduld, Jilly."

Marco hatte sie inzwischen durch den überfüllten Nachtclub an einen kleinen Tisch für zwei Personen geführt. Von hier aus hatte Jilly einen wunderbaren Blick auf die Tanzfläche und – Richie. Max berührte ihre Hand, um ihre Aufmerksamkeit wenigstens für einen kurzen Augenblick auf sich selbst zu lenken. „Vergessen Sie nicht, dass Sie schon andere Pläne für den Abend hatten. Sie hatten keine Ahnung, dass wir ausgerechnet hierher gehen würden." Max' Stimme klang plötzlich aufgebracht: „Jetzt beobachten Sie ihn doch nicht immer. Er wird Sie schon früh genug bemerken."

Und dann? Was würde er dann tun? Einfach aufgeben und sie diesem Mann überlassen? Der gesunde Menschenverstand sagte ihm, dass er genau das tun sollte. Aber da er sich nun einmal, aus welchen Gründen auch immer, eingemischt hatte, fühlte er sich jetzt für Jilly verantwortlich. Diese Geschichte musste er für sie zu einem glücklichen Ende bringen.

Max beobachtete, wie sein Widersacher lautstark den Entertainer spielte und ein fast unbekleidetes Mädchen betatschte, das er auf seinen Schoß gezogen hatte. Max nahm an, dass sie die Auserwählte für diese Nacht sein würde. Und dann gab es auch noch diese gut aussehende Rothaarige, die Blake besitzergreifend beobachtete.

„Ist alles zu Ihrer Zufriedenheit, Mr Fleming?"

„Perfekt. Danke, Marco. Wenn Sie uns bitte eine Flasche Champagner bringen würden?" Und dann zu Jilly gewandt: „Bist du hungrig?" Sie schüttelte den Kopf. „Gut. Dann nichts weiter, Marco." Der Maître deutete eine Verbeugung an und entfernte sich.

Eine Zeit lang herrschte zwischen Jilly und Max angespanntes Schweigen, und Jilly beobachtete die johlende Gesellschaft am anderen Ende des Clubs.

„Ich wünschte …"

„Was?"

„Ich wünschte, ich wäre gar nicht erst hergekommen. Ich fühle mich hier nicht wohl."

Das würde sich sicher bald ändern, wenn Blake sie erst einmal entdeckt hätte. „Man sagt, dass man vorsichtig mit seinen Wünschen sein sollte. Nur für den Fall, dass sie wahr werden."

„Ich kann mich nicht erinnern, mir gewünscht zu haben, hier zu sein."

„Vielleicht haben Sie es nicht ausgesprochen, aber gedacht …?"

„Und Sie können wohl Gedanken lesen? Dann wissen Sie ja auch genau, was ich gerade jetzt denke."

Ihre Unbeherrschtheit war Folge ihrer Enttäuschung, und Max konnte sie gut verstehen. Aber was hatte sie denn erwartet? Dass Rich Blake die kurvenreiche Verführung sofort von seinem Schoß schubsen würde, um sie, Jilly, an seine männliche Brust zu drücken? Na ja, an seine Brust. Max konnte genauso gehässig sein wie Jilly. Aber auch im Märchen bekam Aschenputtel ihren Prinzen nicht sofort.

„Nun?", fragte Jilly nach.

„Möchten Sie zu den anderen hinübergehen? Sie sind schließlich eingeladen. Es wäre völlig in Ordnung."

„Glauben Sie, er würde davon Notiz nehmen?"

„Hm, im Moment scheint er alle Hände voll zu tun zu haben."

„Ja, sieht so aus."

Aber nachdem Max Jilly Hoffnungen gemacht hatte, war er wild entschlossen, ihr zu helfen. „Trinken Sie erst einmal ein Glas Champagner", sagte er, als der Ober kam.

„Warum?"

„Weil nach einem Glas Champagner alles besser aussieht." Er drückte ihr ein Glas in die Hand. Vielleicht würde sie danach ein wenig ihre Anspannung verlieren und nicht mehr nur an Blake denken. Vielleicht würde sie den Abend sogar genießen können.

„Warum habe ich mich bloß auf all das eingelassen?"

„Dem Mutigen gehört die Welt, Jilly", erwiderte Max und stieß mit ihr an. „Wie mutig sind Sie?"

6. KAPITEL

Jilly trank ihr Glas mit verwegener Miene aus. „Sie halten mich für verrückt, stimmt's?"

Max schenkte nach. „Natürlich sind Sie verrückt. Liebe hat nichts mit Vernunft zu tun. Glauben Sie mir. Ich weiß, wovon ich rede."

Sie drehte sich zu ihm und sah ihn an. Liebe? Wer hatte etwas von Liebe gesagt? Plötzlich wurde ihr bewusst, wie er sie betrachtete – oder vielmehr ihr Kleid. „Sie müssen Ihre Frau sehr geliebt haben."

„Um ehrlich zu sein, ist mir nie klar geworden, ob ich sie zu sehr oder nicht genug geliebt habe." Max leerte sein Glas in einem Zug und stand etwas zu schnell auf. Ein stechender Schmerz durchfuhr sein Knie. Einmal hatte er auf sein selbstsüchtiges Herz gehört und würde wohl den Rest seines Lebens dafür büßen müssen. „Kommen Sie, Jilly, genug der Gefühlsduselei. Lassen Sie uns tanzen."

Jilly sah ihn überrascht an.

Schweißperlen standen ihm auf der Stirn, und sein Gesicht war bleich geworden. „Sind Sie sicher? Sie müssen wirklich nicht ..."

„Was? Tango tanzen? Dafür reicht der Platz sowieso nicht."

„Ich dachte eigentlich ...", begann sie.

„Also, was ist? Wenn ich verspreche, nicht zu stürzen, würden Sie es dann mit mir riskieren?", fragte er ungeduldig. „Ein bisschen Bewegung zur Musik – genau das hat mir der Arzt empfohlen."

Jilly hatte ihre Zweifel, dass das Drängen und Schubsen auf der Tanzfläche gerade jetzt für Max das Richtige wäre. Aber er war niemand, der ein „Nein" akzeptierte.

„So war es doch nicht gemeint, Max. Tut mir leid", sagte sie und lächelte ihn an.

Dieses Lächeln brach ihm fast das Herz. „Ich habe nicht gesagt, dass es einfach werden würde, Jilly. Aber wenn Sie etwas wirklich wollen, müssen Sie dafür kämpfen. Allein für Ihre Selbstachtung. Sie müssen sich sagen können, dass Sie alles getan haben, um Ihren Traum zu verwirklichen."

Jilly betrachtete ihr Kleid. „Nur um meine Selbstachtung zu finden, hätte ich mich nicht so in Schale werfen müssen."

„Wissen Sie eigentlich, wie bezaubernd Sie aussehen? Einfach hinreißend. Jeder Mann hier beneidet mich."

Sie sah ihm in die Augen und dachte für einen Moment, dass er tatsächlich meinte, was sie gerade gehört hatte. „Idiot", murmelte sie vor sich hin. Doch trotz der lauten Musik hatte Max es gehört.

„Was das angeht, sind wir ganz einer Meinung", antwortete Max. Dann griff er nach ihrer Hand und zog Jilly, noch bevor sie weitere Einwände äußern konnte, sanft von ihrem Stuhl. Auf der Tanzfläche war es so eng, dass Max gar keine andere Wahl hatte, als Jilly dicht an sich zu ziehen.

Zweifellos erregten sie Aufmerksamkeit. Aber es war Jilly, die neidische Blicke erntete.

„Sie hatten recht, Max", sagte Jilly. Sie bewegte sich noch etwas steif. Max' Hand dagegen lag leicht wie eine Feder auf ihrem Rücken.

„Womit?"

„Der Platz reicht nicht für einen Tango."

„Dem Himmel sei Dank dafür. Ich würde mir mit einer Rose zwischen den Zähnen auch ziemlich dämlich vorkommen."

Jilly lachte befreit auf, und ihre Anspannung verschwand. Max zog sie ein wenig näher an sich heran, gerade so nah, dass er zwischen seiner Hand und ihrer Haut nur noch einen Hauch von apricotfarbenem Satin wahrnahm, was ihn jeden anderen Gedanken vergessen ließ. All seine Sinne waren plötzlich wie elektrisiert. Zu lange hatte er nichts Vergleichbares mehr gespürt, sodass er jetzt schon auf die kleinste Bewegung heftig reagierte. In seiner Fantasie malte er sich aus, dass sich ihre Haut genauso anfühlen müsste wie Satin: sanft, zart und unendlich warm. Und als er eine Hand behutsam zu ihrer Taille gleiten ließ, kribbelte es ihm in den Fingern. Seine Umarmung wurde fester. „Legen Sie mir die Arme um den Nacken", flüsterte er. Jilly sah ihn nur sprachlos an. „Ja, wollen Sie Mr Blake eifersüchtig machen oder nicht?"

Richie? Welche normale Frau würde in einem Moment wie diesem an Richie denken? Jilly riss sich zusammen. „Richie würde es nicht einmal bemerken."

„Da irren Sie. Er hat es schon getan." Max, ein Kopf größer als Jilly, konnte Rich mit einer jungen Dame im Paillettenkleid tanzen sehen. Er hatte bereits einmal in ihre Richtung geblickt und tat es jetzt wieder.

Jilly fühlte sich plötzlich unsicher. Sie tanzte hier in enger Umarmung mit einem Mann, den sie kaum kannte und der ihr Chef war. Sie lag in den Armen eines Mannes, der mit jedem Traumprinzen hätte konkurrieren können. Richie dagegen, trotz all seines Fernsehruhms, war durchschnittlich, ein Junge, den sie schon ewig kannte. Max war anders. Er hatte eine lässige Arroganz an sich, wie sie Menschen zu eigen war, die über Generationen hinweg gelernt hatten, etwas Besonderes zu sein.

Alles an ihm hatte Stil: der gestärkte Kragen, der weiche, exquisite Stoff des Smokingjacketts, das dezente Rasierwasser. Jilly lächelte, als Max sie noch fester hielt und sie, den Kopf an seine Brust gelehnt, deutlich seinen Herzschlag hören konnte. Vor zwei Stunden hatte sie noch *dank* Richie die Hölle durchgemacht, und jetzt befand sie sich auf dem Weg in den Himmel.

Max ließ die Hände zu ihren Hüften gleiten. Seine Gefühle wechselten in rasender Geschwindigkeit von überwältigender Glückseligkeit zu tiefem Schmerz.

Er nahm nur noch ihr Parfum wahr, das quälende Erinnerungen an Charlotte wachrief. Aber auf Jillys Haut duftete es ein wenig anders, so, wie es in Max' Vorstellung immer hätte sein sollen …

Dann wechselte die Musik zu einem schnelleren Rhythmus, und Jilly löste sich von Max. Widerstrebend ließ er es zu.

Jilly schloss die Augen und gab sich ganz der Musik hin. Jede Strähne ihres dunklen Haares schimmerte im Schein der Lichtkegel in einer anderen Farbe.

Für einen Moment blieb Max einfach stehen und beobachtete, wie Jilly die grazilen Arme hob und sie harmonisch mit ihren Hüften bewegte. Sie schien alles und alle um sich herum vergessen zu haben, so, als könnte niemand sehen, wie der geschmeidige Stoff ihren Körper umschmeichelte und mehr preisgab, als sie sich jemals hätte vorstellen können. Und plötzlich wusste er, dass er sie begehrte.

Aber Max nahm auch wahr, dass Jilly schon längst die Aufmerksamkeit anderer männlicher Gäste erregt hatte. Sie folgten ihren Bewegungen mit leidenschaftlichen Blicken. Noch eine Minute – und Rich hätte Jilly erkannt. Vielleicht würde er es zunächst für eine Täuschung halten. Aber schließlich würde er sich einen Weg durch die Menge bahnen, um sich zu überzeugen, dass er sich irrte.

Nur – er irrte sich nicht, und Jilly würde ihre Freude, Rich zu treffen, nicht verbergen können.

Diese Vorstellung gefiel Max ganz und gar nicht. Rich Blake würde sich niemals ernsthaft um eine Frau bemühen, die so einfach zu haben war. Rich durfte ihr nicht begegnen. Nicht heute Nacht. Morgen, morgen würde er ihr Bild in der Zeitung sehen. Dann wüsste er, dass er sich nicht vertan hatte. Seine Neugierde würde geweckt, und er würde versuchen, sie für sich zu gewinnen. Aber das sollte ihm nicht gelingen. Nicht, solange es ihn, Max, gab. Oder jedenfalls nicht, solange Rich nicht erfahren hatte, wie es war, eine Frau verzweifelt zu begehren. Solange er nicht bereit war, alles für sie aufzugeben, weil er sie für das Kostbarste in seinem Leben hielt.

„Jilly …"

Sie öffnete die großen, dunklen Augen und sah ihn, noch ganz in die Musik versunken, fragend an. Ihre weichen, vollen Lippen waren leicht geöffnet. Er streckte eine Hand nach ihr aus. Jilly nahm sie sofort, und ihre Finger berührten sanft seine Haut. „Max, geht es Ihnen gut?"

Nein. Ihm ging es überhaupt nicht gut. Der Puls hämmerte in seinem Kopf. Ein Schmerz hatte seinen Körper erfasst und wurde noch schlimmer, als er sich zu Jilly hinunterbeugte, um ihr ins Ohr zu flüstern: „Lassen Sie uns gehen, Jilly."

„Gehen?"

Sein Blick ruhte wie gebannt auf ihren vollen pfirsichfarbenen Lippen. Beinah wäre er der Versuchung erlegen und hätte sie geküsst. Das würde Rich Blake zu denken geben.

„Sie meinen, den Club verlassen?"

„Sofort", drängte er aus Angst, doch noch die Kontrolle über sich zu verlieren. „Vertrauen Sie mir, Jilly. Ich bin doch Ihre *gute Fee*, wissen Sie noch?", sagte Max beschwörend. Solange nur *er* nicht vergaß, dass er das und nur das für Jilly sein durfte, würde es keine Probleme geben. Max hielt Jilly noch etwas fester und führte sie rasch zur Treppe. „Stellen Sie sich vor, es hätte gerade zwölf Uhr geschlagen und der Wagen draußen würde sich gleich in einen Kürbis verwandeln."

„Aber Richie …"

Meine Güte! Konnte sie eigentlich nur noch an diesen Rich Blake denken? „Er wird sich schon melden", herrschte Max sie an.

Plötzlich blieb Jilly stehen. „Meine Tasche! Ich habe meine Tasche auf dem Tisch vergessen."

„Ach, lassen Sie sie liegen. Das ist doch mal etwas anderes als immer dieser *verlorene Schuh*."

„Das geht nicht!"

„Was kann da schon Wertvolles drin sein?"

„Die Tasche ist wertvoll. Sie gehörte doch Ihrer …" Sein scharfer Blick ließ sie verstummen. „Und die Zwanzigpfundnote, die Sie mir gegeben hatten, ist auch drin." Sie blickte ihn kurz von der Seite an, bevor sie entschlossen zum Tisch zurückging. Max folgte ihr notgedrungen. Als sie nach der Tasche griff, wandte sie sich an Max. „Sie wissen doch, für den Notfall."

Diese Anspielung hatte er wohl verdient. „Kommen Sie, Jilly. Holen Sie schnell Ihren Mantel." Max wollte jede weitere Verzögerung vermeiden, bis sie die breite Treppe des Nachtclubs erreicht hatten. Jilly lief die Stufen hinauf, aber Max blieb unvermittelt stehen. Ein stechender Schmerz durchfuhr sein Knie. Er versuchte, sich nichts anmerken zu lassen, und folgte ihr langsam. Doch kaum belastete er auf halber Höhe der Treppe sein verletztes Bein, gab es unter ihm nach. Max strauchelte und konnte gerade noch nach dem Geländer greifen. „Verdammt!", platzte er heraus. „Gehen Sie weiter, Jilly. Ich bin gleich bei Ihnen", drängte Max. Er sah sich um und betete insgeheim, sein Knie möge ihn nur jetzt nicht im Stich lassen. Doch der Schmerz war zu groß und zwang ihn, sich auf eine Stufe zu setzen.

„Na, da hat aber einer gefeiert", spottete ein Mädchen, das gerade die Treppe hinunterlief, und ihr Begleiter lachte.

Jilly, wütend über so viel selbstgefällige Dummheit, sah den beiden mit Verachtung nach und setzte sich zu Max. Sie nahm seine Hand und betrachtete sorgenvoll, wie blass er geworden war. Sie wusste, dass Max Qualen durchlitt.

„Dummkopf", sagte sie und lehnte den Kopf an seine Schulter, als würden sie mit Absicht auf der Treppe sitzen.

„Sagen Sie das noch einmal und Sie sind gefeuert."

„Quatsch."

Er rang sich ein Lächeln ab. „Okay, okay. Ich bin ein Dummkopf. Aber wenn Sie mir jetzt sagen: ‚Das habe ich kommen sehen', werde ich …"

„Sei still. Umarm mich lieber, Max." Sie wartete nicht ab, sondern kuschelte sich eng an ihn.

„Die Leute werden denken, wir seien ein Liebespaar."

„Gute Idee. Immer noch besser, als wenn sie uns für betrunken halten."

„Also …" Max drehte sich zu ihr und betrachtete sie einen Moment lang. Ihr Gesicht war nur wenige Zentimeter von seinem entfernt, ihre Augen sahen ihn sorgenvoll an, ihre Lippen waren leicht geöffnet.

„Was ist, Max? Was denkst du?" Ihr Mund war eine einzige Verführung.

„Ich habe gerade gedacht, dass wir noch sehr viel überzeugender sein könnten."

Jilly konnte vor Aufregung kaum sprechen: „Wie?"

„So." Und dann küsste er sie, wie ein frisch verliebter Junge auf einer Party. Die Wärme, die ihn durchströmte, war überwältigend. Nie zuvor hatte er ein so starkes Gefühl erlebt. Doch am meisten erfasste ihn die Leidenschaft, mit der Jilly seinen Kuss erwiderte, so, als hätte sie auf diesen Kuss ihr Leben lang gewartet …

„Jilly?" Rich Blake war genauso takt- und rücksichtslos, wie er ihn sich vorgestellt hatte. Jilly war plötzlich angespannt und wirkte verlegen. Der schönste Moment seines Lebens war zu Ende, und Max musste zusehen, wie sich Jilly zu Rich umwandte, der einige Stufen unter ihnen stand und sie fortwährend anstarrte. „Du bist es also doch. Petra hatte gesagt, dass sei unmöglich, aber ich war mir sicher …" Rich blickte Max nur kurz an und runzelte die Stirn. „Du hast nicht gesagt, dass du auch herkommen würdest, Jilly."

„Das wusste Jilly auch nicht", antwortete Max ruhig und zwang Rich, ihn anzusehen, damit sich Jilly auf die neue Situation einstellen konnte. „Es war eine Überraschung."

Rich Blake lachte. „Das kann mal wohl sagen. Eine Wahnsinnsüberraschung. Ich wusste nicht, dass Sie hier auch Stammgast sind." Er blickte zu Jilly, dann vielsagend zu Max, um von ihr vorgestellt zu werden.

„Oh, tut mir leid, Richie. Max, darf ich dir Rich Blake vorstellen? Du hast vielleicht schon von ihm gehört." Sie warf Max einen kurzen, verschwörerischen Blick zu, und er freute sich, mit welcher Leichtigkeit Jilly das Spiel beherrschte, in dem sie beide Verbündete gegen Rich Blake waren.

„Ja, das könnte sein", sagte Max und reichte Richie die Hand.

„Richie, das ist Max Fleming."

„Max." Richie ergriff Max' Hand und wartete auf weitere Erklärungen, als aber nichts geschah, ging Richie zum Angriff über: „Warum kommt ihr nicht zu uns herüber?"

„Nicht heute Abend, Richie", lehnte Jilly schnell ab, bevor sich Max einmischen konnte. „Es war ein langer Tag."

„Vielleicht das nächste Mal", fügte Max hinzu, während er sich, gestützt auf sein gesundes Bein und mithilfe des Treppengeländers, wieder aufrichtete. Jilly stand mit ihm auf und legte ihm den Arm um die Taille. Dann sagte Max: „Ich glaube, es sucht jemand nach Ihnen, Blake."

Rich drehte sich um. „O Petra. Ich wollte gerade kommen." Er wandte sich wieder an Jilly. „Ein Fotograf wartet, um ein paar Schnappschüsse zu machen. Das sollten wir hinter uns bringen, bevor es zu wild wird."

Jilly würdigte Petra mit einem kurzen Blick und sah dann Max fragend an. Er nickte, und Jilly verabschiedete sich. „Bis dann, Richie."

„Ich rufe dich morgen an, Jilly."

Aber sie ging schon die Treppe hinauf und flüsterte: „Stütz dich auf mich, Max."

„Das ist mir wirklich unangenehm …"

„Wieso? Du hattest mich doch gewarnt, dass du ein Invalide wärst. Und das nächste Mal sei nicht so eitel und nimm deinen Zauberstab mit. Den kannst du dann als Stock benutzen."

Das nächste Mal? Wenn er noch ein bisschen Verstand hatte, sollte es besser kein nächstes Mal geben. „Danke", sagte er, als sie die Straße erreicht hatten. „Ich glaube, es geht jetzt."

„Bist du sicher?"

Sie hielt seine Taille umfasst, während sein Arm noch immer auf ihrer Schulter lag, und als Max sich umdrehte, sah er Rich Blake, der sie aus zusammengekniffenen Augen beobachtete.

„Na ja, vielleicht ist es besser, kein Risiko einzugehen", räumte Max ein und ließ den Arm, wo er war. Er brauchte all seine Willenskraft, um sie nicht noch einmal zu küssen. „Und, hast du es genossen?"

Jilly zögerte. Sie wusste nicht genau, was er meinte: den Nachtclub, das Tanzen oder den Kuss? Noch nie zuvor hatte jemand sie so geküsst.

„Keine Angst, Jilly, ich werde es nicht weitersagen."

Und da wurde ihr klar, dass Max nichts von alledem gemeint hatte, sondern Petra. „Hast du ihr Gesicht gesehen?" Jilly löste sich plötzlich von Max, legte die Arme um sich und fröstelte leicht. Petra hatte ziemlich verloren ausgesehen, unsicher. „Ich weiß genau, wie sie sich gefühlt hat. Noch vor ein paar Stunden ging es mir genauso." Jilly schüttelte den Kopf. „Nein. Es macht mir keinen Spaß, jemanden zu verletzen."

„Nicht einmal, nachdem sie dich mit dieser Schmiere überschüttet hat?"

„Woher weißt du denn, dass das geplant war?"

Er wusste es nicht. „Aber es war doch klar, dass sie dich niemals hätten gewinnen lassen, oder? Übrigens, dein Traumprinz beobachtet uns immer noch. Möchtest du ihm vielleicht einen Schuh hierlassen?"

„Warum das denn?", fragte Jilly verblüfft. Max lächelte sie spöttisch an. „Oh, ich verstehe." Jilly war in die Wirklichkeit zurückgekehrt. „Nein, ich glaube, das wäre eine schreckliche Verschwendung."

„Du willst Mr Blake also herausfordern. Er soll sich wohl etwas anstrengen?" Wenigstens hatte sie offensichtlich nicht vorgehabt, zu bleiben und bis zum Morgengrauen mit einem Mann zu tanzen, der zwei gesunde Beine hatte. Aber Max freute sich zu früh.

Jilly fügte lächelnd hinzu: „Ich glaube nicht, dass sich Richie jemals für irgendjemanden oder irgendetwas anstrengen würde, außer vielleicht für seine Arbeit. Wenn er mich sehen will, hat er ja meine Telefonnummer."

„Also weißt du, Jilly, ich glaube langsam, dass du deine Aschenputtelrolle nicht so richtig ernst nimmst."

„Um ehrlich zu sein, Max, komme ich mit deinen Regieanweisungen nicht ganz zurecht. Ich dachte, wir würden heute Abend in Richies Party platzen, ihm mit meiner *Verwandlung* die Sprache verschlagen und wieder gehen."

Gehen? Hätte sie tatsächlich wieder weggehen wollen? „Na ja, wir wären wohl kaum in die Party *geplatzt*. Du warst schließlich eingeladen, Jilly."

„Wie auch immer." Sie blickte auf ihr glänzendes Satinkleid und fügte hinzu: „Auf jeden Fall war es ein Riesenaufwand für ein Glas Champagner und zwei Tänze." Und einen Kuss, dachte sie. Einen Kuss, der jede Anstrengung wert gewesen war.

„Das war es wert", sagte Max, als hätte er ihre Gedanken gelesen. „Ich habe dir doch gesagt, dass er dich bemerken würde."

„Ich hole schnell meinen Mantel, und auf dem Weg nach Hause kannst du mir deinen Plan ja noch einmal erklären."

„Eigentlich hatte ich gar keinen", sagte er, als er ihr kurz darauf in den Wagen half. „Aber jetzt habe ich einen."

„Und wie sieht der aus?"

„Du wirst ihn nicht mögen."

„Lass es doch darauf ankommen."

Zwanzig Minuten später saß Jilly mit einem Glas Brandy in der Hand in Max' Arbeitszimmer am Kamin.

„Also", sagte sie und lehnte den Kopf an das weiche Leder ihres Sessels. „Erzähl mir von deinem Plan."

„Ganz einfach. Du wirst dich so fern wie möglich von Rich Blake halten."

Jilly nippte an ihrem Drink. „Bis jetzt gefällt mir der Plan."

„Tatsächlich?" So, die kleine, süße Jilly wollte Mr Blake also ein bisschen leiden lassen. Gut. Er hatte nichts dagegen. „Das trifft sich

gut. Denn ich muss zugeben, dass ich durch und durch egoistisch bin."
Max hatte die Erfahrung gemacht, dass dieses Eingeständnis auf andere allemal überzeugender wirkte als selbstlose Motive. „Du weißt, ich brauche dich, und wenn Mr Blake erst einmal bewusst wird, was er an dir verloren hat, wirst du hier schneller weg sein, als ein Eichhörnchen auf dem Baum verschwindet. Und ich habe dann wieder niemanden, der trotz meiner aufbrausenden Art und den zugegeben ungewöhnlichen Bürostunden mit mir arbeiten will."

„Da hast du recht", stimmte Jilly zu und konnte nur schwer ein Lächeln unterdrücken. Aber für einen Mann, der so küssen konnte, hätte sie noch ganz andere Dinge getan. „Aber wer hat denn gesagt, dass ich dann weggehe?"

„In der Sekunde, in der Richie dich erobert hat, wird er dich ganz für sich haben wollen."

„Vielleicht will er das …" Jilly konnte Max nicht mehr in die Augen sehen. „… aber ich bin keine willenlose Beute, Max."

„Das habe ich auch nie gesagt oder geglaubt. Aber ich habe gesehen, wie er dich angeschaut hat." Max rollte sein Glas zwischen den Händen. „Ihr seid so lange befreundet gewesen, und du bist nur nach London gekommen, um in seiner Nähe zu sein. Da nehme ich nicht an, dass du für immer bei deiner Cousine wohnen willst. Und nach einer eigenen Wohnung hast du doch auch noch nicht gesucht, oder?"

Jilly trank einen kleinen Schluck Brandy. „Wie sollte ich auch, Max, bei all den Überstunden?"

„Wenn du mehr Zeit dafür gewollt hättest, hättest du sicher gefragt."

„Ja, kann sein." Max konnte Jillys Gesicht bei der Beleuchtung kaum sehen, aber er glaubte, Zweifel in ihrer Stimme zu hören. Wenn sie nicht gleich mit Richie hatte zusammenziehen wollen, was hatte sie dann vorgehabt? Erst war sie versessen darauf gewesen, in London eine Stelle zu bekommen, um in der Nähe dieses Mannes zu sein, und dann … Da begriff Max. Sie hatte ihren Traum gar nicht weitergeträumt.

Jilly hatte es sich in ihrem Sessel bequem gemacht, und ihr ganzer Körper strahlte ihre verführerische Weiblichkeit aus. Ihre vollen Lippen, die sanften Rundungen ihrer Brüste unter dem dünnen Satinkleid und ihre Hüften, die sie so harmonisch zur Musik bewegt hatte. Es konnte nicht sein, dass eine Frau wie sie, in der heutigen Zeit und in ihrem Alter, noch nie …

„Erzähl mir ein bisschen von Rich", sagte er schnell, um nicht das Unvorstellbare weiterdenken zu müssen. „Ich will diesen Mann verstehen."

Im Haus war es so still, dass Jilly nur ihren eigenen unregelmäßigen Atem hören konnte und ihren hämmernden Puls schmerzvoll in ihren Ohren wahrnahm. Warum sollte sie dem Mann, den sie kaum kannte und der ihr doch mit einem einzigen Kuss mehr Leidenschaft versprochen hatte als jeder andere, warum sollte sie dem ausgerechnet von *Richie* erzählen?

Jilly warf Max einen verstohlenen Blick zu. Er saß ihr direkt gegenüber, und zwischen ihnen flackerte das Kaminfeuer. Seine Jacke hatte er über einen Stuhl geworfen, die Krawatte gelockert und den obersten Knopf seines Hemdes geöffnet. Eine Haarsträhne war ihm in die Stirn gefallen. Aber er strich sie nicht ungeduldig zurück, wie er es immer machte, wenn er arbeitete.

Im roten Schein des Feuers wirkte sein Gesicht noch markanter. Während seine Augen im Schatten lagen, traten seine kräftigen Wangenknochen und seine lange, schmale Nase deutlich hervor. Die Lippen hatte er, wie meist, zusammengepresst, als könnte er so auch seine Gefühle unterdrücken.

Bei diesem Gedanken musste Jilly insgeheim lachen. Er hatte offensichtlich keine Probleme, seine Gefühle zu zeigen, wenn er mit der Arbeit anderer nicht zufrieden war. Und sie konnte sich gut vorstellen, dass viele mit seinem explosiven Temperament nicht zurechtkamen, aber sie genoss es, mit ihm zu arbeiten.

Er war unglaublich schnell, und wenn man auch nur einen Augenblick unaufmerksam war, hatte man keine Chance mehr, seinen Gedanken noch zu folgen. Seine Leidenschaft für seine Projekte war ansteckend und seine Ungeduld gegenüber der behäbigen Bürokratie angesichts sterbender Kinder in Entwicklungsländern für Jilly nicht nur verständlich, sondern sie bewunderte ihn auch dafür.

Ach, nun hör schon auf! hörte sie eine innere Stimme sagen. Was du jetzt fühlst, hat nichts mit seiner selbstlosen Arbeit zu tun, sondern allein mit deinem Herzklopfen, als er dich berührt und geküsst hatte. Bis dahin wärst du einfach mit Richie weggegangen, ohne dich auch nur einmal umzudrehen. Plötzlich stellte sie entsetzt fest, dass Richie für sie inzwischen genauso interessant war wie die gestrige Zeitung.

Hätte sich Richie damals so verhalten wie jeder andere junge Mann an seiner Stelle, dann wäre sie schon lange über ihn hinweg gewesen.

Aber während sie zu Hause gesessen und an seiner Karriere gearbeitet hatte, war er anderen Mädchen nachgelaufen, selbst Gemma, ihrer Cousine … Die Wahrheit war, dass die *Chemie* zwischen ihnen einfach nicht gestimmt hatte und auch niemals stimmen würde. Das war ihr erst bewusst geworden, als sie Max geküsst hatte.

Ihre Gedanken schweiften zu ihm zurück. Was würde er wohl tun, wenn sie zu ihm hinüberginge, sich auf seinen Schoß setzte, ihm die Arme um den Nacken legte und ihn küsste? Das Blut jagte noch schneller durch Jillys Körper. Sie trank einen Schluck Brandy, verschluckte sich und schnappte nach Luft. Max sprang sofort auf und war mit einem einzigen Schritt bei ihr. Mit seiner großen Hand klopfte er Jilly auf den Rücken. Sie hustete und signalisierte ihm mit dem Arm, dass er aufhören möge.

„Ist alles in Ordnung?" Max blickte auf Jilly hinunter. Die Hand noch auf ihrem Rücken, streichelte er mit dem Daumen zärtlich ihre Schulter. In Ordnung? War ihm nicht bewusst, was er da gerade tat?

„Es geht wieder", antwortete sie heiser und räusperte sich. „Wirklich. Alles ist okay." Wenn er sie nicht aus Liebe berühren wollte, dann besser gar nicht.

Max zögerte einen Moment und ging dann wieder zu seinem Sessel. „Warum erzählst du mir nichts von Rich Blake?"

Also gut. Wenn sie nur von Richie erzählen musste, um in Max' Nähe bleiben zu können, würde sie das gern die ganze Nacht über tun.

„Ich glaube, ich war acht, als ich ihn zum ersten Mal sah", begann Jilly. „Er war älter, neun, fast zehn. Aber er war sitzen geblieben und so klein, dass ihm niemand sein Alter angesehen hätte. Besonders groß ist er ja auch später nicht geworden. Es war mitleiderregend, wie er so dastand mit seinem Haar, das so hell war, dass man seinen Kopf für kahl halten konnte. Seine Brille war in der Mitte mit Isolierband zusammengeklebt, und es dauerte keine zwei Sekunden, bis eine Gruppe von Raufbolden Richie als neue, leichte Beute ausgemacht hatte."

„Und dann bist du dazwischengegangen und hast ihn gerettet?"

„Einer musste es schließlich tun. Ich konnte ihn doch nicht einfach so stehen lassen."

„Konntest du nicht?" Max schüttelte den Kopf. Er brauchte keine Antwort.

„Unglücklicherweise bin ich seit dieser Begegnung an ihm hängen geblieben", erzählte Jilly weiter.

„Er hatte wohl erkannt, dass er ohne dich keine Chance haben würde."

„Er folgte mir auf Schritt und Tritt, und glaub mir, er hatte ein echtes Talent, sich in Schwierigkeiten zu bringen. Ich meine nicht nur die Typen auf dem Schulhof. Auch bei den Lehrern kam er nicht gut an. Irgendwie trieb er sie in den Wahnsinn und merkte es nicht einmal. Es war, als lebte er in seiner eigenen kleinen Welt."

„Erwachsene können damit oft nichts anfangen."

„Sie haben einfach nicht verstanden, was sich hinter den vergessenen Schulaufgaben und den verlegten Büchern verbarg. Ich habe mich wohl mehr um seine als um meine Hausaufgaben gekümmert."

„Hätte das nicht seine Mutter tun sollen?"

„Sie ist von zu Hause weggegangen, als er noch ein Baby war. Hat ihn einfach verlassen." Jilly trank einen weiteren Schluck. „Sein Vater war nicht gerade das Gelbe vom Ei, aber meiner war auch nicht besser." Durch den Brandy fühlte sie sich plötzlich ganz entspannt und zum Reden aufgelegt. Max hatte sie durchdringend angeblickt, als sie ihren Vater erwähnt hatte, aber sie wollte nicht über ihn sprechen. „Richie interessierte sich nur für Musik", fuhr Jilly fort. „Popmusik", fügte sie hinzu, falls Max im Zweifel gewesen wäre. „In der Schule hielten sie ihn immer für faul, aber das war er nicht. Er tat alles, um Geld für seine Musikanlage zu verdienen, und verbrachte Stunden damit, Textüberleitungen für die Songs zu finden. Und er war auch wirklich brillant darin. Er hatte eine ganz eigene Note. Außerdem kannte er jede Schallplatte, die jemals auf den Markt gekommen war. Er war schon ganz okay, nur drehte sich bei ihm eben alles um Musik. Er musste einfach Discjockey werden. Aber in der Schule hatten sie ihn als *hoffnungslosen Fall* schon zu den Akten gelegt."

„Ich glaube, ich hab kürzlich irgendwo gelesen, dass man Mick Jagger nach der Schule für eine Banklehre vorgeschlagen hatte."

„Das passt." Jilly seufzte und nippte wieder an ihrem Glas. „Ich nehme an, sie glauben immer, es sei das Beste für die Schüler. Vielen Leuten fehlt jegliche Vorstellungskraft."

„Oder sie haben zu viel davon. Vielleicht stellen sie sich ja vor, wie das Leben als *arbeitsloser* Discjockey wäre."

„Mag sein", gab Jilly mit einem Schulterzucken zu. „Es ist ein hartes Geschäft. Richie wusste zwar alles über Popmusik, hatte aber nicht die leiseste Ahnung, wie er sich verkaufen musste."

„Er scheint es aber doch ganz gut geschafft zu haben. Er ist immerhin der wichtigste Mann beim erfolgreichsten Privatsender des Landes. Und jetzt, da er auch das Fernsehen erobert hat, kann ihn wohl nichts mehr aufhalten. Er ist einfach beliebt." Max nahm die Karaffe und füllte Jillys Glas nach. „Wie hat er seine erste Chance bekommen?"

„Meine Mutter war im Schulkomitee, das für die Musik auf der Weihnachtsfeier verantwortlich war. Ich hab meinen Bruder gebeten, mir an seinem Computer ein echt beeindruckendes Flugblatt für *Richies Disco* zu machen. Und dann habe ich es so hingelegt, dass meine Mutter es finden musste."

„Ganz schön hinterlistig."

Jilly lachte. „Der Schulleiter war fuchsteufelswild. Und meine Mutter war auch nicht gerade begeistert, als ihr klar wurde, dass ich damit etwas zu tun hatte. Sie hatte natürlich gedacht, dass sie einen Profi zu einem Spottpreis engagiert hatte. Aber als sie dahinterkam, war es bereits zu spät. Richie bekam eine traumhafte Publicity."

„Und wie hast du das wieder hinbekommen?"

„Ich?"

„Sag mir nicht, dass du nicht dahintergesteckt hast, Jilly."

Jilly zuckte die Schultern. „Das war nicht schwierig. Ich hab nur bei den Lokalzeitungen angerufen. Die sind doch immer ganz wild nach *Geschichten, die das Leben schreibt*. Das Problem war nur, dass kaum jemand einen fünfzehnjährigen Schüler als Discjockey haben wollte, egal, wie gut er auch sein mochte." Jilly musste lächeln, als sie sich an die damalige Zeit erinnerte. „Er konnte kaum über seine Musikanlage blicken."

Max fand, dass sich Jilly Richies Freundschaft wirklich verdient hatte. Stattdessen hatte Mr Blake sie von seiner unfreundlichen Sekretärin erst abwimmeln lassen und Jilly dann auch noch in seiner Spielshow gedemütigt. „Aber davon hast du dich doch wohl nicht beirren lassen", sagte er. „Also, was hast du gemacht?"

„Ich habe Probeaufnahmen von Richie gemacht und sie an den Lokalsender geschickt."

„Nicht schlecht."

„Es hat trotzdem eine Weile gedauert. Schließlich haben sie ihn sich doch angesehen, aber wahrscheinlich nur, damit ich ihnen nicht weitere Bänder schickte. Nachdem sie ihn erst einmal in Aktion erlebt hatten, gaben sie ihm immerhin fünfzehn Minuten Sendezeit samstags in einer Jugendshow. Damit fing alles an."

„Und dann?"

Jilly blickte zu Max hinüber und auf seinen Mund, und sie musste daran denken, wie er sie geküsst hatte. „Und dann …" Jilly hatte total den Faden verloren. „Ach so. Ja, dann habe ich seine Sendungen aufgenommen und die Bänder zu den großen Privatsendern nach London geschickt."

„Hast du nie daran gedacht, bei deinem Talent in der Werbung zu arbeiten?" Max wartete keine Antwort ab. „Und wie lange hat es gedauert, bis er dort erhört wurde?"

„Ein paar Jahre waren es wohl."

„Und dann ist er nach London gegangen und hat dich völlig vergessen", bemerkte Max bissig, in einem Anflug von Eifersucht.

7. KAPITEL

*J*illy schoss wie eine Rakete aus ihrem Sessel. „Das ist nicht fair!", rief sie. Im nächsten Augenblick aber kam es ihr lächerlich vor, Richie so vehement in Schutz zu nehmen.

„Ist es nicht? Nachdem, was du alles für ihn getan hast. Weißt du nicht mehr, wie er dich über seine Sekretärin abspeisen ließ? Und was hat er in seiner Show mit dir abgezogen?"

„Aber dahinter steckte doch Petra ..."

„Dann hätte Mr Blake dafür sorgen müssen, dass dir keiner so etwas antut. Er hätte wenigstens ..." Max verstummte. Das musste Jilly schon selbst herausfinden.

„Er schuldet mir überhaupt nichts, Max." Sie zuckte kurz die Schultern. „Bis auf die Bänder und das Versandporto vielleicht." Sie machte eine kurze Pause. „Ach, und natürlich die Zugfahrkarte nach London."

Sie konnte tatsächlich Witze darüber machen? „Natürlich. Also, schicken wir ihm eine gesalzene Rechnung für deine Public-Relations-Dienste, oder sollen wir es ihm tatsächlich schwer machen?"

„Ich habe wirklich an sein Talent geglaubt. Ich wollte ihm nur helfen."

„Weil du in ihn verliebt warst?" Jilly antwortete nicht, und Max griff nach der Karaffe.

„Das Leben kann sehr hart sein, Jilly." Er füllte sein Glas und nach kurzem Zögern auch Jillys. Keine Frage. Sie hatte recht. Blake schuldete ihr gar nichts. Sie hatte all das für ihn getan, weil sie es wollte. Sie hatte in ihm etwas Besonderes gesehen. „Das Leben kann verdammt hart sein", wiederholte Max und fügte hinzu: „Und dann stirbst du oder auch nicht. Und Letzteres ist manchmal noch grausamer. Glaub mir, ich weiß alles über Liebe und Gerechtigkeit im Leben. Ich weiß, wie es ist, wenn man zurückgelassen wird." Jilly sah ihn aufmerksam an. „Ich liebte Charlotte so sehr, dass man schon sagen konnte, ich war besessen von ihr. Ist dir das auch schon mal so gegangen? Dass du etwas so sehr haben wolltest, dass du dachtest, dein Leben hätte sonst keinen Sinn?" Jilly hätte gern den Kopf geschüttelt. Aber sie fühlte, dass sie es jetzt nicht mehr konnte. „Ich wollte einfach nicht glauben, dass sie mich nicht liebte, nicht lieben konnte."

„Aber sie hat dich doch geheiratet ..."

„Ich habe sehr hartnäckig um sie geworben. Und ich war so überzeugt, sie würde mich irgendwann lieben, wenn wir erst verheiratet wären. Und dann kam Charlotte zu mir und sagte, dass ihr Vater an der Börse alles verloren habe. Sie war bereit, mich zu heiraten, wenn ich ihrer Familie finanziell helfen würde …"

„Bist du tatsächlich *so* reich?"

„Unglücklicherweise ja." Max zog die Schultern hoch. „Aber auch wenn man sich alles kaufen kann, ist das kein Ersatz für ein zufriedenes Leben. Und als sie dann jemanden getroffen hatte, den sie wirklich liebte, konnte sie es nicht mehr ertragen, mich zu berühren."

„Sie hatte eine Affäre?", fragte Jilly entsetzt.

Max wusste nicht, warum er all das preisgegeben hatte. Vielleicht weil er schon lange mit niemandem mehr so hatte sprechen können. Aber er konnte Jilly nicht in dem Glauben lassen, seine Frau hätte ihn betrogen.

„Nein. Mag sein, dass das sogar besser gewesen wäre. Ich hätte ihr dann wenigstens einen Teil der Schuld geben können. Aber die Beziehung zwischen meiner Frau und meinem besten Freund ging viel tiefer. Wenn sie gemeinsam in einem Raum waren, versuchten sie krampfhaft, sich nicht anzusehen oder gar zu berühren. Trotzdem spürte jeder, wie sehr sie litten."

„Und warum hast du Charlotte nicht gehen lassen?"

Max hatte den Vorwurf in Jillys Stimme gehört. „Glaubst du, ich hätte es nicht gewollt?" Wenn es so einfach gewesen wäre. „Dominic war ein strenggläubiger Katholik, Jilly. Es wäre ihm niemals möglich gewesen, eine geschiedene Frau zu heiraten, und alles andere hätte ihnen nicht genügt."

Sie sank auf ihre Knie und blickte zu Max hoch. „Sind sie deshalb gemeinsam gestorben?"

„Nein, Jilly, es war ein Unfall. Ich war derjenige, der hätte sterben sollen." Max hörte, wie Jilly tief einatmete. „Es gab nichts, was ich sonst für sie hätte tun können." Nachdenklich betrachtete er sein Glas. „Charlotte lief leidenschaftlich gern Ski. Und ich hoffte, sie würde durch einen Ausflug in die Berge auf andere Gedanken kommen. Wir fuhren in ein kleines Alpendorf, weit weg von allem Trubel. Irgendjemand musste es Dominic erzählt haben, vielleicht war es Charlotte sogar selbst. Er konnte es einfach ohne sie nicht aushalten. Er war der Erste, dem wir in der Dorfwirtschaft begegneten. Es war Schicksal und Zeit für mich, ihrer Liebe nicht länger im Weg zu stehen …"

„O Max!"

„Es war ein herrlicher Morgen. Klarer Himmel, alles ruhig. In der Nacht hatte es geschneit, und alles war mit einer feinen weißen Schicht überzogen wie eine Hochzeitstorte mit Zuckerguss. Ein wundervoller Tag zum Sterben." Jillys unterdrückter Schrei holte ihn aus der Erinnerung an diesen Moment zurück. In jenem Augenblick war für ihn alles ganz klar – und befreiend gewesen.

„Irgendetwas musste Charlotte aufgeweckt haben, oder vielleicht hatte sie auch gar nicht geschlafen. Auf jeden Fall muss sie gespürt haben, was ich vorhatte. Sie weckte Dom, um mich zu suchen. Ich habe sie noch meinen Namen rufen hören. Ich war schon in der Nähe des Abhangs, als sie mich entdeckten. Sie wollten mir den Weg abschneiden und dann … dann …" Max schwieg unvermittelt, als er die grauenhaften Bilder wieder vor Augen hatte, wie an jedem Tag seit dieser Tragödie. „Ich rutschte im frischen Schnee aus, und dann wurde alles um mich herum schwarz." Max fröstelte, als könnte er noch immer die Kälte spüren. Seit damals fühlte er sie, tief in ihm.

„Max …" Sie legte ihre Hand auf seine, als könnte sie ihn so in die Gegenwart zurückholen. Er sah ihre zarten Finger und spürte ihre Wärme. „Ich glaube, das ist die traurigste Geschichte, die ich jemals gehört habe. Was für ein entsetzliches Ende."

„Ja, ein fürchterliches Ende für zwei wundervolle Menschen."

Für einen Moment waren Jilly und Max untrennbar miteinander verbunden. Dann zog Jilly behutsam ihre Hand zurück und blickte zum Feuer.

„Ich hätte es dir nicht erzählen sollen. Ich weiß wirklich nicht, warum ich es getan habe", flüsterte Max.

„Du wolltest nicht, dass ich mir wegen Richie leidtue."

„Und ich will auch nicht, dass ich dir leidtue. Ich war selbstsüchtig. Ich habe nur an mich gedacht, als ich Charlotte geheiratet habe. Hätte ich sie mehr als mich geliebt, hätte ich ihrem Vater ohne Gegenleistung geholfen."

„Sie hätte dich aber auch nicht heiraten müssen, Max."

„Sie liebte ihre Familie zu sehr. Charlotte hat es für ihre Familie getan. Ich habe es nur für mich selbst getan." Max nahm die Karaffe. „Trink noch einen Schluck", sagte er aufgesetzt fröhlich und füllte Jillys leeres Glas bis zum Rand, „und ich werde dir meinen Plan erklären."

Jilly lehnte sich an Max' Sessel, nippte den herrlich wärmenden Brandy und hätte Max am liebsten in die Arme genommen. Aber das hätte er vielleicht falsch verstanden. „Ich höre."

„Es ist sehr einfach. Ich dachte, es wäre ganz amüsant, wenn Mr Blake zur Abwechslung einmal hinter dir herjagen müsste."

„Herjagen? Warum sollte Richie wohl hinter *mir* herjagen, wenn Dutzende von Frauen hinter ihm her sind?"

„Du glaubst, er würde es nicht tun?"

„Ich *weiß* es."

Max zog leicht seine Augenbrauen hoch.

„Warum sollte er?"

„Pure Neugier? Ein kleiner Anflug von Zweifel, dass er sich etwas Besonderes hat durch die Finger gehen lassen?"

Jilly schüttelte den Kopf.

„Okay. Dann eben, weil er sich leidenschaftlich nach dir verzehrt." Jilly lachte höhnisch auf. Aber Max ließ sich davon nicht täuschen. „Was ist los, Jilly, hast du Angst, dass er es tut? Oder hast du Angst, dass er es nicht tut?"

„Weder noch. Nur …"

„Nur was?" Max beugte sich vor und legte die Finger sanft unter ihr Kinn. Behutsam drehte er ihren Kopf zu sich. Er wollte ihr in die Augen sehen.

„Ich weiß, dass du es nett meinst, Max. Aber ich glaube, der Brandy hat dir etwas zu sehr zugesetzt. Ich kann niemals mit den Frauen konkurrieren, die heute Nacht mit Richie zusammen waren." Und um die Wahrheit zu sagen, dachte Jilly, habe ich auch kein Verlangen danach. Heute Nacht war ihr klar geworden, dass Richie andere für seine Zwecke nur benutzte. Und sie hatte ihm mehr als genug gegeben. Würde sie ihm auch nur das Geringste bedeuten, hätte er sich von selbst bei ihr gemeldet, um sie an seinem Erfolg teilhaben zu lassen. Wenn er sie jetzt nur wollte, weil sie plötzlich vorzeigbar war, interessierte es sie nicht mehr.

Max wusste, dass Jilly zehnmal mehr wert war als jede andere Frau, der Rich jemals begegnet war. Jilly war erfrischend offen, gutmütig und intelligent. Noch war sie wie ein roher Diamant. Sie musste erst den richtigen Schliff bekommen, ihren persönlichen Stil finden, um in der Welt der Rich Blakes zu bestehen. Nun, da konnte er, Max, ihr schon weiterhelfen. Das wäre das Mindeste, um sich für den gestohlenen Kuss zu revanchieren.

„Gib mir eine Woche", sagte Max, „und ich mache dich zur bekanntesten Frau Londons."

„Eine ganze Woche? So lange?" Als ob sie das interessierte. Es gab nur einen Mann, an dessen Aufmerksamkeit ihr lag, und der schien sie so schnell wie möglich abschieben zu wollen, solange dabei sein Terminplan nicht durcheinandergeriet.

„Sei nicht so sarkastisch, Jilly. Das ist nicht damenhaft."

„Ich bin Dame genug, um zu wissen, dass es auch nicht damenhaft ist, wenn die Leute über einen reden", erwiderte Jilly.

„Es kommt ganz darauf an, *was* geredet wird. Und deine Cousine wäre sicherlich überrascht, wenn sie davon nach ihrer Floridareise erfahren würde. Ganz zu schweigen von Petras Reaktion."

„Das kann schon sein, und es ist, zugegeben, eine nette Vorstellung. Aber erstens glaube ich wirklich nicht, dass mich Richie anrufen wird, und zweitens ist mir Petras Reaktion so wichtig nun auch wieder nicht."

„Du weißt, dass Rich neugierig ist, zu erfahren, wer ich bin, Jilly. Er würde sicherlich auch gern wissen, was du so in London machst. Du hast ihn heute Abend total aus der Bahn geworfen. So leicht bekommt er dich nicht aus seinem Kopf. Und erst recht nicht nach dem morgigen Tag." Jilly sah ihn fragend an. „Dein Bild wird in den Zeitungen sein. Unzählige Leute werden sich für dich interessieren, und wir werden dieses Interesse noch ein bisschen anheizen. Wohin möchtest du morgen ausgehen?"

„Morgen? Du willst das alles doch unmöglich morgen schon wieder tun?" Oder doch? Jilly stand etwas zu hastig auf. Der Raum begann sich zu drehen. In der nächsten Sekunde war Max an ihrer Seite und fing sie auf. „Hoppla", sagte sie, lehnte sich an Max und kicherte.

Während Jilly in seinen Armen lag, war für Max klar, dass Rich Blake verrückt und blind sein musste. Aber er war wohl von seinem neu erworbenen Ruhm derart geblendet, dass er dieses Goldstück vor seinen Augen nicht wahrnahm. „Ich dachte, du wärst eine Kämpfernatur, Jilly. Willst du wirklich schon aufgeben und diesen spärlich bekleideten *Damen* den Mann überlassen, der dir seine Karriere verdankt?"

„Von mir aus. Ich habe nichts dagegen."

„Das meinst du doch nicht wirklich."

Wenn sie ehrlich war, meinte sie es genau so. Vielleicht hatte sie etwas zu viel Brandy getrunken. Nur, irgendetwas hielt sie davon ab, es auch zu sagen. Es hatte etwas zu tun mit der Art, wie Max sie in den Armen hielt, wie sie getanzt hatten. Es war die Erinnerung an diesen … Kuss.

„Ich kann unmöglich mit Frauen konkurrieren, die nur so etwas wie ein Fischnetz mit Pailletten als Kleid tragen", versuchte Jilly abzulenken. „Mir fehlt die entsprechende Figur, um so viel Haut zeigen zu können."

Max sah das zwar ganz anders, sagte aber nur: „Es macht eine Frau nicht immer begehrenswert, wenn sie sofort alles preisgibt, Jilly. Wahre Männer ziehen die Herausforderung vor, ihr persönliches Geschenk selbst auszupacken." Jilly wurde rot. Ihre Befangenheit war echt. Da bestand kein Zweifel. „Wenn du ihn wirklich liebst, bist du es dir schuldig, zu kämpfen."

„Kämpfen?" Jilly kicherte erneut. Max verfluchte sich für seine letzte Bemerkung und nahm ihr das Glas aus der Hand, bevor sie noch mehr trinken konnte.

„Genau, alles oder nichts." Es wäre für sie bestimmt einfacher, einen netten Mann in ihrer Kleinstadt zu finden. Aber ein Teil von ihr würde sich immer fragen … Und dieser Gedanke würde sie mit der Zeit auffressen und jede neue Beziehung sofort vergiften. Nein. Ihre einzige Chance war, den neuen Rich Blake kennenzulernen und festzustellen, dass die alten Zeiten endgültig vorbei waren. Rich Blake würde Jilly vielleicht benutzen, so wie er es offensichtlich mit Petra machte und wohl auch mit jedem anderen weiblichen Wesen, das ihm in die Quere kam. Aber er war kein Mann zum Heiraten, und das hatte seine rothaarige Assistentin bestimmt auch schon auf schmerzliche Weise erfahren.

Dieser Gedanke brachte Max dazu, mit allem Nachdruck zu sagen: „Ich verspreche dir, Jilly, was immer auch passieren wird, du kannst nur gewinnen."

„Wirklich?" Jillys Blick hätte einen Eisberg schmelzen lassen können, und Max fühlte sich entsetzlich schäbig. Denn er spürte, dass Jilly ihn offensichtlich falsch verstanden hatte.

„Wirklich", erwiderte Max und deutete mit dem Finger ein Kreuz über ihrer Brust an. Das war ein Fehler. Er fühlte, wie ihr Körper darauf reagierte. Aber sie sah ihn nur an und wartete auf seine Antwort. „Was hast du gesagt?"

„Wie wollen wir vorgehen?", wiederholte Jilly.

Wir. Dieses Wort ließ ihn seltsam erschauern. Wie lange war er schon nicht mehr Teil eines *Wir* gewesen. Dieses Wörtchen ließ Max alle letzten Zweifel zur Seite schieben.

„Ganz einfach. Wir gehen zu Partys, in ein paar schicke Restaurants, tanzen die ganze Nacht durch in den einschlägigen Clubs, und am nächsten Tag erscheint dein Bild in den Zeitungen. Man wird auf dich aufmerksam werden."

„Aufmerksam?" Jillys Augen leuchteten auf bei diesem Gedanken. „Wer wird schon auf mich aufmerksam?"

„Jeder. Wenn auch in erster Linie wohl Rich Blake. Trotzdem halte ich es für besser, ihm für eine Weile aus dem Weg zu gehen. Mal sehen, ob wir ihn nicht dazu bringen, dass er dich besuchen wird." Nicht, dass er die geringsten Zweifel hätte. Jilly sah heute Nacht einfach fantastisch aus. Aber wenn sie erst noch die nötige Gesellschaftserfahrung bekommen hätte, wäre Rich Blake ihr hoffnungslos erlegen. Welcher Mann wäre es nicht? „Es wird eine neue Erfahrung für ihn sein."

„Warum, Max? Warum tust du das für mich? Und erzähl mir nicht, weil ich die beste Stenotypistin Londons bin und du mich nicht verlieren willst."

„Okay, ich will ehrlich zu dir sein." Jilly wartete mit halb geöffneten Lippen auf ein umwerfendes Geständnis. „Amanda drängt mich, mehr auszugehen."

Jilly war völlig entsetzt: „Deine Schwester?"

„Sie liegt mir ständig in den Ohren, dass ich zu wenig ausgehe und schon aussehe wie ein … Du verstehst, was ich meine. Wenn ich mit dir in nächster Zeit häufiger gesehen werde, hört sie hoffentlich auf, sich Sorgen zu machen." Max zuckte die Schultern. „Und außerdem ist Tanzen eine bei Weitem angenehmere Tätigkeit als die Übungen in diesem verdammten Fitnessraum."

Für einen Augenblick hatte Jilly jedes Wort geglaubt, dann aber sagte sie : „So ein Blödsinn."

„Nein. Es ist wahr. Wirklich", sagte Max und wurde unvermittelt ernst.

„Ich meinte nicht das mit dem Tanzen. Ich meinte …" Ihre Stimme wurde immer leiser. „Du weißt schon was."

„Spielt es denn eine Rolle, Jilly? Du hast doch heute Nacht Petras Gesicht gesehen, als ihr klar wurde, welche Konkurrenz ihr droht. Lohnt es sich denn nicht, Blakes Reaktion zu sehen, wenn er herausfindet, dass die kleine Jilly Prescott nicht mehr bereit sitzt und springt, wenn der große Herr mit dem Finger schnippt? Und dass er sich in Zukunft anstrengen muss, um deine Aufmerksamkeit zu bekommen?"

Nein. Es war ihr eigentlich egal. Und doch …

Max sah, wie zunächst ein zaghaftes Lächeln Jillys Mund umspielte. Dann schien ihr die Vorstellung zunehmend reizvoller.

„Du hast einen schlechten Charakter, Max", meinte Jilly schließlich vergnügt lachend. „Du forderst meine niedersten Instinkte heraus."

„Wenn das hilft", flüsterte Max und legte ihr den Arm um die Schultern. Wie hatte er ihren Mund jemals für zu groß halten können? Ihr auf den ersten Blick unscheinbares Gesicht bezauberte durch sein klares Profil und die Willensstärke, die es ausstrahlte.

Er strich ihr eine widerspenstige Strähne aus der Stirn. Nur mit Mühe konnte er sich zurückhalten, die Finger durch ihr volles Haar gleiten und sie durch einen weiteren Kuss vergessen zu lassen, dass ein Rich Blake jemals existiert hatte. Selbstsüchtig. Das Wort hämmerte in seinem Kopf. „Als Erstes müssen wir das abschneiden lassen."

„Abschneiden!", rief Jilly entrüstet. „Bist du verrückt? Meine Mutter bekommt einen Anfall …"

„Du bist kein kleines Mädchen mehr, Jilly, und deinem Haar", Max griff nach einer Strähne und ließ sie dann wieder fallen, „fehlt es an Pfiff. Morgen siehst du dir in aller Ruhe Charlottes Kleider an und nimmst dir, was dir gefällt. Abends gehen wir dann in ein schickes Restaurant und verbringen den Rest der Nacht in einem Szenenachtclub. Nur um sicherzugehen."

„Sicherzugehen?"

„Dass jeder auf dich aufmerksam wird, vor allem Rich Blake."

„Und woher wird Richie wissen, dass ich es bin?"

„Wie viele Jilly Prescotts gibt es denn?"

Jilly schluckte. Vielleicht war es der Brandy oder auch die Wärme des Feuers. Sie fühlte sich irgendwie beschwingt, gar nicht wie sie selbst, einfach herrlich. Es lag wohl daran, wie Max sie gerade ansah. So, wie er sie immer ansah, als könnte er mehr in ihr sehen als alle anderen.

„Ich weiß nicht, Max … Ich bin mir nicht sicher …"

Aber Max fegte jeden Einwand sofort weg. „Versuch es doch morgen einfach mal, Jilly. Und wenn es dir nicht gefällt, vergessen wir das Ganze. Ich bitte dich nur darum, dass du so lange bleibst, bis meine Sekretärin zurückkommt. Abgemacht?" Sein ganzer Körper sagte ihm, dass dieser Handel nur durch einen Kuss hätte richtig besiegelt werden können. Aber Max widerstand. Also hielt Max ihr nur seine Hand entgegen, und nach kurzem Zögern schlug Jilly ein.

„Abgemacht, Max."

„Ich glaube, darauf sollten wir trinken."

Jilly sah ihn lange an und trank dann den letzten kleinen Schluck Brandy. „Danke, Max."

„Kein Grund, mir zu danken, Jilly. Was immer auch geschehen wird, du bleibst meine Sekretärin. Ich bin also auf jeden Fall ein Gewinner."

„Und ich?"

Max wich ihrem Blick aus. „Ich habe dir doch gesagt, Jilly, du kannst nicht verlieren."

Das Telefon weckte Jilly. Sie stöhnte und drehte sich auf die andere Seite und versuchte, das Klingeln zu ignorieren. Es läutete weiter. Jilly stülpte sich ihr Kissen über den Kopf. Aber es klingelte weiter. Es dröhnte ihr im Kopf wie ein Zahnarztbohrer. Langsam, mit einer Hand am Kopf – nur für den sehr wahrscheinlichen Fall, dass er gleich abfallen würde –, stand sie auf und tastete sich zu dieser Höllenmaschine vor. Dann nahm sie den Hörer ab, ließ ihn zu Boden fallen und wankte zurück zum Bett.

Sie hatte gerade wieder die Augen geschlossen, als es an ihrer Tür hämmerte. Was war denn so furchtbar wichtig? Irgendwie schleppte sie sich dann doch zur Tür und öffnete sie.

Max wartete gar nicht darauf, hereingebeten zu werden. Er ging geradewegs zur Küche und setzte den Kessel auf. Dann wickelte er zwei Kopfschmerztabletten aus und warf sie in ein Wasserglas. „Bitte schön", sagte er bester Laune.

Jillys Antwort dagegen war nicht sehr damenhaft. Doch sie nahm das Glas und schüttelte sich, nachdem sie es ausgetrunken hatte.

„Du bist es wohl nicht gewöhnt, Brandy zu trinken?"

Allein bei diesem Wort wurde Jilly schon übel. „Ich kann mich auch noch an zwei, drei Gläser Champagner erinnern", flüsterte sie. „An diese Mengen Alkohol bin ich nicht gewöhnt, egal, was es ist."

„Das hätte ich mir denken können. Tut mir leid. Ich werde es nicht wieder zulassen."

„Du wirst nicht gefragt werden, Max. Ich werde es nicht wieder zulassen."

„Okay." Max betrachtete sie. Jilly war nur mit einem T-Shirt bekleidet, und offensichtlich war es ihr noch gar nicht bewusst geworden. Umso mehr nahm Max es wahr. „Zieh dich an, Jilly. Wir haben heute Morgen noch viel zu erledigen. Ich mache dir inzwischen Toast und Kaffee."

„Ich möchte nichts. Ich will nur zurück ins Bett und den Rest des Wochenendes schlafen. Mach die Tür zu, wenn du gehst."

„Nach zwei Gläsern Brandy bist du so fertig?"

„Für einen Wirtschaftsexperten lassen deine Rechenkünste aber zu wünschen übrig, Max", erwiderte Jilly stöhnend und fasste sich an den Kopf. „Und wenn du heute Morgen keinen Kater hast, hast *du* ein Problem."

„Mein einziges Problem bist du. Ich habe meine Seele verkauft für den Termin bei einem Friseur, der gewöhnlich drei Monate im Voraus ausgebucht ist."

„Deine Seele?"

„Na gut. Ich habe ein wenig übertrieben. Es waren vier Premierekarten für das nächste Lloyd-Webber-Musical."

„Wie bist du denn daran gekommen?" Jilly hob eine Hand. „Nein. Sag nichts. Ich weiß schon. Deine Seele. Man hat dich übers Ohr gehauen."

„Darüber kann man streiten. Aber eins steht fest. Wieder ins Bett zu gehen ist keine Alternative."

Jilly blickte ihn unwillig an. „Und was ist, wenn ich mir die Haare gar nicht schneiden lassen will?"

„Jilly, wenn du nicht in zehn Minuten geduscht und angezogen bist, werde ich dir die Haare selbst schneiden", warnte Max sie. „Und zwar mit einer Gartenschere!"

Jilly sah ihn erstaunt an. „Du meine Güte. Es kann nicht sein, dass wir heute Morgen mit dem falschen Bein aufgestanden sind?"

„Erstens bin ich mit dem richtigen Bein aufgestanden und zweitens um sechs Uhr dreißig, falls es dich interessiert. Und wenn du wie üblich joggen gewesen wärst, würdest du dich jetzt auch nicht so fürchterlich fühlen."

„Dann würde ich gar nichts mehr fühlen. Dann wäre ich tot", entgegnete Jilly schlagfertig, und der Gedanke, dass es Max beim Aufstehen auch nicht besser als ihr gegangen war, stimmte sie richtig fröhlich.

„Ach, wer übertreibt denn jetzt?"

„Also gut", gab Jilly schließlich nach. Denn es war offensichtlich, dass er ohnehin nicht weggehen würde. Und darüber freute sich Jilly mehr, als sie es eigentlich hätte tun sollen. „Mach mir lieber einen Orangensaft und vergiss den Toast. Ich bin gleich fertig."

Nach dem Duschen fühlte sie sich schon etwas besser und zog, ohne lange nachzudenken, Jeans und ein langes Hemd an. Dann griff sie noch nach einer Weste und schlang sich einen Chiffonschal mehrmals um den Hals. Sie betrachtete sich kritisch im Spiegel und entschied, auf die Brille zu verzichten, um die Spuren des gestrigen Abends nicht zu deutlich zu sehen.

„Hier." Max drückte ihr ein großes Glas frisch gepressten Orangensaft in die Hand, als sie kurz darauf in die Küche kam. Jilly war froh, dass ihre Hand nicht zitterte, während sie dankbar an dem Saft nippte.

„Ich glaube, ich werde mich in Zukunft lieber daran halten."

„Das sagst du jetzt."

„Ja, und gib mir nie wieder einen Brandy. Niemals."

„Nicht einmal, wenn du ohnmächtig wirst?"

„Ich habe mir zur Regel gemacht, niemals umzukippen." Du hast dir auch mal zur Regel gemacht, niemals zu viel zu trinken, erinnerte eine leise innere Stimme sie. Nur um sicherzugehen, fügte Jilly hinzu: „Und falls dieser unwahrscheinliche Fall doch eintreten sollte, schütte einfach einen Eimer Wasser über mich. Es ist nicht nur schneller und billiger, sondern langfristig gesehen auch sehr viel schmerzloser."

„Ich werde daran denken", erwiderte Max und lächelte vergnügt. Vergnügt? Max Fleming war vergnügt? Das zu erleben war fast ihren Kater wert. „Bist du fertig?"

Jilly stellte ihr Glas auf die Arbeitsplatte. „Bist du dir ganz sicher, Max? Ich weiß, du versuchst mir einen Gefallen zu tun …"

„Und du versuchst mich wohl in den Wahnsinn zu treiben. Wir haben über all deine Bedenken doch schon letzte Nacht gesprochen."

„Aber …"

„Dafür ist jetzt wirklich keine Zeit, Jilly. Einen Starfriseur lässt man nicht warten."

„Na ja, ein Haarschnitt wird mich wohl nicht umbringen." Sie hasste allein die Vorstellung, zum Friseur gehen zu müssen, tröstete sich aber mit dem Gedanken, dass jemand mit einer dreimonatigen Warteliste ihr Haar nicht völlig verunstalten könnte.

Und es würde ihr Zeit geben, darüber nachzudenken, wie sie aus Max' lächerlichem Plan, sie zum Playmate des Monats zu machen, wieder herauskäme. Denn in dem kalten nüchternen Licht dieses Januarmorgens schien es ihr nur allzu offensichtlich, dass er sowieso misslingen würde.

„Was um Himmels willen sollen wir denn damit machen?"

„Nur die Spitzen schneiden", antwortete Jilly mit fester Stimme.

Der Chauffeur hatte Jilly und Max abgeholt. Aber kaum waren sie beim Friseur angekommen, hatte Max sie diesem kleinwüchsigen, schwarz gekleideten, seiner Aussprache nach zu urteilen waschechten Londoner überlassen.

Seine Hände schienen regelrecht mit der messerscharfen Schere verschweißt zu sein. Und – er ignorierte völlig Jillys Wunsch. Stattdessen ging er zweimal langsam um sie herum, bevor er den Blick zur

Decke wandte und irgendetwas wie *Heuhaufen* murmelte. Jilly bezweifelte jedoch, dass er jemals einen außerhalb eines Bilderbuchs gesehen hatte.

Aus seiner Reaktion war deutlich abzulesen, dass seine erste Frage nicht wirklich an Jilly gerichtet, sondern mehr rhetorischer Natur gewesen war, und dass jeder weitere Vorschlag ihr nur zusätzlichen Hohn eingebracht hätte. Und das bei ihrem schmerzenden Kopf! Dann sprach er kurz mit einer Assistentin und verschwand.

Jilly nahm an, dass er diese *Haarpracht* seiner nicht würdig hielt und sie somit eine Galgenfrist bekommen hatte. Sie wollte schon zur Tür eilen und Max mitteilen, er könne seine kostbaren Tickets gern behalten, als plötzlich ein Mädchen mit einem großen weißen Umhang neben ihr stand. Während sie ihn Jilly um die Schultern legte, lächelte sie mitleidig und schob Jilly dann etwas zur Seite, wahrscheinlich, damit sie die anderen Kunden nicht verschreckte. „Nehmen Sie doch bitte am Waschbecken Platz, damit ich Ihnen die Haare waschen kann."

Nun, das hörte sich nicht gefährlich an. Die folgende Kopfmassage empfand Jilly als sehr angenehm und vermittelte ihr ein trügerisches Gefühl von Sicherheit. Denn danach geschah alles in Windeseile, und Jilly bereute, dass sie dem Maestro ihren Willen nicht entschlossener kundgetan hatte.

Er betrachtete sie zunächst schweigend mit zusammengekniffenen Augen im Spiegel. Dann schien seine Schere wild tanzend und gnadenlos in ihrer jahrelang so sehr gehegten und gepflegten Haarmähne umherzujagen. Entsetzt sah Jilly eine Strähne nach der anderen zu Boden fallen. Und dann war es zu spät, „Stopp!" zu rufen. Sie schloss ihre Augen und dachte an Max' Bemerkung über Gartenscheren. Selbst wenn er es ernst gemeint hätte, das Ergebnis wäre nicht drastischer gewesen, aber dafür sehr viel billiger.

Es kam Jilly wie eine Ewigkeit vor, bis dieser teuflische Kerl plötzlich innehielt und ohne ein Wort verschwand.

Sie öffnete langsam die Augen. Was sie sah, war noch schlimmer als alles, was sie sich in der Zwischenzeit vorgestellt hatte. Ihr Haar – oder doch wenigstens der größte Teil davon – lag in großen Haufen vor ihrem Stuhl. Geblieben waren ihr nur einige feuchte Haarsträhnen, die ihr auf dem Kopf und an den Wangen klebten.

Nach diesem Anblick war ihr alles egal. Jemand führte sie zu einem anderen Platz und machte sich mit Silberfolie an ihr zu schaffen.

Ihr blieb als schmerzlicher Trost, dass sie nach dieser Behandlung den Besuch in einem exquisiten Restaurant am Abend vergessen konnte. Max würde sie einmal ansehen und weglaufen.

Ihre Haare wurden nochmals gewaschen und geföhnt, als endlich der Wahnsinnige, jetzt mit strahlendem Lächeln, wiederkam und seine Folterinstrumente erneut über die Reste von Jillys Haarschopf jagen ließ. Sie hielt die Augen fest geschlossen, um nur nicht zu sehen, was mit ihr geschah. Wieder hielt das Scherenmonster inne, und Jilly überkam ein Hauch von Hoffnung.

Dann berührte seine Assistentin leicht Jillys Schulter. „Sie können die Augen jetzt wieder aufmachen." Eigentlich wollte Jilly das gar nicht. Aber es half nichts, den Augenblick der Wahrheit weiter hinauszuzögern. Sie blinzelte zunächst nur zaghaft. Dann wagte sie einen längeren Blick. Das war nicht sie. Das konnte nicht sie sein. Oder doch?

Jilly schluckte und blickte die schwarz gekleidete Person an. „Es ist anders." Er antwortete nicht. „Ich kann mich nicht einmal erinnern, jemals kurzes Haar gehabt zu haben. Meine Mutter wird …" Einen Anfall bekommen. Ganz sicher. Einen Tobsuchtsanfall. Aber plötzlich war es Jilly egal, was ihre Mutter dachte. „Sie haben das Haar getönt", stellte sie dann sachlich fest.

„Ich habe nur ein wenig Sonnenschein hineingezaubert."

Sonnenschein. Ja, genau das war es. Ihr dunkles Haar sah jetzt so aus, als würde es das Sonnenlicht reflektieren. „Danke", sagte sie nur. Das war zwar etwas kurz angebunden, aber es schien ihm zu reichen, denn er nickte nur und wandte sich der Dame zu, die neben Jilly saß. Diese jedoch beugte sich zu Jilly hinüber und berührte ihre Hand.

„Ich habe Sie gesehen, als Sie gekommen sind. Ich kann nicht glauben, dass Sie dieselbe Person sind."

Während sie ihr Spiegelbild betrachtete, antwortete Jilly: „Um ehrlich zu sein, ich glaube es auch nicht."

Euphorisch verließ Jilly das Haarstudio und konnte es kaum erwarten, Max' Gesichtsausdruck zu sehen.

Max hatte sie kommen sehen und brauchte einen Moment, um mit Jillys Verwandlung fertigzuwerden. Er sah ein Gesicht, so strahlend schön, dass jeder Mann sich nach ihr umdrehen und ihr nachstarren musste.

Max stieg schnell aus, betrachtete sie kurz und sagte: „Vielleicht hätte ich doch lieber die Gartenschere nehmen sollen."

Für eine Sekunde nahm Jilly seine Worte ernst. Dann sah er, wie sie ihn amüsiert aus ihren dunklen Augen anblickte, die jetzt noch größer schienen. So konnte nur eine Frau einen Mann ansehen, die sich ihres guten Aussehens hundertprozentig sicher war. „Da musst du dich bei diesem Teufelsfriseur beschweren, Max. Ich hatte keine Wahl." Und dann glitt Jilly auf den Rücksitz der Limousine, als hätte sie ihr Leben lang nichts anderes getan. „So, und was kommt als Nächstes?", fragte sie, als auch Max eingestiegen war.

„Als Nächstes werden wir dir Schuhe kaufen."

„Schuhe?"

„Charlottes sind zu klein."

Max hatte sich fest vorgenommen, Jilly zu verwöhnen. Aber das war nicht so einfach. „Ich brauche nur *ein* Paar", protestierte sie, als schließlich ein halbes Dutzend Abendschuhe zur engeren Wahl standen. „Ich kann mir nur ein Paar leisten. Die silberfarbenen sind perfekt."

„Einverstanden", sagte Max. Und während sie die Abendschuhe bezahlte, gab Max dem Verkäufer seine Kreditkarte und ließ die anderen Paare zum Auto bringen. „Du musst mich jetzt leider entschuldigen, Jilly", sagte Max, als sie zum Wagen zurückkehrte, „aber ich muss noch ein paar Dinge erledigen. Der Fahrer weiß, wohin er dich bringen soll."

„Oh. Und wohin ist das?"

„Zu einem Schönheitssalon. Gesichtsmaske, Massage, alles, was du willst. Es ist alles organisiert. Sei bitte um halb neun Uhr fertig. Ich habe für neun Uhr einen Tisch bestellt." Dann beugte er sich vor und küsste sie auf die Wange. „Habe ich dir schon gesagt, dass du absolut hinreißend aussiehst?"

Er wartete ihre Antwort nicht ab. Und als sein Taxi schon längst außer Sicht war, stand sie immer noch auf der Straße und berührte mit der Hand ihre Wange.

8. KAPITEL

*O*rganisiert war der richtige Ausdruck. Jeder Zentimeter ihres Körpers schien eine Spezialbehandlung zu erhalten. Ihre Nägel wurden in einem Farbton lackiert, den sie aus fast hundert verschiedenen Nuancen ausgesucht hatte und der perfekt mit ihrem sündhaft teuren Lippenstift harmonierte.

Danach stärkte sich Jilly mit einem Sandwich vom Buffet und ließ sich von einer Kosmetikerin in die Geheimnisse des Make-ups einweihen. Wie durch Zauberei wurde aus Jillys Gesicht ein Antlitz, das ohne Probleme auf die Titelseite des Vogue-Magazins gepasst hätte.

Jilly schwebte zurück zum Auto. Das Gesicht des Fahrers sprach Bände: „Was für eine Verwandlung, Miss!"

„Vom hässlichen Entlein zum Schwan in einem Tag."

„Das wohl kaum, Miss."

„Oh?" Hatte sie sich doch nur etwas vorgemacht?

Der Fahrer grinste: „Vorher waren Sie auch nicht gerade ein hässliches Entlein."

Er hatte sie also aufgezogen. „Ich glaube, Sie bringen mich jetzt besser nach Hause, Bill. Wenn ich die heutige Nacht durchtanzen soll, muss ich mich vorher ein bisschen ausruhen."

Aber als Jilly in ihre Wohnung kam, läutete das Telefon. Ihre Mutter wollte mit ihr über den Fernsehauftritt sprechen. „Was hat man davon, eine alte Freundin des Showmasters zu sein, wenn er es nicht einmal arrangieren kann, dass man gewinnt?", fragte sie aufgebracht.

„Das wäre doch nicht fair gewesen, Mom", erwiderte Jilly geduldig. Sie hatte gerade aufgelegt, als Harriet anrief. „Wollen wir jetzt die Kleider aussuchen, Jilly?"

Jilly war sich nicht mehr sicher, ob sie Charlottes Kleider annehmen sollte. Aber Harriets Hartnäckigkeit ließ ihr keine Wahl. Harriet legte ein hübsches Wollkleid zur Seite. „Das wird Ihnen bestimmt stehen, Jilly."

„Ich weiß wirklich nicht, ob das so eine gute Idee ist, Harriet. Will Max wirklich, dass ich Charlottes Kleider trage?"

„Aber Kindchen. Sie haben nicht die geringste Ähnlichkeit mit seiner Frau, und die hat ihre Sachen sowieso nicht öfter als zwei-, dreimal getragen." Harriet zuckte die Schultern. „Manche Frauen werden so, wenn sie unglücklich sind. Aber materielle Dinge können Liebe eben nicht ersetzen. Sind Sie sicher, dass Sie die Pelze nicht wollen?"

„O ja, ganz sicher."

Harriet seufzte: „Das ist schade. Sie sind ein Vermögen wert!"

„Wie war sie eigentlich, Harriet? Mrs Fleming, meine ich."

„Sie war ein Glückskind. Sie hatte wirklich alles: Schönheit, Geld, eine vornehme Herkunft. Ihren Familienstammbaum konnte man Jahrhunderte zurückverfolgen."

„Aber sie war nicht glücklich."

Harriet blickte Jilly fragend an.

„Max hat mir alles erzählt."

„So? Hat er das? Hat er Ihnen erzählt, wie wundervoll sie war und dass es allein seine Schuld gewesen ist, dass sie sterben musste." Harriet schüttelte den Kopf. „Sie hätte ihn nicht heiraten *müssen*, Jilly. Sie konnte es nur einfach nicht ertragen, die Privilegien der Reichen zu verlieren." Harriet lud Jilly einen Haufen Kleider auf die Arme.

„Das hier muss unglaublich viel Geld gekostet haben."

„Sie hat ihn des Geldes wegen geheiratet, Jilly. Schließlich blieb ihr nur noch, es auszugeben. Was wollen Sie heute Abend tragen?"

Jilly betrachtete die wunderschönen Kleider. „Ich kann mich nicht entscheiden."

„Versuchen Sie doch mal das Schwarze hier", schlug Harriet vor und zeigte auf ein Kleid, das Jilly zur Seite gelegt hatte.

„Ich trage niemals Schwarz." Sie hatte immer das Gefühl gehabt, dass die Farbe ihr nicht stand.

„Probieren Sie es doch einfach. Ich bin mir sicher, jetzt, da Ihr Haar etwas heller ist, wird es Ihnen fabelhaft stehen. Und ich glaube, es gibt auch noch einen schwarzen Samtmantel – ähnlich dem grauen, den Sie gestern getragen haben."

„Woher wissen Sie denn, was ich gestern Abend angehabt habe?"

Harriet lachte. „Haben Sie Ihr Foto noch nicht in der *London News* gesehen? Die Zeitung liegt in der Küche."

Max Fleming und Jilly Prescott zu Gast im Spangles.

Amanda Garland betrachtete das Bild ihres Bruders, eines Mannes, der seit dem Tod seiner Frau alles vermieden hatte, was auch nur im Entferntesten einer gesellschaftlichen Veranstaltung nahekam. Ms Prescott war gelungen, woran die begehrtesten Junggesellinnen Londons gescheitert waren. Amanda legte die Zeitung auf den Sofatisch und versuchte, so sachlich wie möglich zu klingen. „Nun, Max. Ich weiß nicht, was ich sagen soll."

„Du brauchst überhaupt nichts zu sagen, Mandy. Ich wollte dir zu diesem Foto nur lieber selbst einiges erklären, bevor du daraus falsche Schlussfolgerungen ziehst."

„Und das alles nur, um diesen Mr Blake eifersüchtig zu machen?", fragte Amanda hartnäckig nach.

„Du hast doch selbst gesagt, ich sollte mehr ausgehen."

„Sicher. Aber ich habe nicht angenommen, dass du mir zuhörst."

„Nun, wie du siehst, habe ich das getan."

„Ja. Es ist nur … du wirst doch vorsichtig sein, Max?"

„Vorsichtig? Amanda, was meinst du denn damit schon wieder?"

Amanda lächelte: „Wenn Rich Blake tatsächlich eifersüchtig wird, solltest du besser aufpassen, kein blaues Auge zu bekommen."

„Wenn es hilft, Jilly glücklich zu machen, wäre es das wert."

„Wirklich?" War ihm eigentlich klar, was er da gesagt hatte? Seine Worte versetzten ihm einen Stich ins Herz. „Ich weiß, sie ist eine fantastische Stenotypistin, aber treib es mit deiner Ritterlichkeit nicht zu weit, Max. Eine Schlägerei im Nachtclub ist so – stillos."

Das schwarze, enge Chiffonkleid war beinah wie für Jilly gemacht. Sie drehte sich vor dem Spiegel in ihrem Schlafzimmer und meinte, wieder Max' Arm auf ihrer Taille zu spüren. In seiner Erinnerung musste Charlottes Bild noch sehr lebendig sein. Wie hätte er sonst mit nur einem Blick feststellen können, dass sie annähernd die gleiche Figur hatten. Annähernd. Charlotte war eine Spur größer und ihre Taille etwas breiter gewesen.

Reichten diese kleinen Unterschiede aus, oder war Max in Gedanken bei Charlotte gewesen, während er mit ihr, Jilly, eng umschlungen getanzt hatte? Hatte er womöglich nur an seine verstorbene Frau gedacht, als er sie, Jilly, geküsst hatte? Jilly hatte das Gefühl, einen Kloß im Hals zu haben, und war den Tränen verdächtig nahe.

Sie blinzelte, schluckte schwer und konzentrierte sich darauf, kleine spiralförmige Silberohrringe anzulegen. Danach griff sie nach dem Silbermedaillon, das sie von ihrer Mutter zum achtzehnten Geburtstag bekommen hatte, und schlüpfte in ihre neuen eleganten schwarzen Schuhe.

Entweder war es ihre neue Haarfarbe oder das perfekte Make-up, Jilly fand jedenfalls, dass sie älter aussah. Sie runzelte die Stirn – nein, das war es nicht. Sie sah … anders aus. Erwachsen. Sehr erwachsen. Sie hatte sich niemals für sexy gehalten. Gut gebaut war sie vielleicht, aber auf jeden Fall nichts für die Kleider dieser figurlosen Mannequins. Aber in diesem Kleid würde niemand ihr Dekolleté für üppig halten, nur für – verführerisch. Würde sie darin Richie verführen können? War es ihr wichtig? Jilly überlegte und versuchte gleichzeitig, einen viel gefährlicheren Gedanken zu verdrängen.

Dann lächelte sie. Wie auch immer Richie auf ihre Verwandlung reagierte, Petra würde ihr gewiss die Augen auskratzen wollen.

Es klopfte an der Tür. „Kommen Sie herein", rief Jilly, griff nach dem schwarzen Samtmantel. Sie nahm an, es sei Harriet, stattdessen stand Max vor ihr. In seinem Dinnerjackett wirkte er Respekt einflößend. Jilly blieb unvermittelt im Türrahmen stehen. „Ich ... ich wollte gerade zu dir kommen ..."

Max fühlte, wie sein Mund trocken wurde. Ohne Vorwarnung war er mit Jillys atemberaubender Verwandlung konfrontiert worden.

„Es gehört sich für einen Gentleman, die Dame abzuholen, mit der er verabredet ist, Jilly." Verabredet? Ihre Gedanken kreisten immer noch um dieses Wort, als Max sagte: „Vielleicht sollte ich Amanda bitten, mir für Montag eine neue Sekretärin zu besorgen."

„Ich habe dir doch gesagt, Max, dass ich bei dir bleibe, bis Laura wieder da ist. Egal, was mit Richie wird."

Ja, das hatte sie ihm gesagt. Aber er könnte keine Stunde länger mit ihr zusammenarbeiten, wenn sie jeden Abend in die Arme eines anderen Mannes zurückkehrte. Max half Jilly in den Mantel. Jetzt, da sie mit dem Rücken zu ihm stand, konnte er sagen: „Rich Blake? An den habe ich nicht gedacht. Wenn er heute Abend nicht schnell genug ist, werden ihm andere zuvorgekommen sein."

Jilly drehte sich schnell um. Was wollte er denn damit andeuten? Aber Max lächelte nur geheimnisvoll.

„Ja sicher. Sollte das deiner Meinung nach ein Kompliment sein?" „Willst du mehr hören?"

Ja. Das wollte sie. Aber sie sagte nur: „Also von einem *ehemaligen Playboy* hätte ich etwas Originelleres erwartet. Bist du aus der Übung?"

Max zuckte die Schultern und lächelte. „Vielleicht."

Er ging einen Schritt zurück, legte eine Hand ans Kinn und kniff die Augen zusammen, dann ließ er den Blick langsam, bei ihren Füßen beginnend, an ihr hochgleiten.

Jilly bereute, ihn herausgefordert zu haben. Ihr Herz raste, als sein Blick ihr verführerisches Dekolleté erreicht hatte. Schnell schloss sie ihren Mantel. Max sagte nichts, sondern blickte ihr in die Augen: „Was willst du hören, Jilly?"

„Nichts", erwiderte sie schnell und griff nach ihrer Abendtasche. Sein Blick hatte ihr alles gesagt.

„Deine Frisur ist bezaubernd", sagte er, nahm eine Strähne und drehte sie sich um den Finger, sodass Jilly nicht zurückweichen konnte. „Ich kann verstehen, dass dieser Friseur eine Warteliste hat."

„Ich werde ihm schreiben, dass es dir gefällt. Ich bin überzeugt, er wird entzückt sein."

„Sei nicht so grausam, Jilly. Ich tue mein Bestes."

Jilly spürte seine kühle Hand auf ihrer Wange. Sie spürte, wie sie von einem Schauer der Erregung erfasst wurde und ihr ganzer Körper bereit war …

„Bezaubernde Haut", sprach Max weiter, als wäre er nie unterbrochen worden, und ließ seinen Finger über ihre Wange gleiten. Jillys Blut raste, und ihr wurde fast schwindelig. Es passierte etwas mit ihr, etwas, das sie noch nicht ganz fassen konnte. „Danke", sagte sie ein wenig heiser. Dann. „Sollten wir jetzt nicht gehen?"

„Dein Make-up ist auch anders."

Er berührte ihr Kinn. Jilly hatte keine Wahl. Sie musste Max ansehen oder die Augen schließen. Letzteres wäre einer Selbstaufgabe gleichgekommen.

„Deine Augen wirken viel größer. Und sie haben eine wunderschöne Farbe. Golden … karamell … Nein, wie Honig." Jilly wollte ihm sagen, er möge aufhören, aber sie konnte nicht sprechen. „Vielleicht ist es auch deine neue Haarfarbe?"

„Kann sein", sagte Jilly. „Sollen wir …?"

Aber Max war noch nicht fertig. „Und das Kleid, einfach hinreißend. Zieh den Mantel aus …" Jilly ignorierte seine Aufforderung jedoch und zog den Mantel nur noch enger.

„Harriets Idee", versuchte Jilly abzulenken. Aber Max ließ nicht locker.

„Harriet hat einen guten Blick. Du hast eine Figur, die es wert ist, gezeigt zu werden, statt sie unter überflüssiger Kleidung zu verstecken …"

„Max …" Sie konnte es nicht länger ertragen, dass er sich über sie lustig machte.

„Auch die Schuhe stehen dir fantastisch." Jilly atmete etwas auf. Schuhe. Schuhe waren unverfänglich. Damit konnte sie umgehen. „Mir ist schon im Geschäft aufgefallen, was für schmale Füße und schöne Fesseln du hast. Dazu Beine, die jeden Mann um den Verstand bringen können …" Jilly wurde knallrot. „… vor allem, wenn du nur mit einem T-Shirt bekleidet die Tür öffnest …"

„Sehr lustig, Max."

„Lustig?"

„Du hattest jetzt deinen Spaß." Jilly rang sich ein Lachen ab. „Also, wollen wir jetzt gehen?"

„Wer hat gesagt, dass ich spaße?" Max sah Jilly an, als wollte er sie küssen. Jilly brannte vor Erwartung, und in diesem Augenblick war ihr sehnlichster Wunsch nur noch, mit Max die Nacht zu verbringen. Aber der hatte nichts Wichtigeres zu tun, als sie wie ein Weihnachtsgeschenk für Richie zu verpacken.

Und als wollte er ihr zeigen, wie dumm ihre Träumereien waren, drehte Max sich um, griff nach ihrer Tasche und drückte sie ihr in die Hand.

„Danke." Demonstrativ überprüfte sie den Inhalt.

„Überprüfst du, ob du Geld für den Notfall dabeihast?"

Jilly sah Max direkt in die Augen. „Brauche ich das, wenn ich mit dir zusammen bin, Max?"

Er blieb die Antwort schuldig. „Wenn du fertig bist, können wir gehen." Seine Stimme hatte sich verändert. Als er Jilly auf der Treppe zum Hof den Arm anbot, hätte sie am liebsten abgelehnt.

„Heute Abend scheinst du wohl kein Risiko eingehen zu wollen", sagte Jilly so heiter wie möglich. Max blickte sie an. „Du hast deinen Zauberstab mitgenommen."

„Man weiß nie, wann man ein wenig Magie braucht." Mit etwas Glück lässt er vielleicht sogar Rich Blake verschwinden, dachte er. „Nach Ihnen, Miss Prescott."

Der Fahrer hielt ihnen die Türen auf.

„Das ist wirklich angenehm", begann Jilly und versuchte, die Konversation auf eine unpersönliche Ebene zu verlagern. „Man braucht sich nicht um einen Parkplatz zu sorgen oder Angst zu haben, dass man zu viel getrunken hat."

„Keine Angst, dass mein Bein seinen Dienst aufgibt?"

„Ich meinte nicht …", begann sie. „Fährst du deshalb nicht selbst? Oh. Es tut mir leid, ich sollte nicht …"

„Es ist nur ein lädiertes Knie, Jilly. Ich könnte selbst fahren. Wenn ich auf dem Land bin, habe ich auch einen Wagen mit Automatik. Nur sehe ich keinen Grund, bei diesen Verkehrsverhältnissen in London ein eigenes Auto zu haben. Aber es muss dir nicht peinlich sein, dass du gefragt hast."

„Meine Mutter hätte gesagt, ich wäre zu *persönlich* geworden."

„Hätte sie?" Max sah Jilly an und fand es schwer, nicht zu lächeln. „Wie ist sie so, deine Mutter?"

Jilly zuckte die Schultern. „Sie ist eben meine Mutter. Im mittleren Alter, mit Übergewicht …"

„Was hält sie von Richie?"

„Und überängstlich", fügte Jilly vielsagend hinzu.

„Na ja, alle Mütter sind so – selbst meine."

Jilly sah Max so misstrauisch von der Seite an, dass er lachen musste. „Auch ich habe eine Mutter, Jilly. Möchtest du sie gern kennenlernen?" Max wartete nicht auf die Antwort. „Wir können morgen gemeinsam zu Mittag essen, wenn du möchtest."

„Das kannst du nicht machen!", rief Jilly entsetzt. „Was wird sie denken?"

Zu viel. „Dass ich schon zu lange nicht mehr aus dem Haus gegangen bin, und sie wird nicht zögern, es auch zu sagen."

„Nein. Ich meine über mich. Sie wird unser Bild in der Zeitung doch auch gesehen haben, oder?"

„Das halte ich für unwahrscheinlich. Aber ich nehme an, dass sie den ganzen Tag Anrufe von Freunden bekommen hat, die das Bild gesehen haben. Es wäre also mehr ein Entgegenkommen, wenn sie dich kennenlernen könnte." Jillys Blick war voller Zweifel. „Keine Sorge. Wenn sie dich nicht leiden kann, wird sie es dir nicht zeigen."

„Und wie weiß ich es dann?"

„Wenn sie dich mag, wird sie dir erzählen, dass sie mich vor der Heirat mit Charlotte gewarnt hatte." Max zögerte. „Tja, Mütter haben häufig recht, selbst die überängstlichen. Aber wer hört schon auf sie?" Und dann beugte er sich vor, legte ihr eine Hand auf die Schulter und sagte: „Da ist Windsor Castle."

„Das ist ja riesig!", rief Jilly. „Nachdem es jetzt restauriert ist, würde ich es mir gern mal von innen ansehen."

„Also abgemacht. Morgen essen wir zuerst mit meiner Mutter zu Mittag, und am Nachmittag besuchen wir Windsor Castle." Jilly schien immer noch unentschlossen.

„Vertraue mir, Jilly. Es wird Spaß machen."

Der Chauffeur verließ die Autobahn, und Jilly blickte sich erstaunt um. „Wohin fahren wir?"

„Zu einem Restaurant am Fluss in der Nähe von Maidenhead. Fabelhaftes Essen. Du wirst es mögen."

„Und woher weißt du, dass Richie dort sein wird?"

„Richie?" Max fragte sich langsam, ob Jilly auch noch an irgendetwas anderes dachte. „Er wird nicht dort sein." Oder wenigstens hoffte er es. Max spürte Jillys Verwunderung. „Wenn wir ihm zwei Tage hintereinander *ganz zufällig* begegnen, ist das nicht besonders glaubwürdig, nicht wahr? Oder soll er etwa denken, du würdest ihm nachlaufen?"

„O nein. Tut mir leid ..."

„Um Himmels willen, Jilly. Hör endlich auf, dich ständig zu entschuldigen. Ich hätte dir vorher sagen sollen, wohin wir fahren." Max fühlte eine gewisse Gereiztheit, und den Rest der Fahrt verbrachten beide schweigend. Was machte er hier auch?

Zwanzig Minuten später hielten sie an einem alten Gasthaus direkt am Flussufer. Dieses Mal wurden sie nicht von Fotografen umlagert, aber sobald sie das exquisit eingerichtete Restaurant betreten hatten, wurde Max mit ausgesuchter Höflichkeit begrüßt. Und als sie zu der Bar geführt wurden, bemerkte Jilly ein kaum wahrnehmbares Raunen des Erstaunens. Wenig später saßen sie an einem gemütlichen Tisch in der Nähe des Kaminfeuers, und Jilly ging wieder der Zeitungsartikel durch den Kopf, den Harriet ihr gezeigt hatte:

Max Fleming, der seit dem tragischen Skiunfall seiner Frau als Einsiedler gelebt hatte, wurde gestern Abend mit Miss Jilly Prescott im Spangles gesehen. Der ehemalige Playboy war schon schmerzlich in seinem Lieblingsclub vermisst worden. Wir hoffen, ihn und seine reizende Begleiterin wieder öfter zu sehen.

Jilly betrachtete Max nachdenklich, während ihr dieser einen Orangensaft und für sich einen großen Gin Tonic bestellte.

„Du hast doch gesagt, dass du in Zukunft nur noch Orangensaft trinken willst", sagte er, als er ihren missbilligenden Blick wahrnahm. Mit den Getränken wurden ihnen auch riesige Menükarten gereicht. Jilly nahm keine. „Du solltest vielleicht besser auch das Essen für mich bestellen – Schatz, da ich ja offensichtlich heute Abend nur so tue, als wäre ich erwachsen."

Ihr Anflug von Ärger erinnerte Max, dass in dieser eleganten Frau noch immer das Mädchen vom Lande steckte, das kein Blatt vor den

Mund nahm. Insgeheim lächelte Max, sagte aber nur: „Es wird mir eine Freude sein. Ich hoffe, du magst französisches Essen."

„Woher soll ich das wissen? Da, wo ich herkomme, isst man nicht französisch."

Er glaubte ihr kein Wort. Er hatte sie offensichtlich verärgert, weil er sie nicht wie eine Erwachsene behandelt hatte.

„Vielleicht möchtest du mich ja gern unterrichten, Max?"

„Dich unterrichten?" Er wusste, dass ihr noch etwas durch den Kopf ging, aber damit hatte er nicht gerechnet.

„Worin?"

„In französischem Essen, zum Beispiel? Und dann können wir uns ja vielleicht zum richtigen Besteck vorarbeiten. Du siehst, Max, ich weiß jetzt, wer du bist oder wen du darstellst. Du bist weder der *Herrscher der Finsternis* noch meine *gute Fee*. Du bist Professor Higgins, und ich soll deine Eliza Doolittle sein."

Max war schockiert. Sie hätte nicht weiter von der Wahrheit weg sein können. Aber sie würde es ihm wohl nicht glauben. „Das ist ja eine sehr interessante Theorie, Jilly. Aber ich beabsichtige gar nicht, die Art, wie du sprichst, zu ändern." Ganz im Gegenteil, er liebte ihren Akzent.

Jilly war nicht überzeugt. „Irgendwann schon. Schließlich haben wir auch schon die Frisur, das Make-up und die Kleider ..."

„Wenn das alles nur damit zu tun hat, dass ich dir gerade einen Orangensaft bestellt habe, ohne dich vorher zu fragen, möchte ich dich daran erinnern, du hast mir heute Morgen noch gesagt, dass du dich in Zukunft nur noch an Orangensaft halten willst. Ich dachte, das wäre ernst gemeint. Oder irre ich da?"

„Ich sagte Orangensaft und meinte damit in erster Linie etwas Nichtalkoholisches. Das schließt Gingerale, Limonade und einfaches Tonic nicht aus."

„Mm. Ich entschuldige mich für mein Verhalten. Was möchtest du gern trinken, Jilly?"

Sie nahm das Glas und nippte daran. Der Saft war frisch gepresst. Einfach herrlich. „Das ist okay."

„Gut. Heute Abend solltest du nämlich besser einen klaren Kopf behalten." Jilly runzelte die Stirn. „Ich möchte nicht dafür verantwortlich sein, wenn du Dinge tust, die du hinterher bereuen würdest."

„Bereuen?"

„Wenn Richie dich in diesem Kleid gesehen hat."

„Ich dachte, wir wollten ihm aus dem Weg gehen?"

„Wir können es versuchen. Aber London kann plötzlich ein Provinznest sein, wenn man jemanden nicht treffen möchte."

„Ich verstehe." Jillys Gesichtsausdruck hatte sich kaum geändert. Als sie aber jetzt aufstand, spürte Max deutlich, dass sie wütend war. „Sag mir, Max, willst du etwa andeuten, dass Richie mir nur eindeutige Blicke zuwerfen muss, und ich springe zu ihm ins Bett?"

Jillys aufgebrachte Stimme war problemlos auch an den Nachbartischen zu hören, und einige Gäste drehten sich bereits um.

„Du willst mir doch wohl nicht erzählen, dass du das nicht schon gemacht hast?" Max flüsterte, aber jedes Wort traf sie zutiefst.

Knallrot im Gesicht, beugte sie sich vor, und für einen Augenblick glaubte er wirklich, dass sie ihm den Orangensaft ins Gesicht schütten würde. Aber Jilly stellte das Glas wieder hin und griff nach ihrer Tasche. „Dies scheint eine dieser unerwarteten Situationen zu sein, vor der du mich von Anfang an gewarnt hast, Max. Wir sehen uns dann am Montag. Neun Uhr, im Büro." Dann drehte sie sich um und verließ hocherhobenen Hauptes das Restaurant.

Jilly zitterte am ganzen Körper, als sie endlich die Damentoilette erreichte. Sie war meilenweit von London entfernt und fürchtete, dass die Zwanzigpfundnote für ein Taxi nicht ausreichen würde.

Wie hatte all das nur geschehen können? Sie wollte doch nur nicht, dass Max dachte, sie sei leicht zu haben oder dass sie unbedingt mit Richie ins Bett wollte, weil er jetzt Erfolg hatte. Eigentlich wollte sie von ihm wie von einem Freund behandelt werden, der sie für ihn immer gewesen war.

Es gab nur einen Mann, mit dem sie das Bett hätte teilen wollen und der … Oh, verflixt! Sie kämpfte mit dem Schloss an ihrer Handtasche. Endlich hatte sie ein Taschentuch gefunden, mit dem sie vorsichtig eine Träne wegtupfte, die ihr perfektes Make-up zu ruinieren drohte.

Sie brauchte einen Moment, um sich zu beruhigen. Jilly zog sich die Lippen nach und entschied, keine Zeit mehr zu verlieren, sondern gleich ihren Mantel zu holen. Seinen Mantel. Charlottes Mantel. Warum tat das so weh?

9. KAPITEL

An der Garderobe traf Jilly unvermittelt auf Max, der sich angeregt mit einem Angestellten unterhielt. „Da bist du ja, Darling", sagte Max mit samtweicher Stimme. Aber sein Lächeln verhieß nichts Gutes. „Ich dachte schon, du wärst verloren gegangen. Es ist bereits serviert, und der Küchenchef begeht Selbstmord, wenn wir sein vorzügliches Essen kalt werden lassen." Und bevor Jilly protestieren konnte, wurde sie von Max regelrecht *abgeführt*. Angesichts ihrer unterlegenen Position fügte sich Jilly in ihr Schicksal, und Max' energischer Griff lockerte sich.

Von ihrem Tisch hatte man einen herrlichen Blick auf den schwarz funkelnden Fluss. Max wartete, bis der Ober Jilly den Stuhl zurechtgerückt hatte, und setzte sich dann ihr gegenüber.

„Nun, Darling", fragte er wieder in dem sanften und gleichzeitig Unheil verkündenden Ton, „würdest du mir freundlicherweise erklären, was das alles sollte?"

Darling? Sie konnte gut auf diese Art von Vertraulichkeit verzichten, wenn sie als Beleidigung gemeint war. Aber was sollte sie jetzt machen? Sollte sie sich entschuldigen oder alles erklären? Wie würde er reagieren, wenn sie ihm sagte, dass Richie ihr inzwischen völlig gleichgültig sei und nur noch Max zählte? Nein, das würde sie ihm auf keinen Fall sagen ...

„Sag mal, Max, all dieses Macho- und Überlegenheitsgehabe, sind deine früheren Begleiterinnen eigentlich darauf abgefahren?" Max stutzte. Dann warf er den Kopf zurück und lachte. Damit hatte Jilly nicht gerechnet. Doch das Lachen war so warm, es war so ansteckend, dass sie einfach mitlachen musste. „Nun?"

„Jilly, benimm dich."

„Ich will mich aber nicht benehmen."

„Du glaubst wohl, dass ich zum Playboy nicht tauge?"

„Nun, die Zeitungen behaupten es ja." Sie betrachtete sein inzwischen wieder ernstes Gesicht. „Aber sei mir nicht böse, ich kann es mir nur sehr schwer vorstellen."

„Nun ja, es ist eine Weile her. Jugendlicher Leichtsinn." Jilly war nicht ganz ehrlich gewesen. Sie konnte sich Max sehr wohl als Playboy vorstellen, besonders wenn er lächelte, so wie jetzt. „Und die Antwort auf deine Frage lautet ‚Ja'."

Welche Frage? Jilly war völlig geistesabwesend gewesen. „All dieses Machogehabe hat meine früheren Begleiterinnen dahinschmelzen lassen."

„Oh." Zum Glück konnte er im Kerzenlicht nicht sehen, dass sie rot geworden war. „Und was ist dann passiert?"

„Ich habe das getan, was jeder Mann irgendwann tut, wenn er die Richtige gefunden zu haben glaubt. Ich habe aufgehört, mit vielen Frauen zu flirten und mich nur noch auf die eine konzentriert …" Max nickte dem Ober zu, der im gebührenden Abstand darauf wartete, den Wein servieren zu dürfen. „Ich hoffe, du hast gegen meine Wahl nichts einzuwenden. Es ist einer meiner Lieblingsweine."

Jilly blickte auf ihr Glas. „Warum sollte ich? Schließlich werde ich ihn doch sowieso nicht trinken, oder doch?" Dann goss sie sich Wasser in ein Glas.

„Entscheide selbst. Du hast ein Anrecht auf deine eigenen Fehler, wie jeder andere auch. Und da ich dir dabei auch noch helfe, steht es mir wohl kaum zu, dir weiter gute Ratschläge zu geben. Wollen wir nicht lieber essen?" Er griff nach der Gabel, aber sie legte ihre Hand auf seine.

„Max …"

Max hielt den Atem an. Er konnte sich nicht darauf konzentrieren, was sie vielleicht hätte sagen wollen. Er spürte nur ihre kühlen Finger und brauchte alle Willenskraft, um seine Hand nicht zu öffnen und ihre für immer festzuhalten.

„Ich habe dir noch nicht gedankt."

Er wusste auch nicht genau, was er sich erhofft hatte, aber es waren sicherlich nicht ihre Dankesworte. „Bedanke dich nicht zu früh. Ich tue dir damit keinen Gefallen", sagte er und blickte dabei auf ihre Hand. Jilly zog sie verlegen zurück. Wie gern hätte Max Jilly vor dem größten Fehler ihres Lebens bewahrt.

Aber hatte er nicht auch Charlotte geheiratet, gegen die Bedenken seiner Familie, seiner Freunde? Ungebetene Ratschläge sind vergebene Liebesmüh. Und vielleicht hatte Jilly auch recht, dass ein gemeinsamer Lunch mit seiner Mutter keine so gute Idee war. Vielleicht galt das auch für seine weiteren Pläne. Er sollte das Ganze besser so schnell wie möglich beenden. „Einen Moment, Jilly", sagte er entschlossen, nahm einen Füller und einen schmalen Notizblock aus seiner Brusttasche und schrieb eine kurze Notiz. Ein Blick genügte, und ein Ober eilte herbei, der das zusammengefaltete Papier entgegennahm. „Geben

Sie das bitte meinem Fahrer." Der Mann entfernte sich, und als Max schließlich zu seiner Gabel griff, stellte er erleichtert fest, dass seine Hand nicht allzu sehr zitterte.

„Also, Jilly", dozierte Max in betont ernstem Ton, „hierbei handelt es sich um eine Komposition von Fasan, Kaninchen und Gänseleberpastete ..."

Die Betrachtung der dekorativ arrangierten Zutaten auf ihrem Teller gab Jilly kurzfristig die Gelegenheit, Max' Blick zu entgehen. Schließlich sah sie hoch. „Du meine Güte, Bildung ist doch wirklich eine wundervolle Sache." Sie legte sich die Serviette auf den Schoß. „Und ich hätte es einfach für Fleischpastete gehalten."

„Und du hättest recht gehabt." Max sah sie an und lächelte. Er hob sein Glas und fragte: „Pax?"

„Französisch, Latein ... ihr Playboys habt es wirklich drauf."

„Wie gesagt, Jilly, ich bin ein wenig aus der Übung. Aber ich tue mein Bestes."

Aus der Übung, aber sicher doch. Flirten schien für ihn so natürlich zu sein wie zu atmen. „Also dann ...", sie nahm ihr Glas und stieß mit ihm an: „Frieden."

„Erzähl mir ein wenig von dir, Jilly. Von deiner Familie. Du hast eine übervorsichtige Mutter – und weiter?"

„Meine Mutter fährt den Bus der Stadtbücherei und bringt den älteren Leuten ihre Lieblingsbücher."

„Brüder? Schwestern?"

„Zwei jüngere Brüder. Michael ist siebzehn und hat sich fest vorgenommen, bis zu seinem zwanzigsten Geburtstag mit Software seine erste Million gemacht zu haben. George spielt lieber Fußball."

„Und er will natürlich später für Newcastle spielen."

„Na klar. Mit dem Geld, das ich heute für Schuhe und Lippenstift ausgegeben habe, hätte ich ihm das neueste Trikot kaufen können."

„Und dein alter Herr? Ebenso wie Richies wohl auch nicht *Vater des Jahres*?"

„Nein, das bestimmt nicht." Jilly drehte den Stiel ihres Glases zwischen den Fingern und betrachtete die Kerze. „Meine Mutter verließ ihn, als George noch ein Baby war."

„Wegen einer anderen Frau?"

Jilly schüttelte den Kopf und blickte auf ihr Glas. Dann erschauerte sie kurz. „Er schlug meine Mutter. Das letzte Mal, weil George weinte und meine Mutter ihn nicht beruhigen konnte. Ich versteckte mich mit

George und Michael in einem Schrank. Mein Vater war zu betrunken, um uns zu finden." Jilly schluckte schwer. „Und meine Mutter hätte es ihm nie verraten."

Max spürte, dass Jilly all das Vergangene wieder durchlebte, und umfasste ihr Handgelenk. „Du musst nichts mehr sagen."

Aber sie wollte es. „Am nächsten Tag packte meine Mutter nur das Nötigste zusammen und ging mit uns in ein Frauenhaus. Durch eine gerichtliche Verfügung wurde meinem Vater untersagt, das Haus nochmals zu betreten, und wir konnten zurück. Er hatte alles kaputt geschlagen, jede Tasse, jedes Glas, jeden Teller. Und die Möbel hatte er mit einer Axt traktiert. Aber er ist nie wiedergekommen." Nach kurzem Schweigen. „Das habe ich noch nie jemandem erzählt." Jilly sah auf. „Nicht einmal Richie."

Max war wie gelähmt. Er hätte sie am liebsten in die Arme genommen und ihr versprochen, dass ihr nie wieder jemand so wehtun würde. Stattdessen sagte er nur: „Es wundert mich nicht, dass deine Mutter so übervorsichtig geworden ist. Du hast wirklich Glück gehabt, dass sie stark genug war, sich von ihrem Mann zu trennen."

„Stark?" Für stark hatte Jilly ihre Mutter nie gehalten. Sie und die Kinder hatten die Prügel doch jahrelang über sich ergehen lassen, und dass sie endlich gegangen war, war mehr aus Angst, dass ihr Mann George umbringen könnte.

„Es ist nicht gerade leicht, sein Zuhause zu verlassen, wenn man kein Geld in der Tasche hat und keinen Ort, wo man hingehen kann. Die meisten Frauen haben nicht den Mut dazu", sagte Max sanft.

„Ja", erwiderte Jilly und war erstaunt, dass Max sofort erkannt hatte, was ihr nie bewusst gewesen war. „Ja, ich habe wohl Glück gehabt."

Der nächste Gang wurde serviert. „Gebratener Seebarsch", erklärte Max in sachlichem Ton. „Ich hoffe, du magst Fisch. Ich hätte dich vorher fragen sollen. Ich fürchte, ich bin heute Nacht nicht sehr galant."

„Ich habe es dir ja auch nicht gerade leicht gemacht. Tut mir leid, Max. Ich weiß, dass du mich nur beschützen willst. Aber das ist wirklich nicht nötig. Ich kenne Richie schon so lange. Ich kenne all seine Fehler …"

„Offenbar nicht *alle*, sonst hättest du dich doch wohl kaum vor fünfzehn Millionen Zuschauern demütigen lassen." Jilly schwieg. „Du willst mir doch nicht erzählen, dass du nur deshalb aus Newcastle gekommen bist, um jetzt mit Richie Händchen zu halten."

Jilly antwortete nicht, nahm ihre Gabel und begann zu essen.

Max beobachtete sie. Eigentlich wollte er mit ihr eine Woche lang ausgehen, um Blake eifersüchtig zu machen. Aber wenn Jilly diesen Mann nun wirklich liebte, durfte man dann mit ihren Gefühlen spielen?

„Wie schmeckt es dir?", fragte Max.

„Es ist köstlich. Danke."

Sie wirkte so verletzlich, dass er sie am liebsten in Watte gepackt hätte. Doch er sagte nur: „Wenn du alles aufisst, darfst du deinen Pudding vielleicht selbst aussuchen."

Gegen halb elf verließen sie das Gasthaus, und Max fragte den Fahrer: „Haben Sie ihn gefunden?"

„Er ist mit einigen Freunden gerade im Rivi Club eingetroffen. Ich habe für Sie einen Tisch bestellt."

„Also, Jilly, heute Nacht wird getanzt."

„Und was ist mit deinem Knie?"

Max warf ihr einen missbilligenden Blick zu.

„*Du* hast gesagt, dass es mir nicht peinlich sein muss, es zu erwähnen."

„Das stimmt. Aber du brauchst es auch nicht alle zwei Sekunden zu betonen. Mir geht es gut. Und wenn nicht, hast du ja ein schnelles Heilmittel." Jilly runzelte die Stirn. „Deine Lippen, Jilly. Das letzte Mal haben sie Wunder gewirkt."

Es war das erste Mal, dass einer von ihnen diesen Kuss erwähnte, und für einen Moment blieben beide völlig bewegungslos. Dann sagte Jilly heiser: „Jederzeit, du brauchst nur das Zauberwort zu sagen."

Im Rivi Club herrschte bereits ausgelassene Stimmung. Max und Jilly erreichten nur mit Mühe ihren reservierten Tisch. Jilly dachte, dass Max früher schon ein sehr bekannter Playboy gewesen sein musste, wenn er selbst an einem Samstagabend problemlos einen Tisch bekam.

Max, groß und gut aussehend, zog als Erster die Aufmerksamkeit der Gäste vom Nebentisch auf sich. Petra hatte ihn sogleich wiedererkannt und stieß Richie an. Er stand sofort auf und ging hinüber.

„Jilly?"

„Hi, Richie", erwiderte Jilly.

„Was hast du denn mit deinem Haar gemacht? Ich hätte dich fast nicht wiedererkannt." Jilly hatte ganz vergessen, dass sie inzwischen anders aussah, und Richie wartete keine Antwort ab. „Hallo, Max. Warum kommt ihr nicht an unseren Tisch?"

Jilly hatte nicht die geringste Lust dazu, und Max wollte sie ja sowieso von Richie fernhalten. Aber Max zuckte nur die Schultern und

entgegnete: „Warum nicht?" Und dann sah Jilly den Grund für Max'
Sinneswandel. Ein Mädchen mit einem bis zur Hüfte geschlitzten
Kleid betrachtete Max mit eindeutigen Blicken. Vielleicht tanzte Jilly
deshalb kurz darauf leidenschaftlich mit Richie, obgleich ihr nicht danach zumute war. Max schien es nicht wahrzunehmen. Er schien von
dem Anblick dieses Mädchens wie hypnotisiert.

„Wirklich, Jilly, du siehst fantastisch aus", brach es aus Richie heraus. Vor einer Woche wäre sie bei diesen Worten noch im siebten
Himmel gewesen. Jetzt waren sie ihr völlig egal. Jilly blickte an Richie vorbei zum Tisch. Petra beobachtete sie mit zusammengekniffenen Augen. Jilly hatte eine Ahnung, was ihre frühere Konkurrentin
durchmachte, und ein Anflug von Mitleid überkam sie.

„Richie, du und Petra, seid ihr …?" Jilly suchte noch nach dem richtigen Wort, aber Richie wusste auch so, was sie meinte.

„Ja. Wir leben jetzt seit sechs Monaten zusammen. Sie ist eine großartige Frau."

Jilly wartete darauf, dass ihr diese Nachricht wehtun würde. Es
passierte nichts.

„Du meinst also, sie tut alles für dich, was ich früher getan habe,
und Sex bekommst du auch noch?"

Für eine Sekunde machte ihn ihre Direktheit sprachlos. „Nun, so ist
es zwischen uns ja nie gewesen, oder? Wir waren … Freunde."

„Ja, Richie. Wir *sind* Freunde. Aber wenn du noch einmal so etwas
mit mir machst wie in deiner Show, ich schwöre, dann erfährt die ganze
Welt, wie du nicht mehr aus der Schultoilette herausgekommen bist
und zu heulen angefangen hast."

„Das würdest du nicht tun."

„Verlass dich nicht darauf."

Für einen Moment starrte er sie an und brach dann in Gelächter aus:
„O Jilly, ich habe dich vermisst." Und dann umarmte er sie.

Max hatte sie die ganze Zeit nicht aus den Augen gelassen, und als
er jetzt mit ansehen musste, wie Richie Jilly fester an sich zog und sie
umarmte, wusste Max, dass er keine Sekunde länger zusehen konnte,
wie dieser Mann Jilly für sich forderte. Max nahm einen Kugelschreiber aus seiner Jackentasche und schrieb eilig einige Worte auf eine
Papierserviette. „Petra." Sie drehte sich zu ihm um, und ihr Gesichtsausdruck zeigte, dass sie sich genauso schlecht fühlte wie er. „Würden
Sie das bitte Jilly geben?"

„Gehen Sie?"

„Mein Knie macht Probleme, und ich möchte ihr nicht den Abend verderben. Ich bin sicher, Richie bringt sie unversehrt heim."

„Max, Darling, würden Sie *mich* nach Hause bringen? Und über die *Unversehrtheit* mache ich mir keine Sorgen." Das Mädchen blickte Max verführerisch an.

Doch Max drehte sich nur zur Tanzfläche. Jilly hatte die Arme gehoben und bewegte sich harmonisch zur Musik. Als sie auch noch amüsiert über etwas lachte, was Richie ihr gesagt hatte, wandte sich Max unvermittelt ab.

Als sie an den Tisch zurückkehrten, ließ sich Jilly lachend auf ihren Stuhl fallen. Sie schüttelte den Kopf, als ihr jemand ein Glas Champagner anbot. Dann reichte ihr Petra eine Serviette. „Das soll ich dir von Max geben."

„Max? Warum? Wo ist er denn hingegangen?"

„Er sagte, sein Knie würde schmerzen."

Aber Jilly hatte schon die Serviette geöffnet und las: „Viel Glück, Max." Sie drehte das Stückchen Papier in der Hand, als würde sie noch eine weitere Nachricht suchen. „Er hat Lisa nach Hause gebracht", fügte Petra gehässig hinzu. „Vielleicht hat sie ihm angeboten, sein Knie zu massieren."

„Lisa?" Jilly blickte sich um. „Wer ist Lisa?" In diesem Moment wusste sie genau, wer Lisa war. Vielleicht hatte er eine Weile als Einsiedler gelebt, aber der Playboy in ihm war neu erwacht. Für einen Moment blickte Jilly durch das Champagnerglas hindurch, dann nahm sie es und leerte es in einem Zug.

Richie bestand darauf, Jilly nach Hause zu bringen.

Im Haupthaus stand Max im Dunkeln hinter einem der großen Fenster in der ersten Etage. Er hatte den Wagen gehört und gesehen, wie Richie und Jilly, Arm in Arm, hinauf zur Wohnung gingen, die Haustür fest verschlossen und Licht machten. Dann zog Max die Vorhänge vor.

Richie kritzelte Ziffern auf eine Zeitung. „Das ist meine Privatnummer – ruf mich morgen früh an." Jilly nickte. „Versprochen?"

„Versprochen. Aber jetzt geh, bitte. Und sei leise, sonst weckst du noch Harriet." Sie schubste ihn beinah zur Tür hinaus und beobachtete noch, wie er über den Hof ging. Im nächsten Moment war er verschwunden. Jilly blieb kurz an der Tür stehen und schaute zum Haus hinüber. Gewöhnlich konnte man selbst um diese Uhrzeit noch Licht in Max' Arbeitszimmer sehen. Nicht aber heute Nacht.

Leise schloss Jilly die Tür, zog langsam das wunderschöne Kleid aus und entfernte ihr Make-up. Sie entfernte alles, wodurch sie sich heute Nacht so einzigartig gefühlt hatte. Und sie stellte fest, dass allein Max ihr dieses Gefühl gegeben hatte. Nur Max.

Sie hätte es ihm sagen sollen, sie hätte nicht zulassen dürfen, dass Max weiterhin glaubte, sie sei in Richie verliebt. Sie hatte doch nur so getan, weil sie in Max' Nähe sein wollte, und jetzt war diese Lisa bei ihm. Sie würde sich schon um Max' krankes Knie kümmern und nicht nur darum, da konnte man sicher sein.

Jilly erwachte und warf die Bettdecke zurück, setzte den Kessel auf und nahm einige Schmerztabletten, weil ihr der Kopf dumpf pochte. Sie war nicht gemacht für ein Leben auf der Überholspur.

In diesem Moment entdeckte sie einen weißen Briefumschlag unter der Tür. Sie wusste, von wem er war, noch bevor sie die Schrift gesehen hatte.

Liebe Jilly,
ich freue mich für Dich, dass sich alles so entwickelt hat, wie Du es Dir gewünscht hattest. Es tut mir leid, dass ich Dir das nicht persönlich sagen kann, aber ich musste wegen einer dringenden Angelegenheit London kurzfristig verlassen. Du brauchst Dich also nicht an Dein Versprechen gebunden zu fühlen, bis zu Lauras Rückkehr für mich zu arbeiten. Selbstverständlich kannst Du die Wohnung bis zum Ende des Monats nutzen, falls Du sie brauchst. Ich wünsche Dir alles Gute für die Zukunft.
Max.

Alles Gute? Und was war mit dem Kuss? Mit der Leidenschaft?

Jilly blickte fassungslos auf das Stückchen Papier in ihrer Hand. Der Ton war höflich, unverbindlich und die Absicht eindeutig: Lebe wohl für immer. Sie konnte es nicht glauben. Sie wollte es nicht glauben. Lisa konnte doch nicht so großartig gewesen sein.

Jilly warf sich ihre Jogginghose und ein Sweatshirt über, schlüpfte hastig in ihre Turnschuhe, lief zum Haus und stürzte in die Küche. Harriet putzte gerade das Gemüse für das Mittagessen und blickte erstaunt hoch. „Wo ist er?", rief Jilly atemlos.

„Max?" Harriet fühlte sich nicht wohl in ihrer Haut. „Ich dachte, er hätte Ihnen eine Nachricht hinterlassen?"

„Ich muss unbedingt mit ihm sprechen!"

„Er ist unterwegs nach Straßburg. Dort findet morgen früh eine Tagung statt. Er hat noch mit Ms Garland gesprochen, bevor er abfuhr. Wenn Sie morgen in ihr Büro gehen, wird sie Sie bezahlen und Ihnen helfen, einen neuen Job zu finden. Falls Sie es möchten."

Jilly fühlte sich auf einmal ziemlich dumm. Wie kam sie dazu, eine Unterredung mit Max zu fordern? Letztendlich war sie doch nicht mehr als seine Aushilfssekretärin.

„Kann ich Ihnen etwas zum Lunch machen, Jilly?"

„Wie bitte?" Jilly sah zu den Töpfen mit Kartoffeln und Möhren. „Für nur eine Person haben Sie aber eine Menge vorbereitet."

„Für eine?" Jetzt blickte auch Harriet auf das Gemüse. „Ja, da haben Sie recht. Möchten Sie nicht doch zum Essen bleiben?"

„O nein. Danke, Harriet. Ich werde heute noch ausziehen und alles sauber hinterlassen." Jilly machte eine kleine Pause. „Und danke auch für alles, was Sie für mich getan haben. Ich habe wirklich gern hier gearbeitet. Es tut mir sehr leid, dass ich mich von Max nicht persönlich verabschieden konnte."

„Mm. Es ist eine von diesen Krisensitzungen ... Sie wissen schon."

„Ja, ich weiß. Ich lasse Mrs Flemings Sachen in der Wohnung. Könnten Sie sie bitte an die Wohltätigkeitsorganisation weiterleiten, Harriet?"

„Natürlich."

„Ich bringe Ihnen später noch die Schlüssel vorbei."

„Werfen Sie sie einfach in den Briefkasten, wenn Sie es eilig haben."

Jilly nickte und verließ die Küche. Für einen Moment sah Harriet ihr nach, dann drehte sie sich um, als Max wieder in die Küche kam.

„Was hätten Sie getan, wenn sie Ihre Einladung zum Lunch angenommen hätte, Harriet?"

„Lassen Sie es uns anders formulieren: Was hätten *Sie* getan?" Harriet sah Max direkt an. „Sie sind ein Narr, wenn Sie sie gehen lassen, Max."

Er schüttelte den Kopf. „Narren sind Männer, die nicht aus ihren Fehlern lernen. Charlotte wäre vielleicht auch nicht glücklicher geworden, wenn sie mich nicht geheiratet hätte. Aber sie wäre sehr wahrscheinlich noch am Leben."

Jilly blickte sich um. Sie hatte das Bett abgezogen, die kleine Wohnung geputzt, bis alles blitzte, und ihre Sachen in ihren alten, schäbigen Koffer gepackt. Sie ging hinaus und wollte gerade abschließen, als das Telefon läutete.

Für einen Moment war sie wie gelähmt. Wenn nun das Telefon zu klingeln aufhörte, bevor sie es erreicht hatte? Es war Richie.

„Du hast doch versprochen, anzurufen, Jilly. Ist alles in Ordnung?"

Jilly konnte kaum sprechen. Sie brauchte all ihre Kraft, um die bittere Enttäuschung und die aufsteigenden Tränen zu bekämpfen. „Ja, Richie."

„Bist du sicher, meine Kleine? Du hörst dich nicht besonders gut an."

„Es ist nichts, was man mit ein paar Schmerztabletten nicht wieder hinkriegen könnte", erwiderte Jilly. „Ich fürchte, ich bin für diesen ausschweifenden Lebenswandel einfach nicht gemacht."

„Heißt das, dass du heute Abend nicht zu meiner Party kommen wirst?"

„Schon wieder eine?"

„Na ja. Es ist eine ganz besondere. Petra und ich haben beschlossen, zu heiraten."

„Das ist ja wundervoll, Richie."

„Du kommst also? Petra hat mich extra gebeten, dich anzurufen. Sie möchte sich für ihr Verhalten entschuldigen. Sie war – eifersüchtig …"

„Bitte sag ihr, Richie, dass ich das gut verstehen kann. Aber ich fahre nach Hause zurück. Du hast mich gerade eben noch erwischt. Ich war auf dem Weg zum Bahnhof. Ich fürchte, London ist nichts für mich."

„Ach? Ich dachte, du und Max …" Richie verstummte. „Mm, du hattest schon immer deinen eigenen Kopf, Liebes. Bitte grüße deine Mutter herzlich von mir."

„Richie … Behandle Petra gut. Du brauchst jemanden wie sie, das weißt du."

Er lachte. „Ja, ich weiß. Sie macht alles, was du gemacht hast, und den Sex bekomme ich auch noch."

„Verletze sie nicht, Richie. In deinem Geschäft ist es wichtig, dass man nicht den Boden unter den Füßen verliert."

„Du kannst es also noch immer nicht lassen, deine guten Ratschläge gleich im Zehnerpack zu verteilen, was? Aber Spaß beiseite, Jilly, nimm nicht den Zug. Ich besorge dir eine Limousine, die dich nach Hause bringt. Das ist das wenigste, was ich nach letztem Freitag für dich tun kann."

Jilly wollte schon widersprechen, aber dann überlegte sie. Es war Sonntag. Die Züge waren sicherlich überfüllt, und Richie hatte recht. „Danke, Richie."

Fünfzehn Minuten später läutete es am Haupttor, und als Harriet sich meldete, sagte eine Stimme: „Mr Blakes Wagen für Ms Prescott."

„Sie finden sie in der Wohnung über der Garage", antwortete Harriet und öffnete das Tor. Als sie sich umdrehte, sah sie Max an der Tür seines Arbeitszimmers stehen.

„Kommt sie rüber, um die Schlüssel abzugeben?", fragte er.

„Sie hat sie schon vor zehn Minuten gebracht. Sie ist nicht hereingekommen. Sie hat sie nur durch den Briefkastenschlitz geworfen. Es ist noch Zeit, sie aufzuhalten ..." Aber Max hatte seine Tür schon geschlossen.

10. KAPITEL

Amanda Garland ging ihre Unterlagen durch. „Beth, haben wir von letzter Woche eine Abrechnung von Jilly Prescott?"

„Noch nicht. Aber wann sollte sie das auch machen? Mr Fleming liebt ausgedehnte Bürostunden, und dann folgt das aufregende Nachtleben."

„Mir ist egal, wie beschäftigt sie ist. Heute ist Freitag, und ihre Abrechnung hätte schon vor Tagen hier sein sollen. Rufen Sie sie bitte an. Nein, warten Sie. Das mache ich selbst." Amanda griff zum Hörer und wählte Max' Nummer.

„Büro von Max Fleming, Laura Graham am Apparat."

„Laura? Was um Himmels willen machen Sie denn da?", platzte Amanda heraus. „Wie geht es Ihrer Mutter?", fügte sie schnell hinzu.

„Unverändert. Aber Max konnte nicht länger auf mich verzichten, und da hat er eine Schwester engagiert, die sich jetzt um meine Mutter kümmert."

„Das verstehe ich nicht ganz, Laura. Wo ist denn Jilly?"

„Jilly? Jilly Prescott? Sie ist letzten Sonntag gegangen, wussten Sie das nicht? Sie ist offensichtlich zu ihrem Freund gezogen. Irgendjemand vom Fernsehen. Ich nehme an, dass sie sich schon wegen ihres noch ausstehenden Lohns bei Ihnen gemeldet hat."

„Geben Sie mir Max, bitte."

„Er spricht gerade auf der anderen Leitung. Um ehrlich zu sein, Amanda, Harriet und ich machen uns große Sorgen um ihn." Als ob *sie* sich keine Sorgen um ihren Bruder machte! „Er isst nicht richtig ... genauer gesagt, isst er fast gar nichts, aber ich nehme an, Sie wissen das schon ..."

„Nein. Ich dachte ... ich hoffte ... Oh, dieses Mädchen! Ach, es ist auch nicht ihre Schuld. Niemand hat Schuld. Ich wusste, dass alles mit Tränen enden würde." Amanda seufzte. „Haben Sie Jillys Nachsendeadresse, Laura?"

„Sie hat nichts hiergelassen. Außer einem Paar Schuhe. Harriet wollte sie ihr nachschicken, aber Max hatte keine Adresse."

„Gut. Dann schicken Sie sie mir rüber. Ich habe ihre Adresse irgendwo in meinen Unterlagen. Ich melde mich noch einmal bei Ihnen, Laura." Amanda legte auf und sah Beth an. „Rufen Sie bitte Mr Blakes Büro an und fragen, wohin wir Jillys Scheck schicken sollen."

„Rich Blake? Woher soll er das denn wissen?"

„Tun Sie es einfach, Beth. Augenblicklich", fügte Amanda bestimmt hinzu, als Beth noch zögerte.

„Ich warte lieber bis Montag." Amanda sah sie bedrohlich an. „Heute wird da sowieso niemand sein. Jedenfalls niemand, der nüchtern genug wäre, eine Frage vernünftig zu beantworten."

„Und warum nicht?"

„Haben Sie nicht die Zeitung gesehen?" Beth griff nach der Abendzeitung. „Rich Blake hat heute Morgen geheiratet."

„Wie bitte?"

„,Geheime Hochzeit von TV-Star. Rich Blake gibt sein Jawort bei der geheimsten Hochzeit des Jahres.'"

Amanda riss Beth beinah die Zeitung aus der Hand und konzentrierte sich auf das Bild. „Das verstehe ich nicht. Das ist nicht Jilly."

„Jilly? Jilly Prescott? Warum sollte er sie heiraten, wenn er seit Monaten mit Petra James zusammenlebt?"

„Aber Max dachte, dass Rich Blake und Jilly …" Amanda verstummte unvermittelt. „Und wo ist Jilly?" Amanda kannte die Antwort. „Was für ein Paar ausgemachter Idioten! Bringen Sie mir Jillys Unterlagen. Nein, lassen Sie, ich hole sie mir selbst." Kaum hatte sie Jillys Akte, steuerte sie auch schon auf die Tür zu, drehte sich noch einmal kurz um und holte die Zeitung.

„Wohin gehen Sie? Was ist mit Ihrem Dreiuhrtermin?"

„Kümmern Sie sich darum." Der Verkehr war vollends zum Stillstand gekommen, und in einem Anflug von Ungeduld bezahlte Amanda das Taxi und lief zu Fuß weiter. Völlig außer Atem drückte sie auf die Klingel, als sie endlich das Haus ihres Bruders erreicht hatte. Harriet öffnete ihr. Aber Amanda nahm sich nicht einmal die Zeit, sie zu begrüßen. „Max! Wo bist du?"

„Mandy?" Seine Schwester, der Inbegriff an Selbstbeherrschung und Etikette, stand ihm atemlos und zerzaust gegenüber. „Was um Himmels willen ist denn mit dir los?"

„Mit mir?" Sie blickte ihn durchdringend an. Seine Haut war grau, die Wangen wirkten eingefallen, und er sah so ausgezehrt wie noch nie aus. „Mit *mir* ist überhaupt nichts los." Sie drückte ihm die Zeitung in die Hand. „Sieh dir das an." Sie sah, wie er die Überschrift las und zusammenzuckte. Diese Reaktion hatte Amanda erwartet. „Es ist nicht Jilly, Max. Verstehst du? Es ist *nicht Jilly*. Max? Wohin willst du?"

„Was glaubst du wohl?", fragte er auf dem Weg zur Haustür. „Ich werde sie suchen und herausfinden, was hier eigentlich los ist …"

„Willst du dafür nicht lieber ihre Adresse erfahren?", fragte Amanda und reichte Max Jillys Bewerbungsschreiben: „Na, warum wartest du noch, großer Bruder?"

„Nur deshalb", erwiderte er und umarmte Amanda so heftig, dass sie beinah keine Luft mehr bekam.

Jilly zögerte, bevor sie die Tür zur Garland-Agentur öffnete. Sie brauchte dringend das Geld, das sie bei Max verdient hatte, jetzt aber seine Schwester sehen zu müssen, war für sie unerträglich.

Beth drehte sich um, als Jilly das Büro betrat, und sah sie überrascht an. „Jilly!"

„Ich war zufällig in London", sagte Jilly etwas unsicher und legte ihre Abrechnung auf Beth' Schreibtisch. „Zu einer Hochzeit. Max sagte, dass ich mir bei Ihnen einen Scheck abholen könne. Es tut mir leid, dass ich Ihnen meine Abrechnung nicht früher geschickt habe …"

„Haben Sie Max gesehen?", fragte Beth.

„Nicht seit letztem Samstag." Jilly drehte sich um, als Amanda das Büro betrat.

„Jilly", sagte sie in dem gleichen ungläubigen Ton.

Jilly blickte von einem zum anderen. „Ist irgendetwas passiert? Was ist los?"

„Max …"

Max. „Was ist mit ihm?! Ist er krank? Verletzt?"

„Er ist nach Newcastle gefahren …"

Jilly runzelte die Brauen. „Was um Himmels willen macht Max in Newcastle?"

„Er sucht *Sie*", rief Amanda. „Ich dachte … Wir beide dachten … Ach, Jilly, was machen Sie denn nur *hier*?"

Jilly hatte eigentlich nicht nach London zu Richies Hochzeit kommen wollen, aber er hatte sie angefleht und ihr sogar einen Wagen geschickt.

Und Max musste ausgerechnet jetzt nach Newcastle fahren, um sie, Jilly, zu suchen. *Sie!* Für einen Moment wusste Jilly nicht, ob sie lachen oder weinen sollte. Aber dann wusste sie genau, was sie zu tun hatte, drehte sich um und lief zur Tür. „Was ist mit Ihrem Scheck?", rief Beth ihr nach.

„Darauf kann ich nicht warten. Schicken Sie ihn mir zu."

„Wohin?"

„Newcastle. Wohin sonst?"

Das Verkehrschaos in Londons Straßen brachte Max an den Rand seiner Leidensfähigkeit. Da wurde ihm bewusst, dass sein Taxi direkt vor einer U-Bahn-Station stand. Max zahlte und lief zum Zug.

Jilly blickte auf ihre Uhr. Mit ein wenig Glück müsste sie den Zug um 16.30 Uhr noch erwischen.

Um 16.25 Uhr hatte sie endlich den Bahnhof erreicht. Sie suchte auf dem Fahrplan nach dem richtigen Gleis, stolperte über unzählige Koffer und verfluchte die hochhackigen Schuhe und den engen Rock, den sie zur Hochzeit angezogen hatte.

Sie erreichte die Schranke, als sie gerade hinunterging. Jilly versuchte, sich noch zu ducken, aber die Kartenkontrolleurin hielt sie auf. „Zu spät, Miss. Der nächste Zug fährt in einer halben Stunde."

„Können Sie mich nicht noch durchlassen?"

„Es geht wohl um Leben und Tod?"

„Nein", sagte Jilly atemlos, „um Liebe."

„Liebe? Warum haben Sie das nicht gleich gesagt?" Sie drehte sich zu ihrem Kollegen, der das Abfahrtsignal für die Züge gab und rief: „Warte, George. Hier kommt noch ein Passagier für den *Zug der Liebe.*" Die Frau öffnete die Schranke und sagte: „Na dann mal los. Und geben Sie ihm von mir einen Kuss."

Max setzte sich mit seiner Zeitung auf einen Fensterplatz in der ersten Klasse. Er hatte den Zug sehr früh erreicht und jetzt drei lange Stunden Zeit, sich über die Zukunft Gedanken zu machen.

„Einem passiert es immer, nicht wahr?"

Max blickte zu dem Mann, der sich ihm gegenüber hingesetzt hatte. „Wie bitte?"

„Ein armer Teufel kommt immer zu spät", sagte der Mann und deutete auf die Sperre.

Max blickte höflich dorthin und sah eine junge, elegant gekleidete Frau. Sie trug einen langen, dunklen Mantel. „O nein! Jilly!"

Der Mann wandte sich Max zu. „Entschuldigung, sagten Sie etwas?"

Max konnte es nicht glauben. Amanda hatte doch gesagt, Jilly sei in Newcastle. Wie konnte sie dann hier sein, in diesem Zug? Er legte schnell die Zeitung zur Seite und lief in den hinteren Teil des Zuges. Er musste sich irren. Aber er wusste, er fühlte, dass es Jilly gewesen war.

Es war Freitag, und in dem Waggon, in den Jilly eingestiegen war, drängelten sich Studenten, die übers Wochenende nach Hause fuhren, und Pendler, die außerhalb Londons wohnten. Jilly schlängelte sich den Gang entlang in der Hoffnung, weiter vorn noch einen Sitzplatz zu finden.

Max hatte inzwischen den Speisewagen erreicht.

„Die Fahrkarten, bitte."

„O nein, ich habe keine. Ich habe den Zug gerade noch so erreicht."

„Wissen Sie, ich konnte nicht warten …"

Max drehte sich unvermittelt um. Und da stand sie, an der Tür zum Speisewagen und suchte in ihrer Tasche nach ihrer Geldbörse. „Kann ich auch mit Kreditkarte zahlen?"

„Selbstverständlich, Miss. Wohin möchten Sie?"

„Nach Newcastle."

„Hin und zurück?"

Jilly zögerte. „Ich bin mir nicht sicher …"

Da stand Max auch schon hinter ihr und reichte dem Schaffner seine Kreditkarte. „Zweimal erster Klasse, bitte."

Jilly fuhr herum. „Max!" Ihre Augen strahlten. „Ich dachte …", begann Jilly.

„Ich wollte dich einfach wiedersehen, Jilly."

„Amanda hat es mir gesagt. Ich war auf Richies Hochzeit und anschließend in ihrem Büro. Ich dachte, du wärst mir schon Stunden voraus."

Sie war extra hinter *ihm* hergefahren? Dieses Wissen gab ihm neue Hoffnung, neuen Glauben, dass …

„Ich brauche dich, Jilly."

„Du brauchst mich?" Sie sah ihn forschend an. „Als Sekretärin?"

„Laura ist meine Sekretärin. Ich möchte, dass du bei mir bist … dass du meine Frau wirst."

Jilly fühlte sich wie im Traum. Allein ihn lieben zu dürfen, von ihm geliebt zu werden genügte ihr. Sie wusste, was ihm dieser Schritt bedeutete. „Max …" Die Stimme versagte ihr. Der Hals war ihr wie zugeschnürt, und sie kämpfte vergeblich mit den Tränen. „O Max, bist du dir wirklich sicher?"

„Natürlich ist er sich sicher, Kleine", sagte in diesem Moment jemand aufmunternd. „Dieser Mann ist verliebt, merkst du das nicht?"

Max wollte ganz behutsam um sie werben. Wollte ihr zeigen, was sie ihm bedeutete und geduldig warten, bis sie zu diesem endgültigen Schritt bereit war. Denn mit weniger hätte er sich nicht zufriedengeben können. „Ja. Ich bin mir ganz sicher. Und ich werde warten, bis du es auch bist, egal, wie lange es dauert."

„Du meine Güte, Kleine, nun lass den Mann doch nicht länger leiden."

Jilly lächelte etwas unsicher. „Ich bin sicher, wenn du es bist."

„Na bitte. Da hörst du es. Worauf wartet ihr zwei denn noch? Küss sie endlich, Mann!"

Doch bevor er schließlich dem Drängen des sich einmischenden Fahrgastes nachkommen und das tun konnte, wonach er sich schon so lange gesehnt hatte, mischte sich der Schaffner ein, der die ganze Zeit hinter den beiden Verliebten gestanden hatte. Verlegen räusperte er sich.

„Entschuldigung, Sir, aber könnten Sie vorher noch klären, was für Tickets Sie wollen?"

Max ließ Jilly nicht aus den Augen und erwiderte nur: „Zwei Fahrkarten zum Paradies."

„Paradies?" Der Schaffner schüttelte grinsend den Kopf. „In Ordnung, Sir. Hin und zurück?"

„Nur die Hinfahrt", sagte Max und blickte Jilly tief in die Augen. „Wir bleiben für immer."

– ENDE –

Jennifer Greene

So stark und so zärtlich

Roman

**Aus dem Amerikanischen von
Brigitte Bumke**

1. KAPITEL

*S*teve Rawlings klopfte sich den Schnee von den Stiefeln und öffnete dann die Tür zu „Samson's". Die plötzliche Wärme und das Licht ließen seine Augen tränen. Er streifte Handschuhe und Mütze ab und ging, ohne lange zu überlegen, zur Tischnische in der hinteren Ecke hinüber. Wie erwartet war die Bar überfüllt. An einem bitterkalten, schneereichen Montagabend gab es nichts zu tun in Eagle Falls – außer zu trinken und sich dabei ein wenig über ein Footballspiel zu ereifern.

Auf dem Schwarz-Weiß-Fernseher über dem Bartresen lief gerade ein Spiel mit den Lions. Das Bild war unscharf. Aber der Empfang in diesem entlegenen Teil der Upper Peninsula in Michigan war nun einmal schlecht. Dafür floss das Bier umso reichlicher. Keiner der Männer nickte Steve zu oder bat ihn, sich zu ihnen zu setzen. Durch seine Arbeit war er automatisch so beliebt wie ein Piranha. Er war daran gewöhnt. Bis jetzt hatten die Männer misstrauisch Abstand zu ihm gehalten, aber Anzeichen für offene Feindseligkeit gab es nicht. Zum Teufel, er hatte an Orten gelebt, wo die Leute ihn mit einer Schrotflinte begrüßten.

Er nahm in der holzgetäfelten Nische Platz. Bei Außentemperaturen, die deutlich unter null lagen, hatte er gut sechs Stunden im Freien gearbeitet. Seine Stiefel waren eisverkrustet, seine Finger so erstarrt, dass er sie kaum bewegen konnte, und er war regelrecht ausgehungert. Ungelenk öffnete er seinen Parka und streifte ihn sich von den Schultern. Auf einmal vernahm er eine weiche weibliche Stimme mit südlichem Akzent. Er blickte hoch.

Natürlich gab es Frauen in Eagle Falls. Wenn auch nicht allzu viele. Der ganze Ort hatte selbst im Sommer höchstens ein paar Hundert Einwohner. Jedoch zu dieser Jahreszeit waren die Sommerhäuser und Jagdhütten vernagelt, und sogar die Holzindustrie ruhte. Mitten im Winter wohnte nur noch die Stammbevölkerung hier. Leute, die die Wildnis liebten, Einzelgänger, selbstverständlich auch Familien, aber hauptsächlich Menschen, deren Leben von der üblichen Norm abwich. Alleinstehende Frauen lebten hier keine, aus dem einfachen Grund, weil es hier absolut nichts gab, was eine alleinstehende Frau hätte ansprechen können.

Und besonders eine junge Frau wie sie.

Sie fiel auf wie eine Rose in einem Stall voller Stiere. Ihr Gesicht war jugendlich glatt – sie konnte noch keine dreißig sein –, und mit

Stiefeln kam sie vielleicht auf eine Größe von eins siebenundsechzig. Ihr Gesicht wurde von glänzendem dunkelbraunem Haar umrahmt. Es war kinnlang und glatt. Eine klassische Schönheit konnte man sie nicht nennen. Hübsch traf es eher. Mit ihrer frechen Stupsnase, dem Grübchen am Kinn und den wohlgeformten dunklen Brauen über großen strahlend blauen Augen. Ihr kleiner ungeschminkter Mund war zartrosa und hübsch geschwungen.

Während Steve sich die Hände rieb, damit sie wieder warm wurden, setzte er seine Betrachtungen fort. Ihre Kleidung war unauffällig und wirkte ganz neu. Eine Flanellbluse, die sie offen über einem schwarzen Rollkragenpullover trug, und Jeans. Sanft spannte sich der Jeansstoff über ihren reizenden Po, und ein Mann musste schon blind sein, um nicht zu merken, wie wunderbar sie ihren Rollkragenpulli ausfüllte.

Er konnte sich nicht vorstellen, was sie hier machte.

Samson, der Besitzer des Lokals, kam in die Jahre und litt zudem an Arthritis. Steve verstand, warum er jemanden eingestellt hatte, der ihm zur Hand ging, aber nicht, wieso gerade sie. Ihre Ungeschicklichkeit im Umgang mit Serviertablett und Bierkrügen ließ darauf schließen, dass sie als Serviererin überhaupt keine Erfahrung hatte.

Gerade als sie alle Hände voll zu tun hatte, nutzte Fred Claire die Chance, um ihr einen Klaps auf den Po zu geben. Den anderen Männern zwinkerte er dabei übermütig zu. Die junge Dame errötete heftig. Ein Bierkrug fiel um, und das Tablett landete unsanft auf dem Tisch.

Steve rieb sich das Kinn. Für Ärger hatte er einen sechsten Sinn. Bei seiner Arbeit kam ihm dieser Instinkt sehr zupass. In diesem Fall sah es jedoch nicht danach aus. Nichts an ihrer Kleidung war gewollt aufreizend. Aber falls sie glaubte, an einem Ort wie diesem nicht die Aufmerksamkeit der Männer zu erregen, dann musste sie eine hoffnungslose Träumerin sein. Die meisten Barbesucher waren in mittleren Jahren, einige von ihnen verheiratet – kaum ausgemachte Schürzenjäger. Doch sie regte nun einmal ihre Hormone an, neu in der Gegend, jung, hübsch und mit allen weiblichen Reizen versehen, wie sie war. Dass die Jungs sie nicht in Ruhe lassen würden, war geradezu vorprogrammiert.

Vom Tisch neben der Tür klang lautes Gelächter herüber. Fred und seine Kumpane tranken offenbar schon seit Stunden und amüsierten sich nun lautstark über das verschüttete Bier. Rafer behauptete, auf seinem Schoß sei ein nasser Fleck, und er würde sich mit Vergnügen bei dessen Entfernung von ihr helfen lassen. Die anderen wollten sich über diese freche Bemerkung halb totlachen. Und die Röte auf den Wangen der jungen Kellnerin vertiefte sich.

Gleich darauf trat sie an seinen Tisch und zückte ihren Bestellblock. „Tut mir leid, dass Sie warten mussten. Was kann ich Ihnen bringen?"

„Kaffee. Und ein paar Steaks, falls Samson noch welche hat. Englisch, bitte."

Sie notierte die Bestellung und beachtete ihn nicht weiter. Plötzlich schaute sie hoch. „Ein paar Steaks?", wiederholte sie.

„Ja, zwei."

Daraufhin schenkte sie ihm mehr Beachtung. Weil er saß, konnte sie natürlich nicht erkennen, dass er etwas über eins neunzig war, doch es schien ihr aufzufallen, dass er groß war und besonders breite Schultern hatte. Sie war nicht die erste Frau, die ihn musterte. Es war nicht seine Schuld, dass man ihn wegen seiner Größe und seines kräftigen Körperbaus schlecht übersehen konnte. Sein pechschwarzes Haar, seine blauen Augen und seine gesunde Gesichtsfarbe waren weitere optische Pluspunkte, denen er es verdankte, dass die meisten Frauen einen zweiten Blick riskierten.

Diese nicht. Nach der kurzen Musterung senkte sie schnell wieder den Blick. Sie notierte „zwei" und unterstrich es. „Ich kann mir vorstellen, dass Sie besonders große Portionen brauchen. Ich werde Ihnen auch ein paar Kartoffeln bringen. Und ich glaube, es ist auch noch ein Stück Apfelstrudel da."

„Das wäre wunderbar."

„Möchten Sie Ihren Kaffee schwarz oder mit Milch?"

„Schwarz."

„Okay. Ich bin so schnell wie möglich zurück."

Sie ging weg, ohne ihn noch einmal anzusehen. Doch er hatte Zeit genug gehabt, sie näher zu betrachten. Sobald die Röte auf ihren Wangen verflogen war, kam darunter ein blasser, zarter Teint zum Vorschein. Ihre Stimme klang durch den Südstaaten-Akzent besonders weich und weiblich und so verletzlich, wie alles an ihr wirkte. Auf dem Namensschild auf ihrer Bluse stand „Mary Ellen".

Falls Mary Ellen nach Männern Ausschau hielt, dann war sie hier genau richtig. Die Winter in diesen Breiten waren lang und einsam, und das Ungleichgewicht zwischen Männern und Frauen war höchstens in Alaska noch größer. Dennoch konnte er sich überhaupt nicht vorstellen, dass sie auf Männerjagd war. Ihre Haltung war steif, ihre

Miene spiegelte Nervosität und Zurückhaltung wider, und die Blicke aus ihren unglaublichen Augen verrieten ihre Rastlosigkeit.

Er sah zu, wie sie eine weitere Bestellung aufnahm, dabei in sicherem Abstand zum Tisch stand, um Kniffen und Tätscheln zu entgehen, und keinem der Männer direkt ins Gesicht blickte. Dann verschwand sie im hinteren Teil des Lokals. Ein Aufschrei ging durch den Raum, als die Lions den Ball bekamen. Und Samson kam aus der Küche geschossen, um das Spiel zu verfolgen.

Steve lockerte die Schultern, bemüht, das Footballspiel, den Lärm und auch seine Neugier in Bezug auf die Serviererin zu ignorieren. Sie war nicht sein Problem. Lieber Himmel, er hatte genug eigene Probleme. Die Wärme in der verräucherten Bar taute ihn langsam auf, und er wurde zunehmend müde. Wenn er nicht so hungrig gewesen wäre, wäre er direkt zu seinem Wohnwagen gefahren, um mindestens sechs Stunden zu schlafen. Er war Anstrengungen gewöhnt, und es lag nicht mehr Schnee als in Wyoming, wo er auf einer Ranch aufgewachsen war. Aber das Zusammenwirken von Kälte und Erschöpfung hatte ihm heute doch sehr zugesetzt.

Dass er die Augen geschlossen hatte, merkte Steve erst, als ihm plötzlich frischer Kaffeeduft in die Nase stieg. Vor ihm stand ein Becher mit dampfendem Kaffee. Mary Ellen hatte ihn gebracht, ohne dass er sie bemerkt hätte. Jetzt jedoch sah er sie durch das Lokal eilen, Krüge mit frisch gezapftem Bier servieren, sich unter dem Fernseher ducken, damit sie nicht die Sicht behinderte. Jemand rief: „Sweetheart? Darling, wir brauchen Sie unbedingt hier bei uns." Daraufhin biss sie die Zähne zusammen und errötete erneut heftig.

Es gab wohl kaum eine Frau, die weniger geeignet war, in einer Kneipe zu arbeiten.

Während der nächsten Stunde kam sie mehrmals an seinen Tisch. Sie sagte nie ein Wort, blickte ihm nie ins Gesicht. Doch sie schenkte ihm immer wieder Kaffee nach, servierte ihm zu seinen englisch gebratenen Steaks Kartoffeln und weitere Beilagen, die er gar nicht bestellt hatte. Und kaum hatte er aufgegessen, da brachte sie ihm ein großes Stück Apfelstrudel mit Eiscreme. Sie hielt sich nie länger als nötig auf, doch er kam sich richtig mütterlich umsorgt vor.

Natürlich merkte Steve, dass sie sich bei ihm anders verhielt als bei den anderen Männern. Er hatte es immer verstanden, mit wilden Tieren umzugehen – sie vertrauten ihm instinktiv. Aber Frauen waren nun wirklich etwas anderes. Die Lady brauchte keine besondere Beobachtungsgabe, um festzustellen, dass die anderen Barbesucher ihn wie einen Paria behandelten. Für die meisten Frauen Grund genug, ihn zu meiden. Und bei seinen Körpermaßen war ein Gefühl der Sicherheit gewöhnlich das Letzte, was er bei Frauen auslöste. Dennoch verhielt sie sich so, als habe sie ihn sofort als „sicher" eingestuft, als jemanden, der ihr keinen Ärger machen würde. Auch wenn das natürlich stimmte, war ihr Verhalten den anderen männlichen Gästen gegenüber umso befremdlicher.

Während er seinen Apfelstrudel verspeiste, beobachtete er, wie Fred Claire erneut versuchte, sie anzufassen. Als Mary Ellen zurückschreckte, kippte eine Schale Erdnüsse um.

Steve zwang sich, sich auf sein köstliches Dessert zu konzentrieren, denn am Tisch neben der Tür ging nichts vor, worüber er sich Gedanken oder Sorgen hätte machen müssen.

Er war keineswegs mit Fred befreundet – oder sonst jemandem in Eagle Falls –, aber er traf diese Leute regelmäßig in der Bar und konnte sie inzwischen einschätzen. Fred hatte einen kürzeren Bürstenhaarschnitt als ein Marineinfanterist. Am liebsten trug er Arbeitshosen der Armee, spielte Video-Kriegsspiele, besaß etliche Waffen und versuchte, jeden dazu zu bringen, sich seine Verschwörungstheorien anzuhören. Nicht gerade ein Durchschnittsmann, aber im Grunde war er harmlos. Er prahlte gern, handelte jedoch nicht danach.

Plötzlich hallte lautes Gelächter durch das Lokal.

Steve aß weiter, ohne hochzusehen. Sie hatte keinen wirklichen Ärger. Fred war nicht besonders schwierig. Ein Lächeln oder eine Zurechtweisung hätte ihn wie jeden der anderen Jungs auch auf seinen Platz verwiesen. Seine Neckereien jedoch so ernst zu nehmen hieß, weitere heraufzubeschwören. Jede Frau, die einen Job in einer Männerkneipe hatte, wusste das eigentlich. Die Jungs hatten zu viel Bier getrunken. Ihre Hormone machten ihnen zu schaffen, und sie würden Mary Ellen keine Ruhe lassen, wenn sie sich jetzt nicht wehrte.

Kurz darauf schob sie ihm die Rechnung unter den Teller. Ihre Unterlippe sah ganz zerbissen aus. Und sie selbst wirkte müde und abgespannt.

„Ich bin gleich mit dem Wechselgeld zurück", sagte sie mit ihrer bezaubernd schüchtern klingenden Stimme.

Und noch ehe Steve seine Brieftasche hätte zur Hand nehmen können, war sie wieder weg. Sie brauchte ihm nicht herauszugeben. Er legte genügend Geldscheine auf den Tisch, sodass es auch für ein großzügiges Trinkgeld reichte. Sie hatte es sich verdient. Damit, so sagte er sich, ist meine Begegnung mit Mary Ellen beendet. Er dachte nur noch daran, schnell nach Hause zu kommen. Im Geist sah er schon sein breites Bett im Wohnwagen vor sich, wie er sich splitternackt unter die wärmende Daunendecke kuschelte. Er fühlte sich bis auf die Knochen müde.

Er hätte schwören können, dass er sie nicht länger beobachtete. Doch als er nach seinem Parka griff, schien sein Blick wie von selbst suchend durch den Raum zu wandern, und er entdeckte Mary Ellen genau in dem Moment, als Fred ihr einen Arm um die Taille legte.

Sie trug diesmal kein Tablett, doch sie hatte auch nicht mit diesem Annäherungsversuch gerechnet. Wenig anmutig landete sie auf Fred Claires Schoß. Fred sagte etwas – ohne Zweifel etwas Anzügliches, denn die anderen Männer brachen in schallendes Gelächter aus. Sie versuchte, von ihm wegzukommen. Fred versuchte, sie festzuhalten.

Mit einem unterdrückten Fluch sprang Steve auf. Eigentlich ging ihn das nichts an. Er hatte seine eigenen Probleme, und mit den Männern des Ortes auszukommen war sehr wichtig, damit er diese Probleme lösen konnte. Doch verdammt, sie war diesmal nicht rot geworden. Sondern kreidebleich. Selbst aus der Entfernung konnte er erkennen, dass sie nicht einfach nur verwirrt oder verlegen war, sondern regelrecht in Panik.

Er ging hinüber, so leise, dass niemand sein Kommen hörte, und zog die Lady kurzerhand von Freds Schoß.

„He!", protestierte Fred.

Es dauerte eine Sekunde, bis sie sicher auf den Beinen stand. In diesem kurzen Augenblick, in dem seine Hände auf ihrer Taille ruhten, spürte er die Wärme ihres Körpers, und ein feiner weiblicher Duft stieg ihm in die Nase. Völlig unerwartet durchzuckte ihn heftiges Begehren.

„He!", entfuhr es Fred erneut, und er hätte beinah den Tisch umgestoßen, als er vom Stuhl aufsprang.

Sein wettergegerbtes Gesicht war gerötet, und seine Augen funkelten vor Wut. Steve packte ihn blitzschnell am Kragen.

„Ich mache mir Sorgen um Sie, wenn Sie nach all dem vielen Bier noch nach Hause fahren wollen", sagte er ruhig. „Sollte Ihnen da nicht ein guter Freund helfen, wieder nüchtern zu werden?"

Als ob eine Bombe eingeschlagen hätte, war es plötzlich ganz still im Raum. Wenn man vom Geschrei des Sportreporters vom Fernseher

her absah. Niemand versuchte, Steve daran zu hindern, Fred zur Tür zu bugsieren. Niemand hatte Grund, sich einzumischen. War es doch die beste Unterhaltung, die sich den Männern heute Abend bot – außer zuzusehen, wie eine kleine Frau bedrängt wurde.

Der Wind hatte sich endlich gelegt, doch es war noch immer sehr kalt. Als Steve die Tür aufriss, nahm ihm die Kälte den Atem. Es war zwar dunkel, aber der frisch gefallene Schnee leuchtete weithin. Steve ließ Fred los, bückte sich, um eine Handvoll Schnee zu nehmen und Freds Gesicht damit abzureiben. Er hatte richtig vermutet. Diese Methode ernüchterte Fred augenblicklich. Er stieß mit der Faust nach ihm. Und dafür bekam er das Gesicht gleich ein zweites Mal gewaschen.

„Wo ich herkomme, bedrängt ein Mann niemanden, der kleiner ist als er. Nur Fieslinge tun das, und ich habe noch keinen Fiesling getroffen, der kein Feigling gewesen wäre. Also verstehen wir uns, oder wollen Sie das Ganze noch etwas länger diskutieren?"

Offenbar war Fred durchaus in der Laune zu einer längeren Diskussion, auch wenn er kein Wort über den Fiesling verlor. Stattdessen begann er zu fluchen und zu schimpfen, unterließ es jedoch, erneut zuzuschlagen.

„Hören Sie, Sie sind betrunken", sagte Steve ruhig. „Da ist es verdammt unklug, sich zu schlagen. Wenn Sie wieder nüchtern sind und sich dann immer noch mit mir prügeln wollen, dann soll mir das recht sein. Nur lassen Sie die Lady zufrieden, verstanden?"

Fred war anscheinend der Meinung, dass diese Zurechtweisung einen weiteren Ausbruch an Beschimpfungen erforderte. Geduldig hörte Steve ihm zu. Die Japaner hatten schon immer gewusst, dass ein Mann, der sein Gesicht verlor, zum Feind wird. Kein Mann vergaß eine Demütigung. Also ließ Steve ihm das letzte Wort aus dem gleichen Grund, aus dem er den Hitzkopf nicht vor seinen Kumpanen im Lokal abgekanzelt hatte. Er wollte sich Fred Claire nicht zum Feind machen. Oder sonst jemanden in Eagle Falls. Er wollte nur, dass Ms Blue Eyes in Ruhe gelassen wurde.

Nachdem Fred die Schimpfworte ausgegangen waren, blieb Steve abwartend stehen. Das aggressive Funkeln in Freds Blick verschwand, er wurde ruhiger. Er fror nur noch, hemdsärmelig, wie er war. Ein paar Minuten in klirrender Kälte glichen so manches aus. Selbst angeschlagene männliche Egos und Wutanfälle. Fred hatte keinen Spaß mehr.

Steve sah ihm noch einmal ins Gesicht. Dann ging er weg.

Männer! Genau die hatte Mary Ellen meiden wollen, und stattdessen war sie sozusagen vom Regen in die Traufe geraten. Natürlich, versagen war ja ihre Spezialität. Mit kleinen Fehlern gab sie sich gar nicht erst ab. Ihre Stärke waren schon immer die großen, klassischen, entsetzlich peinlichen Irrtümer gewesen.

Sie stopfte ihr Haar unter die Wollmütze und griff nach ihren Skistöcken. Während sie tief die klare, frische Luft einatmete, sagte sie sich erneut, dass ihr Umzug in diese Gegend das Beste war, was sie seit Langem getan hatte. Zugegeben, sie hatte den Anteil der männlichen Bevölkerung falsch eingeschätzt. Und auch nicht richtig über ihre Finanzen nachgedacht. In ihren schlimmsten Albträumen hätte sie sich nicht auszumalen gewagt, einmal in einer Bar arbeiten zu müssen. Aber es hatte einfach keinen anderen Job gegeben.

Wie auch immer, ihre Arbeit im „Samson's" fing erst um vier Uhr nachmittags an. Bis dahin hatte sie den Tag für sich.

Sie fuhr los, und ihre Langlaufskier pflügten eine frische Spur in den neu gefallenen Schnee. Ihre Umgebung empfand Mary Ellen wie eine Wunderwelt. Im Süden aufgewachsen, hatte sie nie solche Schneelandschaften erlebt. Die tief verschneiten Nadelwälder waren friedlich und still. Wo Sonnenlicht durch die Bäume fiel, wirkten die dunkelgrünen Zweige wie mit weiß glitzerndem Satin überzogen.

Sie wusste nicht, wohin sie fuhr. Es war ihr egal. Ausnahmsweise hatte sie nicht falsch eingeschätzt, wie gut diese abgelegene Gegend ihrem seelischen Gleichgewicht tat. Die Blockhütte, die sie gemietet hatte, war ein idyllisches Refugium für eine Frau, die vorhatte, wie eine Einsiedlerin zu leben. Weit und breit keine Familie, die sie enttäuschen konnte. Keine Nachbarschaft, die auf ihre nächste Misere wartete und natürlich immer alles hatte kommen sehen.

Und auch wenn ihr die Männer in der Bar zu schaffen machten, tagsüber brauchte sie einen Menschen mit einem Y-Chromosom nicht einmal von fern zu sehen, wenn sie nicht wollte. Und ganz sicher war keiner der Männer anziehend genug, um ihr impulsives Herz in Versuchung zu führen.

Unvermittelt kam ihr ein Hüne mit durchdringenden blauen Augen in den Sinn.

Sie hielt an dem Bild fest, einfach weil sie nichts zu befürchten brauchte. Sie erinnerte sich daran, wie groß der Fremde war, wie intensiv sein Blick. Und dass sie sofort gedacht hatte, wie unglaublich gut er aussah, und sich genau aus diesem Grund selten sicherer gefühlt hatte. Gut aussehende Männer stellten ihr nie nach. Dazu war sie viel zu unscheinbar.

Und wenigstens diesmal hatte sie einen Mann richtig eingeschätzt. Die ganze Zeit über, während sie ihn bediente, war er nett und freundlich, aber er hatte sie nicht geneckt oder mit ihr zu flirten versucht. Er war einfach nicht der Typ Mann, der sich je für sie interessieren würde. Sein kantiges Gesicht hatte etwas Robustes und wirkte dadurch ungemein attraktiv. Die Linien um seine Augen und seinen Mund herum gaben ihm Charakter. Ein Gesicht, das sie nicht so schnell vergessen würde.

Genauso wenig, wie er plötzlich aufgestanden war und Fred Claire nach draußen bugsierte. Zu dem Zeitpunkt war ihr gar nicht richtig bewusst, dass er ihr zu Hilfe gekommen war. Er hatte sich wie ein Jäger bewegt, schnell und sicher, und Fred ins Freie gezogen, ehe jemand so recht begriff, was vor sich ging. Er hatte kein Wort verloren und war auch nicht zurück ins Lokal gekommen. Mary Ellen wusste noch immer nicht, was er eigentlich getan hatte, doch nachdem Mr Fiesling an seinen Tisch zurückgekehrt war, war er die Höflichkeit in Person und ließ sie seit nunmehr schon drei Abenden völlig in Ruhe.

Sie schuldete dem Hünen einen Riesendank.

Falls sie ihn je wiedersah. Im Moment jedenfalls hatte sie anderes vor. Schwungvoll fuhr sie auf ihren Skiern durch den neu gefallenen Schnee. Langlauf war noch neu für sie, und sie fiel gelegentlich hin, doch sie wurde zusehends besser.

Jeden Tag fuhr sie ein Stück weiter und erkundete andere Gegenden. Bei ihrer Ankunft war sie derart niedergeschlagen gewesen. Ab und zu dachte sie noch immer an Johnny. Ab und zu wachte sie noch immer schweißgebadet auf, nachdem sie von einer Braut im weißen Brautkleid geträumt hatte, die Heiligabend in der Kirche stand, umgeben von allen Hochzeitsgästen, und auf den Bräutigam wartete, der dann doch nicht erschien.

Diese demütigende Erfahrung hatte sie noch immer nicht verwunden, doch inzwischen hatte sie erkannt, dass diese eine Zurückweisung nicht ihr eigentlicher Kummer war. Der war vielmehr, dass sie sich wieder einmal getäuscht hatte. Dass sie sich einmal mehr ungeliebt und wertlos fühlte. Johnny hatte sich als Versager erwiesen, aber um Johnny ging es nicht wirklich. Sondern um ihr Selbstwertgefühl, von dem nach dieser bösen Erfahrung fast nichts mehr übrig war.

Auf Anhieb war das nicht zu ändern, aber sie arbeitete daran.

Als Mary Ellen gegen einen Tannenzweig stieß, rieselte der Schnee in großen Flocken herab, und sie lachte leise auf. Es war gar nicht so schwer, glücklich zu sein. Es war gar nicht so unmöglich, wieder zu lachen. Zu leben war ein wunderbares Geschenk, und sie entdeckte jeden Tag weitere Geschenke.

Sie erklomm einen Hügel und fuhr dann in ein kleines Tal hinab. Unten angekommen, hielt sie inne, atemlos und ganz begeistert, und nahm den Kompass zur Hand. Nordost. Wenn sie in der gleichen Richtung weiterfuhr, würde sie auf den Lake Superior stoßen. Obwohl ihr die Gegend völlig unbekannt war, fürchtete sie nicht, sich zu verirren. Sie steckte den Kompass zurück in ihre Jackentasche und war gerade dabei, wieder ihren Handschuh anzuziehen, als sie das Tier sah.

Angst hatte sie in diesem Moment überhaupt nicht. Es sah wie ein Hund aus, genauer wie ein Husky. Er hatte eine lange Schnauze und spitze Ohren und starrte sie mit seinen glänzenden tiefschwarzen Augen wie hypnotisiert an. Sein wunderbar dichtes Fell war fast so weiß wie der Schnee. Er sah einfach hinreißend aus, wie er so dastand auf einem Erdhügel, keine dreißig Meter von ihr entfernt. Königlich erhaben und reglos wie eine Statue.

„He, du", sagte sie leise. „Hast du dich verlaufen?"

Sie hatte in sanftem Flüsterton gesprochen – sie hatte sich augenblicklich in ihn verliebt –, doch seine Reaktion war alles andere als sanft. Er fletschte die Zähne, die kräftig und spitz aussahen, und knurrte. Und das klang derart wild, dass es ihr den Atem verschlug.

Das war kein Hund. Ausgeschlossen. Kein Husky war so groß. Kein Haustier stieß solche wilden, urtümlichen Laute aus. Es musste ein Wolf sein.

Mary Ellen versteifte sich. Sie konnte nicht einmal mehr schlucken. Sie wurde von nackter Angst gepackt.

Der Wolf kam noch fünf Schritte näher und knurrte dabei die ganze Zeit über bedrohlich. Seine Botschaft war nicht schwer zu verstehen. Er mochte sie nicht. Mit Begeisterung hätte sie kehrtgemacht und wäre geflohen, wenn sie nicht zu viel Angst gehabt hätte, sich zu bewegen. Sie vernahm noch ein Knurren und wandte den Kopf.

Da stand noch einer. Lieber Himmel. Noch zwei – nein, drei. Sie waren anders gefärbt, von kohlschwarz bis grau gestreift. Keiner von ihnen war so groß wie der weiße Wolf, aber die paar Pfund Gewichtsunterschied waren kein großer Trost. Sie sah, dass sie eingekreist wurde.

Kaum merklich kamen sie durch den Schnee näher, duckten sich immer wieder hinter Bäumen, ließen sie jedoch nicht aus den Augen.

Panik schnürte Mary Ellen die Kehle zu. Ihr fiel der Abend ein, an dem sie sich hatte umbringen wollen. Das war ihr natürlich nicht ernst gewesen. Sie war einfach so wütend auf sich selbst gewesen. An ihrer Hochzeit sitzen gelassen zu werden hatte das Fass zum Überlaufen gebracht. Zu oft hatte sie sich demütigende, peinliche Fehler geleistet. Aber wirklich sterben hatte sie eigentlich nie wollen. Und im Wald von einem Rudel Wölfe in Stücke gerissen zu werden wollte sie schon gar nicht.

Es war mit Sicherheit äußerst schwierig, ihre Selbstachtung zurückzugewinnen. Aber sie wollte eine Chance. Stumm schickte sie ein Stoßgebet zum Himmel.

Der weiße Wolf hob den Kopf und begann zu heulen.

In dem einsamen Wald hallte sein Geheul wider wie ein Schrei aus ihrem eigenen Herzen. Sie schluckte. Tränen traten ihr in die Augen, die ihren Blick verschwimmen ließen.

Die Wölfe kamen näher. Am liebsten wäre sie auf und davon gerannt. Doch wie hätte sie das mit Skiern an den Füßen bewerkstelligen sollen? Rings um sie herum standen Bäume. Aber auf einen zu klettern war wegen ihrer Skier ebenso unmöglich. Himmel, es musste einen Ausweg geben. Sie musste nur ihr Gehirn anstrengen.

„Bleiben Sie stehen! Laufen Sie nicht weg! Bewegen Sie sich nicht! Bleiben Sie einfach stocksteif stehen!"

Eine menschliche Stimme. Eine männliche zwar, aber im Moment war sie nicht wählerisch. Sie fuhr herum. Nichts auf der Welt hätte sie davon abhalten können, auf diese Stimme zu reagieren.

„Meine Güte, bin ich froh, dass Sie hier sind …"

„Zum Kuckuck, hören Sie auf mich! Bewegen Sie sich nicht!"

2. KAPITEL

*M*ary Ellen tat, wie ihr geheißen. Sie erkannte den hünenhaften Mann aus dem Restaurant, obwohl sie ihn nur flüchtig ansah. Ihr Blick war wie hypnotisiert auf das Gewehr gerichtet, das er bei sich hatte. Sie würde nicht sterben müssen. Die Wölfe würden sie nicht anfallen.

„Erschießen Sie sie doch endlich!"

„Immer mit der Ruhe. Ich bin mir ziemlich sicher, dass das nicht nötig ist."

Seine ruhige, fast träge Stimme beruhigte sie ein wenig. „Falls Sie es noch nicht gemerkt haben, ich glaube, diese Burschen haben vor, mich zum Mittag zu verspeisen."

„Ja, sie sind Ihretwegen nicht allzu glücklich." Er warf einen Blick auf die Tiere, dann wieder auf sie. „Versuchen Sie, das Ganze aus ihrer Sicht zu sehen. Der Mensch ist ihr schlimmster Feind. Und Sie sind nicht nur in ihr Territorium eingedrungen, Sie befinden sich auch keine fünfhundert Meter von einer Höhle mit Jungen entfernt. Sie versuchen nur, ihren Nachwuchs zu beschützen."

Offenbar war er der Meinung, dass diese Information wichtig war und sie Zeit für eine kleine Plauderei hatten. Sie sah das anders. „Tut mir leid, dass ich sie aufgeschreckt habe. Wenn ich mich in Luft auflösen könnte, glauben Sie mir, ich würde es nur allzu gern tun. Also, ich wäre Ihnen dankbar, wenn Sie mit diesem Gewehr wenigstens auf sie zielen würden."

„Da muss ich Sie enttäuschen, das ist nur ein Betäubungsgewehr. Ich kann damit zwar auf sie schießen, wenn es sein muss, aber das ist eine schlechte Alternative. Das Beruhigungsmittel würde sie mehrere Stunden außer Gefecht setzen. Sie wären Wind und Wetter ausgeliefert und anderen Raubtieren, und die Droge würde ihnen noch tagelang zu schaffen machen. Entspannen Sie sich doch einfach, okay? Außer Sie anzuknurren tun sie Ihnen doch nichts. Sie haben das Recht, Ihnen eine Lektion zu erteilen. Sie haben einen Fehler gemacht."

„Das ist nichts Neues. Quasi meine Lebensgeschichte", murmelte sie.

„Wie bitte?"

„Ach nichts. Ich kann keinen klaren Gedanken fassen. Lieber Himmel, sie kreisen mich ja immer noch ein!"

„Ich weiß. Und ich weiß auch, dass Sie Angst haben, aber Sie bewahren wirklich die Ruhe. Ich bin stolz auf Sie. Den meisten Männern wären längst die Nerven durchgegangen. Sie machen das großartig. Wir unterhalten uns einfach weiter, okay? Und während wir reden, lösen Sie bitte die Bindung an Ihren Skiern. Ganz langsam, ganz vorsichtig. Vergessen Sie die Wölfe einfach. Sehen Sie mich an."

Er täuschte sich gründlich. Sie war alles andere als ruhig. Vielmehr war sie nah daran, völlig die Fassung zu verlieren. Und mit Sicherheit hatte sie nichts getan, um das Lob des Fremden zu verdienen. Dennoch blickte sie ihm direkt ins Gesicht, weil er sie darum gebeten hatte. Und irgendwie gelang es ihr, ihre Skier abzustreifen, weil er sie auch darum gebeten hatte. Der Mann hatte die Stimme eines Rattenfängers – tief und leicht heiser und geradezu zwingend verführerisch. Mit diesem verruchten sexy Unterton konnte er wahrscheinlich sogar eine Nonne zum Striptease überreden, aber das erklärte nicht, warum sie ihm gehorchte. Dafür konnte es nur einen Grund geben.

Sie musste den Verstand verloren haben.

Es war nicht fair, einen Mann in einer Ausnahmesituation zu beurteilen, aber sie wurde das Gefühl nicht los, dass er nicht ganz zurechnungsfähig war. Die Wölfe kamen nach wie vor knurrend näher. Und er war völlig ruhig und gelassen. Für Mary Ellen Anzeichen genug, dass er die Lage nicht richtig einzuschätzen verstand. Aus irgendeinem Grund waren sein Parka und seine Jeans vorn voller Schnee. Die Kapuze hatte er zurückgestreift, sodass sie sah, dass sein pechschwarzes Haar ganz zerzaust war. Es schien mit vertrockneten Blättern dekoriert zu sein, aber das ergab keinen Sinn. Noch weniger Sinn ergab allerdings, dass er seinen Parka öffnete, während er langsam auf sie zukam.

Im Restaurant hatte sie ihm instinktiv vertraut, instinktiv gespürt, dass er nicht der Typ Mann war, der einer wehrlosen Frau nachstellte. Dabei hätte sie eigentlich wissen müssen, dass ihre Einschätzung von Männern keinen Pfifferling wert war. Offenbar hatte sie sich die Intelligenz in seinen blauen Augen nur eingebildet. Er konnte einfach nicht besonders clever sein, wenn es ihm anscheinend völlig entging, dass ihr Leben in Gefahr war. Zum Teufel, seins genauso. Das Knurren der Wölfe hörte sich gereizt und hungrig und gemein und überaus wild an. Und dieser verdammte Narr von einem Riesen war dabei, sich bei der Kälte den Parka auszuziehen, als ob ihm nichts Besseres einfiele.

„Ich möchte, dass Sie meine Jacke anziehen."

„Sie wollen, dass ich Ihre Jacke anziehe?"

„Und meinen Schal und meine Handschuhe."

„Und Ihren Schal und Ihre Handschuhe", wiederholte sie wie ein Papagei. Ihr schoss der Gedanke durch den Kopf, ob sie vielleicht Halluzinationen hatte. Sie hatte jede Menge Erfahrung mit Peinlichkeiten. Mit Situationen fertigzuwerden, in die sonst keine normale Frau geriet, war ihre große Stärke. Dennoch hatte nichts sie darauf vorbereitet, dass sie einmal eine alberne Unterhaltung mit einem Verrückten führen würde, während sie von Wölfen umzingelt wurde.

„Sie kennen meinen Geruch."

„Na großartig."

Mit dieser trockenen Bemerkung hatte sie ihn kaum belustigen wollen, doch er verzog den Mund zu einem Schmunzeln. „Ich habe das Gefühl, wir sollten uns ein paar Meter zurückziehen. Ich heiße übrigens Steve. Steve Rawlings. Irgendwie ging ich davon aus, Sie wüssten, wer ich bin. Meine Anwesenheit im Ort verursacht viel Gerede."

„Ich bin neu in Eagle Falls und nicht unbedingt auf Schwätzchen mit den Nachbarn aus."

„Dann wussten Sie also nicht ... Diese Wölfe sind mein Job. Ich bin Verhaltensforscher. Ich studiere und arbeite mit Tieren wie zum Beispiel Wölfen, und gegenwärtig beschäftige ich mich mit diesem Rudel hier. Ich wäre dafür verantwortlich, wenn jemand durch sie zu Schaden kommt, und ich werde auf keinen Fall zulassen, dass Ihnen etwas geschieht, okay?" Nach einem Moment fuhr er ruhig fort: „Der Grund, warum ich Sie bitte, meinen Parka anzuziehen, ist einfach der, dass er meinen Geruch hat. Und mich kennen sie. Weißer Wolf, den Rudelführer, kenne ich sogar von klein auf. Ich möchte Ihnen nichts vormachen – die Situation ist nicht ungefährlich. Wölfe sind keine Hunde, sondern wilde Tiere. Und es ist gefährlich, einem wilden Tier zu trauen. Aber ich glaube, unsere Chancen stehen gut."

Inzwischen stand er direkt vor ihr. Er war so groß, dass sie den Kopf heben musste, um ihm in die Augen zu sehen. „Falls Sie mir etwa Mut machen wollen, muss ich Ihnen leider sagen, dass Ihre Mühe vergeblich ist. Mir wird jede Minute schlecht."

„Ach wo. Sie bleiben ganz ruhig. Ich habe nichts anderes von Ihnen erwartet. Als ich Sie im Lokal sah, dachte ich mir, das ist einmal eine Lady, die in einer Krise nicht gleich die Nerven verliert. Nein, nein, sehen Sie sie nicht an. Sehen Sie mich an. Keine Bange. Sie machen das prima. Obwohl ..."

„Obwohl?" Für einen Moment war sie verwirrt. Nein, sie war nicht der Typ, der bei Ärger cool blieb. Vielmehr verlor sie in jeder Krise den Kopf. Jetzt war es nicht anders. Sie hatte solche Angst, dass sie gleich durchdrehte. Wie er einen derart falschen Eindruck von ihr bekommen konnte, war ihr schleierhaft.

„Obwohl …" In seinen Augen blitzte es erneut amüsiert auf. „… es sicher helfen würde, wenn Sie Ihre Skistöcke weniger eisern umklammern würden."

Sie merkte erst, wie fest sie sie hielt, als er ihre verkrampften Fäuste von den Stöcken zu lösen begann. Das Gewehr zwischen die Knie geklemmt, half er ihr dann in die Ärmel seines Parkas. Eine etwas mühsame Prozedur, denn obwohl seine Jacke ohne Weiteres über ihre eigene passte, sah sie sich außerstande, beim Anziehen mitzuhelfen. Sie verspürte ein seltsames Kribbeln im Magen.

Ihre Reaktion auf seine Nähe konnte nicht sexueller Natur sein. Unmöglich. Sex war nun wirklich das Letzte, was sie im Sinn hatte. Nicht nur wegen der Situation, in der sie sich befanden. Nein, überhaupt. Andere Frauen schienen automatisch eine übermächtige Anziehung in Gegenwart eines attraktiven Mannes zu verspüren. Sie nicht. Sie musste einen Mann erst näher kennen.

Da also sexuelle Regungen nicht der Grund für das Prickeln in ihrer Magengrube sein konnten, musste es das Fremdartige an ihm sein. Er arbeitete mit Wölfen. Das konnte sie sich schwer vorstellen. Er hatte versprochen, dass er nicht zulassen würde, dass ihr etwas geschah. Dass sie ihm das glaubte, war noch schwerer vorstellbar. Weiß der Himmel, sie hatte nicht nur einmal die Konsequenzen dafür getragen, dass sie Versprechen von Männern für bare Münze genommen hatte.

Sie hatte sich ganz gut im Griff gehabt. Bis er ihr derart nahe gekommen war. Als er ihr den Wollschal um den Hals schlang, streifte er ihre Wange. Der Schal hatte den herb-männlichen Duft seiner Haut angenommen, und seine Berührung ließ ihr einen wohligen Schauer über den Rücken laufen. Sie versuchte, sich Johnnys Gesicht ins Gedächtnis zu rufen, das sie bisher immer an ihre Fehler erinnert hatte. Nur diesmal klappte es nicht. Steve war nicht Johnny. Er war mit keinem Mann, den sie kannte, zu vergleichen, und plötzlich überkam sie das Gefühl, dass er sehr viel gefährlicher werden könnte als seine Wölfe.

Hochgewachsen, wie Steve war, nahm er ihr die Sicht auf die umstehenden Bäume, die blasse Wintersonne. Sie sah sein Gesicht zum ersten Mal derart nah. Seine deutlichen Augenfältchen und Linien auf der Stirn hatte er bestimmt nicht vom Schachspielen in der warmen Stube bekommen. Er wusste, was er wollte. Sein markantes Kinn war selbstbewusst vorgereckt, sein wirres Haar und die dichten, geschwungenen Brauen gaben ihm etwas Ungezähmtes. Kräftig gebaut, wie er war, konnte ihn sicher niemand davon abhalten, genau das zu tun, was er wollte.

Als er den Reißverschluss des Parkas bis unter ihr Kinn hochzog, sah er ihr tief in die Augen. Er sagte nicht: „Komm, entscheide dich, Mary Ellen." Und auch nicht: „Verdammt, ich bin versucht, dir etwas zu geben, was dich sehr viel mehr beunruhigen dürfte als ein paar alte Wölfe." Reine Einbildung, dass er sie auf eindringliche, intime Art und Weise musterte. Er wollte sie nicht. Zum Kuckuck, er kannte sie ja nicht einmal. Sie bildete sich das alles bloß ein, weil sie derart durcheinander war.

„Sie haben aufgehört", sagte sie.

„Aufgehört?"

„Die Wölfe heulen nicht mehr." Als Steve zurücktrat, um sich umzuschauen, atmete sie tief durch. „Ich sehe sie nicht mehr. Glauben Sie, dass sie weg sind?"

„Nein. Sie sind noch in der Nähe. Aber offenbar haben sie es sich überlegt und wollen sich benehmen. Was mich vor eine schwierige Entscheidung stellt."

Erneut betrachtete er sie eingehend. Erneut verspürte sie ein Prickeln, als ob ihr ganzer Körper von einer Hitzewelle erfasst würde. Unsinn. Sie trug zwei Daunenparkas. Da war ihr natürlich sehr warm. Es hatte nichts damit zu tun, wie intensiv er sie anschaute.

„Was denn für eine Entscheidung?"

„Ich lasse Sie nicht allein", versicherte er ihr sofort. „Mein Pick-up steht hinter dem nächsten Hügel, etwa eine Viertelmeile von hier. Ich werde Sie nach Hause fahren. Aber es würde mir helfen, wenn Sie noch ein paar Minuten bei mir bleiben könnten."

„Bei Ihnen bleiben?"

„Ich habe noch etwas zu tun", gestand er. „Als die Wölfe zu heulen anfingen, hatte ich erst die Hälfte der Jungen gefüttert. Es sind insgesamt sieben, und der Rest ist noch hungrig. Sie nach Hause zu fahren und wieder herzukommen würde eine Weile dauern. Es wäre einfacher, die Fütterung gleich zu Ende zu bringen, aber ich weiß nicht, wie durcheinander oder verängstigt Sie sind."

Sie hätte es ihm sagen können. Nämlich dass ihre erste Begegnung mit Wölfen, so tierlieb sie auch war, sie ein für alle Mal davon abhalten würde, je wieder in die Nähe dieser speziellen Tiergattung kommen zu wollen.

Aber verflixt. Steve hatte sie gerettet. Jetzt schon zweimal. Sie war ihm etwas schuldig, und was machte es schon, wenn sie noch ein paar Minuten Angst ausstand?

„Ich bin gar nicht durcheinander", erklärte sie und musste sich räuspern, weil ihr die faustdicke Lüge fast im Hals stecken geblieben wäre. „Aber Sie müssen schnell nach Hause. Ohne Jacke werden Sie sich sonst erkälten."

Über seiner Jeans trug er nur einen grauen grob gestrickten Alpaca-Pullover.

„Ja, mir ist kalt. Aber die Jungwölfe sind noch so klein, dass es fraglich ist, ob sie überhaupt überleben."

„Es ist also wichtig, dass sie jetzt sofort gefüttert werden, oder?" Mary Ellen schlug erneut das Gewissen. Babys waren Babys. Wie konnte sie es verantworten, dass die Kleinen hungerten? Dennoch, sie hatte ihm nur eine Frage gestellt. Nicht gesagt, dass sie liebend gern hierbleiben und ihr Leben noch eine Weile aufs Spiel setzen würde. Doch seine Reaktion auf ihr kurzes Zögern war ein träges, durch und durch männliches Grinsen.

„Ich hätte wetten können, dass Sie Ja sagen. Es wirft Sie nicht so schnell etwas um, stimmt's? Es wäre allerdings möglich, dass wir unser Glück herausfordern, wenn auch unwahrscheinlich. Weißer Wolf hätte sich nicht zurückgezogen, wenn er seine Meinung über Sie nicht geändert hätte. Trotzdem werden wir langsam und behutsam vorgehen. Haben Sie schon einmal kleine Wölfe gesehen?"

Nein, hatte sie nicht – und es auch nie vorgehabt. Einen Augenblick lang genoss sie es, dass er ihren Mut respektierte. Aber dieses Hochgefühl verflog rasch. Er täuschte sich gründlich. Sie verdiente seinen Respekt nicht. Denn sie war alles andere als mutig. Sie hatte es einfach nie gelernt, Nein zu sagen. Eine Charakterschwäche, die sehr dazu beigetragen hatte, dass sie in der Vergangenheit immer wieder in Teufels Küche geraten war.

Ehe Mary Ellen es sichs versah, ergriff Steve ihre Hand. Und schon durchquerten sie das tief verschneite Tal. Ohne jede Deckung. Leichte Beute für Wölfe oder Bären oder sonstige Raubtiere. Außer ihren Skiern hatte er sich sein Gewehr unter einen Arm geklemmt, konnte es also nicht schnell zum Einsatz bringen, selbst wenn es nötig wäre.

Sie erklommen einen Abhang, umrundeten einige Tannen und stiegen dann einen Erdhügel hinab. Unter der frisch gefallenen Schneeschicht war der Schnee vereist, und es war mühsam, in ihren Skistiefeln voranzukommen. Obwohl er in seinem Pullover frieren musste, bewegte er sich nicht besonders schnell, und er ließ nicht für einen Moment ihre Hand los. Durch die dicken Handschuhe wurde ein Hautkontakt vermieden, doch sein fester Griff gab ihr ein Gefühl der Sicherheit. Er würde darauf achten, dass sie nicht hinfiel.

Die ganze Zeit über unterhielt er sich mit ihr in dieser trägen, ruhigen Baritonstimme. Zu sprechen war unbedingt erforderlich, wie er ihr sagte. Wölfe hatten ein sehr feines Gehör. Wenn er redete, wussten sie, wo er war, wer er war, und ein ruhiger Tonfall vermittelte ihnen, dass er ihnen nichts Böses wollte. Wölfe waren von Natur aus nervös.

Mary Ellen hatte keine Ahnung, ob es ihm gelang, die Tiere zu beruhigen, doch seine tiefe, leicht raue Stimme hatte eine ungeahnte Wirkung auf sie selbst. Er sprach von nichts anderem als den Wölfen. Und sie fragte sich, ob er merkte, wie viel er dadurch von sich selbst preisgab.

Die Insel Royale, so erzählte er ihr, lag keine dreißig Meilen von hier im Lake Superior. Seit Ende der Fünfzigerjahre gehörte die Insel zu den wenigen Gebieten im Land, wo die gefährdeten Grauwölfe unter Schutz standen. Jedoch seit ein paar Jahren waren sie akut vom Aussterben bedroht. Ihre Zahl ging von fünfzig auf elf zurück. Niemand konnte sich erklären, wo das Problem lag. Den Wölfen stand genügend Nahrung zur Verfügung. Die Winter waren nicht übermäßig streng. Auch Krankheiten oder Alter schienen nicht die Ursache zu sein. Sie bekamen einfach keine Jungen. Die einleuchtendste Theorie für diese Tatsache war, dass etwas mit den Genen nicht stimmte. Dass die drei überlebenden Rudel unter Inzucht litten. Die Wölfe brauchten frisches Erbgut, um nicht auszusterben.

„Vor zwei Jahren flog ich Weißer Wolf ein. Er stammt aus Alaska – wo ich damals arbeitete. Zusammen mit ihm brachte ich sein favorisiertes Weibchen und zwei Rüden aus seinem Rudel hierher und siedelte sie auf der Insel an. Sie paarten sich, und alles schien in Ordnung zu sein. Bis zu diesem Winter."

Normalerweise bildeten die eisigen Fluten des Lake Superior eine natürliche Barriere zwischen der Insel und der Upper Peninsula. Doch in strengen Wintern wie diesem bildete sich auf diesem Abschnitt des Sees auch schon einmal Eis.

„Die verdammten Dummköpfe sind über das Treibeis herübergekommen und haben es sich in den Kopf gesetzt, sich hier auf der Halbinsel häuslich niederzulassen."

Es fiel Mary Ellen schwer, von Wölfen liebevoll als „Dummköpfen"
zu reden, doch für Steve schien das ein Leichtes.

„Niemand will sie. Wölfe hat nie jemand gewollt. Für romantische
Geschichten sind sie gut, wie Jack London sie geschrieben oder Walt
Disney verfilmt hat, aber wenn erst einer in deinem Garten auftaucht,
sieht die Sache gleich anders aus. Der Mensch hat sich schon immer vor
Wölfen gefürchtet – so einfach ist das. Und kein Gesetz hat sie je davor geschützt, gnadenlos gejagt zu werden. Sie müssen unbedingt auf die Insel
zurück. Zum einen, weil die Art ohne dieses neue Blut sonst nicht überlebt. Zum anderen, weil ihre Chance, hier am Leben zu bleiben, gleich
null ist. Deshalb bin ich hier – um sie auf die Insel zurückzubringen. Allerdings bin ich völlig unerwartet auf ein kleines Hindernis gestoßen."

„Ein kleines Hindernis?" Mary Ellen konnte sich nicht vorstellen,
was er damit meinte. Er sprach vom Einfangen und Rücktransport der
Wölfe, als ob das für ihn ein ganz normales Projekt sei.

„Die Gefährtin von Weißer Wolf wurde vor ein paar Tagen erschossen. Und zu allem Unglück hatte sie knapp zehn Tage vorher Junge
geworfen."

„Jemand hat die Mutter erschossen?" Noch vor Kurzem hatte sie
Steve aufgefordert, das Gewehr auf die Tiere zu richten, um sie zu töten. Dieses weiße Ungetüm von einem Wolf und seine Kumpane hatten ihr große Angst eingeflößt und taten das noch immer. Aber bisher
hatte sie die Wölfe nicht als verwundbare Kreaturen gesehen. Hatte
sich nicht vorgestellt, dass eine junge Mutter erlegt werden konnte und
neugeborene Babys hilflos zurückließ. „Ich hätte mir denken können,
dass mit der Wolfsmutter etwas passiert ist. Andernfalls hätten Sie wohl
keinen Grund, die Jungen zu füttern."

„Wenn eine Wolfsmutter stirbt, übernimmt normalerweise ein anderes Weibchen im Rudel deren Rolle. Doch in diesem Rudel ist nur
noch ein weiteres Weibchen. Sie ist nicht mehr die Jüngste und kann die
Kleinen nicht säugen. Deshalb füttere ich sie fünfmal am Tag. Leider
sind sie noch zu klein und zu schwach, um sie sofort umzusiedeln. Und
das restliche Rudel ... sie gehen nicht weg. Nicht ohne ihren Nachwuchs. Kein Mensch auf der Welt versteht die Loyalität eines Wolfs.
Er opfert sein Leben, um die, die er liebt, zu schützen. Sie kümmern
sich umeinander. Dieser Instinkt ist so tief in diesen Tieren verwurzelt
wie ihr elementarer Trieb, zu fressen."

Steve griff nach ihrem Arm, weil sie beinah ausgerutscht wäre. Sie
hatte nicht auf den Weg geachtet, sondern nur ihn angesehen. Sein

Gesicht war von der Kälte ganz gerötet, doch die niedrigen Temperaturen schienen ihn nicht zu kümmern. Schnell ließ er ihren Arm wieder los. Er hatte sie durch seinen Zugriff genauso selbstverständlich vor einem Sturz bewahrt, wie er von den Wölfen sprach. Seine Zuneigung für diese Tiere ist kein Zufall, dachte Mary Ellen. *Er ist wie sie. Ein einsamer Wolf.* Ein Mann, dem Loyalität etwas bedeutete, der bereitwillig persönliche Opfer für etwas, das ihm wichtig war, brachte. Ein Mann, der instinktiv seine Mitmenschen beschützte. Offenbar hatte er seine Arbeit und seinen Lebensstil bewusst gewählt. Diese Art der Stärke und diese Art der Einsamkeit hatte sie noch bei keinem Mann erlebt.

Aber ein Außenseiter zu sein, wie das war, wusste sie. Ihr ganzes Leben lang war sie eine Außenseiterin gewesen.

„So, und wie lange müssen Sie mit diesem Problem fertigwerden?", erkundigte sie sich.

„Es dauert mindestens einen Monat, wenn nicht länger, bis die Welpen kräftig genug für eine Umsiedelung sind. Und das Ganze ist ohnehin ein Glücksspiel. Manche würden vielleicht sagen, es ist idiotisch, das Rudel zusammenhalten zu wollen. Es ist ja nicht so, dass ich die Kleinen nicht in einen Zoo bringen könnte. Aber sie würden sich später nie in freier Wildbahn zurechtfinden, wenn ich sie jetzt vom Rudel trenne. Die Altwölfe bringen ihnen bei, wie man überlebt, und das könnte kein Mensch tun. Es ist wirklich fraglich, ob ich sie alle zusammen retten kann. Am Donnerstag findet im Ort eine Versammlung statt. Ich weiß verdammt gut, dass sie am liebsten die Jagdsaison auf meine Kumpel eröffnen würden."

Mary Ellen sah Steve erneut von der Seite an. Die ganze Zeit über hatte er in diesem bedächtigen, trägen Tonfall gesprochen. Die Versammlung hatte er so beiläufig erwähnt, als sei das nicht wichtiger als ein Sonntagsspaziergang. Doch es musste hart sein, als unbeliebter Fremder ein unbeliebtes Anliegen zu vertreten. Es musste sehr viel Mut dazugehören, der Bevölkerung eines ganzen Ortes gegenüberzutreten, die ihn praktisch als Feind betrachtete.

Sie wusste, wie es war, wenn man von anderen beurteilt wurde. Daher war es wohl nur natürlich, dass sie sich gefühlsmäßig zu ihm hingezogen fühlte. Auch sie war eine Einzelgängerin, wenn auch nicht freiwillig. Am liebsten hätte sie die Hand nach ihm ausgestreckt und ihn berührt, als wären sie irgendwie Verbündete. Doch es gab keine Gemeinsamkeiten zwischen ihnen. Er hatte Mut. Sie nicht. Er hatte die Stärke, sich für etwas einzusetzen, sich schwierigen Situationen zu stellen. Ihre Antwort auf die schwierige Situation mit Johnny war gewesen, klein beizugeben und dann auf und davon zu rennen, feige, wie sie nun einmal war. Sie senkte den Blick.

„Ich nehme an, ein solches Problem ist Ihnen nichts Neues?"

Statt zu antworten, blieb er unvermittelt stehen, und Mary Ellen wusste nicht, warum. Der schroffe Abhang sah nicht anders aus als andere Abhänge in der Umgebung – unwegsam und bewaldet. Nirgends gab es Fußspuren, kein Anzeichen dafür, dass je ein Mensch diese abgelegene Gegend erforscht hätte. Dann jedoch entdeckte sie eine olivgrüne Box, die an eine Picknick-Box erinnerte.

Steve nahm den Deckel ab. Statt Picknick-Zubehör waren seltsam aussehende Babyflaschen zwischen Wärmflaschen darin verstaut. Er nahm eine heraus und zeigte sie ihr. „Diese Flaschen habe ich vom Krankenhaus in Houghton. Sie sind für Babys mit gespaltenen Gaumen gedacht, aber man kann sie ebenso gut für Welpen einsetzen."

Mary Ellen trat näher. Als sie den Geruch des Flascheninhalts wahrnahm, rümpfte sie die Nase.

Er lachte. „Ich hätte sie warnen sollen. Die Ersatzmilch duftet nicht gerade aromatisch."

„Lieber Himmel, was ist denn da drin?"

„Jede Menge nicht gerade appetitlicher Zutaten. Angefangen von rohem Eigelb bis hin zu diversen Vitaminpülverchen. Ihnen vorzugaukeln, dass das die Milch ihrer Mama ist, war ein mühseliges Unterfangen. Aber egal. Sind Sie bereit, sich zu verlieben?"

Überrascht suchte sie seinen Blick. „Wie bitte?"

Bedächtig studierte er ihr Gesicht, als seien ihre geröteten Wangen das Faszinierendste, was er seit Langem gesehen hatte. „Sie wissen nicht genau, was Sie denken sollen, stimmt's? Sie glauben nicht, dass Sie versucht werden könnten, sich um sie zu kümmern. Für die meisten Leute ist ein Wolf ein Wolf, und diese kleinen Kerle haben bestimmt nichts mit einem Cartoon von Walt Disney gemein. Sie sind von Geburt an wild und misstrauisch, haben kein Interesse daran, gezähmt zu werden. Aber ich habe das komische Gefühl, Mary Ellen, dass Sie sich hoffnungslos verlieben werden."

Natürlich sprach er von den jungen Wölfen. Nicht von sich. Nicht von ihnen beiden. Nicht für einen Moment hatte sie angenommen, er würde etwas anderes meinen. Es war nur dieses tiefe Timbre in seiner Stimme, als er ihren Namen aussprach – sie hatte nicht einmal gewusst, dass er ihn kannte –, das sie plötzlich erschauern ließ. Blitzschnell wandte sie den Blick von ihm ab.

„Also, wo sind sie?", fragte sie ungeduldig.

„Hier." Nachdem Steve sich zwei Flaschen unter seinen Pullover gestopft hatte, bückte er sich unter die tief hängenden Zweige einer Fichte und legte sich dann bäuchlings in den Schnee.

Eher vorsichtig als neugierig kauerte auch sie sich hin.

„Aus der Entfernung können Sie sie nicht sehen. Sie müssen schon näher kommen."

Nach allem, was sie bisher durchgestanden hatte, wäre es ziemlich albern gewesen, jetzt einen Rückzieher zu machen. Schnee rieselte auf sie herab, während sie auf die Ellbogen gestützt an seine Seite kroch. Geschützt durch ihre Skihose und zwei Parkas, im Gegensatz zu ihm. Er musste niesen, und sie wollte ihm automatisch „Gesundheit" wünschen, als sie das Funkeln zweier winziger Augen wahrnahm.

Die „Kinderstube" lag nicht direkt in einer Höhle, eher in einem lang gestreckten, flachen Felsstollen, der ein paar Meter in die Erde hineinreichte. Die Öffnung wurde völlig von der Fichte und kahlem Brombeergestrüpp verdeckt. Sobald sie ein Stück hineingekrochen war, mussten sich ihre Augen nach dem gleißenden Sonnenlicht draußen erst an das Dämmerlicht gewöhnen. Doch sie sah das winzige Augenpaar und dann noch eins und noch eins. Ganz hellblau waren sie. Die Fellknäuel hatten sich eng aneinandergekuschelt, und schnell machte sie auch winzige glänzende Näschen und winzige Schlappöhrchen aus. Und einer der Kleinen hatte genauso ein wunderbar weißes Fell wie sein Vater.

Das Schneeball-Baby versuchte, seinen Daddy zu imitieren und ein ärgerliches Geheul auszustoßen, doch es klang eher wie ein Miauen. Steve gab ihm die Flasche mit dem seltsam geformten Sauger, und der Kleine verstummte sofort. Steve nieste erneut – der Mann würde sich bei diesem kleinen Abenteuer ganz sicher eine Lungenentzündung holen –, aber es war nicht Mitgefühl für ihn, weswegen Mary Ellen plötzlich einen Kloß in der Kehle verspürte.

Verflixt, er hatte recht gehabt.

Sie verliebte sich augenblicklich hoffnungslos. Nicht in ihn. Lieber Himmel! Sie war doch nicht verrückt.

Aber in die Babys.

3. KAPITEL

*N*ur mit Mühe schaffte es Mary Ellen, mit Handtasche, Handschuhen, Topflappen und heißem Suppentopf aus ihrem Wagen auszusteigen. Derart beladen blieb ihr nur, der Wagentür mit dem Po einen kräftigen Schubs zu geben, damit sie ins Schloss fiel.

Ganz schön viel Umstände, nur um einem Mann einen einfachen Rindfleischeintopf zu bringen. Doch er hatte sich dieses Abendessen verdient. Steve hatte ihr gestern nicht nur seinen Parka überlassen, er hatte sie auch vor den Wölfen in Schutz genommen – sowohl im Wald als auch in der Bar. Sie musste sich irgendwie erkenntlich zeigen.

Aus einem Impuls heraus hatte sie angeboten, ihm etwas zu essen zu bringen. Und Steve hatte begeistert angenommen. Dass er so schnell eingewilligt hatte, beunruhigte sie, und sie hatte hin und her überlegt, ob er diese Geste missverstehen konnte. Männer hatten die Angewohnheit, so ziemlich alles, was sie tat, misszuverstehen, egal, wie harmlos es war.

Sie sah sich um. Steve war zu Hause, denn hinter seinem Wohnwagen erspähte sie seinen schwarzen, mit Vierradantrieb ausgestatteten Pick-up. Zudem waren die Fenster erleuchtet. Obwohl es erst sechs Uhr abends war, war es schon stockfinster. Steve hatte seinen Caravan mitten in der Wildnis abgestellt. Ein eisiger Wind ließ die Baumwipfel erzittern, und auch sie begann zu frösteln.

In ihrer Heimat Georgia wäre es Anfang März schon warm und nicht eiskalt wie hier. Und in ihrer Heimat würde eine alleinstehende Frau auch keinen alleinstehenden Mann nach Einbruch der Dunkelheit zu Hause besuchen, es sei denn, sie wollte unbedingt in Schwierigkeiten geraten.

Das ist ja lächerlich, sagte sich Mary Ellen ungehalten. Sie würde keinesfalls bleiben, sondern ihm nur den Topf mit Suppe übergeben. Immerhin hatte Steve sich nun bereits zweimal für sie eingesetzt, und der Anstand verlangte einfach, dass man sich bedankte.

Sie atmete tief durch, ging zur Wohnwagentür hinüber und klopfte mit dem Ellbogen dagegen. Es gab nur ein gedämpftes Geräusch, doch prompt wurde die Tür geöffnet. Es schien, als ob Steve mit seinen breiten Schultern die ganze schmale Türöffnung ausfüllte.

„Da kommt das Rotkäppchen ja endlich. Ich fing schon an, mich zu sorgen, ob Sie sich auf der Suche nach meinem Stellplatz vielleicht verirrt haben."

„Rotkäppchen?" Die Titulierung verwirrte sie. Ahnte er womöglich, wie unsicher es sie machte, den Bau eines Wolfs zu betreten? Doch dann fing sie sein spitzbübisches Schmunzeln auf, und ihr wurde augenblicklich klar, wieso er auf diesen Vergleich gekommen war. Sie hatte in der Tat eine kirschrote Jacke mit Kapuze an und trug etwas zu essen durch den Wald. Kein Wunder, dass sie einen Scherz herausforderte.

Sie erwiderte sein Lächeln. „Nein, ich hatte keine Probleme. Ihre Wegbeschreibung war sehr gut."

Er griff nach dem schweren Topf. „Das duftet ja wunderbar. Kommen Sie doch herein."

Hastig schüttelte sie den Kopf. „Ich kann nicht bleiben."

„Müssen Sie heute Abend arbeiten?"

„Nein. Ich arbeite nur vier Abende die Woche. Aber ich wollte Ihnen nur kurz das Essen bringen. Als Dankeschön. Sie jedoch nicht aufhalten …"

„Wollen Sie mich denn allein essen lassen? Wenn Sie schon einmal hier sind? Ich hatte den ganzen Tag über niemanden, mit dem ich hätte reden können, außer wilden Tieren."

Sein wehklagender Ton, mit dem er versuchte, sie zu überreden, ließ sie schmunzeln. Gleichzeitig beschämte es sie aber, dass sie gehen wollte, ohne sich wenigstens kurz mit Steve zu unterhalten.

Zögernd trat sie ein. „Ich bleibe aber nur ein paar Minuten."

Er erwiderte nichts, sondern schnupperte an dem Topf, den er noch immer in Händen hielt. „Einen selbst gekochten Eintopf hab ich seit Ewigkeiten nicht gegessen. Ist es okay, wenn ich Ihnen dafür ewige Liebe schwöre?"

„Es ist doch nur Eintopf", antwortete sie trocken, musste jedoch lachen.

„Auch Eintopf ist richtiges Essen. Sie verstehen das nicht. Seit Wochen lebe ich aus Dosen oder von Samsons Kochkünsten." Nachdem er den Suppentopf abgestellt hatte, half er ihr schnell aus der Jacke und legte sie weg. Dann ließ er den Blick kurz über ihren weiten weißen Pullover und ihre Jeans schweifen. Sie hatte diese Kleidungsstücke mit Bedacht gewählt. Die Jeans war alt, nicht eng, nicht modisch, und der weit geschnittene Pullover verhüllte ihre Figur. Deshalb war das herausfordernde, freche Funkeln in seinen Augen umso unerklärlicher.

„Wie gut, dass Sie so eine kleine Krabbe sind. Sonst würde es schwierig, sich hier drinnen zu zweit zu bewegen."

Mary Ellen musste erneut lachen, und sie spürte, wie ihre Anspannung nachließ. Welcher Mann nannte eine Frau wohl eine Krabbe, wenn er im Sinn hatte, sie zu verführen? Er war witzig, natürlich, ganz einfach nett. Kein Grund, in seiner Gegenwart nervös zu sein. Ehe sie mit Johnny schlechte Erfahrungen gemacht hatte, litt sie keineswegs unter Verfolgungswahn. Und es war geradezu lächerlich, sich einzubilden, Steve sei eine Gefahr für sie. Er hatte absolut nichts mit Johnny gemein.

„Ihr Wohnwagen ist viel geräumiger, als er von außen aussieht."

„Setzen Sie sich doch und machen Sie es sich bequem. Sie können den Ehrenplatz bekommen. Möchten Sie Wein, Bier, Mineralwasser?"

„Nein danke, nichts." Der „Ehrenplatz" war der einzige Sessel im Raum, mit grauem Tweed bezogen. Passend zu einer langen Couch. Beides war Steves Körpermaßen angepasst. Lieber Himmel, sie hätte den Sessel als Schlafsessel benutzen können. Der Wohnbereich, mit dunkelgrauem Teppichboden ausgelegt, schloss sich gleich an die Küchenzeile an. Ein kurzer, von Schränken gesäumter Gang führte zur im Halbdunkel liegenden Schlafecke, wo Mary Ellen eine gefaltete Wolldecke erspähte.

Ja, der Caravan war geräumig genug, sodass Steve sich gut bewegen konnte. Für zwei wurde es schon schwieriger. Sie hatte eben die Stiefel ausgezogen und sich in den Sessel gesetzt, als sie merkte, dass sie Steve im Weg war. Er nahm Teller, Besteck und Servietten aus einem Schrank. Im Fernsehen gab es gerade Nachrichten, doch der Ton war abgestellt.

„Eigentlich wohne ich in Wyoming", erzählte er. „In einem kleinen Haus an einem Bach. Dort bin ich aufgewachsen. Aber den Wohnwagen habe ich schon seit Jahren. Durch meine Arbeit bin ich manchmal monatelang unterwegs, und ich würde verrückt werden, in Motels leben oder eine Wohnung anmieten zu müssen. So kann ich wenigstens meine eigenen Sachen mitnehmen."

„Sie gehen also immer dorthin, wo die Wölfe sind?"

„Nicht nur Wölfe. Aber sie sind meine große Liebe, und es schien vorprogrammiert gewesen zu sein, dass ich mich eines Tages auf sie spezialisiere. Eine Weile arbeitete ich für die Umweltschutzbehörde, dann ging ich zum Nationalpark-Service. Für dieses Projekt hier wurde ich sozusagen an den Staat Michigan ausgeliehen – an das Ressort für Natur und Umwelt. Aber egal, wer mein Gehalt zahlt, letztendlich bleibt meine Arbeit die gleiche. Es gibt eben nicht viele Leute, denen es Spaß macht, mit einem verwundeten Wolf umzugehen oder ein Wolfsrudel umzusiedeln. Und so bleiben solche Jobs meist an mir hängen."

„Sie sind schon viel herumgereist?"

„Von Mexiko bis Alaska. Wölfe sind überall bedroht. Es gibt nur drei Gebiete auf dieser Erde, wo sie es nicht sind, obwohl viele Leute sich für sie engagieren. Hier auf der Upper Peninsula wurde eine Tierschutzgruppe gegründet, die dafür sorgen soll, dass sich der Wolfsbestand in Michigan erholt. Untermauert wird deren Arbeit durch Gesetze und saftige Strafen für das Töten von Wölfen. Denn wenn ein Wolf Probleme macht, ist die einfachste Lösung, ihn zu erschießen oder gefangen zu setzen. Das kann man niemandem übel nehmen. Ein Wolf, mit dem es Ärger gibt, macht es einem nicht gerade leicht, ihm zu helfen. Für jemanden, der sich mit diesen Tieren auskennt, ist das natürlich einfacher."

„Dann wird der ,Wolfmann' zu Hilfe gerufen."

„Sie haben also bereits gehört, wie ich im Ort genannt werde." Steve füllte zwei Teller mit Eintopf und stellte sie auf den Bartresen der Küchenzeile. „Man hat mir schon viel schlimmere Namen gegeben. Kommen Sie herüber. Sie werden doch mitessen, oder?"

Obwohl Mary Ellen eigentlich nicht hungrig war, aß sie einen Teller Suppe mit. Erst eine Stunde später merkte sie, dass sie sich immer noch unterhielten. Hauptsächlich über seine Arbeit. Jedes Mal, wenn sie ihm eine weitere Frage stellte, erschien ein seltsames Lächeln auf seinem Gesicht. Ein träges, wissendes, unwiderstehlich männliches Lächeln. Als ob sie dabei war, einen Test zu bestehen, dem sie sich völlig unwissentlich unterzog.

Vielleicht testete sie ihn ja auch ein wenig und wurde dabei immer neugieriger auf diesen Fremden. Das, was er machte, klang exotisch und gefährlich. Es gefiel ihm jedoch. Sein Selbstbewusstsein war ein Zeichen von Stärke, nicht von Arroganz. Er hatte sein Plätzchen im Leben gefunden, war sich sicher, was er wollte.

Sie mochte ihn. Ohne Hintergedanken. Selbst dieses träge, sexy Schmunzeln machte sie nicht mehr nervös – oder hielt sie davon ab, neugierig zu sein und sich interessiert umzusehen.

Auf dem Fernseher standen einige Fotografien. Ein Foto zeigte einen Mann, eines eine Frau, beide älter – seine Eltern? Und eines zwei Mädchen im Teenageralter, die sich die Arme um die Schultern gelegt hatten und frech in die Kamera lachten. Auf einem Regal über der Tür entdeckte sie sein Gewehr. Und neben dem Sessel auf dem Fußboden einen Stapel Bücher.

Der ganze Raum roch männlich-herb nach Leder und Wolle, ein geradezu amüsanter Gegensatz zu den Babyflaschen, die in der Spüle trockneten. Eine Menge Platz auf dem Küchentresen nahm ein altertümlicher Mixer ein, ebenso ein großer Sack mit einer gelben, mehlartigen Substanz. Vermutlich der Grundstoff für die Ersatzmilch.

„Beinah hätte ich vergessen zu fragen … wie geht es meinen Babys?"

Er lachte auf. „Ihre Babys, diese kleinen Unholde, haben meine Hand heute Nachmittag ganz schön zerkratzt. Ich kann nur zwei Flaschen gleichzeitig halten. Eines der kleinen Weibchen konnte einfach nicht abwarten, bis es an die Reihe kam."

„Es konnte ja nur ein Weibchen sein, oder? Frauen bekommen immer für alles die Schuld."

„He. Sie ergreifen Partei für die Kleine, während ich derjenige bin, der verwundet wurde?"

„Ich hab die beiden winzigen Kratzer gesehen, Rawlings. Da von verwundet zu reden ist doch wohl reichlich übertrieben." Ihn zu necken, sich in seiner Gegenwart natürlich zu geben fiel Mary Ellen immer leichter. Außer seinen Kratzern hatte sie auch seine schönen starken Hände bemerkt, sein kuschelweiches Flanellhemd, seine unglaublich blauen, von schwarzen Wimpern gesäumten Augen, die Art und Weise, wie sich seine alte Jeans über seinem wohlgeformten Po spannte, wenn er sich bewegte. Aber sie versuchte, über all diese Einzelheiten hinwegzusehen, sich seiner nicht zu sehr bewusst zu sein.

„Müssen Sie die Welpen heute Abend noch füttern?"

„Ja. Noch einmal." Er spülte die Teller ab und holte dann eine Kanne Kaffee und zwei Becher. „Ich hoffe wirklich sehr, dass ich in ein paar Tagen diese letzte Nachtfütterung einstellen kann."

Sie runzelte die Stirn. „Sie haben diese Jungen regelrecht am Hals, nicht wahr? Ich meine, sie sind von Ihnen abhängig. Und niemand kann Sie ersetzen, falls Sie krank werden."

„Die Lösung liegt auf der Hand. Ich werde einfach nicht krank. Ich hab da ein viel akuteres Problem. Um die Ersatzmilch herzustellen, brauche ich einen Mixer, doch dieses alte Monstrum hier lässt mich zweimal täglich im Stich."

„Wenn Sie wollen, kann ich ihn mir einmal näher ansehen."

„Wie bitte?"

„Ich repariere alle möglichen Dinge. Elektronische Geräte am liebsten, aber mit kleinen Motoren und Ähnlichem komme ich auch ganz gut zurecht."

Steve blickte Mary Ellen nur stumm an.

„Bestimmt. Ehrlich gesagt versuche ich, seit ich hierhergezogen bin, eine Reparaturwerkstatt zu eröffnen. Den Job bei Samson hab ich nur angenommen, weil ich keine andere Arbeit finden konnte. Es wird wohl noch eine Weile dauern, bis ich meine eigene Werkstatt betreiben kann."

Plötzlich wünschte sie, sie hätte den Mund gehalten. Aus reiner Sturheit hatte sie gleich nach ihrem Einzug ein Schild vors Haus gehängt – ihre angehende Reparaturwerkstatt war also kein Geheimnis –, doch das Resultat war vorhersehbar. Genau wie zu Hause wurde davon ausgegangen, dass die Reparatur von Gegenständen keine Beschäftigung für eine Frau sei. Besonders Männer zweifelten ihre Fähigkeiten an, und es fiel ihnen schwer, sie ernst zu nehmen.

Eigentlich erwartete sie die gleiche Reaktion von Steve. Und die blieb aus. Er betrachtete sie noch einen Moment länger, und dann ergriff er den Mixer und stellte ihn vor sie hin.

„Sie glauben gar nicht, wie froh ich bin, dass Sie ihn sich ansehen wollen. Wölfe, Bären, Lawinen sind für mich kein Problem. Wenn ich es jedoch mit Technik zu tun bekomme, versage ich gründlich."

„Steve, ich kann nicht garantieren …"

„Welche Werkzeuge brauchen Sie? Ich hab eine ganze Schublade voll zur Auswahl … Sie sind also hierhergezogen, um sich selbstständig zu machen? Woher kommen Sie?"

„White Sands, Georgia. Ein kleiner Ort südlich von Savannah, an der Küste." Mary Ellen brauchte keine fünf Minuten, und sein Küchentresen war mit allen möglichen Einzelteilen übersät. Wie eine OP-Schwester reichte Steve ihr Werkzeug, Lappen, Öl und gab immer wieder seiner Bewunderung Ausdruck. Diese Bewunderung war sicher nur gespielt – damit sie am Ball blieb –, aber sie musste dennoch lächeln.

„Ich dachte, eine Reparaturwerkstatt könnte hier eine Chance haben. Kleine Ortschaft, nicht viele Geschäfte, und die Wirtschaft boomt auch nicht gerade. Da sind die Leute eher geneigt, defekte Dinge reparieren zu lassen, anstatt automatisch neue zu kaufen."

„Hm. Dafür braucht man ganz schön viel Mut. Einfach so seine Zelte abzubrechen und derart weit von zu Hause wegzuziehen."

Es war nicht das erste Mal, dass er sich eine völlig falsche Vorstellung von ihr machte. Sie war weggezogen, weil sie durch und durch feige, nicht weil sie bewundernswert abenteuerlustig war. Eigentlich war sie ihm gegenüber ehrlich. Aber zugeben, dass sie sitzen gelassen wurde und seit eh und je alle und jeden in ihrer Nähe enttäuschte?

Nicht in hundert Jahren. Sie legte den Schraubenzieher beiseite. „Okay. Schließen Sie ihn an, damit wir ihn ausprobieren können."

Steve tat wie ihm geheißen, und der Mixer lief auf vollen Touren. „Alle Achtung ... und erklären Sie mir nicht, wie Sie das gemacht haben. Ich will es gar nicht wissen. Aber können Sie auch tropfende Wasserhähne reparieren?"

„Rawlings, zum Kuckuck, das kann doch jeder."

„Meine Bitte führt zu weit, hm? Na ja, vergessen Sie es."

Er hatte keinen tropfenden Wasserhahn, sondern ein tropfendes Abflussrohr. Wie bei den meisten kleinen Reparaturen brauchte man dazu keine Muskelkraft, sondern nur ein wenig Sinn fürs Praktische und Einfallsreichtum. Nur, sie fand es nicht unbedingt angenehm, auf dem Rücken unter dem Waschbecken in seinem winzigen Bad zu liegen und mit Pumpenzange, Eimer und Dichtungsmittel zu hantieren. Inmitten all seiner persönlichen Toilettenartikel aus dem Schränkchen unter dem Waschbecken. Angefangen von Kondomen – wie peinlich! – bis hin zu Rasiercreme und diversen Erste-Hilfe-Utensilien. Steve war eine große Hilfe.

Er hielt die Taschenlampe.

Endlich war es geschafft, und sie kroch mit zerzaustem Haar unter dem Waschbecken hervor.

„Ich weiß gar nicht, wie ich Ihnen danken soll."

„Keine Ursache. Wozu hat man denn Freunde?" Schnell wischte sie noch den Boden des Schränkchens trocken. Und während sie sich die Hände wusch, räumte er seine Sachen wieder ein. Beide Reparaturen waren geglückt. Mary Ellen überkam ein regelrechtes Hochgefühl. Sie war ihm etwas schuldig gewesen, und es war ihr gelungen, sich sinnvoll zu revanchieren.

Gleich darauf bemerkte sie, dass Steve sie eingehend betrachtete. Er hatte sie schon einmal auf die gleiche Art und Weise angesehen. Und auch da hatte sie sich sehr bemüht, diesen Blick nicht falsch zu deuten.

„Sie sind etwas Besonderes, wissen Sie das?", sagte er leise.

Unvermittelt begann ihr Puls zu rasen, und sie errötete. Es war schön, sich in seinem Lob zu sonnen. Doch in Wahrheit war sie ganz und gar nichts Besonderes. Er war derjenige, der aus seinem Leben etwas Außergewöhnliches machte und dafür jeden Respekt verdiente.

Sehr froh darüber, dass sie einander noch recht fremd waren und er sie kaum kannte, ging sie schnell zur Tür.

„Himmel, ich hab gar nicht gemerkt, wie spät es schon ist. Ich muss gehen, und Sie müssen noch die Ersatzmilch für die letzte Fütterung mixen, stimmt's?"

„Stimmt."

Hastig zog Mary Ellen Jacke und Stiefel an. Als Steve nach seinem Parka griff, bestand sie darauf, dass er sie nicht zu ihrem Auto zu begleiten brauche. Er habe zu tun. Und den Topf könne er bei Gelegenheit zurückbringen oder einfach bei seinem nächsten Besuch im „Samson's" abgeben.

Wortlos zog er seinen Parka über und ging mit ihr hinaus. Die Wälder lagen in tiefer Dunkelheit da. Die Nachtluft duftete nach Zedern und Tannen, am Himmel funkelten die Sterne. Doch Mary Ellen war viel zu beschäftigt, um das wahrzunehmen.

Wir haben uns so gut verstanden, dachte Steve, bis ich ihr ein Kompliment zu machen wagte. Daraufhin war sie regelrecht geflüchtet ... und war noch immer auf der Flucht. Er sah zu, wie sie in ihrer Schultertasche nach ihrem Wagenschlüssel suchte und dabei erneut in nervöses Geplapper verfiel.

„Mary?"

Sie warf ihm nur einen flüchtigen Blick zu, weil sie so damit beschäftigt war, nach ihrem Schlüssel zu fahnden. „Eigentlich Mary Ellen. Ich wollte Sie gestern noch fragen, woher Sie meinen Namen kannten, aber Sie haben ihn sicher von meinem Namensschildchen, das ich in der Bar trage, abgelesen. Hören Sie, ich möchte mich für alles bedanken. Für das, was Sie in der Bar für mich getan haben. Für das, was Sie im Wald für mich getan haben. Sie sollen wissen ..."

„Mary", wiederholte er, und diesmal fand ein gewisser Unterton in seiner Stimme endlich ihre Aufmerksamkeit. Trotzdem schien sie keineswegs damit zu rechnen, dass er ihr sacht einen Finger unters Kinn legte, damit sie ihn ansah. In ihrem Blick spiegelte sich plötzlich nackte Verletzlichkeit wider, liebenswerte Sanftheit, Unsicherheit.

Bis zu diesem Moment war Steve nicht klar gewesen, dass er sie küssen würde. Und es ärgerte ihn zugleich, dass er damit so lange gewartet hatte.

Falls sie schon einmal geküsst worden war – und in ihrem Alter dürfte sie weit mehr Erfahrung haben –, dann merkte man ihr das nicht an. Ihre Lippen waren warm, eine einzige Verführung. Sie schmeckten nach Kaffee und Zucker. Hauptsächlich Zucker. Genauso süß, wie er ihr Einfühlungsvermögen fand, das sie allem und jedem in ihrer Umgebung entgegenbrachte. Sie wich nicht zurück, stritt ihm nicht das Recht auf diesen Kuss ab. Stattdessen hielt sie ganz still, gerade so, als habe sie keine Ahnung, was sie mit einem Paar fremder Lippen, das ihr zu nahe kam, anfangen solle.

Er schon. Ihre Kapuze rutschte nach hinten, und ihr glänzendes dunkelbraunes Haar schimmerte im Mondlicht. Er ließ die Finger hineingleiten, während er zart ihren Mund mit den Lippen streifte. Einschmeichelnd sacht und unendlich behutsam, damit sie merkte, dass sie keine Angst zu haben brauchte.

Er verstand ihr Misstrauen. Schließlich verbrachte er sein Leben mit misstrauischen, wilden Kreaturen. Für die gab es auch keinen Grund, einen Mann zu nah an sich heranzulassen. Denn er hatte Macht über sie, bedeutete Gefahr, weil er ihnen nachstellte. Als er mit dem Daumen über ihren weichen Hals fuhr, erschauerte Mary Ellen. Vielleicht spürte sie diese elementare Gefahr instinktiv, denn er wollte sehr viel mehr von ihr als ein paar zahme Küsse.

Sie klammerte sich an seine Jacke, als er mit der Zunge genüsslich die Konturen ihrer Unterlippe nachzeichnete, um dann ganz langsam in ihren Mund vorzudringen.

Zögernd und scheu berührte sie seine Zunge mit ihrer eigenen. Genauso zögernd ließ sie die Hände über seine Schultern wandern und schlang ihm schließlich die Arme um den Hals. Ungestüm drängte sie sich an ihn, als sei sie von einer plötzlichen stürmischen Windböe ergriffen worden. Niemand sonst war in der Nähe. Es gab nur sie und ihn und zwischen ihnen ein knisterndes Feuer, das sich mit rasender Geschwindigkeit ausbreitete. Bereitwillig bot sie ihm ihren heißen Mund dar. Er vertiefte den Kuss weiter, und sie liebkosten einander hingebungsvoll mit Zungen und Zähnen. Sie konnte gar nicht genug bekommen.

Dass sie derart heftig auf ihn reagierte, ließ sein Blut in höchste Wallung geraten. Leidenschaft war ihm nichts Unbekanntes. Er hatte sich schon häufiger zu Frauen hingezogen gefühlt, aber nicht auf diese Art und Weise. Es war, als würde er mit der Wucht einer Lawine zu Tal rasen, mit einem Rennschlitten in eine andere Dimension hinübergleiten.

Ihr Haar zwischen seinen Fingern fühlte sich so weich und verlockend an wie ihr Mund. Als er die Hände über ihren Rücken wandern ließ, spürte er trotz ihrer dicken Winterjacke die Hitze, die von ihrem Körper ausstrahlte, das elektrisierende Prickeln zwischen ihnen.

Insgeheim hatte er gehofft, dass ein sinnliches Feuer hinter ihrem sanften Wesen lodern würde, doch dass er einen derart atemberaubenden Goldschatz finden würde, hätte er sich nie erträumt. Gleich am Anfang ihrer Umarmung hatte er gewusst, dass er es austesten würde. Er hatte einfach ergründen wollen, ob er sich ihre Sinnlichkeit nur einbildete, ob er nur davon träumte, weil er einsam und nach einer Frau ausgehungert war.

Jetzt wusste er es. Er hob den Kopf, wenngleich widerstrebend. Er war tief erregt. So sehr, dass er schmunzeln musste. Immerhin war es winterlich kalt, sie beide trugen dicke Winterkleidung, und doch hatte sie sein Blut zum Kochen gebracht. Und das nur mit ein paar Küssen.

Er hatte sich nicht in ihr getäuscht.

Ihr Blick wirkte verhangen. Ihre Lippen waren noch immer leicht geöffnet, feucht, vom leidenschaftlichen Druck seiner eigenen gerötet. Sie sah … verwirrt aus, als ob das, was eben geschehen war, eigentlich nicht sein konnte.

Er streichelte über ihre Nase. „Du bist die bemerkenswerteste Frau, die ich seit Langem getroffen habe."

„Ich …"

Er wartete, doch sie sprach nicht weiter, sondern schluckte nur. Sie suchte seinen Blick, sah aber sofort wieder weg. Ihr vom Mondlicht beschienenes Gesicht wirkte erhitzt. „Hast du deinen Autoschlüssel?", wollte er wissen.

Ja, den hatte sie. Sie schien erstaunt, dass sie ihn fest in der Hand hielt.

„Du weißt, wie du von hier nach Hause kommst?"

Sie nickte. Er steckte die Hände in die Hosentaschen und sah zu, wie sie in ihren Wagen stieg, zurücksetzte und gleich darauf aus seinem Sichtfeld verschwand.

Er hatte noch Ersatzmilch zu mixen, junge Wölfe zu füttern, eine lange Nacht vor sich. Dennoch blieb er stehen, ließ seine körperliche Erregung langsam abklingen. Die Erinnerung daran, wie sie schmeckte, war noch so frisch. Und er wollte so lange wie möglich auskosten, wie sie sich anfühlte, wie sie duftete.

Er hatte sie mit diesem Kuss überrascht. Eigentlich war es unfair, eine Frau zu umarmen, ehe sie Zeit hatte, sich dagegen zu wappnen, Zeit, Nein zu sagen. Trotzdem hatte er deshalb kein schlechtes Gewissen, und er bedauerte es auch nicht.

Ihrem Erscheinungsbild nach war sie eine graue Maus. Auch er hatte sie zunächst dafür gehalten – für eine scheue, verängstigte Maus ohne Selbstbewusstsein oder Rückgrat. Und ganz genauso sah sie sich selbst. Jemand oder etwas musste die Lady verletzt haben, und zwar tief. Doch offenbar hatte sie sehr lange nicht mehr richtig in den Spiegel gesehen.

Wenn sie schon nicht die Stärke, die Besonderheit, die Einzigartigkeit der Mary Ellen Barnett erkannte, er tat es. Keine Maus ging von zu Hause weg, um allein am Ende der Welt zu leben. Sie hatte einen Job angenommen, der ihr Angst machte. Auch im Wald hatte sie Angst gehabt, vor Weißer Wolf und seinem Rudel. Aber verflixt, sie hatte mehr Mut bewiesen als zehn Männer zusammen.

Ganz bewusst hatte er ihr heute Abend von seiner Arbeit erzählt. Er hatte erwartet, dass sie daraufhin die Flucht ergreifen würde. Andere Frauen hatten das immer getan. Eine Frau zu finden, die sein Bett mit ihm teilte, war nie ein Problem gewesen, und als Twen hatte ihm das auch genügt. Mittlerweile war er dreiunddreißig, alt genug, um eine dauerhafte, tiefe, echte Beziehung zu schätzen, ja, sich danach zu sehnen. Er glaubte schon fast nicht mehr daran, einer Frau zu begegnen, die sich nicht durch seinen mit Gefahr und Isolation verbundenen Lebensstil einschüchtern ließ.

Mary Ellen jedoch war nicht davongerannt. Sie hatte zugehört und ohne Wenn und Aber akzeptiert, was er tat. Das hatte noch keine andere Frau getan. Vielleicht verstand sie gar nicht, was sie ihm da gegeben hatte. Es war gefährlich, zu einem einsamen Wolf nett zu sein und ihm zu zeigen, wie viel wilde Hingabe unter dieser scheuen äußeren Schale schlummerte … Er fürchtete, und das ernsthaft, dass das ein Fehler war, den er sie nie korrigieren lassen würde.

Wie weit sie beide wohl gemeinsam gehen konnten? Er ahnte, dass sie Geheimnisse hatte, Probleme aus ihrer Vergangenheit, durch die ihr Selbstvertrauen erheblich angeschlagen war. Ihr Vertrauen zu gewinnen konnte sehr mühselig werden. Trotzdem, alles, was ihm je etwas bedeutet hatte, hatte er sich hart erkämpfen müssen. Bisher hatte ihn das nie abgehalten.

Wenn er aus seinem Leben als Außenseiter und Einzelgänger etwas gelernt hatte, dann, dass ein Mann, wenn er auf einen verborgenen Schatz stieß, verdammt dumm wäre, ihn nicht zu heben.

4. KAPITEL

*N*och einmal in seine Nähe zu gehen war ein Fehler. Mary Ellen steckte eine Packung Magentabletten in ihre Handtasche – an den beiden vergangenen Tagen hatte sie eine Menge davon genommen – und holte ihre Jacke. Nicht, dass sie irgendwohin musste. Donnerstags begann ihre Schicht in der Bar normalerweise nachmittags um vier, doch Samson hatte wegen der Versammlung vorübergehend geschlossen. Anschließend würde es sicher sehr voll werden. Wenn sie schlau wäre, würde sie die Füße hochlegen und sich vor ihrer garantiert stressigen Arbeitsnacht ausruhen. Ja, es war ausgesprochen töricht, sich noch einmal in die Nähe von Steve Rawlings zu begeben.

Sie knöpfte ihre Jacke zu und nahm dann noch eine Magentablette. Es war kein gutes Zeichen, dass ihr Magen bereits rebellierte, ehe sie überhaupt das Haus verlassen hatte.

Sie hatte sich eingeredet, dass Steve ganz allein bei dieser Versammlung sein würde. Das war doch verrückt. Als ob niemand auf seiner Seite stehen würde, wenn sie nicht hinginge. Als ob ihre Anwesenheit auch nur die geringste Bedeutung haben könnte. Sie konnte ihn in keiner Weise praktisch unterstützen, denn sie wusste überhaupt nichts über seine Arbeit oder seine Wölfe oder seine Probleme. Es gab also keinen Grund, dass er sie womöglich erwartete.

Sie war ja für ihre Fehleinschätzungen bekannt, aber hiermit schoss sie den Vogel ab. Möglich, dass sie die beunruhigende Vorstellung nicht ertragen konnte, dass er dem ganzen Ort allein gegenübertreten musste. Aber eine intelligente Frau – eine Frau, die auch nur einen Funken Verstand hatte – würde einen weiten Bogen um einen Mann machen, vor dem sie sich fürchtete.

Mr Rawlings machte ihr große Angst.

Kein Mann hatte sie je geküsst wie er. Und kein Mann sollte das noch einmal versuchen – Steve Rawlings eingeschlossen.

Stirnrunzelnd blieb Mary Ellen unter der Haustür stehen und blickte sich um, in der Hoffnung, irgendetwas zu entdecken, was unbedingt erledigt werden musste. Sie entdeckte nichts. In ihrer Wohnung war alles in Ordnung.

Das Blockhaus mit den vier Zimmern war jahrelang als Jagdhütte vermietet worden. Es gehörte Samson. Das letzte Mal, als er mit seiner Frau vorbeigekommen war, war er geradezu entsetzt über die Veränderungen gewesen.

Dabei hatte sie hauptsächlich nur gründlich geputzt. Sie hatte zitronengelbe Vorhänge vor die Fenster gehängt und einen Flickenteppich auf den Küchenboden gelegt, die scheußlichen Geweihe über dem Kamin abgenommen, einen Schaukelstuhl aufgestellt und die groben Holzwände mit Monet-Drucken verschönt. Sie hatte drei Tage gebraucht, um das alte Messingbett auf Hochglanz zu polieren, und es schließlich noch mit einer weißen Tagesdecke mit Spitzeneinsätzen verziert. Und der in Grün- und Blautönen gehaltene Teppich vor dem Kamin brachte Farbe in den Raum und milderte gleichzeitig den rustikalen Charakter der Einrichtung etwas ab.

Samson fand, sie habe den Stil dieses Männerrefugiums ruiniert. Das wollte sie hoffen. Nichts passte so recht zusammen, aber das war ihr egal. Zum ersten Mal in ihrem Leben versuchte sie nicht, jemandem zu imponieren. Und so sah es eben in einer Ecke des Wohnzimmers wie in einem Trödelladen aus.

Werkzeuge und Teile, die repariert werden sollten, lagen da herum. Denn einige Leute im Ort hatten doch auf ihre Anzeigen reagiert, und ihre Reparaturwerkstatt kam langsam in Gang. Wenn auch mit Rückschlägen. Mrs LaBelle hatte ihren defekten Staubsauger gebracht, Harold Becker seinen streikenden Videorekorder. Doch Richard Schneider hatte sein perfekt funktionierendes Funkgerät als Vorwand benutzt, um sie quer durch die Küche zu scheuchen. Und einer von Fred Claires Kumpanen hatte sich doch wirklich eingebildet, sie würde seine Versandhaus-Stereoanlage für eine Flasche Wein und einen Annäherungsversuch in Ordnung bringen.

Auch wenn ihr wieder einmal klar geworden war, wie schlecht sie im Grunde mit Männern umgehen konnte und lieber zu Hause bleiben und nicht zu der Versammlung gehen sollte, schlug Mary Ellen alle Vernunft in den Wind. Sie schloss die Haustür ab und ging zu ihrem Wagen. Die Fahrt in den Ort hellte ihre Laune keineswegs auf. Es schneite, und die Straßen waren glatt und rutschig.

Er würde der Menge allein gegenüberstehen. Sie konnte sich einfach nicht von diesem Gedanken lösen. War sie selbst doch immer eine Außenseiterin gewesen.

Aber womöglich küsste er jede Frau so wundervoll. Er war ein Mann, der sehr sexy und anziehend war, geradezu anbetungswürdig. Wahrscheinlich hatte er schon Hunderte von Frauen geküsst und wollte ihr mit dieser Geste nur für das Abendessen danken. Es war nicht unbedingt sein Fehler, dass diese Umarmung sie aus dem Gleichgewicht gebracht hatte. Und er wusste auch nicht unbedingt, welche beängstigende, überwältigende Wirkung das auf sie gehabt hatte. Er war nett zu ihr gewesen, und sie hatte sich in seiner Gegenwart sicher gefühlt. Sie maß dieser Umarmung, die er bestimmt längst vergessen hatte, einfach zu viel Bedeutung bei.

Als Mary Ellen endlich das alte Schulhaus erblickte, in dem die Versammlung stattfand, tastete sie automatisch nach einer weiteren Magentablette. Der Parkplatz war überfüllt. Offenbar war die gesamte Einwohnerschaft von Eagle Falls schon versammelt. Sie parkte kurzerhand am Straßenrand.

Noch ehe sie die Schultür öffnete, hörte sie aufgebrachtes Stimmengewirr. Niemand nahm von ihr Notiz, als sie eintrat und sich in der hell erleuchteten Cafeteria nach einem Sitzplatz umsah. Sie fand nur noch einen Stehplatz an der hinteren Wand zwischen zwei stämmigen Männern in Jagdkleidung.

Ihr Herz klopfte heftig. Steve hatte sie nicht bemerkt. Vielleicht würde er das bei der Menschenmenge auch später nicht. Doch genau wie sie befürchtet hatte, stand er allein da vorn. Und die Menge war aufgeregt und auf Touren.

Als ihr Blick an Steve hängen blieb, beruhigte sie sich etwas. Sie beide waren wie Mutt und Jeff, und sich eine Beziehung zwischen ihnen vorzustellen, war geradezu ein Witz. Das hieß jedoch nicht, dass sie ihn nicht respektieren und bewundern konnte. In kariertem Flanellhemd und Jeans war er nicht anders gekleidet als die anderen Männer, und doch war er so anders. Alle redeten aufgebracht auf ihn ein. Ihr einsamer Wolf dagegen war ganz gelassen, sein Blick besonnen, seine Stimme ruhig und ohne jede Spur Ungeduld.

„… Sie möchten keine Wölfe auf Ihrem Grundstück. Das verstehe ich. Aber dies hier ist eine Ausnahmesituation, die nur so lange dauert, bis ich das Rudel zurück auf die Insel bringen kann. Ich weiß, dass Sie Angst haben – die haben die Tiere jedoch auch. Ein Wolf würde sich nie freiwillig in die Nähe von Menschen begeben. Diese Jungs hatten sich praktisch hierher verirrt, und dann wurden ihre Jungen geboren. Seit ich hier bin, haben Sie doch wohl keinen in der Nähe des Ortes gesehen, oder? Sie kämen nur in Ortschaften, wenn sie hungrig wären. Und dieser Fall wird nicht eintreten, denn ich versorge sie mit ausreichend Frischfleisch. Außer wenn sie gezwungen sind, zu jagen, bleiben sie immer in der Nähe ihres Nachwuchses. Demnach haben sie überhaupt keinen Grund, dem Ort zu nahe zu kommen."

Die schrille Stimme einer Frau unterbrach Steve. „Ich habe zwei Kinder unter zehn, Mr Rawlings. Und ich habe Angst, sie draußen spielen zu lassen. Sie sagen zwar, sie kommen nicht in den Ort, aber garantieren können Sie das nicht!"

Mary Ellen schluckte. Wenn sie Mutter wäre, hätte sie die gleichen Befürchtungen gehabt. Auf Steves Seite sein zu wollen änderte nichts an ihrem eigenen Unbehagen den ausgewachsenen Wölfen gegenüber. Trotzdem. Die Menge hatte sich inzwischen in Rage geredet, und es herrschte eine beängstigende Lynchstimmung in der Cafeteria. Niemand hörte ihm richtig zu.

Ein Mann rief: „Ich finde, wir stellen einen Trupp Jäger auf und erschießen sie!" Sein Vorschlag wurde begeistert aufgenommen. „Wir wollen sie nicht in der Nähe unserer Kinder und Frauen! Niemand ist absolut sicher, solange sie hier in den Wäldern leben! Nicht einmal unsere Haustiere!" Und ein anderer: „Ja, erschießt sie!"

Die Rufe wurde immer lauter, bis Steve mit ruhiger Stimme sagte: „Das können Sie natürlich tun." Abruptes Schweigen war die Antwort. Offenbar hatte niemand mit diesem Kommentar gerechnet, und er fuhr fort: „Es sind vier Alttiere, sieben Welpen. Ich werde Ihnen keine Paragrafen zitieren. Sie wissen alle, dass Wölfe geschützt sind. Und Sie wissen auch, dass Sie, Gesetz hin oder her, wahrscheinlich das ganze Rudel vernichten könnten, ohne erwischt zu werden. Sie können es also tun. Und ich kann Sie nicht daran hindern."

Steve ließ den Blick über die Menge schweifen und wartete, bis auch das letzte Gemurmel verstummt war. Dann ergriff er wieder das Wort. „Es gibt noch eine andere Möglichkeit. In wenigen Tagen könnte ich die Jungen in einen Zoo bringen, die Altwölfe fangen und auf die Insel Royale fliegen. Das würde das Problem lösen, aber ich möchte Ihnen erklären, warum ich mich dagegen entschieden habe."

Er hielt einen Moment inne. „Von diesen Jungen hängt vermutlich die ganze Zukunft der Wölfe auf der Insel ab. Die Wölfe dort sind vom Aussterben bedroht, weil sie so stark unter Inzucht leiden, dass sie sich nicht mehr vermehren. Dieser Wurf Junge stammt von Eltern aus einer anderen Gegend, und die Auffrischung des Erbguts durch sie könnte das Überleben der Insel-Wölfe sichern. Alles, worum ich Sie bitte, sind ein paar Wochen Geduld. Denn wenn ich die Jungwölfe jetzt vom Rudel trenne, werden sie sich in freier Wildbahn nicht mehr zurechtfinden, weil sie es nicht von den Altwölfen lernen können. Gibt es noch einen anderen Weg, frische Erbanlagen auf die Insel zu bringen? Sicher. Und an diesen Plänen wird gearbeitet. Aber es dauert, bis ein weiteres Rudel ausfindig gemacht und umgesiedelt ist. Und dann könnte es für die Insel-Wölfe bereits zu spät sein." Steve hielt erneut inne. „Dennoch, das geht Sie persönlich eigentlich alles nichts an, stimmt's? Warum sollte es Sie kümmern?"

Er entdeckte sie, gerade als sie eine weitere Magentablette nahm. Plötzlich hatte Mary Ellen das Gefühl, dass es in der Cafeteria unerträglich heiß und stickig war. Steve suchte ihren Blick und hielt ihn gefangen. Sein Augenausdruck sagte ihr: Ich wusste, dass du kommen würdest. Auf seinem Gesicht erschien ein schelmisches Schmunzeln, das ebenso schnell wieder verschwunden war. Und der verflixte Mann blickte ihr derart tief in die Augen, dass ihr ganz anders wurde und sie sofort – wie unfair! – an eine Umarmung dachte, die sie unbedingt hatte vergessen wollen.

Ohne sich ablenken zu lassen, berichtete er, wie in Alaska im vergangenen Winter die uneingeschränkte Jagd auf Wölfe erlaubt wurde, um den Jägern eine Herde Karibus zu erhalten. „Ein verständliches Ziel, wenn man bedenkt, dass Freizeitjäger kein unwesentlicher Faktor der Wirtschaft Alaskas sind. Nur, Karibus gab es in allen traditionellen Jagdgebieten reichlich. Und die Wölfe abzuschlachten machte überhaupt keinen Sinn. Ob diese Tiergattung vor dem Aussterben gerettet werden kann, ist ohnehin fraglich – selbst wenn der Mensch sie völlig in Ruhe ließe."

Er wartete einen Moment, dann sagte er ruhig: „Das alles muss Sie nicht kümmern. Sie müssen das nicht zu Ihrem Problem machen. Und radikale Tierschützer, die das Wohl der Tiere über das der Menschen stellen, sind mir genauso ein Dorn im Auge wie Ihnen. Menschen gehen vor. Doch bei jeder Tierart, die auf diesem Planeten ausstirbt, geht es letztlich um unser eigenes Überleben. Und wenn keiner etwas unternimmt, wird eine der faszinierendsten Kreaturen auf dieser Erde bald verschwunden sein."

Entsetzt stellte Mary Ellen fest, dass inzwischen über eine Stunde vergangen war. Die Versammlung konnte jede Minute zu Ende sein. Sie musste gehen. Samson rechnete mit einem großen Gästeansturm, und sie hatte zugesagt, die Bar zu öffnen.

Sie versuchte, Steves Blick zu erhaschen. Umsonst. Es war auch egal. Es war ohnehin töricht, überhaupt hergekommen zu sein. Anzunehmen, er würde sie brauchen, war geradezu ein Witz. Ihr einsamer Wolf hatte die Menge vor ihren Augen in zahme Lämmer verwandelt.

Sie hätte zu gern gewusst, wie die Versammlung ausging, doch sie konnte nicht bleiben.

Zwei Stunden später taten Mary Ellen die Füße weh, der Lärmpegel in der Kneipe war fast unerträglich, und der Zigaretten- und Zigarrenqualm drang sogar bis nach hinten in die Küche. Sie trug eine Schürze und war gerade dabei, noch vier Steaks auf den Grill zu legen.

„Noch einmal drei T-Bones, Sweetheart", rief Samson herein, gefolgt von Anweisungen, wie diese gegrillt werden sollten.

„In Ordnung", gab sie zurück, auch wenn sie nicht wusste, wo sie auf dem vollbepackten Grill noch Platz finden sollte. Ihr war heiß, und der Schweiß lief ihr über den Rücken. Aber das war immer noch besser, als vorn zu bedienen. Hier in der Küche wurde sie von keinem der Männer behelligt. Außer von Samson, der ihr hin und wieder aufmunternd auf die Schulter klopfte. Mary Ellen nahm an, dass er noch nie eine Angestellte hatte. Denn er schien nie genau zu wissen, ob er sie kumpelhaft behandeln sollte oder wie ein wohlmeinender Großvater.

Heute Abend war er in Großvaterlaune. Wenn die Geschäfte liefen, war er glücklich. Mrs Samson bediente vorn und rief ihm immer wieder zu, er solle sich hinsetzen, sonst würde ihm seine Arthritis wieder zu schaffen machen.

Plötzlich ging die Hintertür auf, und ein Schwall wohltuende kalte Luft kam herein. Mary Ellen sah nicht für eine Sekunde hoch, weil sie einfach keine Zeit dazu hatte. Erst als eine Hand nach einem Kartoffelchip auf einem der Teller griff, merkte sie, dass jemand eingetreten war.

Instinktiv schlug sie nach der Hand und erntete dafür ein freches Grinsen. Von ihm. Er ließ den Blick kurz über ihr Gesicht schweifen. Verschwitzt und müde, wie sie war, bot sie sicher keinen ansprechenden Anblick, und ihre Figur verschwand völlig unter der übergroßen Küchenschürze. Dennoch sagte ihr das gewisse Aufblitzen in seinen Augen, dass Steve eine begehrenswerte Frau in ihr sah. Sie fragte sich, ob er kurzsichtig war. Fragte sich, warum ihr plötzlich ein erregender Schauer über den Rücken lief. Und was, zum Kuckuck, Steve überhaupt in Samsons Küche machte.

„Ich möchte dir danken. Dass du zu der Versammlung gekommen bist."

„Da gibt es nichts zu bedanken. Ich hab doch gar nichts getan." Sie schob drei Teller auf die Warmhalteplatte unter der Durchreiche, damit

Samson sie den Gästen bringen konnte. Als sie sich umdrehte, stand Steve vor dem Grill und studierte ihre Bestellliste.

Sie eilte zum Kühlschrank. „Du kannst nicht bleiben. Samson trifft der Schlag, wenn er dich in der Küche erwischt."

„Er wird es gar nicht merken. Während des Studiums hab ich einmal in einem Imbiss gejobbt. Mach dir also keine Sorgen, dass ich hier etwas durcheinanderbringe … Und im Übrigen, dein Kommen hat mir geholfen. Ich hatte nicht damit gerechnet, auch nur ein freundliches Gesicht in der Menge zu sehen. Bestimmt, es war mir wichtig, dass du da warst. Da möchte jemand wirklich eine doppelte Portion Krautsalat?"

„Ja." Es war Mary Ellen, als würde die Küche von einem Riesen vereinnahmt, und bei der Arbeit auch noch zu debattieren behinderte sie noch mehr. „Ich hab doch gar nichts getan oder gesagt, womit ich dir geholfen hätte."

„Aber du warst da. Auf meiner Seite." Routiniert, als würde er Spielkarten austeilen, legte er Salat auf Hamburger-Brötchen, wandte dabei jedoch keinen Blick von ihr. Als gefiele ihm die Vorstellung, sie bei sich zu wissen, und als träume er von mehr …

Sie errötete. „Für diesen Hamburger keine Zwiebeln."

„Okay."

„Ich musste leider vor dem Ende der Versammlung weg."

„Ich dachte mir schon, dass du arbeiten müsstest."

„Als ich ging, hatten sich alle beruhigt. Du hast wirklich eine Art, die Leute zum Zuhören zu bringen, Rawlings."

„Tja. Ich bin eben der geborene Redner." Mit einem spielerischen Schmunzeln steckte er ihr eine Fritte in den Mund.

In Gedanken war sie noch immer bei der Versammlung. „Glaubst du, sie werden die Wölfe in Ruhe lassen?"

„Keine Ahnung. Leute benehmen sich, genau wie Wölfe, anders, wenn sie zu mehreren sind. Eine Gruppe fördert in Kerlen wie Fred Claire, der ständig beweisen muss, was für ein harter Macho er ist, die schlechtesten Eigenschaften zutage. Jagd auf meine Babys zu machen könnte er für einen echten Macho-Sport halten – besonders wenn er von seinen Kumpanen dazu aufgestachelt wird. Aber es gibt auch wirklich großartige Leute hier. Tolerant und verständnisvoll. Sonst würden die Wölfe längst nicht mehr leben."

„Vermutlich haben sie Angst."

„Tja, und wenn Leute Angst haben, verhalten sie sich oft nicht vernünftig. Wenn diese dumme Wolfsmutter doch bloß ihre Jungen nicht in der Nähe der Ortschaft zur Welt gebracht hätte. Man kann es einer Mutter von zwei kleinen Kindern kaum verdenken, dass ein Rudel Wölfe in Rufweite von ihrer hinteren Veranda sie nervös macht. Da kann ich ihr bis zum Jüngsten Tag versichern, dass Wölfe absolut kein Interesse daran haben, sich Menschen zu nähern. Warum sollte sie mir vertrauen oder glauben, was ich sage? Ich bin ein Fremder."

Mary Ellen schob drei weitere Teller unter die Durchreiche und wollte dann die T-Bone-Steaks wenden. Doch das hatte Steve bereits getan. Sie warf ihm einen nachdenklichen Blick zu. Er redete zwar von Wölfen und Müttern, aber sie hatte das merkwürdige Gefühl, dass er versuchte, ihr etwas anderes klarzumachen. Nämlich dass er durchaus verstand, dass er für sie fremd war und sie keinen Grund sah, ihm Vertrauen entgegenzubringen.

Aber genau das tat sie. Von Anfang an hatte sie Steve instinktiv vertraut. Er war ein aufrichtiger, starker, mutiger Mann. Ein Mann, der jeden, der schwächer war als er, beschützte und nie über ihn herfallen würde. Und an ihrem ersten Eindruck hatte sich nichts geändert. Da waren nur diese Küsse. Plötzlich wurde Sicherheit zu einem relativen Begriff. Wenn eine Frau sich einem Hurrikan auslieferte, begab sie sich unweigerlich in Gefahr. Auch wenn es jemand nicht darauf anlegte, sie zu verletzen, so konnte es geschehen.

Sie fürchtete nicht, dass er an ihr interessiert war, sondern mehr und mehr, dass er ihr etwas bedeuten könnte. Ernsthaft sehr viel bedeuten könnte. Und zum Henker, bei ihren Erfahrungen sollte sie es besser wissen, als ihr Herz ohne ihren Verstand auf und davon galoppieren zu lassen.

„Du arbeitest heute ja gar nicht vorn", bemerkte er.

„Nein. Samson und ich wechseln uns mit dem Küchendienst ab. Er mischt sich gern unter seine Gäste. Und heute Abend geht es ziemlich turbulent zu. Wegen deiner Versammlung, nehme ich an."

Offenbar hatte Steve keine Lust mehr, noch weiter über dieses Thema zu reden. „Machen dir die Jungs eigentlich viel Ärger?", fragte er beiläufig.

„Du meinst, wie neulich? Aber nein. Fred Claire hatte einfach zu viel getrunken. Nichts weiter." Sie wandte sich ab, damit er ihr diese faustdicke Lüge nicht ansah.

„Wenn man noch nie in einer Bar gearbeitet hat, ist es bestimmt nicht immer ganz einfach."

„Mein Lieblingsberuf ist es sicher nicht, aber von irgendetwas muss der Schornstein ja rauchen. Und Samson und seine Frau sind wirklich nett zu mir."

„Dann hast du also keine Probleme, mit den Wölfen fertigzuwerden, hm?"

„Nichts einfacher als das. Ich bin siebenundzwanzig."

„Aha."

„Also längst trocken hinter den Ohren. Ich komme allein zurecht." Während Mary Ellen extraviel Pfeffer auf den nächsten Hamburger streute, war sie sich voll bewusst, dass sie Steve eine Lüge nach der anderen auftischte. Ihr war auch klar, warum. Der verflixte Mann hatte ihren weiblichen Stolz geweckt. Weiß der Himmel, wie Steve zu dem Fehlschluss gekommen war, sie sei stark und mutig. Aber er mochte diese Eigenschaften an ihr, respektierte sie deswegen. Und zu ihrem Entsetzen hörte sie sich noch dicker auftragen: „Keiner der Männer hat mich bisher wirklich belästigt. Ein paar Witze, mehr nicht. So etwas lässt einen doch kalt."

„Ach ja? Komisch, ich hätte geglaubt, sie würden dir ziemlich zusetzen. Es gibt ja nicht viele alleinstehende Frauen hier. Und schon gar keine so hübschen wie dich."

„Hübsch?" Sie lachte auf. „,Schlicht und ergreifend' meinst du wohl. Außerdem laufe ich meistens so geschäftig hin und her, dass mich sowieso kaum jemand wahrnimmt."

Die Steaks waren fertig. Er legte sie auf die Teller, und sie gab gebackene Kartoffeln dazu und stellte sie unter die Durchreiche.

„Tja, wenn du mit diesen Wölfen so problemlos umgehen kannst, frage ich mich, ob du vielleicht Interesse daran hast, dich auch mit den richtigen zu befassen. Wie ist es, möchtest du morgen zur Fütterung der Welpen mitkommen?"

Mary Ellen hatte nicht mit dieser Einladung gerechnet, und dann sprach er sie ausgerechnet aus, als sie völlig durcheinander war. Durcheinander wegen all ihrer Lügen, durcheinander, weil er sie *hübsch* genannt hatte und weil sie sich bei der Arbeit am Grill ständig irgendwie berührten. Seit Steve hereingekommen war, fand Mary Ellen die Hitze in der beengten kleinen Küche nahezu unerträglich. Das musste auch der Grund dafür sein, warum sie sich sagen hörte: „Gern. Wann denn?"

„Ihre Mittagsfütterung ist normalerweise gegen eins. Ich könnte dich zu Hause abholen."

„In Ordnung."

Das war ihr ganzer Kommentar. Und doch entlockte er Steve dieses gewisse träge, überaus männliche Schmunzeln. Ehe sie hätte protestieren können, beugte er sich zu ihr herab und gab ihr einen federleichten Kuss auf die Stirn. Und schmunzelte erneut. „Ich glaub es einfach nicht. Noch nie hat eine Frau dieses spezielle Angebot mit ‚Ja‘ beantwortet. Keine einzige. Das ist absolut Neuland für mich. Du musst nachsichtig mit mir sein, weil ich auf einmal gar nicht mehr weiß, was ich sagen soll. Ich war mir so sicher, dass du ablehnst. Wirklich, ich hab noch nie eine Frau getroffen, die keine Angst gehabt hätte, sich näher mit meinen Wölfen zu befassen."

Minuten später ging er. Mit zitternden Fingern berührte Mary Ellen die Stelle ihrer Stirn, auf die er sie geküsst hatte. Denn sie spürte den Druck seiner Lippen noch immer, die plötzliche Erregung, die sie erfasst hatte, als er ihr so nah gekommen war. Sie seufzte laut auf. Nie und nimmer hatte Mr Rawlings in Gegenwart von Frauen Probleme, die richtigen Worte zu finden. Doch es war offensichtlich, dass er Erfahrung darin hatte, sie zu necken. Und diesmal würde sie auf keinen Fall überreagieren und in einen kleinen, kameradschaftlichen Kuss weiß der Himmel was hineininterpretieren.

Wenn ihr Herz raste und ihr die Knie zitterten, dann gab es einen guten Grund dafür. Die Wolfsjungen waren einfach unwiderstehlich. Irgendwie sprachen sie ihre Mutterinstinkte an – kurz, sie war verrückt nach den Kleinen. Aber ein erfahrener Feigling, wie sie einer war, reagierte sofort allergisch auf das kleinste Anzeichen von Gefahr. Wenn sie mit Steve zu den Welpen ging, riskierte sie, erneut auf die Alttiere des Rudels zu treffen.

Ihre nervöse Reaktion hatte also überhaupt nichts damit zu tun, dass sie Steve wiedersehen würde.

Es waren die Wölfe, die sie beunruhigten.

Nicht er.

5. KAPITEL

*E*s war Mary Ellen schon immer wie blanker Hohn erschienen, dass sie ein natürliches Talent dafür hatte, Dinge zu reparieren, während sie sich selbst nicht in den Griff bekam. Ihre Charakterschwächen schienen einfach irreparabel.

Zweifellos fand sie sich deswegen auch mit Steve im Wald wieder. Verängstigt, in einer Situation, die sie problemlos hätte umgehen können, mit strahlendem Lächeln, während ihre Hände in den Handschuhen vor Nervosität ganz feucht wurden.

„Meine Güte, und ich dachte schon, die Wölfe wären vielleicht nicht in der Nähe. Ich meine … sie hätten ja sonst wo jagen können. Oder ein Nachmittagsschläfchen machen."

Steve lachte auf. „Das würden sie wohl kaum tun – während wir hier im Anmarsch sind. Sie wittern Gerüche wie den menschlichen Geruch aus über einer Meile Entfernung. Sie verfolgen uns, seit wir den Wagen verlassen haben, haben sich bis jetzt nur nicht gezeigt. Vermutlich wollen sie dich näher kennenlernen."

Sie musste schlucken, weil ihr die Kehle wie zugeschnürt war. Bis zum Bau der Jungwölfe war es noch ein Stück hin, doch sie erkannte bereits Einzelheiten der umgebenden Landschaft wieder. Und wie neulich erspähte sie auf der nahen Hügelkuppe einzelne Schatten.

Weißer Wolf stand majestätisch und unbeweglich in seiner Rolle als Leitwolf etwas vor den anderen und fixierte sie mit seinen funkelnden dunklen Augen. Seine Kumpel an seiner Seite waren nicht ganz so still. Sie fletschten die Zähne und knurrten bedrohlich, während sie hin und her liefen, als hätten sie vor, sich jeden Moment den Hügel herabzustürzen.

Mary Ellen musste erneut schlucken. „Du glaubst also, sie wollen mich kennenlernen, hm?"

„Ja. Ich hab ein paar Knochen mitgebracht, die du ihnen als Leckerbissen vorwerfen kannst. Denn ich finde, wenn du schon in ihre Nähe kommst, wird es Zeit, dass ihr euch anfreundet."

„Knochen", wiederholte Mary Ellen und dachte dabei an ihre eigenen und dass es höchste Zeit für die Wahrheit war. Seit der Demütigung, die sie durch Johnny erfahren hatte, war ihr Selbstbewusstsein sehr angeschlagen. Die hohe Meinung, die Steve von ihr hatte, tat ihrem verwundeten Stolz ohne Frage gut. Es gefiel ihr, dass er glaubte, sie sei stark und voller Selbstvertrauen. Ihr gefiel sein Respekt. Doch dies schien die ideale Gelegenheit zu sein, ihm zu sagen, dass sie der größte Feigling aller Zeiten war.

„Du hast doch keine Angst, oder?"

„Wer, ich?" Sie wollte sich mit ihm aussprechen. Unbedingt. Im Moment jedoch war sie einfach zu beschäftigt. Ihr Blick ruhte wie gebannt auf Weißer Wolf. Und sie hätte schwören können, dass der Wolf ebenso unverwandt zurückstarrte.

Irgendwo hatte sie gelesen, dass die Augen eines Wolfs etwas Hypnotisches hatten. Auf seine Kollegen traf das allerdings nicht zu. Nur auf ihn. Er war so verdammt schön. Seine dunklen Augen bildeten einen solchen Kontrast zu seinem dichten weißen Fell, und er strahlte eine solche Kraft aus. Sie fand ihn immer faszinierender. Er hielt stets ein paar Meter Abstand zu den anderen, als sei er die Einsamkeit eines Rudelführers gewöhnt. Diese Einsamkeit berührte sie. Die Intelligenz und Eindringlichkeit, die aus seinem Blick sprachen, gaben ihm fast etwas – entnervend – Menschliches. Er blickte sie an, als würde er versuchen, sie einzuschätzen.

Aber ihre Faszination änderte nichts daran, dass ihr das Adrenalin durch die Adern schoss. Sie konnte kaum atmen. Egal, wie schön er war, egal, wie stark dieses seltsame Gefühl der Sympathie auch war … wenn er sich dazu entschloss, in einem kurzen Satz von diesem Erdhügel herunterzukommen, konnte sie leicht zu seinem Nachmittagsimbiss werden. Und das galt auch für seine Kumpel.

„Dieser dunkelgrau Gestreifte, das ist Scarlett", erklärte Steve beiläufig. „Der Name schien auf sie zu passen. Sie ist frech und verwöhnt, der Liebling des Rudels. All die Jungs bringen ihr Nahrung und besondere Leckerbissen. Sie hat sie glauben gemacht, dass sie das hübscheste Mädchen weit und breit ist. Kein Kunststück, da sie momentan ja das einzige erwachsene Weibchen ist. Und der Hellgraue mit dem gekrümmten Schwanz – das ist Thunder."

„Aha."

„Thunder steht in der Rangordnung ganz unten. Er ist derjenige, der immer zuletzt frisst, an dem jeder seine schlechte Laune auslässt. In jedem Rudel gibt es ein besonders unterwürfiges Tier, doch Thunder hat die Kraft und die Größe, in der Rangordnung aufzusteigen. Nur nicht den Charakter. Er macht viel Lärm, ist aber im Grunde ein Feigling."

„Aha."

„Und der, der Weißer Wolf am nächsten steht – der mit den blauen Augen und dem ganz weißen Gesicht –, das ist Hamlet. Er macht aus allem ein Drama. Er muss alles diskutieren und gründlich bedenken, kann einfach nichts spontan tun. Mary?"

„Ja?"

„Du verhältst dich prima", sagte Steve leise. „Es gibt da einen Trick im Umgang mit Raubtieren. Wahrscheinlich kennst du den längst, da du eine Frau bist und mit diesen Typen in der Bar fertiggeworden bist. Wenn du Angst zeigst, machst du dich zum Opfer. Ein Wolf ist eigentlich nicht unfreundlich. Er ist neugierig, schlau und von Natur aus ein geselliges Tier. Aber im Rudel treten andere Verhaltensweisen auf. Da sind sie aggressiver. Sie können Angst praktisch riechen, und das setzt dann ihre Aggression frei."

„Das wollen wir ganz bestimmt nicht", brachte Mary Ellen mühsam heraus.

Steve lächelte ihr ermutigend zu, während er langsam ihre in seinen Jackenärmel verkrampften Finger löste. „Und du bist bei mir, daher weiß ich, dass du keine Angst hast. Du weißt ja, dass ich nicht zulassen würde, dass dir etwas geschieht." Als ob die Sache damit erledigt wäre, drückte er ihr einen Sack in die Hand. „Elchknochen. Die mögen sie besonders. Wirf sie ihnen einfach hin, okay?"

Sie hatte eine viel bessere Idee. „Die Welpen sind sicher schon hungrig. Wie wär's, wenn du die Knochen verteilst, während ich unauffällig zum Schlitten gehe und anfange, die Fläschchen vorzubereiten?"

„Nein. Die Wölfe sollen doch sehen, dass diese Knochen von dir kommen. Das hilft ihnen, dich als Freund zu erkennen."

„Aha." Der ranzige Gestank, der aus dem Sack drang, war alles andere als angenehm, doch sie griff beherzt hinein. Wenn sie so nicht aus dieser Situation herauskam – und sie wollte eigentlich doch nicht, dass Steve erfuhr, wie feige sie war –, dann musste sie eine neue Überlebensstrategie anwenden. Sie würde die Knochen einfach ganz weit von sich wegwerfen.

Sosehr sie auch ausholte, der erste Knochen landete keine fünf Meter entfernt auf dem Boden. Sie nahm an, dass Weißer Wolf als der Boss sich als Erster daran laben würde, doch er machte keinerlei Anstalten, seinen Aussichtsposten, von wo aus er sie beobachtete, zu verlassen. Es war der dunkelgraue Wolf namens Scarlett, der sich knurrend darüber hermachte.

Mary Ellen brach der Schweiß aus. Hastig verteilte sie weitere Elchknochen, weil sie sie schnellstens loswerden wollte, bemüht, sie möglichst weit zu schleudern.

Zu ihrem Entsetzen verließ Steve sie. Sie merkte es erst, als sie es für den Bruchteil einer Sekunde wagte, sich umzusehen. Der herzlose Kerl war einen Meter hinter sie getreten – einen ganzen Meter! – und redete dabei ununterbrochen.

„Bravo, Mädchen. Ich weiß, dieses Knurren hört sich bedrohlich an, aber du musst bedenken, dass sie sich nicht anders äußern können. Um sich zu verständigen, müssen sie sich auf Laute und bestimmtes Verhalten verlassen. In einem Rudel spielt Dominanz eine große Rolle. Weißer Wolf, das ist das Alpha-Männchen, das Leittier. Die anderen gehorchen ihm, und man sollte meinen, dass er der Hinterhältigste in der Gruppe ist. Zunächst haben Tierforscher auch geglaubt, dass der Leitwolf sich seinen Status erkämpft. Aber es ist viel komplizierter. In Wahrheit liebt das restliche Rudel ihn."

„Liebt ihn?" Allmählich konnte Mary Ellen wieder normal atmen. Nicht auszudenken, was passieren würde, wenn die Knochen alle waren, doch im Moment hatten die Wölfe mit Sicherheit jedes Interesse an ihr verloren. Dennoch, ihr Verhalten mit dem Begriff „Liebe" in Zusammenhang zu bringen erforderte viel Vorstellungsvermögen.

„Ja genau, sie lieben ihn", wiederholte Steve. „Wenn sie das nicht täten, würden sie ihm nicht folgen. Stärke allein genügt nicht, um der König des Rudels zu werden. Er muss den anderen beweisen, dass er sich um sie kümmert, dass sie ihm die Führung anvertrauen können. Einem Diktator jedoch würden sie nie gehorchen. Ich behaupte ja nicht, dass sie sich nicht auch ein wenig vor ihm fürchten, aber Angst vor dem ranghöchsten Männchen findet man bei allen Tierarten. Jedenfalls ist kein Alpha-Männchen je zum Rudelführer geworden, indem es die anderen tyrannisiert hat. Sie müssen ihn lieben … Gehen dir die Knochen aus?"

„Ja. Das hier ist der letzte."

„Gut. Süße, das hast du großartig gemacht." Er kam nicht nur wieder neben sie, er tat auch, als habe sie eine Heldentat vollbracht. Er umarmte sie begeistert.

Es war nur eine kameradschaftliche Umarmung ohne Kuss. Und doch bestürzte sie Mary Ellen. Wann immer sie in seiner Nähe war, vergaß sie alle Vernunft und Vorsicht. Stattdessen, als ob das von Bedeutung wäre, bemerkte sie, wie sich Schneeflocken in sein Haar setzten. Wie es in seinen dunklen Augen aufblitzte, wie überaus verführerisch dieses träge, schelmische Schmunzeln war, mit dem er sie bedachte. Wenn er sie auf eine bestimmte Weise ansah, spürte sie, wie ihr Puls zu rasen begann, wie Furcht und zugleich Erwartung sich in ihr breitmachten, wie ein heißes Prickeln durch ihren Körper bis hinunter zu ihren Zehen lief.

Die reinste Unvernunft. Er war nicht für sie bestimmt, und sie machte sich darüber auch keine Illusionen. Die richtige Frau für Steve musste ihm ebenbürtig sein – eine Frau, die etwas wagte, die einen starken Charakter und ein ausgeprägtes Selbstbewusstsein hatte. Keine, die nur vorgab, diese Eigenschaften zu besitzen. Vielleicht hatte sie ihm ja etwas vorgemacht, sich selbst jedenfalls nicht. Dennoch wurden ihre Gefühle für ihn immer stärker. Ob sie das wollte oder nicht.

Seine Beziehung zu diesem Monster von einem Wolf war Teil des Problems. Jedes Mal, wenn Steve von Weißer Wolf redete, fiel ihr die Ähnlichkeit der beiden auf. Beide waren Führernaturen. Beide besaßen Stolz und Stärke und dieses gewisse Etwas, das sie von ihren Artgenossen abhob. Einsamkeit und Zuverlässigkeit gehörten untrennbar zu ihrem Naturell. Als er von Angst vor dem Leittier gesprochen hatte, hatte sie sofort verstanden, was er meinte. In seiner Nähe spürte sie stets diese seltsame, beunruhigende Spannung. Instinktiv ahnte sie, dass es gefährlich sein konnte, die Leidenschaft eines Wolfs zu wecken. Dass mit Steve zu schlafen vollkommen anders sein würde als jede Erfahrung mit Johnny oder anderen Männern.

Ging ihre Einbildung inzwischen mit ihr durch? Steve hatte ihr bisher absolut keinen Grund gegeben, sich vor ihm zu fürchten. Er hatte sie nur ein einziges Mal leidenschaftlich umarmt, und seitdem hatte er bewiesen, dass er ein außerordentlich sanfter Mann war. Und seine Gesellschaft das Natürlichste auf der Welt. Wie jetzt.

„Na, bist du bereit, es mit den kleinen Teufeln aufzunehmen?"

„He. Pass auf, welche Namen du meinen Babys gibst, Kumpel." Erleichtert darüber, der gefährlich betörenden Ausstrahlung Steves zu entkommen, eilte sie die wenigen Schritte zu dem schüsselförmigen Schlitten hinüber, den Steve hinter sich hergezogen hatte. Ein wenig Abstand zu ihm würde ihr helfen, ihr seelisches Gleichgewicht wiederzufinden. Auf dem Schlitten war Futter für die Altwölfe festgeschnallt und die Isolierbox mit der Milch für die Welpen. Sie nahm ein Fläschchen heraus und begann, es zu schütteln.

„Was meinst du, ob meine kleinen Engel wach sind?"

„Glaub mir, das sind keine Engel. Und wir sind noch nicht ganz gerüstet, um in den Stollen zu kriechen. Zuerst einmal müssen wir dich in eine Mae West verwandeln."

„Wie bitte?"

Er schmunzelte. „Du möchtest doch ein paar Flaschen mit hineinnehmen, oder? Ich stopfe mir immer welche unter meinen Parka, damit die Milch etwas länger warm bleibt, ich aber beide Hände freihabe." Er hielt inne. „Wenn ich dir behilflich sein soll …"

Diesmal hatte sein Blick überhaupt nichts Sinnliches, sondern spiegelte nur frechen Übermut wider. Mit dieser Art des Neckens konnte Mary Ellen leicht umgehen. „Danke, aber ich kann meinen BH selbst ausstopfen. Das hab ich mit dreizehn oft genug geübt."

„Ach ja?"

Schnell öffnete sie ihre Jacke und schob ein paar Fläschchen darunter. Weil ihr Busen dadurch plump und unförmig wurde, musste sie lachen. „Tja, genau die Größe hab ich mir als Teenager erträumt, aber nicht unbedingt die Form." Sie sah zu Steve hinüber, der ebenfalls Babyfläschchen unter seinen Parka stopfte, und lachte erneut auf. „Tut mir leid, dir das sagen zu müssen, Rawlings, aber als Frau würdest du niemals durchgehen."

„He. Lachst du mich etwa aus?"

Na bitte, dachte sie, es ist gar nicht so schwierig, in ihm einen Freund zu sehen. Steve war allein. Sie war es auch. Wenn sie sich auf eine Freundschaft mit ihm konzentrierte und jede Versuchung, sich in eine andere Richtung locken zu lassen, einfach ignorierte, wäre alles in bester Ordnung.

Auf dem Bauch zu den Welpen in den Stollen zu kriechen war genauso mühselig wie beim ersten Mal. Und sie war ganz außer Atem, als sie das stockdunkle Innere des Baus unter dem Felsüberhang erreichte.

Steve lag dicht neben ihr, sodass ihre Ellbogen sich berührten. Sie warteten beide ab, bis sich ihre Augen an die Dunkelheit gewöhnt hatten. Es roch nach Erde und irgendwie merkwürdig, aber nicht unangenehm. Gleich darauf konnte Mary Ellen die zusammengekuschelten Jungen ausmachen … und dann hob eines das Köpfchen.

Es war der Sohn – oder die Tochter – von Weißer Wolf mit dem flauschigen weißen Fell und den sanften Augen, die sie hellwach und aufmerksam anstarrten. Das Junge kam auf die Beine, unsicher und schwankend wie ein betrunkener Matrose, und fiel prompt um. Sofort stand es wieder auf und versuchte ein warnendes Knurren als Begrüßung für seine menschlichen Besucher. Aber es klang eher wie das Miauen eines Kätzchens, und weil es dabei heftig mit dem Schwänzchen wedelte, fiel das Kleine erneut um.

„Meine Güte", flüsterte Mary Ellen, „er hatte es mir gleich beim ersten Mal angetan. Aber ich glaube, derart rettungslos verliebt war ich noch nie."

Steve hatte sich inzwischen auf den Rücken gerollt, um das erste Fläschchen aus seiner Jacke zu nehmen. Doch sein Blick ruhte auf ihrem Gesicht, nicht auf dem des jungen Wolfs.

„Mir geht es ganz genauso", sagte er leise.

Steve und Mary Ellen stürmten ins Haus, kaum dass sie aufgeschlossen hatte, und entledigten sich sofort ihrer Stiefel und Parkas. Sie waren beide müde und hungrig, und sie froren. Seit drei Tagen hatte Mary Ellen ihn nun schon zur Nachmittagsfütterung der Welpen begleitet, doch Steve war sich überaus bewusst, dass es das erste Mal war, dass sie ihn mit in ihre Wohnung nahm.

Sie eilte ihm voraus, schaltete eine Lampe an, schob einen Schuh außer Sichtweite unter die Couch und versuchte gleichzeitig, mit den Fingern ihr Haar zu ordnen. „Mach es dir bequem. Du bist ja vorgewarnt, dass ich dir nichts Besonderes anbieten kann. Sonntags mach ich nämlich nie große Umstände mit dem Kochen. Außer einem Topf Chili …"

„Ich bin derart ausgehungert, dass ich mit einer alten Ledersohle vorliebnehmen würde. Chili klingt sehr verlockend."

Sie schmunzelte. „Besser als eine alte Ledersohle schmeckt es ganz bestimmt. Und ein kleiner Salat ist auch gleich fertig. Ich überlege gerade, was ich zu trinken habe … Wie wär's mit einem Glas Rotwein?"

„Ja, gern. Soll ich dir in der Küche helfen oder unterdessen den Kamin anzünden?"

„Den Kamin, wenn es dir nichts ausmacht. Streichhölzer liegen gleich neben dem Anmachholz …"

Ehe sich Steve an die Arbeit machte, sah er sich gründlich im Zimmer um. In einer Ecke hatte sie ihren Arbeitsplatz. Auf einem Tisch lagen alle möglichen Elektroteile und Werkzeuge herum. Er bemerkte auch die Monet-Drucke an den Wänden, den flauschigen Teppich in blauen und grünen Pastelltönen, die zerbrechliche Vase mit getrockneten Glockenblumen. Der Gegensatz zwischen ihrer praktischen, technischen Seite und ihrer Vorliebe für zarte Farbtöne überraschte ihn nicht. Und er hätte gewettet, dass sie es verstand, sich überall ein Zuhause zu schaffen, selbst in einer düsteren alten Jagdhütte.

Eines Tages jedoch musste er, Steve, herausfinden, warum eine derart weibliche Frau sich in einer Blockhütte am Ende der Welt versteckte. Bald. Am liebsten noch heute Abend.

Nachdem er das Kaminholz entzündet hatte, setzte sich Steve hin und beobachtete Mary Ellen. Sie eilte geschäftig in der Küche hin und her. Trotzdem entging ihm nicht, wie perfekt und sexy ihre alte Jeans saß und ihre langen Beine und ihren süßen Po bestens zur Geltung brachte. Genau wie ihr weicher roter Angora-Pullover ihre Brüste betonte. Die ganze Zeit über bombardierte ihn Mary mit Fragen und hielt so das Gespräch in Gang.

„Wir können hier am Esstisch essen. Oder wenn dir immer noch kalt ist, ebenso gut am Couchtisch vor dem Kamin …"

„Dann lieber am Kamin." Seit dem Abend, an dem sie ihm den Eintopf gebracht hatte, hatte er sie nicht mehr geküsst, hatte es nicht einmal versucht. Ihre Angst hatte ihn zurückgehalten. Und er bemühte sich nach wie vor, zu begreifen, warum er sie derart ängstigte.

Im Moment gab sie sich natürlich und unbeschwert. Aber nur, weil er den Trick gefunden hatte, wie er sie dazu brachte, sich zu entspannen. Es war seine Art, Schwächere zu schützen und zu verteidigen. Dass ein Mann eine Frau beschützte, war für ihn selbstverständlich. Eben seine Einstellung. Bis er sie getroffen hatte.

Es ging ihm absolut gegen den Strich, Mary Ellen den Wölfen vorzuwerfen … aber diese irrsinnige Methode zeigte Erfolg. Auch wenn es keinen Sinn ergab, sie hatte erst angefangen, ihm zu vertrauen und sich in seiner Gegenwart wohlzufühlen, als er seine ritterlichen Ambitionen über Bord warf.

Die meisten Frauen scheuten sich davor, sich mit einem Außenseiter zu verbünden, doch sie war bei dieser Versammlung erschienen und hatte ihn dadurch unterstützt. In der Bar hatte er sie im Umgang mit Männern nervös und ängstlich erlebt, doch als er sie mit diesem ersten Kuss überfallen hatte – völlig gewissen- und zügellos –, da hatte sie mit der Explosivität einer Dynamitladung darauf reagiert. Und als er sie mit den Wölfen allein gelassen hatte, obwohl er nur zu gut wusste, dass sie Angst hatte, da hatte sie ihr niedliches Kinn vorgereckt und die Herausforderung angenommen.

Nach diesem Schema könnte ich sie wohl dazu bewegen, sich in mich zu verlieben, grübelte Steve, wenn ich sie über eine Klippe werfe.

Mary Ellen wurde nicht nur gelöster, sie strahlte regelrecht vor Selbstvertrauen, wenn sie gezwungen wurde, etwas zu tun, wovor sie

Angst hatte. Vielleicht war es für sie wichtig, sich Herausforderungen zu stellen? Vielleicht war es eine persönliche Mutprobe, Ängste zu überwinden? Er begriff jedenfalls nur eins, nämlich dass seine Lady mit den sanften Augen die Courage hatte, sich allem und jedem zu stellen. Mit einer winzigen Ausnahme.

Ihm. Mary Ellen wurde zutiefst misstrauisch und nervös, wenn sie spürte, dass er mehr als bloße Freundschaft wollte.

Zweifellos hatte sie ihn heute nur in ihr Haus gebeten, weil sie endlich davon überzeugt war, dass er ihr keinen Ärger machen würde. Die Ärmste. Sie sah wirklich nicht aus, als sei sie darauf vorbereitet, über eine Klippe geworfen zu werden. Mit geröteten Wangen und unschuldigem Lächeln trug sie ein Tablett zum Couchtisch.

„Wie gut, dass es hier am Kamin so schön warm ist. Ich bin doch sehr weit weg von Georgia", meinte sie lachend. „Ehe ich hierherkam, hatte ich Schnee nur wenige Mal gesehen."

„Sicher vermisst du deine Familie." Er schenkte Wein ein, während sie sich hinkniete und Chili in tiefe Teller füllte.

„Ja, das stimmt, aber ich rufe Mom und Dad mehrmals in der Woche an. Ich wurde adoptiert, hab ich dir das schon erzählt?"

„Nein." Es war Steve nur allzu bewusst, dass sie ihm bisher überhaupt noch nichts über sich erzählt hatte.

„Meine leiblichen Eltern starben bei einem Autounfall. Mit etwa zwei Jahren kam ich zu meinen Adoptiveltern, die ganz idealistische Vorstellungen von Kindererziehung hatten und einfühlsame, verständnisvolle Eltern sein wollten." Sie begann zu essen. „Nur, ich war nie die Tochter, bei der ernsthafte Gespräche etwas genutzt hätten. Ich machte immer Ärger. Schlug mich mit Jungs, wollte Baumhäuser bauen statt Puppenhäuser, kam immer verdreckt nach Hause. Und einmal hab ich sogar versehentlich mein Zimmer in Brand gesteckt."

„Wirklich?" Steve musste schmunzeln.

„Ich hatte es neu verkabeln wollen. Damals war ich elf, und alles Elektrische faszinierte mich …" Sie seufzte und gab noch ein paar Geschichten in diesem amüsanten Südstaaten-Singsang zum Besten.

Er erfuhr, wie sie bei einer Schulaufführung einen Hasen spielte und dabei von der Bühne fiel. Wie sie am Tag, als sie den Führerschein bekam, mit dem Wagen durch die Wand der Garage fuhr. Sie versuchte offenbar, ihn zum Lachen zu bringen, und das gelang ihr auch.

Doch irgendwann fiel ihm auf, dass alle diese Storys ein gemeinsames Thema hatten. Es ging immer darum, dass sie etwas falsch gemacht hatte. Um Unangenehmes. Mit trockenem Humor erzählt, aber es schien ihm fast, als wolle sie ihm unbedingt aufzeigen, dass sie ein Versager und ein Außenseiter war, keine Frau also, an der er womöglich romantisches Interesse haben konnte.

„Wie auch immer …" Sie schob ihren leeren Teller beiseite und streckte die Füße Richtung Feuer. „Meine Eltern sind wunderbare Menschen. Und ich vergöttere sie. Auch wenn ich mich wohl nie so verhalten habe, wie sie es erwarteten. Ich fürchte, ich war eine richtige Plage für sie."

„Ich kann dir das nachfühlen." Weil sie inzwischen ihr Glas geleert hatte, schenkte Steve Mary Ellen noch etwas Wein ein. „Mit meinem Dad komme ich etwa so gut aus wie ein Bär und ein Puma im gleichen Revier. Unsere Ranch ist seit drei Generationen im Besitz der Familie. Ich habe noch zwei jüngere Schwestern, bin jedoch der einzige Sohn. Dad setzte große Erwartungen in mich, dass ich die Tradition fortführen würde, aber ich brachte einfach kein Interesse für die Rancharbeit auf. Als Teenager konnte ich keine fünf Minuten mit ihm im gleichen Raum sein, ohne dass wir in Streit gerieten."

„Keine fünf Minuten, hm?"

„Er ist ein guter Mensch. Ich respektiere ihn und liebe ihn sehr. Aber wir haben uns nie verstanden und werden das wohl auch nicht mehr. Jedenfalls bin ich mit dem Gefühl aufgewachsen, ein Außenseiter zu sein."

„Genau wie ich." Zum ersten Mal, seit sie vor dem Kamin saßen, suchte sie seinen Blick. Sie empfand also für ihre Familie die gleiche Liebe und Anhänglichkeit wie er – und die gleiche Uneinigkeit und Ausgeschlossenheit. Es schien sie stets zu überraschen, wenn sie etwas gemein hatten.

Ihn nicht. Nach außen hin mochten sie grundverschieden sein, doch von Anfang an hatte er gespürt, dass sie sich im Grunde sehr ähnlich waren.

Im Schein des Kaminfeuers wirkte ihre Haut zart wie Elfenbein, ihre Augen wirken geheimnisvoll wie ein See um Mitternacht. Sie merkt es, dachte er. Sie musste einfach merken, wie groß die sexuelle Spannung zwischen ihnen beiden war. Und er war bisher brav wie ein Pfadfinder gewesen, weil er verstand, dass sie Zeit brauchte, um ihn näher kennenzulernen. Doch inzwischen waren sie sich längst nicht mehr fremd. Da konnten sie doch sicher noch einen Schritt weiter gehen? Sie war etwas Besonderes. Er hatte zu lange allein gelebt, um das nicht zu erkennen. Und er wollte ihr seine Empfindungen unbedingt klarmachen.

Vielleicht spürte sie, dass es bis zu dieser gewissen Klippe nicht mehr weit war. Denn unvermittelt sprang sie auf und schickte sich an, das Geschirr abzuräumen.

Ein wenig enttäuscht über den Stimmungsumschwung trug er das volle Tablett in die Küche. Er wusch ab. Sie trocknete ab und räumte das Geschirr weg. Draußen war es stockdunkel geworden, und es schneite.

„Ich kann es nicht glauben, dass es schon wieder schneit", sagte Mary Ellen, während sie auf den letzten Topf wartete. „Die Straßen werden schwer befahrbar sein. Musst du heute Abend die Welpen noch einmal füttern?"

„Ja, aber erst in ein paar Stunden." Er sah sie an. „Du hast gar keine Angst, so abgelegen zu wohnen?"

„Nein. Ich mag die Wälder sehr, das Land überhaupt, und ich kann gut allein auf mich aufpassen. Es ist das erste Mal, dass ich ganz auf mich gestellt bin. Aber es gefällt mir, unabhängig und zurückgezogen zu leben." Lachend zeigte sie in ihre Reparaturecke. „Und die Freiheit zu haben, Unordnung zu schaffen, ohne dass es jemanden stört."

„Gibt es niemanden, den du vermisst?", fragte er beiläufig. Er reichte ihr den Kochtopf, den sie sofort abzutrocknen begann.

„Oh ja. Meine Eltern und Freunde …"

„Ich meinte einen Mann."

„Oh. Tja, es gab einen." Sie bückte sich, um den Topf in einem Unterschrank zu verstauen. „Ich war verlobt, aber das ist vorbei. Und gegenwärtig genieße ich meine Freiheit."

Es hatte also einen Mann gegeben. Bis vor Kurzem. Steve trocknete sich die Hände ab und schaltete das Küchenlicht aus. Er ahnte, dass dieser Exverlobte ein entscheidender Anhaltspunkt war, um seine geheimnisvolle Lady zu verstehen. Aber es war wohl besser, sie nicht weiter zu drängen.

„Frei zu sein hat mir auch immer gefallen. Obwohl die Arbeit mit meinen Wölfen mir erst die ganze Bandbreite von Freiheit vor Augen geführt hat." Er schmunzelte. „Ich kann nicht mehr lange bleiben. Aber wie wär's, wenn ich noch ein Scheit auflege und wir noch ein kleines Glas Wein trinken? Ich muss dir unbedingt erzählen, wie die Wölfe tanzen."

„Tanzen?"

„Ja, tanzen."

6. KAPITEL

*A*ch, komm. Wölfe tanzen doch nicht."

„Doch." Steve legte noch ein paar Eichenscheite in den Kamin und streckte sich dann neben Mary Ellen auf dem dicken Teppich aus. Sie hatte nicht nur neue Weingläser gebracht und gefüllt, wie er feststellte, sondern war seit dem Moment, in dem er erklärt hatte, er würde bald aufbrechen, auch völlig entspannt. „Bald" war natürlich ein dehnbarer Begriff.

„Diesen Tanz führen sie auf, wenn sie eine Gefährtin wählen. Bisher hab ich dieses Ritual erst einmal beobachtet. In Alaska. Das Alpha-Männchen ist das einzige Männchen im Rudel, das sich paart. Habe ich dir das schon erzählt? Dieser große graue Leitwolf also, den ich Romeo nannte, zeigte ein wirklich stolzes und würdiges Gebahren. Normalerweise. Denn er verwandelte sich in einen tollpatschigen Dummkopf, sobald er sich in seine taubengraue Auserwählte verliebte."

Als Mary Ellen bei dieser Beschreibung laut lachte, langte Steve hinter ihren Kopf und schaltete die Tischlampe aus. „Es macht dir doch nichts aus, oder? Das Licht hat mich geblendet."

„Nein, es hat mich auch geblendet. Und jetzt weiter mit der Romanze, Rawlings", antwortete sie ungeduldig.

„Also … Julia merkte, dass Romeo interessiert war. Ich persönlich glaube, dass ein Weibchen sich sofort im Klaren darüber ist, welche Gefühle sie für ihn hegt, wie weit sie ihn gehen lässt. Aber sie lässt sich das nicht anmerken. Auch wenn er das dominante Männchen ist, auch wenn sie vielleicht ein wenig Angst vor ihm hat, in Sachen Liebe gibt sie den Ton an. Und das weiß auch er."

Als Steve sich auf seine Ellbogen zurücklehnte, tat Mary Ellen es ihm gleich. Ihr Blick wirkte schläfrig, ihre Haut im sanften Schein des Kaminfeuers rosig. Er nahm an, dass sich die langen Stunden im Freien bei ihr bemerkbar machten, denn er hatte sie in seiner Gegenwart noch nie derart entspannt erlebt. Ob sie erkannte, dass er ihr viel mehr als eine Geschichte über Wölfe nahebringen wollte?

„Julia ließ den großen Grauen meilenweit hinter sich herlaufen und beachtete ihn überhaupt nicht. Als er sich schließlich erschöpft ein wenig ausruhte, wählte sie genau diesen Moment, um an ihm vorbeizugehen und ihm ihren Schwanz um die Nase zu wedeln, damit er möglichst intensiv ihren Duft wahrnahm. Und das war der Anfang, das erste Anzeichen dafür, dass sie sich vielleicht, aber nur vielleicht, den

Hof von ihm machen lassen würde. Anschließend küsste und tätschelte Romeo sie, stolzierte vor ihr her und stellte sich zur Schau, ganz der Macho, und sie neckte ihn ihrerseits. Keiner der beiden jagte oder fraß oder kümmerte sich um das restliche Rudel, als ob ihr gemeinsames Spielchen das Wichtigste auf der Welt sei."

Steve trank einen Schluck Wein und stellte sein Glas dann – und ihres auch – auf den Couchtisch. „Als Julia dann jedoch bereit war, sich also endgültig entschieden hatte, vollführte sie diesen Tanz für ihn. Sie tollte herum, machte Luftsprünge, benahm sich außer Rand und Band. Und sobald sie fertig war – Romeo hatte sie die ganze Zeit beobachtet –, tanzte er für sie."

„Wirklich? Sie tanzten wirklich?"

„Nicht gerade im Walzertakt. Aber ihre Bewegungen waren rhythmisch, hatten Grazie und liefen nach einem gewissen Muster ab. Und sie hatten dabei nur Augen füreinander. Mit diesem Tanz begann natürlich die eigentliche Liebesaffäre erst. Was ich an Wölfen besonders faszinierend finde, ist, dass sie sich anders paaren als irgendeine andere Tierart."

„Du machst Witze. Wie denn das?"

„Die meisten Tiere brauchen dazu nur ein paar Minuten. Dafür gibt es einen guten Grund, denn wenn sie miteinander verbunden sind, sind sie schutzlos den Elementen und Feinden ausgeliefert. Die Natur schützt sie also, indem der Paarungsakt schnell geht. Bei Wölfen könnte es genauso sein. Ist es aber nicht. Sie lieben sich langsam, ganz langsam. Vielleicht weiß das Weibchen, dass es riskiert, verletzt zu werden, wenn es mit einem Wolf tanzt. Vielleicht merkt auch er, dass es Angst hat. Wie auch immer, er stellt jedenfalls sicher, dass sie durch dieses bedächtige Tempo voll zu ihrem Vergnügen kommt."

Mary Ellen runzelte die Stirn. „Und das hast du nur durch das Beobachten der beiden Wölfe herausgefunden?"

Zum Teufel, nein, auf die meisten Einzelheiten war er gekommen, weil er sie beobachtet hatte. Es stimmte zwar, dass Wölfe tanzten, doch im Moment waren Wölfe das Letzte, woran er dachte. Mary lag nur eine Handbreit neben ihm, hatte ihn zum Essen und zum Wein eingeladen, hatte keine Einwände erhoben, als er alle Lampen ausgeschaltet hatte. Aber sein Instinkt sagte Steve, dass sie keine Ahnung hatte, dass er sie küssen würde. Er war glücklich, dass sie ihm endlich vertraute, aber zugleich verwirrte es ihn, dass sie selbst die deutlichsten

Anspielungen nicht verstand. Schließlich war er in jeder erdenklichen Hinsicht interessiert …

Als er ihr eine Haarsträhne aus dem Gesicht strich, lächelte sie.

Als er den Kopf neigte, lächelte sie noch immer.

Als er seinen Mund in unmittelbare Nähe ihrer weichen warmen Lippen brachte, riss sie überrascht die Augen auf. Endlich schien ihr aufzugehen, dass sie in Schwierigkeiten war.

In großen Schwierigkeiten.

Er ließ die Finger in ihr Haar gleiten und senkte langsam den Mund auf diese unvergleichlich süßen Lippen. Er hatte sie aus dem Rudel ausgewählt. Das hatte sein erster Kuss ihr verraten. Sein zweiter war eine hauchzarte Liebkosung, ein Versprechen, dass er sie nicht drängen würde, dass sie das Tempo bestimmten konnte, und sei es noch so bedächtig.

Aber sein Kuss enthielt eine unmissverständliche Einladung.

Die, mit ihm zu tanzen.

„Steve", flüsterte sie atemlos.

Er hätte es wissen müssen. Wenn man sie an den Rand einer gefährlichen Klippe brachte, sprang sie sofort hinab. Wenn Mary Ellen ihre Unsicherheit vergaß und ihre Vorsicht über Bord warf, dann fürchtete sie sich vor gar nichts. Den wilden Tiger in einem Mann zu wecken schien das Natürlichste auf der Welt für sie zu sein.

Zart strich sie über die Bartstoppeln auf seinen Wangen und fuhr ihm dann mit den Fingern ins Haar, um ihn näher zu ziehen. Sie wollte einen innigeren, intimeren Kuss, und er kam ihrer stummen Bitte nur allzu gern nach. Bei ihrer ersten Umarmung war er noch bereit, an Einbildung oder Zufall zu glauben und seine Reaktion auf Einsamkeit und Liebesmangel zurückzuführen. Er hatte sich getäuscht.

Mary Ellen war überwältigend. Sie schmeckte so betörend, dass er sich erneut wie von einer Lawine mitgerissen fühlte. Wieder dröhnte es ihm in den Ohren, während er sie auf den flauschigen Teppich drückte. Ihre Leidenschaftlichkeit brachte sein Blut zum Kochen. Sie unterbrach den Kuss nicht eine Sekunde, und er merkte, wie die Hitze der Lust durch ihren Körper pulsierte. Im Schein des Kaminfeuers wirkte ihr blasses Gesicht golden, ihre Augen strahlten wie Sterne. Und dann schloss sie die Lider, als er sie überall zu streicheln begann.

Er war Tausende von Meilen gereist, und er hatte sie erst jetzt gefunden. Es erschien ihm wie das reinste Wunder. Er hatte die Einsamkeit hingenommen, weil er dachte, die gehöre eben zu seinem Leben. Und er hatte schon nicht mehr daran geglaubt, dass es eine Frau geben würde, die zu ihm passte, die offen ihre Gefühle, ihr Temperament zeigte. Eine Frau, bei der er diese seltene, elementare Seelenverwandtschaft spüren würde.

Als er ihr den Pullover über den Kopf zog, öffnete sie abrupt die Augen. Und er entdeckte ein Feuer darin, das wild-verhalten aufloderte. Es gefiel ihr, mit Dynamit zu spielen. Auch wenn es sie gleichzeitig zu schockieren und überraschen schien, dass es so viel Spaß machen konnte, einen Mann um den Verstand zu bringen. Alles war in bester Ordnung, bis sie auf einmal an sich hinabsah und merkte, dass sie halb ausgezogen war.

Seine Rose des Südens hatte, ganz wie er vermutet hatte, zarte helle Haut und feste volle Brüste. Sie trug einen schlichten BH. Sie konnte unmöglich daran zweifeln, dass er sie wunderschön fand, doch plötzlich klang ihre Stimme stockend und unsicher.

„Steve ... das willst du doch eigentlich gar nicht."

Ein kurzer Blick unter seine Gürtellinie hätte genügt, um sie eines Besseren zu belehren. Sie blickte ihm jedoch geradewegs in die Augen.

„Das bin doch bloß ich", sagte sie, als ob diese Feststellung ihm einen Schock versetzen müsse.

Er hatte diesen Unterton in ihrer Stimme schon einmal gehört. Diesen Ton, der besagte, dass sie nichts Besonderes sei und er folglich kein Interesse an ihr haben könne. Steve konnte sich gut vorstellen, was ihr Exverlobter für ein Mann gewesen sein musste. Sie musste tief verletzt worden sein, denn ihr Mangel an Selbstvertrauen hielt sie eisern im Griff. Aber verflixt, er konnte einfach nicht verstehen, wieso sie alles durcheinanderbrachte. Sie war etwas Besonderes. Warum wusste sie das nicht? Sie war schön und geistreich und großzügig und warmherzig. Warum war sie sich dessen so wenig bewusst?

Ihr stockte der Atem, als er ihre BH-Schließe öffnete. Ihre Brüste glitten aus ihrer Umhüllung, und er umfasste sie liebevoll mit beiden Händen. Er wusste nicht, wie er eine Frau überzeugen sollte, die sich weigerte, Tatsachen zu nehmen, wie sie waren. Am besten, er zeigte es ihr. Zeigte ihr, was er fühlte. Wie er sie sah.

Als er seine Wange zärtlich zwischen ihren weichen Brüsten rieb, bog sie sich ihm instinktiv entgegen. Behutsam liebkoste er ihre Brustspitzen mit der Zunge, und sofort richteten sie sich zu dunkelrosa Perlen auf. Er küsste ihren Hals und die Stelle, die verriet, wie schnell ihr Herz klopfte. Und er küsste die empfindsamen Unterseiten ihrer Brüste, um sich dann erneut ausgiebig ihren harten Knospen mit Zunge und Mund zu widmen, denn das machte sie regelrecht verrückt.

Eine ganze Weile später ließ er eine Hand abwärts über ihre Taille gleiten, ihren Bauch, ihre Jeans, als ob die gar nicht vorhanden wäre, und presste sie zwischen ihre Schenkel. Leise schrie Mary Ellen auf. Sie schlang ihre Beine um ihn und warf sich herum, bis sie auf ihm lag.

„Was hast du mit mir vor, Rawlings?"

Ihr Flüstern klang ganz benommen. Er hätte ihr ihre Frage gern beantwortet, doch sie gab ihm gar keine Chance dazu. Quer auf ihm liegend, fing sie an, ihn zu küssen. Sie eroberte seinen Mund genauso überraschend und genauso gründlich wie er vorhin ihren. Lieber Himmel! Gerade als er sich in der Rolle des dominanten Männchens sonnte, kam sie ihm zuvor. Sein Wolfsweibchen hatte wirklich Krallen. Und ihren eigenen Willen.

Sie schob seinen Pullover nach oben und begann mit den Fingern die Härchen auf seiner Brust zu erkunden, desgleichen seine Muskeln und seine Haut. Dabei konnte ihr auch nicht entgehen, wie heftig sein Herz schlug. Ihm war bereits heiß, und wie sie so rittlings auf ihm saß und sich lustvoll an ihm rieb, beschwor sie die Gefahr herauf, dass seine Sicherungen durchbrannten. Knabbernd erforschte sie seine Ohrmuschel – eine erogene Zone, die sie unmöglich gekannt haben konnte –, und im nächsten Moment nahm sie erneut mit einem wilden Kuss von seinem Mund Besitz.

Steve hatte sich selten so kläglich gefühlt. Oder derart erregt. Als müsse er vergehen, wenn er sie nicht haben könne. Sein Verlangen war verzehrend und elementar wie Feuer, aber Lust allein brachte sein Blut nicht in Wallung. Das war sie. Er konnte sich nichts Erregenderes vorstellen, als zu beobachten, wie sie für ihn leidenschaftlich wurde, wie sich ihr Blick seinetwegen vor Entzücken verschleierte und ihre Berührungen immer kühner wurden. Es war genau, wie er es wollte ...

Im Kamin fiel ein Scheit um und ließ Funken aufsprühen. Mary Ellen fuhr hoch, als habe das Poltern sie erschreckt. Alles um sie herum schien sie plötzlich zu erschrecken. Vermutlich hatten sie, aufgewühlt, wie sie waren, den Couchtisch verschoben und waren vom Teppich gerollt. Denn ihre Umarmung hatte längst nichts Spielerisch-Unschuldiges mehr. Hastig zog sie ihre rechte Hand, die seinem Jeansreißverschluss bedenklich nahe gekommen war, zurück. Ihr Blick spiegelte Bestürzung, wie bei jemandem, der aus einem Traum erwacht war. Einem schrecklichen Traum. Denn er entdeckte auch Angst.

„Steve, ich …"

„Scht. Ist schon gut." Sein starkes Verlangen zu unterdrücken war etwa so, als erwarte er von einer Klapperschlange, dass sie auf Kommando mit dem Klappern aufhörte. Dennoch strich er Mary Ellen behutsam über die Wange, übers Haar. Es war nicht schwer, zu erraten, was ihren Stimmungswandel bewirkt hatte. „Ist schon gut", wiederholte er leise. „Nichts wird geschehen, was du nicht willst, Mary. Du brauchst nur Nein zu sagen. Es gibt nichts, wovor du dich fürchten müsstest. Nicht mit mir."

Mary Ellen öffnete die Nachfülldose mit dem Salz. Es war fast Mitternacht. Samson stand hinter dem Bartresen und polierte Gläser. Bis auf ein paar angetrunkene Gäste hatte sich das Lokal geleert, und sie nahm die Chance wahr, einiges zu erledigen, wozu sie sonst kaum kam. Sie schraubte den Deckel eines Pfefferstreuers ab und begann, ihn aufzufüllen.

Abrupt hielt sie inne und besah sich den Streuer und dann die anderen auf den Nachbartischen, die sie schon gefüllt hatte. Lieber Himmel. Sie hatte alle Pfefferstreuer mit Salz aufgefüllt. Wo war sie bloß mit ihren Gedanken?

Sie errötete. Nicht wegen der Gewürzstreuer. Das war nicht so tragisch. Sondern weil sie an die peinliche Situation dachte, die sie nun schon seit vier Tagen verfolgte. Sie wünschte, sie könnte nach Sibirien auswandern und brauchte Steve nie mehr unter die Augen zu treten.

Bisher war er nicht mehr in die Bar gekommen, und sie hatte dank des Anrufbeantworters seine Anrufe umgehen können. Aber so viel Glück würde sie nicht immer haben. Sich vor ihm zu verstecken fand sie zwar irgendwie kindisch, aber das störte sie nicht weiter. Sie war ja regelrecht über ihn hergefallen, als könnte sie es gar nicht erwarten, dass er mit ihr schlief. Wie peinlich!

Sie war gerade mit den falsch aufgefüllten Pfefferstreuern auf dem Weg in die Küche, als eine Männerhand sie an ihrem Jeansrock festhielt. „He, Süße. Willst du heute nicht mit mir nach Hause kommen?"

Es war Richard Schneider, der ihr vor ein paar Wochen sein Funkgerät gebracht und sie quer durch ihre Küche gescheucht hatte. Aber sie war zu sehr mit ihren eigenen Gedanken beschäftigt, um sich heute Abend von ihm einschüchtern zu lassen. Ohne nachzudenken, tätschelte sie ihm den Kopf, als sei er ein kleiner Junge, und ging weiter.

„He! He, Darling!", rief er ihr nach.

„Sie können noch ein Bier haben. Allerdings nur, wenn Sie mir zuerst Ihren Wagenschlüssel aushändigen."

„Von einem weiteren Bier war nicht die Rede, und im Übrigen würde Samson mir eins geben, ohne Theater zu machen."

„Nein, würde er nicht. Sie kennen die Spielregeln, Süßer. Sie haben die Grenze erreicht. Kein Autoschlüssel, kein Bier mehr."

„Süßer? Hat sie mich eben ‚Süßer' genannt?"

Mary Ellen nahm das brüllende Gelächter am Tisch kaum wahr. Sie eilte durch die Schwingtür zur Spüle in der Küche. Samson steckte den Kopf herein und sah gerade noch, wie sie das Pfeffer-Salz-Gemisch in den Ausguss spülte.

„Alles in Ordnung?", wollte er wissen.

„Himmel, nein. Heute Abend scheint mir alles danebenzugehen. Ich hab eine Bestellung verwechselt, dann ein Glas zerbrochen, und jetzt hab ich die Pfefferstreuer auch noch mit Salz aufgefüllt …"

„Das meine ich nicht. Vielmehr … fühlst du dich okay?"

„Ja, sicher. Warum?"

„Da fragt die Lady auch noch." Samson wischte sich die Hände an einem Küchentuch ab. „Stelmach ist draußen. Normalerweise drückst du dich hier drinnen am Geschirrspüler herum, wenn Stelmach da ist. Fred Claire hatte eine große Poker-Runde … Sie haben den ganzen Abend anzügliche Bemerkungen über dich gemacht, und du hast nicht ein einziges Mal reagiert. Bist nicht rot geworden oder in die Küche geflohen. Und eben hast du Richy Schneider den Kopf getätschelt. Soweit ich weiß, hast du seine Bestellungen bisher aus fünf Metern Entfernung aufgenommen, wenn du dich überhaupt so nah an ihn herangewagt hast. Und da fragt die Lady mich, warum ich wissen will, ob sie okay ist!"

„Hm?" Zunächst hatte Mary Ellen Samson zugehört, doch dann schweiften ihre Gedanken ab. Sie dachte an das, was Steve ihr einmal gesagt hatte. Zeig keine Angst, sonst machst du dich zum Opfer. Allerdings in Bezug auf Wölfe, aber verflixt. Seit vier Tagen war sie nun schon unkonzentriert und geistesabwesend. Und seit genau dieser Zeit benahmen sich die Männer in der Bar wie Engel, machten ihr keine Schwierigkeiten. Es überraschte und ärgerte sie, dass Steve recht hatte. War das alles, was sie die ganze Zeit über hätte tun müssen? Sich furchtlos geben und sie einfach ignorieren, damit diese groben Kerle sich benahmen?

„Mary Ellen, du hörst mir gar nicht zu."

„Natürlich höre ich dir zu, Samson. Du bist mein Boss. Im Übrigen, ich kann nachher schließen, wenn du früher nach Hause gehen möchtest. Es ist ja fast niemand mehr hier, und ich komme allein zurecht."

„Ob ich früher nach Hause möchte, ist doch gar nicht das Thema."

„Hm? Wie du meinst, Samson."

Aus unerfindlichem Grund warf Samson plötzlich das Handtuch in eine Ecke und murmelte etwas von „Versteh einer die Frauen", ehe er wieder durch die Schwingtür verschwand. Weiß der Himmel, was in ihn gefahren ist, dachte Mary Ellen.

Sobald sie die Pfefferstreuer aufgefüllt hatte, ging sie mit einem kleinen Eimer Seifenlauge in die Bar zurück, um die Tische abzuwischen.

Schneider und seine Kumpane waren gegangen, und nun war niemand mehr da. Während Mary Ellen Tisch für Tisch säuberte, kreisten ihre Gedanken zum ersten Mal seit Tagen nicht um Steve, sondern um einen anderen Mann.

Johnny. Seit Monaten machten Männer sie nervös, fürchtete sie sich davor, sie genauso falsch einzuschätzen wie ihn. Jetzt ging ihr auf, wie töricht sie war.

Sie erinnerte sich noch genau an Johnny. Keine Frage, sie hatte ihn für ihren Traummann gehalten. Seine Familie war alteingesessen und angesehen, niemand in der Verwandtschaft ein Versager oder Ausgestoßener, und sie hatte gehofft, dass diese erfreulichen Verhältnisse auch auf sie abfärben würden. Und Johnny war ein Charmeur gewesen. Er hatte sie nicht belogen, als er sagte, er liebe sie. Seine Vorstellung von Liebe war eben die Leidenschaft. Und als es darum ging, sich zu binden, bekam er kalte Füße. Er war ein großer Junge. Doch damals war Mary Ellen das nicht klar gewesen. Ja, sie war nicht einmal zu diesem Schluss gekommen, als er sie vor dem Traualtar vergeblich hatte warten lassen.

Sie musste erst einen Mann treffen, um zu erkennen, was Johnny war.

Sie musste erst Steve treffen.

Energisch ging sie daran, einen weiteren Tisch zu polieren. Sie hatte solche Angst davor gehabt, sich noch einmal mit jemandem wie Johnny einzulassen. Wie unsinnig. Jetzt wusste sie, wovor sie wirklich Angst haben musste ... nämlich ihr Herz an einen Mann zu verlieren – einen richtigen Mann –, der unmöglich ihre Gefühle erwidern konnte.

Steve und sie hatten völlig unterschiedliche Lebenserfahrungen und waren so verschieden wie Tag und Nacht. Es schien nichts zu geben, womit er nicht spielend fertig wurde. Sie musste sich alles hart erkämpfen. Er war einsam und brauchte einen Freund, und das war zweifellos der Grund für ihre gegenseitige Anziehung. Aber auf lange Sicht? Die Chance, dass er sie ernstlich brauchte, war so ziemlich gleich null.

Das Telefon klingelte. Mary Ellen fiel kaum auf, wie spät es eigentlich für einen Anruf war, aber Samson ging an den Apparat. Sie machte sich daran, den Tisch in der letzten Nische zu säubern. Wenn sie durch energisches Scheuern doch auch ihre Tagträume aus dem Kopf bekäme, die Erinnerung daran, wie wunderbar sie sich in seinen Armen gefühlt hatte. Sie war so gut darin, tropfende Wasserhähne zu reparieren. Warum konnte sie da nicht ihre überschäumenden Empfindungen in den Griff bekommen?

Sie wäre verrückt, zu glauben, sie bedeute ihm etwas. Schon einmal hatte sie an die Illusion der Liebe geglaubt. Es war einfach eine Frage der Selbstbeherrschung, des Charakters, sich auch ihm gegenüber verantwortlich zu verhalten, sich dazu zu zwingen, nur einen Freund in ihm zu sehen ...

„Mary Ellen", rief Samson, „es ist für dich."

Sie konnte sich nicht denken, wer sie um diese Uhrzeit in der Bar anrufen sollte. Während sie sich die Hände abtrocknete, eilte sie hinter den Tresen und ergriff dann den Hörer.

„Hallo, Liebes."

Zum Kuckuck. Die Leute hier in der Gegend redeten sich ständig mit Kosenamen an, und auch Samson nannte sie regelmäßig „Süße" oder „Schatz". Aber von Steve mit seiner rauen Stimme so tituliert zu werden löste ein erregendes Prickeln in ihr aus, als habe sie plötzlich einen elektrischen Schlag bekommen.

„Tut mir sehr leid, dich bei der Arbeit zu stören, aber ich konnte dich einfach nicht zu Hause erreichen ..."

Sie wusste natürlich genau, warum. Neugierig schaute Samson sie an. Sie wandte sich von ihm ab und sprach so leise wie möglich. Erstaunlich, wie leicht es ihr fiel, zu schwindeln. „Ich bin froh, dass du mich doch noch erreicht hast, denn der Abend neulich ist mir so peinlich. Ich hätte keinen Wein trinken sollen, Steve. Der ist mir noch nie bekommen. Nicht, dass mich das entschuldigt, aber ich möchte nicht, dass du glaubst, ich benehme mich normalerweise so. Ich meine … du brauchst nicht zu befürchten, dass das noch einmal vorkommt, und ich …"

Sie wollte ihre Entschuldigung gerade noch weiter ausschmücken, als sie ihn niesen hörte. Nicht nur einmal. Sondern mehrmals hintereinander. Besorgt runzelte sie die Stirn.

„Steve? Alles in Ordnung mit dir?"

„Nicht unbedingt."

„Bist du krank?"

„Ja." Aus dem Hörer drang erneut mehrmaliges Niesen. „Deshalb rufe ich ja an. Ich fürchte, ich habe Fieber. Verdammt unangenehm ist das – ich werde sonst nie krank –, und ich weiß nicht recht, ob ich es riskieren kann, bei diesem Wetter mit erhöhter Temperatur querfeldein …"

„Rawlings, du gehst jetzt sofort zu Bett, oder du bekommst es mit mir zu tun! Mit Fieber hast du im Freien nichts zu suchen."

„Ich muss doch die Welpen füttern."

Mary Ellen überlegte kurz. Natürlich musste er das. Wie konnte sie nur seine Wolfsjungen vergessen?

„Wahrscheinlich würde ich es schaffen. Nur, mir ist so schwindelig …" Er nieste von Neuem. „Und flau … Und ich hab das Gefühl, alles doppelt zu sehen."

Bestürzt erinnerte sie sich daran, dass er ihr neulich seinen Parka gegeben hatte und nur unzulänglich bekleidet im Schnee herumgekrochen war. Vermutlich hatte er sich ihretwegen diese Erkältung oder Grippe zugezogen. Und da sie wusste, wie wenig Zustimmung die Sache mit den Wölfen im Ort fand, konnte er keine Hilfe erwarten. Es sei denn, sie bot sie ihm an.

Sie presste den Telefonhörer fester ans Ohr und schloss die Augen. „Also, wenn du krank bist, gehst du auf keinen Fall nach draußen, und damit hat es sich. Die Fütterung übernehme ich. Sag mir nur, wann die nächste ansteht und wo ich die Ersatzmilch und alles Nötige finde."

„Hier im Wohnwagen. Morgen früh gegen neun werden sie regelrecht ausgehungert sein. Ich bitte dich sehr ungern um Hilfe …"

„Sei nicht albern. Wozu sind Freunde schließlich da?"

Es fiel ihr auf, dass seine Stimme gleich kräftiger klang. Offenbar war er sehr erleichtert, eine Lösung für sein Problem gefunden zu haben. Aber als sie auflegte, nahm ihr ihr heftiges Herzklopfen, das sie plötzlich verspürte, fast den Atem.

Sie hatte sich geschworen, sichere Distanz zu Steve zu wahren. Doch jetzt lagen die Dinge anders. Er war krank. Sie würde, ohne zu zögern, einen Berg für ihn erklimmen, wenn er sie wirklich brauchte. Und seine Welpen zu füttern war keine große Sache. Sie hatte ihm oft genug geholfen, um zu wissen, was zu tun war.

Aber hatte sie sich tatsächlich eben freiwillig darauf eingelassen, den ausgewachsenen Wölfen allein zu begegnen?

7. KAPITEL

*E*in paar Minuten vor acht hörte Steve ihre Wagentür zuschlagen. Zum Glück hatte er damit gerechnet, dass Mary Ellen frühzeitig kommen würde. Dennoch überprüfte er schnell im Badezimmerspiegel, ob er auch angemessen mitgenommen aussah. Er trug seinen ältesten Trainingsanzug und hatte einen Zweitagebart. Den Pfeffer griffbereit, falls er einen Niesanfall erzeugen musste. Er war eine Weile mit einem Heizkissen im Nacken herumgelaufen, damit sein Gesicht wie vom Fieber erhitzt wirkte – aber verflixt, er hatte vergessen, das Kissen wegzuräumen.

Schnell warf er es in den Schrank. Eigentlich fand er es ziemlich unfair, eine Frau dadurch für sich gewinnen zu wollen, indem man ihr vorspielte, sich absolut miserabel zu fühlen. Andererseits hatten verzweifelte Männer schon immer verzweifelte Taten vollbracht. Seine Rose des Südens war wie vom Erdboden verschwunden gewesen seit dem Abend, an dem sie sich beinah geliebt hätten. Wundersamerweise war sie nie zu Hause, wenn er bei ihr vorbeischaute, und keine Nachricht auf ihrem Anrufbeantworter hatte sie dazu bewogen, zurückzurufen. Nichts hatte geklappt ... bis sie glaubte, er sei krank.

Er zerzauste sich noch die Haare, ehe er öffnete – nur um sofort gerügt zu werden.

„Geh von der Tür weg, du leichtsinniger Mann, es zieht! Ich schaffe das schon allein. Ich kann ja mehrmals gehen."

Er hatte geahnt, dass Rotkäppchen nicht mit leeren Händen kommen würde. Und dass Mary, so, wie sie nun einmal war, nie argwöhnen würde, dass ein Wolf niedere Motive haben könnte. Also schleppte sie einen großen Topf in den Caravan und stellte ihn auf den Herd. Dem leckeren Duft nach zu urteilen enthielt er hausgemachte Hühnersuppe. Dann eilte sie erneut zum Wagen und brachte einen Beutel herein.

„Ich weiß nicht, ob du nicht vielleicht einen Arzt brauchst. Darüber können wir ja später noch reden. Aber damit du auf keinen Fall außer Haus musst, habe ich dir vorsorglich einige Medikamente mitgebracht und Vitamine und ein Thermometer ..." Rasch streifte sie die Handschuhe ab und legte ihm eine Hand auf die Stirn. „Lieber Himmel, Steve, du bist ja ganz heiß."

„Ich weiß", antwortete er kläglich.

„Schön, ich werde dich ins Bett stecken. Jetzt sofort. Und ich will keine Widerrede hören."

„Ja, Ma'am."

„Auch vom Bett aus kannst du mir ja sagen, wie ich die Ersatzmilch mixen soll. Du brauchst dir überhaupt keine Sorgen zu machen, Steve. Sobald ich die Flaschen fertig habe, fahre ich mit meinem Wagen zu genau derselben Stelle, wo du immer parkst. Von dort kenne ich den Weg zur Wolfshöhle. Ich hab die Babys oft genug gemeinsam mit dir gefüttert und weiß, was ich tun muss. Es wird alles bestens klappen. Und ehe du dichs versiehst, werde ich zurück sein."

Während sie redete, geleitete sie ihn ins Schlafzimmer und passte auf, dass er auch wirklich ins Bett stieg. Über die Bettdecke breitete sie noch die Tagesdecke und die Wolldecke. „Ist dir warm genug?", fragte sie besorgt.

Einer Schlange in den Tropen konnte nicht heißer sein. „Ja", bestätigte er schwach. „Und danke."

„Eine Grippe ist etwas Scheußliches, nicht wahr?" Sie zupfte und zog und strich am Bett herum und hielt dann plötzlich inne. Inzwischen war er beinah sicher, wirklich Fieber zu haben. Durch all die Decken hindurch war sie mit einem gewissen bedeutsamen Körperteil in Berührung gekommen. Vermutlich hatte sie das auch gemerkt, denn unvermittelt wandte sie sich mit geröteten Wangen ab.

„Sei ehrlich, hast du auch Magenbeschwerden? Durchfall? Denn woher soll ich wissen, ob du bestimmte Medikamente brauchst, wenn du es mir nicht sagst."

„Meine Güte, nein!"

Mary Ellen hatte außergewöhnlich sanfte, seelenvolle Augen. Doch nun blickten sie durchdringend wie die eines Armeegenerals. „Jetzt sei nicht so zimperlich, Rawlings. Wir sind beide erwachsen. Jeder hat doch schon einmal diese besonders unangenehme Form der Grippe gehabt. Sagst du mir auch die Wahrheit?"

„Ja. Ehrlich."

„Na schön. Dann mixe ich jetzt die Ersatzmilch."

Zwanzig Minuten später waren die Fläschchen gefüllt, und Mary Ellen war startklar. In der gleichen Sekunde, in der sie mit dem Wagen davonfuhr, sprang Steve aus dem Bett.

Es war höchst gefährlich, in Gegenwart dieser Frau krank zu sein. Ein Fehler, den er keinesfalls noch einmal machen würde. Doch bisher klappte sein Plan bestens. Ehre hin, Ehrlichkeit her. Irgendetwas hatte er schließlich unternehmen müssen, damit sie wieder mit ihm redete. Er hätte wetten können, dass nichts, aber auch gar nichts diese Lady aufhalten konnte, wenn sie das Gefühl hatte, gebraucht zu werden. Sie ging wieder natürlich und unbeschwert mit ihm um. Genau wie er gehofft hatte.

Das hieß jedoch nicht, dass er die Absicht hatte, sie mit den Wölfen allein zu lassen.

Mit dem Pick-up nahm er einen anderen als den von ihr gewählten Weg und ging dann auf Schneeschuhen Richtung Wolfsbau weiter, in der Jackentasche sein Fernglas, über der Schulter das Betäubungsgewehr. Er hätte Mary Ellen nie gehen lassen, wenn er auch nur das kleinste Problem vorausgesehen hätte. Die Wölfe kannten sie inzwischen, duldeten sie bei den Welpen. Dennoch, das Gewehr dabeizuhaben beruhigte ihn. Und wenn er sich etwa dreißig Meter von ihr entfernt aufhielt, war sie absolut sicher, auch wenn sie das nicht wusste.

Steve stellte sich zwischen die tief hängenden Zweige einer großen Fichte, die oben auf dem Abhang wuchs. Wie er vermutet hatte, war er noch vor ihr an Ort und Stelle. Denn Mary Ellen ging nicht nur langsamer, die ganze Ausrüstung für die Fütterung behinderte sie auch.

Irgendwo hinter sich hörte er, wenn auch kaum wahrnehmbar, Schnee knirschen. Die Wölfe. Eigentlich hatte er viel früher mit ihnen gerechnet. Während er auf Mary Ellen wartete, hatte er Zeit genug, sein Fernglas zu putzen. Und auch Zeit genug für Gewissensbisse.

Nach seinen Wertvorstellungen zwang ein Mann eine Frau nie, etwas zu tun, wovor sie Angst hatte. Mary fürchtete sich vor den Wölfen. Und vor ihm. Egal, was neulich auf dem flauschigen Teppich vor ihrem Kamin passiert war, jeder Idiot konnte sich ausrechnen, dass sie ihn seitdem nicht mehr hatte sehen wollen. Sie hatte das Recht zu dieser Entscheidung, und ein Mann, der einen solchen Entschluss gezielt zu beeinflussen suchte, war ein ausgemachter Widerling.

Aber verdammt. Wie konnte er einfach zur Tagesordnung übergehen, wenn sie derart gut zueinanderpassten? Mit ihrem Humor, ihrem Verständnis, ihrer Wärme hatte sie es ihm von Anfang an angetan gehabt. Und durch die Art und Weise, wie sie in seinen Armen vor Leidenschaft aufblühte, hatte sie im Sturm sein Herz erobert. Sein Leben schien ihm, seit er sie kannte, auf einmal unendlich viele Möglichkeiten zu bieten. Sie passten nicht nur gut zusammen, sondern schlicht hervorragend. Bisher jedoch hatte er es nicht geschafft, Mary Ellen das vor Augen zu führen.

Vermutlich war dieser Exverlobte an ihrem angeschlagenen Selbstvertrauen schuld. Doch sie mied dieses Thema. Und Steve konnte sie nicht zwingen, ihren Gefühlen zu trauen und ihm zu vertrauen. Aber jedes Mal, wenn er seine zarte Rose des Südens von einer Klippe stieß – wenn er also nichts unternahm, um ihr zu helfen –, schien sie an Selbstbewusstsein zu gewinnen. Vertrauen in ihre eigene Stärke, ihr eigenes Urteil zu fassen.

Vielleicht war es diesmal jedoch anders.

Verflixt, vielleicht endete es diesmal mit einem Desaster.

Er sah sie mit ihrer roten Kapuzenjacke über die Hügelkuppe kommen. Und er hörte ihre Stimme, noch ehe sie die Lichtung erreichte und anfing, die Fütterung vorzubereiten. Er musste schmunzeln. Sie redete mit den Wölfen, genau wie er selbst es tat. Ruhig, gelassen, damit die Tiere sie erkannten. Nur der Inhalt ihres Monologs unterschied sich ein wenig von dem, was er gesagt hätte.

„Na schön, Jungs. Ihr wisst jetzt, dass ich hier bin. Ich weiß es auch. Und da wir alle es wissen, könnt ihr ruhig wieder gehen und weiterschlafen und mich einfach vergessen, hört ihr? Wir alle werden ganz cool bleiben – verdammt!"

Steve beugte sich vor, seine volle Aufmerksamkeit auf Weißer Wolf gerichtet. Jedes Mal, wenn sie mitgekommen war, hatte er keine Sekunde den Blick von ihr gewandt. Steve verstand die Faszination des Leitwolfs, erging es ihm selbst doch nicht anders. Und bisher war sein alter Freund stets auf Distanz geblieben.

Diesmal nicht. Die anderen Wölfe des Rudels standen wachsam auf gleicher Höhe wie Steve auf dem Hügel, als habe ihnen ihr Boss den Befehl gegeben, zurückzubleiben. Weißer Wolf dagegen stürzte sich wie ein Wirbelwind aus weißem Fell und glitzerndem Schnee den Abhang hinab und trabte direkt zum Eingang des Stollens, um ihn zu blockieren und Mary Ellen mit bedrohlich gefletschten Zähnen zu empfangen.

„Oh nein. Oh, zum Teufel. Zum Henker. Ich glaub, mir wird gleich schlecht", schmeichelte Mary Ellen.

Geräuschlos nahm Steve das Betäubungsgewehr von der Schulter und zielte damit auf den Wolf.

„Hör zu, mein Süßer. Ich verstehe ja, wie du dich fühlst. Ich bin einer dieser schrecklichen Menschen", fuhr Mary Ellen in diesem weichen, einschmeichelnden Südstaaten-Akzent fort. „Warum solltest du mir vertrauen, hm? Meine Güte, ich vertrau mir ja nicht einmal selbst. Du kannst dir gar nicht vorstellen, wie oft ich in meinem Leben schon Unsinn gemacht habe, Goldstück, aber einmal kommt der Tag, an dem eine Frau einfach ihren Mann stehen muss. Wenn sie bei jedem Problem gleich auf und davon rennt, ist ihr Selbstvertrauen schnell im Eimer. Versteh das doch. Das werde ich nicht noch einmal machen, nicht einmal deinetwegen. Das heißt also, ich werde nicht wegrennen, und wir beide müssen uns irgendwie miteinander anfreunden. Komm her."

Die ganze Art dieses sanften Monologs schlug Steve regelrecht in Bann, bis er sah, dass sie einen Handschuh auszog und ihre schlanke weiße Hand vorstreckte. Ihn packte blankes Entsetzen, und sein Puls begann zu rasen. Das Letzte, das absolut Letzte, was sie tun durfte, war, sich diesem Wolf auf irgendeine Weise zu nähern, die er als aggressiv auffassen konnte. Diese Lektion hatte er ihr seit ihrer ersten Begegnung mit den Raubtieren immer wieder eingehämmert. Sie musste es einfach wissen.

„Komm schon. Hörst du nicht, Darling? Komm hierher. Du kannst das Futter riechen. Du hast diese Milch für deine Jungen doch schon einmal gerochen, oder nicht? Aber wenn du nicht weißt, ob ich ein Freund bin, dann brauchst du nur hierherzukommen und auch mich zu riechen. Lass doch dieses dumme Knurren und komm her, Baby."

Weißer Wolf winselte und scharrte mit den Füßen, ganz offensichtlich durch dieses unerwartete menschliche Verhalten verwirrt. Steve brach der Schweiß aus. Der Magen krampfte sich ihm zusammen, und er legte den Finger an den Abzug des Betäubungsgewehrs.

Er beobachtete, wie der Wolf den Kopf schief legte und dann unsicher und nervös auf sie zuging. Er sah, glaubte es aber einfach nicht, wie der Wolf mit seiner langen Schnauze zögernd an ihrer schlanken weißen, so verdammt verletzlichen Hand schnupperte. Seine Hände waren derart schweißfeucht, dass ihm der Finger vom Abzug rutschte. Oder vielleicht vor lauter Schock. Denn mit eigenen Augen sah er, wie Weißer Wolf die Zunge herausstreckte und ihr die Hand leckte.

„So ist es brav, so ist es brav. Bist du nicht ein ganz Lieber? Ich würde dir und deinen Babys doch nie etwas zuleide tun. Das musstest du erst herausfinden, stimmt's? Willst du nicht mitkommen, während ich deine Jungen füttere?"

Es war fast Mittag, ehe Mary Ellen zum Wohnwagen zurückkehrte. An der Tür zögerte sie, weil sie nicht einfach so hineingehen, jedoch auch nicht klopfen wollte, um Steve nicht aufzuwecken, falls er eingeschlafen war.

Als sie leise eintrat, war er nicht nur wach, sondern dabei, in seinem Caravan auf und ab zu gehen.

„Wie fühlst du dich?"

„Um ehrlich zu sein ... wie jemand, der den Boden unter den Füßen verloren hat."

„Na ja, das kann bei Fieber durchaus vorkommen." Sie stellte die Box mit den leeren Babyflaschen auf den Tresen und zog dann Jacke und Stiefel aus.

„Das Fieber ist weg. Mir geht's wieder gut."

Weil sie das nicht glaubte, legte sie ihm die Hand auf die Stirn. „Also, das gibt's doch nicht. Du fühlst dich wirklich kühl an. Beinah kalt." Sie betrachtete ihn forschend. Mit seinem wild zerzausten Haar und den verwegenen Bartstoppeln im Gesicht schaute er mit Sicherheit anders aus als sonst. Das herausfordernde Funkeln in seinen Augen allerdings war so intensiv wie eh und je. Und sein alter Trainingsanzug brachte seinen geschmeidigen, muskulösen Körper bestens zur Geltung.

Steve sah krank besser aus als so mancher Mann gesund. Seine Gesichtsfarbe war wieder normal und sein Mund ... Ihr Puls beschleunigte sich, als sie merkte, dass sie wie gebannt auf seinen Mund starrte. Ein schiefes Grinsen umspielte seine Lippen, das sie nicht ganz verstand. Und als sie hochsah, blickte sie geradewegs in diese blitzenden Augen. Kein Wunder, dass sie ganz nervös wurde.

„Dein Fieber muss wirklich weg sein, so wie du aussiehst", wiederholte sie.

Er überging das Thema Erkältung, als habe es nie existiert. „Wie ist es gelaufen?", fragte er ungeduldig.

„Mit den Wölfen? Großartig. Ich konnte gar nicht fassen, wie die jungen Wölfe in den paar Tagen, seit ich sie zuletzt gesehen habe, gewachsen sind. Sie sind so munter. Und so liebenswert tollpatschig, wenn sie herumlaufen. Zwei von ihnen haben es sogar bis vor den Bau geschafft."

„Du hattest keine Probleme mit Weißer Wolf? Oder mit einem der anderen erwachsenen Tiere?"

„Nein." Schnell ging sie zum Herd, um die Hühnersuppe, die sie am Morgen mitgebracht hatte, heiß zu machen. Er musste etwas essen, damit er wieder zu Kräften kam. Auf keinen Fall würde sie Steve von diesen schrecklichen Augenblicken erzählen, als Weißer Wolf ihr gegenüberstand. Er war davon ausgegangen, dass sie mit den Wolfsjungen umgehen konnte, oder er hätte sie erst gar nicht um Hilfe gebeten. Wie konnte sie ihm da sagen, dass sie beinah weggerannt wäre und ihn somit fast im Stich gelassen hätte, als er sie brauchte?

„Dann ist also nichts Besonderes passiert, was dir Angst gemacht hat?"

„Angst? Wie kommst du denn darauf? So, und jetzt setz dich zum Essen an den Tresen. Die Nudeln in der Suppe schmecken einfach himmlisch. Meine Mom machte sie auch immer selbst. Kein Vergleich zu dem geschmacklosen Zeug aus der Tüte … Warum lächelst du mich so an, Rawlings?"

„Vielleicht weil du immer wieder Dinge tust, die mich zum Schmunzeln bringen."

Zum Beispiel? hätte sie ihn am liebsten gefragt, fürchtete sich aber viel zu sehr vor der Antwort. Sie kamen gut miteinander aus – wie von Anfang an –, solange sie ihre Gefühle unter Verschluss hielt und den guten Kumpel herauskehrte.

Sie aßen einen Teller Suppe, und als Steve sich noch Nachschlag nahm, meinte sie erleichtert: „Es geht dir wirklich besser."

„Das habe ich dir doch gesagt."

„Schon, aber Männer sagen nie die Wahrheit, wenn sie krank sind. Normalerweise seid ihr unmögliche Patienten. Schlimmer als kleine Kinder. Man kann euch kein Wort glauben."

„He, he!" Aber ihre Neckerei brachte ihn zum Lachen. „Ich bin allerdings noch schwach und brauche Gesellschaft."

„Du möchtest bloß, dass ich bleibe und den Abwasch mache. Im Übrigen hättest du mich schon viel eher anrufen sollen. Ich hätte die Fütterung der Welpen jederzeit gern übernommen."

„Davon hast du mir immer noch nicht viel erzählt. Ging heute Morgen wirklich alles problemlos vonstatten? Ist bestimmt nichts vorgefallen, worüber du mir berichten möchtest?"

Was hätte sie ihm berichten sollen? Dass ein riesengroßer, Furcht einflößender Wolf ihr Herz gestohlen hatte? Dass er, genau wie Steve selbst, mutig und stark war und sie ohne Weiteres verletzen konnte? Und dass sie eine gewisse Einsamkeit in ihnen beiden spürte? Einsamkeit und Hunger nach Zuneigung und Fürsorge. Weswegen immer wieder ihr Verstand aussetzte, der ihr eigentlich riet, sich fernzuhalten und die Gefahr zu meiden.

Also nahm Mary Ellen gleich nach dem Abwasch ihre Jacke, um zu gehen. Noch länger mit Steve allein zu sein war einfach unklug. Aber irgendwie kam sie nicht dazu, wegzugehen. Zwar konnte sie Steve dazu, bewegen, sich auf die Couch zu legen. Schlafen und sich ausruhen wollte er jedoch auf keinen Fall. Jedes Mal, wenn sie Anstalten machte, aufzubrechen, hatte er noch irgendeine Frage. Und so redeten sie über alle möglichen Themen und kamen schließlich wieder auf die Wölfe.

„Was geschieht als Nächstes mit den Wolfsjungen?", wollte sie wissen. „Ich meine, wie wirst du sie füttern, wenn sie mehr brauchen als nur ihr Fläschchen?"

„Dieser Lebensabschnitt steht unmittelbar bevor. Eigentlich genügt ihnen Milch schon nicht mehr, doch für feste Nahrung sind sie noch nicht ganz bereit. Wenn ihre Mutter noch leben würde, würde sie jetzt immer etwas zu viel fressen und diese vorgekaute Nahrung dann wieder für sie auswürgen."

„Hört sich nicht sehr appetitlich an." Sie rümpfte die Nase. „Und wie willst du dieses Problem lösen?"

„Ich werde der Milch nach und nach gehacktes rohes Fleisch beimischen. Irgendwann kommt dann der Zeitpunkt, wo mir das ganze Rudel helfen wird. Sie sind ja eine Familie. Und in einer Familie füttert auch jeder die Kleinen."

„Du meinst, sie übergeben sich alle für die Babys?"

Er schmunzelte. „Genau. Klingt wirklich nicht sehr appetitlich, aber dieses System funktioniert. Wenn man bedenkt, wie viel Zeit die Jungen in Anspruch nehmen, hat es wohl sein Gutes, dass es in einem Rudel nur einen Wurf gibt. Ich hab dir erzählt, warum das so ist, oder? Dass sich nur der Leitwolf paart?"

„Ja, aber ich dachte, das sollte ein Witz sein. Keiner der anderen Jungs darf also ein bisschen turteln? Weißer Wolf ist der Einzige, der ein Mädchen bekommt?"

„Richtig. Er wählt sich seine Lady aus – die stärkste und hübscheste und sexieste Wölfin weit und breit. Und wenn er sie erwählt hat, hat es sich damit. Sie gehört zu ihm. Und wehe ein anderer sollte es wagen, sein Mädchen anzurühren."

Sie wollte gerade eine weitere Frage stellen, doch plötzlich schien sie keines einzigen vernünftigen Gedankens mehr fähig. Steve betrachtete sie. Auf der Couch ausgestreckt, ein Kissen im Nacken, hätte er kaum träger oder entspannter wirken können. Aber irgendetwas an seinem Blick aus diesen tiefgründigen dunkelblauen Augen brachte sie völlig aus der Ruhe. Weißer Wolf hatte sie am Morgen ganz genauso eingehend betrachtet ... ehe er auf sie zugekommen war.

Steve bewegte sich in keiner Weise. Sie hatte also keinen Grund, plötzlich so aufgewühlt zu sein und überdeutlich zu spüren, dass sie bis zum Hals in Schwierigkeiten steckte und nicht einmal wusste, warum. Ihre Fantasie ging einfach mit ihr durch, weil sich die beiden in vielem so ähnlich waren. Wie bei Weißer Wolf würde es auch bei Steve sein, wenn er sich eine Partnerin erwählte. Sie wäre sein. Er nahm all diese alten Wertvorstellungen von Ehre und Loyalität ernst, und er war der geborene Beschützer. Mary Ellen bezweifelte nicht, dass mit Steve nicht zu spaßen sein würde, wenn jemand es wagen sollte, einer Lady, die er liebte, zu nahe zu kommen.

Trotzdem brauchte diese Vorstellung sie eigentlich nicht nervös zu machen. Doch als sich Steve bedächtig und ohne Hast von der Couch erhob, begann ihr Herz wie wild zu klopfen.

„Mir ist auf einmal eingefallen, wie müde du sein musst."

„Ich bin kein bisschen müde", erwiderte sie schnell.

„Nein? Du hast gestern bis spät in die Nacht gearbeitet. Und heute Morgen musst du sehr früh aufgestanden sein, um die Suppe zu kochen und herzukommen, um mir zu helfen. Und dann hast du den ganzen Vormittag mit den Wölfen zugebracht."

„Nicht der Rede wert. Jeder Freund hätte das getan." Mit untergeschlagenen Beinen saß sie bequem in seinen Sessel gekuschelt. Als er auf sie zukam und sich zu ihr herunterbeugte, wurde sie erneut von einem elektrisierenden Prickeln erfasst – sie unterdrückte es. Wo blieb nur ihr Verstand? Seine Ähnlichkeit mit dem großen Alpha-Wolf konnte doch eigentlich kaum beruhigender sein. Wenn Steve sich eine Partnerin wählte, wäre es ohne Zweifel die hübscheste Frau weit und breit, einfach weil er sich mit nichts anderem als dem ganz Besonderen begnügen würde. Und sie, Mary Ellen, war so gewöhnlich wie Hühnersuppe. Mit Sicherheit wusste er das inzwischen. Sie war also sicher.

„Ja, Freunde helfen einander. Aber das heißt nicht, dass ich meiner besonderen Freundin keinen Dank schulde."

„Himmel, du schuldest mir gar nichts."

Offenbar sah er das anders. Denn in der nächsten Sekunde spürte sie seine warmen Lippen auf ihren. Es war ein ganz sanfter Kuss, eine federleichte Berührung, ohne jede Aufforderung, ihn zu erwidern – jedenfalls am Anfang.

Irgendwo tickte eine Uhr. Sein Kühlschrank summte. Durch die Fenster des Wohnwagens fiel fahles Licht. Es war eine völlig nüchterne Atmosphäre. Und doch dehnte sie den Kuss aus, als sei sie geradezu nach diesem sinnlichen Genuss ausgehungert. Wie selbstverständlich schlang sie ihm die Arme um den Nacken, als habe sie sich die ganze Zeit nach nichts anderem gesehnt.

Es gab kein Entkommen vor den immer stärker werdenden Gefühlen, die sie für ihn hegte. Und auch nicht vor dem törichten Verlangen, das er in ihr erregte. Ich werde mich mit seiner Erkältung anstecken, dachte sie. Doch das war ihr vollkommen egal.

Sie hatte seine Leidenschaft schon einmal gekostet, dieses zutiefst wilde, gefährliche, berauschende Lustgefühl. Eines Tages würde er die wirkliche Mary Ellen entdecken. Sie bezweifelte, dass er diese Lady respektieren würde, bezweifelte, dass er die mit Fehlschlägen und Fehlern bestens vertraute Frau, die sie nun einmal war, attraktiv finden würde. Aber sie wollte diese Wahrheit noch ein wenig für sich behalten. Kein Mann hatte je ihr Selbstvertrauen so sehr gestärkt wie er. Bei ihm fühlte sie sich, als sei es eine Kleinigkeit, den Mount Everest zu besteigen. Als könne sie einfach alles in Angriff nehmen, die Frau sein, die sie sein wollte.

Langsam hob er den Kopf und blickte ihr tief in die Augen. „Ich hätte nie erwartet, eine Freundin wie dich zu finden."

„Ich …" Eine ausgezeichnete Idee, über Freundschaft zu reden. Nur, es war etwas schwierig, überhaupt zu reden, wenn einem der Kopf schwirrte und das Herz raste.

„Es ist mir nie leichtgefallen, jemanden um Hilfe zu bitten", gestand Steve ein.

„Mir auch nicht."

„Ich dachte, du würdest das verstehen." Er bedachte sie mit einem trägen Lächeln. Und ebenso bedächtig strich er ihr zärtlich eine Haarsträhne aus der Stirn. „Wir sind so ein richtiges Außenseiterpärchen, nicht wahr? Wir eigensinnigen, eigenständigen Typen müssen zusammenhalten."

Später, als sie nach Hause fuhr, ging Mary Ellen diese Bemerkung immer wieder durch den Kopf. Sie schien ihm zugestimmt zu haben, wusste aber nicht recht, in welcher Hinsicht. Dass sie Freunde waren? Dass zwei unbekehrbar unabhängige Leute natürlich zueinanderhielten? Dass sie sich auf die Hilfe des anderen verlassen konnten?

Auf ihrer Auffahrt stellte sie den Motor ab und presste die Hände gegen die Schläfen. Alles war doch in bester Ordnung. Sie wollte doch, dass Steve das Gefühl hatte, auf sie zählen zu können. Sie wollte diese mutige, starke, selbstsichere Frau sein, für die er seine Freundin hielt.

Sie wollte sich nur nicht erneut zum Narren machen. Johnny hatte ihr ein für alle Mal klargemacht, wie leicht sie der Illusion Liebe auf den Leim ging. Dieser Irrtum hatte ihre Selbstachtung schwer ange-schlagen, und es hatte sie große Mühe gekostet, sie zurückzugewinnen. Steve war einsam. Und er war auch ein liebevoller und leidenschaftlich fürsorglicher Mann.

Sie musste bloß aufpassen, dass sie diese Tatsache nicht mit etwas verwechselte, was es nicht war.

Mit Liebe.

8. KAPITEL

*I*ch hätte darauf bestehen sollen, dass du zu Hause bleibst."
„Ha. Wir müssen unbedingt etwas gegen deine verstaubte
Einstellung zu Frauen tun, Rawlings. Ihr Männer könnt uns
heutzutage nämlich nicht mehr alles vorschreiben. Hast du davon etwa
noch nichts gehört?"

Steve blieb nur kurz stehen, um ihr fürsorglich die Kapuze über
den Kopf zu ziehen. Für ihre Neckerei hatte er offenbar keinen Sinn,
denn seine Miene hellte sich nicht im Mindesten auf. „Ich hätte darauf
bestehen sollen", brummte er erneut. „Du bist jetzt schon durchnässt.
Und frierst. Wenn ich bei Verstand gewesen wäre, hätte ich dich vor
einem schönen warmen Kaminfeuer an einen Stuhl gefesselt."

„Du hättest es ja versuchen können." Sie lachte. „Ich wollte mitkommen, erinnerst du dich? Freiwillig. Glaubst du, ich wäre lieber zu
Hause geblieben und hätte das alles verpassen wollen?" Sie warf einen
übertrieben bewundernden Blick auf die Landschaft ringsum. „Ich hab
noch nie einen besseren Tag für eine Schlammschlacht erlebt."

Gespielt verzweifelt verdrehte Steve die Augen, dann lachte auch
er. Er gab ihr einen kameradschaftlichen Klaps auf die Schulter, und
dann gingen sie mühsam weiter.

Vor einer Woche noch hatte die Gegend wie das reinste Märchen-
land ausgesehen, mit smaragdgrünen Nadelbäumen und wie Satin
glänzendem Schnee. Jeder Tag in den Wäldern war unvergleichlich
schön gewesen. Aber wer hätte mit diesem Wetterumschwung gerechnet? Anstatt dass es schneite, nieselte es unaufhörlich. Der Schnee
schmolz zu schmutzig-grauen Klumpen. Und der Boden war glitschig
und morastig.

Mary Ellen war bereits zweimal ausgerutscht. Der Hosenboden
ihrer Skihose war entsprechend schmutzig, desgleichen ihre Handschuhe. Es war absolut nicht faszinierend oder gar lustig, durch Morast zu gehen, der so dick war, dass ihre Stiefel fast darin stecken
blieben und sie an jedem Abhang das Gleichgewicht zu verlieren
drohte.

Dabei hatte sich Mary Ellen x-mal vorgenommen, sich vorzusehen,
die Zeit, die sie allein mit Steve verbrachte, einzuschränken. Aber liebe
Güte. Weder heiße Küsse noch vertrauliche Nähe konnten in dieser
Situation Grund zur Besorgnis sein. Mit dem Schlitten Futter für
die Wolfsjungen heranzuschaffen war relativ einfach gewesen. Jetzt

konnte der Schlitten nicht mehr benutzt werden. Die Jungen waren inzwischen größer und brauchten mehr Futter. Und das hätte Steve allein auf dem Rücken tragen müssen, wenn sie nicht angeboten hätte, zu helfen.

Sobald sie das Tal erreicht hatten, hielt sie automatisch Ausschau nach den Wölfen auf der Hügelkuppe. Thunder, der hellgraue, fing mutig aus sicherer Entfernung hinter einem Baum stehend – typisch für ihn – an zu heulen. Scarlett stolzierte hin und her, damit auch jeder sie sah. Und Hamlet stand am Rand des Abhangs. Erst nach einem Moment merkte Mary Ellen, dass einer fehlte.

„Wo ist Weißer Wolf?"

Steve war stehen geblieben, um das Begrüßungskomitee ebenfalls in Augenschein zu nehmen. „Er ist sicher in der Nähe. Eben nur nicht zu sehen."

Irgendwie war Mary Ellen beunruhigt. Bisher hatte Weißer Wolf immer gut sichtbar vor seinem Rudel auf dem Hügel gestanden. Doch Steve schien nicht besorgt. Er kannte das Verhalten des weißen Leitwolfs besser als sie, und das beruhigte sie. Minuten später hatten sie beide alle Hände voll zu tun.

Die Welpen erwarteten sie vor dem Bau. Aus den niedlichen Babys waren kleine Monster geworden. Ihre Ohren waren jetzt aufgerichtet. Ihre Augenfarbe änderte sich, und aus dem Hellblau, mit dem sie auf die Welt gekommen waren, wurde Goldgelb und Braun. Sie konnten die Fütterung kaum abwarten, und ihr Appetit war beachtlich. Und obwohl sie noch immer tollpatschig und unsicher auf den Beinen waren, hatten sie inzwischen entdeckt, wie man sich balgte. Ihr weiches wolliges Fell war nass und verdreckt, weil sie sich alle im Morast gewälzt hatten.

„Sie üben, um herauszufinden, wer der Rudelführer wird."

„Das ist vielleicht die hochkarätige Theorie eines Verhaltensforschers. Ich allerdings bin der Meinung, dass dieses spezielle Verhalten bei allen Lebewesen vorkommt. Ein typisch männliches Verhaltensmuster. Jungs spielen gern im Dreck. So ist das nun einmal."

„Du glaubst also, das ist etwas rein Männliches, hm?" Steve kratzte sich am Kinn. „Eigentlich wollte ich dir vorschlagen, dass ich sie füttere, damit du sauber bleibst. Aber wie ich sehe, hast du dich schon mitten in den Dreck gekniet …"

„He, ich habe den weiten Weg doch nicht gemacht, um nur aus der Ferne zuzuschauen."

„Bisher habe ich dich nirgends nur zuschauen sehen. Aber behalt die Handschuhe an, okay?"

Das tat sie. Sie hatte schon gemerkt, dass die Jungen scharfe Krallen hatten, und die kleinen Teufel setzten sie auch ein. Steve wollte, dass sie ihren körperlichen Kontakt mit den Babys auf ein Minimum beschränkten. Je weniger sie sich an Menschen gewöhnten, desto sicherer würden sie später in freier Wildbahn überleben. Das Füttern mit der Flasche hatte eine gewisse Nähe mit sich gebracht, doch seit sie alt genug waren, um auf den Beinen zu stehen, wurde die mit Fleisch angereicherte Milch in eine Schüssel gegossen. Diese Prozedur war noch neu, und jeder der Kleinen schubste und drängte, um seinen Anteil zu bekommen.

„Hört mal, ihr kleinen Dummköpfe, warum fresst ihr nicht einfach der Reihe nach? Es ist genug für alle da, habt ihr das denn noch nicht gemerkt? Ehrlich, ich … Steve, was ist?"

„Nichts."

Doch, es war etwas. Das spürte sie sofort, als er unvermittelt aufsprang. Sie war gerade dabei, die restliche Milch für die Welpen in die Schüssel zu geben, und es dauerte einen Moment, ehe sie sich aus der Balgerei der Kleinen befreit hatte. Steve kauerte ein paar Meter entfernt am Boden. Den rechten Handschuh hatte er abgestreift und führte seine Hand an die Nase, um an etwas zu riechen. Abrupt kam er wieder auf die Füße.

„Ich möchte, dass du für ein paar Minuten hier bei den Jungen bleibst, okay?"

Gedanken lesen konnte sie zwar nicht, doch inzwischen hatte sie eine Art Radar für seine Stimmungen entwickelt. Diesen betont ruhigen Tonfall kannte sie. Bei Gefahr wurde Steve automatisch ganz ruhig, ein Verhalten, das auf jeden in seiner Umgebung beruhigend wirkte. Außer auf sie.

„Was hast du im Schnee entdeckt?"

„Ich bin mir nicht sicher. Deshalb möchte ich etwas überprüfen. Ich bin nicht weit."

Da behielt er recht, denn sie folgte ihm. Bei dem schmutzigen Schneerest, der Steves Aufmerksamkeit angezogen hatte, hielt sie kurz inne und wunderte sich zunächst. Schmutziger Schnee war schmutziger Schnee … Auf einmal entdeckte sie merkwürdige Flecken. Sie waren eher braun als rot, und eigentlich hätte sie dabei nicht an Blut gedacht. Wenn Weißer Wolf nicht verschwunden gewesen und Steve nicht plötzlich so ruhig geworden wäre.

Als sie ihn auf der Hügelkuppe einholte, blieb er stehen. Er blickte sie mit seinen blauen Augen eindringlich an. „Ich hätte mir denken können, dass du weißt, was ich vorhabe. Aber du kommst nicht mit. Du gehst jetzt zu den Jungen zurück."

„Nein."

„Mit einem verletzten Wolf ist nicht zu spaßen. Er reagiert bösartig. Egal, wie freundschaftlich oder freundlich er Menschen gegenüber sonst sein mag. Wahrscheinlich wird er jeden angreifen, der versucht, sich ihm zu nähern."

„Grund genug, jemanden bei dir zu haben. Wenn er schwer verletzt ist, sind vielleicht zwei vonnöten, um mit ihm fertigzuwerden."

„Vielleicht. Aber da du nicht mitkommst, stellt sich dieses Problem gar nicht."

„Ich begleite dich."

„Nur über meine Leiche."

Wer hätte gedacht, dass diese sanften, verführerischen blauen Augen derart hart dreinblicken konnten? Doch Mary Ellen reckte das Kinn vor. „Da kannst du streiten, solange du willst. Ich weiche nicht von deiner Seite."

„Verdammt, Mary." Steve fuhr sich mit der Hand durchs Haar. „Wenn du einmal heiratest, wird dein Mann einen Schock bekommen, falls er den Passus ‚ihm Untertan sein' in der Trauungszeremonie beibehalten will. Und ich habe keine Zeit, dich zur Vernunft zu bringen."

„Glaub mir, das wäre vergebliche Liebesmüh."

Sie hatte auf ein Lächeln gehofft. Stattdessen hob er drohend den Zeigefinger. „Bleib hinter mir."

Sie folgte ihm auf den Fersen, durch Unterholz und rutschigen Schlamm, etwa eine halbe Meile weit. Dabei war ihr nur allzu bewusst, dass Steve ihr böse war, aber sie hätte einfach nicht anders handeln können, wusste sie doch, wie sehr er diesen Wolf liebte. Auch wenn sie Angst davor hatte, was sie vorfinden würden, wie hätte sie ihn dieser Situation allein begegnen lassen können?

Sie bekam einen Krampf in ihrer rechten Wade. Der Regen lief ihr über das Gesicht und in den Kragen. Egal, wie erfahren Steve im Fährtenlesen sein mochte, das Wetter behinderte auch ihn.

Während sie mühsam eine weitere halbe Meile zurücklegten, erklärte Steve, dass ein Wolf, wenn er sich schwach fühlte und dadurch Feinde anlocken konnte, sich instinktiv so weit wie möglich von seinem Bau entfernte. Mary Ellen verstand gleich, was das bedeutete –

Weißer Wolf würde sich trotz seiner Verletzung weiterschleppen, eben weil er verletzt war. Ihrer Meinung nach war dieser Instinkt, sein Rudel und seine Jungen zu schützen, geradezu töricht. Vor der Natur und ihren Gesetzen hatte sie stets größte Hochachtung gehabt. Bis zu dem Moment, als sie das regungslose weiße Fellbündel unter den Zweigen einer riesigen Tanne liegen sah.

Steve eilte sofort zu dem Wolf hinüber. Einen Augenblick lang war sie dazu außerstande. Ihr schlug das Herz bis zum Hals. Die Kehle war ihr wie zugeschnürt. Ihre Angst vor dem großen Kerl war nie ganz gewichen, aber er war einfach prachtvoll und bildschön, und sie mochte ihn sehr, und wenn er tot wäre …

Unvermittelt wandte Steve sich zu ihr um. „Honey, mach nicht so ein Gesicht. Wenn er so weit gekommen ist, kann er nicht allzu schlimm verwundet sein."

„Das habe ich auch gerade gedacht." Sie hatte ihn so häufig beschwindelt. Was machte da schon ein weiteres Mal?

Er strich ihr sanft mit dem Handrücken über die Wange. „Bist du okay?"

„Natürlich." Sie schluckte, um diesen schrecklichen Kloß im Hals loszuwerden. „Was du auch tun musst, ich werde dir helfen."

Er war nicht tot. Als Steve seinen Rucksack ablegte und sich neben ihn kniete, öffnete Weißer Wolf die Augen und schnappte nach ihm. Seine scharfen Zähne verfehlten Steve nur knapp. Trotzdem, Mary Ellen war erleichtert, dass er wenigstens lebte. Dann fiel ihr Blick auf etwas Metallenes. Zweifellos hatte Steve an der Fährte erkannt, dass der Wolf ein Fangeisen an einer Pfote hatte, aber sie hatte keine Ahnung davon gehabt.

Beim Anblick der blutigen Verletzung fluchte Steve leise und begann sofort, beruhigend auf das Tier einzureden. Mary Ellen blieb keine Zeit zum Überlegen. Es gab jede Menge zu tun.

„Wir werden das Ding abmachen, Kumpel. Es wird alles gut, alles gut. Mary, öffnest du bitte den Rucksack? Es ist eine kleine Plastikbox darin … halt still, Junge, halt still."

„Ist sein Bein gebrochen?"

„Das kann ich noch nicht sagen."

Sie reichte ihm die Box, die verschiedene Arzneimittel und Injektionsnadeln enthielt. „Kannst du ihm etwas gegen Schmerzen geben?"

„Es klingt grausam, Liebes, aber das sollte man nur tun, wenn es nicht anders geht. Er steht unter Schock, nicht wahr, mein Großer?

Beruhigungsmittel im Schockzustand zu verabreichen ist gefährlich. Wir werden ihm zunächst ein Antibiotikum geben und sehen, ob er stillhalten wird, damit ich ihm die Falle abnehmen kann. Wirst du ein braver Junge sein? Natürlich wirst du das …"

Nach einem Moment fuhr er fort: „Bitte leg die Werkzeuge aus dem Rucksack auf den Boden, Mary. Wenn ich nur wüsste, wie wir dieses verdammte Ding abbekommen. Aber wir müssen es irgendwie schaffen. Wir kennen uns schon lange, stimmt's, Kumpel? Erinnerst du dich, als ich deine Mama in genauso einer illegalen Falle fand? Dir wird nichts dergleichen passieren, und es wird dir bald wieder gut gehen. Aber du musst mich da ranlassen, Junge. Leg den Kopf hin. Ja, so ist es brav."

Aus dem Nieselregen wurde strömender Regen, der Mary Ellen ins Gesicht schlug und sie frösteln ließ. Wie sie feststellte, konnte Steve in vier Sprachen fluchen. Obwohl er nie die Stimme hob und weiterhin besänftigend auf Weißer Wolf einredete, besprach er in allen Einzelheiten mit ihm, was er mit dem Kerl, der die Falle illegalerweise aufgestellt hatte, am liebsten tun würde.

Eine halbe Stunde verging oder vielleicht auch eine Stunde. Die anhaltende Besorgnis ließ jedes Zeitgefühl schwinden. Selbst als das Fangeisen gelöst und die Wunde gesäubert und verbunden war, war Mary Ellen klar, dass sie noch keine Zeit zum Ausruhen hatten. Sie mussten noch die Utensilien von der Welpenfütterung holen und dann zurück zum Pick-up gehen. Und sie hatte keine Ahnung, was Steve anschließend mit Weißer Wolf vorhatte.

Doch sie konnten wenigstens einen Moment innehalten, nachdem Steve getan hatte, was er tun konnte. Er kroch unter der Tanne hervor und reckte sich. Sein Haar war klitschnass geworden, und er war völlig verdreckt. Selbst auf seiner Wange war ein Schlammspritzer.

„Er kommt wieder in Ordnung. Auch wenn es seine Zeit dauern wird."

Sie las es an seinen Augen ab, dass er fest davon überzeugt war. Steve liebte diesen Wolf. Sie hatte schon immer gewusst, dass diese beiden etwas verband. Und jetzt bewunderte sie einmal mehr, wie Steve mit diesem Tier umzugehen verstand. Das Tier hatte ein Zutrauen zu ihm entwickelt, das zwischen Mensch und Wolf absolut ungewöhnlich war. Steves Lächeln versicherte ihr zusätzlich, dass Weißer Wolf durchkommen würde.

„Ich sage es dir ja ungern, aber du siehst wirklich schrecklich aus."

„Ich? Wie gut, dass wir keinen Spiegel dabeihaben, Rawlings. Dein Anblick würde dich zutiefst erschrecken."

„Ach ja?" Er sah an sich hinab und dann wieder sie an. „Ich finde, der Dreck steht dir entschieden besser."

„He."

Er lachte auf, doch sein freches Grinsen erlosch langsam. Er schaute sie an, als sei er sich die ganze Zeit über sehr bewusst gewesen, dass sie an seiner Seite war. „Du bist wirklich eine mutige Frau, Mary."

Sein Lob ließen sie erröten. Verlegen schüttelte sie den Kopf. „Ich bin nicht mutig. War es nie. Ich hab doch nichts getan …"

„Doch, hast du. Und doch, bist du. Eines Tages werde ich einen Weg finden, damit du mir das glaubst."

Mary Ellen hatte ein Handtuch um den Kopf geschlungen, als sie es an ihrer Tür klopfen hörte. Mit einem erschrockenen Blick auf die Uhr nahm sie das Tuch ab. Es war gerade fünf. Steve wollte erst um sieben zum Abendessen kommen. Sie hatte sich gerade einen alten Jogginganzug angezogen, war barfuß und ihr Haar noch feucht vom Duschen.

Sie würde ihn erwürgen, wenn er so früh kam.

Doch diese mörderischen Gedanken verflogen schnell, als sie zur Haustür eilte. In der vergangenen Woche hatten sie unglaublich viel zu tun gehabt. Steve hatte Weißer Wolf in die Nähe des Baus verfrachtet und ihm dort ein Lager bereitet. Der Wolf erholte sich schnell. Sich neben der Fütterung des Rudels auch noch um das verletzte Tier zu kümmern hatte Steve voll ausgelastet. Ein weiteres Problem war der Fallensteller. Steve hatte sich wegen der illegalen Falle zwar an die Behörden gewandt, doch niemand war bisher gefasst worden. In jeder freien Minute machte Steve Kontrollgänge in der Umgebung des Wolfsbaus, weil er befürchtete, der Kerl könne versuchen, weitere Fallen zu stellen oder den Tieren anderweitig zu schaden.

Sie hatte ihm selbstverständlich geholfen. Inzwischen waren sie ein eingespieltes Team. Dabei war ihr klar, dass sie mit dem Feuer spielte und dass sie mit ihrer Einladung zum Abendessen eine noch größere Gefahr heraufbeschwor. Die ganze Zeit über hatte er zwischen Tür und Angel gegessen. Er brauchte unbedingt etwas Ruhe und eine richtige Mahlzeit. Sie war nicht so verrückt, mit einer gemeinsamen Zukunft zu rechnen oder auch nur davon zu träumen. Aber für ihn da zu sein, wenn er Hilfe brauchte, das war ein verdammt gutes Gefühl. Die ganze Woche über hatte sie es sehr genossen.

Mit strahlendem Lächeln öffnete Mary Ellen die Haustür.

Doch ihr gefror das Lächeln. Es war unsinnig, enttäuscht zu sein. Denn wieso hätte Steve seine Arbeit abbrechen und früher kommen sollen? Aber sie hätte lieber einen Grizzlybären empfangen als diesen speziellen Besucher. Giles Labeck war einer von Fred Claires Kumpanen. Typisch, dass er eine Jägerjacke und Kampfstiefel trug. Und ebenso typisch, dass er sie von oben bis unten anzüglich musterte.

„Hallo, Mary Ellen."

„Hallo. Was kann ich für Sie tun?" Dabei erkannte sie sofort, warum er gekommen war – unter einem Arm trug er einen Sechserpack Bier, unter dem anderen einen Videorekorder.

„Mein Videogerät ist defekt. Vielleicht können Sie einmal nachsehen, ehe ich mir die Mühe mache, es einzuschicken."

Zum Henker, dachte sie verdrießlich. Sie konnte ja kaum eine Reparaturwerkstatt aufbauen, wenn sie Kunden abwies. Und bis sieben blieb ihr noch genügend Zeit, um sich umzuziehen und das Dinner zuzubereiten. Es war nur … Giles. Selbst eine Klapperschlange wäre ihr sympathischer gewesen. „Tja, dann kommen Sie mal herein. Es dauert nur ein paar Minuten, bis ich Ihnen sagen kann, ob ich das Gerät reparieren kann oder nicht."

„Kein Problem, Darling, ich hab den ganzen Abend Zeit."

Das hätte sie sich denken können, weil er seine Jacke ablegte und sich häuslich niederließ. Zudem hatte sie den Eindruck, dass er sich schon ein paar Bier genehmigt hatte.

„Wie ich gehört habe, sind Sie inzwischen mit dem Wolfmann befreundet." Giles nahm sich eine Dose Bier. Ehe er sie öffnete, bot er ihr auch eine an. Doch sie lehnte ab.

„Steve? Ja, wir sind Freunde." Ohne Mr Anzüglich weiter zu beachten, schloss sie den Videorekorder an.

„Wegen dieser Falle macht der einen Aufstand. Jeden bringt er auf, auch den Jagdaufseher und den Sheriff. Die reinste Zeitverschwendung. In dieser Gegend werden seit zweihundert Jahren Fallen gestellt. Jeder könnte so ein altmodisches Eisen irgendwo auf dem Dachboden gehabt haben. Ausgeschlossen, herauszufinden, wem sie gehörte. Und man hat doch schließlich das Recht, seine Familie vor Wölfen zu schützen."

„Die Falle war im Staatsforst. Nicht auf Privatgelände. Und der Wolf war auch nicht in der Nähe eines Hauses. Es gibt Gründe, warum dieser Fallentyp bereits vor Jahren verboten wurde. Halten Sie es denn für richtig, ein Tier zu verstümmeln und es dann qualvoll sterben zu lassen?"

Giles lachte auf und kauerte sich dann neben Mary Ellen. „Nicht schwer zu erraten, auf wessen Seite Sie sind." Er hielt einen Moment inne. „Er ist ein Riesenkerl, was? Kein Wunder, dass er Ihnen gefällt. Ein kleines Ding wie Sie, das in diesen langen Winternächten ganz allein …"

„Hm. Was ist denn mit Ihrem Rekorder?"

„Am oberen Bildschirmrand bekomme ich weißes Geriesel. Manchmal geht es wieder weg, manchmal aber auch nicht. Sie mögen große Männer, nicht wahr, Honey?"

Mary Ellen tat ihr Bestes, sein Gerede einfach zu überhören. Seit Wochen war sie in keine unangenehme, peinliche Situation mehr geraten. Daher hatte sie gehofft, dass sie sich diese demütigende Angewohnheit abgewöhnt hatte. Immer wieder blickte sie zum Fenster. Was würde Steve von ihr denken, wenn er hereinkam und Zeuge wurde, wie dieser Schwachkopf sie quer durchs Wohnzimmer scheuchte?

Sie brauchte eine Weile, um das Gerät gründlich zu testen. Wenn sie das Problem jetzt gleich beheben konnte, hätte Giles keinen Grund, wiederzukommen. „Wann genau tritt das Geriesel auf? Gleich nachdem Sie eine Kassette eingelegt haben? Oder erst wenn sie eine Weile läuft?"

„Das ist ganz unterschiedlich. Es gibt kein erkennbares Schema."

„Sind Sie sicher, dass es nicht nur an den alten Videokassetten liegt? Denn ich kann am Gerät selbst keinen Defekt finden … Giles, Ihre Hand liegt auf meinem Knie. Wenn Ihnen Ihr Leben lieb ist, sollten Sie sie augenblicklich da wegnehmen."

„Sie haben so einen süßen Sinn für Humor."

„Danke. Nehmen Sie Ihre Hand weg!"

„He, seien Sie doch nicht gleich so unfreundlich. Wir sind uns doch nicht fremd. Glauben Sie, ich könnte Ihnen nicht zeigen, wie vergnüglich man seine Zeit verbringen kann? Ist doch in Ordnung, wenn sich zwei Leute an einem einsamen Winterabend zusammentun …"

„An Ihrem Videorekorder ist nichts kaputt."

„Möglich, aber ich hab da ein Problem, das Sie ganz, ganz leicht beheben könnten …"

„Giles, ich sage Nein. Ein kleines, einsilbiges Wort. Sie sollten keine allzu große Mühe haben, es zu verstehen." Sie wollte die Schnur des Rekorders aus der Steckdose ziehen, aber noch während sie vornübergebeugt dastand, spürte sie Giles' Pranke auf ihrem Rücken. Leise fluchend wirbelte sie herum, den Schraubenzieher in der Hand.

„Wieso verstehen Sie eine freundliche Abfuhr nicht? Muss ich erst rabiat werden? Klebt vielleicht ein Sticker auf meiner Stirn, der besagt, dass Mary Ellen sich für dumm verkaufen lässt?"

„Ein Sticker? Sie verwirren mich, Honey. Ich weiß nicht, wovon Sie reden. Was für ein Sticker?"

„Vergessen Sie es. Konzentrieren Sie sich, Giles, und zwar auf die Tür. Sie gehen nämlich." Sacht stieß sie den Schraubenzieher gegen seine Brust. „Nehmen Sie Ihr Videogerät. Und Ihr Bier." Sie schubste ihn erneut. „Jetzt sofort."

Dieser Hinauswurf beschwor für einen Moment alte Albträume herauf, unangenehme Erinnerungen, weil sie ähnliche Situationen nie richtig hatte handhaben können. Doch sie hatte keine Zeit, darüber zu grübeln. Sie schaute auf die Uhr. Um alles fertig zu haben, ehe Steve kam, musste sie sich beeilen.

In fliegender Eile panierte sie das Hähnchen in Crackerbröseln und Parmesankäse und briet es an. Dann lief sie ins Schlafzimmer, um sich einen legeren grünen Pullover und Leggings anzuziehen. Sie deckte den Tisch, wendete das Hähnchen und eilte zurück ins Schlafzimmer, um etwas Make-up aufzulegen und ihre Haare zu richten. Später, als sie den Salat anmachte und das Brot in den Backofen schob, musste sie an Giles' Miene denken, als er zur Tür hinaustolperte. Er hatte derart dumm dreingesehen. Mary Ellen lachte leise und brach dann in helles Gelächter aus.

Langsam fing sie sich, doch ihr war auf einmal bewusst, dass etwas Seltsames vorging. Noch vor einem Monat hätte sie nicht über sich selbst gelacht und hätte an dieser Situation absolut nichts Amüsantes finden können. Noch vor ein paar Wochen hätte ein Kerl wie Labeck sie total nervös gemacht. Vorhin jedoch war sie mehr verärgert als schockiert gewesen. Vielleicht war sie etwas ungeschickt mit ihm umgegangen, aber immerhin hatte sie die Lage gemeistert.

„Du bist eine mutige Frau", hatte Steve gesagt.

Sie hatte ihm nicht geglaubt. Sich als dummes Huhn zu sehen, das immer wieder versagte, war so selbstverständlich für sie geworden, dass sie bisher gar nicht auf den Gedanken gekommen war, dass sie sich verändert haben könnte. Sie hatte Steve glauben lassen, sie sei couragiert und selbstbewusst, ohne dass das im Entferntesten der Wahrheit entsprach. Und während sie versuchte, seiner hohen Meinung zu entsprechen, merkte sie allmählich, dass sie Dinge tun konnte, an denen sie früher scheiterte. Ja, dass sie eine ganz andere Frau als früher sein konnte.

Seinetwegen.

Mary Ellen blickte erneut auf die Uhr. Eine Minute vor sieben. Steve würde jeden Augenblick kommen. Die Kartoffeln waren gar, ihr Hähnchen knusprig gebraten, der Tisch nett für ein gemütliches Abendessen gedeckt. So viel Zeit sie auch miteinander verbracht hatten, so spürte sie doch, dass Steve sorgfältig weitere Vertraulichkeiten vermied. Genau wie sie spürte, dass die Anziehung zwischen ihnen immer stärker wurde. Egal, wie einsam er sein mochte, er war nicht der Typ Mann, der eine Frau drängte. Sie hatte nicht die geringste Furcht, dass heute Abend irgendetwas passieren würde, es sei denn, sie wollte es.

Dieser Gedanke setzte sich in ihrem Kopf fest.

Sie hielt am Fenster Ausschau nach den Scheinwerfern seines Pickups und dachte dabei, wie es wäre, mit ihm zu schlafen. Dachte, dass ihre Gefühle für ihn tief in ihrem Herzen verschlossen waren wie ein geheimes Versprechen.

Zu oft schon war sie mit offenen Armen in ihr Unglück gelaufen. Johnny war ihr schlimmster Fehler gewesen, aber nicht der einzige. Keine Frage, sie hatte stärker und realistischer werden müssen, wenn sie je Achtung vor sich selbst haben wollte. Doch Steve war nicht Johnny. Er hatte nie auch nur versucht, sie auszunutzen. Auch wenn sie sich seiner Gefühle nicht sicher war, so wusste sie doch genau, was sie für ihn empfand. Verlangen, Sehnsucht, Respekt, Vertrauen, Liebe. Es war zu spät, um zu leugnen, dass sie bis über beide Ohren in diesen Mann verliebt war.

Sie brauchte diesen Empfindungen nicht nachzugeben. Denn sie hatte große Angst davor, sich in seinen Augen zur Närrin zu machen. Vielleicht war es verrückt, mit einem Wolf tanzen zu wollen. Doch im Grunde ihres Herzens wusste sie, dass sie nie wieder jemanden wie Steve finden würde. Er war der einzige Mann, den sie je kennengelernt hatte, der eine Frau niemals im Stich lassen würde.

9. KAPITEL

*S*ie würde glauben, er habe sie versetzt. Steve sah auf die Uhr im Armaturenbrett seines Pick-ups: 22:07. Er kannte Mary Ellen und wusste, wie sie es aufnehmen würde, dass er nicht erschienen war. Sie erwartete geradezu, dass Männer sie im Stich ließen. Inzwischen hatte sie ihn als Freund akzeptiert, doch es war ihm nicht gelungen, sie davon zu überzeugen, dass sie ihm in jeder Hinsicht vertrauen konnte.

Und seine Verspätung brachte ihn bestimmt nicht weiter.

Die Nacht war stürmisch, aber zum Glück war die Straße trocken, und außer ihm war niemand unterwegs. Er fuhr, so schnell er konnte, doch die vielen Kurven verlangsamten seine Fahrt immer wieder.

Vor seinem geistigen Auge sah er eine Sanduhr, durch die unaufhaltsam der Sand rieselte. Es ging nicht nur um diesen einen Abend. In gut einer Woche würde er die Wölfe und die Jungen abtransportieren. Sein Projekt war damit beendet, und er musste weiterziehen. Um Mary Ellen näherzukommen, brauchte er noch Wochen, nicht nur wenige Tage. Sie passte in sein Leben wie ein Schlüssel in ein Schloss – er war einfach verrückt nach dieser Frau –, aber ihr das klarzumachen war außerordentlich schwierig.

Durch seine Arbeit wusste Steve, dass man Vertrauen nicht erzwingen konnte. Nicht bei einem wilden Tier und schon gar nicht bei einem verwundeten. Seine Lady war so zerbrechlich wie ein lädierter Schmetterling. Sie fühlte sich in seiner Gegenwart zwar wohl – verflixt, das erotische Knistern zwischen ihnen könnte glatt einen Waldbrand entfachen –, aber sie hatte offenbar Angst, die Grenze zu einer intimenBeziehung zu überschreiten. Und seine große Verspätung würde ihn vermutlich um hundert Jahre zurückwerfen.

Mit rasantem Tempo bog er in die Auffahrt zu ihrer Hütte ein und sprang aus dem Wagen, kaum dass er den Motor abgestellt hatte. Das Verandalicht brannte noch – sie hatte ihn also noch nicht ganz abgeschrieben. Er hoffte, dass sie wütend auf ihn war. Sie hatte jedes Recht dazu. Er fürchtete allerdings, dass sie zu verletzt war, um ihm Gehör zu schenken.

Er rannte zu ihrer Haustür und klopfte. Weil er jedoch nicht abwarten konnte, trat er einfach ein. Sofort wurde er von Wärme eingehüllt, weichem Licht, Stille. Leise schloss er die Tür.

Ein Blick genügte und ihm war klar, dass er alles gründlich verpatzt hatte. In der Küche war der Tisch gedeckt, die Kerzen waren heruntergebrannt. Er brauchte nicht näher zu treten, um zu wissen, dass das appetitlich aussehende Brathähnchen kalt war, der Salat welk. Er sah das selbst gebackene Brot, die Schüssel mit den kalten Kartoffeln. Sie hatte sich solche Mühe gemacht und war dann, als er immer noch nicht kam, erschöpft eingeschlafen.

Liebevoll blieb sein Blick an ihr hängen. Sie hatte sich in den Schaukelstuhl gekuschelt, ihre Zeitschrift war ihr beim Einschlafen entglitten. Ganz in Grün gekleidet, sah Mary wie ein Waldgeist aus – und geradezu unwiderstehlich. Das Kinn hatte sie in eine Hand gestützt. Im Schein der Leselampe wirkte ihre Haut blass und zart wie Elfenbein.

„Mary." Er hatte ihren Namen nur geflüstert, doch sie öffnete sofort die Augen. Ihr Lächeln war spontan, warm, natürlich. In ihrem schläfrigen Blick las er nicht das kleinste Anzeichen von Verärgerung. Dafür, dass er sich so verspätet und nicht angerufen hatte, hätte sie ihm ordentlich die Leviten lesen sollen. Jede andere Frau hätte das getan, aber verflixt, sie hatte sich noch nie wie andere Frauen verhalten.

„Einen struppigeren Streuner", murmelte sie belustigt, „hab ich, glaube ich, noch nie gesehen."

„Streuner?" Steve sah an sich hinab. Erst jetzt merkte er, dass sein Parka zerrissen war und er Morast an den Stiefeln ins Haus getragen hatte. „Tut mir leid, dass ich Dreck hereingetragen habe …"

„Das ist doch nicht so schlimm. Setz dich. Eigentlich wollte ich dir gleich etwas zu essen geben, aber so wie du aussiehst, brauchst du wohl erst einmal einen Drink." Auf dem Weg in die Küche schaute sie auf die Uhr. „Ach du meine Güte!"

„Mary, ich habe mich nicht mutwillig verspätet."

„Natürlich nicht."

„Ich habe dein Dinner ruiniert. Es sieht so lecker aus. Du hast dir solche Mühe gegeben …" Ehe er seine Entschuldigung zu Ende bringen konnte, hatte sie ihm ein Glas mit einer goldbraunen Flüssigkeit in die Hand gedrückt.

„Trink", befahl sie ihm. „Was ist mit deiner Stirn passiert?" Behutsam berührte sie die Stelle über seiner Braue. „Sieht wie ein Bluterguss aus. Bist du sonst noch verletzt?"

„Ich bin überhaupt nicht verletzt", erwiderte er ungeduldig.

„Trink", gebot sie ihm erneut mit sanftem Nachdruck.

Er nahm einen Schluck von dem Whiskey und ließ sich dann nicht länger von einer Erklärung abhalten. „Als ich nach der Welpenfütterung noch einen Rundgang im Wald machte, fand ich zwei weitere

Fallen. Der gleiche Typ, durch den Weißer Wolf verletzt wurde. Ich nahm sie auseinander, brachte sie zum Pick-up, doch ich konnte nicht einfach wegfahren. Ich hoffte, dass der Übeltäter zurückkommen würde, um nachzusehen, ob er etwas gefangen hatte. Leider konnte ich dich nicht anrufen, um dir zu sagen, dass ich später kommen würde. Normalerweise habe ich immer mein Handy dabei, doch diesmal hab ich es im Caravan gelassen. Ehrlich, ich hätte nicht gedacht, dass ich mich so sehr verspäten würde …"

„Das ist schon in Ordnung, Steve. Bei deinem Job bist du natürlich nicht immer in der Nähe eines Telefons. Hast du den Kerl denn erwischt?"

„Nein." Nervös rieb er sich den Nacken und wusste nicht recht, warum er so aufgewühlt war, obwohl Mary Ellen wie die Ruhe selbst wirkte. „Ich sah die Scheinwerfer eines Wagens. Erst dachte ich, es sei tatsächlich der Fallensteller, doch es war die Polizei, die Streife fuhr. Wooley Harris, kennst du ihn?"

„Ja. Er ist auf unserer Seite."

„Ich weiß. Ich gab ihm die Fallen, erklärte ihm, wo ich sie gefunden habe. Er sagte, da im Ort alles ruhig sei, könne er ohne Weiteres die Straßen im Wald kontrollieren und für den Rest der Nacht nach dem Fallensteller Ausschau halten. Morgen früh wollen wir gemeinsam nachsehen, ob wir irgendwelche Spuren finden."

„So hat dieser Tauwettermatsch wenigstens doch noch sein Gutes. Es sollte ein Leichtes sein, Reifen- oder Fußabdrücke zu erkennen. Möchtest du noch einen Drink?"

Nein, wollte er nicht. Er nahm sie beim Handgelenk, ohne eigentlich zu wissen, warum. Vielleicht weil er Mary Ellen näher bei sich haben wollte, um ihr besser in die Augen blicken zu können. Sie schien nicht verärgert, weil ihr schönes Abendessen ruiniert war. Und auch nicht verletzt. Sie schien einfach zu akzeptieren, dass er einen verdammt guten Grund für seine Verspätung hatte, und damit hatte es sich. Welche Frau war mit einem Mann schon derart nachsichtig?

Eine Frau wie sie. Seine Verspätung war für sie kein Thema mehr. „Bist du hungrig? Ich weiß nicht, ob mein ursprüngliches Menü noch genießbar ist, aber ich könnte schnell Suppe und Sandwiches machen."

„Ich habe keinen Hunger." Wenigstens nicht auf Essen. Sie entzog ihm ihre Hand nicht. An ihrem Pulsschlag spürte er, wie heftig sie auf seine Nähe reagierte, doch sie ging nicht weg. Genau wie sie seine Entschuldigung akzeptiert hatte, akzeptierte sie, dass er ein wenig erschöpft war und Zuspruch brauchte. „Ich hatte befürchtet, du würdest denken, ich habe dich versetzt", sagte er unverblümt.

Überrascht hob sie die Brauen. „Auf die Idee bin ich gar nicht gekommen. Vielmehr habe ich angenommen, dass du irgendwie aufgehalten worden bist. Meinst du denn, ich würde nicht verstehen, dass es Wichtigeres für dich gibt?"

Genau das hatte Steve erwartet. Diese Gewissheit in ihrem Blick, dass sie ihm nicht das Wichtigste war. Seine Wölfe waren bedroht und von ihm abhängig. Er war dankbar, dass sie einsah, dass er nicht immer auf die Minute pünktlich sein konnte. Doch ihr Blick spiegelte nicht nur wider, dass sie Verständnis für seine Arbeit hatte, sondern auch, dass sie akzeptierte, dass sie nicht ganz oben auf seiner Prioritätenliste stand. Nichts, was er bisher getan hatte, hatte die begriffsstutzige Frau zu der Einsicht gebracht, dass sie etwas Besonderes war und etwas überaus Verführerisches an sich hatte.

Er zog an ihrer Hand. Nicht fest, denn er würde niemals grob mit Mary Ellen umgehen. Doch es reichte, um sie näher zu ziehen. Sie hob ihm das Gesicht entgegen. Bis zu diesem Moment hatte er nicht vorgehabt, sie zu küssen. Aber er musste es einfach tun.

Ihre weichen Lippen waren eine einzige sinnliche Einladung, und er vergaß schnell, dass er eben noch erschöpft und angespannt war. Sie schmeckte süß wie Zucker und betörend, wie nur eine Frau schmecken konnte, und erregte seine wildesten Liebesfantasien. Sie schmeckte nach all der prickelnden Lust und dem glühenden Begehren, die sich seit ihrer allerersten Begegnung unaufhaltsam in ihm aufgebaut hatten. Und sie erwiderte seinen Kuss so ungestüm, als würde es ihr ganz genauso ergehen.

Nach Atem ringend, hielten sie inne. Eine ärgerliche Unterbrechung, die er jedoch sofort nutzte, um seine Zärtlichkeiten auf andere Art fortzusetzen. Mit der Zunge erkundete er spielerisch ihr Ohr, und dann zog er eine zarte Kussspur über ihre Wange und ihren Hals.

Mit ihrer Gelassenheit war es endgültig vorbei. „Nach Essen steht dir vermutlich nicht der Sinn, hm?", brachte sie mühsam hervor.

„Der Sinn steht mir nach dir."

„Du siehst so müde aus. Möchtest du dich nicht ausruhen?" Sie suchte seinen Blick, und dann gab sie sich selbst die Antwort: „Nein, du bist nicht in der Laune, um auszuruhen."

„Ich möchte mit dir schlafen."

Ihr das derart unverblümt zu sagen hatte nun wirklich nicht den Hauch von Finesse. Doch so erfuhr er wenigstens, wie sie spontan darauf reagierte. Steve sah, wie es ihr den Atem verschlug, sah, wie heftiges Begehren in ihren Augen aufflackerte – und auch, dass sie plötzlich zögerte. Seine kleine Wölfin war mutig das Risiko eingegangen, mit ihm zu tanzen. Jetzt jedoch bat er um mehr als das.

Mary Ellen hielt seinen Blick gefangen, als suche sie darin nach der Antwort, was es für ihn bedeutete, mit ihr zu schlafen. Er hätte es ihr ohne Weiteres sagen können. Er wollte Anspruch auf sie erheben, unwiderruflich und für immer. Er wollte heute Nacht das Bett mit ihr teilen und zukünftig jede Nacht. Er wollte sie nackt unter sich spüren, sie lieben, bis ihr die Sinne schwanden. Nein, an seinen Motiven war absolut nichts kompliziert oder unklar.

„Ich liebe dich", gestand er leise.

Es verschlug ihr erneut den Atem. „Steve, du bist höchst angespannt hier hereingekommen. Das ist verständlich. Dein Abend war furchtbar. Dein Adrenalinspiegel muss sehr hoch …"

„Ich liebe dich", wiederholte er.

Für einen winzigen Augenblick befürchtete er, sie würde ihn abweisen. Doch er entdeckte nicht die Spur einer Zurückweisung in ihrer Miene, nur Angst.

Da zog er sie in die Arme und eroberte kurzerhand ihren Mund. Sie glaubte ihm nicht, dass sie ihm etwas bedeutete. Das war nichts Neues. Und seine Rose des Südens liebte es, sich dem zu stellen, was ihr Angst machte. Ihre Reaktion auf seinen ungezügelten Kuss war also auch nichts Neues.

Sie drängte sich verlangend an ihn, und er spürte ihre weichen Brüste und die erregende Wärme ihres Körpers. Ungestüm schlang sie ihm die Arme um den Nacken, als sei sie geradezu danach ausgehungert, sich eng an ihn zu schmiegen. Diesen buhlerischen Verführungstanz kannten sie bereits, doch diesmal waren es nicht die ersten spielerischen Schritte, die Mann und Frau gemeinsam ausprobierten. Heute tanzte seine Lady nicht mit ihm. Sie riss ihn regelrecht mit sich in einen wirbelnden, schwindelerregenden Sinnenrausch. Ganz bestimmt würde sie nicht Nein sagen.

Als sie das nächste Mal nach Atem rangen, zog er ihr hastig den Pullover über den Kopf und küsste sie wieder stürmisch. Ihr Pullover landete auf der Armlehne des Schaukelstuhls. Sekunden später zierte ein hübscher rosa BH ihren Lampenschirm.

Ohne den Kuss zu unterbrechen, hob Steve sie hoch und legte sich ihre Beine um die Hüften. Ihr Schlafzimmer war leicht zu finden. Vom Flur fiel Licht auf die weiße spitzenbesetzte Tagesdecke und das Bettgestell aus Messing. Als sie sich aufs Bett fallen ließen, ächzte das Messinggestell, und die alten Sprungfedern quietschten. Steves Puls raste.

Sein Ehrgefühl hatte sich nicht etwa in Luft aufgelöst. Und er wusste sehr gut, dass es unfair war, sie zu drängen. Zwar war er aufs Höchste erregt und sein Blut rauschte in seinen Adern, aber das hieß nicht, dass er keines vernünftigen Gedankens mehr fähig war. Sie war etwas ganz Besonderes. Sie würde heute Nacht nicht davonkommen, ehe sie das nicht begriffen hatte. Die meisten Männer wären glücklich, sie zum Wichtigsten in ihrem Leben zu machen. Nach dieser Nacht würde sie jede Menge Vertrauen und Selbstvertrauen haben, oder er konnte sich erhängen.

Ihr die grünen Leggings auszuziehen erwies sich als schwieriges Unterfangen, und er wäre vor Ungeduld fast gestorben. Immer wieder wurde er abgelenkt.

Das Schlafzimmer lag weitgehend im Dunkeln, doch der Lichtschein vom Korridor erhellte Mary Ellens Kopf. Fasziniert betrachtete Steve ihren hübschen Hals, ihre zarte helle Haut, ihr auf der weißen Tagesdecke ausgebreitetes dunkelbraunes Haar. Einen Moment lang vergaß er die Leggings, weil er unbedingt ihren Hals küssen musste, dort, wo die kleine Ader heftig pulsierte. Und dann liebkoste er ihre wundervollen Brüste, und die Knospen richteten sich unter seinen zärtlichen Küssen auf. Ihre Hände kamen ihm in die Quere, weil Mary Ellen versuchte, ihm das Flanellhemd aufzuknöpfen. Und ihre Augen lenkten ihn auch ab, weil sie ihn unablässig voller Begehren anschaute.

Seine Lady war drauf und dran, die Beherrschung zu verlieren.

Und er hatte noch nicht einmal richtig angefangen.

„Steve?"

Die Art und Weise, wie sie heiser seinen Namen flüsterte, steigerte seine Erregung. „Ich hab einen Schutz dabei", gab er zur Antwort, ehe sie danach fragen konnte, denn er wollte nicht, dass ihre erotische Stimmung verflog.

„Ich … hätte auch gar nichts hier gehabt."

„Sweetheart, das konnte ich mir denken." Er sagte ihr nicht, dass ihn Kondome eigentlich störten. Und auch nicht, dass ihn die Vorstellung, dass sie ein Baby von ihm bekommen würde, geradezu überwältigte. Darüber konnten sie ein andermal reden.

„Steve … um ehrlich zu sein, hab ich gar nicht an Verhütung gedacht. Wenigstens noch nicht. Vielmehr daran, ob du nicht deine Stiefel ausziehen möchtest."

„Stiefel?" Er begriff nicht sofort.

„Glaubst du nicht, dass es ohne deine Stiefel etwas bequemer für dich wäre? Und ohne dein Hemd und deinen Gürtel …"

Steve hätte schwören können, dass es in ihren glänzenden Augen amüsiert aufblitzte. Weiblich amüsiert. Und weiblich hitzig. Er streifte seine Stiefel ab, ohne den Blickkontakt zu unterbrechen. Dann zog er hastig Hemd und Jeans und seine restliche Kleidung aus, ehe dieser verrucht-verführerische Ausdruck aus ihrem Blick verschwand. Er tat es nicht. Vielmehr begann Mary Ellen, ihn zu streicheln, während er noch mit seinen Socken beschäftigt war.

Sie schien seinen Körper zu mögen. Mit den Fingerspitzen fuhr sie ihm spielerisch durch die Brusthärchen. Ohne Scheu erkundete sie streichelnd und knetend mit den Händen seinen Oberkörper und ließ der Spur ihrer Hände sogleich eine Spur schmetterlingszarter Küsse folgen. Genüsslich liebkoste sie seinen Hals, und schließlich kitzelte sie mit der Zunge seinen Nabel.

Noch nie war Steve derart überfallen worden – von einer Frau, die wild entschlossen war, ihn von Kopf bis Fuß zu verwöhnen, und zwar sofort, als laufe eine Uhr ab und sie habe womöglich keine zweite Chance dazu. Sie umschlang ihn mit den Beinen, zog ihn näher zu sich und hielt ihn fest, als besäße sie die körperliche Kraft, einen kräftigen Mann tun zu lassen, was sie wollte.

Er hätte in der Tat einfach alles für sie getan. Sie liebte ihn. Das hatte er gehofft und aus ihrem bisherigen Verhalten geschlossen. Doch er hatte es nicht mit Sicherheit gewusst, bis er jetzt erlebte, welcher Gefühlsstrom aus ihr herausbrach. Immer wieder umarmte und liebkoste sie ihn wie ein Besessener, und die unverhohlene Begierde in ihrem Blick brachte ihn fast um den Verstand.

Steve warf Tagesdecke und Kissen auf den Fußboden und zog Mary Ellen unter sich. Es dauerte einen Moment, bis er den Schutz übergestreift hatte, und dann schlang sie ihm lustvoll aufstöhnend die Beine um die Hüften. Einladend bog sie sich ihm entgegen, als er in sie hineinzugleiten begann, und erschauerte vor Wonne, als er ganz von ihr Besitz genommen hatte. Ihr Mund suchte seinen Mund, versiegelte ihn mit einem innigen Kuss, der einem intimen Versprechen gleichkam, einem stummen Eingeständnis.

Lust hatte er schon früher erlebt, und er wusste, was Liebe war. Aber er hatte noch nie eine Frau getroffen, deren sinnliche Wildheit eine so verzehrende Sehnsucht in ihm entfachte – Sehnsucht nach ihrem Geschmack, ihrer Berührung, ihrem Atem, dem süßen Duft ihrer Haut, der wie eine Droge auf ihn wirkte und dem er bereits hoffnungslos verfallen war. Diese Frau gehörte einfach zu ihm.

Das Bettgestell knarrte, die Matratze quietschte. Nicht so schnell, beschwor sich Steve immer wieder. Auch wenn sie sich noch so leidenschaftlich und ungestüm mit ihm vergnügte, so war ihm doch nur allzu bewusst, dass ihre Ängste und Unsicherheiten nicht plötzlich verschwunden waren. Er wollte auf keinen Fall, dass sich Mary verführt vorkam oder geblendet von ihren auflodernden Emotionen. Aber um nichts in der Welt hätte er sie zu bremsen vermocht. Sie trieb ihn zu einem wilden, zügellosen Rhythmus an. Heiße Lava schien durch seine Adern zu fließen, seine Haut glühte und war schweißfeucht. Fasziniert beobachtete er ihre Miene, sah, wie sich ihr Blick vor Entzücken verschleierte, während sie sich in drängendem Verlangen an ihn schmiegte.

Wie konnte das alles falsch sein? Er ignorierte kurzerhand seine innere Stimme und warf alle Besorgnis über Bord.

Nur noch der Augenblick zählte. Wie oft hatte er davon geträumt, dass sie so wie jetzt alle Scheu ablegte. Sich frei genug fühlte, um sich völlig gehen zu lassen und sich von der Klippe zu stürzen, im festen Vertrauen darauf, dass er sie auffangen würde.

Sie rief seinen Namen, flehentlich, heiser. Und da war es um seinen letzten Funken Vernunft geschehen. Aufstöhnend presste er sich an sie und versank mit ihr in den Abgründen höchster Lust.

Steve war eingenickt, doch Mary Ellen konnte nicht schlafen ... und wollte es auch gar nicht. Sie fühlte sich wunderbar und wollte das Nachklingen von körperlicher Liebe und Geborgenheit so lange wie möglich auskosten.

Steves Haar war zerzaust, und seine von Bartstoppeln raue Wange ruhte auf dem zerknüllten Kissen. Er war ein Zudecken-Dieb, wie sie festgestellt hatte, und selbst im Schlaf ein dickköpfiger Mann. Denn als sie versucht hatte, sich aus dem Bett zu stehlen, hatte er sie sofort wieder in die Arme gezogen, ohne auch nur für einen Moment die Augen zu öffnen.

Sie hätte stundenlang so daliegen und ihn betrachten können. Sie war in einer eigenartigen Stimmung. Leidenschaft war ihr nicht neu. Doch kein Mann hatte bisher ihr Herz entflammt wie Steve. Johnny hatte sich für einen erfahrenen Liebhaber gehalten. Und das zu Recht. Aber Finesse allein war nichts im Vergleich zu einem Mann, der sich vorbehaltlos hingab und seine Geliebte dazu brachte – nach allen genüsslichen Regeln der Kunst –, ihre Gefühle ebenfalls offen und ehrlich auszuleben.

Er hatte ihr seine Liebe gestanden, und mehr als einmal. Natürlich kannte er die wirkliche Mary Ellen nicht, die Frau, die immer wieder dumme, peinliche Fehler in Herzensangelegenheiten begangen hatte. Er war nicht ganz im Bild über sie. Daher wäre sie verrückt, ihm diese drei kostbaren Worte zu glauben. Aber sie glaubte an ihr Recht, zu lieben und mit ihm zu schlafen.

Fürsorglich zog sie Steve die Bettdecke über die Schultern, damit er nicht fror. Bis jetzt hatte sie das Klischee vom einsamen Wolf immer für bare Münze genommen – bis sie Steve und seine Wölfe getroffen hatte. Diese Tiere waren gesellig und denen, die zu ihnen gehörten, treu ergeben. Wie Steve. Ihr Geliebter war nicht aus freien Stücken ein Einzelgänger geworden, sondern durch seine Lebensumstände.

Als er am späten Abend zu ihr kam, war er müde und erschöpft gewesen, und sie hätte nie gedacht, dass sie miteinander schlafen würden. Dennoch, sie bedauerte es nicht eine Sekunde. Es gab keinen einzigen Mann, der so unerschütterlich an sie glaubte wie Steve. Niemand hatte ihr bisher geholfen, sich zu ändern und zu erkennen, was für eine Frau sie war … und wie sie sein konnte, wenn sie sich nur traute. Sie liebte ihn. Nie zum Ausdruck zu bringen, was er ihr bedeutete, wäre falsch gewesen, egal, welchen Schaden ihr Herz vielleicht dabei nahm.

Sie war sich dieses Risikos voll bewusst. Er würde bald abreisen. Genau wie sie sich der Tatsache bewusst war, dass er eine stärkere, selbstsicherere Frau als Partnerin brauchte, nicht jemanden wie sie, die stets Gefahr lief, zu versagen. Das alles war ihr absolut klar. Erstaunlich, dass sie sich je vor irgendetwas gefürchtet hatte, denn erst jetzt erlebte sie, was es hieß, wirklich Angst zu haben. Angst war das Gefühl, das sie beschlich, wenn sie daran dachte, Steve zu verlieren. Niemals, das wusste sie, würde sie darüber hinwegkommen.

Mary Ellen hätte schwören können, dass er noch fest schlief, aber plötzlich streichelte er ihre Wange. Sacht. Zärtlich. „Kannst du nicht schlafen?"

„Mir geht's gut." Eine weitere ihrer vielen kleinen Lügen, aber die Wahrheit war so schwer in Worte zu fassen. Sie wollte nicht schlafen. Sie wünschte sich, dass diese Nacht nie zu Ende ging, und wollte sich jeden Kuss, jedes Wort, jede Zärtlichkeit unauslöschlich einprägen und die Erinnerung daran aufbewahren wie ein kostbares Geschenk.

Er schob ihr das Kissen unter den Kopf, sodass sie es sich teilten. Selbst im Halbdunkel spürte sie seinen Blick auf ihrem Gesicht. Den Blick eines Wolfs – geheimnisvoll, unergründlich, eindringlich, wie eine Liebkosung.

„Du bist das reinste Wunder, Mary Barnett. Ich verstehe noch immer nicht recht, was du mit mir gemacht hast. Aber das brauche ich auch nicht. Du bist ein Schatz, den zu finden ich nie erwartet hätte."

„Ich bin nur eine ganz normale, einfache Frau."

„Was weißt denn du schon? Ganz normale, einfache Frauen bringen Männer nicht restlos um den Verstand. Ich bin geschafft, Lady. Das hast du vollbracht. Ehrlich gesagt mache ich ganz allein dich dafür verantwortlich, dass ich vollkommen die Kontrolle über mich verloren habe."

Seine Neckerei ließ sie leise auflachen. Seine Stimme klang schläfrig, verführerisch, durch und durch männlich. Und sein Kompliment löste ein wohliges Kribbeln in ihr aus. „Ich glaube, wir haben beide ein wenig die Kontrolle über uns verloren."

„Ein wenig? Das ist die Untertreibung des Jahres."

„Nun ja …" Sein intensiver Blick machte sie plötzlich befangen. Sie suchte nach einem weniger verfänglichen Thema. „Wenn du schon wach bist … Bestimmt bist du sehr hungrig, schließlich hast du ja noch nichts zu Abend gegessen."

„Ich muss zugeben, ich bin am Verhungern."

Natürlich. Sie überlegte fieberhaft. „Die Desserttörtchen müssten noch genießbar sein. Vielleicht etwas vertrocknet. Ich weiß nicht genau, was vom Abendessen sonst noch essbar ist, aber irgendetwas wird sich wohl herrichten lassen …"

„Mary?"

„Hm?"

„Desserttörtchen klingt gut. Aber ich habe keinen Hunger auf Kuchen."

„Ein Sandwich?"

„Auch auf kein Sandwich. Ich bin am Verhungern. Ehrlich. Allerdings hab ich nur Appetit auf etwas ganz Bestimmtes."

Sie wollte aus dem Bett springen und ihm etwas Leckeres zu essen machen, doch er hielt sie zurück. Zart und behutsam eroberte er ihren Mund, und sofort flackerte wieder Leidenschaft auf. Der Leckerbissen, der ihm vorschwebte, folgerte Mary Ellen blitzschnell, war sie.

10. KAPITEL

*S*teve sah zu, wie Mary Ellen in der Küche herumwirbelte und das Frühstück machte.

„Ich hoffe sehr, du magst French Toast. Ich habe nämlich so viel davon gemacht, dass es für eine ganze Kompanie reichen würde."

„French Toast ist jetzt genau das Richtige."

Schmunzelnd reichte Mary Ellen ihm seinen Teller. „Kein Wunder, denn du hast seit gestern Mittag nichts mehr gegessen. Vermutlich würdest du dich sogar auf ein Stück Pappe stürzen."

„Dein Toast ist mir da schon lieber. Er sieht köstlich aus."

Mary Ellen stellte noch Sirup auf den Tisch. Es war erst kurz vor sieben, und draußen war es noch dunkel. Steve hatte gehofft, dass sie weiterschlafen würde – nach ihrer unvergesslichen Liebesnacht hätte sie ihren Schlaf gebraucht –, doch sobald sie ihn hatte duschen hören, war sie aufgestanden. Als er in die Küche kam, war sie schon beim Frühstückmachen. Sie trug einen flauschigen rosa Bademantel und sah zum Anbeißen aus. Am liebsten hätte er sie in die Arme gezogen, sie gehalten, gestreichelt, geliebt …

An diesem Morgen lag eine gewisse Distanz in ihrem Blick. Sie wirkte so unnahbar, und Steve machte sich Vorwürfe, weil er schuld an ihrer Stimmung war.

Auch wenn seine Rose des Südens letzte Nacht noch so willig war, sie zu verführen war ein Fehler gewesen. In der Hitze der Leidenschaft hatte sie zwar den Eindruck erweckt, von der Lust hinweggetragen werden zu wollen, doch verflixt, er kannte Mary Ellen Barnett. Die Lady, die er liebte, gewann Selbstvertrauen nur, indem man sie mit ihren Ängsten konfrontierte. Sie zu verführen hatte ihr diese Chance genommen. Wenn er gewartet hätte, bis sie zu ihm gekommen wäre, hätte er jetzt genau gewusst, was sie empfand. Und sie ebenfalls.

Sie hielt mit Essen inne. „Magst du meinen Toast nicht?"

Zum Henker. Die Lage war angespannt genug, da wollte er sie nicht auch noch kränken. „Soll das ein Witz sein? Er schmeckt ausgezeichnet." Er aß mit großem Appetit weiter.

„Wie ging es Weißer Wolf gestern?"

„Er hinkt noch, aber insgesamt hat sich sein Zustand gebessert. Nachdem klar war, dass er sich nichts gebrochen hatte, machte ich mir mehr Sorgen darum, wie die anderen Wölfe ihn behandeln würden, als um die Wunde selbst. Es wäre durchaus möglich gewesen, dass das Rudel sich gegen ihn gewandt hätte."

„Du meinst, sie hätten ihn angreifen können? Während er verletzt war?"

„Weil er verletzt war. Mach doch nicht so ein Gesicht, Süße. Das ist eben die Natur. Die hat ihre eigenen Gesetze. Normalerweise helfen Wölfe einander, ihr Rudelführer jedoch bildet die Ausnahme. Wenn sie merken, dass ihr Boss zu schwach ist, um sie anzuführen, rückt ein anderer an seine Stelle. Das ist ihre Strategie, zu überleben."

„Mir gefällt sie nicht."

„Das habe ich nicht anders erwartet. Da jedoch nichts passiert ist, brauchen wir uns nicht zu sorgen. Vielleicht hat das Rudel gespürt, dass er sich von seiner Verletzung erholen kann. Jedenfalls ist er noch immer ihr King."

Gern hätte Steve es für ein gutes Zeichen gehalten, dass sie so unbeschwert plauderten. Doch er ließ sich nicht täuschen. Immerhin war es der Morgen nach ihrer ersten gemeinsamen Nacht. Wo war die Nervosität? Die Verlegenheit? Als ob sie gute alte Freunde wären, klopfte Mary ihm herzlich auf die Schulter, als sie ihm noch ein Glas Orangensaft brachte.

Ihr Verhalten schien zu besagen, dass er sich um nichts Gedanken zu machen brauchte. Wir haben miteinander geschlafen, na und? Nur, er hatte gehofft, ihre Liebesnacht sei etwas von großer Bedeutung. Er hatte fest damit gerechnet, dass sie nervös und unsicher sein würde. Das Einzige, was sie dagegen tat, war lächeln.

Dieses unbeschwerte Lächeln war geradezu beängstigend.

„Die Jungen sind inzwischen ja ziemlich groß. Du wirst sie demnächst abtransportieren, nicht wahr? Hast du dafür schon einen bestimmten Termin vorgesehen?"

Steve war erleichtert. Endlich ein Anfang. Eine Chance, von ihrer Zukunft zu sprechen. „Ja. Ich dachte an morgen in einer Woche. Also Mittwoch. Ich werde sie mit einem Wasserflugzeug in ihr altes Revier auf der Insel fliegen, wohl einige Tage bleiben, um zu sehen, ob sie sich wieder einleben. Und danach … Yellowstone. Warst du schon einmal im Yellowstone Nationalpark?"

Mary Ellen schüttelte den Kopf.

„Es würde dir gefallen", sagte er vorsichtig. „Es gibt urtümliche Regionen im Park, deren Schönheit dir den Atem verschlagen würde. Wie im Paradies."

„Klingt wunderbar."

Steve bemerkte ehrliches Interesse in ihrem Blick. Neugierde. Doch die Distanz blieb, als ob sie seine Zukunftspläne zwar fantastisch fand, sie jedoch absolut nichts mit ihr zu tun hatten. Er versuchte es erneut. „Es gibt viele kleine Orte in dieser Gegend, wo man ohne Weiteres eine Reparaturwerkstatt eröffnen könnte. Es würde dir dort ganz bestimmt sehr gefallen."

„Ich würde mir den Park gern einmal ansehen." Als sie merkte, dass sein Teller leer war, stand sie sofort auf, um abzuräumen. „Wann bist du denn heute Morgen mit Wooley Harris wegen des Fallenstellers verabredet?"

„Gegen zehn. Vorher muss ich ja noch die Welpen füttern." Bisher waren ihm seine Wölfe nie zu viel gewesen, auch nicht die Verantwortung, die seine Arbeit mit sich brachte. Aber er wollte Mary Ellen einfach noch nicht verlassen. Wenn er die Wahl gehabt hätte, würden sie jetzt gleich wieder ins Bett gehen und sich dem schönsten Spiel der Welt widmen. Stundenlang. Letzte Nacht hatten sie keine Probleme mit innerer Distanz gehabt. Sie hatten überhaupt keine Probleme gehabt.

„Lieber Himmel, weißt du, wie spät es ist? Du musst los."

„Ja, leider." Genauso hastig, wie sie die Teller abgeräumt hatte, holte sie jetzt seine Jacke. Sie kann es gar nicht abwarten, mich loszuwerden, dachte er bedrückt. Ihn überkam blanke Verzweiflung.

„Steve, du wirst vorsichtig sein, nicht wahr? Mir gefällt die ganze Sache mit dem Fallensteller nicht. Ich muss dauernd daran denken, dass dieser Kerl ein Gewehr haben könnte."

„Ich werde mich vorsehen. Das müsstest du eigentlich wissen. Und es ist nicht das erste Mal, dass ich so etwas erlebe."

„Ich weiß, dass du auf dich aufpassen kannst." Sie half ihm in die Jacke. „Ich möchte nur, dass du besonders vorsichtig bist. Du hast letzte Nacht nicht viel geschlafen und musst müde sein…"

„Sehr angenehm müde. Wenn es nach mir gegangen wäre, hätte ich überhaupt nicht geschlafen."

Sie errötete, und für einen Moment erhaschte er tiefe Emotionen in ihrem Blick. Doch schnell schaute sie weg. „Steve …" Plötzlich lachte sie leise. „Erinnerst du dich noch an deine erste große Liebe?"

Die einzige Frau, in die er sich verliebt hatte – die wirklich zählte –, war sie. Aber er antwortete: „Natürlich", damit sie ihm erzählte, was ihr durch den Kopf ging.

„Ich erinnere mich daran, als sei es gestern gewesen. Ich war bis über beide Ohren verliebt. Wir wollten heiraten, Kinder haben, für immer zusammenbleiben. Damals war ich sechzehn. Und all diese Pläne habe ich bei unserem ersten Rendezvous geschmiedet." Ihr Ton war unbeschwert und amüsiert. „Der Junge … er hatte mit seinen Freunden um zehn Dollar gewettet, wie weit er auf dem Rücksitz des Autos seines Daddys gehen konnte. Natürlich ist es mir nie in den Sinn gekommen, dass er meine Gefühle womöglich nicht erwiderte."

Sie hielt inne. Wahrscheinlich sollte er an dieser Stelle lachen und ihr bestätigen, dass sie damals verdammt dumm und naiv war. Doch Steve war eher danach, den Jungen aus Georgia aufzuspüren und ihn zu verprügeln. Mary hatte ihm schon einige Episoden aus ihrer Jugend erzählt und war immer davon ausgegangen, er würde sie lustig finden. Er jedoch hatte daran immer nur abgelesen, wie ein offenes, zutrauliches junges Mädchen verletzt worden war. Und sie hatte keine Veranlassung, diese Geschichte vorzubringen – nicht nach ihrer Liebesnacht –, es sei denn, sie bedeutete ihr etwas.

„Glaubst du denn", fragte er behutsam, „dass ich dich genauso ausnutzen würde?"

„Nein." Sie suchte seinen Blick. „Niemals!" Abwehrend hob sie die Hände. „Ich wollte dir nur zu verstehen geben, dass ich früher die Gefühle anderer stets falsch gedeutet und ständig auf Sand gebaut habe. Zum Glück bin ich jetzt erwachsen. Du brauchst also nicht zu befürchten, dass ich die letzte Nacht irgendwie überbewerten könnte."

„Mary, ich liebe dich."

Sie lächelte. „Ich liebe dich auch." Sie stellte sich auf die Zehenspitzen und küsste ihn. So, wie sie einen Bruder oder guten Freund geküsst hätte. Liebe war nicht gleich Liebe. Sie nahm also seine Liebeserklärung im Moment höchster Leidenschaft nicht ernst.

Steve wurde von Frustration gepackt – und nackter Angst. Er wollte, dass sie jedes Wort, das er gesagt hatte, glaubte. Dass sie begriff, was sie aneinander hatten. Er verstand, dass sie mehr Zeit brauchte, um ihn besser kennenzulernen und sich ihrer Gefühle sicher zu sein. Doch ihm wurde die Zeit knapp. In gut einer Woche würde er abreisen. Und falls er nicht einen Weg fand, sie zu überzeugen, dass sie beide etwas unendlich Kostbares verband, dann befürchtete er ernstlich, sie zu verlieren.

Ich bin perfekt mit ihm umgegangen, dachte Mary Ellen. So perfekt, dass sie noch Tage später ihr Gespräch an jenem Morgen Wort für

Wort hätte wiederholen können. Zum Glück hatte sie nichts Törichtes getan – sich beispielsweise in seine Arme geworfen und ihm gestanden, dass er ihr Ein und Alles war. Und sie hatte auch nichts Peinliches getan – zum Beispiel geweint. Nicht einmal, als er von seiner Abreise gesprochen hatte.

Dass sein Aufenthalt in Eagle Falls nicht von Dauer war, hatte sie immer gewusst. Genau wie seine Fürsorge für die Wölfe musste auch seine Fürsorge für sie, Mary Ellen, einmal ein Ende haben. Seit ihrer ersten Begegnung war sie reifer geworden. Sie hatte sich verändert und dabei die wahre Liebe gefunden. Niemals würde sie auch nur einen einzigen Augenblick bereuen, den sie mit ihm verbracht hatte.

„Bleib dicht hinter mir, okay?"

„Noch dichter geht es wohl kaum, Rawlings."

„Du weißt ja, dass dieser Fallensteller immer noch frei herumläuft. Und ich möchte nicht, dass du irgendwie in Gefahr gerätst."

Sie wusste, dass es ihm lieber gewesen wäre, sie wäre zu Hause geblieben. Aber es war Sonntag, und sie brauchte nicht in Samsons Bar zu arbeiten. Und die verschiedenen, erst halb reparierten Geräte in ihrem Wohnzimmer konnten warten. Sie gab sich Steve gegenüber unbeschwert, aber ihr wurde das Herz immer schwerer. Sie würde nicht mehr viele Gelegenheiten haben, mit ihm zusammen zu sein … oder die struppigen, frechen Wolfsjungen zu sehen, die sie so lieb gewonnen hatte.

Der Sonnenuntergang war zwar erst in einer Stunde, aber es war kühl, und es sah nach Regen aus. Mary Ellen setzte sich auf einen Felsen und goss sich aus einer Thermoskanne einen Becher Kaffee ein. Unterdessen ging Steve die wenigen Schritte zum Wolfsbau hinüber.

Da ein Minimum an menschlichem Kontakt für die Welpen das Beste war, wollte sie bei der Fütterung nur zusehen. Und schon hatten die Minimonster Steve gewittert und kamen durch die Stollenöffnung gestürmt.

Sie waren so gewachsen, konnten nun knurren und heulen wie die großen Tiere. Und das schneeweiße Junge, das genau wie Weißer Wolf aussah, hatte sich inzwischen zum Anführer gemacht, auch wenn es noch dauernd über seine eigenen Beine stolperte.

Steve hatte sich hingekauert, und die winselnden, jaulenden Jungen umringten ihn sofort. Mittlerweile brachten ihnen Hamlet, Thunder und Scarlett regelmäßig kleine Leckerbissen, sodass Steve sie eigentlich nicht mehr zu füttern brauchte. Doch da die Kleinen einen schweren

Start ins Leben gehabt hatten, verabreichte er ihnen, solange er konnte, zusätzlich Vitamine.

Mary Ellen hörte ein Geräusch hinter sich. Weißer Wolf stand nur ein paar Meter von ihr entfernt. „Hallo, Süßer", begrüßte sie ihn leise. „Bist du gekommen, um mich zu sehen?"

Offenbar, denn der große Wolf humpelte näher, mit erhobenem Schwanz, und fixierte sie mit seinen glänzenden dunklen Augen. Er kam ganz nah heran, und ehe sie sichs versah, hatte er ihr mit der Schnauze die Wollmütze vom Kopf geschoben.

„He!", protestierte sie, woraufhin der Wolf ein wenig zurückwich. Er legte den Kopf schief und wedelte mit dem Schwanz, ganz so, als wolle er mit ihr spielen.

„Du möchtest meine Mütze, hm?" Sie nahm sie und warf sie ein Stück weg. Er sprang danach, doch dann verschwand er damit leider hinter einer Tannengruppe. Gleich darauf kam er ohne die Kopfbedeckung zurück und wollte das Spiel anscheinend fortsetzen. „Noch ein Kleidungsstück bekommst du nicht."

Sie bückte sich nach einem Zweig, achtete jedoch darauf, dass sie ihn flach warf, weil er einen erhobenen Stock als aggressive Geste auffassen könnte. Er schnappte den Zweig und warf ihn ein paarmal in die Luft, ehe er zu ihr zurückkam. Seine Verspieltheit war wirklich rührend.

Sie wiederholte den Wurf, doch innerhalb von Sekunden war das Spiel vorbei. Unversehens fing Weißer Wolf zu knurren an. Er fletschte die Zähne und sträubte das Fell. Verunsichert fragte sich Mary Ellen, ob sie ihn etwa unwissentlich gereizt hatte.

Er lief hin und her, nahm Witterung auf und knurrte erneut. Oben auf dem Hügel hörte sie Geäst knacken. Sofort rannte Weißer Wolf in diese Richtung. Weil sie sich wegen seiner noch nicht ausgeheilten Verletzung sorgte, eilte Mary Ellen ihm nach. Sie wollte ihn im Auge behalten, damit sie Steve rufen konnte, falls er in Schwierigkeiten geriet.

Als sie außer Atem die Hügelkuppe erreichte, waren die anderen Wölfe des Rudels verschwunden. Kein Wunder, denn keiner wagte sich näher an Mary Ellen heran. Hinter einer riesigen Fichte entdeckte sie einen Schatten – Weißer Wolf. Doch nur wenige Meter von ihm entfernt sah sie jemanden rennen. Einen Mann, der einen Drillichanzug in Armee-Farben trug und im Laufen etwas Metallenes fallen ließ.

„Steve!" Sie wurde von Angst gepackt. Angst, dass der Mann ein Gewehr hatte und Weißer Wolf erschoss. Angst, dass der Wolf den Mann angriff. Es musste etwas geschehen, sonst passierte ein Unglück. Sie rief erneut nach Steve. Er musste sie hören, denn er war nicht allzu weit entfernt. Und feige, wie sie nun einmal war, wollte sie sich dann eigentlich schnell aus dem Staub machen. Doch genau in dem Moment erkannte sie, was das metallene Etwas war, das da im Morast lag: eine Falle.

Augenblicklich sah sie wieder Weißer Wolf vor sich, wie er mit seiner blutigen Pfote in einer entsetzlich grausamen Falle steckte, dem gleichen Typ wie dieser. Suchend blickte sie sich um. Das Knacken im Unterholz kam näher, statt sich zu entfernen. Der Kerl hatte kehrtgemacht – anscheinend hatte er gemerkt, dass er am ehesten entkam, wenn er Richtung Straße und Wagen flüchtete. Aber das hieß, dass er plötzlich direkt auf Mary Ellen zulief. Und Weißer Wolf folgte ihm im Schatten der Bäume.

Sie fing an zu laufen. Weiß der Himmel, sie hatte schon häufiger in ihrem Leben töricht und impulsiv gehandelt, aber sie hatte keine andere Wahl. Sie sah die Katastrophe voraus. Der Wolf würde den Kerl anfallen. Und wenn das passierte, wäre der Teufel los. Für Steve, für den Leitwolf, für die anderen Wölfe.

Der Mann kam immer näher. Ihr blieb keine Zeit zum Überlegen. Es gab nur eine einzige Möglichkeit für sie, zu handeln. Sie sprang ihm auf den Rücken und schrie dabei: „Steve!" und „Nein, Weißer Wolf!"

Wie idiotisch. Als ob ein wilder Wolf dem Befehl eines Menschen gehorchen würde! Aber egal. Die Wucht ihres Sprungs riss den Mann nicht zu Boden. Geschockt von ihrem Überraschungsangriff, begann er, lautstark zu fluchen, und versuchte, sie abzuwerfen.

Mary Ellen bekam es mit der Angst zu tun, dass sie ernstlich verletzt werden könnte. Weil sie sich mit ganzer Kraft an den Mann klammerte, fingen ihre Beinmuskeln zu schmerzen an. Verzweifelt erkannte sie, dass es ihr nicht gelingen würde, ihn niederzuzwingen. Dass er ein Gewehr dabeihatte, merkte sie erst, als es in dem Gerangel auf die Erde fiel. Wenigstens im Moment war es keine Gefahr für sie oder Weißer Wolf. Aber der Mann schlug weiterhin wild um sich, um sie abzuschütteln. Ihr Kopf stieß gegen einen Baumstamm, und sie sah Sterne. Die reinste Komödie, wenngleich äußerst peinlich, wie sie sich da auf dem Rücken eines Mannes festklammerte! Nicht etwa, weil sie mutig war, sondern weil ihr einfach nichts anderes einfiel.

„Schneider."

Das war Steves Stimme. In all dem Chaos und Lärm war ihr gar nicht aufgefallen, dass der Fallensteller Richard Schneider war, den sie aus der Bar kannte. Aber die Stimme ihres Geliebten hätte sie jederzeit und überall erkannt.

„Hören Sie, ich möchte, dass Sie sich langsam umdrehen und Mary Ellen ganz, ganz behutsam absetzen. Ohne dass sie sich dabei verletzt. Glauben Sie mir, ich kann unangenehm werden, wenn sie Ihretwegen auch nur einen blauen Fleck bekommt. Also bewegen Sie sich ganz langsam, und alles ist in bester Ordnung…"

Als sich Mary Ellen auf die Couch in Steves Wohnwagen fallen ließ, war es draußen längst dunkel. Sofort reichte Steve ihr ein Glas Bourbon. Sie verabscheute Bourbon. Den Welpen ging es gut. Weißer Wolf ebenfalls. Richy Schneider nicht unbedingt. Denn Wooley Harris hatte Marihuana bei ihm gefunden, ganz zu schweigen von der saftigen Geldstrafe, die ihn wegen illegalen Fallenstellens erwartete. Aber all die Aufregung war endlich vorbei, und sie fing sich langsam. Auch wenn Steve darauf bestand, dass sie noch einen Schluck Whiskey nahm.

„Trink ihn mir zuliebe, okay? Mir zittern noch immer die Hände. Und es würde mich beruhigen, wenn du das Glas leeren würdest."

Seine Hände zitterten keineswegs. Sondern ihre. Er hatte ihr eine Decke um die Schultern gelegt. Sie wagte kaum, ihm in die Augen zu sehen. „Ich komme mir absolut … dumm vor."

„Dumm?" Steve wirkte überrascht. „Ich erwürge dich, wenn du noch einmal etwas derart Gefährliches tust. Aber dass wir diesen Kerl gefasst haben, ist ganz allein dir zu verdanken. Warum kommst du dir also dumm vor?"

„Weil …" Verlegen suchte sie nach Worten. „Wie idiotisch von mir, ihm auf den Rücken zu springen! Aber ich habe nicht lange überlegt. Schneider ist so groß, und ich wäre unmöglich mit ihm fertiggeworden. Ich konnte einfach nichts anderes tun."

„Mary, was, zum Kuckuck, hast du denn von dir erwartet?" Steve schüttelte den Kopf. „Du hast instinktiv reagiert und mich dabei zu Tode erschreckt. Glaub mir, du hast mehr Mut als irgendjemand, den ich kenne. Kannst du nicht stolz auf das sein, was du getan hast?"

Die Vorstellung, sich wie ein Affe an Schneiders Rücken geklammert zu haben, fand sie eher beschämend. Doch Steves ehrlich gemeintes Lob tat ihr gut. Sie suchte seinen Blick. Und auf einmal sah sie sich selbst im gleichen Licht wie er.

Er liebte sie. Sie las es an seinen Augen ab, seinem Lächeln. Sie wusste, dass sie ihm etwas bedeutete, aber Liebe … Sie war sich so sicher gewesen, dass er die wirkliche Mary Ellen nicht gut genug kannte, um sie zu lieben. Weil sie seinen Respekt wollte, hatte sie alles getan, um ihre Fehler und Schwächen zu verbergen. Hatte ihm die demütigende Geschichte mit Johnny verschwiegen. Doch Steve hatte nun schon mehrfach erlebt, wie sie impulsiv handelte, und beharrte darauf, dass er sie mutig fand.

Und seine Hartnäckigkeit ließ sie erkennen, dass sie zum ersten Mal in ihrem Leben wirklich Mut bewiesen hatte. Sich durchzusetzen war ihr immer schwergefallen, und das würde vermutlich so bleiben. Aber zum ersten Mal wurde ihr klar, dass Steve sie nicht durch eine rosarote Brille sah. Sie war wirklich eine andere Frau geworden. Und der liebevolle Blick, mit dem er sie anschaute, ließ auf einmal Hoffnung in ihrem Herzen aufkeimen.

„Mir ist kalt."

„Soll ich dir noch eine Decke holen?"

Sie schüttelte den Kopf. „Nein, keine zweite Decke. Und auch keinen Bourbon mehr."

„Tja, dann …" Er erriet, was ihr Lächeln zu bedeuten hatte. „Vielleicht solltest du die Nacht hier verbringen."

„Ja, vielleicht."

„Vielleicht sogar mit mir in meinem Bett."

„Glaube ich auch. Anders wird mir sonst überhaupt nicht mehr warm", erklärte sie so trocken, dass er laut lachen musste. Dann hob er sie hoch und trug sie in seine Schlafnische.

„Wirst du immer so ungezogen sein, Barnett? Dich von irgendwelchen Klippen stürzen, mich zu Tode erschrecken und mich dann mit deinen kessen Reden um den Finger wickeln?"

„Immer", bestätigte sie ihm, und dann küsste sie ihn. Das Wörtchen „immer" hallte ihr in den Ohren, sie wiederholte es im Stillen.

Vielleicht konnte es Wirklichkeit werden.

Vielleicht war sie ja stark genug, um den Mann ihres Herzens zu halten.

Bis jetzt hatte sie ausnahmsweise nichts getan, um diese Beziehung zu verpatzen. Ausnahmsweise – nur dieses eine Mal – bat sie das Schicksal um etwas Glück. Denn sie wusste sehr gut, dass ihr mit Steve nur noch wenig Zeit blieb.

11. KAPITEL

*M*ary Ellen testete gerade den Motor eines defekten Schleifgerätes, als sie es an der Tür klopfen hörte. Steve konnte das nicht sein. Er hatte sie erst vor knapp einer Stunde nach Hause gebracht, denn sie beide hatten an diesem Montagmorgen viel zu tun. In Erwartung eines Kunden eilte sie zur Haustür.

Kaum hatte sie geöffnet, da sah sie die Rosen. Zwei Dutzend langstielige Prachtexemplare. Komisch, dass sie beim Anblick dieses märchenhaften Straußes sofort ein unangenehmes Gefühl beschlich.

Ihr Blick blieb an einem vertrauten Gesicht hängen: Johnny hatte sich in den vergangenen Monaten überhaupt nicht verändert. „Johnny! Was machst du denn hier?"

Er grinste wie ein Schuljunge bei einem gelungenen Streich. „Überrascht, mich zu sehen, was? Ich kann dir sagen, es war nicht leicht, dich hier in diesem Nest aufzuspüren."

„Warum, um alles in der Welt, bist du hergekommen?"

„Kannst du das nicht erraten? Deinetwegen. Lässt du mich ins Haus?"

Sie tat es schnell, und die Tür schloss sie noch schneller. Plötzlich war ihr bewusst, dass sie Steve nie etwas von Johnny erzählt hatte oder davon, dass sie sitzen gelassen worden war. Doch ihr Exverlobter brachte all die Erinnerungen zurück. Dass sie jahrelang geglaubt hatte, sie habe Probleme, die beseitigt werden müssten. Dass sie allein vor dem Altar gewartet hatte, eigentlich nicht allzu überrascht darüber, weil alles, was sie anpackte, normalerweise im Chaos endete.

Vergangene Nacht hatten Steve und sie sich geliebt, als ob „immer" ein festes Versprechen sei. Durch Johnnys Auftauchen jedoch wurde ihre Hoffnung unversehens gedämpft.

„Was willst du?"

„Du klingst so kalt. Nun, das habe ich wohl verdient. Ich schulde dir eine Erklärung wegen der Hochzeit und allem anderen. Ich gebe es zu, Mary Ellen, ich hab kalte Füße bekommen. Aber inzwischen hatte ich genug Zeit zum Nachdenken. Die ganze Verwandtschaft hat mitgeholfen, mich zur Vernunft zu bringen."

„Das kann ich mir vorstellen", erwiderte sie trocken. Johnnys Familie, die sie keineswegs mit offenen Armen empfangen hatte, war wohlhabend und angesehen und würde es nicht zulassen, dass einer der Ihren ins Gerede geriet, weil er seine Braut sitzen gelassen hatte.

Er ließ sein charmantestes Lächeln aufblitzen. „Ich möchte dich zurück, Sweetheart. Ich weiß, ich habe einen Fehler gemacht. Und sicher brauchst du eine Weile, um mir zu vergeben. Aber mit uns beiden war es wirklich schön. Das ist mir jetzt klar, und ich werde alles tun, um dich zurückzugewinnen."

Sie zögerte. Himmel, nur einmal wollte sie eine unangenehme Situation meistern. War sie nicht reifer geworden? Hatte sie sich nicht geändert? „Johnny, es tut mir leid, dass du die weite Reise gemacht hast. Du hättest vorher anrufen sollen. Ich hätte dir sagen können, was ich denke …"

Er unterbrach sie, um ihr die Rosen in die Hand zu drücken. „Hier, Honey."

Eine typische Geste. „Sie sind wunderschön. Danke." Sie atmete tief durch. „Aber ich will sie nicht, Johnny. Tut mir leid, doch ich empfinde nichts mehr für dich."

„Du bist mir immer noch böse."

„Nein."

„Ich hab dich verletzt. Das bedaure ich sehr."

„Ich bin nicht verletzt, jetzt nicht mehr. Eigentlich bin ich sogar froh, dass du kalte Füße bekommen hast, denn eine Beziehung zwischen uns hätte nicht gehalten."

„Du kannst doch nicht vergessen haben, was für eine schöne Zeit wir miteinander hatten."

Ja, sie hatten schöne Zeiten verlebt. Niemand konnte lustiger sein als Johnny. Er war wie Balsam für ihre Minderwertigkeitsgefühle, und sie hatte sich an diese schönen Stunden geklammert und geglaubt, sie bedeuteten wirklich etwas.

„Wir haben schön zusammen gespielt. Schön zusammen leben hätten wir nie können. Wir haben nichts gemein, was von Bedeutung wäre. Nicht die gleichen Wertvorstellungen …"

„Doch, das haben wir. Und ich bin bereit, dir das zu beweisen."

Zu ihrem Entsetzen begann er, sich den Mantel auszuziehen. „Den kannst du ruhig anbehalten. Denn du bleibst nicht."

„Oh doch. Auf der Suche nach deinem Haus habe ich einen Blick auf dieses schäbige Nest geworfen. Du gehörst nicht hierher. Du gehörst zu mir. Und ich bleibe, bis ich dich davon überzeugt habe, dass du zu mir zurückkehren musst."

Samson sah zu, wie Mary Ellen sich die Schürze umband. „Wie ich höre, ist ein Freund von dir angekommen."

Sie fuhr herum. „Oje, er ist doch wohl nicht hier, oder?"

„Nein, aber er war vorhin hier. Hat nach dir gefragt und ist auf ein Schwätzchen geblieben."

„Steve war nicht hier, oder?"

„Nein. Ich hab ihn heute überhaupt noch nicht gesehen."

Mary Ellen nahm zwei Magentabletten. Sie halfen nicht. Dieses dumpfe Gefühl in ihrem Magen hielt nun schon den ganzen Tag an. Sie hatte versucht, taktvoll mit Johnny umzugehen und offen und ehrlich zu sein. Mit dem Resultat, dass er einen ungeschickten Annäherungsversuch machte und weiterhin darauf bestand, zu bleiben.

Wenn ihr doch bloß etwas einfallen würde, wie sie ihn loswerden konnte! Als sie auf dem Weg zur Arbeit getankt und eingekauft hatte, hätte sie beinah der Schlag getroffen. Es war ihr vielleicht am Morgen gelungen, Johnny aus dem Haus zu werfen, doch der verflixte Kerl hatte den Tag damit verbracht, allen möglichen Leuten im Ort zu erzählen, er sei ihr Verlobter. Nicht nur Samson schien Johnnys romantische Art zu gefallen. Kein Wunder, hatte sein Hang zur Romantik sie doch auch betört – damals.

Nichts gegen Romantik, aber nur, wenn Liebe dahintersteckte. Um Rosen zu kaufen, brauchte man nur etwas Kleingeld. Kein Problem für einen Mann, der die Taschen voll davon hatte. Ein Mann, der durch den Dreck kroch, um ihr einen niedlichen kleinen Wolf in die Arme zu legen … Ja, das war echte Romantik, die man nicht kaufen konnte. Ein Mann, der an ihre Träume und Ziele glaubte, egal, wie sehr sie von seinen eigenen abwichen, das war wahre Liebe. Ein Mann, der sie mit seiner Berührung verrückt machte, seinem Blick, den Emotionen in seinen Augen … das bedeutete ihr wirklich etwas.

Was würde Steve denken, wenn er von Johnny erfuhr? Dass sie eine Närrin war, die auf einen Typen ohne jeden Tiefgang reinfiel? Dass sie so oberflächlich war, dass sie einen großen Jungen nicht von einem richtigen Mann unterscheiden konnte?

Weil sie Stimmen in der Bar hörte, eilte Mary Ellen durch die Schwingtür, um die Gäste zu bedienen. Bisher hatte sie einfach Glück gehabt, da Steve damit beschäftigt war, den Abtransport der Wölfe vorzubereiten. Andernfalls hätte er bestimmt längst von Johnny gehört.

Noch vor Kurzem hätte sie schwören können, dass die Zeit, in der sie in peinliche Situationen geriet, endgültig vorbei war. Endlich war sie gelassener und selbstsicherer geworden. Sie war eine Frau geworden, auf die Steve stolz war. Ja, sie hatte endlich ein gesundes Selbstvertrauen entwickelt.

Auf keinen Fall würde sie zulassen, dass ihr törichter Exverlobter alles, was ihr wichtig war, in Gefahr brachte. Es war höchste Zeit, dass sie Steve von Johnny erzählte. Sie wollte keine Geheimnisse mehr vor dem Mann haben, den sie liebte.

Mit entschuldigender Miene hielt Wooley Harris die alte Blechkaffeekanne hoch. „Für eine Tasse könnte es noch reichen, aber ich fürchte, er schmeckt ziemlich abgestanden."

„Macht nichts." Steve nahm den Kaffeebecher entgegen und lehnte sich auf dem harten Bürostuhl zurück. Neben dem Versorgen der Wölfe und den Vorbereitungen für deren Abtransport war er den ganzen Tag beschäftigt gewesen. Jetzt war er müde. Und wollte nur noch Mary sehen – den ganzen Tag hatte er schon große Sehnsucht nach ihr gehabt –, wusste jedoch nur zu gut, dass sie noch etwa eine Stunde mit den Dinner-Gästen zu tun hatte.

Die Polizeistation lag schräg gegenüber der Bar, und als Wooley ihm ein paar Minuten Verschnaufpause in seinem Büro anbot, hatte Steve gern angenommen. Nach seinem stressigen Tag empfand er die Gesellschaft des älteren Mannes als angenehm. Sie plauderten über dies und das und kamen dabei unweigerlich auf die Ereignisse um Richy Schneider zu sprechen.

„Ich wusste, dass er Drogen nimmt", sagte Wooley. „Bisher konnte ich ihn nur nicht überführen. Und Drogen, gepaart mit einem echten Macho-Komplex, das führt immer zu Ärger. Tut mir wirklich leid, dass er es auf Ihre Wölfe abgesehen hatte."

„Hauptsache, er konnte gefasst werden, ehe er weiteres Unheil anrichtete. Solche Gegner sind unberechenbar. Normalerweise kann man mit Leuten, die sich wegen der Wölfe sorgen, reden und irgendwie einen Kompromiss finden. Aber Kerlen wie Schneider geht es gar nicht um das eigentliche Problem." Weil draußen plötzlich Bremsen quietschten, wandte Steve abrupt den Kopf zum Fenster.

„Was ist denn da los?" Eilig stand Wooley auf.

Steve war als Erster am Fenster. „Sieht aus wie ein Aufruhr vor dem ‚Samson's'." Der Lastwagenfahrer, der scharf gebremst hatte, fuhr bereits weiter. Und Steve hatte freie Sicht auf die vielen Gäste, die durch die Tür des Lokals auf die Straße strömten. Plötzlich kam ein großer blonder Mann rückwärts heraus, die Arme schützend vor den Kopf erhoben. Steves Blick blieb an dem Fremden hängen.

„Ich weiß, wer das ist", murmelte Wooley. „Haben Sie gehört, dass …"

„Ja, hab ich. Ich konnte heute keinen Schritt tun, ohne dass mir jemand erzählte, dass er hier ist."

„Das kann ich mir vorstellen, denn hier im Ort wird zu gern geklatscht. Lieber Himmel, das glaub ich einfach nicht. Was genau hat Ihre Freundin denn da vor?"

Steve hatte Mary Ellens Auftritt bereits bemerkt. „Ich würde sagen, sie versucht, das Leben des Gentlemans mit einem Stuhl zu bedrohen."

Wooley warf ihm einen Seitenblick zu, und dann griffen beide rasch nach ihren Jacken und eilten ins Freie. Mit Sicherheit hätte die kleine Szene nicht so viel Aufsehen erregt, wenn die Leute nicht wintermüde und geradezu auf Abwechslung versessen gewesen wären.

Steves Herz klopfte heftig. Den ganzen Tag über hatte er von Johnny gehört und dessen Versuchen, Mary zurückzugewinnen. Sie selbst hatte das Thema „Exverlobter" stets gemieden wie die Pest. Steve vermutete seit Langem, dass der Kerl für ihr angeschlagenes Selbstvertrauen verantwortlich war, und er war fast froh darüber, dass er hier aufgetaucht war. So hatte sie die Chance, ein Kapitel ihres Lebens zu beenden und sich über ihre Gefühle klar zu werden.

Aber Steve war eben nur fast froh, denn der Typ war unbestreitbar sehr attraktiv. Seinem Wagen und seiner Kleidung nach zu urteilen lebte er in gesicherten Verhältnissen – etwas, was er, Steve, Mary nie würde bieten können. Der Wortwechsel wurde lauter, sodass er die einzelnen Worte nun verstehen konnte. Es kostete ihn große Selbstbeherrschung, stehen zu bleiben und nichts zu unternehmen. Stolz, wie Mary war, wollte sie mit allem allein fertigwerden. Und er würde sich hüten, sich einzumischen, wusste er doch, was auf dem Spiel stand.

„Was, zum Teufel, machst du denn da?", schrie Johnny sie an. „Hör auf, mich mit diesem albernen Stuhl zu bedrohen."

„Von wegen. Ich hab auf alle erdenkliche Art und Weise Nein gesagt, Johnny. Aber du wolltest mir einfach nicht zuhören. Hab ich jetzt endlich deine volle Aufmerksamkeit?"

„Lass das doch sein. Du wirst noch jemanden verletzen. Stell den Stuhl hin und wir unterhalten uns wie vernünftige Leute."

„Zum Donnerwetter. Das gibt es doch nicht, dass du mich immer noch nicht verstehst." Sie zielte mit den Stuhlbeinen auf seine Brust. „Du hast die Wahl, Süßer. Entweder du lässt mich in Ruhe und verschwindest, oder du wirst erleben, wie ich dir diesen Stuhl auf den Kopf schlage."

„Um Himmels willen …"

„Steig in deinen hübschen weißen Wagen ein, Johnny."

„Mary Ellen …"

„Sofort. Und fahr schnurstracks die Hauptstraße hinunter. Ich will dich nie wiedersehen. Drücke ich mich endlich klar und verständlich aus?" Mit etwas Mühe hob sie den Stuhl über ihren Kopf, als wolle sie ihn tatsächlich nach ihm werfen. Johnny erstarrte. Dann drehte er sich abrupt um und lief weg.

Steve beugte sich zu Wooley hinüber und raunte ihm zu: „Das ist mein Mädchen."

Mary Ellen zitterte so heftig, dass sie kaum Luft bekam. Johnny war weg. Endlich. Und diesmal mit Sicherheit für immer. Aber plötzlich wurde ihr bewusst, dass alle Gäste der Bar auf der Straße standen. Auch an den Fenstern ringsum Leute. Überall Menschen. Der ganze verflixte Ort war Zeuge dieser beschämenden Szene geworden.

Dann – als erlebe sie nicht schon ihren allerschlimmsten Albtraum – entdeckte sie Steve.

Ihr wurde bang ums Herz. Lässig lehnte er neben Wooley Harris an der Wand. Nun war alles zu spät, denn zweifellos hatte er das Ganze mit angesehen.

In dem Moment, in dem sich ihre Blicke kreuzten, richtete Steve sich auf und kam geradewegs auf sie zu. Am liebsten wäre sie im Erdboden versunken. Es war verrückt, aber obwohl unzählige Augenpaare ihm folgten, hatte sie plötzlich das Gefühl, mit ihm allein zu sein. Sein Blick hielt sie regelrecht gefangen.

Und ehe sie sichs versah, lag sie in seinen Armen.

„Ich bin so stolz auf dich", flüsterte er heiser.

Als ob dieses Geständnis sie nicht schon genug verwirrte, küsste der Wahnsinnsmann sie auch noch wild und ungestüm, so, als wären sie allein in einem Schlafzimmer.

Als er schließlich ihre Lippen freigab, stieß sie atemlos hervor: „Steve, das war mein Exverlobter."

„Das hab ich mir gedacht, Honey."

Hastig fuhr sie fort: „Ich wollte keine öffentliche Szene machen. Das musst du mir glauben. Aber alle Versuche, ihn auf nette Art loszuwerden, sind gescheitert."

„Verstehe." Liebevoll strich er ihr durchs Haar. „Es ist nicht immer leicht, sich durchzusetzen. Jeder versucht, unangenehme Situationen zu vermeiden, aber manchmal geht es eben nicht ohne Konfrontation. Und ich sag dir was. Ich brauche deinen Beistand, Mary Ellen Barnett."

„Wirklich?"

„Ja – und zwar für immer. In meinem ganzen Leben hab ich keine stärkere, selbstsicherere Frau getroffen als dich. Du brauchst vielleicht keinen Helden an deiner Seite, aber ich schon. Vor meiner Tür stehen dauernd Wölfe. Da brauche ich eine starke, mutige Lady, die bereit ist, mich zu beschützen. Möchtest du dich vielleicht für den Job bewerben?"

Sein kleiner Witz, dass sie ihn beschützen solle, hätte Mary Ellen fast zum Schmunzeln gebracht. Nur Steves Miene war keineswegs erheitert. Er hatte sie schon öfter voller Liebe angesehen, doch nie so intensiv wie jetzt.

Ihr einsamer Wolf, das war ihr längst klar, würde immer verletzlicher sein als andere Männer. Aber sie wollte nicht, dass er befürchtete, sie zu verlieren. Zärtlich berührte sie seine Wange. „Soll das heißen, dass du mich aus dem Rudel ausgewählt hast, Rawlings?"

„Das soll heißen, dass es für mich nie wieder eine andere Frau geben wird, Liebste."

Mary Ellen hatte das Gefühl, ihr Herz würde vor Glück zerspringen. Sie hatte so lange gebraucht, um zu begreifen, dass seine Sehnsucht, zu lieben und geliebt zu werden, ebenso groß war wie ihre eigene.

„Es gab einmal eine Zeit", sagte sie leise, „da hätte ich Angst gehabt, Ja zu sagen. Angst, dass ich nicht zu dir passen würde. Aber du hast so eine Art, Steve, Ärger heraufzubeschwören. Für deine Ideale würdest du glatt durchs Feuer gehen. Vielleicht sollte ich mich deiner annehmen. Denn ich wüsste sonst niemanden, dem ich dich anvertrauen könnte."

„Was meinst du mit ‚vielleicht'?"

Er lächelte noch immer nicht, doch er wirkte nicht mehr ganz so verletzlich. Sie schlang ihm die Arme um den Nacken. „Wir sind in der Öffentlichkeit. Da wollte ich dich mit meinem überschwänglichen Geständnis, dass ich dich über alles liebe, nicht in Verlegenheit bringen."

Endlich, er lächelte. Amüsiert, liebevoll, zärtlich, wie er nur sie anlächelte. „Die Leute sind mir völlig egal. Doch ich muss zugeben, ich würde dein überschwängliches Geständnis lieber hören, wenn wir allein sind."

„Warum stehen wir dann immer noch hier?", flüsterte sie. „Bring mich nach Hause."

– ENDE –

4 Romane in einem Band

SANDRA BROWN

EMILIE RICHARDS
ANNE MATHER
BARBARA BRETTON

Inselträume voller Sehnsucht

Band-Nr. 20052
9,99 € (D)
ISBN: 978-3-95649-071-2
576 Seiten

Sandra Brown u. a.
Inselträume voller Sehnsucht

Sandra Brown – Bittersüßes Geheimnis: Kurz vor ihrem wichtigsten Match erfährt Tennisspielerin Stevie, dass sie schwerkrank ist. Niemand darf es wissen! Doch als sie dem Journalisten Judd begegnet, nimmt das Spiel des Lebens eine unerwartete Wendung …

Emilie Richards – Glut der Liebe: Bei einem Tauchgang macht die Fotografin Kelsey eine schreckliche Entdeckung. Ausgerechnet ihre Jugendliebe Mitch steht ihr in diesem Moment bei – der Mann, dem sie nie wieder vertrauen wollte.

Anne Mather – Verzauberte Tage in Honolulu: Nach einem Unfall kann sich Cybele an kaum etwas erinnern, aber sie fühlt sich unwiderstehlich zu dem selbstbewussten Arzt Rodrigo hingezogen. Leidenschaftlich küsst sie ihn und ahnt nicht, wie gut sie ihn eigentlich kennt …

Barbara Bretton - Sehnsucht liegt in deinem Blick: Für Jolie bricht eine Welt zusammen, als sie erfährt, was ihr geliebter Ehemann von ihr erwartet. Entweder gibt sie ihren gefährlichen Job bei der Feuerwehr auf – oder er lässt sich scheiden.

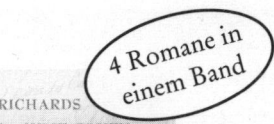

4 Romane in einem Band

EMILIE RICHARDS
CAROL GRACE   JULIE COHEN

LINDA HOWARD

Erben der Sehnsucht

Roman

mtb New York Times Bestseller-Autoren

Band-Nr. 20048

9,99 € (D)

ISBN: 978-3-95649-008-8

560 Seiten

Linda Howard u. a.
Erben der Sehnsucht

Linda Howard – Gegen alle Regeln: Claudia erbt die Ranch ihres Vaters und trifft nach Jahren wieder auf Roland – ihren ersten Liebhaber. Schon bald nähern sie sich einander erneut an. Aber als sie Gerüchte über ihn hört, kommen ihr Zweifel an seiner Treue.

Emilie Richards – Du machst es mir nicht leicht: Überglücklich führt der Anwalt Bruce die warmherzige Olivia vor den Traualtar. Er ist sich sicher: Sie ist die Richtige für ihn. Bis eine Testamentsklausel ihre Liebe auf eine harte Probe stellt …

Carol Grace – Küsse – heiß wie die Sonne Siziliens: Begeistert führt Carol auf der Mittelmeerinsel Sizilien das Vermächtnis ihres Onkels fort: ein malerisches Weingut. Als sie dann noch der heißblütige Dario leidenschaftlich küsst, ist sie überglücklich. Oder hat er es nur auf ihr Land abgesehen?

Julie Cohen – Eine rasante Affäre: Zoe ist empört: Sie ist die Alleinerbin ihrer reichen Tante – und die restliche Familie gönnt ihr das Geld nicht. Ausgerechnet der attraktive Nicholas ist nun für sie da, dabei war er doch bloß eine Affäre …

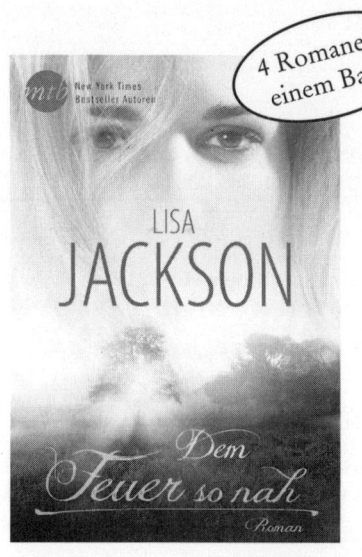

4 Romane in einem Band

Lisa Jackson
Dem Feuer so nah

Wie ein Kuss im Sommerregen: Die Künstlerin Ainsley kehrt nach Jahren in ihre Heimat zurück, wo sie einst einen unvergesslichen Sommer mit ihrer Jugendliebe Trent verbracht hat. Gibt das Glück ihnen jetzt eine zweite Chance?

Ein Kuss – und alles ist anders: Seit dem Autounfall, bei dem ihr Mann ums Leben gekommen ist, mischt Tiffanys fürsorglicher Schwager J.D. sich in alles ein. Einerseits nervt sie das – andererseits fühlt sie sich wie magisch zu ihm hingezogen …

Band-Nr. 20050
9,99 € (D)
ISBN: 978-3-95649-038-5
528 Seiten

Herz über Kopf: Das letzte Mal als Katie auf ihr Herz gehört hat, blieb sie allein und schwanger zurück. So etwas wird ihr auf keinen Fall noch einmal passieren! Doch dann wird der geheimnisvolle Luke ihr neuer Nachbar … und sie beginnt gegen jede Vernunft, von einem Happy End zu träumen.

Ein Baby für uns zwei: Der attraktive Kinderarzt Dallas O'Rourke weckt bittere Erinnerungen in Chandra: Auch sie war einst Ärztin und wurde verklagt, als ein Kind starb, das sie behandelte. Können Dallas zärtliche Küsse sie endlich die Vergangenheit vergessen lassen?